翠源会［編］

諸本対照狭衣物語 1

―承応板本・慈鎮本・深川本―

青簡舎

緒　言

平安時代物語の中でも、『狭衣物語』は鎌倉期の書写本が比較的多く残り、恵まれた伝存状況にあることで知られる。一方、伝本間にみられる本文異同が群を抜いて複雑なことでも著名なこの作品は、本文校訂の困難によって注釈研究の途が阻まれてきた経緯を持つ。

諸本を俯瞰する校本としては、中田剛直『校本狭衣物語　巻一～巻三』（桜楓社、一九七六年～一九八〇年）が用いられているほか、本文資料としては、吉田幸一による『古典聚英』（古典文庫）シリーズ（『狭衣物語』（一九八二年）、『深川本狭衣とその研究』（同年）、『さころも為家本』（一九八三年））、および『狭衣物語諸本集成　全六巻』（笠間書院、一九九三年～一九九八年）を筆頭とする、各種の影印・翻刻が備わる。しかしこれらを頼りとして、個々の本文異同に留まらない作品内容の諸本間比較へ及ぶには、相当の熟練を要することから、より利便性の高い工具書の提供が望まれてきた。

*

本書は、右のような『狭衣物語』の現況に鑑み、特に鎌倉期写本を対象とした本文資料の整備を行うとともに、実際の享受実態に基づいた『狭衣物語』の作品世界の把握を企図するものである。平安時代物語の作品享受の本質を、鎌倉期書写の現存伝本から浮かび上がらせることをも目指して、本書では単に各伝本の本文を提供するだけではなく、錯綜する異文の逐次的な比較、および他伝本の将来的な拡充にも役立つよう、段組対照形式にて全文を提示することとした。

本書によって、各伝本が持つ物語世界を並行的かつ総体的に捉えることが可能となろう。複数の作品世界の集合体という視点が『狭衣物語』研究に認識されることで、作品性格の抜本的な捉え直しが実証的に行われていくようになれば、幸甚である。

＊

本巻で扱う伝本は、承応板本・慈鎮本・深川本の三本である。承応板本はかつての流布本と想定される伝本であり、本文比較の際に外すことのできない存在であるため、鎌倉期写本を対照する基準としてここに含めることとした。

本巻に収録した伝本の翻刻と校閲にあたっては、

飯田実花（大阪大学大学院生、日本学術振興会特別研究員）
大塚千聖（日本女子大学助教）
柿沼紅衣（慶應義塾大学大学院生）
草野　勝（早稲田大学大学院生、日本学術振興会特別研究員）
髙橋　諒（天理大学附属天理図書館司書研究員）
千葉直人（九州大学専門研究員）

の六名による作業協力を得た（五十音順、所属は刊行時点）。ただし最終的な校正の責は編者にあることを明記する。

なお本書は、人間文化研究機構国文学研究資料館特定研究「『狭衣物語』を中心とする中古物語鎌倉期本文の研究と資料整備」（共同研究（一般）、代表松本大、研究期間二〇二一年度～二〇二三年度）による成果であり、JSPS科研費（研究成果公開促進費・学術図書、課題番号24HP5027）の助成を受けて刊行されるものである。

目次

緒言……1
凡例……5
諸本略解題……7
巻一（〔一〕～〔七三〕）……11
巻二（〔七四〕～〔一七〇〕）……117
巻三（〔一七一〕～〔二七三〕）……239
巻四（〔二七四〕～〔三四七〕）……387
編者一覧

凡　例

・本書は、『狭衣物語』の鎌倉期写本における本文異同の全容提示を目的として、複数伝本の翻刻を全文対照形式で提供するものである。

・本巻には、以下の三伝本（巻四では二伝本）を収録した。

承応板本（巻一～巻四）　上段
【出典】『平安朝物語板本叢書』（有精堂出版）
慈鎮本（巻一～巻四）　中段（巻四では下段）
【出典】国文学研究資料館所蔵紙焼写真（ジ4/1162）
深川本（巻一～巻三）　下段（巻三まで）
【出典】『古典聚英』（古典文庫）

・翻刻の対象は、本行本文および本文整定に関わる傍記・記号・注記とし、漢字の読み仮名や内容説明に関する注記類はこれを除外した。

〈書式について〉

・利用の便宜を図るため、『新編日本古典文学全集　狭衣物語①②』（小学館）に依拠した見出しを設け、番号を付した。また和歌については、『物語和歌総覧』（風間書房）に依拠した歌番号を、各歌の末尾に付した。なお同書掲載外の和歌については、〈13外〉のように、最も直近の歌番号に「外」字を付して示した。

・本文は、見出し箇所および和歌の改行箇所を除き、追い込み書きを基本とした。

・和歌の改行箇所では、原本の表記を問わず、上下句を追い込み書きの上、全体を二字下げにした。

・見出し範囲の末尾に、該当する丁数と表裏を例示のように明記した（承応板本は上中下の分冊も付記）。

（例１）いと心くるしきや（1オ～2ウ）
（例２）秋にもなりぬ（上51ウ～52オ）

〈文字表記について〉

・平仮名と片仮名の別は、本行本文（「ハ（八）」「ミ（三）」など）ではすべて平仮名に統一し、注記（「本ノマ、」など）ではもとの表記を維持した。

・「ん（无）」字については、文脈上「も」と読むべき箇所においても、もとの表記を維持した。

・小字の仮名（「ニ」「ハ」など）は、通常の本行本文として扱った。

・仮名の合字（「ゟ」など）は、通行の表記に直した。

・踊り字は、例示のように統一した。

（例１）一字…「ゝ」「ゞ」（平仮名）、「ヽ」「ヾ」（片仮名）、「々」（漢字）

（例2）二字以上…「〱」（平仮名・漢字）、「〲」（平仮名）

・仮名字母が語義に合う場合は、本行には平仮名を入力し、字母をルビの括弧内に示した。

（例）「け《(気)》しき」「すくせ《(世)》」「ほ《(本)》い」

・漢字は、旧字体（「恋」「戀」など）・異体字（「涙」「泪」など）・俗字（「邊」「辺」など）の別をなるべく忠実に入力した。ただし、偏・旁を組み替えた字などの場合（「松」「枩」など）は、通行字体に統一した。

・漢字の省略字は通行字体に改め、続けて隅付き括弧内にもとの字体を示した。

（例）部【阝】

・合点や声点の類は省略した。

〈記号・注記について〉

・見せ消ち・墨消ち・摺り消ち等の抹消は、原本の表記を問わず二重取り消し線で表した。

（例）~~おほ~~宮

・虫損や判読不能字は□（字数の分かる場合）もしくは［　］（字数不明の場合）で表し、残画から判読できる場合は文字に囲み線を付した。

・重ね書きは、ルビの括弧内に▲記号を付して修正前の字を示した。

（例）給つ《(▲へ)》る

・傍記のうち、補入と判断すべきものは、注記された本文を本行二重山括弧内に示し、補入記号がある場合は手前に○記号を示した。

（例1）とこそあ《ん》なれ

（例2）おもはん○《こと》も

・左注など特殊な注記については、見出し範囲の各末尾に補記した。

以上

諸本略解題

承応板本（巻一～巻四）

刊行年代…承応三年刊　書型…大本（縦 23.2cm ×横 17.4cm）

装丁…袋綴　一面行数…一一行　一行字数…二三字前後

冊数…一〇冊

【概要】

承応三年（一六五四）刊の整版本。成立時代は鎌倉期から大きく下るが、『狭衣物語』の諸本中では最も享受された伝本（流布本）であること、これとほぼ同文の古活字本（元和九年（一六二三）刊）が、中田（一九七六～八〇）や『日本古典全書』（朝日新聞社）の底本に採用されるなど、通行本文としての地位を広く確立していること、そして本文成立史上、そのほかの本文（後述）に先発する可能性のあることから、諸本対照に際しての基準伝本に用いる。

【研究史】

『狭衣物語』諸本の伝流上、流布本が末流のものであることは間違いない。それゆえ、流布本を後代の改作本とする理解が早くより生じた。とはいえ、篠崎（一九三三）のように、研究に供する伝本としては流布本がそのほかのものに優ると説く事例もあれば、同論を「流布本を以て他の諸異本よりも、その本文価値の大なるを誇張せられて居る」とまとめ、その見解に疑義を呈する片寄（一九三五）のごとき考察もある。流布本の研究史上の位置づけは、このように行きつ戻りつしてきた。しかし、鎌倉期写本の中には流布本と軌を一にする本文を基本とするものもある。流布本は江戸時代に印行された伝本だが、そのことをもって当該本の本文をも末流の、粗悪なものと判断すべきではない。

無数の『狭衣物語』本文を三大別（巻四のみ四種）し、その先後関係を第一系統（深川本など）がまずあって、これを改作したのが第二系統（慈鎮本など）で、上述二つを混合し、整えたものが第三系統（流布本）であると三谷（二〇〇〇）は説明した。三種に分ける点は、中田（一九五八）が第一類第一種・二種と、第二類の三つに伝本群を類別したのと重なる。こうした類似もあってか、三谷のいう先後関係が長らく支持されてきた。けれども伝本間の物語の差異を分析し、流布本の本文がそのほかに先発すると長谷川（一九八八）が論じ、また、片岡（二〇一三）が諸本の分析をつうじて、第一系統から第二（・第三）系統の伝本およびその本文が発生したとする理解に無理のあることを明らかにした。流布本に代表される本文、すなわち流布本系本文は深川本の本文に先発する、現在この理解が受け入れられている。

流布本（系本文）を、どのように扱うのか、または位置づけるのか、その在り方如何は『狭衣物語』本文の見え方を大きく左右しよう。各伝本・本文の吟味から先後関係および優劣の問題の検討・検証の実施が期待されるが、研究者の多くは活字校訂本に依拠することで、その判断を保留にしているというのが『狭衣物語』研究の実情と言える。

＊

慈鎮本（巻一～巻四）

書写年代…鎌倉前期　書型…枡形本（縦16.0cm×横14.8cm）
装丁…列帖装　一面行数…一三行　一行字数…一六字前後
冊数：四冊

【概要】

伝慈鎮筆とされる鎌倉期写本。流布本系本文・深川本系本文のいずれとも違う異本系本文を多量に備えることで知られる、異本と呼ばれる伝本群のうちの一つ。その本文異同は物語の筋にまで影響が及ぶ。この系統（第二系統）の伝本は、長らく深川本に代表される第一系統本を改作したものと考えられてきた。しかしのちに、第一系統の本文を構成する一要素であることが片岡（二〇一三）により明らかにされた。流布本および深川本とは異なる物語世界を持つ点で注目されるが、こうした異本を底本とする注釈書はいまだ刊行されていない。『狭衣物語』諸本群の中でも詳密な本文吟味と読解研究が特に望まれる、重要伝本の一つである。

【研究史】

異本の本文は、充分な検証がいまだなされていない。この異本を第二系統本とし、深川本に代表される第一系統から派生したものと見做したうえで、その総体が認識され、異本は分析されてきた。けれども異本に宿る本文、そのすべてが第二系統のものというわけではない。そこには流布本系本文も含まれる場合がある。異本系本文とは、異本によって代表される本文を指すのであって、異本が有している本文、その総体を指す術語ではない。伝本と本文、その検討・分析を行う場合、まず当該部が如何なる本文で構成されているかを押さえていくことが求められる。なお、或伝本の巻一が異本と軌を一にするからといって、以下の巻が巻一同様に異本に類する保証はない。巻ごとに性格が異なる場合もあるため、各巻で本文を吟味していく姿勢が求められる。

この異本と流布本の先後関係を分析した落合（一九六三）・矢部（一九六五）は、流布本から異本が派生したと説く。ただし両論には、その方法論に疑問が残されていた。そうした先論の課題を超克する分析視座から異本が流布本より生じたことを長谷川（一九八八）は明らかにした。異本がまずあって、そこから他の系統が派生したとする理解は、いまもってなされていない。

近年では、異本の作品読解を試みる吉野瑞恵（二〇一九）や今井久代（二〇二〇）のような論究も発表されている。伝本および本文の先後関係に囚われない、内容分析や本文吟味の段階に『狭衣物語』研究が移りつつあると考えてよかろう。ただし、詳密な検討が試みられる一方で、その本文理解に疑念の残る事例がある。検討伝本を異本とする前提のもと、分析がなされた場合も同様の問題が生じよう。伝本理解と、本文理解とをいったん切り離し、それらを各個検討していく必要がある。

本文の違いまたは重なりを視覚化し、伝本と本文理解との間にある懸隔の認知を可能にする、全文掲出形式を採る本書の恩恵を最も蒙るのが異本といえる。

＊

深川本（巻一～巻三）

書写年代…鎌倉前期または初期　書型…大本（縦25.0cm×横15.9cm）
装丁…列帖装　一面行数…一〇行　一行字数…二〇字前後
冊数…三冊

【概要】

『狭衣物語』諸本中、最古とされる鎌倉期写本。三谷（二〇〇〇・二〇〇二）によって最善本としての地位を得た伝本で、『新編日本古典文学全集』（小学館）や『狭衣物語全註釈』（おうふう）の底本として採用されている。近年の『狭衣物語』研究史上、研究利用される機会が最も多い伝本である。ただし、三谷は鑑賞論的価値判断を基準としたため、十分な考察に基づいた、本文吟味が全三巻になされたわけではない。現在は、片岡（二〇一三）の批判によって、同本は流布本および異本に後発する混態本であることが明らかになっている。深川本が備える本文は、独自の本文に加え、流布本系と異本系との合成本文を有している場合も多くある。その混態性ゆえに、今日では最善本とは言えない地位にある。

【研究史】

深川本が、流布本系本文と異本系本文を合成した本文を備える混態本であることは、片岡（二〇一三）の証するところである。また、小林（二〇二〇）は深川本・巻一が、巻全体で素姓の異なる本文を継ぎ接ぎしていたと推断する。本文にのみ留まらず、巻レベルでの混態さえ疑われるが、深川本またはその同系統本に依拠した研究がいまなお後を絶たない。こうした現状は、研究利用される機会の多い注釈書が第一系統本を底本としているのと無関係ではあるまい。諸本との関係および位置づけの中で深川本（とその同系統本）の混態本という属性が容易に理解、看取可能な状態になかったことも要因の一つに挙げられようか。

深川本を最善本とし、その本文を基準に据え、『狭衣物語』の本文群を三谷（二〇〇〇）は分析した。そのさい、深川本との相違が異文として読み取られ、考究された。けれども実際は、深川本がそのほかの本文との間で異なりや重なりを有していた。それゆえに深川本の本文をこそ異文と認定する必要があった。基準か、そうでないかという違いのみだが、この差異が深川本を中心にそのほかを位置付ける理解に拍車をかけた。深川本が原『狭衣物語』にもっとも近く、ここから異本が発生、上述二種を改変・合成・省略した流布本が生まれたという先後関係も深川本を最善とする伝本理解ゆえに定着していった。第一系統に代表される本文が原態に近く、流布本のごときものはそれらに後発するものであると物語の精読をつうじて中城（一九九〇）は論じたが、これには長谷川（二〇二〇）の反駁もある。巻全体あるいは伝本のレベルにおける理解と、場面ごとの本文理解とを分けたうえでの詳密な分析が俟たれる。

なお、深川本には巻四がない。それゆえに同巻の系統弁別における第一系統という名称と、それ以前の第一系統とでは意味するところに違いのある点には注意を要する。

参照文献（発行年順）

・篠崎（一九三三）篠崎五三六「狭衣物語の基礎的研究」（『国語国文』三巻四号）

・片寄（一九三五）片寄正義「狭衣物語流布本考序説（上）～（下）―無名草子所引狭衣物語本文を検討し所謂流布本の本文吟味に及ぶ―」（『國文学論叢』創刊号、第二号）

・中田（一九五八～七〇）中田剛直「狭衣物語巻一～巻四伝本考」（『国語と国文学』三五巻五号、同三六巻九号、『国文学論集』二号、同四号）

・落合（一九六三）落合璋子「狭衣物語の本文とその展開―巻二を中心として―」（『国語国文』三二巻一一号）

・矢部（一九六五）矢部敦子「狭衣物語第二系統の成立」（『国語国文』三四巻八号）

・中田（一九七六～八〇）中田剛直『校本狭衣物語　巻一～巻三』（桜楓社）

・長谷川（一九八八）長谷川佳男「巻一、第一群と第三群の関係―構造的本文批評の試み―」（『（上智大学）国文学論集』二一号）。↓同『平安朝物語・本文の科学』（笠間書院）

・中城（一九九〇）中城さと子「『狭衣物語』第三系統態《ママ》説批判」（『中京国文学』九号）

・三谷（二〇〇〇）三谷栄一『狭衣物語の研究　伝本系統論編』（笠間書院）

・三谷（二〇〇二）三谷栄一『狭衣物語の研究　異本文学論編』（笠間書院）

・片岡（二〇一三）片岡利博『異文の愉悦　狭衣物語本文研究』（笠間書院）

・吉野（二〇一九）吉野瑞恵「『狭衣物語』異本系本文の論理―道成の造型を中心として―」（『文学部紀要　言語・文学・文化』一二三号）

・長谷川（二〇二〇）長谷川佳男「付節　第三節に対する御批判へのささやかな回答」（同『平安朝物語・本文の科学』笠間書院）

・今井（二〇二〇）今井久代「『狭衣物語』主人公狭衣の〈好色〉について―異本系本文の論理を探る―」（『国語と国文学』九七巻六号）

・小林（二〇二〇）小林理正「深川本狭衣物語・巻一論―系統論の再吟味におよぶ―」（『国語国文』八九巻八号）

※略解題という性質ゆえ、取りあげられなかった先行研究が数多くあること、記してお詫び申しあげる。

（文責　小林理正）

巻一（承応板本・慈鎮本・深川本）

承応板本

〔一〕

少年の春はおしめどもとゞまらぬ物なりければやよひの廿日あまりにもなりぬ御前の木だちなにとなくあをみわたりて木ぐらきなかに中嶋の藤は松にとのみおもはずさきかゝりて山ほとゝぎすまちがほなるに池の汀の八重山吹はゐ《(井)》手のわたりにことならすみ《(見)》わたさるゝ夕ばへのおかしさをひとりみ《(見)》給ふもあかねばさぶらひわらはのおかしけなるして一枝おらせ給ひて源氏の宮の御かたにもてまいりたまへれは御まへには中納言中将なとやうの人々さふらはせ給ひて宮は御手ならひゐなどかきすさひてそひふさせ給へるにこの花の夕ばへこそつねよりもおかしく侍れ春宮のさかりにはかならずみせよとのたまはする物をとてうちをき給ふを宮すこしおきあがりてみ《(見)》をこせ給へる御まみ《(見)》つらつきなどのうつくしさはなのにほひ藤のしなひにもこよなくまさりてみ《(見)》えたまふをれいのむねふたがりまさりてつく〲とまほられ給ふに花こそ花のとりわき給て山ぶきを手まさぐりし給へる御手つきの

慈鎮本

〔一〕

しようねんの春はおしめともとまらぬ物なりけれはやよひの中のとをかころにもなりぬ御まへのこたちあをみわたりてなにとなくこくらき中になかしまのふちは松にとのみも思はすさきかゝりて山ほとゝきすまちかほなるにいけのみきはのやえ山ふきはゐてのわたりにことならすみ《(見)》わたさるゝゆふはえのをかしさはにる物なくみ給ふをさふらひわらはのおかしきしてひとえたをらせ給て源氏のみやの御かたにもてまいり給えれは御まへには中納言中将やうの人々さふらひてみやは御てならひしてそひふし給えるにこのはなのゆふはへこそつねよりもめてたくさふらへ春宮のさかりにはかならすみせよとつねにの給はするものをいかてひとえた御覧せさせてしかなとてうちをき給ふみ《(見)》やすこしおきあかりてみおこせ給へる御まみつらつきなとのうつくしさは花のにほひふちのしなひにもこよなくまさりてみえ給ふをれいのむねうちふたかりてつく〲とまほり給ふに花こそ春のとくちすさみにせさ

深川本

〔一〕

少年の春をしめともとまらぬものなりけれはやよひもなかはすきぬおまへのこたちなにとなくあをみわたれる中になかしまのふちはまつにとのみおもひかほにさきかゝりて山ほとゝきすまちかほなりいけのみきはのやへ山ふきはゐてのわたりにやとみえたり光源氏身もなけつへしとの給けんもかくやなとひとりみたまふもあかねはさふらひわらはのちゐさきしてひとふさつゝおらせ給て源氏の宮の御方へもてまいり給へれは御まへに中納言少中将なといふ人々ゐかきいろとりなとせさせて宮は御てならひせさせ給てそひふしてそおはしますこの花とものゆふはへはつねよりもをかしう侍ものかな東宮のさかりにはかならすみせよとの給しをいかてひとえたこらんせさせてしかなとてうちをき給を宮すこしおきあかりたまひて見をこせさせたまへる御まみつらつきなとのうつくしさは花の色々にもこよなくまさり給へり例のむねうちさはきてつく〲とうちまもられ給はなこそはなのとゝり

いとゞもてはやされて世にしらずうつくしげなるを人めもしらず我身にひきそへまほしくおほさるゝぞいみじきやくちなしにしもさきそめけん契こそくちおしけれこゝろのうちいかにくるしかるらんとの給へは中納言のきみさるはことの葉はおほく侍るものをといふ

　いかにせんいはぬ色なる花なればこゝろ
　　のうちをしる人ぞなき〈1〉

と思ひつゝけられたまへどげに人もしらざりけりたつをだまきのと打なげかれてもやのはしらによりゐ給へる御かたちぞ猶たぐひなくみ《(見)》えたまふによしなしごとによりさばかりめでたき御身をむろのやしまのけふりならではとおぼしこがるゝさまそいと心ぐるしきや

（上1オ～2ウ）

〔二〕

さるはこのけふりのたゝずまゐしらせたてまつらん事もをよびなくいかならんたよりにてなどおぼしわづらふにはあらすたゝ二葉より露ばかりへだつる事なくおひたち給ひておやたちをはじめたてまつりよその人々御門東宮

せ給てわきてやまふきをしもてまさくりにし給へる御てつきのいともてはやされてよにしらすうつくしけなるを人めもしらすわか身にひきそえまほしくおほさるゝさまそいみしきやくちなしにしもさきそめけんこゝろのうちのいかにくるしからんとの給へは中納言のきみさるはことのはおほく侍なるものをなといふ

　いかにせんいはぬ色なる花なれはこゝろ
　　のうちをしる人はなし〈1〉

とたに思ひつゝけられ給えれと人もしらさりけりたつおたまきのとうちなけかれてもやのはしらによりゐ給へる御かたちなをたくひなくみえ給ふよしなしことによりさはかりめてたき御身をむろのやしまのけふりとなしてたちゐにおほしこかるゝさまそいとこゝろくるしきや

（1オ～2ウ）

〔二〕

さるはそのけふりのたゝすまひしらせたてまつらんと思ふなけきいかならんたよりにてなむとおほしわつらふにあらすたゝふたはよりつゆはかりへたつることなくおいたち給ておやたちをはしめたてまつりよそ人も御門春宮

わきてやまふきをとらせ給へる御てつきなとのよにしらすうつくしきを人めもしらすわか身にひきそえまほしくおほさるゝさまそいみしきやくちなしにさきそめけんちきりそくちおしき心のうちいかゝくるしからむとのたまへは中納言のきみさるはことのはもしけく侍ものをといふ

　いかにせんいはぬ色なるはなゝれは心の
　　うちをしる人はなし〈1〉

とおもひつゝけられたまへとけにそしる人なかりけるたつをたまきのとうちなけかれてもやのはしらによりゐ給へる御かたちこのよにはためしあらしかしとみえたまへるによしなしことにさしもめてたき御身をむろのやしまのけふりならてはとたちゐおほしこかるゝさまそいと心くるしきや

（1オ～2ウ）

〔二〕

さるはそのけふりのたゝすまひしらせたてまつらんをよひなくいかならむたよりもかなとおほしわつらふにはあらすたゝふたはよりつゆのへたてもなくおひたちたまへるにをやたちをはしめたてまつりよそ人もみかと春宮な

もひとついもせとおほしめしをきたるに我はわれとかゝるこゝろのつきそめて思ひわびほのめかしてもかひなきものからあはれにおもひかはしたまへるにおもはずなる心のありけるとおぼしうとまれこそせめと大殿宮などもたぐひなき御こゝろざしといひながらこの御ことはさらばさてもあれともよにまかせ給はじ世の人のきゝ思はん事もゆかしげなくけしからずもあるべきかなとさまかうざまに世のもどきなるへき事なれはあるまじきことにふかくおほしとるにしもぞあやにくに心はくだけまさりつゝつゐにいかなるさまにか身をなしはてんとこゝろほそきおりがちなり今はじめたる事にはあらねどなを世中にさらてもありぬべかりける事はあまりよろづすぐれたまへらん女の御あたりにはまことの御せうとならさらんおとこはいみじうともむつましうこそおふしたて給ふまじきわざなりけれ

（上2ウ〜3ウ）

〔三〕

このころ堀川のおとゝと聞えて関白し給ふは一条院當帝などのひとつ后ばらの二の御子ぞかし母后もうちつゝき御門の御すぢにていづ

なとひとついもせとおほしめしおきて給へるにわれはわれとかゝるこゝろつきそめて思ひわひほのめかしてもかひなきものゆへあはれに思ひかはしきこゑ給えるに思はすなるこゝろありけるとおほしうとまれこそはせめおほとのみやなともたくひなき御こゝろさしといひなからこの御事はさらはとてよにまかせきこゑ給はしよに人のき思はん事もゆかしけなくけしからすもあるへきかなとあるましき事と思ひとるそなかはくたけまさりつゝつゐにいかなるさまにみをなしはてむとこゝろほそくおほさるへしいまはしめたることにはあらねとなをよの中さらてもありぬへかりける事をあまりによろつすくれ給へる女の御あたりにはま事の御せうとならさらんはいみしうともむつましうこそおほしたてきこゑ給ましかりけれ

（2ウ〜3ウ）

〔三〕

このころほりかはのおとゝきこゑさせて関白し給ふは一条院当帝なとのきさきはらの五の御こそかし母きさきもむつましううちつゝき

ともひとついもせとおほしをきて給へるにわれはわれとかゝる心のつきそめておもひわひほのめかし給もかひなきものゆへあはれにおもひかはし給へるにおもはすなる心ありけるとおほしうとまれこそせめ世のひとのきゝおもはん○《こと》もむけに思やりなくうたてあるへし大殿~~はゝ~~《はゝ》宮なともならひなき御心さしといひなからこの御事はいかゝせんさらはさてあれかしとはよにおほさしいつかたにつけてもいかはかりおほしなけかんなとかた〳〵あるましき事とふかく思しり給にしもあやにくにそ御心のうちはく(▲□)たけまさりつゝいつくにいかに身をもなしはてゝんと心ほそくおほさるへしいまはしめたる事にはあらねと猶さらてもありぬへきことはよろつにすくれ給つらん女の御あたりにはまことの御せうとならさらんおとこはむつましうをおほしいてゝ

（2ウ〜4オ）

〔三〕

二条ほりかはのわたりを四丁こめつゝこゝろ〳〵にへたてつくりみかゝせ給たまのうてなにきたのかたみところをそすませたてまつら

かたに付てもをしなべておなじおとゞと聞えさするもいとかたじけなき御身のほどなれど何の罪にかたゞ人に成給ひにければ故ゐんの御ゆいごんのまゝにうちかはりみかどたゞ此御心に世をまかせ聞えさせ給ひていとあらまほしうめでたき御ありさまなり二条ほり川のわたりに四町つきこめてみつにへたてゝつくりみがき給へる玉のうてなに北方三人をぞすませ奉り給へる堀川二町にはやがて御ゆかりはなれず故先帝の御いもうと前の斎宮おはしますとう院にはたゞいまのおほき大殿と聞えさする御むすめ一条院のきさいの宮の御おとゝ東宮の御をばよ世の覚えうち〳〵の御ありさまもはなやかにたのもしげ也坊門には式部卿の宮と聞えし御むすめぞ中に心ぼそげなる御有さまなるべけれど女君の世にしらずめでたき一人うみ奉り給へりけるを内にまいらせ奉らせ給てこのころ中宮と聞えさす今上一宮さへ出おはしましける御いきほひ中々すぐれてめでたく行すゑたのもしき御ありさまなり

（上3ウ～4ウ）

御門の御すゑにていつかたにもおしなへておなし御事にきこゑさするはかたしけなき御身のほとなれとなにのつみにかたゝになり給にけん二条の摂政なとそきこゑさせけるされとよの一の人ときこゑさする中にもよの人の思ひきこゑたるさまよりうちはしめうち〳〵の御ありさまなとかきりあれは御くらゐにてはいみしくともさこそおはしまさましはかくて古院の御ゆいこむのまゝにたちかはり御門たゝこの御こゝろによをまかせきこへ給て御中ともめてたくあらまほしき御ありさまなり二条ほりかはのわたりを四丁つきこめてみつにへたてゝつくりみかゝせ給へるたまのうてなにきたのかた三人をそすゑたてまつり給へるほりかはのまちはやかて御ゆかりはなれす古先帝の御いもうとの斎宮そおはします洞院にはたゝいまのおほきおほとのときこゆる御むすめ一条のきさいのみやの御おとうと春宮の御はゝ御おほえうち〳〵の御ありさまもはなやかにこのましけにておはします坊門にはひやうふきやうのみやときこゑをはせし御むすめ中にこゝろほそき御ありさまなるへけれと女きみのいとめてたきひと（▲□□）ゝころおはしましけりうちにまいらせたてまつり給て中宮ときこゑさす今上一のみやさえたのもしくきらせ給へるほりかは二条には御ゆかりはなれすこせんたいの御いもをとせんさい宮おはします東院にはたゝいまの大きおとゝの御むすめ一条のきさいの宮の御おとゝ東宮の御をはよのおほえうち〳〵の御ありさまはなやかにいとめてたしはうもんには兵部【阝】卿のみやときこえし御むすめそなかにはわかもてなしよりほかにはこゝろくるしかるへけれとも女きみのよにしらすめてたきひとゝころおはしましてたゝいまの中宮ときこえさす今上一のみこさへむまれさせ給へるいきをひ中々すくれめてたく行すゑまてたのもしき御ありさまなりついちをへたてつゝ殿はみたてまつりたまふ

（4オ～ウ）

〔四〕
か丶る御中にも斎宮はおやざまにあつかり聞
えさせ給ひにしかばやん事なくかたしけなき
かたも御かほかたち心様なべてならす思ひ聞
えさせ給へる御かたにしもかくすくれて此世
の物ともみ（見）え給はぬおとこ君さへたゞ一人も
のし給ふをいかでかはよのつねにはおもひ聞
えさせ給はん千人の中にだにいとか丶らんは
おやの御心ちにもいかでかはすぐれておもほ
しかしづかざらんとみ（見）えたり此比御とし廿に
いま二ばかりやたり給はざらむ二位中将とぞ
きこゆめるなべての人だにかばかりにては納
言にもなり給ふべきぞかしされどこの御有さ
まのあまり此世の物ともみ（見）え給はぬによろづ
をおぼしをぢたるなるべし是をだには丶宮は
ちごのやうなる物をとあえかにいま〳〵しき
までおぼいためれどをしなべての殿上人にて
まじらひ給はんが心ぐるしさに内のうへなど
のせちになさせ給へるなりけり第十六我釋迦
むに仏と此世の光のためとげにあらはれ給へ

〳〵しうておはしませは中々おほやけしくす
ゐまてたのもしき御ありさまともをついちを
へたてつ丶うちまかゐとのはみたてまつり給
（3ウ～5オ）

〔四〕
中にも斎宮はすくれさせ給へる御かたちあり
さまをはしめやかておやさまにあつけきこゐ
させ給にしかやむ事なくかたしけなきかたも
なへてならす思ひきこゐさせ給へる御はらに
しもこのよの物ともみえ給はぬおとこきみさ
え一人ものし給をよのつねに思ひきこゐさせ
給はん千人の中にてたにか丶らんをいかてか
すくれておほしかしつかさらんとみ（見）ゐたたり
御とし二十にはいまふたつはかりたり給は
さるらん二位の中将とそきこゆるなへての人
たにかはかりにては中納言にてこそおはすめ
れとこれはあまりこの○《よの》物ともみゐ
給はぬ御ありさまをおほしおちて御こ丶ろに
まかせきこゐ給はぬ御こゐなとのいま〳〵し
さのかはりにとおほしめしたるなめり御くら
ゐたにあまりまたしきにちこのやうなる物を
なとは丶みやはおほしめすへしうちのうゐな
とをしなへたる殿上人にてましらひ給へる
こ丶ろくるしさにせちになさせ給へるなりけ

〔四〕
か丶る御中にもさい宮をはをやさまにあつか
りきこえ給にしかはやんことなくかたしけな
きかたにも又かたち御心よりはしめてすくれ
給へるにしもかくありかたきおとこ君さへ
た丶ひと丶ころものし給をいかてかはよのつ
ねにおもひきこえさせ給はんあまたものせさ
せ給はんにてたにこの御ありさまをはをやた
ちもいかてかはすくれておほさ丶らんとみ給
このころ御とし廿に二三たりたまはぬ《て》二位の
中将とそきこえさすめるなへての人もかはか
りにては中納言にもなり給めるをされとこの
御ありさまのこのよの人ともみえ給はすいと
ゆ丶しきに御くらゐをたにあまりまたしきに
とちこのやうにおもひきこえさせ給たるなる
へしは丶宮なとは天人なとのしはしあまくた
り給たるにやとおそろしうかりそめにのみお
もひきこえさせ給て御ましらひなともうし
ろめてたくおもひきこえさせ給たれとさのみ
はいかてかはとてましらひたまふいていりに

るとかたじけなくあやうき物に思ひ聞えさせ給ひてあめ風のあらきにも月日のひかりのさやかなるにもあたり給ふをばいたはしくゆゝしきものに思ひ聞え給ひつゝおほふばかりの袖のいとまなげにあまりこちたき御心ざしどもをおとなひ給ふまゝにありぐるしくおぼすおり〳〵もあるべし　（上4ウ～5ウ）

〔五〕

よるなどをのづからまぎれ給ふよな〳〵は二所ながらうちもふさせ給はずうしろめたきことをなげきあかさせたまへどむかひ聞えさせ給ひぬれば思ふまゝにもえいさめ聞えさせ給はでたゞうちゐみつゝみ《(見)》奉り給へる御けしき共いひしらず哀げ也み《(見)》ぐるしくあるまじき事をしいで給ふとも此御こゝろにすこしにてもくるしくおぼしめしぬへからん事はたがへせいし聞え給ふべきにもあらずゆめ《つゆィ》ばかりもあはれをかけ給はん人をばいひしらぬしづのめなり共玉のうてなにはぐゝまん事をおぼし

りこのよの人のためあみたほとけの御かたちをわけてけふのことなし給てへむし給へるにやとのみ思きこゐさせ給へるも事はりなりやたゝうちみたてまつるよそ人たにわかみのうれえをわすれ思事なきこゝちすれはましておほとのなとはあめ風のあらきにも月日のひかりのさやかなるにもあまり給ふもゆゝしく思きこゐさせ給つゝおほふはかりのそてのいとまなけにこちたき御こゝろともうきをたのまれぬ人のくるしけにそみえ給されといかてかはさのみもしたかひきこゐさせ給はん　（5オ～6オ）

〔五〕

よるとなれはまきれ給ふよな〳〵はふたところなからうちもふさせ給はすおきあかさせ給つゝうしろめたく思ひきこゐさせ給かへらせ給ぬれは思ふまゝにもきこゐさせ給はすたゝうちゐみてあるましういひしらぬわさをしいて給はん御こゝろかすこしもたかふ事はあるへきにもあらすすこしにてもあはれをかけ給はむ人はいひしらぬしつのをなりともたまのよとのにはくゝまむことをおほしおきつれといかなるにかみのほとよりはいたくしつまりてありそふ人はしらまほしけにもおほしおき

めをつけて心をそえきこえたまへるさまなと御心のいとまなけなりあめかせあらきにも月の光のさやかなるにもあたり給をはいま〳〵しくゆゝしくおもひきこえさせ給へるをおとなひ給まゝにはあまりくるしうゝきはたのまれぬへきこゝちのみしおほさるゝをり〳〵もあるへし又よの中の人もうちみたてまつるきはゝあやしうこのよのものとも思きこえさせたらすこれやこのすゐのためにあらはれさせ給へるたい十六我尺迦牟尼仏とてをしすりなみたをこほすもおほかり　（4ウ～6オ）

〔五〕

まいて事はりなるをやたちの御心さしともにはいひしらすあるましき事をしいて給ともこの御心にすこしもくるしうおほさ○《れ》む事はつゆはかりもたかえきこえさせ給へくもなけれとよのおとこのやうにをしなへてみたりかはしくあは〳〵しき御心さえそなかりけるゆめはかりもあはれをかけ給はんかけのき草なとをもおなし心におほしはなつへくもなけれともいかなるにかこのよはかりそめにせかいふらうことのみをほさるゝそけによの人のことくさにおもひきこえさせたるやうにい

をきつれどいかなるにか御身のほどよりはいたくしづまりて此世はかりそめにあちきなきものとおぼしてありてふ人はしらまほしげにもおぼしたらずおぼろけならざらむことに御めをもみゝをもとゝめ給ふべうもあらねばすこしものすさまじう心やましき御けしきなるをくちおしく心もとなきものに思ひ聞ゆる人々もあるべしまれ〳〵一くだりもかきながしたまふみづぐきのながれをばめづらしうをきがたきものにかごとばかりのゆくての一こと葉をも身にしみておかしくいみじとこゝろをつくしまいて近きほどの御けはひなどを千夜を一夜になさまほしう鳥のねつらきあかつきのわかれにきえかへり入ぬるいその中々なるに心をつくす《まよはイ》人々たかきもをくれたるもさま〳〵にをのづからいかでかはなからんそれにつけてもいとゞうらみ所なくすさまじさのみまさり給ふべかめれどいとなべてならぬあたりにはなだらかになさけをみせ給ひておりにつけたるはな紅葉霜雪雨かぜのあらきまぎれもしはあはれまさりぬべき夕ぐれあかつきのしぎのはねがきにつけなと思ひかけずをとつれ給ふおり〳〵もあるは中々なるいなぶちのたきまさりつゝ心をつくし給ふなめりかしさこそまめだち給へど只引過給ふ道のたより

てすさるはひとくたりもかきなかし給ふみつくきのなかれをめつらしうゆかしき物思ふか事はかりのゆくてのなさけちよをひとよになさまほしうとりの○《ね》つらきあか月のわかれを思ひくつをれいりぬるいそのなけきをひるよなく思きこゑ給人々たかきもくたれるもさま〳〵あめれとそのをりにつけてめとまり給はなもみちしもゆきあめかせのけしきにつけつゝあはれまさりぬへきゆふくれあか月のゝきはのかせにつけ思かけぬほとさすかにいつくにもおとつれ給ことはたえぬかけろうにおとらぬをりなとにつけては中々なるこゝろをまとはせつゝいなふちのくちに思きこゑ給にわかこゝろはいとゝおこるにやみをとりのみし給つゝこゝろとまる事もなしおしなへてみたりかはしき物ゆかしかりをそし給はさりけるたゝひきすき給みちのたよりにもすこしゆへつきてみゆるやまかつのかきほのなてしこにはおのつからめとまらぬにしもあらぬほとにおのつからのをなつかしみたひねし給ところもあるにやまめやかなりといひなからいかてさたにおはせさらんおとこといふものはあやしきたにいかなるもひとわたりものゆかしかりせぬものはなきよのさかなりける

（6オ～7ウ）

かにもへんくゑのあらはれ給へるにや人よりはものすさましけにくちをしきかたもおもひきこえさせ給る人もあるへしまれ〳〵ひとくたりもかきすさみ給へる水くきをはめつらしうをきかたきものにおもふ人をほくなをさりのひとことはも身にしみておかしういみしと心をつくしまいてちかきほとの御けはいなとをは千よをひと夜になさまほしくとりの○《ね》つらきあか月のわかれにきえ返いりぬるいそのなけきひまなく心をのみつくす人々たかきもいやしきもさま〳〵いかてかおのつからなからんそれにつけつゝはいとゝうらみところなくすさましさのみまさり給へかめれといとなへてならぬあたりにはなだらかになさけ〳〵しうもてなし給てをりにつけたるはなもみちしもゆき雨風につけてもあはれまさりぬへきゆふくれあか月のしきのはかせなとにつけてもおもひかけすいつれにもおとつれたまふ事はかけろふにおとらすをり〳〵あるに中々いなふちのたきもさわきまさりていそのいけふりともなりたまふめりさこそおほしはなれと猶このあくせにうまれたまひにけれはたゝひきよきたまふ道のたよりともたゝすこしゆへつきたる山かつのしはのいほりにをのつからめとゝめ給はぬしもあらましまし

にもすこしゆへづきたる山がつのかきほのなでしこにはをのづからめとまらぬにしもあらぬほとに野をなつかしみたびねし給ふわたりもあるにやいかなるおりにかぼんまう經にや一見於女人とのたまへるとおぼしいづれば車のすだれうちをろしつれどそばのひろうあきたるはえたて給はぬなめりかしさだかにはいかでかはおはせざらん男といふ物はあやしきだに身のほどもしらず人に心をつくるわざなめりかし

（上5ウ〜7ウ）

〔八〕

ひかりかゝやき給ふ御かたちをばさる物にて御心ばへまことしき御ざへなどはもろこしにやたぐひあらむ此世には今もむかしもたぐひなくぞものし給ひける手などかきたまふさまもいにしへの名高かりける人々の跡は千とせふれどもかはらぬにみ《(見)》あはせ給ふに人々なを時にしたがふわざにやいまめかしうたをやかになまめかしううつくしきさまはかきまし給へりとぞさたせ《めイ》られ給ふめる又ことふえの音につけても雲ゐ《(井)》をひゞかし此世のほかまですみのほり天地をもうごかし給ひつべきをゆゝしうおやたちもおぼしさはぎてなに事をもあながちにこのみをさせ《せさせイ》奉り給はねは我もこと

〔八〕

ましてかゝやかせ給御かほかたちをはさる物にて御こゝろはへまことしき身のさへなとはもろこしにやたくひあらんこのよにはいまもむかしもたくひなく物してなとはきゝしとかならすよのたくひに人のいふめるにもいまめかしうたをやかなるところはまさり給へりとそよの人きこゆめるひきならし給ことふゑのねにつけても雲ゐ《(井)》をひゝかしこのよのほかまてすみのほるをゆゝしくおほされておとゝいみしくせいしきこゑ給へはことにみゝならし給はすまれ〳〵の御事もみゝたつる人おほかれはわれもい巾《と》むつかしくてゝもふれ給はねはむもむなる人におはしける物うちすんしさ

てすみれつみにはのをなつかしみたひねしたまふあたりもあるへし本命経にかや一見を女人といふ事おほしいつれは御くるまのすたれうちおろし給へれとそはのひろくあきたるはえたて給はさるへしさたにいかてかおはせさらんおとこといふ物はあやしきたに身の程しらすあらぬおもひをつくる○《もの》とかや

（6オ〜8ウ）

〔八〕

光かゝやき給御かたちをはさる物にてこゝろはへまことしき御さへなとはこまもろこしにもたくひなきま○《て》にそ人おもひきこえためるいにしへのなたかゝりけるひと〳〵のあとは千とせふれとかはらぬにあはせ給人々おほやけをはしめたてまつりてときよにしたかふにやなつかしういまめかしうみ所あるすちはことのほかにまさり給へりとさためられ給めり又ことふえのねにつけても雲ゐ《(井)》をひゝかしこのよのほかまてすみのほりて天人もおとろかしたまひつへけれはいとあまりゆゝしうをやたちおほしたちてをさ〳〵せさせたてまつり給はす我もことに心とゝめてなに事も

に心をとゞめて人にみゝならさせ給はずなど
あればよろづにむしんに物すさまじき人ざま
にやとぞをしはかられ給へどはかなき御こと
の葉けしきなとうちみ(見)奉るよりわが身のうれ
へもわすれ物思ひはるゝ心ちしてうちゐまれ
あいぎやうづき給へる御さまぞたぐひなかり
けるすべて何事もいひつゞくれば中々なりよ
ろづめづらしくためしなき御有さまと世の人
のことくさに聞えさすめれば大殿などはあま
りゆゝしくあめわかみこのあまくだり給へる
にやけふやあまの羽衣むかへ聞え給はんとあ
やうくしづ心なき御心のうちどもなり
（上7ウ～8ウ）

〔七〕

源氏の宮と聞ゆるは故先帝の御すゐの世に中
納言の御息所の御はらにたぐひなくうつくし
き女宮むまれ給へりしを今さらのほだしと心
ぐるしうおほしはぐゝみしほどに宮の三ばか
りになり給ひしほどに院もみやす所もうち
つゞきかくれさせ給にしかばいと心ぐるしく
て斎宮やがてむかへとり聞えさせ給ひて中将
とおなじ心《ことイ》に思ひ聞えさせ給ふ殿もまことの
御むすめよりもやんごとなきかたそひて思ひ
かしづき聞えさせ給へり十に四五あまらせ給

いはらうたひ給ふなとよみ給へるはきかまほ
しうめてたき物によの人きこゐたりされはな
にこともたゝならひ給事なしこの御師となの
るへき人もなけれといかにし給へるにかいと
めつらかにあめわかみこなとのしはしあまく
たり給へるなめりとゝのはおほしてけふやあ
まのはころもむかへにえ給はんとあやふみて
いみしうしつこゝろなき思ひこゝろとものう
ち也
（7ウ～8ウ）

〔七〕

源氏のみやときこゆるは古先帝のすゐのよに
中納言のみやすところの御はらにたくひなく
うつくしきみやむまれ給えりしをいま御この
ほたしとこゝろくるしくおほしはくゝみしに
三つはかりになり給えりしにゐむもはゝみ
やすところもうちつゝきかくれさせ給にしか
はいとこゝろくるしく斎宮やかてむかへとり
きこゐ給て中将のおなしこと思かしつきゝこ
ゐ給とのもまことの御むすめよりもいますこ
しこまやかになつかしう思きこゐ給えりとを

し給はすなとあれはよろつにむしんにものち
さましき人さまにやとそをしはかられ給へと
はかなき御事のはけしきなとよりはしめもの
うちすんしさいはらうたひ経なとよみ給へる
きかまほしくあひ行つきはつかしうなつかし
き御ありさまなとはうちみたてまつるより身
のうれへもわすれおもふ事○《なく》なる心
ちしてうちえまれいのちのふる心ちし給ける
すへて何事よりも中々なりよろつめてたくめ
つらしき御ありさまなりかくのみよの中にい
ひめてられ給を大殿はゝ宮いとあまりゆゝし
うあやうきものにおもひきこえさせ給へり
（8ウ～9ウ）

〔七〕

源氏の宮と申はこ前たいの御すゐのよに中納
言のみやすところときこえ給しか御はらにた
くひなくうつくしき女宮うまれ給しをすゐに
ならせ給へるいまさらのほたしを心くるしう
おほしめしゝ程に三なり給し年院もはゝ宮す
所もうちつゝきかくれ給にしかはいと心くる
しくてこのさい宮のやかてむかへとりきこえ
させ給て中将のおなし心に思かしつきゝこえ
させ給殿も中宮の御ことよりもいますこし心
くるしうやんことなき事をそへておもひきこ

へる御かたち有さまみ（見）奉らん人はいかなるもの、ふなりともやはらぐ心はかならずつきぬべきを中将の御心のうちはことはりぞかし
（上8ウ～9オ）

〔八〕

しばしはさりともなずらへなる人ありなんとたのもしくおぼされしを彼よしかたがかくれみのをえ給はねどもをのづからたかきもいやしきもたづねよりつゝいたゞのはしはくつれどいとけちかきほどにこそあらねたちきゝかいまみ（見）などかしこく御心に入たるまゝにおぼつかなきはすくなけれと此御かたち有さまになずらふばかりのはありがたきわざにこそとおぼさるゝまゝにいとゞ人しれぬ心の中に思ひこがれたまふさまいと〳〵をしうをとなしのたきとやつゐになり給はんとみゆるをさすかにかう忍びまぎらはし給ふほどにはれ〳〵しからずむすぼゝれたまへる御けしきをおとなひ給ふまゝに人の御くせにこそとしのぶもぢずりをえしり給給はぬなるべしおほきおとゞの御かたには《はイ》いかにかやうの人おはせでつれ〳〵におぼさるゝまゝにさるべからん人の御むすめもがなあづかりてかしづきたてんなど明暮さるはうらやみ給ふめる源氏宮の御

によついつゝあまり給へる御かたちみたてまつらん人いかなる物ゝふなりともやはらくこゝろかならすつきぬへきに中将の御こゝろのうちはことはりそかし
（8ウ～9ウ）

〔八〕

しはしはさりともなすらひなる人ありなんとたのもしうおほされしをたかきもいやしきもおほつかなきはすくなくなるまゝにこの御かた○《ち》はかりなるはありかたくおほしゝらるゝまゝに人しれぬこゝろのうちひとつになきこかれ給ふさまいと〳〵をしうたきとやつゐになり給なんすらんとみゆる御なみたをさすかにしのひまきらはし給ほとはれ〳〵しからすむすほゝれ給へる御けしきをおとなひ給まゝの御人くせにこそはとたれもおほしみたれてまつるにしのふもちすりなめりおほきおほきおとゝの御かたこそいかにもかやうの人おはせていとつれ〳〵におほさるゝまゝにさるへからん人のむすめをかなあつかりてあつかひくさにせんなとあけくれこれをさへうらみ給えり源氏のみやの御かたちいまよりすくれたるなたくて春宮ゆかしく思ひきこゑ給をさこそはつゐのことはとはおほしたりうちのうゑもむかしの御ゆいこんおほしたてられ

えさせ給へり十に四五あまらせ給へる御かたちほのみたてまつらん物ゝふなりともこゝろはかならすつきぬへきを中将の御心はことはりそかし
（9ウ～10オ）

〔八〕

われもおさなくおはせしをりはかたみにかくのみおさなき人はめてたきものとのみおほしならひたるをやう〳〵ものゝこゝろしりゆくまゝにこの御やうならん人を見はやさらさらんこそいけるかいなかるへけれとおほししみにけれはかくいとすさましき御心なからもをのつから心にくきあたり〳〵をいかにせん〳〵とのみものなけかしうやう〳〵なり給てかのよそこのとう宮のすけのかくれみのもうらやましくなり給て人しれすひとわたりつゝあなひし給はぬあたりはなきにやすこしうちなすらひにおほさるゝもなきにひとしれぬもの思はやるかたなくなりまさり給てたまとやつゐにとのみたちゐにおほさるゝそわりなかりけるいとかくやるかたなき御心のうちをよにしのひすくし給へはよをへてはれ〳〵しからぬ御け（気）しきたゝひとの御くせにこそはとあかぬ事にたれもおほしみたてまつりぬへとしのふもちすりなめり大きおとゝの御方にそい

かたちかくすくれ給へる御名たかくて春宮のいとゆかしう思ひ聞えさせ給へるにさこそはつゐの事ならめとおぼしたり内のうへもむかしの御ゆいごんおぼしわすれずあはれにきこえかはさせ給ひながらおぼつかなくて過させ給ふも口おしきをさやうにて内ずみもせさせ給へかしとおと丶にも聞えおどろかさせ給ひけりされどいとゞしき御ありさまを猶今すこしさかりにねびと丶のひ給てこそなどおぼろけならずおぼしをきつる御ありさまなるべし

（上9オ〜10オ）

させ給ていま丶てよそ〳〵にてみたてまつらせ給はぬいとおほつかなくほ（本）いなくおほしめされてさすかについてなくては御たいめんもなきをけにさやうにてうちすみせさせたてまつらんなとおほしめせはおと丶なとにもさてはついにもいか丶なときこゑ給へはけふあすもかたかるへきにもあらねといと丶しき御さかりをこそ御らんせさせめとおほして

（9ウ〜10ウ）

かにも〳〵かやうの人をはせねはいとつれ〳〵におほさる丶ま丶にさるへからんひとのむすめもかなさ丶りをさへあけくれうら◯《や》み給源しの宮の御方《かた》ちかくすくれ給へるなたかくて春宮いみしうゆかしかり給へはさこそはつゐの事にはとたれもおほしたりうちのうゑもむかしの御ゆいこんおほしわすれすあはれにおほされていま丶てよそ〳〵にてみたてまつらせ給はぬ事いとおほつかなくほ（本）いなくおほしめされてさすかについてなくては御たいめんもなきをおなしくはおほつかなからすみたてまつらむなとうちすみせさせたてまつらんけにのみの給はすれといかにもいますこしの御さかりのほとをこそはたれにもみせたてまつらめとおほしの給はせつ丶おほろけならてはとおほしをきてたる御ありさまなめり

（10オ〜12オ）

〔九〕

かくいふほどに卯月もすきて五月四日にもなりにけり夕つかた中将君内よりまかで給ふ道すがらみ（見）給へばあやめ引ぬるしづのおがひまなく行ちがひもてあつかふさまどもげにいかばかりふか丶りける十市の里のこひぢならんとみゆるあしもとどものいみじげなるもしら

〔九〕

いたうわひさせ給ほとに四月もすき五月四五日ころにもなりぬ中将のきみうちよりまかて給みちすからみ給へはあやめひきさけぬしつのをなくもてあつかふさまはけにいかはかりふか丶りけるおちのさとのこひちならんとみゆるあしもともいみしけにひきあきていとく

〔九〕

四月もすきぬ五月四日にもなりぬ中将の君うちよりまかりて給にみちすからみ給へはあやめひきかけぬしつのをなく行ちかひつ丶もてあつかふさまともけにかくふか丶りけるとをちのさとの恋ちなるらんとみゆるあしもと丶ものいみしけなるもしらすいとおほくもちた

ずがほにいとおほくもちたるもいかにくるし
からむと目とまり給て
　うきしづみねのみなかるゝあやめぐさ
　か丶るこひぢと人もしらぬに〈2〉
とぞいはれ給ふたまのうてなの軒ばにかけて
み《(見)》給へばおかしうのみこそおぼさるゝを御車
のさきにかほなどもみ《(見)》えぬまて打むれて行や
らぬをおどろ〳〵しき御随身のこゑ〳〵にと
どめられて身のならんやうもしらずかゞまり
ゐるをみ《(見)》給ひてさばかりくるしげなるものを
かくいふとせいせさせ給へばならひにてさぶ
らへばさばかりの物はなじかはくるしと思ひ
さぶらはんと申すを恋路をばわが御身になら
ひ給へれは心うくもいふかなと聞給ふ
（上10オ～11オ）

〔一〇〕
大なるもちいさきもつまごとにふきさはぐを
くるまよりすこしのぞきつゝみすぎ給ふにい
ひしらずちいさくあやしき家どもにもたゞ一
すぢづゝをきわたすを何の人まねすらむと哀
にみ給ひつゝ扇をふえにふき給へる夕ばへの
御かたちまことにひかるやうなるをはじとみ
にあつまりてみ奉りめづる人々ありけり御く
るまなど今はおとなしくなり給へれど御とも

るしけなるこゝろのうちもみをしれはあはれ
におほしたるらん
　うきしつみねのみなかるゝあやめくさ
　かゝるこひちと人もしらぬに〈2〉
とそいはれ給たまのうてなのゝきはにかけて
み給ふはをかしうこそおほさるゝをいとおも
たけにもてさまよ~~ふね~~ひて御くるまのさきな
るをおとろ〳〵しき御すいしんとものこゑ
〳〵においとめられてかゝまりゐたるをみ給
てさはかりくるしけなる物をかくないひそと
の給へはならひにてさふらへはさはかりの物
はなにとかは思ひ候はんと申をこひのみちに
はわか御身にならひ給へれはこゝろうくもい
ふかなときゝ給
（10ウ～11ウ）

〔一〇〕
おほきなるもちゐさきもつまことにふきさは
くをくるまよりさしのそきつゝみすき給ふに
いひしらすちゐさくあやしきいほりともに
たゝひとすちつゝおきわたすをなにの人まね
すらんとみ《(見)》つゝすき給まゝにふゑをふき給
つゝほのみ《(見)》ゑ給つる御かたちのゆふはへまこ
とにひかるやうにみゑ給をはしとみにあつま
りあへる人ありけり御くるまなともいまはお

るをいかにくるしかるらんとめとゝまりて
　うきしつみねのみなかるゝあやめ草かゝ
　るこひちと人もしらぬに〈2〉
とおほさるたまのうてなののきはにかけてみ
給はをかしうのみこそ有を御くるまのさきに
かほなともみえぬまて行やらぬを御すい身と
もおとろ〳〵しくこゑ〳〵にをひとゝむれは
身のならんやうもしらすかゝまりいたるをみ
給てさしもくるしけなる物をかくないひそと
せいせさせ給へはならひにて侍れはさはかり
のものはなにかくるしくさふらはんと申を心
うくもいふかなとき丶給こひのもちふは我御
身にてならひたまへれはなるへし
（12オ～13オ）

〔一〇〕
大きなるもちゐさきもつまことにふきさはく
を御車よりすこしのそきつゝみすくし給にい
ひしらすちゐさき草のいほりともにたゝひと
すちつゝなとをきわたすをなにの人まねすら
んとあはれにみたまふ御かたちのゆふはえま
ことに光やうなるをはしとみにあつまりたち
てみたてまつりめつる人々有けり御車のあり
さま御す《(▲□)》いしんとものおもえるけ《(気)》しきすかた

の御ずいじんなどはいとわかうおかしげにな
べてならすみゆるをあはれあれが身にてだに
あらばやなに事を思ふらんとわかき人はめで
まどひて過給ふも猶あかねば軒のあやめを一
すぢひきおとしていそぎかきてはした物のお
かしげなるしてをひて奉るをくれてはしる御
随身にとらせてかへるをいづこよりとか申さ
んやがて御くるまに参り給へとてとらへつ御
らんずれば

　しらぬまのあやめはそれとみえ(見)ず共よも
　ぎが本はすぎずもあらなん〈3〉

とぞかきたるいかなるすきものならむとほゝ
ゑみてとはせ給へといはんやはこゝろとき御
ずいじん《にてイ》そのわたりにすゞりもとめて奉りた
るしてたゝうがみにかたかんなにて

　み(見)もわかですぎにけるかなをしなへて軒
　のあやめのひましなければ〈4〉

今わざとまいらせんといはせ給ひてわらはの
いらむ所たしかにみよとの給へばはじとみた
かくあげわたして人々あまたみえ(見)侍りつと申
せばなに人ならんみしりたりつるにやとばか
りはおほせとかやうのうちつけげさうなどは
わざと御心にもいらずあるまじき事をぞいか
なるおりにも御心にとゝめ給ふべかめる
(上11オ~13オ)

となしくなり給めれと御とものおのことも御
すいしんなとはをかしけになへてならすみゆ
るをあれかみにてたにあらはやと思ふことな
けなるをわかき人々めてまとひてすき給ひぬ
るもなをあかねはのきのあやめひとすちひき
をとしていそきかきてはした物ゝをかしけな
るしておいたてまつるおくれてはしる御すい
しんにとらせてかへるをいつこよりそやかて
御くるまにまいり給へとてとらへてまいらせ
たるをみ給へは

　しらぬまのあやめはそれとみへすともよ
　もきのかとはすきすもあらなん〈3〉

とそかきたるいかなるすき物ならんとほゝゑ
まれ給てとはせ給へといはんやはこゝろとき
すいしんそのへんにふてもとめさせけれはき
やうしなとにやていのつきたるをそありける
たゝうかみにかたかむなにてかき給ひける

　みもわかてすきにけるかなをしなへての
　きのあやめのひましなけれは〈4〉

いまわさとまいらんといはせ給ひてわらはの
いらん所たしかにみせよとてすき給ひぬはし
とみあけわたして人々みゆわらはのすかたお
かしきおほかりみをき候ぬるよし申せはなに
人ならんとおほせとかやうにこゝろえすけな
るけはひは御こゝろもとまらすあるましうみ

なともなへてのひとゝはみえすめつらしうゝ
つくしけなるあれか身にてたにあらはやなに
事思ふ覧とわかき人々めてまとひてすき給か
くちをしけれはのきのあやめひとすちひきお
としていそきかきてよろしきはした物してを
ひてたてまつるをくれてはしる御すいしんに
とらせてかへるをいつくよりとか申さんやか
て御車にまいり給へとてとらへつまいらせた
るをこらんすれは

　しらぬまのあやめはそれとみえすともよ
　もきか門はすきすもあらなん〈3〉

とそあるいかなるすきものゝいたるならむと
うちほをえみてとはせ給へはいはんやは御す
いしんともそこのわたりにふてもとめてもて
まいりたれは経しなとのにや巾《て》ゐのつきたる
そありけるたゝうかみにあらぬすちにまきら
はして

　みもわかてすきにけるかなをしなへての
　きはのあやめひましなけれは〈4〉

いまわさとまいらむといはせ給てわらはのい
らむ所みよとその給てすき給しとみたかくあ
けわたして人々のすいかけあまたしてわらは
へのをかしきあまたおほかりみをき侍よし申
せはなに人ならんみしりたりけるにや〇《と》
おほせとかやうのうちつけゝさうなとは御心

〔一一〕

又の日は所々に御ふみかき給ふ色々のかみの色はだへなどえならぬあまたとりちらしてすみこまやかにをしすりつゝかき給ふ御手はげになどてかすこしの物の心しらん人のいたづらにかへさんとみ(見)ゆるに御うたどもぞなべての人のくちつきにてだにおかしともみえぬはあしう人のまねひためるにや左大将の御むすめせんえう殿と聞えて春宮にいみしう時めき給ふをいかなるかぜのたよりにかほのかにみ(見)きこえさせ給ひけりされどいかでか思ふさまにしもあらん御せうそこなどだにおぼろけならではかよふ事かたくぞありけるあまりまちどをなるもこひしくおもひいでられ給ひて

恋わたるたもとはいつもかはかぬにけふ
はあやめのねさへなかれて〈5〉

一条院のひめ宮の御けはひもほのかなりしかばにやなべてならぬこゝちせしをいかで御かたちなどようみ奉らんなど心にかゝり給ひて少将命婦のもとにれいのこまやかにて中に

おもひつゝ岩かきぬまのあやめぐさみこ

くるしきことをそいかなるもこのみ給める

（11ウ～12ウ）

〔一一〕

又のひはさるへき所々にふみかき給とて御すゝりのはこにいろ〳〵なるかみのえならぬとりちらしてすみこまやかにおしすりつゝかき給御てはけになとてかはすこしも物み(見)しらん人はたゝにみすくさんとめてたくみゆるに御うたともてさしもことにみえすなへての人のくちつきたにおかしともみえぬはまねひなしにやあらんさ大将との、御むすめせんえう~~との~~《てん》ときこゑて春宮にいみしくときめき給をいかなりけるかせのたよりにかほのみたてまつりいかあなかちなるさまにてそかよはし給めるいとひさしくなりにけるもこひしく思ひきこゑさせ給て

こひわふるたもとはいつもかはらぬにけ
ふはあやめのねさへなかれて〈5〉

一条のゐんのひめみやの御けはひもほのかなりしかはにやなへてならすみゝとまり給てたゝくらきはゆかしうおほえ給て少将のみやうふのもとにほのめかし給

思ひつゝいはかきぬまのあやめくさみこ

にもいらすたゝあるましき事をのみそいかなるも御身くるしうおほしはゝかるめる

（13オ～14ウ）

〔一一〕

又のひはさるへき所々になをさりの御文かき給かみの色したえの心はへ人よりことなる御文のほとのしるしなめれあまたとりちらしてすみこまやかにをしすりつゝかき給けになとてかはすこしもの、こゝろしらん人のこゝろにしめきこえさらんとみゆるに御わかとものなへてのひとにてたにいとさしもみへぬはあしう人のまねひなしたるなめり左大将の御むすめせんえう殿ときこえてとう宮にいみしうときめき給をいかなりける風のたよりにかほのかにみきこえ給てけりされといかてかはおもふさまにもあらん御ふみなとたにかよふ事かたくそありけるまちとをなりにけるもこひしうおほされて

こひわたるたもとはいつもかはかぬにけ
ふはあやめのねをそへたる〈5〉

一条の院のひめみやの御けわひもほのかなりしかはにやなへてあらぬこゝちせしをいかて御かたちよくみたてまつらんと御こゝろにはなれねは少将の命婦のもとに例のこまやかに

もりながらくちはてねとや〈6〉

などやうにてあまたあめれど同じすぢなればとゞめつかやうにおりにつけたることの葉などはちらし給へど心の中はいつまでかとのみ此世はかりそめに物すさましくおぼさるべきちやうじにくろむまでぞそぎたる御ひとへにくれなゐの御はかまき給てつらづえつきて池のあやめの心ちよげにしげりたるをながめやり給ひてをとはの山にはなど口ずさひ給へる御こゑは猶たくひなしありつる御かへりいづれもおかしき中にせむえう殿のは御手も心ことにおかしげにて

うきにのみしづむみくづと成はてゝけふはあやめのねだになかれす〈7〉

とあるけ（気）しきなどむかひ聞えたる心ちしてらうたけにあはれあさからねばすこしなみだぐまれ給ひぬ

（上13オ～14ウ）

〔一二〕

その夕さりはもしさりぬべきひまもやと内わたりにいで立給ふにいとゞめしさへあれば参り給ふとてまづ殿の御まへにまいり給へれは

もりなからくちやはてなん〈6〉

なとやうにておなしすちにてあまたみゆれとと丶めつ丶かやうになをさりことをちらし給もいとすさましうこ丶ろはことにのみなけかれつ丶いつまてかなんとおほしつ丶けらる丶ちやうしにくろむまてそ丶きたるおんそひきかさねてくれなゐのおりす丶しのはかまふみく丶みてまくらそはたて丶いけのさうふのこ丶ちよけにしけりたるをなかめさせ給てたもとす丶しとすんし給御こゑなをたくひなし御返いつれもみ（見）ところなからぬせんようとの《えうてん》丶御てはいとをかしけにて

うきにのみしつむみくつとなりはて丶けふはあやめのねたになかれす〈7〉

とある御ふみのけにむかひきこゑたるこ丶ちして人やりならぬなみたこほれ給

（12ウ～14オ）

〔一二〕

もしさりぬへきひまもやとうちわたりにいてたち給にいと丶めしさへあれはひきつくろひてまつとの丶御まへにまいり給へれはけふはまた

て中なるには

おもひつ丶いはかきぬまのあやめくさみこもりなからくちはてねとや〈6〉

かやうにてけふはあまたあんめれとおなしことにてと丶めつかくをりにつけてはおなしなへてならぬところともにはなをさりにをち丶らしたまへは御心のうちにはひとすちにもの丶み心ほそくて丁子にくろむまてそ丶きたる御そひとかさねくれなゐのをりす丶しのはかまき給てまくらをそはたてつ丶いけのさうふの心ちよけにてしけりたるをなかめ給てめくりくるなとくちすさみ給御こゑ猶もたくひなしありつる御返とも丶こ丶ろ〳〵なるをあまたみ給なかにもせんえう殿の御てはいとをかしけにて

うきにのみしつむみくつとなりはて丶けふはあやめのねたになかれす〈7〉

とあるをやむことなき御方よりもこよなくうちなひき給御けしきあさからねはすこしなみたくまれて

（14ウ～16ウ）

〔一二〕

そのよはもしさりぬへくやとて内わたりに出給にいと丶めしさへあれはまいりたまふ○《と》てまつ殿丶御まへにまいりたまへれ

けふはまだみ(見)奉り給はざりつればにやめづらしきにほひそひ給へる心ちしてうちゑみてつく〴〵とまぼられさせ給ふ内よりめしさぶらへはまいり侍るを中宮の御方に御せうそこやと申給へばれいならぬさまに聞奉りつればまいらんとしつるを風にやこゝにもなやましうてくらし侍りぬるをつとめての程にためらひてまいらんあつきほどはしばしいでさせ給ひてもやすませ給へかしと思ふをれいの御いとまやありがたからんなどぞ聞えさせ給へば御いらへしてたち給ぬまだしきにあつさ所せきとしかなになにしにつねにめすらんとつぶやき給ふを母宮聞給てくるしく覚え給はゞ何かは参り給ふうちわなとせさせて物し給へかしとこゝろぐるしげにみ(見)やり聞え給ふさうかんのくれなゐのひとへおなし御なをしのいとこきにからなでしこのふせんれうのさしぬきき給へるやうだいこしつきさしぬきのすそまでたを〳〵とあてになまめかしうきない給へり物の色あひなどなべての同し物ともみ(見)えぬをなどかうあまりゆゝしう思ひなり給ふらんとて涙を一めうけてせちにみ(見)をくらせ給へるを御前なる人々ことはりなりとあはれにみ(見)奉る

（上14ウ～15ウ）

みたてまつり給はさりけれはにやまたにほひまさり給へるをうちゑみてみたてまつり給へりうちよりめし候へはまいり候を中宮の御かたに御せうそくやと申給ふをなやましけになときゝ給みまいらせんとしつれとかせにやれいならぬけふはえまいらすなりぬあつきほとしはしいてさせ給へかし御いとまやれいのありかたからんと思ふをさやうにきこゑさせ給へなとの給へはうけ給はりてたち給ぬまたしきにあつさところせきとしかななにしにかめすらんとつふやき給をはゝみやきゝ給てくるしうおほし給はゝめすとんなにかはまいり給うちはなとせさせ給てこゝろやすく物せさせ給へかしとこゝろくるしけにみ(見)やらせ給へるにさうかんのくれなゐの御ひとへいとこき御なをしにからなてしこのふせんれうのさしぬきゝ給てさしあゆみ給えるやうたいさしぬきのすそなとのよにしらすたを〳〵とあてになまめかしうみゑ給てよのつねのものゝいろともみ(見)えすきなし給へるをあなゆゝしのさまやとなみたをうけてせちにみおくらせ給ふを御まへなる人々ことはりなりとみ(見)給へる

（14オ～15オ）

はけふは又まもり給はねはにやめつらしきにほひそひ給へるこゝちしてうちえみてそまもられ給内よりめしの侍れはまいりはへる宮の御方に御せうそくやとの給へはけされいならぬさまにときゝたてまつりつれ*(▲れ)ゆはまいらむとしつれともかせにや心ちのれいならすおほえてくれぬるなりためらひてあすの程にまいらんあつからん程は心やすくてやすみ給へかしとおもふれいの御いとまやありかたからんときこえ給へは御いらへもせてたちたまふまたしきにあつさところせき年かなになにしにつねにめすらんとつふやき給をはゝ宮きゝ給てくるしうなとおほされんには何かはまいり給うちわなとせさせて心やすくものし給へかしとこゝろくるしけにみをくらせ給さうかんのくれなゐのひとへをなしなをしのいといろこきからなてしこのふせんれうの御さしぬきあまりおとろ〳〵しきあはひをき給へるもこのよの色ともみえすな○《ま》めかしうてさしあゆみ給へるさしぬきのすそまであてになまめかしうきなし給へるをなとかあまりゆゝしうかゝらてたゝ世にみゆる人々のやうにておはしましかは心やすからましものをとてなみたをひとめうけ給てせちにみをこせ給けしき御前なる人々ことはりそかしけにこそあまり

〔一三〕

内にはわざとせちゐなどもなきよのつれ〳〵におぼさるゝには雨雲さへたちわたりて物むつかしきなぐさめに春宮わたらせ給ひて御物かたりなどある也けり御前のひろびさしに大きおとゞの権中納言左兵衛督左大将の御子の宰相中将なとやうのわかかんだちめあまたさぶらひ給ふに源中将のまいりたまはぬはいとゞしき五月雨のそらの光なきこゝち（地）させ給ひてめす也けりこよひのえんにはさぶらふかきりの人いちのざえを手のかぎりおしまでひとつゞゝこゝろみんとの給はするを春宮もけうある事とのたまはせてさま〳〵の御こと共奉りわたす権中納言にびわ兵衛のかみにしやうの琴宰相中将わこん中務宮少将さうのふえ源中将によこぶえ給はすたゝ今のいみしきものの上手ともなるへしをの〳〵こよひ此ねとも手をつくしてきかせよとの給はするをたれもひとつにかきませてこそあやしさもまぎ

〔一三〕

裏にはわさとせちゐなとなきよのつれ〳〵におほしめさるゝにあまくもさへたちわたりて物むつかしきなくさめに春宮わたらせ給て御ものかたりなとあるに御まへのひろひさしにおほきおとゝ権中納言さひやうゑのかみう大将の御このさいしやうのちうしやうなとやうのわかかむたちめ候ひ給ふに源ちうしやうさふらひ給はぬかいとさみたれのそらくもらはしくおほさるゝにやめすなりけり上の御まへこよひのかくはこのさふらふかきりの人々のさへひとつゝこゝろみむとの給はするをとうくういとけうある事との給はせてちうなこんはひはさひやうゑのかみしやうの事さいしやうのちうしやうわこんなかつかさのみやのせうしやうしやうのふゑちうしやうよこふゑ給はせてこよひこのねのあるかきりきかせよとおほせらるゝをよろつの事よりもさらにたはふれにてもまねひ侍らすなと申給をたゝそ

ゆゝしきまてなときこえさす　（16ウ～18オ）

*傍記「り」に取り消し線が入っていて、一回見せ消ちになった本行「れ」が再び「れ」と上書き（なぞり書き）されている。一旦施した修正があとで撤回されたと思われる箇所。

〔一三〕

内にはわさとせちに（▲に）なとのなきよのつれ〳〵なるにあまくもひまなきそらのけ（気）しきものむつかしさのなくさめに東宮わたらせ給て御ものかたりなとある也けり御前のひろひさしにおほきおとゝの権中納言左兵衛の督うたい将の御子のさい将の中将なとやうのわかゝんたちめなとあまた候給に源中将のまいり給はねはいとゝしきさみたれの光なき心ちしてめすなりけりまちよろこはせ給てこよひのえんはかくさふらふかきり心をつくして一のてともをつくしてことふゑつかうまつれとおほせ事あるなりけり東宮もけふある事との給はせてさま〳〵の御事ともふゑなとをしわたし申給中納言にひわ兵衛督さうのことさい将の中将わこん源中将よこふえしきふきやうの宮の少将さうのふゑなと給はすたゝいまの名たかきしやうすともなるへしをの〳〵こよひこのねともひとりつゝてをつくすへき也すこしもを

らはしてつかうまつらめいとわりなきわざかなとつかうまつりにくゝわび給ふ中にも中将はよろづのことよりもさらにたはふれにもまねび侍らぬものをとそうし給ふをたゞそのしらざらんことをこよひはじむべきなりとのたまはすればをしふる人だに侍らばたどる〳〵もつかうまつるべきこそをの〳〵手をつくし給はん中にたと〳〵しうはじめ侍らんはげにたぐひなき世のためしにやなり侍らんとてことの外に手もふれ給はねばいとかはかりの心はへとは思はずこそありつれことの外にこそありけれとし比おとゞの思ひたるにもをとらずこそおもへかばかりの事をだにいふまゝならざりければまいてよろづをしはかられぬよし〳〵いはじとまめだゝせ給ふにいとわびしくてかしこまりて取よせ給てものにまぜつゝをのつからかたのやうにまねびさふらひなんひとりはいとわりなきわざかなとなやめるけしきのおかしさにぞうらみはてさせ給ふべくもあらず御らんじけること人々も中々心ことなるべき夜の御あそひと心づくろひしつゝとみに手もふれ給はで中将の四五のざえばかりにだにさぶらはぬ物のねをまぎれなく引あらはし侍らんおもてはづかしさよ萬の人のかはりにことをかへつゝつかうまつらせばやと権

のしらさらん事をこよひはしむへきなりきかすはくるしとおほさすともうとみむなとの給はすれはあまたの物ゝ中にましりてはしらすなからもつかまつるをませてはそのまゝにもおほえぬをましてひとりはいとわりなきわさかなといたくもてなやみたるけしきよろつよりもまさりておかしう候はんこと人々の一とおほゆることのなきはいかてかつかまつるへかるらん中将のすゐ〳〵のさへはかりはたれかきこしめさせんたゝかれをよろつの人のかはりともにことをかへつゝつかうまつらせはやと中納言そうし給へとひとつをたにさはかりこゝろこはからんにましてひとのかはりとはよもせしとおほせられてせめさせ給へはおの〳〵けにいとをかしきてつきなるに

（15オ～16ウ）

しまん人はやかてうらみんとすいとわりなしはか〳〵しからねとをの〳〵かきあはせて心よきもあしきもまきれてをのつからをかしうきこしめせひとりけは中々なるをことのとかにやなり侍らん源中将それかしのあそん一人してよろつの事ともをのつからまつり侍てきこしめすへきなりと権中納言のそうするをひとことをたにさしも心こはからんにまして人のかはりともよもせしとおほせられてせめさせ給へは中将いとあちきなきせうまうをもし給かなかやうの事はをのつからかくれさふらはすこのかたにはたらすやみ侍らんすへておとゝなとすこしをしうる事侍らすましてふえはおほは《いかに》おもはるゝにか侍たはふれにてもふきならすものともしらせすなんとてむけにあるましきよしをそうし給へはいてなにかそのうち〳〵のことゝもゝみなきゝたりまたしらぬ事なりともこよひはしめてわれならはさんなとおほせらるれはをの〳〵てをつくしたらん中にけにまたしらぬふゑのねはさまことなるへきわさかなとてもふれすことのほかなるけしきなれはいはけなかりつる程よりおとゝのけしきにもおとらすこそおもひつれかくはかりのことをたにきかさりけれはまいてをよろつをしはかられぬよし〳〵いはしとてまめ

中納言そうし給へばひとつをだにさばかり心ごはからんにまいて人のかはりはすべくもあらざめりとてせめさせ給へばをの〳〵心づくろひいたくして引いでたる物のね共いとおもしろし
（上15ウ～18オ）

〔一四〕

中将の御ふえになりてさていかにつかうまつるまじきかとたび〳〵まめやかなる御気色にてせめさせ給へはいとわびしうかうとしらましかばまいらざらまし物をとくやしけれどのがるべきかたなくてふえもうゐ〳〵しげに取なしてことに人の聞しらぬてうしひとつばかりふきならし給へるをうへは音には聞つれどいとかくまてはおぼしめさゞりつるを今までみゝならさゞりけるうらめしさをさへひき返しおほせられてめでおどろかせ給ふさまいとこちたしきくかぎりの人々もさらにこの世の物の音とも聞えぬに涙もとゝめがたけれどなか〳〵なるほどにてやみぬるをいとあるまし

〔一四〕

中将のきみはまめやかにうらみさせ給へはおとゝのせいし給になにしにまいりつらんとくやしきことかきりなしされともえのかるましき御けしきなれはいとしふ〳〵にうゐ〳〵しくふゑをとりなしてことに人のきゝしらぬてうしひとつふたつふき給をあるかきりの人みゝをたてゝおとろき給へるさまいとこちたきにまたはさらにおほえ候はすこれなんおとゝのほのまねらしをきゝとりて候しかともはか〳〵しうをしへらるゝことも侍らさりしかはいかにひか事おほくさふらふらんかうそら事いふうたてありおとゝのふゑのねにもにすよのつねならぬはたれつたえけんとあさま

たゝせ給へはわひしうてかしこまり給へるさまにてふえはとりたまはつれともいとたと〳〵しけにもてなやみしらすなからもゝのにませてはいかゝ候はんまことしうわりなきおほせ事なれといたうなやめるけしきのおかしさにこそはうとみはてさせたまふましうこらんしけれこと人々も心ことなるへき夜のあそひとをの〳〵こゝろつくろひしてかたみにいとみかはしたるねともけにつねにあはせてきかせ給よりもをかしかりけり
（18オ～20ウ）

〔一四〕

ふゑに申ていかにつかふまつるましきかとたひ〳〵御けしきまめやかなれはかくとしらましかはまいらさらましとわひしけれとものかるましき夜なれはうゐ〳〵しけにとりなしてことにひとしらすみゝなれぬてうしひとつはかりをふきたてゝやみぬるをうゑをはしめたてまつりてをとにきゝつれといとかはかりのねとはおほしめさゝりつるにいまゝてきかせ給はぬ事のうらめしさをさへおほせられてめてたういみしとおほしめされたるさまこちたし又はさらにおほえ侍らすこれなんおとゝをの〳〵まねはれしをきゝとゝめて侍しかとはか〳〵しうをしへらるゝ事も候はさりしかは

き事とせめの給はすれどたゞかばかりなんおと、のたはふれにをしへ侍りてこれよりほかにはすべておぼえさふらはずとそうし給ふをいとうたてそらごとをさへつき〳〵しくもいふかなおとゞのふえのねに、るべくもあらざめりすべてかくるしと思はれはさらにいはじとおほせらるればいとわびしうて皇大后宮の姫宮たちなどのうへの御つぼねにおはします比にて心にくき御あたりになに事も残なくきかれ奉らじと思ふかたさへいとゞしきなるべし月もとう入て御まへのとうろの火どもひるのやうなるほかけにかたちはいとゞひかりまさりてはしらによりゐてまめやかにわぶ〳〵ふきいで給へるふえのね雲ゐ(井)をひゞかし給へるに御門をはしめ奉りてこゝのへの内のしづのおまできゝおどろき涙をおとさぬはなし五月雨の空の物むつかしげなるにものやみ(見)入奉らんとまでゆゝしく哀にたれも御らんずるにおとゞまいてみ(見)給はゞいかばかりいま〳〵しきまておぼさんとわが心ちにもおどろかせ給ふ御袖もしほるばかりにならせ給ひぬ

（上18オ～19ウ）

せ給てすへてかくは思はしとまめたゝせ給へはくわうたいこくうのひめみやの上の御つほねにおはしますころにてこゝろにくき御ありさまなにことんのこりなくはきかせたてまつらしと思ふかたのいとゝしきこゝろつかいもいたくせられ給てまめやかにくるしう月もとくいりぬるに御まへのとうろのひかたのやうなるほかけにかたちはひかるやうにみゑ給てはしらによりゐてふゑわふ〳〵ふき給へるねのくもゐ(井)をひゝかし給へるに御門をはしめたてまつり給てこゝのえのうちの人々なみたとゝむるなしさ月のそらのくらかりたるよりものやみいれきこゆらんとゆゝしくあはれなるさまかたちふゑのねおとゝみ給はゝいかはかりせきかね給はむとおほしめして御そてもいたくぬれさせ給ひぬ

（16ウ～18オ）

いかにひか事おほく侍らんとてそらゆ事はいとうたてありおとゝのふゑのねにもにすよのつねならぬねはたれつたえけんとあさませ給すきぬるかた御みゝなれさりつらんいとうらめしきをこよひはなをうらみとくはかりとあなかち[illegible]なる御けしきのかたしけなさもいとわひしくわうたいこくのひめ君《宮》なとみなうゐのつほねにおはします心にくき御あたりに何事もみゝならされたてまつらしと思ふかたさへいとゝむつかしきにこゝろつかひもいとゝせられ給てまめやかにくるし月もとくいりて御まへのとうろのひともひるのやうなるにかたちはいとゝひかるやうにてはしらによりゐてわひつゝふきいてたま[illegible]へるふゑのね雲のうゐまてすみのほるを内春宮をはしめたてまつりてさふらふ人々すへてこゝのへの内の人きゝおとろきなみたおとさぬはなしさみたれのそらものむつかしけなるにみいれきこゆるものもやあらんとまてゆゝしうあはれにてたれもこらんすおとゝみはましてめつらかにいま〳〵しくおもはんとわか御心ちにもおとらせ給はす御袖もしほたるはかりになり給ぬ

（20ウ～22ウ）

〔一五〕

よひ過るまゝにくものはたて迄ひゞきのぼる心ちするにいなづまたび〳〵してくものたゝずまゐれいならぬをかみのなるべきにやとみるほどにそらいたくはれてほしの光月にことならずかゝやきわたりつゝこの御笛のねのおなしこゑにさま〳〵のもののね共そらに聞えてがくのをといとおもしろし御門東宮をはじめ奉りていかなる事ぞとあさみさはがせ給ふに中将君ものこゝろぼそく成給ひていととねのかぎりふきすまし給へり

　いなづまのひかりにゆかんあまのはらは
　るかにわたせくものかけはし〈8〉

とねのかきり吹給へるはげに月の都の人もいかてかはおどろかざらんと覚ゆるにがくの聲々いとゝちかうなりてむらさきの雲たなびきわたるとみゆる《(見)》にびんづらゆひていひしらずおかしげなるわらはのさうぞくうるはしくしたるかうばしきものふとおりくるまゝにいとゆふか何そとみゆるうすき衣を中将君にうちかけて袖を引給ふに我もいみじくもの心ぼそくて立とまるべき心ちもせずかくめでたき御ありさまの引はなれがたくてふえをふき〳〵さそはれぬへきけしきなるに御門の御心さはがせ給ひて世の人のことくさに此よの物

〔一五〕

いなつまのたひ〳〵するをかみのなるへきにやと思ふほとにそらはれてふゑのねおなしこゑさま〳〵の事ふゑひきあはせておもしろきかくのをとするいかなる事そとあさみさはくにちうしやうのきみこゝろほそくすゝろはしくおほされて

　いなつまのひかりにゆかむあまのかはは
　るかにわたせ雲のかけはし〈8〉

とねのかきりふきたて給へるはま事に雲ゐ《(井)》のなかにひゝきいるにかくのこゑちかくきこゑてあめわかみこいひしらすきよけにておりをはしましたりいとゆふのやうにうすきころもをちうしやうにうちきせてそてをとりてひき給ふにわれはこのよのことゝおほされすめてたき御さまもいみしくなつかしけれはふゑをふく〳〵さそはれ給ふをみかとおとゝの天人のあまくたれるにやとあやふくおほしめされたるしもまことなりけりとなにしにかゝることをせさせつらんくやしうおほしめされてゝつからとらへさせ給て御なみたとゝめさせ給はぬ御けしきのいとこゝろくるしけにえひきもはなれまいらせすまたかのみこのいたつらにかへり給はんかなしさもかた〳〵におほしわつらひてふゑをふきやみてこくわうのそて

〔一五〕

よひすくるまゝにふゑのねいとゝすみのほりてくものはたてまてもあやしうそゝろさむくものかなしきにいなつまのたひ〳〵して雲のたゝすまひれいならぬを神のなるへきにやとみゆるをほしの光とも月にことならすかゝやきわたりつゝ御ふえのおなしこゑにさま〳〵のものゝねともそらにきこえてかくのをといとおもしろしみかと東宮をはしめたてまつりていかなる事そとあさましうおほしめしさわかせ給に中将の君もの心ほそくなりていたうをしみ給ふゑのねをやゝのこす事なくふきすまして

　いなつまのひかりにゆかんあまのはらは
　るかにわたせ雲のかけはし〈8〉

とねのかきりふきたまへるはけに月のみやこのひともいかてかきゝおとろかさらんかくのこゑいとゝちかくなりてむらさきの雲たなひくと見に雨わかみこみつらゆひていひしらすをかしけにかうはしきわらはにてふとをりゐ給と見にいとゆふのやうなるうすきころもを中将の君にうちかけ給とみるにわれはこのよの事もおほえすめてたき御ありさまもいみしうなつかしけれはこのふゑをふく〳〵みかとの御前にさしよりてまいらせたまふ

にはあらず天人のあま下れるならんとのみいひ思ひたるはけにこそはありけれおとゞのかやうの事をたまさかにもせさせず月日のひかりにもあてじとあやうくいま〳〵しき物に思ひたるものをこの人をかくめにみ(見)す〳〵雲のはたてにまよはしてはわが御身も此世にすぐさせ給ふべき御心ちせさせ給はねばなみだもえとゞめさせ給はずいといみじき御けしきにてひきとゞめさせ給ふをかなしくみ奉り給ふにもまいておとゞ母宮など聞給はん事をおぼし出るにいとはしくおぼさるゝ此世なれどふりすてがたきにやかゝる御むかへのかたじけなさにひとへに思ひたてど御門のそでをひかへておしみかなしみ給ふおやたちのかつみるをだにあかずうしろめたうおぼしたるを行ゐなくきゝなし給ひてむなしき空をかたみとながめ給はんさまのかなしさに此たひの御ともにまいるまじきよしをいひしらずかなしくおもしろく文つくりてふえをもちながらすこし涙ぐみ給へる御かほは天人のならび給へるにもにほひあひぎやうこよなくまさりてめてたき御聲してずんじ給へるにあめわかみこ涙をながし給ひてかう何事にも此世にすぐれたるによりさそひつれどことはりにめでたうかなしきふみの心ばへによりとゞめつるくちおし

をひかへておしみかなしみおやたちはかつみるをたにもあかすうしろめたけにおほしたるにむなしきそらをあふきてなきかなしみ給はんもかくありかたきあめわかみこの御むかへに思はゝかるよしをいみしくめてたくおもしろくかなしくふみにつくり給ていひしらすめてたき御こゑにてすんし給へるにあめわかみこなみたをなかし給ましてみかとの御かなしみはいみしきにみことらへ給へるそてをはなち給てなにこともかくこのよならすゝくれありかたきによりて人となさんと思ふ十せんのきみをしみかなしみ給によりとゝめつるく《ち》をしさをすんしてわかもち給へるふゐに中将のきみのをとりかへ給てこれをたにかたみにみ給へとの給て雲のこしをよせてのり給ぬるなこりのにほひのいといみしきにあるかきりめをみかはしてめつらかなる事といひあさむに

（18オ～19ウ）

こゝのへのくものうゐまでのほりなはあ
まゆ《つ》そらをやかたみとはみん〈9〉

と申まゝにいみしくあはれと思ひたるけしきなからこのあめわかみこにひきたてられてたちなんとするをみかと東宮もなにしにかゝることせさせつらんとくやしうてふえをはとらてゝをとらへさせ給ていみしうなかせ給へはこのみこもいとこゝろくるしうおほしわつらひたるけしきにてうちなきつゝなに事もこのよにはあまりたるにふゐのねさへしのひかたさにむかえにをりたるをかく十せんの君のなく〳〵をしみかなしみ給へはえひたすらにこよひゐてのほらすなりぬるよしをもしろくめてたう文につくり給てこゐはきゝしらすおもしろうてすんし給へるに中将うちなきてこゝろよりほかにくちをしうかゝるほたしともにひかへられたてまつりてこよひ御ともにまいらすなりぬるよしをえもいはすそらをうちなかめてすんし給へる御こゐけしきよの人の事くさにこのよの人にはおはせす天人のあまくたりたるとのみいひきこえたるこよひそまことなりけりとあさましう□らんしけるあめわかみこうちなきてくものこしにてのほらせ給ぬるなこりすへてうつゝの事とおほえすそらのけ(気)しきひきかへつるやうなれとみこの御か

さをつくりかはしてくものこしよせてのり給
ひぬる名残の匂ひばかりとまりてそらのけし
きもかはりぬるをあさましなども世のつねの
ことをこそいへめづらかなりとみ（見）るかぎりは
夢の心ちし給ひけり　（上19ウ～22オ）

〔一六〕
中将の君はみこの御ありさまのおもかけにこ
ひしくいみじく物あはれと思ひたるさまにて
空をつく〴〵とながめ入たるけしきいとゞこ
の世に心とゞめすやなりなんとあやうくうし
ろめたくおほしめされて何事に心を少まきら
はさんとおぼしまはすに大臣になすとうれし
と思はじおとゝも更にうけひかじとかひなく
おぼしめさる皇大后宮の女二の宮の御かたち
こゝろばせことはりも過ておはしますをいみ
じうかなしき物にし奉らせ給ひけり一宮は此
比斎院にておはします后もこの宮をはたぐひ
なく思ひかしづき聞えさせ給ひてよのつねの
御ありさまなどおぼしかくべくもなきを中将
のふえのねにあま人だに聞すくし給はでおり
おはしてさそひ給へるにたゞにてやませ給は
んもあるまじき事なるにそへてかういと心ほ
そげに思ひあくかれぬべきけしきなるに二の
みやのこの比さかりにとゝのひ給へる御有さ

〔一六〕
中将のきみくちをしくかなしきに雲のはたて
をなかめいり給へりみかとは御こゝちおちゐ
させ給てなにことにすこし思ひなくさめんと
おほしまはすに大臣になさせ給はんもよにう
れしと思はしおとゝもさらにうけひかしとお
ほせはさらてはなにことをかはとにやいみし
くかたしけなく思きこゑさせ給くわうたい
こくうのひめみやたちは三ところこそおはし
ますを女一ところはいまのさいゐんにておは
しますいま一ところは御かたちなとすくれさ
せ給へるめもはなちきこゑさせ給はすかしつ
きゝこゑさせ給中にも二宮すくれてめてたき
御さかりをみたてまつらは思ひなくさめてん
かしとおほしめす　（19ウ～20オ）

はかり《ほりはかり》は猶とまりたる心ちしけり　（22ウ～25オ）

〔一六〕
中将のきみはみこの御さまつくり給へりつる
文の心はへなとおもかけにめてたう恋しうて
そのまゝに（▲て）そらをつく〴〵となかめいりたる
けしきいとゝこのよに心とまるましきにやと
いみしうあやうく御らんせられてなに事にす
こし思ひまきらはさんとおほしまわすに大臣
になすともそれうれしともおもはしおとゝも
さらにうれ《けひか》しともかひなくおほしめされて皇
たいこくの御はらのひめ宮三ところおはしま
す一はこのころの斎院二は御かたちこゝろよ
りうちはしめてことはりすきてめてたくおは
しますをうへはとりわきかきりなくをもひか
しつきゝこきえさせ給てよのつねの御ありさ
まなとにおほしかけさりつれとこの中将のこ
よひのふゑのねに天人たにきゝすこし給はて
あまくたりあそひ給へるをわかなく〳〵ひき
とゝめてたゝあらんはむけにあるましき事な
りこのころの御ありさまはさりとも天ちくへ

まみ（見）奉らばこの世はえあくがれじとおぼしめ
し成ぬ　（上22オ～23オ）

〔一七〕

大殿には中将の君はこよひは出給まじきにや
とたつねさせ給ふ程に蔵人所のかたに人々こ
ゑたかくもの云を何事ならんときかせ給ふに
いよのかみなにがしのあそんまいりて内にか
う〳〵の事なんさふらふなると申すを聞給ふ
御心ちどもいかばかりかはありけんさらにう
つゝの事共おぼされねばゐ給へりつらんあと
をだに今一たびみ（見）んとの給ふことより外にも
のも覚え給はぬをみ（見）給ふに母宮はたゝ御ぞ引
かづきてぞふし給へる世はいかになりぬるぞ
とみゆる迄殿のうちさはきたり道の程おぼし
つゞくるもいみじうゆゝしきに御くるまのう
ちよりながれ出る御涙ちくまの川わたり給け
るにやとみ（見）えたりみちの程れいよりもとをう
おぼされて陣のほど人にひかれ入給ふに九重
のうちはものさはがしげもなし火たきや（屋）の火
共つねよりはあかくてこゝかしこのはざまへ
いのつら〴〵なとにいふこゑ〳〵たゞ此事な
るべしときゝ給ふにさてまことにそらにのぼ
り給ひぬるにやいかにいふぞとおほすに心ち

〔一七〕

おほとのには中将のきみはいて給ましきにや
とたつねさせ給ほとにくら人ところのかたに
人々こゑたかくするをなに事ならんとおほす
にいよのかみさたなりのあそんまいりてうち
には中将との御まへにてふゑあそはしけるに
あめわかみこあまたの天人ひきゐて御むかへ
にさふらふなりと申にきかせ給御こゝちい
かゝありけんさらに物もおほえ給はぬにたゝ
なこりのそらをたにみむゐ給へりつらんあと
をたにいまいちとみむとおほして御しやうそ
くなとかたのやうにしていてさせ給ふをはゝ
みやはひきかつきてふさせ給ぬるまことにも
のほりはて給なはよはみたれぬへきなめりと
みえたる御けしきともなり御くるまにてもみ
ちもみえ給はす御くるまそひこせんともゝま
いりもあえすみたりかはしきよのありさまな
りみちすからのほりはて給なん御あとをみん
こゝちよあすまてよにありなんやなんとおほ
しつゝけらるゝにちくまのかはわたり給へる
御くるまとみえて御なみたはなかれいてたり

もあくかれしとわか御心にたくひなく思ひき
こえさせ給まゝにおほしめしよりけり　（25オ～26オ）

〔一七〕

殿は中将のきみはいて給ましきにやなとたつ
ねさせ給ほとにいよの督それかしのあそんま
いりて内にしか〳〵の事なん候なると申を
きゝ給て御心ちともいかはかりかはありけん
さらにうつゝの事ともおほされねともあけく
れなからへて見へき物ともおほえ給はすこの
よの人とおほされさりつれはされはこそさお
もひつる事そかしわれいかにせん〳〵とふた
所してふしゝつみ給をみたてまつる人々うち
おもひやるへし殿はされと内にまいらせ給て
ありつらんさまをもきゝゐ給つらんあとをも
いま一たひみてこそはみをもいかにもなさめ
とさかしうおほして御さうそくなとし給もは
か〳〵しうもたゝれ給はすたうれつゝいてた
ち給さまいといみしはゝみやもたゝ御そひき
かつきてふし給ぬるまゝにいきをたにし給は
すのほりはて給なはよはみたれぬへきなめり
とみえ行御けしきともなりかしとのゝ内には
いかになりぬるよそと見たり御車そひこせん
なとまいりもあえすみたりかはしき御よの

もいとゞまどひてたふれ給ひぬべし　（上23オ～ウ）

〔一八〕
殿まいらせ給ふと人々立さはぐを中将此事に
よりてならんかしいかばかり御心ちまどはし
給ひつらむとおぼすもいとをしうて殿上の口
にさし出給へるをおはしましけりとうちみつ
け給へるぞ中々いみじきやいかなりつること
ぞをのれをすてゝいづこへおはせんとし給へ
るぞともえいひやらずおぼゝれ給ふをげにと
まらずなりなましかばかぎりある御いのちも
いかゞなり給はましと哀にみ奉り給ふためら
ひておまへにまいり給へはありつること共か

みちのほともろこしはかりおほさるゝに
こゝのえのうちしめ〳〵ところ〳〵のひた
きやのひもつねよりもあかくみ（見）わたされて
こゝかしこの物ゝつらともによりゐたるけす
ともなとあはれめてたき御とくにあめわかみ
こをさへみたてまつりつるかなされと中将と
のゝにほひにはこよなくおとり給たりけりな
といふこゑ〳〵をきゝ給にまことなりけりと
たえいり給ぬへし　（20オ～21ウ）

〔一八〕
とのまいり給ひぬなといふを中しやうきゝ給
てこのことによりなんかしいかにおほしさは
きつらんとくるしきほとまておほされて殿上
くちにさしいて給へるをおはしけりとみつけ
給へるにそなか〳〵いみしき御こゝろはさは
きなるやまつおのれを雲けふりともみなし給
てこそ天のむかへもおもむき給はめとかたと
きもいかておくらさんとはし給けるそとおほ
せられ給ふにされはこそさそはれなましかは
いかにおほしまとはましとこゝろくるしき御

ありさまなめりみちすからのほりはて給な
んよにありなんやとおほしつゝけらる御車の
うちよりなみたはなかれ（▲□）いてぬへし道の程も
ろこしはかりおほさるちんのほとはよるへき
人々にてひかれてわれにもあらていりたまふ
にこゝのへの内はものさはかしけ（気）にもなし火
たきやのひとも常よりはあかくみえわたりて
こゝかしこのつら〳〵によりゐたるけすとも
なとあはれめてたき人の御とくにあめわかみ
こをさへみたてまつりつるかなされと中将殿
のにほひにはこよなく（▲□）おとり給たりなといふ
こゑたゝこの事なるへしときゝ給にうつし
こゝろもなくえあゆみ給はす　（26オ～27ウ）

〔一八〕
あつまりたすけたてまつりていり給に殿まい
らせ給と人々たちさはくを中将きゝ給てこの
事により□いり給へるならんといみしけれは
殿上くちにいそき出給へるをあておはしける
はとうちみつけ給へるけしきそいみしきやい
かなりつる事そわれをすてゝはいかてかこく
らくへもまいり給へきそなともいひやらす
おほゝれ給をけにとまらすなりなましかはか
きりある御いのちなりともいかゝなり給まし
とかなしうみたてまつり給ためらひて御前に

たらせ給ふにすべてうつゝともおぼされず何事もいひしらせをしふる事も侍らず大やけにつかうまつりわたくしの身のためおとこのむげにむさひに侍るはいとくちおしき事に侍ればそのかたばかりはかたのやうにみ《(見)》あかせとやいひしらせ侍りけんまいて此琴ふえのかたはたはふれにてもまねびさぶらふらんとこそ思ひ給へ侍らざりつれいかにしてかう世のためしになりぬべきねをさへふきつたへ侍りけるにかとめづらかにも思ふ給へらるゝかないかにも又たぐひもさぶらはねばたゞこゝろにおどろく事なくていきて侍らんかぎりみ《(見)》給へらんのみこそ此世のよろこびはさぶらふべきにいとあまりなる身のざえなどは更にうれしくも侍らずつゐにいかなるみだり心ち《(地)》をまどはさせ侍るべきにかとかへりてはいとつらくなん思ふたまへらるゝとこよひはすべてうつし心も侍らすむなしきあとをみ《(見)》給へつけたらましかはあすまでながらへて大やけにもつかうまつりわたくしのあまたのほだしどももみ《(見)》たまへざらましをかはらぬさまをみせさせ給へることゝよろこび申し給ひつゝいとあやうくうしろめたしとみ《(見)》やり給へるけしきのことはりにいとゞこよひよりはみ《(見)》え給へば人々もみななき給ひぬ　（上23ウ～25オ）

けしきをなみたくまれ給ぬ御せんよりおとゝまいらせ給へとあれはまいり給へるにありつる事ともしめ〱とかたらせ給ふに御なみたさらにえとゝめやり給はすいみしき御さへともこのふみをかゝせさせ給てきくかきりの人ねあらしたちよなり大とのなみたかきはらひつゝなにとも人よりはこゝろもとなくともたゝみ給はんかきりはこゝろに思ひおとろく事なくてとのみそ思ひおきてさふらへおほやけにつかうまつりわたくしの身のためにもおのこのむけにむさいに侍はくちをしき事なれはそのみちはかりはかたのやうにみ《(見)》あかすはかりはなとかはといひしらするおりもや候けんまいてことふゑのかたはさらにきゝしるへきことのゆかりとたに思ひ給はすこわらはに候しおりたはふれにまねひ侍りしかともいみしくせいしさふらひしかははか〱しき物ゝねふきたつる物とこそ思ひ給へさりつれ御まへまてもいかてかはきこしめしけんいとかゝるよのためしになるはかりの天人のみゝをさへおとろかしつらんもいかなることにかはたゝかれかためのさとしにやと思ひ給へらるゝこゝろのやみにやみるめのつみゆるされやまさとなとのさて候ぬへきをとりところにておほやけにさりともおほしすてしと候はさ

まいり給へれはありつる事ともかたらせ給すへてうつゝともおほされす何事もいひしらする事候はすおほやけにつかふまつりわたくしのためにもおとこといふ物ゝむけにむさえに侍はくちをしき事なれはそのかたはかりはかたのやうにもあかせかしといひやきかせはへりけんましてことふえのかたはたわふれにもまねふらんとこそおもひより侍らさりつれいかにしてかくよのためしになるはかりのねをはふきつたえ侍けるにかといとめつらかにも侍かなたゝかれか身のさとしにやとなんおもひはんへるいかにも又たくひもはへらねはたゝ心におとろく事なくていきて侍らんかきり□給はん事をのみこそこのよのよろこひにて侍へきにいとあまりなる身のさへなとはさらにうれしくもはへらすつゐにいかなるみたれこゝちをまとはし侍へきにかと返てはいとつらくなんおもひ給へしらるゝこよひはすへてうつしこゝろもはへらすむなしきあとをみ給ましかはあすまてもなからへ候はてをほやけにもつかうまつりわたくしのあまたのほたしともみ給へさらましをひきとゝめさせ給てかはらぬさまをみせさせ給ことゝよろこひ申たまへはいといみしうゆゝしくいま〱しくかなしうみやり給へる御け《(気)》しきにもいみしき

〔一九〕

中将君はかういとこちたき御あそびの名残ものむつかしうあやまちさへしたる心ちしてさぶらひ給ふをうへめしよせて御さかづきたまはするとて

　身のしろもわれぬぎきせん返しつと思ひなわびそあまの羽衣〈10〉

とおほせらるゝけしきさにやと心うる事あれどいでやむさし野のよるのころもならましかばげにかへまさりにもやおぼえましと思ひぐまなき心ちすれどいたうかしこまりて

　むらさきのみのしろ衣それならはをとめ

らんよのうしろやすさも思ひ給へつるにたれをしともなきさま〳〵のとりところさへ候けるうれしくもさらに思ひ給へられすついにいかなるみたりこゝろをまとはし侍らんとやすきそらも候はすなんこよひはすへてうつしこゝろも候はすなんむなしきそらをみ給へつけたらましかはあすまてもなから へ候ておほやけにもつかうまつらさらましをひきとゝめさせ給てかはらぬさまをみせさせ給ことゝよろこひ申給つゝない給さまみたてまつるうちとの人々いとゆゝしくそありける

（21ウ～23ウ）

〔一九〕

上の御さか月を中将のきみに御てつからさゝせ給て

　みのしろもわれぬきすてんかへすとて思ひなわひそあまのはころも〈10〉

とおほせらるゝ御けしきゆゝしのめのとのめてきこゑさせし女二のみやの御ことにやと思ひよらせ給へとみかとの御こゝろさしをおほしおきつるほ（本）いなくうれしともおほされすむさしのゝわたりのよるのころもならましかはとこそおほゆれといたくかしこまりてふたうし給まいり給さまなとのめてたきためしにも

ことはりなりけれはうゑをはしめたてまつりてみ給かきりの人々みなうちなき給ぬ

（27ウ～29ウ）

〔一九〕

中将の君はかくいとこちたき御あそひのなこりものむつかしうあやまちしたるけしき心ちさへし給ていとゝしつまり給へるをうゑめしよせて御さかつき給はするに

　みのころ《しろもか》もわれぬきゝせんかへしつとおもひなわひ（▲し）そあまのはころも〈10〉

こゝろときめきしておほゆることなれといてやむさしのゝわたりのよるのころもならはかへまさりしてもやおほえましとおほれもひくまなき心ちすれといたうかしこまりて

　むらさきのみのしろころもそれならはお

の袖にまさりこそせめ〈11〉
といはれぬるもなにとかはきゝわかせ給はん
いづれもむかひのをかははなれぬ御事どもな
ればつねよりも物哀なるけしきにてしづまり
給へるよういかたちなどおぼろけの女は御門
の御むすめなりともならべにくきを二の宮は
けしうはおはせじとおぼしめすなく一聲に明
る心ちすれば人々まかでたまふ殿も中将君ひ
とつ御くるまにて出給ひぬ　（上25オ〜26オ）

〔二〇〕
母みや待うけ給へるけしき思ひやるへしいか
にこうじ給ひぬらんとて御手づからまかなひ
すへてそゝのかし給へど誠にくるしくなやま

かきをきつへし
　むらさきのみのしろもそれならはおとめ
　かそてにまさりこそせめ〈11〉
といはれぬるをうゐはなにとかはきゝわかせ
給はんいつれもむかゐのおかははなれぬ御中
ともなれはいとよかりけりさか月もてなやみ
給へる御ようゐほかけのゆゝしきまて御らん
せらるゝをいみしうともあれにさしならひた
らん女みやたちはかたからんとくるしくおほ
されけるなくひとこゑにあくることゝちすれは
人々まかて給て皇大后宮の御かたよりとり給
えたりけるとみえており物ゝうちきをしいて
られたりみな給はりわたすに二のみやのたて
まつりたるしやうふのふたえおりものゝ御そ
御てつから中将のきみにかつけさせ給とてか
のみのしろころもおろかに思ふましなとてう
ちかつけさせ給もかたしけなけれはうちかし
こまり給てやかてさなからまかて給へるをと
のゝ御くるまにて中将もやかてまかりて給ふ
を　（23ウ〜24ウ）

〔二〇〕
はゝみやのまちうけきこゑさせ給へる御けし
きそまさゝまなるやこうし給ぬらんとよろつ
に御てつからそゝのかせ給へとまことにくる

とめの袖にまさりこそせめ〈11〉
と申されぬるもなにとかはきゝわかせ給はん
何もむかひのをかはゝなれぬ御中ともなれは
いとよかりけりさかつきもてなやみ給へるほ
かけ常よりものあはれなるけ（気）しきはけに
おほろけのみめにては御門の御むすめとい
ふ（▲□）ともならひにくけなめるをこの宮はなとか
はとおほしめすなくひとこゑにあくるゝ心ち
すれはみな人々まかて給ぬ殿も中将のきみひ
とつ車にていて給ぬ　（29ウ〜30ウ）

〔二〇〕
はゝ宮のみたてまつり給はん御けしきおもひ
やるへしいかにこうし給ぬらんとて御み（身）つか
らとかくものまいり給へれとまことにくるし

しくおぼされてこよひはいかにも〳〵ふようにさぶらふとてやすみ候はんとてわが御方へわたり給ふをいとゞこよひよりはかた時たちはなれ給はんもうしろめたうわりなしとおほしたるけしきにてこよひはこなたに物し給へとせちに聞え給へばおましなとしかせてね給ひぬるやうなれどめづらかなりつる事どものみ思ひつゞけられてまどろまれ給はず何となく心もまことにうかひてありつるみこの御かたちもおもかげに恋しうくちおしう覚え給ふげに殿のゝ給へるやうに此世にはありはつまじきはじめにやと我ながら心ぼそしこはたの僧都めしよせて此御かたはらにさふらはせ給て殿もいもね給はすこよひの事どもかたり給ひつゝいと物ゆゝしくおぼしてあすよりはじむべき御いのりどもの事などのたまはすさるべきけいしきじ共めしあつめてやんごとなくしるしあるへき人々してはじめおこなはせ給ふべき御いのりのさまいとこちたげにおぼしをきての給はするさま聞給ひてもなどかうしもおぼすらんかゝる御こゝろどもをしらずがほにあぢきなくさるまじき事により身はいかゞしなさむとおぼゆるに人やりならず枕もうきぬべし　（上26オ～27オ）

しうおほされていかにもこよひはふえうに候やすみ候はんとてたいへわたり給ふこよひはたゝこなたに物し給へたいにもいてにけりなとの給はすれはおましなとしかせ給ひてね給ぬるやうなれとめつらかなりつる御この御かたちなと思ひつゝけられてこひしくおもかけにおほえ給へはかたみ（見）にとてとりかへ給へりつるふゑをなをふところにいれてふし給へりこはたのそうつのかたはらにさふらはせ給てとのはこよひのあめわかみこむかへの事なとかたらせ給ていとおそろしくおほしおちたりあすよりさるへき御いのりはしめられへき事ともなとの給ふいひむろのそうつに五大そむの御すほうさいたうの律師に七佛やくしのほうなとをさま〳〵やうことなき御いのりともをこよひもよろしきひならははしめさせ給へとさるへきけいしなとめしておほせらるゝをきゝふし給へるもなとかうもおほしめすらんかゝる御こゝろともをしらすかほによしなくさるへき物思ひにおもひわひつるこゝろつかひ身を如何におほしなしてさはかせんなと思ひつゝくるも人やりならすまくらはうきぬへけれと　（24ウ～25ウ）

くなやましうおほされてこよひはいかにもふえうなめりやすみ侍らんとてわか御方にわたり給をいとゝこよひはかりはかた時たちはなれ給はんもいとうしろめてたうわりなしとおほしてこなたにものし給へとせちにの給へはをましな[と]□しかせてうちふし給ぬれとめつらしかりつ[る]事のみ思つゝけられてまとろまれ給はすなにとなくまことに心ちもうかれてありつるみこの御かたちけはひこひしうくちをしくおはえ給へはけに殿ゝの給やうにこのよにはありはつましきにやとわれなから心ほそしこわたのそうつめし有つれはまいり給へるをこの御かたはらにてとのなともねいり給はすこよひの事ともかたり給つゝいとものゆゝしうおほしてあすよりはしまるへき御いのり事ともの給はすさるへきけいしきしともめしあつめてやんことなくしるしあるへき人々しておほしいたらぬくまなくをきておほせらるゝ御いのりともいとこちたきをきゝふしたまひてなとかくしもおほすらんいとかゝる御心さしをしらすかほにてあるましき事により身をはいかにしなしてんとすらんとひとやりならすまくらもうきぬへし　（30ウ～31ウ）

〔一一〕
あるまじき事と返々思ひかへせど明暮さしむ
かひ聞えたればにやわきかへる心のうちはさ
らに思ひやむへき心ち（地）もせずうへのいみじき
御心ざしとおほしめして給はせつる御身のし
ろはいとかたじけなくおもだゝしけれどかひ
〲しくきかまほしくもおぼされず紫のなら
ましかはと覚えて
　色々にかさねてはきじ人しれす思ひそめ
　てし夜はのさごろも〈12〉
とぞ返々いはれ給ふ　（上27オ）

〔一二〕
ねぬにあけぬといひをきけん人もうらやまし
きにからうしてあけぬる心ちすればひんかし
のわたどののつま戸をしあけ給へればあめす
こしふりける名残あやめのしつく所せけれど
そらはあま雲はれわたりてほの〲とあけ行
山ぎは春の明ほのならねとおかしきにはなた
ち花にやどかりにやほとゝぎすほのかになき
わたるねにあらはれにけりときゝ給ふ
　夜もすからなげきあかしてほとゝぎすな
　く音をたにも聞人もなし〈13b〉
などひとりごちてたゝずみ給ふまゝに身色如

〔一一〕
あけくれさしむかひゐなからわきかへるこゝ
ろのうちのしるしもなくてすくるなけかしさ
を思ひやむへくもあらすこゝろにかゝりてう
ゐのきさせ給へるみのしろころもはなまほし
うもあらすむらさきならましかはとおほえ給
ふ
　いろ〲にかさねてはきし人しれすおも
　ひそめてしよはのさころも〈12〉
とかへす〲いはれ給ける　（25ウ〜26オ）

〔一二〕
ねぬにあけぬといひおきけんもうらやましく
おほえ給からうしてとりのこゑきゝつけ給て
ひかしのわたとのゝ御つまとおしあけ（▲て）給へれ
はあめすこしふりてあやめのしつくもところ
せくそらはあまくものはれまなきに花にやと
かるにやほとゝきすほのかになきわたるねに
あらはれけりときゝ給
　夜もすから物をや思ふほとゝきすあまの
　いはとをあけかたになく〈13〉
かたらはんなをたちかへれほとゝきすお
なしこゝろに物や思ふと〈13外〉

〔一一〕
あるましき事とのみ返々おもひなからもあけ
くれさしむかひきこえなからわきかへる心の
中のしるしもなくてすくるなけかしさはさら
におもひよはるへき心ちもせす内のうゐのい
みしき御心さしとおほしめして給はせつる御
身のころもいとをもたゝしけれともかひ〲
しくもおほされてむらさきならましかはとの
みおほえたまふ
　いろ〲にかさねてはきし人しれすおも
　ひそめてしよるのさころも〈12〉
とかへす〲いはれたまふ　（31ウ〜32オ）

〔一二〕
ねぬ《に》あけぬといひけんひともうらやましき
にから（▲う）うしてあけぬるこゝちすれは東のわた
殿ゝつまとをゝしあけたまへるにあめすこし
ふりけるなこりにあやめのしつくはかりにて
そらのあまくもはれてほの〲あけ行山きは
春ならねとをかしありしかくのこゐみこの御
ありさまなとおもひいてられてこひしうもの
心ほそしとそつてんの内院かとおもはましか
はとまらさらましとおほしいてそくわうとそ
つ天上といふわたりをゆるらかにうちいたし
つゝをしかへしみろくほさつとよみすまし給

今山端嚴甚微妙とゆるゝかに打あげてよみ給
へるいみしう心ほそうたうときを母宮おとゞ
など聞給ひてなをさま〳〵にあまりなる有さ
まかななどかうしもおひいでけん又天人のむ
かへもこそえ《レイ》給へとゆゝしくおぼされて宮い
ざり出給ひてなどかく夜ふかくおき給へるさ
月のそらにはおそろしき物のあなるをともの
給ふまゝにはなごゐになり給ひぬ也とのもお
き給ひて猶此比ばかり内にもな参り給ふそけ
ふより七日ばかりとはじめさするいのりども
のほどはおなじ心に仏をも念じ給ひてものし
給へと聞え給ふにたはふれのくちずさひもこ
ちたうむつかしうさへおぼさるればいづちか
まかりいでむと申し給ひてたいへわたり給ひ
ぬ其比のことくさにはたゝ此事をあめの下に
いひのゝしりけり大やけにも日記の御からひ
つあけさせ給ひてあめわかみことつくりかは
し給へる文どもかきをかせ給ひけりその夜さ
ぶらはざりける道のはかせどもたかきもいや
しきもこの御ふみを(見)みてなみだをながしつゝ
めてまどふを此ごろの事にはしたり
（上27オ～28ウ）

夜もすからなけきあかしてほとゝきすな
くねをたにもきく人もかな〈13ｂ〉
とくちすさみ給つゝかうしのまゝにあるき給
ふ身色如金山瑞厳微妙とゆるゝかにうちあけ
給てよみなかし給へるまことによろつにすく
れてかなしくいみしきをみやおとゝきゝ給て
なをさま〳〵にゆゝしくもあるかなかゝらて
もあれかしまた天のむかへやえ給はんときゝ
給ふもいとうしろめたくてみやいさりいて給
てなとかよふかきそらにはひとりは物し給ふ
あけくれは物こゝろほそしとか人いふとはな
こゐにすこしなり給(▲し)にけりとのもけふは精進
にて物し給へことなる事なくはうちなとにも
なにかまいり給ふしはしけふよりすへき御い
のりともありなとの給はせて御おくりにさる
へき人々たてまつり給ふそのころのことには
この御事をめつらかにいひしりておほやけに
も日記の御からひつにかゝせけりあめわかみ
ことつくりかはしたるふみともとしへたるみ
ちのはかせともなともたかきもみしかきもめ
てまとひてなきふせりけり
（26オ～27ウ）

まこと□かなしくて又とそつ天のみろくの
むかへやえたまはんすらんときこゆをりしも
ほとゝきすのたゝこゝにのみま《し》りかほにたち
かへりことかたらふをえきゝすこし給はて
よも(▲□)すからものをや思ほとゝきすあまの
いわとをあけかたになく〈13〉
ほとゝきすなくにつけてそたのまるゝか
たらふこゑはそれならねとも〈14〉
とそおほさるゝ殿なとめさましてきゝたまふ
にをひのなみたとゝめかたくてはゝ宮すこし
ゐさりいて給えりなとかくよふかくはをき給
へるさ月のそらにはおそろしき物ゝあなるも
のをと御はなこゑにさえなり給て経もたかく
なよみ給そといみしうゆゝしと思きこえ給へ
れはりやう百ゆすん内とこそあ《ん》なれな
てうおとろ〳〵しきものかまうてこんとてう
ちわらひたまへり殿もをき給てこのころはか
りつゝしみてものし給へありきなとなし給そ
けふより七日はかりはとりわきたる御いのり
せさする也このほとはさうしにておなしこゝ
ろに仏をも念したてまつり□へ《をやに》も
のおもはする《を》もきつみにてもあんな
りなときこえたまふいてやなかくしもあるま
しき身をいとかくしもおほいたるこそと心く
るしうていつちかなと申給てわか御かたにわ

〔一三〕

あつさのわりなきほとは水こひ鳥にもおとらず心ひとつにこがれ給ふをしる人もなしひるつかたげんじの宮の御かたに参り給へればしろきうす物のひとへきたまひていとあかきかみなるふみをみ(見)給ふ御いろはひとへよりもしろうすき給へるにひたひのかみのゆら〳〵とかゝりこぼれ給へるすそはやがてうしろとひとしうひかれいきてこちたうたゝなはりたるすそのそぎすゑいくとせをかぎりにおひゆかんとすらんと所せげなるものからたを〳〵とあてになまめかしうみ(見)え給ふかくれなき御ひ

〔一三〕

かやうにて月もたちぬれはいと、あかつかはしくわりなきほ(▲□)とにこと〳〵なくみつこひとりもおとらすこゝろひとつをこかれふし給えりのとやかなるひるつかた源氏のみやの御かたにまいり給へれはしろきうすもの、ひとへき給てあかきかみなるふみゝ給とてそはみてゐ給へるにひたひのかみのゆら〳〵とこほれかゝり給へるすそはやかてうしろとひとしくひかれゆきていとあつけなる御ひとへのすそにこちたけにたゝなはりゆきてすそのそきめははなやかにみゑ給へるいつをかきりにおい

たり給ぬそのころの事くさにたゝこのことをのみいひのゝしるおほやけも日の御からひつあけさせ給てあめわかみこの事中将のつくりかはし給える文ともかきをかせ給へりその夜候はさりけるかんたちめ殿上人なとはくちをしき事をそいひなけきける道のはかせともたかきもくたれるもこの文ともをみてなみたなかさぬはなしはか〳〵しくまねはぬきわの人々はところ〳〵うちかへなとして道おほちの行かひのしつのおとも、かたことゝもうちませなとしつゝたゝこのころのことくさにめていひけり

（32オ〜34ウ）

〔一三〕

月もたちぬ《(▲け)ぬ》れはあつさのわりなきころはいと、水こひとりにもをとらす心ひとつにおもひこかれ給をしる人なしつれ〳〵なるひるつかた源しの宮の御方にまいり給へれはしろきうすもの、ひとへをき給ていとあかきかみなる文を御らんすとてそはみてゐたまへるに御ひたいかみのゆら〳〵とこほれかゝり給へるに(▲□)すそはやかてうしろとひとしくひかれ行ていとあえかなる御ひとへのすそにこちたけにたゝなはり行てすそのそきめはなやかにみえ給へるいつをかきりにをひ行かんと、ころせ

とへに御ぐしのひま〳〵よりみえたる御こしつきかひなゝどのうつくしさは人にもに給はねばあまり思ひしみにけんわがめからにやとまもられてれいのむねはつぶ〳〵となりさはげどよく忍び返してつれなくもてなし給へり
（上28ウ～29オ）

〔二四〕

いとあつき程にいかなる御ふみ御覧するそと聞え給へば斎ゐんよりゑども給はせたるとてくまなき日のけしきにはなばなとにほひみち給へる御かほつきをまばゆげにおぼしてすこしうちあかみてこの御ふみにまぎらはし給へるよういけしきまみなどいひつくすべうもあらずめでたうみ《(見)》え給ふになみださへおちぬべう覚えたまふまぎらはしに此ゑ共をみ《(見)》給へば在五中将の日記をいとめでたうかきたるなりけりとみ《(見)》るにあひなうひとつ心なるこゝち《(地)》してめとゞまる所々おほかるにえしのびたまはでこはいかゞ御らんずるとてさしよせ給ふ

ゆかむとゝころせけなる物からあてになまめかしくみゑ給ふにかくれなき御ひとへにすかせ給へる御かひなつきなを如何てこゝろあらん人のうちみはなちたてまつるやうはあらんまいてかはかり御心にしみ給へるにはみたてまつり給ふたひことにむねつふ〳〵となりつゝうつしこゝろもなきやうにのみおほえさせ給ふようそしのひ給める
（27ウ～28オ）

〔二四〕

いといまめかしけに候はいつこのにかときこゑ給へは斎院よりゑとも給はせたるとてはなやなるひのけしきにはる〳〵とくまなくめてたき御さまをまはゆけにおほしてこの御ふみにまきらはさせ給へる御もてなしようゐよりはしめすこしあかみ給へる御かほのうつくしさいといみしくあたりまてにほひ給へるをみたてまつり給ふになみたさへいてきぬへきまきらはしにゑともひきひろけてみ給ふに在五中将のにきのいとおかしくかきたるみつけ給へるあいなくおなしこゝろなるこゝちし給てめとまるところ〳〵おほかるはえしのひ給は

け《(気)》なるものからあてになまめかしうみえ給かくれなき御ひとへにすき給へるうつくしさいとかゝらぬひとしもこそおほかれと猶いかて心あらん人のたゝうちみはなち○《た》てまつるやうはあらんましてかはかり御心にしみ給へる人はみたてまつり給へるたひことにむねつふ〳〵となりつゝうつし心もなきやうにおほえ給をよくそしのひ給ける源しの○《女一》宮もいとかくはかりはえこそおはせさりけれはやかほる大将のさしもこゝろとゝめさりけんとそおほさるゝ
（34ウ～35ウ）

〔二四〕

いとあつきにいかなるおほんふみこらんするそときこえ給へは斎院よりゑともたまはせたるとてくまなき日のけしきにははな〳〵とにほいみち給へる御かほにみあはせ○《た》てまつり給てまはゆけにおほしてこの御文にまきらはし給御もてなしまみひたいかみのかゝ[り]つらつきなといひし[ら]すめてたしれいのなみたもをちぬへきに[ま]きらはしにゑともをとりよせてみ給へはさいこ中将のにきをいゝとめてたうかきたるなりけりと見にあちきなくひとつ心なる人にむかひたる心ちしてめとまるところにしのひあえてこれはいかゝ

まゝに

よしさらはむかしのあとをたつねみ（見）よわれのみまよふこひのみちかは〈15〉

ともいひやらずなみだのほろ〳〵とこぼるゝをだにあやしとおぼすに御手をさへとらへて袖のしがらみせきやらぬけしきなるに宮いとあさましうおそろしうなり給ひてやがてとらへ給へる御かひなにうつぶし〳〵給ひぬるけしきのいひしらぬものにとらへられたらんやうにおぼしたるもいとゞ心さはぎしてこゝら思ひつむる心のうちをかたはしだにも打いづべうもなくなみだにのみおぼゝれ給へりいはけなく侍しより心さしことに思ひそめ奉りてこゝらのとし比つもりぬる心のうちはあまりしらせ奉らでやみなんもたれも後の世のためまでうしろめたう侍るべきによりもらし侍りぬるこそあさましけれ又いとかうあるまじうみぐるしきもの思ふ人のたぐひ昔も侍りけるにやとみゆるにあまりうとましげにおぼしめしたるも心うくこそ

かくばかりおもひこがれて年ふやとむろの八嶋のけふりにもとへ〈16〉

かたはしだにもらしそめつれば年をへて思ひこがれてすごし給へる心のうちを聞えしらせ奉り給ふにおそろしき夢をみるこゝちし給ひ

てこれは如何ゝこらんするとてさしよせ給まゝに

よしさらはむかしのあとをたつねみんわれのみまとふこひのやまへか〈15〉

との給ふまゝにいとうつくしき御てをとらへてほろ〳〵とこほしそへ給へはそてのしからみせきかね給いとあさましくひとめもみさらん人のにはかにいりきたらんよりもとしころまたなくたのみ思ひかはし給ひてつゆはかりかやうならんけしきもみしり給はぬにはゆめなとゝおそろしき物にひかへられたらんこゝち給てわた〳〵とわなゝかせ給へはやかてとらへさせ給えるかいなからうつふし給えるけはひといみしうおそろしとおほしたるもたゝうちみたてまつるよりもちかまさりはいますこしたくひなくおほえ給ふにこゝろもいとゝまとひはてんこそとしころをへて思ひこかるゝ心のほとをもえいはれ給はすなみたにのみおほれ給えりいはけなくおはしましゝよりさるへきにやたうりのまゝの心さらにうちそへ人しれぬこゝちのとしころねをたにたかくなくよなく思ひこかれ侍なからよの人のきゝ思はん事もいとうたてく侍へしまいてとのやみやなとのあな思はすとおほしめさんこゝろのうちとも、思ひ給へられぬにも侍ら

こらんするとてさしよせたまふまゝに

よしさらはむかしのあとをたつねみよ我のみまとふこひのみち《ことも》かは〈15〉

ともえいひやらすなみたのほろ〳〵とこほるゝをあやしとおほす御てをさへとりてそてのしからみせきやらぬけしきなるに宮いとおそろしうなり給てとらへ給へるかいなにやかてうつふし〳〵給へるけわひいといみしうおそろしとおほしたるもたゝうちみたてまつるよりもちかまさりはいますこしたくひなくおほえ給に心もいとゝまとひはてゝこゝらおもひしのひつる心のうちをも御らんしはてゝは中々こゝろさはきのみしてそのかたはしをたにいひつくすへうもなけれはたゝなみたにおほれていわけなくものせさせ給しより心さしことに思きこえさせてこゝらのとし月つもりぬるはあまりしらせ給はさらんもたれものちのよまてうしろめたうもなりぬへけれはいとかうよにしらぬもの思ふ人もありけりとはかりを心えさせ給へかしとてなん

かくはかりおもひこかれてとしふやとむろのやしまのけふりにもとへ〈16〉

まことにせきかねたまへるけしきのわりなきを宮はあさましうおそろしきゆめにをそはるゝ心ちせさせ給へはむけにしらさらん人の

てわなゝかれ給ふをむげに御らんじしらざら
む人のやうにかばかりをだにおそろしとおぼ
したる事となく〳〵恨聞え給ふほどに人ちか
くまいるけしきなればすこしのきて今よりは
いかにくませ給はんずらんな俄ならん御心
がはりは中々人めあやしく侍らむおぼしうと
むなよ岩きりとをし侍るともをとぎゝもある
ましき事と思ひしりたればよもみ(見)ぐるしき心
のほどは御らんぜられじあまりに思ひわび侍
りなばかよはぬ里にぞ行かくれ侍らんかしさ
やうならんおりはさぞかしとおぼしめしいで
させ給へかしとてなんなど聞えしらせ給ふ事
も思ひやるべしされどいとちかくしもさぶら
はぬ人はいつもけちかき御なからひにめも
たゝぬならんかしゐみ侍らんとて人々ちかく
まいれば宮は御心ちれいならぬとまぎらはし
てちいさき御木丁ひきなをしてふさせ給ひぬ
れば君もかほのけしきやしるからんとおぼせ
ばたち給ひぬるに　（上29オ〜32オ）

すあるまじき事そとはあけくれこゝろにも思
なからしたかはぬこゝろのほとはそれにしも
あやにくにたけまさりつゝみよりけふりの
あけくれたちいつるにもなにともいかてかは
しらせ給はんとその思ひをたにしらせまほし
なからそもおほしうとまれん事はかならすな
れはかきらぬさとにゆきはし覧ほとはにくき
こゝろのありしともおほしいてられしなとさ
かしう思給へれとあまりになれはうつしこゝ
ろもうする物に侍またそらなるいしの中はあ
まりむせ侍てものちのよのためさへうしろめ
たなくおほえさせ給へはなとかゝる人のため
しもきゝそをかせ給とて
　かは《く》かりに思ひこかれてとしふやとむろ
　のやしまのけふりにもとへ〈16〉
ともはか〳〵しくつゝけられ給はすむせかへ
り給えり御まへに人はなと候はぬなといふ人
のきこゆれはいみしけならんけしきもしるか
るへけれはたちのき給中々いみしき御心まと
ひなるそいまよりはいとゝいかにくませ給
すらんいちしるか覧御こゝろかはりは中々人
めいかゝ侍らんおほしうとませ給なよよし御
らんせよかはかりきこゐさせ侍れはよにも侍
らしといふ〳〵たちいて給ぬさしぬきのすそ
さへやぬるらんあまりみえ給ふ御けしきなり

やうにうとましうおほしめしたるにこそ心う
けれよし御らんせよ身はいたつらになり侍と
もあるまじき心はへとはよも御らんせられし
とのやみやなとのひとかたならすおほし(▲め)なけ
かんも御心のうちみなこのとし月おもひ給へ
しりたれはつゐには世にかやうにてもみえま
いらせしかゝる心ありけりとよに侍らんかき
りはこれよりうと〳〵しくおほしめしかはる
なかゝる心をおほししりてとし月よりもあは
れをそへておほしめさんそ身のいたつらにな
らんかはりにはこのよのおもひいてにし侍へ
きといまはかきりとおほすともおほしめしつ
るとしころにかはるこゝろはよもみえまいら
せしそ心のうちけにいかにくるしかりつらん
とおほしゝるやいかにとの給へとおそろしう
わひしとおほしたるよりほかことなきに人ち
かくまいれはゐにまきらはしてすこしゐのき
給かほのけしきもいかゝとおほせはたちのき
たまひぬ　（35ウ〜38オ）

〔二五〕

みやはいまぞよろづにおほしつゞくるかゝる心おはしける人を露しらで誰よりもなつかしく思ひてあけくれさしむかひてすごしけるよとうとましうおそろしきにもさるべき人々の御あたりならでおひいでけるをあはれにおぼししられてやがてふしくらし給へるを御めのとたちなとれいならぬみけしきはいかなる事ぞとあやしがるにもたれもかゝる御心をもしらぬよかやうにつねにあらばはづかしうもあるべきかなとおぼすにありてうき世はとけふぞおぼししられける（上32オ〜ウ）

（28オ〜31オ）

〔二五〕

宮はいとあさましきにうこかれ給はておなしさまにてふし給へるを大納言のめのとなとかうてはとみたてまつりおとろきてそ御丁のうしろにねたりける人々おとろきなとしつゝ中将とのゝおほしましつれはゆつりきこゑさせてあつさのわりなさにしはしと思給えるにみなねいりてなとおの〱いひつゝいまそまいりあつまるをこの御けしきもれいならぬさまにていまそおくさまにまろひいり給ぬるあやしく中将とのゝ人まいれともの給はせておとなくはなといてさせ給つらんなとかくはけに御心をしる人のつゆなかりけるにつけても女におはすれと中宮なとのかた〱にておいゝて給つれはわれも人もうと〱しくてのみすくるをこれはあけくれへたてなくさしむかひけるもあさましくきしかたさへくやしくうしろめたくおほさるゝま事ならぬは心うき物なりけりと御むねもさはくまておほさるゝにそむかしかたりになりにけん御ありさまともゝなにとおほしわく事なかりけれとありてうきよとはけふはしめておほししられける（31オ〜ウ）

（38オ〜39オ）

〔二五〕

宮はいとあさましきにうこかれ給はておなしさまにてふし給へるを大納言のめのとなとかくはとみたてまつりおとろきてみ丁のうしろにねたりける人々おとろきなとしつゝ中将とのゝおはしましつれはあつさのわりなさにしはしとおもひ侍つるほとにねいり侍りにけりなとをの〱いひつゝそまいりあつまる猶この御心ちれいならぬさまにていまそをくさまにいらせ給ぬる人々ゐともちらしてみける宮はやう（▲□）〱ものおほえさせ給まゝにかくものおそろしきこゝろおはしけるひとを又なき物におもひきこえてあけくれさしむかひたりけるこそさるへき人々にはなれてをひいてけるよなとはしめてものあはれにおほしつゝけてふしくらさせ給ぬるを御めのとたちなとれいならすおほしめさるゝにやなとなけくをたれもしらてかやうに常にあらははつかしうもあるへきかなありてうきよはなとけふそはしめておほししられける

〔二六八〕

中将のきみもこと出そめて後はいとゞ忍びがたき心のみだれまさりてつく〱と詠ふし給へるにとの御かたより参り給へとあれば何となくこゝちのなやましきに物うけれどさきゝ給はゞ又おどろきさはぎ給はんも聞にくけれとさ《ばイ》うぞくしどけなげにて参り給へりびんのわたりもいたう打とけてないがしろなる御うちとけすがたのうるはしきよりも中々又かくてこそみ(見)奉るべかりけれとみえてみ(見)まほしうなつかしきさまのし給へるをれいのうちゑまれてみ奉り給ふよさり中宮のいて給はんに参り給へうへもひとひあまりとりこめたりとおほせられきとの給ひて源氏の宮の御事を春宮かくこゝろもとながらせ給ふにいたくわびさせ奉るとうらみさせ給ふにすゞしう成てさもやと思ひたつを右のおほいとのの只ひとりかしづかるらんむすめのとをにたにならばと心もとながるからうじて此八月にまいらせんとけしきとらるゝをせいすべきにもあらずきしろひ給はんもびんなければ冬つかたさらずは年かへりてなど思ふはいかゞあるべからむ春宮もいそがせ給ひうちにもさこそあらめと御けしきあれど何かは人のいつしかと思ひいそがれんをとゞめんもいとをしかるべしな

〔二六八〕

中将のきみもすきぬるかたよりもおほしこかるゝさまいとくるしけにてすへてかくはか〱しくうつしこゝろにてよになからふへくもあらぬにいかさまにせんとしつみふし給へるに殿の御かたよりまいり給へとあれはなやましきになしにめすらんとむつかり給へとまたさきかせ給はゝおとろきさはかむもおとろ〱しかるへけれはしやうそくしとけなけにおひはゆる〱としてひんのわたりいとしとけなくまみもなきくらしていとのひ〱とみゑ給へるなか〱うるはしきよりもかくてはみまほしくなまめかしくおはするをれいのみゑかゝり給へは御くちもあはすゑみ給てゆふさり中宮のいて給はむにまいり給へ上もひとひあまりとりこめたりととはせ給きなとの給はせて源氏のみやの御かたを春宮はこゝろもとなからせ給うゑもなをうちすみせさせたてまつれとの給はするをこのあきころもやと思ふを右のおとゝのたゝひとりかしつかるゝむすめとをにたにならはとこゝろもとなかり給なるかからふしてこの八月にまいらするときしろいいてゝ給はむも人をとしめかほにやあらんありさまにしたかひてふゆつかた年かへりてなともあへなんや宮はまつこの御ことを

〔二六八〕

中将のきみうちいて給てはいとゝしのひかたうのみなりまさりつゝすへてうつし心にてもよになからふへしともあらぬにたゝつく〱となかめのみせられていかさまにせんとしつみふし給へるにとのゝ御前よりまいり給へとあれはなにとなく心ちのなやましうてものうけれとさきゝ給はゝ又さはかれんもむつかしけれはさうそくしとけなけにてひものわたりもいたううちとけてまいり給へりうるはしき御すかたよりも御すかたよりもかくないかしろなる御ありさまのまたかくてこそみるへかりけれとめてたくみえ給もたゝえみひろこりてみたてまつり給えりよさり中宮のいて給はんにまいり給へうえもひとひあまりとりこめたりとおほせられきなとの給て東宮の一日もこの宮の事をいたう心もとなからせ給にうへも猶とく内すみせさせたてまつれとたひ〱の給仆はすれはすゝしくならんほとにとおもふをみきのおとゝかしつくむすめ十にならはと心もとなかられけるからうしてこの八月にまいらせんとけしきとらるゝをなにかはきしろふへきにもあらす冬つかたさらすはとしかへりてもなと思をいかゝあるへき東宮もこれをまつと御けしきあんなり内にもさこそあら

ど聞えあはせ給ふをつゐの事ぞかしさこそはあらめと思ひながらもむねはふたがりまさりてけしきもかはるらんと思へどつれなくもてなして人の事をのへさせたまはんいとをしうや侍らん此御事はいつも心のどかにあえ侍りなん権中納言の身にそふかげにてさはぐなればわづらはしさにかくいそがるゝとぞきき侍ると申し給へばこゝにもさ思ふなり右のおとどのひすらんむすめこの御かたにえこそならばざらめそんわうだちはなたかにきら〳〵しきさまにやあらむとぞをしはからるゝや母めのとより外にあたりにもよせずきはもなくこそかしづくなれみ《（身）》づからくゆるみやはらのむすめのやうにやあらんとてわらひ給へばかの思ひかけざりしよひのほかげはいとしも玉のきずはみ《（見）》えざりしかどはなたかはよくいひあて給へりと思ふにすこしほゝゑまれぬるけしきをしるくみ《（見）》給てわかゝりし時かいまみを常にせしかばさもさま〳〵なる人をあまたみ《（見）》しかな人はいとありがたきものぞかし思ふやうなる人にあふ事はかたきわざなりや故院のこと〳〵はいみじうおぼしめしながらこのかたはあやにくにせいしさいなみてたやすくもありかせ給はさりしかどかしこうぬすまれ出ていたらぬくまこそなかりしかかくさま〳〵え

といそかせ給えと人はあしさまにそとりなさむと思ふこそむつかしけれとの給あはするについの事とは思ひなからたちまちにきゝ給はとゝむへきかたなくむねはいとゝふたかりまされといつしかと人のおほしいそかむをとゝめさせ給やうならんもいかゝは侍らんいつも〳〵又ほかさまの御ことをおほしかくましき御ことはこゝろのとかにてあえ侍なんとあれは権中納言のみにそふかけにてさはき侍れはわつらはしさにいそき侍なりとつれなく申給へはこゝにもさ思ふなりこの御ことはみな人思ひかためたんめれはたはふれにておもひよるへきなりなさ覧ほとにいますこしとゝのをり給はんほとに右のおとゝのひすらんむすめえこそまさら〳〵めいときはなき御かたちにこそあめれはそこかたちのちゐ〳〵しうはなたかにそあらむかし丁のうちよりえさしいてすはゝめのとよりほかにあたりに人よせさなりみつからくゆ~~はかり~~《る》みやはらのむすめのやうにあらんとの給をこの思かけさりしほかけはいとさしもしらたまのきすとはみゐさりしをはなたかはよくいひあて給えりと思ひあはするにすこしほをゐまれ給ぬるをそのみるたよりやありけんとおほされてわかゝりしをりの御事さま〳〵人のありかたかりしかなこと

めなとおほせらるれ（▲ヽ）となにかわさとひとの思てん事をとゝめんもいとをしなときこえあはせ給をつゐのことそかしとはおもひなからむねはいとゝふたかりまさりてけしきもやかはるらんとまておほゆれとれいのつれなくてけに人の事をのへさせ給はんはいとをしうや侍らんこの御事はいつも心のとかにもはへりなんあはれ権中納言の身にそふかけにてさはくなれはわつらはしさにいそかるゝ事とこそうけ給はりしかと申給ふこゝにもさおもふ也この御事はみな人思かためためたれはたわふれにもおもひよる人なけなりさらんほとにいますこしとゝのをり給へらんにみきのおとゝのひすらんむすめこの御かたちにえこそならはさらめなあれはそ~~り~~《う》（▲ら）かたちにてそゐ〳〵しうはなたかにきわ〳〵しきかたにやあらんとそをしはからるゝ丁のうちよりもさしいてすはゝめのとよりほかにはあたりに人もよせすきはもなくこそかしつくなれみつからくゆる宮はらのひとりむすめのやうにやあらんとてわらひ給へはかの思かけさりしよひのほかけはさしもしらたまのきすまてはみえさりしかとはなたかはいひあて給へりとおもひいつるにすこしほゝえまれ給ぬるをみ給てわかゝりしときいたらぬ所なくかいはみをせしかはさ

さらぬ人あまた物し給ふにをしけたれて哀と
思ひしわたりもありしかどかひなくこそやみ
にしかなとむかしのことどもおほし出たり
（上32ウ～34ウ）

〔二七〕
わかくよりなをやんごとなきかたにさだまり
ぬるはおもりかによき事なりひとりあるはを
のつからさもあらぬこゝろもあくがれてかろ
〳〵しくわろき事ぞなどの給ひてかの御けし
きありしふえのろくはいとかたじけなき事に
こそ其のちうち〳〵にもあない聞えさせぬは
いとびんなき事也よき日して侍従の内侍のも
となどにほのめかし給へかしなとの給へはあ

〳〵しきわたりよりは中々いみしけなりしむ
くらの中よりみゐし人こそ思はすなりと思し
かはきはみまさりはこよなかりしか思さまな
る女にあふにとさすかにいとかたきことなり
こゝろのまゝならはもろこしの御門の御むす
めもみつへかりしか故院のこと〳〵はいみし
うさいなみせいせさせ給しかはこゝのえのう
ちよりほかにたひねすることはかたくこそあ
りしかいま思へはようの給はせけりほたしも
いかはかりおほからましおほしめしたる事と
もあまたあるへし
（31ウ～34ウ）

〔二七〕
わかうよりなをおもりかなる所にとうさたま
りぬるはこよなき事なりひとりあるは井もお
のつからさもあらぬ心あくかるゝそやなとの
給はせていつかのようへの給はせしみのしろ
ころもはいとかたしけなき御事なるをそのゝ
ちうち〳〵にあないきこゑさせぬるこそあま
りなれよからんひしてしきふのみやうふのも
となとに物せよかしさやうになへてならぬこ

もさま〳〵なる人をあまたみしかなひとはい
とありかたきものそかしこと〳〵しきわたり
よりは中々いみしきむくらの門よりみえし人
こそおもはすなりと思ひしかはにやみ井（▲□）まさり
はせしかおとこといへと思ふさまならん人に
あふよいとかたき事なりこ院のこと〳〵はい
みしうおほしめしなからこのかたをはいとあ
やにくにせいしいさめてこゝのへの内よりを
さ〳〵ありかせ給はさりしかとかしこうこそ
ぬすまはれつゝいたらぬくまなかりしかいま
思へはよくの給はせけりほたしもいかはかり
おほからましかくさま〳〵にえさらぬ人もの
し給をしけたれてわすれしと思ひしひと〳〵
をもをのつからこそたえにしかなとむかしの
事ともおほしいてたり
（39オ～42オ）

〔二七〕
我よりやんことなきかたにとてさたまりぬれ
はをもりかにてよき事なりひとりあるはをの
つからさもあらぬ（▲らん）心あくかれてかろ〳〵しう
さるへきふるまいもしつへき事そなとの給て
かの御け（気）しきありしみのしろころもはいとか
たしけなき事にこそ○《そ》の、ちうち〳〵
にもあない申さぬはいとかひなきやうなりや
とよからんひしてし、うの内侍のもとにほの

なむつかしやありはつべくも覚えぬ世にさや
うにさだまりゐていかにわびしからんもきく
にさへぞあつかはしきよるの衣なりける御け
しきかたじけなかりきといひながらさばかり
の御事をうけ給はりて聞えさせいでんや中々
なめげに侍らむとてすさまじげなるみけしき
なれば心にいらぬ事なめりとおぼすもうへの
おぼさん事いとをしくてたちまちにこそいは
れざらめさの給はせてんをしらずかほならん
はひが〳〵しかるべきわざかなとれいならず
物しげなる御けしきなればわづらはしくてた
ち給ひぬ

　ほかさまにもしほのけふりなびかめやう
　ら風あらくなみはよる《すイ》とも〈17〉

などいなぶちにくちずさひ給ひては、宮の御
所に参り給へれはあつけにやこのごろこそい
たうやせてみ(見)え給へとて心ぐるしけにおぼし
たるけしきあくまでらうたげにみえ給ふを
殿のさばかりくまなくみ(見)あつめ給ひけんにお
やと聞えながらもすぐれたる御おほえはこと
はりぞかしとみ奉り給ふなつやせはゐせ物の
事にとかやかたへすゞしき風にしたかはんも
あしかるべき事かはなどかうしもいひそめけ
んわたしもりにやとはましとてゐみ給へるに
ほひざとこぼるゝ心ちし給へるをめつらしか

とに又わたくしのこゝろくるしさもさま〳〵
はくゝまむなんてう事かあらんとわれならひ
にの給ふをいと、みたれまさりたるにあなむ
つかしたゝいまはさやうにさたまりゐていか
にわひしからんときくたにいとむつかしきよ
ひのころもなりさめたちて御返も申給はねは
こゝろにいらぬ事なめりとおほすも上のおほ
さむ事いとをしくてたちまちにたちいられさ
らぬさの給はせけ(▲ん)んよにしらすかほならんは
ひか〳〵しきやうにやあらむとてれいならす
ものしけなる御けしきなれはかしこまりてた
ち給ぬれと

　ほかさまにしほやくけふりなひかめやう
　らかせあらくなみはよすとん〈17〉

とむけにいひふてにくちすさみては、みやの
御かたにまいり給えれはあつけにやこのころ
こそいたくやせてみゐ給へいかなるにかとて
又こゝろくるしとおほしたる御けしきよりは
しめめてたき御かたちをおやともみゐさせ給
はすわかくさかりにきよけなる御かたちをけ
にとの、そこらみ給けん中にすくれておほし
さためたるよりもすくれたる御こゝろさしも
かゝれはにこそとおやをさへそまほりまいら
せさせ給夏やせはわるもの、けにやすゝしき
かせをよろこはむもあしかるへきことかはな

めかし給へかしこにもさやうにもこそおもへ
なとの給をあなむつかしやありはつへくもお
もはぬ世にさやうのことさへひきかゝつらは
んよときくにさこそあつかはしきよるのころ
もなりける御け(気)しきさやうになとまてはわ
たりさまにきこえさせなとせんやいかゝ侍
らんとてすさましけなれは心にいるましきな
めりとほ(本)いなくおほさるれとかくもたゝいま
はえきこえ給はてものしけ(気)なる御け(気)しきなれ
はやをらたち給にも

　ほかさまにしほやくけふりなひかめやう
　らかせあらくなみはよ卄《る》とも〈17〉

なといなふちそくちすさみ給めるは、宮○
《の》御前卄《え》まいり給へれはあつさにやこの
ころこそいたうやせてみえ給へとていとこゝ
ろくるしけにおほしたるけしきあくまてらう
たけにをやともみえさせ給はすわかうみえ給
へは御かたちとの、さはかりいたらぬくまな
ふみあつめ給けんをやと申なからすくれ給へ
る御をもひことはりそかしとみたてまつり給
夏やせはえせ物、事にやかたえすゝしきかせ
にしたかはんもわろかるへき事かはなとかく
しもいひそめけんわたしもりにやとはましと
てうちえみ給へるあひ行のさとこほるゝ心ち
し給へるをあなめてたとわかき人々しみかへ

らん人のやうにわかき人々み奉る中務といふ
人みちのはてなるとなげきし人のありしこそ
ことはりにくからぬ《ねイ》とひとりごつをしりめ
にみ（見）をこせ給ひていかにとかやのこりゆかし
きひとりことかなとの給ふをあなわびし聞え
けるにやとわぶるさまもにくからずみ（見）わたし
給ふ　（上34ウ～36ウ）

〔二八〕
との丶女二宮に御ふみ奉れとの給へるこそ
たゞさばかりのなをさりごとだにおほ宮聞給
ひてめざましくあるまじき事とむつかり給ひ
けるものをさやうにほのめかし出てはしたな
められ奉らんこそたゞなるよりは心やましか
りぬべけれたゞさはかりの御けしきにて其夜
のめいほくはかぎりなかりきかし中々なる事
いひ出てうへもあされたりとぞおほされんか
ずならぬものはすき〳〵しきことこのまでさ
りぬべからんかげの小草の露より外にしる人
もなきなどをたづね出てよすがともなれかし
さらずは又いく世もあるまじからん世にほだ
しなからんかしとてなみたぐみ給へるを母み
や御らんじて御かほのいろもたがひてたはふ

といひそめけんさるわたしもりにとふへき事
もなきにとてつらつゐつきてよりゐ給える御
さまをめつらしからぬやうにわかき人々めて
かへる中になかつかさといふ人みちのはてな
るひたをひのとしにかへる人のあしにそにく
からねとひとりこつをしりめにみをこせ給て
こゝろにくきほとにてほをゐみ給えりあなわ
つらはしきこゐけるにやとふしかへりわふる
さまともおかしうみわたされ給　（34ウ～36オ）

〔二八〕
殿の女宮におとつれすとてさいなみつるこそ
御こゝろのやみたくひなきまゝにおこかまし
く人いかゝきゝ侍らんさはかりの給はするこ
とをたには丶みやのあるましき事人のいひな
すともむつかり給ける物をまいてあやしのふ
みなとちらしまいらせてうゐもいかにあされ
たる物ときかせ給はん雲のかけはし如何丶な
りたりけんあまりこゝろあはた丶しかりしよ
のありさまを思しめしおとろきてたえかたく
はつかしき御ことを御こゝろさしのけちめは
かりかすめさせ給けるにやけにた丶とはかり
の御けしきにていとめてたかりしを中々まこ
としう思ひよりてなときかせ給はんかたはら
いたさこそわひしかるへけれかすならぬ人す

りめてたてまつるになかつ゛かさといふ人道の
はてなるとなけきしひとのありしこそことは
りにはか《本マヽ》はらねとひとりこつをしりめにみや
ら[せ]給ていかにとやのこりゆかしきひとりこ
とかなとの給へはあなわひし~~きけ~~《き給》けるよと
わふるさまもにくからすみわたし給
（42オ～44オ）

〔二八〕
との丶皇大こくのわたりに御文まいらせよと
の給はせつるこそ御心のやみのた○《く》ひ
なきまゝにをこかましくひといかにきゝ侍ら
ん~~た丶さはかり~~《た丶》の御なをさりことをた丶大宮
のめさましき事にむつかり給けるものをさや
うにほのめかしいて丶はしたなめられたてま
つらんこそた丶なるよりはこゝろやましかる
へけれあまり心あはた丶しかりし夜のありさ
まにおほしめしおとろきて御心さしのけちめ
はかりとかめさせ給けるにやた丶さはかりの
御けしきにてそのよのめんほくはかきりなか
り（◆し）きかし中々なる事いひをくそゐもあされた
りとそおほしめさんかすならぬ人はすき〳〵
しうあるましき事このまてさりぬへからんか

れにもゆゝしき事なの給ひそいみじき事なりともわが御心にこそあらめものうく覚え給はんをあながちにもなにかはまいては、宮のさのたまはんにはあるまじき事にこそは一日三位の物語せしつゐてにふえのねのめでたかりしにめでて二の宮の事をほのめかししはいかゞ思ふらん此比さかりにおかしげにおはするを行末のたのもし人にゆづらんなどうへの、給はせけるとかたりしはかたじけなく聞すごしてやとこそありしかとの給ふかくだにの給はゝいかゞはせんと打なげかれて立給ひぬ

（上37オ〜38オ）

〔二九〕

くれぬれば内へ参り給ふつゐでにまことかのよもぎがもとはいづれぞとはせたまへばみをきし随身こゝもとに侍るそこと申さぶらひしかは又の日み(見)給へしかばおろしこめて人もさぶらはざりしあやしさにかたはらの人にと

きく〳〵しう思ふましき御なとはつかしとそ思給へるいまをのつからさるへからんかけのこくさのつゆしけからむなとをしる人にてさふらひなん又さこそはいくよあるましきよに中々なるほたしも、たしとてなみたをさへ(▲く)うけ給へるには、みやの御かほあかくならせ給てたはふれにてもゆゝしきことなの給はせそ物うくおほされんことは人のいみしうの給はんにてたになにかはまいてみやのさの給はせんにはあるましきことにこそはひとひとう三位のふゐのねのたくひなかりしにめてゝ二宮の御ことをほのめかしゝかはいかゝ思ふらんこのころさかりにおかしけにおはするをゆくすゐのたのもし人にゆつらんなんとうゐの、給はせけるなと(▲□)きゝてはむけにしらすかほならんや如何ゝなとあるにこそとていとこゝろくるしけにおほしめしたり

（36オ〜37ウ）

〔二九〕

くれぬれはうちにまいり給きまことかのよものかとはいつれそとゝはせ給にみをきしすいしんこれに候又のひみ給へしかは人も候はておろしこめて候かあやしさにかたはらのいゐにとはせ候しかはつくしへまかりけるなか

けのこくさのつゆよりほかのしる人なからんはよかるへきさらすは又いくよあるましき[よ]にほたしなきもいとよしかしとてなみたくみ給へるをみや御らんして御かほの色たかひてかくゆゝしき事な常にの給そひとはめてたき御事とも、御心にこそはあらめものうからんこと《を》あなかちには、宮のさの給はんにはあるまじき事にこそあなれ一日頭三位のうゐの、給はせしさまをかたられたるをきゝてことさらにこそ申ゝ人みんと思しかかくまて御けしきのあらんをきゝすへさんもかひ〳〵しからすやとこそあなりしかは、宮の御事はさもきかぬにやなとの給

（44オ〜45オ）

〔二九〕

くれぬれはうち《へ》まいり給ついてにかのよもきの門をたつねさせ給へはみをきしすいしんそこそこと申又のひみ給しかはみなおろしこめて候しをかたはらのいゐの人にとひ侍しかはその人もなし宮つかへ人なんあまたいてい

ひさぶらひしかばつくしへまかりにけるながとのかみといふ人の家にさぶらひけるめのはらからどもなんみやづかへ人にてあまたさぶらふなる中務の宮のひめ君のめのとにても侍るなりと申せはさやうの物のきあつまりたるおりのしわざにや少将のめのとかやいひて大納言の五せちに出たりしざれ物にやなどおぼしやらるゝ

（上38オ〜ウ）

〔三〇〕

中宮いでさせ給ひぬればみこさへ打ぐし奉らせ給ひていとおほやけしくきら〳〵しき御ありさま也内の御つかひ日ごとにまいりなどして殿もかゝるほどはこなたかちにぞおはします宮の御ありさまかたちなとあらまほしうけたかうはづかしげにてものし給ふおほきおとゞの御方はなかのこのかみにてもとがしはにおはすれどかゝるあつかひぐさももちたまはねばにやわが御ありさまひとつをはなやかにいまめかしうもてない給ひてわれはとほこりかにをしたちたる御心をきてにぞおはしける人よりはいかでともていてたる御ものごのみなどしていとわらゝかににくからぬ御心をきてなるべしかくさま〴〵にもてかしつき給ふ御さま共をぞあけくれうらやましくおぼし

とのかみといふ物ゝめのわらはなとなかつかさのみやの御めのとにてへちいみかたゝかへにはとき〳〵わたり候なるその少将のめのとにてこそ権中納言のこせちのまゐひめしたりしにやほとよりはおかしけなりしそれなとにやいひけんみ（見）しらさらん人はいはすやあらんとそおほす

（37ウ〜38オ）

〔三〇〕

中宮いてさせ給ぬれは二条殿の御かたさはいへとおほやけしくめてたき御ありさまなり御こさへきら〳〵しうくしきこゐさせ給てうちの御つかひにまいりなとして候人々の思はくもことにはなやかなりされとみやの御もてなしなともきはことにつしやかに思とをくはつかしけにてこゝろあらんかしとみえ給えり大殿の御方にもゝとかしけにて御こゝろはえもはな〳〵しくてなに事をもわれこそなとおほしおきて斎宮の御おほえのことなるをもいとものしうおほさるへからんめれとさりとてくせ〳〵しうなとはなくたれをもきこゐかはしなたらかなる御けしきにそあるへき

（38オ〜ウ）

るとこそ申侍しかつくしへまかりけるなかとのかみと申ものゝいゐにさふらふめのはらからなんなかつかさのひめ宮の御めのとにてつちいみかたゝかへなとにはとき〳〵わたり候なとて権大納言のこせちのまひゝめしたりしにやひとよりはをかしけなりしそれなとやいひけんけにしらさらん人はいはすやあらんとそおほす

（45オ〜46オ）

〔三〇〕

中宮いてさせ給ぬみこさへくしたてまつり《らせ》給て二条殿ゝ御方にはいとゝめてたし内の御つかひ日ゝにまいりなとして候人々をもはくもことにはなやかなりされとも宮の御もてなしなともきは事にしつやかにものとをくはつかしけにあくまて心あらんかしとみえ給御け（気）しきとも也かゝる程に殿もあなかちにて宮の御ありさまみあつかひきこえさせ給へり大殿ゝ御方にはなかのこのかみにてもとかしはにおはすれとかゝる人ものし給はねはにやわか御ありさまひとつをはなやかにいまめかしくもてなしてわれはとをしたちほこりかなる御心ちにそおはしける人よりはことなる御物このみなとし給てわらゝかにひとにくからぬ御心はえ也

（46オ〜ウ）

たる

（上38ウ〜39オ）

〔三一〕

中将の君はありしむろの八嶋の後は宮のこよなくふしめになり給へるもいとつらう心うきにいかにせましとのみなけきまさるをわが心にもなぐさめわび給てをのづからもやまぎるゝと忍びありき共に心いれ給へどほのかなりし御手あたりにゝるものなきにやをばすて山にのみぞおぼさるゝ春宮に参り給へれば入ぬるいそなるが心うき事と恨させ給へばみだり心ち（地）のれいならずのみ侍りてあつきほとはいとゞみやづかへをこたり侍る也とけいし給へばなに心ちにかつねにあしかるべきぞ思給ふ事ぞあらんわが心にはへだてずの給へとちかうむつれかゝらせ給へばこゝちのあしかるばかりは何事をか思ひ侍らんこれ御覧せよかくやせ侍るはしぬべきなめりとてさしいで給へるかひななどのしろくうつくしげなるさま女もえかゝらじかしとみ（見）え給ふ源氏の宮はかくやおはすらんとあぢきなくよそへられ給ひてせちにひきよせさせ給ふをあなむつかしあつく侍るにとひこしろひ給へる御あはひいとおかしかくやせそこなはる斗思ふらん事こそこゝろえたれなかすみの侍従がまねし給へる

〔三一〕

中将のきみありしむろのやしまのゝちはいとゝこかれまして中々におほさるゝになくさみやするとしのひあるきにこゝろいれ給めれとほのかなりし御かひなてあたりにゝるものなきにやおはすて山のくらへくるしさをなけきわひ給てそのきはにこそあらさらめ先曜殿のおかしきさま人にはことにおはするさへ春宮のつとまつはしきこゑ給へはいとかたきことなるなくさめに春宮の御まへにまいり給えれはしはしもみゑ給はねはいとつれ〳〵なるにみのへのうらなからみゆることのかたきとうらみさせ給はよのつねにこゝちのれいならす候てあつさのほとにいとゝうれはしくて候へはなりとてつねよりもなやめるけしきのたを〳〵となまめかしき事けしきのわかき御こゝろにはかやうならん女もかな源氏のみやかうもやおはすらんとむかゐのおかのむつましくおほしめされてせちにむつれさせ給はゝなかすみの侍従のまねすと人のいひしはまことなりけりむへこそおとゝはつれなかりけれとの給はするをこゝろのうちをしる人のありけるにやとむねはさはけといとつれなからぬ

〔三一〕

中将のきみありしむろのやしまのけふりたちそめてのちは宮のこよなうふしめになり給へるをいとゝつらくていかにせましとなけきのかすそひ給へりわか心もなくさめわひ給て猶をのつからのなくさめもやとありきに心いれ給へとほのかなりし御かひなくあたりにゝるものなきにやをはすてこそいとわりなかりけるそのきわにこそあらねせんえう殿のをかしきさまひとにはことにおはするさへ東宮つとまとはしき廿十《こえ》給へれはいとかたき事なるなくさめにとう宮の御《を》まへはまいり給へれはいりぬるいそなるか心うき事とうらみさせ給へはみたれ心ちのれいならすのみさふらひてあつきほとはいとゝをこたりはへるとけいし給へはなにこゝちのつねにはあしかるへきそやさかしさそあらんわれにはへたてゝの給へとてちかうむつれよらせ給へはこゝちあしかる仆はかりはなに事をか思はへらんこらんせよかくやするはしぬへきなめりとてかひなさしいて給へるかしろくうつくしけなるはたくひなんと女もまたいとかゝるをはこらんせぬにやくせさせてまくらはあれとやいみしうふし

なめりな人もさぞかたりしをとゞもかゝれば
つれなきなめりと今こそ思ひあはせらるれと
まめやかにの給はするを人のとふ迄に成ぬる
よといとゞくるしけれどつれなきさまにてさ
らぬすき〴〵さをだにこのみ侍らぬになどあ
りがたきこひの山にしもまどひ侍らんと猶こ
とずくなゝるけしきやしるからんあなうたて
あるやうあるべしとの給はするも御こゝろな
らひなめりとてわらひ給ふ
　我心しどろもどろになりにけり袖より外
　になみだもるまで〈18〉
とぞ思ひつゞけらる心ならひはげにさもやあ
らむまことならぬいもうとをもたらぬはなど
いひたはふれさせ給ひてせんえう殿にわたら
せ給ひぬればこよひはかひもあるましきなめ
りとすさまじくまかで給ひぬ（上39オ～40ウ）

すき〴〵しさをたにこのみ候はぬありかたく
も思はさりけるこひのやまかななとことすく
なにまめたてとなをしるくやあらむすらんさ
はかのいつかのよのみのしろころもやときか
まほしきなに事なりともまろにはなへたて給
そなつかしくおこつらせ給へはうちわらひ給
てなに事も思候はすかくのことくうちはへな
やましうのみ思給はるゝもえはか〳〵しくさ
ふらふましきにやとこそこゝろほそく思給は
らあれとても人のとふまてなりけるとわひし
　わかこゝろしとろもとろになりにけりそ
　てよりほかになみたもるまて〈18〉
とそこゝろのうちになかめられ給ふけしきも
けにしるかりけんかしそのよもせんえう殿に
わたらせ給ぬれはいとくちをしくて
（38ウ～40オ）

よけにあんめれとてもろともにふさせ給をあ
なむつかしあつくさふらふにとひこしろひ給
へる御あはひいとをかしうよとゝもにものな
けかしけなるけしきこそ心えたれなに事のさ
はあるへきそいみしからんかくやひめなりと
もそこのおもはん事はさるへきやうなしなか
すみのしゝうのまねするなめり人もさそいふ
なるおとゝもかゝれは思なけきてつれなきな
めりとの給へは人のとふまてなりにけるよと
くるしけれとつれなきけしきにてさらぬすき
〳〵しさたにこの~~身~~《み》はへらぬになとさあまり
かたき~~かたき~~こひのみち~~こひの道~~にしもはへ
らんとことはすくなゝるけしきやしるからん
いてあなにくやあるやうあらんとたゝをしこ
めていひなさせ給へともあさましき事をもお
ほせらるゝかな御心ならひにやさふらふらん
とてわらひ給へと
　我こゝろしとろもとろになりにけりそて
　よりほかになみたもるまて〈18〉
とそおもひつゝけらるゝけしきもけにしるか
りけんかし心ならひはけにさもやあらんへた
てあるいもせをもたらねは□いひたはふれさ
せたまひてせんえう殿にわたらせ給ぬれはこ
よひはかひなかるへきなめりとすさましうて
まかてたまふ（＊以下七行分空白）

〔三二〕
たそかれどきのほどに二条大宮のほとにあひたる女ぐるまうしのひきかへなどしてとをき所にかへるとみゆるに物見すこしあきたるよりまろがしらのふとみゆるは此御くるまをみるなるべしはやくやりすぎぬるをあやしひがめかとおぼすほどにともなるわらはべのもたる物やしるからん此御ともの人みつけてがや〳〵とをひとゞむるにえにげてをひとゞめられぬ御すいじんのいたくとがめかゝりてしたすだれかけたまへるはやんごとなきそうにこそはおはすらめさはあり共しばしをしとゞめであやにくにやりちがふるはたそ〳〵とあらゝかにとへば仁和寺の何がしあざりの御くるまにてはゝうへのものにこもりて出給ふなりとわなゝきいふわらはのあればいでさはあまぎみがみんとてすだれ引あぐるに法師はしりおりてかほをかくしてにぐるを此あまぎみはなどにぐるぞとをひてはしりのゝしるを御くるまをとゞめてかくなせそとせいせさせ給へばうしかひわらはをとらへてなにものぞ〳〵ととへば仁和寺に何がしいぎしと申す人也年ころけさうじ給へる人のうづまさに日比こもり

〔三二〕
たそかれときのほとにまかて給ふに二条と大宮にさしあひたる女車のうたのひきかへなとしてとをきほとかとみゆるにまろかしらのふとすきたるに御くるまのはやうやりすくされてあやしとほのかにみ給御ともの人々みつけてかやうにおいとゝむるみはいきすきてをしとゝめたるをわかき御すいしんとものいたくとかめて法師なりともくるまにのりなからはあるへしとこそおほえねいてあまきみかみむとてすたれをひきあくるに法師しりよりをりはしりてかほゝかくしてにくるをおいてとらへのゝしれは御くるまとゝめさせ給てありすのしたになからんはいとわひしきわさかなとおほしてせいせさせ給ふにおのこともゝみなにけにけるにうしかひ一人をとらへてとへは仁和寺のゐきしのうしかひに候としころのしりかたらひ給へる女房のひころうつまさにこもり給えりつるかいて給とてくるまかり申給へはよろこひなからたてまつり給てひめきみ一人をぬすみて仁和寺のはうへゐてたてまつらんとし給へるなり法師たゝらかゝる御こゝろのありけれは佛のうらみ給てかゝるめもみ

〔三二〕
たそかれ時のほとに二条大宮なとわたりにあひたる女車うしのひきかへしとをきほとよりかとみゆるそはのものみすこしあきたるよりまろかしらのほのみゆるはこの御くるまをみるなるへしはやくやりすこしつれはあやしひかめかとおほすにともなるわらはのもたるものやしるからんこの御ともなるすいしんなとみつけてかや〳〵とをひとゝむるにえにけてひきとゝめられぬわかきすいしんともいたうとかめかゝりてしたすたれかけ給へるは僧かうにこそはおはすらめさはありともしはしとゝめてはすこし給はてきをひてはやりくるたれはかりにかおはすらんとあらゝかにとふににわしのなにかしあさりの御車にてはゝ上のものへわたり給也あらうしにてこゝろにまかせすはしり侍をとわなゝきいつるをいてさはけにあまきみかとみんとてすたれをひきあくるにほうしのをりはしりてかほかくしてにくるをこのあまきみはなとにくるそとをいつきてはしるを御車をとゝめ給てかくなせそといはせさせ給へは法しをはにかしてうしかひわらはをとらへつゝ何ものそとゝへはにわし

（46ウ〜49オ）

給へるがいで給ふをぬすみ給ふ也ほうしたてらかくあながちなるわざをし給へば仏のにくみ給ひてかゝるめをみせさせ給ふなりかしをしとゞめてしめやかにもやらせ給はでとしごろの思ひかなひていそぎ給ふほどに女車とぞ御覧ずらんたゞとくやれとせめ給へば師にはしたがへといふ法文をそうのあたりに年へ侍りぬるしるしに聞ならひてはしらせ侍りつるなり今よりは更に〳〵この師にはしたがひつかはれじとおどろ〳〵しうかなしと思ひたるおかしうなりてゆるしてげり（上40ウ～42ウ）

〔三三〕

君にしか〳〵なん申しつるくるまにはまことに女のおはするなめり人はみなにげ侍りぬかくてうちすてゝはいとをしうこそ侍るべけれと申せばなにしにかゝるわざをしつるつねにせいする事をきかでいくらん所はいづくにかあらんいかでかさてはすてんそのわらはにとひてをくれとの給へばわらはのまかりつらむかたも知侍らずいまさりともくるま取にあり

給ふるなんめりと申さまいとおそろしと思たり（40オ～41オ）

〔三三〕

あはれのことやいかなるひめきみならんとき〳〵給にまことにくるまにはなくこゐし候と申をいとこゝろくるしきことかなとおのこともなとたつねさせてたしかにおくれとてすき給ぬるに又まいりて女きみの御いゐはたかの大宮に候けりくらうなるまゝにいみしうこそない給へ如何ゝつかまつらんすると申せはいかやうなる人にかありさまもゆかしくてこよ

になにかしゐきしと申人なりとしころけさうし給へるひとのうつま《さ》に日ころこもり給へるかいて給とて車かり給へれはよろこひなからたてまつり給てひめきみ一人をぬすみてゐておはする也法したてらかくあなかちなるわさをし給へは仏のにくみ給てかゝるめをみせ給也あらうしにてはありをしとゝめてもよるへきをとしころの思かなひていそきたまふほとに女車とそみるらんたゝとく〳〵やれとせため給へはしにはしたかふといふ法文を僧のあたりにてとしころありつるしるしにはきゝしり候ての給まゝにはしらせ侍つる也いまよりはさら〳〵にこのしにつかはれはへらしとていとおそろしうかなしとおもひたるにいとをかしうてゆるしてけり（49ウ～51オ）

〔三三〕

君にはしか〳〵なん申つる車にはまことに女のはへりつるなめりひともみなにけぬかくてうちすてゝはさすかにいとをしうこそさふらひぬへけれと申せはなにしにかはかゝるわさをはしつる常にせいする事をきかてゆくへからん所はいつくにてかあらんいかてかさはすてんそのわらはにとひてをくれとの給てすき給に又まいりて女房の家はたゝこの大宮にさ

つる法師まうできなん此わたりにかくれてぞさふらふらん御たいまつまいらでくらふなり侍ぬとて御くるまつかまつれといへどぬすまれたらんはいかやうなる人ならん心ならぬ事ならばいかばかりわびしかるらんくらき道のそらにさへさすらふよかくてすて丶はありつるほうしほいのま丶にやゐてゆかんさらぬにてもこよひかくてあらばいかなる心ちせんなどおぼすにいと〳〵をしければをくるべき所もしらずこよひばかりはとのへやゐてゆかましとおぼすもけさうちかづきてはしりつるあしもとおぼし出るもおかしくみちの程手やふれつらんと心つきなくゆ丶しきにあすかゐ《（并）》にやどりとらせんともかたらひにく丶おほさるれど猶いかなる人のか丶るめはみ《（見）》るぞとゆかしければ引返しあの車にのりうつりてみ《（見）》給へばいとたど〳〵しき程なれどきぬ引かづきてなきふしたる人有けり　（上42ウ～43ウ）

〔三四〕

あないとをしいかなる人のか丶る道のそらに

ひはかり殿さそ◯《は》まあしけれとありつるかしらつきけさきてはしつるあしもとゆ丶しくすこしいてふれつらんかしとおもふもなま物きたなくてなをあすかひにやとりさせんともかたらひにく丶おほさるれと御くるまひきかへしこれにのりうつり給て物いふましき人二三人はかりしてこのありつるわらはをしるへにておはしぬ　（41オ～ウ）

〔三四〕

（ナシ）

ふらひけりくらうなるま丶にいみしうこそなき給へいか丶つかうまつらんするわらはもま[か]りぬらんかたもしらすいまさりとも車とりに人まうてきなんこのわたりにこそ[かく]れてさふらふらめまつもてまいらてくらうなり侍ぬ御車つかうまつれといへとかの車ならんいかやうなる人にかまことに心ならぬことならはいかはかりわひしからんくらき道のそらにさすらはするよかくてみすて丶はありつるのりのしまとひきてゝほいのま丶にせんとすらんといとをしけれとをくるへき方はしらて殿にやこよひはかりゐてゆきてをきたらましなとおほすにけさ丶すか丶つきてはしりつらんあしもとおほしいつるもさすかにをかしうもゆ丶しくもおほさるさてもかくてみすてんはいとをしう道のほともてやふれれつらんとおほすに心つきなうゆ丶しうてあすかゐ《（并）》にやとりせんかたらひにく丶おほさるれ𪜈猶いかなるひとのみにかとゆかしけれは御車ひきかへしかれにのりうつりてみ給へはいとたと〳〵しきほとなれとひきかつきてなきふしたるひとありけり　（51オ～52ウ）

〔三四〕

あないとをしいかなる事ありともひとりをう

たゞよひ給ふぞいかなる事ありともひとりうちすて丶心うくにげぬる人はつらくはおぼさずや吉野の山にとは思はざりけるにこそみ(見)すて丶まかりなばこよひ今すこしおそろしき事もありなん又ありつるかしらつきもまろいぬとみ(見)わきもこそすれまことに御心ならでか丶る事ものし給ふならばおはし所をしへ給へをくり聞えん猶ほい(本)もありあの人とわたらんとおぼさばまかりなんとの給ふこゑけはひのき丶ならはずあてにめでたきはさばかりにやとみえ給ふをたれにかとおぼえなくはづかしけれどかくの給に聞えずはげにすて丶こそおはせめさらばありつるゆ丶しき物のきてゐてゆかん事と思ふにかなしければほの〴〵おぼゆるま丶にきこえんと思へどた丶わな丶かれてとみに物もいひ出られす只なきにのみなきまさるけはひなどよそにて思ひつるよりはあてにらうたければくるしうなり給ひてさらばまかりぬへきなめりな御心ならぬ事とき丶つればさもやといとをしさになむ何かなき給ふこのわたりにぞものすらんよもみすて聞えじとけしきをみ(見)んとての給へばおはしぬべきなめりといとわびしきにいひいでん所のさまのはづかしさ又ははか〴〵しうもおぼえぬになきごゑはましていとわりなけれど堀川といづ

ちすて丶にけぬるはつらくおほさるやよしの丶山もとはおもはさりけ~~り~~るにこそみすて丶まかりなはこよひはいますこしおそろしき事もありなん又ありつる人も丸いぬとみはかへりもこそくれまことに御心ならてか丶る事ものし給は丶おはし所をしへ給へをくりきこえん猶ほい(本)ありあのひと丶あらんとおはさはまかりなんなとのたまふ御こゑけわひき丶もならはすあてにめてたきをかはかりみ給もたれにかおほえなくはつかしきにものきこゆへ~~お~~《く》もおほえねとかくの給はするにきこえすはけにすて丶こそはおはしなめとおもふかいとかなしうおほゆれはほの〴〵おもひいて丶きこえんと思ふにた丶ねのみなかれてものもいはれすた丶なきにのみなきまさるけわひなとよそにて思ひつるよりはあてにらうたけなれはいますこし心くるしうなり給てさらはまかりぬへきなめりな御心ならぬことをき丶つれはさもやといとをしさになんなにかなきたまふこのわたりにてものすらんみすてきこえしとけしきをみ(見)んとてのたまへはいとわひしきにはか〴〵しうもおほえすまた所のさまなとのはつかしさもさま〴〵にいとわりなけれと猶かのものやあらんと思ふかたのおそろしさはすくれたれはほりかはとやらんに大

くとかや大納言と聞ゆる人のむかひに竹おほかる所とそ覚ゆるをさていかにといふけはひいとらうたげにみまさりしぬべき人にやとこよなくこゝろとまりていき所をとひ聞てをくらんとおぼしつれど心やすげなる里のわたりと聞給ふもやうかはりて中々ゆかしければみ（見）をかまほしくやおぼすらんおり給はでやがてをしあてにおはしぬ　（上43ウ〜45オ）

〔三五〕

堀川のおもてにはじとみなが〳〵として入門いぶせくあつげなる所なりけり戸をしのひやかにたゝけば人いできてとふなりけりさていかゝいふへきととひ給へどなくより外の事なくて物もいはねばをしあてにうづまさよりいでさせたまへるといはせ給へれば今までいでさせたまはずとておぼつかながらせ給へるとてあけたればかやり火さへけふりてわりなげなり

　我こゝろかねてや空にみちぬらん行かた
　しらぬやどのかやり火〈19〉

との給ふけはひやう〳〵もの覚えゆくまゝにめでたくはづかしげなるにそおぼえなくあさましきありさまをみ（見）給ふもたれにかあらんいかにしてもありつる物にみ（見）えじと思ひつる

〔三五〕

大宮おもてにはしとみなか〳〵していはかとのいといふせくあつけなるにかやりひさへけふりあひたるいとわひし

　わかこゝろかねてそらにやみちにけんゆ
　くかたしらぬやとのかやりひ〈19〉

とのたまふ御け（気）はひをありつるほうしのゆするはかりの心ちしていひつることもいまそ思ひいてられてまたひもあらぬよの心ちするにひきかつきてふしたりかとたゝかすれは人いてきてとふなりうつまさよりいてさせ給つるそあけよといまゝておとゝのおはしまさすとおほつかなかり給つるにとてあけつさしよせたるにおとゝいひつる人にやとし五十はかりなるおもとひをいとあかくともして大夫のきみやまいり給へるなといまゝてはとてさしい

納言とかやきこゆるひとのむかひにたけおほかりきとそおほゆるさらはいかてといふけわひらうたけにをしなへてのひとゝもおほえす心くるしけれはこよなうこゝろとまり給てゆかしけれはもろともにさにやとおもふてさまにおはしぬ　（52ウ〜54オ）

〔三五〕

ほりかはおもてはしとみなか〳〵としていりかとのいふせけにあつけなる也けりしのひやかにうちたゝけはひといてきてとふなりなにとかいふへきとの給給へはなくよりほかの事なくてものもいはねは御（本）ほいたかへたるみやつかへこそめんほくなけれとてうちなけきつゝたゝうつまさよりいてたまふと（▲て）そいはせたるあやしういまゝていてさせ給はぬとあやしうせさせ給へるにとてあけたれはかやり火さへけむりてわりなけなり

　我こゝろかねてそらにやみちぬらん《にけん》行方
　しらぬやとのかやり火〈19〉

との給け[わ]ひやう〳〵ものおほえゆくにやめてたくはつかしけ○《な》るにありつるのりのしのいひつる事もいまそ思ひいてられてあ

ま丶にか丶るふせや（屋）の下をさへをしへ奉りつるもいかにおほすらんといまぞあさましくはづかしきつまとなるべし人あけてこ丶にといへば車さしよせたるに五十はかりなるおとゞのしな〴〵しからぬさましたる火をいとあかくともしてなどいとをそくおはしましつる御くるまのをそかりつるかたいふの君や参り給へるとてよりきたるほかげすがたのみ（見）しらずあやしきもうとましく覚え給ひておぼえなき人きたりとてうちもこそすれとくおき《りイ》給へとておこしたまへどひさへあかくてかたはらいたくわりなきにとみにうごかれぬをひきおこし給へればきぬなどいとあざやかならぬうすいろのなよ丶かなるにかみはつや〳〵とか丶りていとわりなくはづかしと思ひたるけしきなどなべてのさまにはあらずたゞいとおかしき人ざまにぞ有ける　（上45オ～46ウ）

てたるにくはやいとほ（▲本）いなけな御けしきなれとみちのそこにてた丶よひ給はんよりはこれよりこそは又もいさなはれ給はめとてなんか丶るしるへをわすれ給なよ如何丶おほすとてひきおこし給えれはひのかけにかみはつや〳〵とみゑてうすいろのきぬなよ丶かなるす丶しのひとへみちすからなきわひけるかへりしほみてひたひかみもいたくぬれたりちゐさやかにていとしな〴〵とこそみゑねらうたけなるに　（41ウ～43オ）

らぬよの心ちするおほえなくあさましきありさまをかくまて見たまふはた（▲れたる）れにかあらんいかにしてもありつるものにあはしとおもひつるにもの丶はちもしられてか丶るふせやのしたををしへたてまつりつるもいかにおほすらんといまそあさましうはつかしきつまとならんをしあけてこ丶になと人いゐは車さしよせて五十はかりなるをもとのしな〴〵しからぬさましたる火をいとあかくともしてやなといま丶ておはしまさ丶りつる車のおそかりつるかたいふの宿やまいり給へるとてよりくるほかけのすかたつきなとまたみしらすあやしきもうとましうておほえなき人きたりとてうちもこそすれとてをり給へとてをこし給へとひさへいとあかけれはよろついとかたはらいたくてわりなくとみにもうこかれぬをせめてひきをこし給へはうす色のきぬなよ丶かなるす丶しのひとへきて道すからなきけるにかへりしほみてひたひかみなといたうぬれきぬなとあさやかにもなきにかみはつや〳〵とか丶りていとはつかしうわりなしとおもひたるさまなへてさまにはあらすた丶いとらうたけにをかしきさまにそあるへき　（54オ～56オ）

〔二十八〕

あやしう思ひの外なるわざかなたれならんみでやみなましかはいかにくちおしからましと思ふものからさるべきにやか丶るうちつけ心などはなかりつる物をいでやうとましかりつるかしらつきになれつらんかしと思へは猶心つきなけれどか丶る道ゆく人をゝろかにはえおぼしすてじなありつる人に思ひおとし給ふよとの給ふにいとはづかしくておりなんとすればひかへてなどいらへをだにし給はぬ道のしるべをうれしとおぼさましかばとまれとはの給ひなましあな心うとゆるしたまはねは

　とまれともえこそいはれねあすかゐ（井）にや
　どりはつべきかげしなければ〈20〉

といふさまぞ猶その水かげみではえやむまじうおぼされける

　あすかゐ（井）にかげみ（見）まほしきやどりしてみ
　まくさがくれ人やとがめん〈21〉

くるま丶つほと人にみせでをき給へよとており給ひぬるをあなくるしびんなき物をとくるしけに思ひたれどまことに御くるまのをくれたりける待給ふとてやがてそのはしつかたにひきとゞめ給へるに月ははなやかにさし出たりをんないとはしたなしとおもひたる物からいたくきえ入たるものはぢ《は》にもあらず只いと

〔二十八〕

思ひおとし給えるほとよりはうちをいてかへらんさすかにおほえなり給ぬさて如何丶おほすかへりねとやおほすこよひはかりのやとはかし給へしやひかへておろしやり給はねはいとらうたくわかひたるこゑにて

　とまれともえこそいはれねあすかゐ（井）にや
　とりはつへきかけしなけれは〈20〉

といふさまにもなをみつからあらはさんくちをしかるへし

　やとりゐてなをあすかゐ（井）にかけもみむみ
　まくさかくれ人とかむとも〈20外〉

となをもおほしわつらはるれともすへりおりぬるをあなみくるしとわふるさまもいとをしかをとこはたそとあきれさはけとも物もの給はすいさよひの月さしいてたるをやかてはしにてもろともにみ給ふかみなとかきやりてみ給てありつる御いのりのしいかにあえなく思らんたつねやきぬらんと思ふこそおそろしけれいかにさはかれ給はんすらんとの給御さまのほとなきのきの月かけにあたりももひかるやうにか丶やき給える御かたちをめてたしとみたてまつるにわかありさまのあやしさいかにとあせもなかれてわりなしと思へるものからひとつにしつみなとはせてみちゆき人のこと

〔二十八〕

あやしうおもひのほかなるわさかなこれをみてやみなましかはいかにくちをしからましとおもふものからいてやい（▲う）ぃとうかりつるかしらつきのなてつらんものをあな心つきなとおほすものからさてもなをさりの道行人とおほしてやみ給なんと（▲よ）するありつるのりのしのおほえに（▲に）こそひとしからすともおほしすつなよあたちのまゆみはいか丶との給にいと丶はつかしくてた丶とくをりなんとするをひかえていらへをたにし給はぬか丶るよのしるへをうれしとおほさましかはかくくらきにとまれとはの給てまし心うとてゆるし給はねはいとらうたくわかひたるこゑにて

　とまれともえこそいはれね𛀄《あ》すかひにや
　とりとるへきかけしなけれは〈20〉

といふさま猶さるへきにやかやうのうちつけことにとまるへき心はなきものをこの水かけはみてやまんもくちをしうおほされて

　あすかゐ（井）にかけみまほしきやとりしてみ
　まくさかくれ人やとかめん〈21〉

とおそろしけれと車まつほとかくてをき給たれよとてをり給ぬるをあなみくるしひんなきものをとわふるさまいとをかしをとこやこはたそとあきれさわけとものもの給はすまこと

なつかしうおかしきさまのもてなしなどあやしきまでらうたげなり家の人々いかなる事ぞとあやしがりたちさはぎたり御くるまゐて参りたるにやとき、給へどかばかりにてたちいづべき心ちもしたまはねばありつるいのりの師やいりこんとものおそろしながらとかくかたらひ給ふ女たれとだにしらぬをわりなしと思ひたり君は思はずなりける契の程もあさからずあはれにおぼさる、事かぎりなしものぎたなくうたがはしかりつるいのりの師の心ぎよさもみ(見)あらはしてはわがすくせ(世)のありてさる心もつきけるにやとまであさからずおぼさるかねていみじうこ、ろをつくしやんごとなきあたりよりはならはぬくさの枕めづらしくてそののちはよひあかつきのつゆけさもしらずがほにまぎれありき給ふ夜な〳〵おほくつもりにけり（上46ウ～48ウ）

〔三七〕
此女はそちの中納言といひける人のむすめな

にはなと思たるけしきもこ、ろくるしけにてみゆれとさるへきにやみすくしかたくおほえ給なをさりのゆくよのかたらひ人とはおほえすなとかたらひ給てうた、ねにあかし給へはかの、りのしうたかはしくおほえしかと如何、ありけんいと思かけぬちきりのほと思しられて中々かねて心をつくし給やむことなきわたりよりもあはれにおほえ給けりならはぬくさのまくらもめつらしくよゐあか月のつゆけさもしらすかほにまきれ給よな〳〵あめり（43オ～44オ）

〔三七〕
この女は師の中納言のむすめなりけりおやた

に御車のをくれにけるまち給とてやかてそのはしつかたにひきと、め給へるにいさよひの月はなやかにさしいてたるをやかてはし~~ま~~《に》てもろともにみ給かみなとかきやりておはするさまのほとなきのきの月かけにあたりもか、やくやうなる御かたちを女いとはしたなしとおもふものからいとなとあやしうらうたきいゐの人々はいかなる事そとたちさはきあやしかるへし御車いてまいりたりとき、給へとた、かはかりにてたちいつへき~~れ~~《こゝ》ちもせねはありつるのりのしもやいりこんとわつらはしなからとかくかたらひ給女たれともしらぬをあ~~ゆ~~《さ》ましうわりなしと思たり君はおもはすなりけるちきりのほともあさからすあはれにおほさる~~ゝ~~ものきたなかりつるのりのしの心きよさもみあらはし給へらんわかすくせ(世)にやさる心のつきけんとまておほさる、は猶さりの御心さしにはあらぬなるへしかねていみしき心をつくし給や~~ゆ~~んことなきあたりともよりはならはぬ草のまくらもめつらしくてその、ちはよひ〳〵あか月の露けさもしらすかほにまきれ給よな〳〵つもりけり（56オ～58オ）

〔三七〕
この女はそちの中納言といひし人のむすめな

りけりおやたちみなうせにければめのとかぞへのかみなといふもののめにてなまとくありけるが又なき物に思ひかしづきてとし比有けるをおとこうせて後はわりなきありさまにてすぐしければこの仁和寺のいのりのしをかたらひてこれに君の事をもしりあつかはせければおほけなき心ありけるものにて人しれず思ふ心つきてかゝるわざはしたる也けり車なども又かる人なくてうづまさにゆきゝのたよりをよろこびてぬすみもて行なりけりありつるうしかひそこにきてもかたりければいとあさましかりける事かなたれといふ人さるわさをし給ひつらんわか君いかになり給ひつらんいきてみよなといひさはぎける程にかくておはしたるなりけり　（上48ウ～49オ）

〔二八〕

其後いぎしはをともせねばことはりにいとをしくて人やりたれど返事をだにもせねば思ひなげく事かぎりなしこの人かくてやみ侍なば御まへの御あつかひもいかでかはし侍らんゆゝしきわざかなはやく源氏の宮の内参りとてやんごとなき人々のまいりつどひ給ふなるに参り給ひねをのれはいづちも〳〵まかりなん此おはする人はたれぞとよあやしくいたう

ちみなうせてめのとのかすゐのかみのめにてありけるたゝこのやうにてすてやしなひけるそのおとこうせにけれはいとわろきありさまにて仁和寺の一ゐのことするゐきしのうしろみしてとき〳〵とふらひてあるなりけりこのひめきみを思かけていかてと思けるをしらすくるまなともまたかるへき人もなくてうつまさにゆきかへりのたよりをよろこひてぬすみてゆくなりけりありしうしかひゝとよかたりけると　（44オ～ウ）

〔二八〕

うとましく思なからさすかにたちまちにこれをうとまれなんよにあらんこともいかゝとおほゆれはとふらひに人やりたれとみにはちてよもいとうくおほゆれはやまこもりしにとてきえうせにけりときくにいとかなしくなけきてかくいとめてたき人のおほすらんよこゝろをもしらすきみにいかゝし侍らんとすらんゐきしはあとかたもなくうせ侍にけり御まへを

りけりをやたちはみなうせにけれはめのとかそへのかみといふものゝめにてなまたよりあるか思かしつきてとしころすこしけるをそのおとこうせてのちはいとわりなきありさまにてありけれはにわしのゐきしといふものをかたらひてかれにこの君の事をあつかはせけるにおほけなきこゝろありける物にて人しれす思ふ心つきてかゝるわさをもしたるなりけりありしうしかひこゝにてものかたりけれはいとあさましかりける事かな又たれといふひとさるわさしたまひつらんわかきみいかになり給ぬらんゆきてみよなといひさわきけるほとにかくてをはしたりしなりけり　（58オ～59オ）

〔二八〕

そのゝちゐきしはをともせねはあさましうかゝる心の有けるとうとましう思なからさすかにたちまちにこれにうとまれんはよにあらん事もいかゝとおもへはいとをしうて人やりけれとかへり事をたにせねはおもひなけく事かきりなしこの人にかくてやみ侍なは御まへの御あつかひもいかゝつかうまつらんいみしきわさかなはや〳〵源氏の宮の御内まいりに

しのび給ふは御まへにはしらせたまへりやと
いへばしらすよろづたゝ心より外にあさまし
きありさまなればとてうちなき給ふをさすが
に哀とみ（見）て我もうちなきぬ又ある人々一日も
みかどをむごにたゝかせ給ひしにあくる人も
なかりしかばおはしますをいとひまいらする
かべつたうどの、御子とはしらぬがいたうあ
なづり奉らばかどのおさなどゐてきてこのか
どあけさせせんなどいひければ少将殿こそおは
すなれといへばまれ〳〵ある女どもゝこのこ
ろはおぢてまうでこずいたうわりなきやあて
にやんごとなくめてたしとても此君にはい
かゞはせん年おひて侍れば行すゑの事も思ひ
侍らずあづまのかたへ人のさそひ侍るにやま
かりなましと思ひ侍るをたれにみ（見）ゆづりてか
と思ふもほだしにてぞおはしますやといへば
うちなきてたれをたのみてかはいづくなりと
もおはせん所へこそはとの給ふも哀にこゝろ
ぐるしければまことにしる人もなくてたより
なきに思ひわびてみちのくにのおくのさうぐ
んといふもののめになりてやいなましと思ふ
也けり
（上49オ～50オ）

思たてまつるとてもたれにかはひかへらるへ
からんいみしきわさかな御まへもいかゝせさ
せ給へき源氏のみやの御かたにやなをいたし
きこゑてましこのおはする人はたれとかや一日
もみかとおそくあくおはしますをいとひまい
らするにやなめり別当殿少将殿とはしりまい
らせすやかとのおさなとゐてきてあけさせん
なといひけれはいとおそろしくあてにめてた
き事とは思侍れとよのすてかたさにこそ思ひ
わひて侍れあつまのかたへ人のさそひ侍にや
まかりなましと思給るをみをいたてまつるへ
きやうの侍らぬにそうちなきてたれをたのみ
てかいつくにもおはせんかたにこそはまたみ
をき給はんもやすらかにやはおほすへき思か
けぬありさまはいかにもあるへき事ならねは
との給女あはれにこゝろくるしけれとこなと
いふものもなくたよりなくあはれにこゝろほ
そけれはみちのくにのしやうくむなる物ゝめ
もとむといふにやつきていなましと思なり
（44ウ～46オ）

とて（▲く）やん事なき人々おほくまいりあつまり給
なり御まへの御かたちはかりの人はおはせし
まいり給ね女か身ひとつの事にもはへらすい
つちも〳〵まかりなんこのおはすらん人はた
れそとよあやしういたうしのひ給は御前はし
らせ給たらんなといへとしらすたゝ心よりほ
かにあやしき有さまなれはとてうちなき給を
あはれと見𣏐てわれもなきぬ一夜も門をたゝ
かせ給しにあくる人のなかりしかはいたうあ
なつりたるなめりかとのをきないてきてこれ
あけさせんなといひけるけしき別當殿ゝ御こ
のくら人の少将とそおもはせたりしなといへ
はさはれまれ〳〵ありつるものともゝをちた
まひてこのころはまうてこすいとゝわりなし
あてにやん事なき事めてたうとてもこの定に
てはいかゝはせんとしをひにて侍れはゆくす
ゑの事もおもひ侍らすあつまの方へ人のさそ
ふにやまかりなましと思ふもたれにみゆつり
○《た》てまつりてかとよろつのほたしにそ
おはしますやなといへはいつくなりともお~~も~~は
せん所へこそはさらてはいかゝみをき給はん
もやすらかにやはおほすへきおもひかけぬあ
りさまはいかにもあるへき事ならねはとの給
もけにいみしう心くるしけれとまことにしる
人もなくたよりなきにおもひわひてみちの國

〔三九〕
君はみ《見》なれ給ふまゝにあはれさまさりつゝなをさりごとにはあらず契りかたらひ給ひぬべしさるは是にをとるべき人もみたまはずわが心もすぐれてこの事のめでたしなどわざと御こゝろとまりぬべきゆへもなけれどたゞそゞろにみではえあるまじういとをしく心にかゝらぬひまなくわれながら物ぐるをしきまでにおぼゆるをこれやげにすくせ《世》といふものならんかくのみおぼえばすくせ《世》くちおしくも有べきかなと日にそへてえさりがたうあさからずのみおぼえたまへばまたるゝ夜な〳〵もなくまぎれありきたまふ事月ころにもなりぬ御ともの人々はまだかゝる事はなかりつるものをいかばかりなる吉じやうてん女ならんさるはいとものげなきけしきなるをとをの〳〵いひあはすへし
（上50オ～51オ）

〔四〇〕
かくいふほどにこのめのといでたちいとすかやかなるけしきにてみ《見》をきたてまつるべきにもあらずさりとて又かゝる人さへおはします

〔三九〕
中将のきみはみなれ給まゝにあはれまさりつゝちきりかたらひ給さまなをさりとはみゑ給はすさるはこれにおとる人もみゑ給はねとかはかりこゝろとまりつるこれやけにすくせといふ物ならんかくのみおほえはすくせわろくもあるへきやとわれなからおほえ給てことにまたるゝをりなくみ給ふに
（46オ）

〔四〇〕
女きみはめのとのいてたちにいかなるへきことにかとみるけしきにてさらはゐてたてまつらんといふをとまるへきならねはさはいまい

にさうくといふ物ゝおとつるゝをさてやいな○《ま》しと思ふなりけり
（59オ～60ウ）

〔三九〕
中将の君はみなれ給まゝにあはれまさりつゝなをさりことにはあらす行すゑ□てちきりかたらひたまへしさるはこれにおとる人もみ給はすわか御心にもこの事の人にすくれめてたきなとわさとおほすへきにもあらねとこれやけにすくせといふ物ならんあはれとのみおほさるれはまたるゝよひ〳〵なくまきれあ○《り》き給御ともの人々はかゝる事はなかりつるをいかはかりなるきつしやう天女とならんさるはいとものけなきおとこのけわひそすめるあるは又に《◆わ》わしのゐきしかぬすみたりけむむすめかなとをの〳〵いひあはせてあやしかるへし
（60ウ～61オ）

〔四〇〕
かくほとにこのめのとのいてたちいとすかやかなるけ《気》しきにてみをきたてまつるへきにはあらすさりとて又かゝる人さへおはすめれは

めればいかでかはぐしたてまつらんいかにし
てすごしたまはんとすらんといひつゞけてう
ちひそみなくをしはしの程だにおはせざらん
世にはあるべき心ちもせぬをましていつをか
ぎりにかと、めをかんとはおもひ給ふらんか
くよろづにところせき身をいかにもうしなひ
てこそいづくへもなどいひもやらずこゝろぐ
るしげなるけしきなれはさらばいでたちたま
ふべきにこそあなれ御こゝろざしありげなる
人をみすてたてまつり給ひてあさましきあり
さまにひきぐせられ給はんもいとあるまじき
事と思ひ給ふれどかくのたまはすればなどさ
すがにことはりをかへす〱いひしらせつゝ
たゞいでたちにいでたつをみる《(見)》にさらばいま
いくかにこそなど人しれずかぞへらるゝにい
とこゝろぼそけれどたれとだにしらせたまは
ぬけしきもさすがにたのみかくべくもあらぬ
にかくこそなどほのめかしきこえんも御こゝ
ろのうちをしらねばつゝましくてたゞなにと
なくおもひみだれたるけしきなるをなをかく
おぼつかなきありさまのたのみがたくつらき
にやとこゝろぐるしけれど又わが行ゑをもあ
まの子とたになのらねばこゝろくらべにて
たゞあはれにおほえ給ふまゝにいひなぐさめ
つゝこの世のみならぬちきりをぞかはし給ひ
ぬ

くはくかにこそはとこゝろほそく思ひなから
さやうにもほのめかしきこゑすたゝなにとな
く思ひほれたるけしきなとあはれにおほえ給
事かきりなしたれともなきありさまをついに
はつかしと思にやとあはれなれはこゝろのか
きり給つゝたれとたにしらぬおほつかなさを
思給へとなにはついにみへはてきこゆへき物
ならぬものゆへはか〱しからぬなのりをき
こゑんけにさはかりこそはとおしはからるゝ
さまなれはせちにもとひあらはし給はすかゝ
るほとになつもすきてあきのはしめにもなり
ぬ
(46オ～47オ)

いかにし《(▲てか)》てかくしたてまつらんいかにしてか
すこし給はんとすらんといひつゝうちなくを
しはしのほとたにあるへくもあらぬをまいて
いつをかきりにてかと、めをかんかくよろつ
にところせき身をいかにもくしならひ給てこ
そいつくへもなといひもやらす心くるしけな
れはさらはいてたち給はかりにこそあんなれ
御心さしのありけなる人をひきはなれきこへ
させ給てあさましきありさまにくせさせ給は
んはいとあるましき事と思ふ給れと又さりと
て身をはひたすらえすてはんへらぬものなれ
はいかゝし侍へからん思まいらすとてもとま
りてす[き]にしかたの事はわろかりしはかりに
てたに侍[ら]はこそわ[ふ]〱もつかうまつらめ
この定にてはあさゆふにまほらへさせ給ても
なにのかい侍へくはこそなとことはりを返々
いひきかせつゝたゝいてたちにいてたつをみ
給に行方なくよの常にてとおもひ給はんたに
いかてかはひたすらにものあはれなら《(▲ゝ)ら》さらん
まいてたしかにその人とはしらせ給はねとも
みるほとの心ものいひなとさすかにたのもし
からぬにしもあらす人からなとはさすかにま
つほとのすきぬよな〱のかすそふまゝに人
しれすいみしうおほえ給てさらはいまいくか
こそはとかそへられ給て心ほそけれはとかく

けるかゝるほどになつもすぎ秋にもなりぬ
（上51オ～52オ）

〔四一〕
狭衣巻第一之下源氏の宮はふるきあとたづね給へりし後さやかにもみ（見）あはせたまはずことの外なる御けしきをされればよとつらく心うきにいまはたおなじ難波なるとひたふるこゝろもいできてさるべきひまをみ（見）給へど人めこそかはる事なけれどあさましくうかりける御心ばへのうとましうおぼされて又いかでかさるみゝだにきかじとよういし給へばいはまの水のつぶ〳〵と聞え給ふべきひとまの程だにぞさらにありがたかりけるひるつかた参り給へれば大宮もこなたにおはしましてもろともにごうたせ給ふなりけりとくまいりてけんぞつ

〔四一〕
源氏のみやはふるきあとたつね給えりしひののちさやかにもみあはせ給はすかはりたる御けしきをされはこそと心のうちにいまはい（▲□）かてひまもあらはいはまの水のつふ〳〵ときこゑしらせはやとさるへきをりをまちわたり給ふにうかりけりとやおほしゝりにけんひとまもうちもとけすきこゑ給はねはけにそさすかに人よりも中々ありかたかりけるれいのひるつかたまいり給えれはおほみやもこなたにそおはしましけるもろともにこうたせ給なりけりみやはくさのかうのをりすてのひとつにきなる御はかまたてまつりてむかひきこゑさせ

こそはとほのめかさんもつゝましうてなにとはなくおもひみたれたるけしきのみまされはかくおほつかなきありさまのたのみかたさのつらきにやと心くるしけれとかうおもひかけぬありさまをはしはしひとにもしらせしとおほせはわか身をもあまのことたになのり給へさらはなと心くらへにいひなしつゝわか御心さしのあさからぬをつゐになとおほしたのみてゆくすゑとを（▲は）く○《ちきり給》またならひ給はぬ事なれとなしはらの□まてそおほしける
（61オ～63オ）

〔四一〕
源しの宮はふるきあとたつねいて給へりしのちおほしうとみたるけしきをされはよと心うきにいまはたおなしなにはなるともさらはおほさるゝまてひとめこそかはる事なけれ宮は又いかてさる事きかしとおほせは人しれす御ようゐし給ていはまの水のつふ〳〵ときこえしらせ給へきほとたになくもてなさせ給へりひるつかたまいり給へれは大宮こなたにおはしましてもろともにこうたせ給なりけりとてまいりてけんそをもつかふまつるへかり○《け》れとてちかやかにゐ給に宮はくさのかうのひとへたてまつりてむかひきこえさせ

かうまつるべかりけりとてちかやかにゐ給へ
るにちいさき御木丁などもをしやられてつね
よりもはれ〳〵しければ宮はいとはしたなし
とおぼせどは丶宮のみ(見)給へば例のやうにもえ
そむき給はず御かほはいとあかく成てごもう
ちさしてごばんにすこしかたふきか丶りて御
あふぎをわざとならずまぎらはしたまへる御
かたはらめ御ひたひつき御ぐしのか丶りなど
いまはじめたる事にはあらねどもうちみ(見)奉る
ごとに猶たぐひあらじとみえ(見)給ふ御ありさま
のうつくしさは千夜を一よにまもり聞ゆとも
あくよあるましくおぼゆるにもあすかゐ(井)のや
とりはたはふれにても浅ましくおぼえ給ふに
いと丶しき涙こぼれ給ひぬべければまぎらは
しにさてたれかせんをばなど聞えたまへとみ(見)
つけ奉り給ひて例の先こと〳〵おぼしたらね
ば大宮も猶とも聞え給はでよべうちよりたび
〳〵たづねさせ給ひしはいづくに物し給ひし
ぞ猶かの侍従の内侍のもとにせうそこ物し給
はぬはひが〳〵しき事とむつかり給ふめりき
こ丶にはた丶何事も御心にまかせてと思ふに
いさやいかなるべき事にかとうちなげかせ給
へるも人のおやげなくわかうおかしき御あり
さまなりその御いらへはいかにとも聞え給は
で殿のれいならぬ御氣色なりつるはこのかん

給へるにこもうちさして御かほいとあかくな
りてあふきにまきらはし給ては丶みやのみ給
へはいとしるくもえそむき給はすいとわりな
しとおほしたる御かほのうつくしさはちよを
ひとよにまもりきこゆともあくよはいつかあ
らんとみゑ給にもあすかひのやとりはたはふ
れにてもあさましくそおほしつ丶けられ給け
るなみたのこほる丶にまきらはしき殿の御ま
へにさふらへれは　（47オ〜ウ）

給へるにちゐさきみき丁(▲の)もをしやられていと
はれ〳〵しけれははしたなくおほしてこをう
ちさしてこはんにすこしかたふきか丶りてあ
ふきをわさとなくまきらはし給ては丶宮のみ
給へはいちしるくもえそむき給はすいとわり
なしとおほしたる御かほのうつくしさは千よ
を一夜にまもるともあくよいつかとみえ給に
もあすかゐ(井)のやとりはたわふれにもあ□まし
うそおほしつ丶けられ給ける御ひたひ□か丶
りなといとちかうてはいと丶わかめからにや
か丶る人のたくひ又あらんやこれを丶きふし
わかものと見たてまつらてよには猶いかてか
あらんすこしもをとりたらん人を見てはなに
しによにはあるへきそこの事たかひはてなは
いかにもあれあるへき事かはと思とちめられ
れいのもろきなみたはいとはしたなきをまき
らはしてたれかはなときかせ給とは丶をみつ
きさせ給てはことなくてよへは内よりたつね
させ給しかとおはし所しりたるひともなくて
こそかのしうのないしのもとに御けしきほ
のめかし給へあまりわか〳〵しきやうなれと
卄そあめれときこえ給へはその御いらへはな
く廿殿丶れいならぬ御けしきなりつれはこの
かんたうにこそありけれいさやはか〳〵しか
るましき身にこそ侍めれかく常にひんなきも

だうにこそ侍りけれ

（下1オ～2ウ）

〔四二〕

東院のにしのたいの御しつらひはなにごとにかと聞えたまへは故きさいの宮にありける母君のむすめはかこつべきゆへやありけんはゝうせてのちいと哀にてなど聞給ひけるをかのうへむかへとりてつれ〳〵のなぐさめにせんとなんの給ふとぞありしさやうのれうにやあらんおのこゞのいとあやしきもあなれと宮の少将にゝたりとてかのみやの子にし給ふとなんきゝしそもさるべきやうやありけんなどの給はすればそれも殿の御子にてあれなにがしにはにぬにやあらんはらからあまたもたる

〔四二〕

おほきおとゝの御かたににしのたいしつらひなとせさせ給へるはなに事にかときこゑ給えれはいさこきさいのみやに侍けるはくのきみのむすめはかこつへきゆへやありけんはゝのうせていとあはれにてとききゝ給ふをかのうゑむかへとりてつれ〳〵なるあつかひくさにせんとその給なりしをおのこゝのいとあやしきもあなりみやの少将にゝたりとてかのみやにたにしゝ給なるにるへきやうにあらめなとの給をおのこゝもとのゝ御こにてあれなはらからおほかる人こそうらやましけれともとしの

のにおほしためるはとてうちなみたくみ給へるまみけしきはあるゝえひすもなひきぬへき御けしきし給たれはましては宮はうちなきてこ□にはたゝなに事も御こゝろにまかせてとおもふをいさやいかなるへき事にかとうちなかせたまふ御けしきの源しの宮の御はらからそと申つへきとしのほともうちすかひてめてたくおはするを殿はをやとも申さしうらやましかりける御すくせ《（世）》なかゝる人をもちたてまつらせ給けるよわか身もことはりなからいと心をこりせられてつく〳〵とまほりまいらせ給へり

（63オ～65オ）

〔四二〕

東の西のたいの御しつらひなに事かと申給へはいさこのきさいの宮にありけるはくの督のむすめはかこつへきゆえやありけんはゝうせてのちいとあはれになんありけるかのうゐのつれ〳〵のなくさめにせんとてむかえ給へきとこそはあめりしかさやうのれうにやあらんをのこゝのあやしきもあなれと宮の少将にゝたりとてこにし給とかやきゝしかはさもあるへきやうやありけんなとの給はすれはをのこゝも殿ゝ御子にてあれなゝにかしにはにぬにやあらんはらからあまたもたる人こそうら

人こそうらやましけれしのふべき人だになきにとて物あはれとおぼしたるけしきのげにたゞみ（見）る人だに心ぐるしげなる御さまなれば大宮例のゆ、しき事にくちなれ給へるこそ心うけれとていといま〳〵しくとおぼしたるをかばかりの事をだにかくおぼしたるよ行すゑはか〳〵しかるまじき心のうちを御らんぜさせたらばましていかになどおもひつゞけらる、に涙もこぼれぬべしちいさき木丁に宮はまぎれ入給ひぬればすさまじくてはしつかたに人々と物語し給ふに御前の木だちこぐらくあつかはしげなる中にせみのあやにくになき出たるをみ（見）いたしたまひて

聲たて、なかぬばかりそもの思ふ身はうつ蟬にをとりやはする〈22〉

など口ずさひにいひまぎらはして蟬くはうえうになびてかんきう秋なりと忍ひやかに打ずし給ふ御聲めづらしげなき事なれどわかき人々はしにかへりめでたしとおもひたることはりなりさばかりあたりまでにほひみちてむかひ奉る人は物思ひも忘る、やうなるあひぎやうなどをひとへにほこりかにもてなし給はでいたくしづまりて心ちよげならず思ふ事ありげにのこりおほかる御けしきにており〳〵はものおもはしげに心ぼそげなるくちずさひ

はて給へきか候はぬにそいとこ、ろくるしきをつねにかくゆ、しきことをたになり給へるとて御かほもいとあくかれさせ給えりかはかりのあらましことをいはせ給ふもまいてとのみゆくすゑ思やられていと、しきなみたのもよをしなりせちに丁のうちにいりてふし給ぬるもたましゐはそへきこゑてからのかきりそおほえ給御まへの中山のいたくくらかり物むつかしけなんめるにうつせみあやにくになきいてたるいと、わひたる御こ、ろのうちもへまさりて

こゑたて、なかぬはかりそ~~りつせ~~もの思ふみはうつせみにおとりやはする〈22〉

や、うちそひ給へつへしき物をみるへしなとのひもときちうたるゆふへのおかしさにわかきさふらひともおろし給ひてなてしこのくさなととらせ給とてわれもかうらんにおしか、り給てせみなきてかんきうあきなりとくちすさみなかめ給へるけしきある、えひすもなきぬへし　（47ウ～49オ）

やましけれともとしのふへき人たになきにとものあはれとおほしたり□るにかくゆ、しき事にくちなれ給へるとて御かほもあかくならせ□てりかはかりのあらましことをいませ給もまいてとのみすゑ思やられていと、しきなみたのもよをし也さはいゑと中宮にへたてありてをい、てさせ給程よりはなつかしうあはれにおほしたれとの給へはおほかた御心はへなとこそいとうつくしうものし給めれこのをまへをはへたてありてな思まいらせ給そいとあまりなる御物つ、みにいとうと〳〵しきやうにおほしめしたるにこそとの給にそかほの色たかふ心ちし給宮もいか、おほしめさるらんちゐさきき丁にまきれさせ給てみ丁のうちにふさせ給ぬれはたましゐはそひきこえさせてからのかきりそおほえ給さるへき人々ものかたりなとして候給に御前のこたちものくらうあつかはしけ（▲き）《け》なるに中よりせみのなきいてたるいと、あつけ（▲き）なるにいと、わひ給へる御心のうちもえまさりて

こゑたて、なかぬはかりそものおもふ身はうつせみにおとりやはする〈22〉

といひまきらはしてせみの黄葉にないて漢宮の秋なりとしのひやかにすんし給御こゑけはひめつらしからん事のやうに猶とみにしみて

などのみし給へばあらきゑびすもなきぬへき
御さま也
（下2ウ～4オ）

〔四三〕
日のくれ行まゝにひもときわたす花の色々お
かしうみ(見)わたさるゝに袖より外にをきわたす
露もげにたまらぬにやと詠出してとみにも立
給はず虫のこゑ〳〵野もせのこゝちしてかし
かましき迄みだれあひたるをわれだにともど
かしうおぼされけり月出てふけ行けしきにか
の程なき軒にながむらんありさまもふと思ひ
いでられ給ふおぼろけならぬおぼえなるべし

〔四三〕
くれぬれはあなたにわたり給てれいのあすか
ひへわたり給ぬひんかしむきなるやとりをお
しあけてくまなき月をひかりなかめけるほと
もこさらましかはとあはれにてそてうちかは
しかたらひ給つらんもひるの御にほひおもか
けこひしくおほえ給ふにこよなきめうつしも
なにこゝろにかめのまへのあはれはいとあや
しきまてみてはえあらしかしとおほえ給ふも

めてたしとわかき人の心のうちともはいかゝ
おもはさらんかはかりあたりまてにほひみち
てむかひたる人はものおもひ忰《も》わするゝ心ち
する御あひ行なとをもりかにもてなし給てい
たうしつまりのこりおほかるけ(気)しきにてをり
〳〵はものおもはしけに心ほそけなるくちす
さみをのみし給へはいひしらぬものゝふなり
とも心やはらきあはれかけきこえぬはあるま
しけなれはたゝかやうにて候人々もなれつか
うまつるかきりはおもふ事なきやうにてそさ
ふらひけるをしなへてなれ〳〵しきかたさま
にはあらねとをのつからなさけ〳〵しううち
いひたはふれおほしはなたぬ心はへもこゝろ
やましきものから又ほとへはわすれわひぬへ
くなと思もあるへし
（65オ～67ウ）

〔四三〕
ひのくるゝまゝにいろ〳〵の忰《ひ》もときわたす
はなのいろ〳〵も袖よりほかにわたすつゆも
たまらぬにやとなか□いりてとみにたち給は
すむしのこゑのもせのこゝちしてかしかまし
きまてみたれあそひたるをわれたにものをと
をかしうおほされて月いてよふけ行けしきに
(▲て)そかのほとなきのきになかむらんさまおほ
しいてらるゝおほろけならぬおほえなるへし

おはしてみ(見)給へばおぼしやりつるもしるくしとみなどもいまだをろさではしつかたにぞながめふしけるこざらましかはと哀にて袖うちかはしこまやかにかたらひ給ふにひるの御ありさま思ひいでらるゝによろづにこよなきめうつしなどにはなにのなくさむべきぞと思ひいてられながらわざとけたかく誠しきよりは中々さまかはりたる打とけなどよりはじめ物はかなげにらう〳〵じからぬもてなしなどのあやしきまでらうたくみではえあるまじくおぼせばおもふ事かなふまじくはありはてじと思ふ世にほだしとまでやならむと思ひつゞけらるゝにもれいのもろき涙は先しるをいかゝ心うらんとつねよりもものなげかしげなる気色のあはれなれば久しう世にえあるまじきこゝちのすればよの人などのやうなる心ばへなともことになくてすぐしつるをいかなりける契りにかはかなくみ(見)そめ聞えて後はみすてん事の哀におぼえ給ふをさらはいかゞはおぼす《さるイ》べきをだにのちのとたれいひけんなあふにはかへまほしかりける物をとてをしのごひ給へる袖のすこしぬれたるなどさやかなる月かげにこれはなをゝとにきゝわたる人にこそおはすめれわが身のほどを思ふにもなをたのむべき御ありさまかはかやうにおぼしすて

ありはつましきよにほたしはもたらしと思ひしをほ(本)いなく思つゝけてもみたれてれいのなみたはこゝろよはくこほれぬよになかゝるましき心ちのみすれはいとこゝろほそきをえみはてすなりなんこそあはれなれいかゝおほすへきそをたにのちのとたれいひけんあふにはかへまほしかりける物との給ふまみのぬれ給つるもくまなき月にやひかりもまさりてめてたくみゐ給ふとをきほとのいてたちももろともにおほしきけしきなれはいかに思ひそかれ給はむとこゝろほそくてなみたははしたなきまでこほるれはかほをふところにひきいれて

はなかつみ〳〵みるたにもあるものをあ
さかのぬまにみつやたえなん〈23〉

はかなくいひなしたるけしき中々まことしくめてたきよりもなつかしうおほさる

としふとも思ふこゝろのふかけれはあさ
かのぬまの水はたえせし〈24〉

よしのゝやまにましるともさらにおくれしいみしき人をみるともわたくしのこゝろのうちはかはるへきこゝちもせすちゝのやしろをさへひきかけていひちきり給をかくとはしり給はぬにこそほのめかしきこゐまほしけれといふかひなきありさまにてうちつゝかむほとの思やりはつかしきをわれとゆく〳〵とうちそ

をはしてみ給へはおもひやり給へるもしるくまたしとみなともをろさてはしになかめふしたりいみしうものおもはしけ○《な》るけしきなにとなく心くるしけれはそてうちかはしてこまやかにかたらひ給にひるの御ありさまふと思ひいてられ給てかやうなるありさまにおもひなくさめらるへくもなかりつる《れイ》わかこゝろそかしおもひのほかにもあるかな思ふ事かなふましくはいかにも世にかくなからあらしと思をよしなきほたしかなとおもひなからなにことそとよみてはえあるましうらうたく心くるしきさまありておもひすてにくきはと我身なからあやしうておほし○《し》らる世の人のやうなる心もなくてすこしつるをいかなるちきりにかはかなうみそめきこえしよりまたしらさりしありさまにてかくみす(◀□)《す》てかたうさへおほえ給こそよにありはてすなりなはいかゝおもひ給へきそをたにのちのとたれいひけんなあふにはかへまほしかりけるものをとてをしのこひ給へるまみのすこしぬれ給へるなとさやかなる月かけにこれは猶をとにきくひとにこそおはすらめわか身のほとをおもふにも猶たのむへきありさまにはあらしかやうにおほしすて給はさらんほとにかりのはかせにまよひなんこそよからめとおもひなか

ざらんほどにかりの羽風にまよひなんこそ心にくからめと思へばげになみだとりあへずこぼれぬるもはしたなくてかほをふところにいるゝまゝに

　花がつみかつみ（見）るだにもあるものをあさかのぬまに水やたえなん〈23〉

ものはかなげにいひなしたるけはひなとわかびたるものからいとらうたし

　年ふとも思ふこゝろしふかければあさかのぬまに水は絶せじ〈24〉

かくいとうきたる事と思ひ給ふ共ながらへては心のほどもいまみ（見）給ひてんならはぬなをさり事などは人にいふ物ともしらざりけり心より外の事をのづからあるともわたくしの心ざしはかはらじとなん思ふなどこゝろぶかげにかたらひ給ふまゝにいとかなしくなりまさりてなをかくなんとやほのめかして御けしきをみ（見）まほしと思ふも思ひたつかたの事とてもすこし人々しきさまにだにあらず中々おぼしやらんにもあさましうはづかしけれはたゝ行ゐなくてやみなんとおもひとるかたはつよき物から浅ましかりける心のほどかなとしばしはいかにおぼしいでんずらんと思ふにせきやるかたなき袖のしがらみを君は只ひとへにわかびたるさまにわが行ゐなきもてなしなどをつえんことはつゝましう又中々にみえはてたてまつるましからんにはいつくへなとおほつかなくてもありなんせきのたまかはになかれあふせもいつともしらすあふをもまちわたるはかりのはそのなかれしられたてまつるかりのてこそはあらめとさすかに思とまるかたおほくてたゝいとしのはれんとしやなよ〳〵とそえきこゐたるさまのらうたくおほさるゝまゝにはかへぬやまのしゐしはやとのみちきりわたり給（49オ～51オ）

らなみたこほれぬるをはしたなくてかを、ふところにひきいれて

　はなかつみかつみるたにもある物をあさかのぬまにみつやたえなん〈23〉

はかなけにいひなしたるさまけわひなとめてたしなとはなけれとなへてならすあはれ（▲は）におほさる

　としふともおもふ心しふかけれはあさかのぬまの水はたえせし〈24〉

かくいとうきたるありさま思へともいま心の程はみ給てんならはねはなをさり事なと人にいふものともしらさりけるかた〳〵につけて心よりほかなるありさまなとはすともわたくし〳〵の心さしはかりはかはらしとなんおもふなとかたらふまゝにいとゝしのひかたうなりまさりて猶かくなとやほのめかして御け（気）しきをもみましとおもへとも思たつかたとてもすこしはか〳〵しきことにてもあらす中々おほしやらんあつましたひのあさましうはつかしけれはたゝ行すゐなくてやみなんせきのたま水なかれあはんことはいつともしらすまちわたるはかりにてはそのなかれしら○《れた》てまつらてこそはあらめとさすかおもふかたはつよきものからあさましかりける心かなとはしはしかほとはおほしいて、む《ん》かしな

らきかたにおもひたると心得給ひてとかへる
山のしゐ柴とのみ契りたまひけり
（下4オ～6ウ）

〔四四〕

誠やかのおほきおと丶の御方には此姫君むかへとり給ひて西のたいの玉をみがけるにしつらひすへ給ひてみ《（見）》給ふにあてやかにさてもありぬべきさまなれは年比のほいかなひてはれ〴〵ともてかしづきたまふさまよづかぬまでみ《（見）》ゆ殿のうちにもよの人もいみじかりけるさいはひかなとめでけりとしは廿にぞなり給ひけれどいたくおほどきすぎてあまりいはけなく物はかなきさまにてげにおぼろけに思ひうしろむ人のはか〴〵しきなくはうしろめたげにぞおはしける心に思ひあまる事ありとも色に出し給ふべうもあらずことの外にあさましき事なりとも人だにもてなさばをのづからしのびすぐすべくおはするをよき女のかしづか

〔四四〕

《ま》ことにかのとうゐんとの丶御かたにひめきみむかへとり給《▲て》てにしのたいしつらひすゐてみ給にあてやかにてさてもありぬへけれはいとうれしうおほされてはな〴〵ともてなし給へるありつかぬまてめてたきをこの人はめてたかりけるさいはい人かなといひけりとしは廿にはなり給にけれといたくおほときすきてあまりいはけなく物はかなきさまして思うしろむるはか〴〵しき人そえてはいとうしろめたなけにそおはしけるこ丶ろのうちに思ひあまる事ありしともけしきにもつゆいたすへくもあらすことのほかにあるましき事なりさも人たにもてなさはおのつからしのひすくしつへくなとやう女しうくるし御こ丶ろなと

とおもひつ丶くる心のうちになみたせきやるまなきを君はた丶かくうき〴〵しきありさまのたのみかたさをおもひたるなめりもとよりなへてならぬみ《（身）》つからのありさまはかりもしる人なくものけなくす♯《く》しけれはこそさるうきめもみけめかやうにてわれをも見につけてはたのみかたうおもはんもことはりなりかしと心くるしうおほさるれはた丶とかへる山のとのみちきり給ふ
（67ウ～71オ）

〔四四〕

かのおほきおと丶の方にははくのひめきみむかえとり給て西のたゐにしつらひなとなへてならすせさせ給てえもいはすはなやかにもてかしつき給へり御とし廿にてかたちおとろかにこまかにこめかしきさまし給へれはとしころの御ほ《（本）》いとけてものし給へるさまあまりありつかすみゆとの丶うちにも世の人もいみしかりけるさいわい人かなといひめてけりこの君は年になり給にけれと御心はへはあまりおほめきすきて心をさなくものはかなけにをはしけるかきりなくおもひかしつきける御めにたにうしろめたう心くるしき事をあけくれなけきけるにはゝにもめのとにもうちつゝきをくれ給ていと丶思やるかたなうほれ〴〵しき

れ給ひたるはかくこそおはすべけれとみ(見)ゆる
ものからあまりむもれ給へるけしきなどはか
くはな〴〵ともてなされ給へる御ありさまに
はたがひて行すゑやいか丶みなされ給はんと
心くるしかりける又なき物に思ひかしづかれ
たりし親の御もとにてだにかくはるけ所なか
りし御心ばへのまいて俄には丶にもをくれか
なしくせしめのともうちつゞきうせにしかば
心のうちにはいとかなしかりけるにまめやか
に思ふ人だにそはでかくしらぬ所にむかへら
れてありつかずはれ〴〵しうもてなされ給ふ
にいと我にもあらぬ心ちしてほれまどひ給へ
りうせにしは丶のなましぞくのたかきまじら
ひして人かずならで世にありわぶるさすがに
ゆへづきものみ(見)しりがほにてかたはらいたき
ものごのみさらずと覚ゆるありけりをばのあ
まぎみか丶る人よび取てそへたるげにゆへ
〳〵しげにては丶しろにしたり
（下6ウ～7ウ）

〔四五〕
うへ時々み(見)給ふにいでやとものしくみ(見)給へど
こまかなる御心ざまにはあらでさすがにおほ
とかにて人の有さまなどはいたうもみしり給
はずこ丶ろをやりてうへばかりはかしづき給

はいとめやすく女はか丶るこそはよきこと丶
みゐ給へといますこしかと〳〵しうをかしや
かなる所なとのくし給へらましかはよからま
しをいとおほつかなきまてそおはしける御心
のうちにはまたなくならひたりしは丶のには
かにうちすて丶しをたにも思こ(▲□□)とあやしうた
のもしう思ひしめのと丶いふものはとをきほ
とにゆくなんとてまことしく思人なともなく
ならはぬ心ちにいとけせうにはな〳〵しきく
もてなされ給ていとほれ〳〵しうあれかなら
ぬこ丶ちしてしのひねはとき〳〵し給けり
は丶のなきしそくたちてたかきましらひして
ひとかすならてはよにましらぬわふる人あり
けるそは丶しろにそひてわたりたる中々なる
物丶みや人なとしりこ丶ろたちとうたう中々
さきすきみくるしきを
（51オ～52オ）

〔四五〕
うゐもみ給へとうちそひ給へる人をなまいり
そなとの給へきならねはかたはらいたくみ給
ふなりしさすかにそなたのおとなしていと丶
このましうもてなしきこゐたりみつからの御

にはかにしらぬ所にわたりてありつかすは
な〳〵ともてかしつかせ給へるありさまのわ
れはわれともおほえすしらぬ國にむまれたら
ん心ちしていと丶うつし心もなきやうなるに
は丶のなましそくのたかきましらひはせて人
かすならてわかきましらひわふる人のありけ
るをは丶しろにそひてわたりたるさすかにゆ
へつきものみしりかほにていとしもみぬ事も
しりかほになとやうにてかたはらいたきもの
このみなとをさしすきたるものありけりをは
のあま君か丶る事なんあるといひあはせたり
けれはあなめてたやか丶るさいわいはわれか
めんほく也いかてかみはなちきこえんけにい
とゆえ〳〵しきけしきしてはこ丶ろしたりけ
りほのしりかたらひいたつなまこたちよひあ
つめて心○《を》やりたるつくりをやともし
てわかうと丶もいとおほかり
（71オ～72ウ）

〔四五〕
うゐわたりつ丶み給にありつかすかたはらい
たきものゆひさしすきたる心はへなとふさは
しからすとはみ給へとんもとよりものこまや
かなる事はなき御心にてさすかにおほのさ人

ふに此御はゝしろぞあしくせばかたはらいたき事もありぬべかりける心にまかせたるつくり親どもしたてたるわかうどの思ひやりすくなきかぎりかずもしらずあつめさぶらはせてよるとなれば殿上人諸大夫まで出しあはせてさはぐけしき共いといまめかし君はたゞあかごのむつきにつゝまれたる心ちしてあるにもあらずまかせられ給へるしつらひありさまなどのめでたくおなし我身とも覚えぬを人しれぬ心のうちには母やめのとなどにこれをみ(見)せたらましかばいかで人なみ〳〵になさんと明くれいひおもひたりし物をよしなき人にまかせられて心に思ふ事もいはまほしき事もつゝましくはづかしうてやみにむかひたるやうにおぼゆる事と思ひつゞけては忍びてうちなき給ひけりされどたゞみ(見)るにはうつし心もなきやうにてぞおはしましける　（下7ウ～8ウ）

〔四六八〕
九月つゐたち比なをしものゝあるに中将君中納言に成給ひにけり大殿是をもいま〳〵しげにおぼしたれどさのみやとてしだいのまゝに

こゝろも内々はいかゝおほさるらんおほかたはたゝまかせられ給てあれにもあらぬ御ありさまいとこめかしくめやすしつくりおやしたるかたなけなる女はうともかすしらすたつねあつめて候なりさるへき殿上人なといたしあはせていといまめかしくなんありけるうゐも《こ》まやかなる御こゝろはもとよりおはせぬ人のほのかにおほしおきてためれはわさと内々の事なとたつねきゝ給はすおほかたの御もてなしなとはしつらひよりはしめていとめてたくもてなされ給へると人しれすはゝめのとなとにみせぬことをかなしくおほしけり　（52オ～53オ）

〔四六八〕
九月つこもりかたになをしものにかむたちめさま〳〵あかり給ついてにいかにかはとて次第に中将のきみ中納言になり給ぬよろこひ申

のありさまなとよくもしり給はねはたゝうらやましとゝしころおほしける事かなひたることのみよろこひて少ゝの事きすにもあらすそおほしたるおほくまいりつとふ殿上人そたいふまてまたしきにたゝこの御方にたちこみていといまめかしうものかたりともいひちらしいろ〳〵のかみなるふみともゝてさはきつゝうたなかむるこゑ〳〵いときゝにくかりけりひめきみしつらひありさまよりはしめてめてたうおなし我身ともおほえぬありさまをはゝめのとみましかはとくちをしうものあはれにおほえ給をり〳〵もありけりましてこのはゝしろともにいふかひなくといりもみせたむるさまのはしたなくわひしきに人しれすうちなきつゝよしなき人にかくまかせられてめてたかりける我身をおもひしる人々にみえぬ事ときぬをひきかつきつゝなきふしたるをり〳〵も(◀な)ありけりされとみるめにはいとゝはしたなめらるゝにうつし心もなきやうにほれ〳〵しきさまにをはしける　（72ウ～73ウ）

〔四六八〕
九月ついたちころになをしものに中将のきみは中納言になり給ぬありしさころものゝちはいとゝものゝみゆゝしうおほされて殿なとこ

あがり給ふなるべしよろこび申しに内春宮などに参り給ふとてつくろひたて、先殿の御かたにまいり給へるにかたちありさまなどつかさくらゐにそへてゆ、しきにのみ光まさり給ふをこといみもしあへ給はぬ氣色にてたちゐつくろひ給ふけしきぞことはりにも過てかたじけなく哀也ける
（下8ウ～9オ）

〔四七〕

おほき大いとの、御かたに参り給へるつゐでにこのいまひめ君のすみ給ふにしのたいのまへを過給ふま、にいかやうにかとけしきもゆかしければわたどのよりすこしのぞき給へばみすところ〳〵をしはりて人々あまたけはひしてこぼれいでたりかのきさいの宮の人々もあまたなんわたりまいりけると人のかたりしも心はづかしうまだみ《（見）》たまはぬあたりなればよういしてあゆみいで給へれば人々み《（見）》つけていりさはぐけはひ共いとものさはがしきをあやしとみ《（見）》給ふに木丁どもおくよりとり出てが

給とてしたて給える御ありさまを大宮なとも事いみもせさせ給はすけにすくる月ひ御くらゐのまさり給まことにあまりゆ、しくみゑ給
（53オ）

〔四七〕

御かたちかた〳〵にまいり給ついてに女きみの御かたにもまいり給へるに人々こほれいて、ゐたるにはしめてみ給らんかしとこ、ろことにひきつくろいてあゆみいて給へるを人々みつけきこゑていひさはくけはひとも、あやしとみ給にき丁ともなとかは〳〵とさしいてわたしすそうちひろけそよ〳〵と五六人たちさまよひさはくきぬのおとなひ丁のおとなとも物もきこゑぬまてさはくにいと心あはた、しとみつかぬ心ちし給へといまやそ、きやむ〳〵と物もいはてつく〳〵とゐ給えれは

の御つかさくらゐはさらてもありぬへうそうけさせ給へとをしなへてのわかききみたちのやうにてましらゐ給を心くるしうおほしめいて内のさのみやはとせめてなさせ給なりけりよろこひまうさてやはとて内春宮にまいり給とてまつ殿、御方にまいり給たれはなにしにかくいそきなさせ給らんもの、みゆ、しうおほえ給にとてこといみもし給はすうちなき給もの《（▲□）》から御さうそくなとたちゐつくろいたまふていたしたてきこえ給へるにまたけふは光さしそふ心ちしてめてたうみえ給へり
（73ウ～74オ）

〔四七〕

大殿の御かたにまいり給へるにこのいまひめ君のすみたまふたいの前をすき給へはまこといかやうにかとけしきもゆかしうてわた殿よりすこしのそき給へるにみす所々をしはりて人々あまたこほれいて、ゐたりいとさらてもありぬへきけしきかなとみ給なからきさいの宮の人卄ともあまたわたりまいらせ給へるとき、しはまことにやまたなれ〳〵しうもみえきこへぬ御あたりなと心してあゆみいて給へるを人々みつけていひさわくけはひともあやしとそみ給き丁ともをくよりいまそとりい

は〱そよ〱とたてわたしすそうちひろげ
ひもどものよらはれたるをとひきかくひき廿
人はかりたちさまよひつくろひさはぐきぬの
をと木丁などのをとにものも聞えずあはたゝ
しくみ《(見)》つかぬ心ち《(地)》し給へど今やそゝきやむと
物いはでつく〱とゐ給へばからうじて木丁
たてゝのちをの〱きぬのすそでぐちわら
はべのかさみのすゞなどのみだりがはしくな
りたるをつくろひゐてこゝかしこよりをしい
でわたしてやう〱のどまるにやとおぼゆる
ほどに木ちやうのほころびをはら〱ととき
さはぐをともしるくてひとつほころびより五
六人かほをならべて先我みん《(見)》〱とあらそひ
たるけはひ共の忍ぶるからにいとかしかまし
（下9オ～10オ）

〔四八〕
からうじてみ《(見)》えたるにやあらん誠にめでたか
りけりあな物ぐるはしや日比みつる殿上人な
どはたゞつちなりけりとさゝめきあへるいと
おかしうおぼえてこのみすのまへは《(のイ)》今までう
ゐ〱しう侍けるもとがめさせ給ふべくやと
うらみ参らするなどの給ふ御けはひげにおぼ
ろけの人はふといらへにくげにはづかしげな

たゝまついろ〱のきぬのすそてのくちも
のすそわらはのかかみあこめなとみたれかは
しうこほしいてあつめてつきにき丁のほころ
ひときさはくおとしてひとつほころひより五
六人かかほともならへてまつわれみむ〱と
あらそふけはひともしのふるからにいとかし
かましくて
（53オ～54オ）

〔四八〕
みゑたるにやあらんまことにめてたかりける
あな物くるをしやひころみつる殿上人はたゝ
つちから〱とさゝめきあへるおかしくおほ
えてこのみすのまへいまゝてうゐ〱しう候
けるとかめさせ給へくやなとうらみまいらせ
つへかりけるとの給御こゑをおほろけの人ふ
といてにくきけにはつかしけなるにやいてき

てゝかは〱そよ〱とたて朴てわたしすそ
ともうちひろけひもとものまとはれたりける
とひきかうひき廿人はかりたちまよひてつく
ろいさわくき丁のをともきぬはかまなりあひ
てものもきこえぬ《(▲す)》まてかしかましたちかへら
んもあやしけれはいまやとまる〱とつく
〱とものもいはてい給へれはからうしてき
丁たてわたしてのちは又をの〱きぬのすそ
そてくちわらはへのかさみはかまのすそなと
うちときみたりかはしかりけるいまはしめて
つくろひてこゝかしこよりうちいてゝつくろ
いたてつとおもふほとにき丁のかたひらをて
ことにはら〱とゝきさわくをとゝもしてひ
とつほころひより五六人かほゝならへてまつ
われみん〱とあらそふけわひとものしのふ
るからいとかしかまし
（74オ～75ウ）

〔四八〕
からうしてみえたるにやまことにめてたかり
けりめ《(▲る)》もよくはなもよくくちよくあなめてた
やなにかしの中将それかしの少将しゝう兵衛
佐なといひあはせてよし〱とみしかともつ
ちくれなりけりこの殿こそめてたかりけれな
とくち〱にいひあはせてさゝめくほとをか
しうさまかはりておほえ給このみすのまへ○

ればにやそこらはし〳〵ときこゆる御いらへきこゆるはなくてそゞや先はふようなり君のたまへ〳〵とつきしろひさゝめきたちてにぐるあるべしあなわりなものにくるふ君かなまろはましてふようなりとてそゝばしるなればきぬのすそをひきとゞむるにやたふれぬぎふ〳〵とことさらめきわらひいりつゝしはぶきにしいるもありあるは又あなかまや〳〵さばかりはづかしき御ありさまになべてのほどゝ思ひ給ふかなともせいするなりさま〳〵あやしき心ち(地)し給ひてしりめはづかしげにみ(見)いれつゝなげしにをしかゝりてゐ給へるけしき此みすの前にはあはずぞ有ける猶たゞきえいり〳〵扇など打ならしつゝわらひそぼるゝけはひども物ぐるをしければこはいかにとようるまのしまの人ともおぼえ侍るかなとてすこしほゝゑみ給ふけしきなどみすのうちはづかしげなり（下10オ～11ウ）

こゆる人はなくてそゝや〳〵とつきしろふなれはまろはふようきみの給へ〳〵とさゝめきつゝさしてにくるもあるへし物にくるふかまいてまろはこせたるこゑにてすゝはしるなれはきぬのすそをひきとゝむるにやたふれぬるをとしてきう〳〵とわらひてしはふきにしいりたるもありおくのかたに人のこゑしてあなかまや〳〵とてかきあひたるさま〳〵にいとあやしき心ちしてしりめはつかしうみいれつゝゐ給へるけしきこの御まへにはいとあらしにや女はういくらはかりあるにかきゑいりわらひそをるゝきぬのおとゝもゝ物きこゑすなをいとものくるをしけれはこはいかにとうるまのしまの人の心ちもし侍かなとてすこしほゝゑみ給えるけしきみすのうちはつかしけなるを（54オ～55オ）

《の》いまゝてうゐ〳〵しうはへりけるもとかめさせ給へうやとうらみまいらせんするなとの給御こゑけにおほろけの人はふといらへにくゝはつかしけなれはにやそこらいし〳〵ときこゆる人御いらへはなくてそゝやとはかりいふそれはまろにはふよう君こそこゑよしといはれ給へとつきしろいさゝめきてたちてにくるとも、あるへしあなわりなものにくるうか丸はまいてこせたるこゑにてやとことのほかにわらひいひ、こしろ卄(▲う)ひつゝそゝはしるなれあるはきぬのすそをひきとゝむるにたうれぬるをとするにきう〳〵とことさらにわらひ入つゝしわふきにしいりぬるもありあるはあなかまさはかりはつかしけなる御さまをなへての殿上人とあい給へるやうになとわひせいするもありさまことにいとあやしき心ちし給てしりめにみつゝなけしによりゐ給へるけしきこのみす卄のまへにはあはすそありける猶たゝきえいり〳〵あふきをうちたゝみひろけならしつゝそをれわらふけわひとも猶いとものくる○《を》しけれはすこしほをえみて[こ]はいかにうるまのしまの人ともおほえ侍れとてしりめにたゝならぬ御けしきみすの内まてこほれいるらんとみゆる御あひ行なとまことの人にみせまほしかりけり（75ウ～77オ）

〔四九〕
おくより人よりきて木丁のまへなる人にたゞうらみうたをは、とよみかけよとさゝめくなれはわう君ぞながめ聲はよきまろはさらに〳〵とわらひいれはあなまばゆの色ごのみやとてかたのわたりを扇していたくうつなればたうしは君なしとてつむなるべしあしうしてけりいたし〳〵そこははなて〳〵と忍びあへぬ聲いづくならんとおかしきにしぬべければたちのきなんとする程におとなしき聲のたかやかにしたりがほなる出きていてやさふらふ人人がらこそよき人はおかしき名もとらせ給ふわざなれかばかりにてはわかうどたちさぶらひ給はでありぬべしとさすがにしのびてにくみわたしてさしよりてきこゆめづらしき御聲こそおぼしたがへたるかとまで
　よし野川なにかはわたるいもせやま人だのめなる波のながれて〈25〉
とげには、とよみかくるけはひしたどにのどかはきたるをわかびやさしだちていひなすこれぞこのは、しろなるべきとき、たまふ
　うらむるにあさ、ぞまさるよしの川ふかき心はくみてしらなん〈26〉
おぼつかなき心ち（地）し侍りつるにうれしき御けはひと思ひ給へるに物をこそあしさまに申し

〔四九〕
おくなる人よりきてき丁のつらにゐたる人にさしよりてた、うらみかたをとくよみかけていりねとさゝめきかくれはわきみの給へまろはさらに〳〵とわらひいりてかたのわたりをあふきしてひし〳〵とうてはたうはきみなしとてひきつむなるへしいたし〳〵そこははなて〳〵としのひあえすわらひいるはいつこのつまる、にかとおかしきにしぬへけれはたちなとするほとにこゑいとしたときたかき人いてきていてやさふらふ人かうこそよき人はおかしきなもたて給へかはかりにてはわかき人くさし〳〵さすかにしのひてうらみわたして
　吉野かはなにかはわたるいもせ山ひとたのめなるなのみなかれて〈25〉
とけにはくといふけはひのとりわきしたとなるはくきみしかにわかひさせたりこれそ、の御は、しろなるへきとき、給て
　しらせはやいもせのやまの中におふるよしの、かはのふかきこゝろを〈25b〉
　うらむるにあさ、はみゆるよしのかはふかきこ、ろをくみてしらねは〈26〉
なけしによりゐ給えりおほつかなきこ、ちし侍れはうれしき御けはひと思侍をあしさまに物をも申なし給ぬへけれとの給へるもさはや

〔四九〕
をくよりいま人よりきてこのき丁のつらなる人にた、うらみうたをはくとよみかけよとさ、めけはわきみの給へまろかなかめはまつさら○《さらに〳〵》に〳〵ふえうとわらひいれてあなはゆのいろこのみやとかたわたりをあふきしてうつなれはたうにはきみなしとてつむなるへしあしうしてけりあかきみ〳〵そこへゆるせ〳〵としのひあえぬこゑはいつくならんとをかしきにしぬへしいまはかきりにてたちのき（▲□）なんとし給壮ほとにをとなしきこゑのたかやかにしたりかほなるいてきていてや候人からにこそよき人はおかしきなもた、せ給かはかりにてはわかうとたちさふらひたまはてもあり○《ぬ》へしとさすかにしのひてにくみわたしてさしよりつ、いふめつらしき御けわひこそおほしめしたかへさせ給たるにやとて
　よしの河なにかはわたるいもせかは人たのめなる名のみなかれて〈25〉
とけには〳〵とよみかけたるこゑしたとてのとかはきたるをわかひやさしたちていひなすこれそをとにき、つるは、しろなるへしとき、給
　うらむるにあさ、そみゆるよしの河ふか

ない給ひぬべかりけれとの給へばさはやかに
うちわらひてさらばいまよりのげざんをまめ
やかにつとめさせ給へかしわかき人々の思ひ
むせぶめればいぬもときてとかやとたかやか
にいふいとあやしきたとひ也　（下11ウ～12ウ）

〔五〇〕

まめやかにはおもてぶせにやおぼさるゝとて
いまゝで参らざりつるをけふはかはるしるし
も御らんぜられんとてなんおまへにかくと聞
えさせたまへこのみすのまへはならひ侍らね
ばはしたなく思ひ侍れどかくごんのうすさに
けふばかりはなぐさめ侍るを今よりのちぞう
らみきこゆべきとて立給ふにおぎのうは風の
あらゝかに吹こしたるに俄にみすをたかく吹
あけて木丁もたふれぬれどとみに引なをす人
もなしあなわびしあれをみ（見）給へ〱といひ

かにうちわらひてさらはいまよりのけさうを
まめにつとめさせ給へかしわかき人々思むせ
侍事をいぬもときてとやとたかやかにいふい
とあやしきたとひなりやと物くるをしけれは
（55オ～56オ）

〔五〇〕

たち給なんとてひころはおもてふせにやおほ
しめさむとてつゝみ侍つるをさるはかはるし
るしにいかてかとなん御まへわたりにもきこ
ゑさせ給へこの御すのまへにならひ侍らぬ事
なれはいとはしたなくはつるをかくこむのう
すさにけふはかりは事はりに思なしてなんい
まよりのちうらみ申へきとてたち給ふにおき
のうはかせあらふゝきこしたるをにはかにみ
すをふきあけたるき丁たふれぬるをとみにお
こす人なしきぬをひきかつきてひとつにより

きこゝろをくみてしらねは〈26〉
またある本に
　しらせはやいもせの山の中におつるよし
　のゝ河のふゆ《か》き心を〈25b〉
とてなけしによりかゝりてゐ給へりおほつか
なきこゝちのみし侍つるにうれしき御けはひ
と思侍にもものをこそあしう申なし給つへう
はへりけれとの給へ○《は》いとさ○《は》
やかにうちわらひてさらはいまよりの御けさ
うをまめやかにつとめさせ給へかしわかき
人々のおもひむせ侍めれはいぬものもとくと
かやたかやかにいふいとあやしきたとへなり
（77オ～78ウ）

〔五〇〕

まめやかにはかゝる人候ともしらせ給はぬに
やとてけふはかはるしるしも御らんせられに
なん御前にかくときこえさせ給へならひ侍ら
ねははしたなく思給へらるれと宮つかえのう
すさにけふはかりはなくさめ侍をいまよりの
ちにうらみ申へきとてたち給におきのうは風
あらゝかにふきこしたるにはかにみすをふ
きあけたるにき丁もたふれぬるをとみにひき
なをす人もなしあなわひしやあれよ〱とは
いひつゝからきぬをひきかつきつゝひとれ《っ》に

つゝ我も〳〵きぬを引かづきつゝひとつにまろかれあひたる程にのど〳〵とみ《見》入たまへばかうぞめにび色のひとへ紅のはかまのきばみたるをきてひるねしたる人々のさはぐにおどろきてあうなくおきあがりたるにいとよくみ《見》あはせて浅ましきにやとみにうちそむきなともせずあきれたるけはひかほはいとおかしげなりこゝろなのさまやとみ《見》えながら女房のありさまどももよりはこよなくみ《見》つべかりけりとおもひまし給ひつかのせうとのかこちけるゆへにや少将にぞいとよく似たりける殿の御子とはいふべくもあらざりけりとみ《見》るにたゝならずや思ひ給ふらんやうの物とあやしのこゝろばへやと我ながら心つきなしはゝしろからうじて木丁おこしつればたちのき給ひぬ

（下12ウ～13ウ）

〔五一〕

又の日殿の御前にてきのふの事どもなど申し給ふつゐでにかの東院には物したりきやにしのたいにすむなる人をこそまだとぶらはねいかやうなる気色かみ《見》ゆるとの給ふうち〳〵のありさまのいとあやしきを子ながらもいかゞみ《見》給ふらんとはづかしうおぼすなるべし木丁のほころひあらそひしすきかげども思ひ出ら

あひてさはくほとにわれはのと〳〵とみいれ給へれはかうそめのこきうすきにふちのひとへくれなゐのはかまのきはみたるをきてひるねしたりけるか人々さはくにうちおとろきてあふなくあきれたるにいとよくみあはせてもえとひにもそむかすあさましとあきれたるかほはおかしかむめれとこちなのわさやとそふとみゐたるやされとけにこよなく人々のけしきより思まし給えりかのせうとのかへみむゆへに少将にこそにたりけれとのゝ御ことはいふへくもあらさりけると思ふにそたゝならす思なり給らんやうの物とよしのかはわたらまほしうし給ふそあやしきやはゝしろからうしてき丁をもたくれはたちのき給ぬ

（56オ～57オ）

〔五一〕

とのもこなたにわたり給えるほとなれはたいにや物したまへりつるいかにないけはし給へりつやなにことかありつるとうち〳〵の人のけしきともゝいとあやしきをはつかしうおほしてのゝ給を木丁のほころひあらそひつるすきかけも思いてられ給ていとおかしきをねむするけしきやしるくみゐ給覧されはよいかに

まろかれあひたる程にみいれ給へはかうそめににひいろのひとへくれなゐのはかますこしきはみたるきてねたまひたりけるか人々のさわくにあふなくをきあかりたるにいとよくみあはせてあさましきにやとみにもうちそむきなともせすあきれたるかほはをかしけにともいひつへし心なの○《さ》まやとはみえながら女房のけわひともよりはこよなうみつへかりけりとおもひなをし給つかのせうとのかこつへかりけるゆへにや少将にそいとよくにたりける殿ゝ御子とはいふへうもなかりけりとそみゆるにたゝならすやおもひ給らんやうの物とあやしの心や[と]我なから心つきなしはゝしろからうしてき丁なをしつれはたちのき給ぬ

（78ウ～80オ）

〔五一〕

又○《の》ひ殿ゝ御井《所》にて昨日の所々の事ともなとかたり給ついてにかの東院にものし給きやにしのたいにものすらん人をこそまたとふらはねいかやうなるさまにかあらんとの給へはまたものし侍らさりつるを昨日こそうゐの御せんにまいりたりしついてに女房に○《あ》ひて侍しかと申給へはないけはまたし

れていとおかしきを念ずるけしきやしるくみ（見）
給ふらんうちわらひてよしなきものあつかひ
このみ給ふ程にたがためにも中々なる事やと
こそみ（見）ゆれ年比もかくいふものありとはきゝ
しかど覚えぬことなればかやうの人すくなき
くさはひにも取いでぬ物を何のたよりにかく
迄もありそめにけるにかとありつかずやとう
めき給ふもげにとはきけどあさましとあきれ
たりしかほはさすがにくむべうもあらざりつ
ればつれ〳〵におぼされんにこと人よりはな
とてかあしうも侍らんたしかなる名ざしにて
とかくさすらへんもいとをしう侍るべしとぞ
の給ふいさやかくいひそめけんもおぼえなく
ぞあるや夜めにみ（見）しかは宮の中将にこそいと
よくにたりしかせうとのしれものあなりそれ
もかのみやの御ことぞいふなるこれもさなる
べしなどのたまふ　（下13ウ〜14ウ）

〔五二〕
誠かのあすかゐ（井）にはめのとみないでたちてき

おろかなりつらんとおほしやるにうちわらは
れ給ぬよしなき物あつかひして中々たかため
もかたくなはしき事いてきなんすとこそみゆ
れかゝる物はすへてちかくみえぬこそよけれ
としころもなのる物ありときゝしかとおほえ
ぬ事なれはかやうの人のすくなきくさわひに
もとりいてぬをなにのたよりにとりいてられ
たるにかいとありつかすやとうめき給ふもけ
にときけとあさましと思たりつるかほはにく
むへくもなかりけれはつれ〳〵におほしめさ
れんにことひとよりはなとかあしうも候はん
たしかなるなさしにてたゝよひ給はんいかゝ
たゝわか御こゝろにそより給へきときこゑ給
へはいさやさるはさいふへきやうこそあるや
宮の少将にこそいとよくにたれせうとのしれ
物あむなりそもかのみやの御ことこそいふな
れみつからはたゝいまはなにともみえすおい
らかにはあるなるへしなと物しけにおほした
り　（57オ〜58オ）

〔五二〕
かのあすかゐ（井）にはめのとみないてたちてきみ

や思かすまへ給はぬにや又またこそさる人も
やとたつね給はねとうらめしけなりしかとの
給にありしき丁のほころひあらそひしけはひ
よりはしめおほしいつるになまをかしきみ給
けんことといひなからさしもはつかしけなる御
さまなれはうちわかひ給てよしなきものあつ
かひこのみ給ほとにたかためも中々なる事や
とこそみゆれとしころもかくいふものあなり
とはきゝしかとおほえぬ事なれはかやうの人
のすくなき草はみにもとりいてぬをなにのた
よりにかくき[ゝ]そめられけんとわひしういと
ありつかすそ[と]□めき給もけにときけとあさ
ましとあきれたりしかほはさすかにくむやう
もなかりしかはつれ〳〵におほしめされん事
ひとよりはなと○《て》かあしうも侍らんた
しかなる名さしにてとかくさすらへ給はんも
いとをしう侍りかしとそ申給いさやかういひ
そめけんもおほえなくそあるやよめにみしか
は宮の少将にこ（▲□）そにたりしかせうとのしれ物
あなり（▲□）それはかの宮の御事こそいふなれみ（身）つ
からはたゝいま何にともみえすおほとかには
あるなるへしとの給　（80オ〜81ウ）

〔五二〕
まことかのあすかひにはめのとみないてたち

みをさへひきぐせんもいと心くるしうさりと
てとゞむべきならねばさすがに思ひなげくに
人しれぬねのみなかれてたれをたのみてかは
たちもとまらん山よりふかきたに丶いらんも
さてこそはなど思ひ侍るもわがこ丶ろと思ひ
はなれ聞えん事は忍びがたく哀におぼゆるも
かつはことをこがましき心と思ひたるけしき
のいと〳〵をしきをみる（見）にさらば何かは下ら
せ給はん京にもたよりなくてひとりとゞまら
せ給はんこそうしろめたなうも侍らめ又我も
いかにともおぼしめさめ女は千人のおやめの
とやくなし御おとこのおはせぬ程也まいてか
くやん事なく物たのもしき人にもおはすなり
御心さしいとねんごろなるを引はなれてか丶
るあづまぢにたちそひ給はんいとあるましう
かたじけなしなどさすがにあるべき事をばい
ひながらいかにおもひかまふる事かあらんこ
の人のおはするよひあかつきのかどもこ丶ろ
やすからずかぎうしなひがちにもてなしつぶ
やくけはひ御ともの人々聞てめさましうあさ
ましきにふみこぼちて入なまほしきおり〳〵
ありけり殿にも忍ひてたれと思ふにかかくな
んと申せば女の氣色のあやしうのみあるはこ
のみしほかげの女のありし法師にとらせんと
てするなめりさやうのことに思ひむすぼ丶れ

をと丶むるをこれをいかにしてかはあらんと
なく〳〵したい給も事はりにいとをしうさり
とてわれはとまるへきならねはわりなきよし
をいひきかすれとさらはわれもいくへきこそ
とおほしたつにみちのほとなともいかやうに
てかはとのみねをのみなきてすくるを中納言
殿あやしうおほされていかなるそみるかにく
きかとのみとかめ給へとなをすか〳〵ともえ
きこゑいてすた丶おほろのし水のあはをしの
ひあえぬけしきこのたのもし人のほかさまに
もてなすへきにやとこ丶ろえ給て
（58オ～ウ）

て君廿（◀□）をもまことにと丶むへきやうもなきに
人しれぬねをのみなきて思なけきたるけしき
のいとをしきをみるにさらはなにかくたらせ
給京にもたよりなく一人とまらせ給はんこそ
うしろめ廿たう侍らめわれもいかてかともお
ほさめ女は千人のをやめのとやくなし御をと
このおはせぬかきりの事也まいてかくやんこ
となくたのもしき人なり御心さしもねんころ
なるをひきはなれてか丶るあつまちにたちま
よひ給はんあるましうかたしけなしなとある
へき事をはいひなからいかにおもひかまうる
事かあらんこの人のおはするよひあか月のこ
とをも心やす○《か》らすかきうしなひかち
につふやくけわひを御ともの人き丶てあさま
しうめさましきをり〳〵ありけり殿にもしの
ひてたれと思たるか丶くなと申せは女のけ（気）し
きもあやしうのみあるはこのみえしほかけの
女のありしのりのしにとらせんとするなめり
さやうの事をいひはいて丶思むすほ丶れたる
なめりけりと心え給にも心つきなくゆ丶しけ
れと女きみのありさまのいてやさらはとてや
むへうもおほえぬはいかにせまし殿に候人々
のつらにてつほねなとしてやあらせましとお
ほせと人しれす思ふわたりのき丶給はんにた
わふれにても心と丶むる人ありとはきかれた

たるなめりと心え給ふいと心つきなくゆゝしけれど女君のありさまのあやしくのみ(見)みゆるはいでやさらばとてやむべくもおぼされねばいかにせまし殿にさふらふ人々のつらにてやあらせましとおもへど人しれず思ふあたりの聞給はんにたはふれにても心とゝむる人ありといかできかれ奉らじと思ふ心しふかければさもえあるまじさらではさすがにこゝかしことあつかひ給はんもいかにそやとおぼされつゝいまをのづから我としりなばえいとはじかくろへぬべき所もありぬべくはありさまにしたがひてとおぼすなるべし　（下14ウ～16ウ）

〔五三〕

女君にもおひ人のにくむなるべしなことはりなりやたのもしげなりしのりの師を引たがへてかく物はかなき身の程なればをとなしの里たづねいでたらばいざ給へよわづらはしき人のさすがあればしばし人にしらせじとおもふ程にかくおぼつかなくあだなるものにおぼしたるもことはりなり我は何事にてかはあながちにしられじとは思ひ給ふべきいひしらぬしづのめなりとも是よりかはる心あるまじきを猶たのむこゝろのある《なきイ》まじきなめりとうらみ給へばさそふ水だにあらましかはと物あはれ

〔五三〕

まろをいとふ人のあるなめりとさらはいさ給へよとの給をさそふ水たにま事にあらましかはとていと物あはれと思たりさりとてもたちまちにわすれん事もあるましう又さすかにわか御こゝろひとつに人のうゐをおほしはくゝむへき御こゝろもまたなしこゝかしこにもてさまよはんもさまあしかりぬへき事なれは大にのめのとなとにこそはいひつけ給はめそものなときかせ給てかゝれは女二宮の御ことはいなふるなりけりなとまことしうそきゝなさせ給はん人しれぬ人の御みゝにもたはふれ

てまつらしとおもふこゝろしふかけれはさもえあるましさらてはさすかにこゝかしこもてあつかひ給はんもいかにそやおほされつゝいまをのつからわれとしりなはえいとはしかくろえぬへきところあらはあるさまにしたかひてとおほすなるへし　（81ウ～83オ）

〔五三〕

女きみにもをい人のにくむなるへしことはりなりやたのもしけなりしのりのしをひきたかえてかくものはかなき身のほとなれはおとなしのさとたつねいてたらはいさ給へよわつらはしき人のさすかなるかあれはしはし人にしらせしとおもふほとにかくおほつかなくあたなるものに思たまふるもことはりなりやわれはなに事にてかあなかちにしられしとおもふ給へきいひしらぬしつのをなりともこれよりかはるこゝろはあるましきをなをたのむこゝろはなきなめりとうらみ給へはさたにまこと

に思ひてこの別當の少将とおもはせ給へるなめりせいすべき人ありなどの給はゞと思ふにもかりそめにうちたのみてゆくべきかたをおもひとまらん事はあるまじう覚えながらいとかくめでたき御ありさまにてなつかしう哀にかたらひ給ふを行かたのめやすからんにてだにいかでかは哀ならざらんもりのうつせみとてなみだこぼれぬべきをまぎらはしたるけしきいとゞうたてげなりかくいふほどに此女ぎみたゞにもあらずなりにけりうちはへて物をのみ思ひてありしさまにもあらぬけしきなるをたれもたゞこの御いで立を思ひなげき給へるとみ《（見）》るにしるき事どもありてめのともみ《（見）》しりてあないとをしやかくさへなりたまへるものをいかゞせさせ給はんずる君に猶聞えあはせ奉り給ひて御けしきにこそしたがひ給はめかくなり給へるときゝ給ひてはよもあだ〳〵しくも思ひ給はじといへどいかなりともたのむべきありさまならばこそあらめみ《（見）》えぬ山路のみこそよからめといふものからげにかくさへなりにけるを露しらせでやみなん事などいみじうおほゆれどかけてもまいていひ出へきにあらねば日をかぞへつゝなきなげくより外の事なし　（下16ウ〜18オ）

にもさる事はきかれたてまつらしとあちきなきこゝろときめきをさへおほしつゝけてもたゝこゝろのかきりそちきりの給めれとももりのうつせみとのみなみたはさきになりけり女きみたゝならぬさまになりにけりめのとみしりてあなこゝろくるしやかくさへならせ給へるいかてかしらぬせかいにはかたしけなくいてたてまつらんおのれもこれをみをきたてまつりてはといひさはけるをきくにもかうさへなりにけるよとこゝろにいとゝ物かなしく思なけかるれと人からのいといみしう物しのひなとをうちして思のまゝの心のみたれなとんみせたてまつらんましてかくなんいかてかはきこゑん中納言殿もめのとのいてたちをなけくとほの〳〵きゝ給しかはさのみおほすに　（58ウ〜60オ）

にあらましかはとていとものあはれとおもひたり猶かの別當の少将とおもはせ給へるなめりせいすへき人ありなとの給はとおもふにもうちたのみてかりそめに行かたを思かきらん事はあるましうおもひなからいとかくあるましき御ありさまにてあはれにもかたらひ給をお□ひたつかたのめやすからさらんもゝりのうつせみとてなみたのこひたるけしきいとらうたけなりかくいふほとにこの女君はたゝならすなりにけりうちはえてものをおもひてありしさまにもあらぬけしきをたれもたゝこのいてたちをなけき給と思ほとにしるき事ともあるをめのともみしりてあないとをしやかくさへなり給たるをいかゝせさせ給はんとする君に猶きこえさせ給て御け《（気）》しきにこそしたかはせ給はめたれなりともかくなり給へりときゝ給はゝよにあた〳〵しうもおもひ給はしといへといかなりともたのむへきありさまならはこそあらめさらすともみえぬ山ちのみこそよからめといふものからけにかくさへなりにけるをつゆしらせてやみなんといみしうおほゆれとかけてもまいていひいつへきならねはひをかそえつゝなきなけくよりほかの事なし　（83オ〜84ウ）

〔五四〕

この殿の御めのと大貳の北方にてある也けり子どもあまたある中に式部の大輔にてらい年つかさうべきがかやうの人などの中には心ばへかたちめやすくてすき〳〵しういろこのむありけりいかなりともかたちすぐれたらん人をみ(見)んとてめもなくてすぐすに此女君うづまさにこもりけるをのぞきてみ(見)て思ふさま也ければせうそこなどしけれどみづからはきゝいれぬにこのめのとはいとみゝつきにおぼえけれどたゞいまかくたのむ僧のいひちぎりたればえいなむまじうてたちまちのうけはせねどつかさなどえて下給はん程にはさもやなど契けるにかくこと共たがひて身はたよりなしなま公達のいたうかくろへてよる〳〵時々おはするをいとふさはかしからねばあづまおとこにつきてやいなましとおどす也けり

（下18オ～ウ）

〔五四〕

この殿御めのとの大にのきたのかたにてあることもおほかる中にらいねんにつかさうへきありけりかやうの人の中にはこゝろもかたちもめやすき物に人にも思いはれてみならひにややむことなき思ふさまならん人をみはやさてついのとまりもさためてとをきほとにもてかしつきてゐてゆかむと思ておなしほとの人のむこなとにもならさりけりこのあすかゐ(井)のきみのうつまさにありしをほのかにみ(見)ていかていてむほとにとはゝやいかにしていひつかむ思ひしほとにあさましき法師のにはかにまとはしてしかはゆくゑなく思けるにてらなりけるひすましのていのものへゆくみちにあひたりけるをとらへてとひけれは　（60オ～ウ）

〔五四〕

このとのゝ御めのとの大貳のきたのかたゆ《に》てあるありけりこともあまたある中にしきふのたいふにてら[い]ねんつかさうへき[か]やうの人の中には心はえかたちなとめやすくてせう〳〵のかんたちめ殿○《上》人なとよりはよの人もこゝろことに思たりみ(身)つからの心にも又思ふことなくいみしきすきものゝいろこのみていかて心かたちよきすくれたらん人をみんと思てむこにほしうする人々のあたりにもよらすきみの御まねをのみして夜中の御ともにもをくれす卌《わ》たくしのさとわたりをのみたつぬる卝わさのみしてこの女君うつまさにこもり給へりけるをほのかにのそきてみけるよりこと心なくなりてせうそこなとしけるをこのめのとはいみしうみゝつきにおもひて返事なとしけれとたゝいまはまたことなうたのむ人のいのちにもかえてんといふもみけれはたちまちの事うけはえせてつかさなと給はりてくたり給はんほとはさもやあらんまことにおほさはそれまてもまちきこえんとちきりけるにかくこともたかひてみはいと卌《た》よりなしなまきんたちのいたうかくれしのひてとき〳〵おはするはたいとふさはしからねはあつまをとこもたつねいてゝいなんとおとすなりけり

〔五五〕

されどこの式部の大輔おやのともにつくしへくだるに思ふさまならん人をなんゐて行んとするといひをこせたるにいと思ふさまなる心ちして別當の御こ少将のかよひてあるなれどめのとうけひかずなんむつかるといふ人のありけるをよろこびてせうそこしたりけるに寺にてはあるまじきさまを聞えしをめのとおもふやうにめでたくおぼえてあづまも思ひとまりて誠にさもおぼさばしばし君にはきかせ奉らでくだり給はんほどにむかへ奉り給へといひければいみじうよろこびてさやうのほそきん達にかけめにておはせんよりはたゞ心み（見）たまへおとゞの御さいはひにてこそおはせめなどことよくかたらふいでたちの物などげによげにをこすればこゝろゆきはてゝ上下の人もとめなどしけるに式部大輔のもとよりはくだりも近う成にけるをさばたがへ給ふなと日に千たびいひをこすればあなまが〱し世にたがへ侍らじそのあかつきに御車を給へさりげなうてふとわたし奉らんといひやりてこゝろのうちにはみないでたちたり（下18ウ〜19ウ）

〔五五〕

そこ〱におはする別たうとのゝくらとの少将こそとき〱かよひ給へなといひけれはそれはめもち給えれはまことしくもよも思給はし一人ありてけふあすつくしへくたらんにいかて思ふさまなる人えてしかなと思ふにおとゝにさやうにきこゑよなとかたらひてねんころにいひわたるをいかなるへきことにかたゝならすおはすれは人の御心もしらすなかそらにやなといひつゝあるくみつからもきつゝことよくかたらひおとゝのわかよにてめてたからん事なといひきかするにいかにせましかゝるきむたちはもてあつかふわたりをこそいみしき物とすれひとつにはたのむへきかはこれはけふあすつくしへくたりてらいねんはのほり又さらいねむはうちくしてくたり給はんけにいかにめてたし大殿の中納言殿のめのとこにてよのおほえめてたくおほかた〱ちもめやすかむなるをきゝすくさむことはいとくちをしけれはかゝる事なと女きみにもきこゑすさらは御こゝろとはよもよき事とおほさしかくたゝならぬ御ありさまもいとこゝろくるしけれとたゝそのくたらせ給はんあか月

〔五五〕

されとこの式部【β】のたいふをやのをくりにつくしへくたるにさう〱しきにさるへからん人のをかしからんをかなゐてくたりてやかて我國えもゆかはやと思てうつまさの人をたつねけるにかくなん別當の少将の時々かよひてあんなれはめのとはうけすなといふひとのありけるをよろこひなからせうそこしたりけるにめのとおもふやうにめてたくおほえてあつまもおもひとまりてまことにおほすことならはしはし君にもしらせたてまつらしくたり給はんほとにみそかにむかえたてまつり給へといひやりけるをえもいはすよろこひてさやうのほそきんたちのかけめにておはすらんくちをしき事なりたゝ心み給へをとこの御さいわひにてこそあらめゆめたかえ給なとのみいひをこするにいかにせんとさすかに思なけきつる心の中思ふ事なく心ゆきまして人しれすかみしもの人々もとめあつめなとしてゆるらかにとふらひをこするものともしのひてとりちらしさはくも女きみはかけてもしり給はすひのちかくなるまゝに式部【β】のたいふのもとよりはあなかしこ〱♯《か》はり給なとのみいひをこす

（84ウ〜86オ）

〔五六〕

君にはいて立はとまりぬたゞならずさへおはしますにいと心くるしうて此たびはいひはなちてやりつるなりいまはとかくおはしまさんをみ（見）てぞいづちへもまかるべきなめりとこゝろゆきたるさまにていへば女君誠と思ふに心すこしおちゐぬうちはへ心ちさへあしかりつるもおしからぬ身はとういかにもなりなばやといそがれつるをかく成にけりときゝあらはして哀なりける契りかなとおもひしられてうき身とのみおもひいられつるをすこしいたはしう思ひなるもあはれ也 （下19ウ～20オ）

になりてむかへきこゑさせ給へなとちきりてこのことはわれもうちくしてゆかむとすれはゆきはてゝよろつ人しれすいてたつもいかてかはしらんみちのくにいてたちとまりぬるけしきなれはうれしう思なりてこのころはすこしもの思なくさめたるを中納言もさなめりとみ給てこゝろのとかにてつこもりになりぬるにこのつくしの人はあすあさてはかりになりぬるにいかにそはからひ給へなとのみかきおこすれはめのとうち〳〵にはたゝくるまにうちのるはかりにしたゝめてあす少将なをはせそかしとねんしいりたるに （60ウ～62オ）

〔五六〕（ナシ）

あなゆゝしたゝそのあか月にさりけなくて御車をたへとひにちたひいひかはすを露しる人なかりけりたゝあつまのたよりのかくあるへきなとけすなともしりたりけるなりけり （86オ～87オ）

〔五六〕

さてとをきいてたちは思とまり侍ぬかくたゝならすさえおはしますか心くるしさにいひはなちてやり侍りぬるなりなとこゝろ行たるさまにていえは女君まことゝ思にこゝちすこしをちゐぬうちはへなやましうさえおほえ侍もをしからぬ身はとくいかにもなりなはやとのみいそかれつるをかくなりにけりときゝてのちはあはれなりけるちき（▲□）りのほとさへおもひしられてう《本マゝ》らみをのみ思いりつるをすこしいたはしうおほゆるもあはれなり （87オ～87ウ）

〔五七〕

野分だちて風の音あらゝかにまど打雨も物おそろしう聞ゆるよひのまぎれに例のいと忍びてまぎれ入給へりいつもなへ〱とやつれなし給へるに雨にさへいたうそほちてにほひばかりはいとところせきまでくゆりみちたるをとなりの山がつ共もあやしがりけりかやうのありさまはまだならはざりつるを人やりならぬわざ哉とてぬれたる御ぞときちらしてひまなくうちかさねてもこゝろより外にへだつる夜な〱のわりなきをさは思ひたまふやかばかり人にこゝろとむるものとこそならはざりつれなどつきせずかたらひ給ひて

　あひみ《(見)》ては袖ぬれまさるさよごろもひと
　夜ばかりもへだてずもがな〈27〉

わりなきこゝろいられなどはいつならひけるぞとよとの給へば

　へだつればそでほしわぶるさ夜ごろもつ
　ゐには身さへくちやはてなん〈28b〉

といふも物はかなげ也よしみ《(見)》たまへよ世のはかなさなどこそうしろめたけれ名残なきこゝろなどはいかなる人のつかうわざにかなどの給ふをさしもあらじなどかど〱しきさまにもあらず心のうちにはいかならんめのまへはたゞおなし心なるさまにもてなしてかくたし

〔五七〕

ようちふけてれいのおはしぬのわきたちてかせのおとあらゝかにまとうつあめも物おそろしくきゝふし給へるにゝほ《(本)》いはところせきまてくゆりみちてなよ〱とやつれいり給へるけはひなといかならんなにのいはきかはよのつねにまち思はんなさりかたきちきりのほとさへきゝあらはしてのちにはいとゝみもいたはしくいのちたいすなりて御こゝろのはなもみえはてすやといまよりこゝろほそく思ふへしつねにあさやかならすうちとけたるよるのころものてさくりもかやうなるは又みならひ給はぬさへなつかしくこゝろくるしきけそひてあはれはおろかならすひまなくうちかさねてもあらぬよをくるしさなとつきせぬかたらひ給て人にこゝろとむることはまたしらさりつるをいとかうしも思そめきこゑけるこそわれなからあやしきまて思しらるれいとかくさまはしきこゝろはつかうへき物とも思はさりしを

　あいみてはそてぬれまさるさよころもひ
　とよはかりもへたてすもかな〈27〉

わりなきこゝろいはれかなとひとりこたれ給ふは

　へたつれはそてほしかぬるさよころもつ

〔五七〕

のわきたちてかせいとあらゝかにまとうつあめもものおそろしうきこゆるよひのまきれにれいのしのひておはしたりいつもなよ〱とやつれなし給へるにいとゝ雨にさへいたうそほちてかくれなき御にほひはかりはところせきまてくゆりみちたるをとなり〱にはあやしかるもをかしかりけりかやうのありきはならはさりつるをひとやりならぬわさかなとてぬれたる袖をときちらしてひまなくうちかさねても心よりほかにへたつるよな〱のわりなさをさは思給やかはかり人にこゝろとゝむるものともまたこそしらさりつれなとかたらひ給て

　あひみねは袖ぬれまさるさよころも一夜
　はかりもへたてすもかな〈27〉

かくわりなき心いられはいつならひにけるそとよなとの給へは

　いつまてか袖ほしわひんさよころもへた
　てゝおほかる中とみゆるを〈28〉

又ある本に

　よな〱をへたてはてゝはさよころも身
　さえうきにやならんとすらん〈29〉

といふものはかなけなりよしみ給へよ人をわするゝものともまたしらすおほかたこのかた

かにいひしらせ給はぬをもとやかうやとあながちにもたづねしらず又我身の行ゑもさりとていはぬものからなよ〳〵とらうたげにてなびき聞えたるさまあやしう誠にらうたげなるを(見)みつくまゝにかぎりなき人々の御ありさまにもをとるまじくてわするべきものともおぼされざりけり　（下20オ〜21ウ）

〔五八〕

例のよふかくかへり給ひてわが御かたにふし給ひてすこしまどろみ給へるゆめにこの女の我かたはらにあると思ふにはらのれいならずふくらかなるをこはいかなるぞかゝる事のありけるをなど今までしらせ給はざりけるかゝる契りもありければ何かゆくすゑをもうたがひ給ふとて夢のうちにも哀とおもふにこの女

行ゑなく身こそなりなめこの世をば跡なき水をたづねてもみよ〈30〉

といふとおぼすに殿の御かたよりけふあすはかたき御ものいみ也けるをわすれさせ給ひにけりあなかしことよりの御ふみなどとりいれ

いにはみさへくちやはてなん〈28b〉

といふもけにさこそ思ふらめとよろつにあはれなりよしみ給へいかになるとも心はかはらしなとの給ふをなをさりともあなかちにたとらすかと〳〵しうもたゝおなしこゝろにうちたのみきこゑたるけしきをいかてかはらうたしとおほさらん○《け》ちかくまことしきこまやかのにほひなとうちかうのきはにはあらねとなよ〳〵とらうたけになつかしき所はひとにはことにもそみゑ給ける　（62オ〜63ウ）

〔五八〕

よふかくかへりてわか御かたにまとろみ給えるゆめにこの女をわかゝたわらにあると思ふにれいならすはらのふくらかなるをこはいかなりけることのありけるをなとしらせ給はさりけるそとていとゝおろかならぬちきりのほといひしらせてゆくすゑはるかにたのめ給へは

このよをはいつかみるへきうきしつみあとなき水はたつねわふとも〈30b〉

といふと思ふほとにとのゝ御かたより人まいりてけふあすはかたき御ものいみなりけるをわすれさせ給へりけるなり御あるきなせさせ

さまにならはさりつるすちなれはなとの給をもさしもあらしなとかと〳〵しき御いらへもなくらうたけなるさまそたくいなきなりけるかたしかにしらせ給はぬをもとやかうやともあなかちにたつねうらみす又我身○《の》行ゑもうちとけいはぬものから心のうちやいかゝあらんみるほとにはたゝ同御心なるやうにうらなくうちなひきこゝちよせたるさまもあやしうあはれとのみおほされてかきりなき御事をはなちてはおろかにおほしなるへうもなき御心のうちなり　（87ウ〜89ウ）

〔五八〕

れいのよふかうかへり給てすこしうちまとろみ給へる夢にこの君かたはらにあるとおほしくてはらのれいならすふくらかなるをこはいかなるそかゝる事のありけるをいまゝてなとかしらせ給はさりけるかはかりのちきりのほとは《を》常はあさはかに思給つるこそといへは常よりもの心ほそけにて

ゆくゑなく身こそなりなめこのよをはあとなき水をたつねてもみよ〈30〉

ある本に

このよをもいつかみるへきわかれ行おほろのし水すますなりなは〈30b〉

させ給ふな、どの給はせたるにふとさめてむねさはげばをさへてうけ給はりぬとは聞え給へど心さはぎせられてあやしいかにみつるぞまことにれいならぬ事やあらんと今ぞ思ひあはする事もありける心ぼそけなりつるはいかなるにかなど常よりもおぼつかなくゆかしきによさりもえおはすまじきなればこまかに御文をぞかき給ふつねよりもいまもみ(見)てしかとなんよさりも物いみなればえものすまじきにや

あすか川あすわたらんと思ふにもけふの
ひるまは猶ぞ戀しき〈31〉

誠とく語あはすべき夢をこそみ(見)つれ心もとなくなどこまかなれど返事にはたゞ

わたらなん水まさりなばあすか川あすは
ふち瀬となりもこそすれ〈32〉

筆つかひもじやうなとわざとよしとなけれどなつかしうおかしきさまにみ(見)ゆるは思ひなしにや

（下22オ～23オ）

給そときこゑ給へれはうけ給はりぬるよしきこゑ給てむねうちさはきいかにみえつるそとおほさるゝにそあやしくおほしあはせらるゝ事ともありてまことにやとてきかまほしくこゝろほそくなりつるもこゝろさはきし給てつねよりはうしろめたうこひしけれとよさりもえおはしますましかむなれはふみをそかき給つねよりもいまもみとりになんよさりも物いみなれはえまいるましきにや

あすかゝはあすはわたらんと思ふにもけ
ふのひるまはなをそこひしき〈31〉

まことこゝろしらぬゆめちにさへたとるをいつしかきこゑあはせはやとこゝろもとなくなとある御かへりことにたゝ

わたらなんみつまさりなはあすかゝはあ
すはふちせになりもこそすれ〈32〉

とそのくたりともなくはかなけにすさひたるやうなるふてつかひもしやうすなとわさとよすめきおはしけなりとはみゑねとたゝいかなるにかはかなくなつかしうみゑ給思なしにや

（63ウ～64ウ）

といふほとにとのゝ御方よりけふあすはかたき御ものいみなりけるをわすれさせ給にけりあなかしことよりもてまいりたらん御ふみなとこらんすなとわりなくかたかるへき御ものいみなりときこえさせ給へるにふとおとろかれてなにとなくむねさわくやうなれはしはしをさえてうけ給はりぬとはかりきこえさせ給てあやしいかにみつるそれいならぬ事やあらんいまそおほしあはすることもやありて心ほそけ(気)なりつるけしきつねの事なれといかなるにかなと心さわきせられてたゝいまもゆかしうおほつかなきによさりもさらはえゆくましきにやとわりなけれは文をそかき給常よりも今もみとりの心ちしてあすもものいみなれはえ物すましきにや

あす□ゝ河あすわたらんと思ふにもけふ
のひ(日)るまは猶そこひしき〈31〉

かたりあはせはやとおもふ夢をさへ心もとなくこそなとこまかなれは御返には

わたらなん水まさりなはあすゝ河あすは
ふちせになりもこそすれ〈32〉

とそのくたりともなくかきすさみたるやうなるふてのなかれなとわさと上すめかしからねとなへてならすおかしうらうたけにてみゆるに思なしにや

（89ウ～91オ）

〔五九〕

かしこにはつくしの人あかつきになんゆめ〳〵たがへ給なといひければたゞ暁にさりけなくて車をふとよせ給へたがふといふことはあなゆゝしといひにやりて女君のひとり詠ふしたまへる所にきてあすのまだつとめてこのにしにゐ《（井）》ほるとて家あるじ外へわたりけりいかゝせさせ給はんずるくるまの事をたれにいはまし君かやうのおりにこそいきしは思ひ出らるれかくのみ世中にたよりなきにこそ思はぬ山なくわりなけれいみじう思ふともやもめは思ふ事のかなはぬにぞ口おしきやかゝればえせ宮づかへ人はしのびかたらひ人はまうくるぞかしまこと〳〵此となりのするがのめ《（女）》ぎみこそものゝなさけありていはん事きかんといひしかいひにやらんさてこの蔵人の少将殿の御めのとの家かりてしばしわたし奉らんなんでうことか侍らんな年ごろいみじきしる人也この御事ののち中々いとつゝましうて音づれぬをかくとやきゝたまふらんさるにてもあしかるべき事かはといひちらしてたちぬるをあなみ《（見）》ぐるしありきもこりにしかばつちいまでもありなんまいてそのしらぬ人のもとにはいかでかとの給へばあなまが〳〵しやたゞなる人だにつちいまぬや侍るまいてかくおはし

〔五九〕

かしこにはひのくるゝもこゝろもとなく思いそかれてよさりつかた女きみのひとりなかめふし給へるところにあすのまたつとめてこのにしにおほきなる井ほるとてこのいゑあるしもこよひほかへまかりにけりいかゝせさせ給はんとするくるまの事たれよりいひやらんいてかやうのをりこそゐきしは思ひいてらるれかくのみたよりなくてはいかゝすへからんとよの中こそたはふれにくけれなをいみしく思へと女のひとりすみこそことかなはぬ事はあれかゝれはみやつかへ人はかならすしのひのしる人もたまへるそかしまこと〳〵このとなりのするかゝめこそ物になさけありて物たのもしき所ある人なれつとめてとくかりこゝろみむさてかの蔵人の少将殿御めのとははやうほのみし人なり一条にいたつらなるいゑもたまへるをそこにしはしおはしまさせんかうときかせたらはましていかになさけたち給はんあかつきにいとゝうをこよひさるへき御まうけなとせさせ給へとてたつをあなみくるしあるきもこりにたれはなにかはわさとつかひまてありなんまいてしらぬ人のもとにはいかてかとの給あなゆゝしさらぬ人たにつちいまぬや侍まいてかうおはします人はいとゆゝしき

〔五九〕

かしこにはつくしの人あか月にはゆめ〳〵たかえ給なといひたれは例の人やおはしまさんと思さわくにこの御文をほのみてうれしけれはたかふといふ事あなゆゝしたたあか月に車をとくたへといひやりて女きみひとりなかめふし給へる所にきてあすのまたつとめてこの西に井ほるとていゑあるしもみなほかえわたりにけりいかゝせさせ給はんする御車の事をたれにいはましあはれかやうのをりにゐきしかことは思いてらるれかくのみ世中たつきなきにこそおもはぬ山なくなりけれいみしき事を思□ともやもめは思事かなはぬかわひしきそやかゝれはこの宮つかへ人はしのひかたらひ人まうくるそかしこのおはする人にかくときこえさせ給へかしわさとならぬ宮つかえ人たちにさこそはかやうのきみたちは車はかし給へさはかりの事はなとてかきゝ給はぬことあらんまこと〳〵このとなりのするかゝめこそものになさけありてたのもしき所ある人なれつとめていとゝくかり心みんさてやかてこの蔵人の少将のとのゝ御めのとのいゑにしはしわたらせ給ておはしかしとしころのいみしきしる人也この御事のゝち中々はつかしうておとつれ侍らすなりぬるかくときゝ給ともな

ます人はあなおそろし〳〵といふ
（下23オ～24オ）

〔六〇〕

よろづよりはかの少将殿と思ひていかなるひが事いはんとすらん夜な〳〵の月かけもつねにまへわたりし給ふひかりにみ（見）あはすればまぎれ給ふべくもあらぬものをとおもへどとやかうやとこのことをいはんにもよき事と思ひたらぬけしきなるにはいとつゝましければいかなるひがことどもをしいでんずらんと思ひつゞくるにももとより物はかなくあやしかりける身のありさま思ひしられてかくまでもさすがにみ（見）え奉る契りはあさからずわれながらおもひしらるゝを此事誠にさもあらばさりともおもひかずまへ給ふやうにありなんかしの給ひ契るありさまもさりとも空ごとにはあらずやなどおかふに我身すこしいたはしう成にたるを此たのもし人やいかゞもてなしはてんとすらん源氏の宮の御かたへと思ひしもかや

ことゝいひてたちぬるを
（64ウ～65ウ）

〔六〇〕

かの少将とのゝみ思たるをいとあやしういかなることをきゝたるにかよな〳〵月かけもつねにまへわたりし給ふ御ひかりにみあはすれはた《か》うへくもなきものを物くるはしくよしなき事いひてやとからんほともいかゝみくるしからんとおほせとせちにも如何ゝはの給はんあはれにものはかなかりけるありさまのみ思ひつゝけられてわかみをなにとかはさはかりの御ありさまになからへて思ひかすまひ給はんついてにいかやうにならんなとゆみのはてのはか〳〵しからさらんもゆくすゑのあらましことにそてもぬれ又源氏のみやの御かたにいたしたてしもかやうの人にみゑたてまつらん事のはつかしさにえ思たゝすなりしをかう思ひのほかにあやしきありさまをみゑたてまつりけりいまはましていつくにも〳〵

てうことかあらんといひちらしてたてはあないみしありきもこりにしかはなにかつちいまてもありなんまいてそのしらぬ人のもとにはいかてかとの給へはあなまか〳〵しやたゝなる人たにつちいまぬやはあるましてかくおはします人はあなおそろし〳〵といふ
（91オ～92ウ）

〔六〇〕

よろつよりもかの小将と思ていかなるひかことを[い]はんとすらむとき〳〵のま[へ]□たりにも思あはすれはそれにやとみゆつるへきかけもまきるへうも~~なき~~みえぬものをとおもへとかやうやとこの人にいはんもよきことゝいふへうもなけれはいらへもせられすいかなるひかことゝもをしいてんすらんと思にももとよりかくものはかなうあやしかりける身のありさまいとあはれにおもひしらるかくまてもみえたてまつるへきちきりはあさからすわれなから思し~~れ~~《ら》るゝをこの事まことにさもえおほしすてぬ事もありなんかしの給事まことにしもあらすやとおもふにそわか身もすこしありしよりはいたはしうなりたるをこのたのもし人の心はえやいかにもてなしはてんとすらん源しの宮にいたしたてしむかやうの人にみ

うの人にみえ（見）奉らんがはづかしさに心ごはき
やうにてやみにしをげにかくおもはずなるさ
まにてもみえ（見）奉りけり今はまいていづくにも
〳〵さやうのすちなど思ひたつべきにもあら
ずかしなどいひ〳〵のはて〳〵はうしろめた
うぞ思ひつゞけらるゝに枕もうきぬばかりに
成ぬ
（下24オ～25オ）

〔六一〕
めのと又きてよろづの物取したゝめさるべき
ものはぬりごめにをきなどしつゝ京のうちに
は一夜ばかりと思ふまじきものぞまいてこの
ゐ（井）は五六日にもなりぬべかめりつゝなどたて
ん程までこそはおはしまさめくるまもありが
たきにたま〳〵ありかせ給ふもかくうるさが
らせ給ふめるになどいふめれば君此のたまひ
つる所かさらはなをいくまじとこそおもへし
らぬ所にいかでかさてはあらんとの給へばさ
おぼしめさばときはどのにわたらせ給へとい
ふは故中納言のらうぜし西山のあたりなりけ
りいさまだそれもひさしうつちをいまじとお
ぼしめさば御こゝろなりをのが申さん事はは

さやうのありさまを思かくへきにもあらすか
しなとやまなしを思ひつゝくるにおそろしき
事あむなるついてにうせなはやよにあらすな
りなんのみこそ人をもみをもうらみはてゝは
やまめなとつく〳〵ときしかたゆくすゑ思ひ
つゝくるにまくらのしたはつりもしつへし
（65ウ～66ウ）

〔六一〕
めのとまたきてよろつとりしたゝめさるへき
物ともはぬりこめにとりをきなとして京のう
ちはひとよはかりと思ましき物そまいてこの
つちは五六日にもなりなんなといふをこのき
みこのゝ給へるところかさらになをいかゝと
こそ思へしらぬ所にはいかてかさまてもあら
んとの給はすれはさおほしめせはときはとの
におほしまさせんといふはこの中納言のりや
うせし所なりけりうれしきくるまをかしたる
かななといふを
（66ウ～67オ）

えたてまつらん事のはつかしさにえ思ひたゝ
すなりにしをけちかくおもはすなるさまにて
もみたてまつりけりいつくにいまはまいてさ
やうのすちは思かくへくもあらすかしなと山
なしをおもひつゝくるにおそろしき事のあん
なるついてにう□なはやよにあらすなりなん
のみこそ人をもうらみはててやまめなとはる
〳〵のはて〳〵はうしろめてたう心ほそくお
もひつゝくるにまくらもうきぬはかりなるに
（92ウ～94オ）

〔六一〕
めのと又きてよろつの物とりしたためさるへ
きものぬりこめにをきしたゝめつ京は一夜は
かりと思ましきものそまいてこの井は五六日
にもなりぬへかなり卝《ゐ》つゝなとたゝむまてこ
そはおはしまさめくるまもありなといふにこ
の宿車はいかゝ又の給へるところへかさらは
猶いましとこそ思へしらぬところにいかてか
さまてはあらんとの給へはさおほしめさはと
きは殿へわたらせ給へかしといふはこの中納
言のりやうせしにし山のわたりにそありける
いさまた猶いましとおほさは御心なりをんな
の申さん事はか〳〵しからしとかくおはせん
をりのありさまもさすかにそれまてのいのち

か〴〵しからじとかうおはしまさんおりの御ありさまもさすがにそれまでいきて侍らばあやしの女のみこそはみ奉らめと思ふ給ふにいま〳〵しきぞやさらぬだにこそ子うむにはどようといふものはかならずいでくれ御いみのかたにさへあるよ此たのもしき人の御心ばへさやうの程とてもかひ〴〵しうもてなしあつかひ給ふべきにこそみ（見）え給はねいひ思へばくにてぞ侍らんかやうの君だちは親などのゐたちたのもしきあたりをだにすこしもうしろみやめばうちすて給ふついでやましで何の数とかは思ひ給はんあなおこがましや又御こゝろざしあらば所かはるともおはせざるべき事かは戀こそみちのとさすがにうちわらひていふ

（下25オ～26オ）

〔六二〕

かく外へいきにくゝするもこの人によりてと思ふぞかしとおもへば其事にはあらずあやしきありさまなればありきも物うくおぼゆるをいさやいとゞ物ごりしてとの給へばさてそれもあしうや侍けるそれによりてこそかゝる御さいはひも御らんずれかしこは中々わかき人のおはしかよはんにおかしきところなればうち忍びて二三日もゐ給ふやうもありなん何が

〔六二〕

いかてかしらんかのひとのおはしたらんこそ事もしらせきこゑていかにゆくゑなくおほさんすらんとおほせは如何ゝはなにかしそれ〳〵みな候はんとす人はあすのよさりはかならすおはしましなむいたつらにてかへらせ給はんこそこゝろくるしけれかのときはにはかやうの人もよくうちあそはせ給て二三日こゝろのとかにもおはしましぬへき物をさりとも

侍らはあやしくもたれかはみたてまつりあつかはんとするさらぬたにこうむにはとくうといふものかならすいてくかしおほいみのかたにてさへあるよこのたのもし人の御心はへさやうの人しらてもかひ〳〵しうみあつかひたまうへうもこそみえさんめれいひもて行はたゝをんなのたひに侍らんかしかやうのきんたちはおやゐたちてあつかうたにすこしもくらへやめはうちすてついてやまいてなにとか思給はんあなをこかましや又御心さしあらは所かはるとておはせさるへき事かはこひこそみちのとこそいふなれとさすかうちわらひつゝいへは

（94オ～95オ）

〔六二〕

かくほかへ行にそするこの人によりてとおもふなるへしと思給へはいてそのことにはあらすあやしきありさまなれはありきのものうくおほえしそいとゝいさやものこりしてとの給へはさてそれはあしうやは侍それによりこそかゝる御さいわいも御らんすれかしこはさやうの人のおはしかよはんにいとをかしき所なれはうちしのひて二三日もゐ給やうも侍なん

しそれがしとゞめて侍れば御つかひにもそこ
〱とをしへ侍りなんおはしましたらんにも
よく〱あん内申せよといひをき侍りぬなど
ぞ《とイ》とゞむる下すどもよびたてゝいふもかたは
らいたければさまで尋ぬる人もあらじとい
とゞおぼつかなきものにの給ふげに行ゑなく
はむかし物かたりなとのやうにことさらびて
やおぼさんまことにかくと聞えばやと思ふに

かはらじといひししゐ柴まちみ《(見)》ばやとき
はのもりに秋やみ《(見)》ゆると〈33〉

とかへる山のとありし月かげは此世の外に成
ぬともわすれたまふべくもなきをいかになし
つるそよとあやしくもの心ぼそく火をつく
〱とながめて涙くみ給へるまみの氣色い
とゝらうたけなるをめのとさすがにうちみ《(見)》を
こせつゝ心もしらぬ人にうちまかせ聞えては
るかなる程に出たち給ふは口おしきさまかな
となみだくまれけり　（下26オ〜27オ）

〔六二〕
暁に車のをとして門たゝくなればいて哀人の
ためにま心なりけるするが殿の聲かなあまり
とうさへくるまを給へるよとて引いれさする
を聞にもむねうちさはぎてあすか川を心もと

とをけれはおはしますもやあらんそこ〱
とはよく申せといひをき侍とはきこゆれはさ
まてはなにかたつぬる人もあらんたゝゆくゑ
なくはむかし物かたりのまねしたるにやあら
んとはかりこそはみれとはいゑとも

かはらしといひしゝゐしはまちみはやと
きはのもりにあきやみゆると〈33〉

とかへるやまのとありし月かけはこのよのほ
かなりともわするへき心ちもせてなみたくみ
給へるをほかけのいとをしけなるをみおこせ
てめのとみやこのほかになりなんも如何ゝと
さすかになみたいてきけり　（67オ〜68オ）

〔六二〕
くるまのおとしてかとたゝくなれはあけてい
りくるをきくにもことのけはひ思かけにみへ
てあすのよさりなとかやうにきゝてかへり給
はんなとなにとなく物こゝろほそくすこし物

なにしかそれかしとめて侍めれはたつね給
つゝきこえさせてんおはしたらんによく〱
あない申せといひをき侍ぬといふ[も]いとかた
わらいたうきゝにくゝおほえてさまてたつぬ
へき人もあらしとはかりいえとおほつかなき
ものにの給をけに行ゑなくはむかしものかた
りやうにことさらひてやおほさんかくとはか
りはきこえさせたてまつらはやと思にも

かはらしといひしゝゐしはまちみはやと
きはのもりに秋やみゆると〈33〉

とかへる山のとありし月かけこのよのほかに
なりぬともわするへき心もせぬをいかにしな
しつる身そとあやしう心ほそくてひをつく
〱となかめてなみたくみ給へるけしきのい
とらうたけなるをめのとはさすかにうちみを
こせて心もしらぬ人にうちまかせきこえては
るかなるほとにいてたち給はんかくちをしき
御さまかなとさすかになみたこほれけり　（95オ〜96ウ）

〔六二〕
あか月に車のをとして門たゝくなれはまこゝ
ろなる人かな車に思わひてこのちかきするか
殿かりきこえさせたりしなりあまりと卄《く》さへ
こそをこせ給へれとて門あけさするをきくに

なげにの給はせたりつるはよさりなどはれいのものし給はんにいかやうにいひてかかへり給はんなと猶ものうきもうたてある心かなとめのとのものいひも心はつかしながらおぼつかなくて物したまはんはこゝろより外なる身のあやしさを先おもひつゞけられてうごかれぬをつま戸をしあけてさらばとうわたらせ給ひね人のいそぎ帰らんに久しうならんもいとをしといひてあざやかなるきぬもてきてうちきせくしのはこやうのものくるまに取いれなどしてたゞいそぎにいそぎてをそし〳〵とをしいづるやうにすればわれにもあらでいざり出るに何と思ひわく事はなけれとこゝろさはぎしてむねつとふたがりたる心ち（地）す鳥もいまぞなくなる

　あまのとをやすらひにこそいでしかとゆ
　ふつけどりよとはゞこたへよ〈34〉

なをたゞ今などは聞えまほしきにとみにものりやらず涙せきあへぬけしきをまいていかにと道の程のありさまおもひやらるめのと又人ひとりばかりぞしりにのりぬる

（下27オ～28オ）

〔六四〕

門ひきいるゝよりやなぐひなどをひたるもの

うきありきのこゝろよりほかならんを思ふもうたゝあるこゝろかなとかつは思ひなくさむるにつまとおしあけてくるまよせてとく〳〵といそかしけなるけはいとものしのひたるあまたしてあやしうれいならぬときくにもなにとも思わく事もなきにむねふたかりたる心ちしてとみにもうこかれぬをめのとよりきてあさやかなるきぬともきせかへてなそ〳〵とおしいつれはあれかにもあらていさりいつるにとりもいまそなくなる

　あまのとをやすらひにこそいてしかとゆ
　ふつけとりよとは、こたへよ〈34〉

といふまゝになみたのこほるゝをとみにのりやらぬけしきいとこゝろくるしきをまいていかに〳〵と思やるめのとのまた人ひとりをしりにのりぬる

（68オ～ウ）

〔六四〕

かとひきいつるよりやなくいおいたる人々あ

むねうちさわきてあすか河を心もとなきにの給つれはよさりなとはれいのものし給はんにいかやうにいひて返給はんなと猶ものうきもけにうたてある心かなとめのとのものいひはつかしけなからおほつかなうてものし給はんはくちをしう心よりほかなる身のあやしさまつ思つゝけられてうこかれぬをつまとをしあけてさらはとくわたらせ給ねひとのいそかせ給にひさしうならんもいとをしなといひてあさやかなるきぬともてきてきせくしのはこなと車にとりいれなとしてたゝいそきにいそきてをそし〳〵といゐはわれにもあらすいさりいつるになにとおもひわくことはなけれと心さわきしてむねふとつふれたる心ちとりもいまそなくなる

　あまのとをやすらひにこそいてしかとゆ
　ふつけとりのとは、こたへよ〈34〉

といふまゝになみたのみこほれてとみにものりやらすなみたせきやらぬけしきをまいていかにいかにと思やらる又めのと一人そしりにのりぬる

（96ウ～97ウ）

〔六四〕

門ひきいつるよりやなくひなといふものをい

み《(見)》もしらぬすがたどもしたるものかずしらずおほく火はひるのやうにともしてあけはてぬさきになどいふけしきもあやしく物おそろしきにこはいかなる事ぞとたゞかきくらす心ちすれば衣をひきかづきてふしたるにかの行かたしらぬとありしを聞はじめしより月比いひ契りたまひつること葉けはひありさま思ひいでられて我身いかに成つるにかとおもふだにいみじきによどゝいふ所に行つきぬればふねにのせんとのゝしりあひたるにさればこそときはにあらざりけりと思ふに物もおぼえねどめはみ《(見)》ゆるにやきしにふねどもよせてのせうつさんとて廿ばかりの男のきたなげなしとやいふべからんつき〳〵しうそゝろかなるかたちなどいとゞいみじう思ふことなげに心ゆきたるけしきにもてなして大弐殿は今とりかひといふ所わたりまではおはしましぬらんな中納言殿の御物いみかたかりつればとみにえいでゞをくれ奉りぬる也御きそくよろしからざりつればいとまもえ申しいづまじきなめりと思ひつるにかうみやうの馬をこそ給はせたなれなどいひてをくりの人々なるべしおなじ程のもの共えぐちのせうえうこのたびはふようなめり大弐どのいそぎ給ふなどほこりかに打わらひたるを何ものならん行幸賀茂のまつり

またしてひてことにともしたる物おそろしきけしきしたる人こゑ〳〵におほかるあやしうこゝろえすむねたゝつとふたかりておほゆれはきぬひきかつきてふしたるにかのゆくかたしらぬとありしをきゝはしめたりしよりうちはしめ月ころいひちきり給へる事ともかきくつし思ひいてられけりとかへる山の月かけなとにつとむかひきこゑたるやうにおほえてわかみはいかにしつるならんとのみあやしうおほゆよとゝいふところにいきつきぬれはふねにのせんとのゝしるけはひともにされはこそときはにもあらさりけりと思にものもおほえておきあかりてみれはきしにふねともよせてくるまよりかきおろして廿はかりなるおとこのきたなけなしとや人はいふらんいとほこりかに心ちよけなるそしうとおほしき中納言殿の人々はかへりまいりね大弐殿はいまはおはしましぬらんと思へはよるをひるにてくたるへけれはえくちのわたりのせうえうすき侍ぬへきよしを申給へと右衛門のもとへもきこゑよといふをみれは行幸かものまつりのおりに別当のしりにほことかやいふものゝありしよそのさこそたちてまたらにしなしたるにたもとをとろ〳〵しうあかみてひけくろらかなるをあなおそろしとかしらのかみもあかる心ち

てみもしらね《す》おそろしけなるすかたしたるものともおほくてひはひるのやうにともしてあけはてぬれはさきにとく〳〵といふけはひともあやしうおそろしきにこはいかなる事そとたゝかきくらす心ちすれはきぬをひきかつきてふしぬかの行方しらぬとありしをきゝはしめたりしよりうちはしめてとし月いひちきり給へるをもかけのみにそひなから我身はいかになりぬるそとたゝゆめにまとふとおほゆるによとゝいふ所にいきつきぬれは船にのせんとてのゝしりあひたれはされはこそときははあらさりけりとおもふにものもおほえねとめはみゆるにやをきあかりてみれはきしに船よせて車のとこかきおろしのせうつさんとて廿よはかりなるおとこのきよけなりとやいふへからんつき〳〵しうそろ〳〵かなるさまかたちしたるいみしうこゝちよけにもてなして中納言殿ゝ人々はいまはかへりまい○《り》ね大弐とのはいまはとりかひなとにやおはしぬらんな中納言殿ゝ御物いみいとかたかりつれはとみにえいてゝかくけたいしつるなりこきそくよろしからねはとみにいとまもえ申いつましきなめりと思つるにかうみやうのむまをさへこそたまはせたれなといひてをくりの人々なるへしおなし程の人とむかひゐてえく

なとに別當のしりにやおそろしげなるものさげつゝあるものこそかゝるかたちはしたれとみ(見)るだにうとましげなるに車によりきて御ふねに奉りねとてかきいだきてのせうつすほどの心ちいかばかりかはありけんめのとの心ゆきてものいひゐわらひなどするをきくにねたうかなしともよのつねなり　（下28オ～30オ）

〔六五〕

いかなるものゝいづくのせ(世)かひにゐて行にかあらんとすべていひやるへきかたぞなきにたゞやがておきはしりて川におちいりなばやとおもへどたゞいまおとしいれてみ(見)る人もあるまじければたゞかしらをだにさしいでず引かづきてふしたりおとこそひふしてえもいはぬ事どもをなぐさむればいとゞなきまさりてあやにくなるけしきなればさの給ふともたけき事おはせじとおもへばをこがましやなにがしの少将のかけめにて道ゆき人ごとにはこゝろをつくしむねをこがしたまはんやはあやしくとも又なくかしづき奉らんをとり所におぼ

するにくるまにより《き》て御ふねにたてまつりねとてかきいたきてのせうとするほとの心ちいかにありけんめのと心ちおち《ゐ》てしえたりと思たるけしきをねたくかなしなとはよのつねなるをこそいひけれ　（68ウ～70オ）

〔六五〕

たゝやかておきはしりかはにやおちいりなましと思へとたゝいまはこゝろやすくいれてはみる人もあらしかしと思ひしのひてたゝまろにひきつゝみてふしたりそひふしてはかなういひなくさむれときこゑたていとゝなきまさりていとあやにくなれはいてやさらはさの給はすともたけき事もおはしまさしと思へはおこかましうこそさりとも少将のかけめにてみちゆき人ことにむねをつふし給はんやはあやしうともまたなき物に思ひきこゑさせんをとりところにおほしめせなまきんたちは中々しき物に侍殿おはしまさんかきりはおのれらを

ちのわたりのせうようこのたひはふようなめり大貳とのいそき給なといふすかたけしきのつき〳〵しきをなに物ならんかものまつり行幸なとにや別當のくの物にておそろしけなるものともさゝけつゝなとあるものこそかやうにはみゆれとうとましけなるに車によりきて御前はとく舩にたてまつりねとてかきいたきてのせうつすほと心ちいかゝはありけんめのとこゝろ行けにしてものいひえかちになるをきくにねたうかなしきことよのつねならす
（97ウ～99ウ）

〔六五〕

いかなるものゝいつれのせ(世)かいにゐて行にかあらんすへていひやるへきかたもなけれはをきはしりてかの河(▲□)にをちいりなはやと思へとたゝいまはをとしいれてみるへき人もあるましけれはたゝかみをたにさしいてすひきかつきてふしたりおとこそひふしてえもいはぬ事ともをいひなくさむれとなきまさりてあやにくけなるけしきになれは○《こ》その給ともたけき事いまはよもおはせしあなおこかましや何かしの少将のかけめにて道行人ことに心をつくしむねをつふし給心もやはあやしうせん又なく思かしつきゝこえんをとり所にお

せかしなま公達は中々いと心ち(地)あしきものぞ殿のおはしまさんかぎりはなにがしらをばえこそそのきん達はあなづり給はざらめさばかりの少将にはならんと思はゞ成ぬべしよしみ(見)たまへよらいねんばかりかへり殿上して五位の蔵人に成て其ぬしといづれかまさりけるとなり出てみ(見)せ奉らんくちおしうほいなしとおぼすとも今はいふかひなければたゞおひらかにもてなしていとしなく〳〵しからぬやうにても御こゝろにあかぬ事なくやすらかにてすぐさせ給へきんだちならずとてをのれをはわろきものと人にも思はれたらねばまだこそ女ににくみならはされね御まへよりはまさりてやん事なき人たち我も〳〵との給ひつれどうづまさにてみ(見)奉りそめてしより思ひしみしこゝろなをりがたくてかくめんぼくなきめをみ(見)侍るにこそおとゞこそなをこれ申しなをし給へなどいひあだへつゝかづきたる衣をせちにひきのけてかほをみ(見)るにほのかなりしよりもちかまさりしていとゞうたてげにおかしげなれば思ふさまにうれしくていかでとく思ひなぐさめてあかぬ事なくかしづきてみ(見)んと思ひけりおとゞつれ〳〵なりし名残なく其あたりのものどももてあつかひたるこゝちうれしう思ふさまなるに女君の御ありさまのいとあきた

えそのきむたちあなつらしなといひてかつきたるかほなとせちにみるにかのおりこゝろつくしのうつまさの思かけかはらねはいとうれしくてよろつになくさめつゝおとゝよひいたして（70オ〜71オ）

ほせかしなまきんたちはいとなつましうこゝたしき物そよ我とのゝおはしまさんよにはなにかしらにそのきんたちまさらしさはかりの少将兵衛の佐は《に》ならんと思はゝなりなんよしみ給へよらいねんはかりかへり殿上して五ゐのくら人になりてそのぬしといつれか行すゑまさりけるとそれらはまろらにつゐせうしいひふれんとそまとふめるおもふさまなる御すくせ(世)とそきこえんかしなまさきをはぬやくちをしう思◯《給》はん國のうちにはそれことにもあらすまめやかにはにはたゝなに心もなくてあかぬ事なくやすらかにてすくし給へきんたちならすとてをのれをは人のわろき物におもひたらぬ也女にもまたいとはれ侍らす御まへたちにまさりたる人々なんいたういかて〳〵とその給へれとさるへきにやうつまさにてみたてまつりしより思しみにし心のなをりかたくてかくめんほくなきめをみるへきにこそおとゝこそこれなを申なし給へなといひあたえてひきかけたるきぬをひきやりつゝみるにかほなとのほのかにみしよりもちかまさりしていとらうたけにをかしけなれはおもふさまにうれしうていかて(▲に)とく思なをさせてもてかしつきてみんとおもひけりおとゝつれ〳〵なりしなこりなくそのわたりの物ともも

くあやにくげなるをいかにみ（見）奉らんさばかり
われも〳〵とむこにほしがりし人をすて丶
か丶る御気色はさいはひとこそおぼゆれ物の
さまたげのし奉るなめりあらみさきといふも
のはなたぬ人はかくよかるべき事はあしうな
ん覚ゆると人々いひあはせてなげくをき丶て
おとゞだにさしいて給へやかくまで心うき御
心ならんとおもはざりしがほ（本）いなきやうには
いかでかおぼさゞらんさりともいとあやしや
とてものうげなるけしきなり
（下30ウ～32オ）

〔六八〕
かはごやうの物あけさせて人々のえさせたり
つるあふぎたきものなどやうのものとりい
で丶はか〴〵しからねどある人々に物し給へ
か丶る人おはすべしともしらせさりしにいか
でかき丶けんしのびて人ゐて行也とてそれが
しかれがしなどいひてとりちらす中に女のさ
うぞくのこ丶ろことなるがあるを是はまろが
中納言どののたれとしらねどゐて行なる人に
かならずきせよとてたまはせたりつる御心ざ
しのま丶に奉りたまへ御涙にいたうしほれぬ

〔六八〕
かはことい ふものをあけさせて中納言殿の女
ゐてゆくなりとてこれをかならすきせよとて
けさ給はせたりつる物ともこ丶ろさしのま丶
におまへにきせかへたてまつり給けるにさり
ともなへてにはあらしとこそおほゆれなとい
ひてめのとめてまとふにあふきそあたらしき
よりもなつかしうめてたけれは申とりたるそ
なといふをきくもいとかなしういみしきに
こ丶ろうのすくせやかうやは思ひかけしとな
きしつみたるも事はりなりあふきはほのみし

てあつまりてさま〴〵にとりあつかひたるけ
しきいか丶はおほえけん女きみのありさまの
いとあきたうあやにくなるをいかにみ給ふら
んさはかりわれも〳〵とやん事なき人のほし
かり給ける物をめてたき御さいわいとそみる
にいてやなにとにくけれはあらみさきといふ
ものはなたぬ人はかくそあるもの丶さまたけ
のし給なめりと人々いひあはせてなけくを
き丶ておと丶たにさしいて給へやかくまてお
ほされんものとこそ（▲もの）思《は》さりし□ほ（本）いな
しとはいかてかおほさ丶らんされとあまりい
とあやしとてものしけなるけしきなり
（99ウ～102オ）

〔六八〕
かはことい ふものあけさせて人々のえさせた
りけるあふきたき物とりいて丶はか〴〵しか
らねと人々のおはすへしとも人々《に》はし
らせさりしにいかてかき丶けんしのひて人い
くなりとてそれかしかれかしなといひつ丶え
もいはぬきよけ（気）なる女のさうそくともあふき
なとさま〴〵におほかる中にいろあはひより
はしめなへてならぬをこれ○《は》まろか中
納言殿へたれとしらねといて行たらんにかな
らすきせよとてたまはせたるそ御心さしの

るなめりなどいふをげになべてならぬ色あひにこそ侍めれなどめでゐたり又此御あふぎも給へりつるをあたらしきよりはとて申しとりたるめはづかしき人にもこそあれいたうなれたりと惜ませ給ひつされどかたみ(見)にみよとてたまはせたるぞはかなくうちもたせ給へるかやうのものどもさへぞなべての人には似させたまはぬやといふをきくにも是はさばこのうづまさにて聞しものにこそあれこと人にだにあらであな心うのありさまやと思ふにかなしければなきいりたるにこの御扇をさしよせてこれ御らんぜよやいかにして一もしもみ(見)ばやと〳〵とたかきもみじかきもこゝろをつくしてさはぐ御手よこれみ(見)たまはゞまろがにくさもなぐさみ給ひなんといふは誠に我み(見)しおなじ物にやとゆかしきに人目もしらずおきあがりてみ(見)つべき心ち(地)すれどかほなどのあきらかにみ(見)えぬべければ猶なきふしたるをわが君をこそかやうに戀かなしめそのあをびれ男によりて命たえぬべくもみ(見)え給ふこそかへりては心つきなけれなに事をいとさまでは思ひ給ふぞまろかかほはこよなくよきぞみ(見)給へ〳〵とあだへてきぬをせちに引あけんとするに神佛かゝるめみ(見)せ給はでとくうしなひ給ひてよとなきこがるゝさまのあまりにうたてあればむ

にやとゆかしうておきあかりぬへきをこれ御らんせよになたかういかてもひ《と》もしをゑはやと女ことのなきこかるゝわかきみの御てよかやうならん人をそまたかくもこひまとふへきさるあをひれきむたちさらにかくこひしからしたゝ人なりともまろにてこそあらめなとたはふれかゝるもたゝいまかみほとけうしなひ給てよとかゝることなきかせ給そとこかるゝに大夫たちいてぬるまになみたはらひあけてこのあふきとりよせてみれはつきかけにかはらぬさまにて（71オ～ウ）

まゝにたてまつり給へなみたにいたうしほみなへためりといふをけにたてまつるかようやうかくみところなくてふさせ給へるこそなといふ又このあふきはもたせ給へりつるにあたらしきよりは申たりしそとてはつかしき人にもこそいたうてなれにけりとてをしませ給つれとかたみにみよとて給はせたるそはかなううちもたせ給へるかやうのものさえなへての人にはにさせ給はぬ《ね》やといふをきくにもこれはさはうつまさにてきゝし物(▲かは)にこそありけれ事人にたにあらてあな心うの身のありさまやと思ふにかなしけれはなきいりたるにこの御あふきをさしよせてこれ御らんせよやいかにしてひともしもみはやと女のたかきもあやしきもいはす心つくしてまとふ御てよこれをみ給はゝまろかにくさもなくさみ給なんといふはまことに人めもしらすをきあかりてみつへうおほゆれとかほなとあきらかにみえぬへけれは猶なきふしたるをわか君をこそかやうにいのちにもかえてこひかなしまめそのあをひれおとこによりていのちもきえぬへくみえ給こそ返ては心月なけれなに事をいとかくまてはおもふそとよ丸かゝほはこよなうまさりたるそみ給へ〳〵とあたえてひきあけんとするにかみほとけかゝるめみせてとくうしな

つかりて立ぬるまにこのあふきをとりてみ(見)れ
ばたゞ一夜も給へりしなりけり
（下32オ～33ウ）

〔六七〕
うつりがのなつかしさはうちかはし給へりし
にほひもかはらでまなかなどかきまぜ給へ
るをみればわたる舟人かちをたえなどかへす
〳〵かゝれたるはそのおりはわれとしりてか
き給へるにはあらじなれどたゞいまわがみ(見)つ
けたるはことしもこそあれといかでかかなし
と覚えざらんかほにあてゝながるゝさまゐも
皆おちぬべし

かちをたえいのちもたゆとしらせばやな
みだのうみにしづむ舟人〈35〉

そへてげるあふぎの風をしるべにてかへ
る浪にや身をたぐへまし〈36〉

など思ひつゝけらるゝももの覚ゆるにやと我
ながら心うし今朝又御文ありつらんかしいか
にいひてか返しつらん又いかにまち聞ておぼ
しつらんあすか川とありしおりかゝらんもの
とおもひかけざりきかし

海までは思ひや入しあすか川ひるまをま
てとたのめしものを〈37〉

〔六七〕
うつりかのなつかしさはたゝそてうちかけ給
しにほひにてまもなかなとかきなかされたる
ところ〳〵ある中にわたるふな人かちをたへ
と返々かゝれたるはわれをおほしてかき給た
るにはそのおりはあらしをされとたゝいまは
わかみつけたるこゝろのうちはいかはかりか
はけにかなしかりつらんかほにあてゝよゝと
なきいりたるにいろ〳〵のていなかれぬへし

かちをたえいのちもたゆとしらせはやな
みたのうみにしつむふな人〈35〉

そえてけるあふきのかせをしるへにてか
へるなみにやみをたくへまし〈36〉

なと思ひつゝくるも物おほゆるにやとわれな
からこゝろうくかなしき事かきりなしあす
かゝはのわたりをなけき給えりし物をけさも
御ふみありつらんかしいかにいゐてかへしつ
らん又いかにまちきゝ給つらんと思ひやるは
いかてかはよのつねなる心ちせん

うみまては思ひやいりしあすかゝはひる

ひ給てよと思てなきこかるゝさまのあ[ま]りな
れはむつかりてたちいてぬるまになみたはら
ひあけてこのあふきをみれはたゝ一夜もたせ
給はりしなりけり
（102オ～104オ）

〔六七〕
うつりかのは《な》つかしさはたゝ袖うちかはし給
たりしにほひかはらすかなゝとかきませ給《られ》た
るをなく〳〵みれはわたる船人かちをたえと
返々かゝれたるは我をおほしてかき給らんに
もあらしをたゝいまみるにはことしもこそあ
れいかてかはいみしうおほえさらんかほゝあ
てゝとはかりなかるゝさまとまてもなかれい
てぬへし

かちをたえいのちもたゆとしらせはやな
みたの海にしつむ船人〈35〉

そへてけるあふきのかせをしるへにてか
へるなみにや身をたくへまし〈36〉

とおもひつゝけらるゝもものゝおほゆるにや
われなから心うくかなしき事かきりなしけさ
は御文ありつらんかしいかやうにいひてか返
しつらんあすかゝはとありしをりかゝらんす
らんとはおもはさりきかし

海まてはおもひやいりしあすか河ひ(日)るま
をまつとた(▲□)のめしものを〈37〉

こゝろえぬ夢とありしはいかなりけるにかと
きゝだにあはせでやみぬるいぶせさよたゞな
らぬことをいかでしらせ奉らじとなどておも
ひけんさりとも今すこしあはれとおぼしいで
ましとおもへど又うち返し思ふにかなはで命
ながらへばゆくすゑにきゝあはせたまふやう
もありてさてこそあれときかれ奉らんも今す
こし心うかりなんかしなどてさしはなれたる
あたりにだにあらでかくしたしくよろづきゝ
あはせぬべきゆかりにしもありけんとをき程
迄ゆきつきて此ありさまをみ（見）あつかはれぬさ
きにいかにしてもしぬるわざもがなとおもへ
ばかく五六日にもなれど水をだにとりよせず
（下33ウ〜35オ）

〔六八〕
めのときつゝよろづにいへどいとかくうかり
ける心をしらで年ごろ親のおなじ心にたのみ
過しけるさへこゝろうくおぼゆればかしらも
たけみ（見）あはせんもつらうかなしくてききもい
れずたゞ引かづきてふしたり男もしばしはい
かでかこゝろならぬ事なればびなしとおぼ
さゞらんさのみもあらじと思ふ程にかくいと
浅ましうて命絶ぬべきさまなればかくまで思

まをまてとたのめし物をか〈37〉
こゝろならぬゆめをいつしかとありしをなに
ことにかときゝあはせてやみぬるいふせさは
なをいかにせん〳〵となきこかれてもあまり
そあるかくれいならぬありさまをいかてしら
せたてまつらしとなとてあなかちに思けんま
たけに思へはさてもなにのかひあらし物をな
と思ふにもたゝさしはなれたるしつのおにて
たになくて
（71ウ〜73オ）

〔六八〕
この御ゆへさらぬ人にてさへありけん心うさ
もこゝろにかなはぬいのちもすくせにてもい
きめくりてさてこそあなれなときこゑたてま
つりまたゆきも《は》なれすわれもきゝたて
まつりてありなんやこのこともうちあつかは
れてひきくしてありなんときかれたてまつら
ん事はゆゝしくゆめにたにいかてかみえたて
まつらしと思ふにすへきやうのなきにこそは

こゝろえぬゆめとありしもゆをいかなるにか
ときゝたにあはせてやみぬるよたゝならぬ有
さまをいかてしらせたてまつらしとなとてお
もひけむさりともいますこしあはれと（▲□）とはお
ほしいてゝましとおもえとも又もしいのち心
にかなはてなからへは行すゑにきゝあはせさ
せ給てさてこそあ○《ん》なれときこえたて
まつらんもいますこし心うかりなん○《か
し》なとてたゝさしはなれたるしつのをにて
たにあらてしたしくよろつきゝあはせ給へき
ゆかりにしもありけんとをきほとまて行つき
てこのありさまをみあつかはれぬさきにたゝ
いかにしてもしぬるわさもかなと思へはかく
て五《五日》かになりぬれと水なとをたにとりよせす
（104オ〜105ウ）

〔六八〕
めのとよろつにいゐといとかうかりける心
をしらてとしころをやの心におもひてすこし
けるさへうくおほゆれはかしらもたけめをあ
はせん事のつらうてきゝもいれすたゝひきか
つきてふしたりおとこもしはしは心ならぬ事
なれはさ思ふともさのみはえあらしと思ほと
にかくいとあさましうていのちもたえぬへけ
れはかくまて思ふへき事かはあやしう心つき

ふべき事かといとあやしく心つきなくさへ覚えてあやにく心もつきまさりてとかくひきうごかしうらむれば思ひわびてをしはかり給ふるやうにいとかくおもふべき身の程ありさまならねばびなしなどにはあらずこゝちの例ならずのみもとよりありしがいとゞまさりてきのふけふはながらふべきこゝろもせぬ也今はいかなりとも御こゝろにこそあらめいとかく覚ゆる程をすぐし給へ人の近きもいとくるしうおぼゆるはいかなるべきにかとなくけはひなどけにいとたのみすくなげにきえ入ぬべきさまなればたゞならぬ人は心ちなどつねにあしうするとかやさやうにてかゝるにやいとゞかく物などくはではかやうの事もあしかんなるものをといとおそろしきわざかなとさすかにいとをしくていたくもあやにくたゞずくたる僧共に祈せさせなど萬にもてあつかひつゝはひよりてはとさまかうさまにいひうらむるをきくたびごとにいかにせましかくうきをしらぬいのち長さにてつゐにいかならんと思ふにすべきかたなければこのうみにやおちいりなましと思ひなりぬ　（下35オ～36ウ）

あらめたゝこのうみにおちいりなんと思よりぬるにつけてもつみふかさいかはかりならんとかなしういみしさゝりとてもこのよのはちをかくさてはあるへきならねはいかならんひまとのみ思たいふはひをへてこゝろものせきにいみしうゝらみわふ人心ちのいといみしうあしきをたひのそらにていかなるへきにかとわりなきをさりぬへくは一二日もこゝろみはやときこゑまほしかりしかともえきこゑてもてあつかひ給はんこそいま〳〵しうみる人もやとくるしきをいとかゝらんほとは心やすく人ちかゝらてあらまほしくなんいまはたゝ御こゝろのみこそしたかはめなといふけはひのいとなつかしうおほしきにえいたくもあやにくならて人もなみになとすさみふしたるもいとあいきやうなくゆゝしうていかてきかしたゝとくおちいりなはやと神ほとけをねんたてまつるにめのといとめてたき物ともをとりにきはひつゝよろつに水をたにみいれすひころにもなりぬれはいてやさは思ひし事そかしやすらかにてうらみたてまつり給はゝいかにいとゝかひ〳〵しうおほしよろこはむいてとうちなきくちをしりてはたゝわかみにそそのかひはおほしとりかさねける　（73オ～74オ）

なうおほえてとかうひきうこかしうらむれは思わひてをしはかり給めるやうにいとかくまて思ふへき身のほとにもあらねはひなしなとにはあらて心ちのれいならす本よりありしかはいとゝまさりて昨日今日はなからふへき心ちもせすいまはいかなりとも御心にこそあらめいとかくおほゆるほとすくし給へ人け《(気)》のちかきかいとくるしうおほゆるはいかなるへきにかとてなくけわひなとけにいとたのもしけなくきえいりぬへきさまなれはたゝならぬ人も常にかく心ちをあしうするときくはさやうにてかゝるにやいとゝかくものもみいれてさやうの事もあしかりなんものをいとをそろしきわさかなとさすかにいとをしうていたうもあやにくからす僧ともにいのりせさせなともてあつかひつゝはひよりてはとさまかうさまにいひうらみつゝ一日もなみになとすさみふしたるをきくもあひ行なくゆゝしうていかにせましかくうきをしらぬいのちなかさにはつゐにいかにならんすらんと思にすへき方のなけれはこの海にやをちいりなましと仏神を念したてまつるにめのとのいとめてたき物ともとりちらしつゝよろつにいへとみつをたにみいれて日ころになりぬれはいてやさは思ふ事そかしやすらかにてみへたてまつり給はゝい

〔六九〕
京にはよもすがらおぼつかなく思ひあかし給ひて又の日いつしか御ふみつかはしたるに門さして人のをともせねばあやしうてなをたゝけばいみじげなるげすのいできたるにとへばしらずよべこの殿にはやどり侍しなりつくしのぶんごといふ人のこのたちぬる月に此殿をかひ給ひてし也けふあすぞわたりゐ給はんずるそれやおはし所はしり給ふらんをのれはたゞ人也こよひゐよとありしかばまうでこしなりといへばかくすめりな今さて〳〵やまんやはなどをどしをきてとなりの人々にとへどたしかにいふ人もなければまいりてしか〳〵なんと申せばいと浅ましくあへなしともよのつねなりいかにもめのとがしつる事にこそあらめみづからのこゝろには何事のつらさにかはたちまちに行かくれんともおもはんいみじくとも我心とさやうにはあらじとみ(見)えしこゝろざまをいまゝでかくてをきたりつるけぞかしたゞありし法師の取返しつるならんいかばかりねたしと思ふらんとしらぬにはあらざり

〔六九〕
京にはあすかゝはいつしかふみつかはしたるにかともさして人ありけもなけれはめくりてかとのほそめなるにいりてみれはしとみなとおろしこめてたゝしものやにあやしけなるけす一人あるにとへはしらすたゝよへこのとのにはやとり侍りしなりつくしのふなといふ人のむすめのかひ給へるいまあすあさてはわたり給なんといふにかくすなめりとていひおとしてとなりの人々にとへとゝかくいひてはか〳〵しくたしかなる事もきかねはまいりてしか〳〵なん申さするをいとあへなくゝちをしくおほさるゝ事かきりなしいかにもめのとのしつるにこそあらめみつからのこゝろにてはなにことのつらさにてかはたちまちにひきかくれんあつまへゆくへしときゝしにもいみしくこそ思なけきたりしかうちたゆめてゐていにけるにやあらんいまはと心やすく思けるもおこかましやいつくへもわかこゝろとよもゆきはなれしとみへしこゝろさまをいかやうに思かへていてゐにけんけふなをわたれとあり

かにかひ〳〵しくおほしよろこはんいてやとうちなきくちをしかりてたゝ我身にてこのかひはとりかさねける　（105ウ～107ウ）

〔六九〕
京に者《は》よもすかられいよりはおほつかなく思あかし給て又のひはいつしか御文つかはしたるにかともさして人のおともせぬにあやしうてたゝけはいみしけなるけすそいてきたるとへは夜へたゝこの殿にはやとり侍りしせうにといふ人の御むすめのたちぬる月にかひ給てし也あすそわたり給をはし所やしり給らんをのれは人たち給なりいけ○《と》ありしかはまうてこしなりといへはかくすなめりなそれはさしをきてとなりの人々にとへはたしかなる事いふもなけれはまいりてしか〳〵なん申いとあ佐《さ》ましうあえなしともよの常なりいかにもめのとのしつる事ならんみ(身)つからは何事のつからんにかたちまちにゆきかくれんと思はんあつまへ行へしとききしにもいみしうこそおもひなけきたりしかうちたゆめていて行にけるにやあらんいみしき事なりともわか心忄とはさやうにあらしと身《み》し心をたのみて今日まてかくてをきたりつるそかしたゝありしのりのしのとりかくしつるならんあまりわ

つれどもてさはがんもさすかにいかにそやおぼえてかくなしつるもあまりなる我心のたい〳〵しさぞかしあすはふちせにとありしもか丶るけしきみ《(見)》てやいひたりけんなど思ひつゞけらる丶にいみじうくちおしなにごともたぐひありがたくめでたかりしにはあらでたゞなつかしう哀と覚えつればたちまちにみ《(見)》じと迄は思はざりつ我かく行ゑなくなしつるよとおぼすにむねふたがりてつく〴〵と詠くらし給ふ　（下36ウ～37ウ）

〔七〇〕

誠しくやんことなききはにこそあらさらめさるかたの下草の露のかごともなぐさめつべかりけるを誠におそろしげならんもの丶なれよらんありさまいかばかり思ひまどふらんとねたうもゆかしうもさま〴〵おぼしやるに戀しく思出られ給ひてよもすがらまどろまれ給はず

　しきたへの枕もうきてながれぬる君なき
　床の秋のねざめに〈38〉

なに事よりもかの夢のおぼつかなさをいかなることぞとき丶あきらめでやみぬるはいといぶせくおぼつかなさなどもよのつねなりいづれにてもはか〴〵しき人にはあらじをまこと

しか丶るけしきやなをみたりけんなとさま〳〵におほしつ丶くるにそのおりこのつきかけをなとありかたかりしかたちなとにはあらてた丶なつかしくあはれにおほえしはたちまちにさもとは思はさりつる物をとくちをしくおほさる丶に御心ちもほれ〳〵しきまておほえ給てなかめくらし給さまのしつむふな人をなきこかる丶にもおとらさるへし

（74オ～75ウ）

〔七〇〕

まことしくやむことなき人のつらにこそ思はさらめさるま丶にあはれはかくへきしたくさと思つ丶ちきりわたり給えりしもいみしかりけるむなしたのめかなといかなる所にいかはかり思いて丶なつかしきさまにて思なけくらんとおほしやりつ丶あきのすゑにもなりぬよるもまとろまれ給はすおもかけにこひしくおほえ給てよるはねさめのとまことにそおほし丶らる丶

　しきたえのまくらそうきてなかれぬるき
　みなきとこのあきのねさめは〈38〉

よろつよりもかのこ丶ろえさりしゆめをおほつかな丶からかくれわかれぬるはいとくちを

か心のたい〳〵しさそかしあすはふちせにとありしもか丶るけしきを[み]てやいひたりけんなと思つ丶け給にいみ[し]うくちをしなに事もたくひなくめてたかりつるにはあらてた丶なつかしうあはれとおほえつれはたちまちにみるましきものとは思さりつるをかく行ゑなくなしつるよとおほすにむねふたかり給てつく〳〵となかめあかしくらし給さまかのしつむふな人となきこかる丶にもおとらさるへし

（107ウ～109オ）

〔七〇〕

まことしうやん事なききはにこそあらさらめさるかたのした草のつゆのかことはなくさめつるをまことにおそろしけなりしもの丶なれよるらんいかはかり思らんとねたうもゆ丶しうもさま〴〵おほしやるに人わろくこひしうも思いてられ給て神○《な月》にもなりぬよるもまとろみ給はすおもかけにこひしうおほえつ丶さるはよさむにとけにそおほししらる丶や

　しきたえのまくらそうきてなかれけるき
　みなきとこの秋のねさめに〈38〉

なに事よりもゆめのおほつかなさをいかなるそ□き丶たにあきらめてやみぬるはいふせく

にさる事もあらはなれがほにもてなさんこそこゝろぐるしうかたじけなけれまして年月へて鏡のかげもかはらぬさまにていひしらぬものゝ中におひいでたらんよいでやかゝればこそよからぬふるまひはすまじきものなれすこし人かずなるものゝかくあとはかなきやうやある何しにかあながちにおもひかずまふべきさる事もあらじとしゐてあさきかたさまにおもひなせどよろづよりも此おぼつかなきかたの事はむねふたがりてあづまのかたへなどきゝしもしさもあらばふせ(屋)やにやおひいでんなどなをこゝろにかゝりてわが御すぐせ(世)のほどくちおしうおぼさる

　そのはらと人もこそきけはゝきゞのなど
　かふせ(屋)やにおひはじめけん〈39〉

（下37ウ〜38ウ）

〔七一〕

つねよりも心ちよげならぬ御ことくさにめなれにたる中にもこのあきはむしの音しけきあさぢがはらにことならずなきくらし給ひてもひるはをのづからまぎれ給ふ心のつまとかいひふるしたる夕ぐれのそら霧わたりてありか

しくおほさるゝまことならはあやしの物なとのなれよるらんもいとかたしけなきにまいてかゝみのかけもかはらぬかほつきにてあつまちをゆきかへらんありさまなとおほしやられてなくさめかたき事なりけりかやうの事なとはましてかけてもいひつる人なきになからへてふせやにおいゝてんをきゝ給はんこそこゝろうかるへけれすくせのほとおほしゝられて

　そのはらと人もこそみれはゝきゝのなと
　かふせやにおいはしめけん〈39〉

とさへ人しれぬこゝろにはなれ給はす

（75ウ〜76ウ）

〔七一〕

つねもこゝろよけならぬ御ことはさとめならひたる中にもこのあきはむしのけしきあさちかはらになきくらし給てもひるはおのつからもまきれ給ふをこゝろつまといひふるしたるゆふくれのそらきりわたりて雲のたゝすまひ

おほつかなしとも[よ]のつねなりいつれにても〳〵はか〳〵しき人にもあらしをまことにさる事あらはなれかほにもてなすらんかたしけなう心うけれまいてとし月へてかゝみのかけもかはらぬさまつきしていひしらぬものゝ本においゝてたらんいてやかゝれはこそ(▲□)けによからぬふるまひはすましきものなれすこし人かすなるものゝかくあとかたなきやうやはある何しにかはあなかちに思かすまふへきよにさる事はあらしなとしゐてあさきかたにおほしなせとよろつよりもこのおほつかなきかたはむねふたかりてあつまの方へときゝしをさる事もしあらはふせやにをいゝてんさまなと猶御心にかゝりてわか御心すくせ(世)の程くちをしうおほしゝらる

　そのはらと人もこそきけはゝき木のなと
　かふせやにをひはしめけん〈39〉

とさへ人しれぬ心はなれ給はす（109オ〜110ウ）

〔七一〕

常も心ちよけならぬ御事くさにめならひにたるしもこの秋はむしのねしけきあさちかはらになきくらし給て(日)ひるはをのつからまきれ給心のつまとかやいひふるしたるゆふくれのそらき(▲□)りわたりてありかさためたる雲のたゝす

さだめたる雲のたゝすまゐうら山しうながめやり給へりにしの山もとはげに思ふことなき人だにものあはれなりぬべきにかりさへくもゐ(井)はるかになきわたりつゝ涙の露もさかり過たるおぎの上に玉とをきわたしつゝなきよはりたるむしの聲々さへつねよりも哀なるに御前近きすいかいのつらなるくれたけを吹なびかしたるこがらしのをとさへ身にしみて心ぼそくきこゆればすだれをすこしまきあげ給へるに木々のこずゑもいろづきわたりてざとふきいれたり

せく袖にもりてなみたやそめつらん木すゑ色ますあきのゆふくれ〈40〉

夕くれの露吹むすぶこがらしや身にしむ秋のこひのつまなる〈41〉

などさま〳〵戀わび給ひて涙をしのごひ給へる手つきのうつくしさはたゞかばかりをさいはひにてこの世の思ひ出にしつべしとぞみ(見)えける雨さへすこしふりていとゞ霧ふかくみ(見)えたるそらのけしきはまことに物みしらん人にみ(見)せまほしげなり又これ涼風暮雨天と口ずさみたまへるなどをかのときはの森にあきまたんといひし人にみ(見)せたらばましていかにはやき瀬にしづみい《はイ》でんとことはりなりかし

（下38ウ～40ウ）

もありかさためたるにしのやまもとはけにも思事なからん人たにいまはしめてなけきたるにあさちかはらにきり〳〵すよはけになきてさかりすきたるはなのうゑのつゆともをみつゝかりのなみたかとみへわたりまへちかきひとへすいかいのつらなるくれたけおきのうはかせなとはきゝわかぬむしのこゑこからしにふきまはされたるはなみたもとゝめかたくなかめいたし給へるにきゝのこすゑもいろつきわたりにけるも

せくそてにもりて~~もりて~~なみたやそめつらんこすゑいろます秋のゆふくれ〈40〉

ゆふくれにつゆふきむすふこからしやみにしむあきのこひのつまなる〈41〉

~~な~~なとさま〳〵こひわひ給てなみたのこひ給へる御てつきのゆふはへのをかしさなとはたゝさはかりこひられたてまつりてこのよの思いてにありぬへしとそみゆるあめすこしふりてきりわたれるそらのけしきもつねよりもことになかめられ給て又くれなんゆふへの天のあめとすむし給をかのときはのもりにあきまたんといひし人にみせたらはましてはやきせにしつみはてん

（76ウ～77ウ）

まひもうらやましくなかめわたり給へるにしの山もとはけに思ふことなき人たにもの、あはれな~~れ~~《りぬ》へきをかりさへ雲ゐ(井)はるかになきわたりてなみたのつゆもさかりすきたるはゝきゝの上にたまとをきわたしつゝなきよわりたるむしのこゑ〳〵さえ常よりもあはれけなるに御まへちかきすいかいのもとなるくれたけおきのは風なと吹なひかしたるこからしのを○《と》さへ身にしみて心ほそけなれはすたれをすこしまきあけ給へるにきゝのこすゑも色つきわたりてさと吹~~ふ~~きいれたり

せくそてにもりてなみたやそ《(▲た)そ》めつらんこす[ゑ]いろます秋のゆふくれ〈40〉

ゆふくれのつゆふきむすふ木からしや身にしむ秋のこひのつまなる〈41〉

なとさま〳〵にこひわひ給てなみたのこひ給へるてつきのゆふはへのをかしさた、かはかりをこのよの思いてにてやみぬへしとそみ給ける あめすこしふりてきりわたるそらのけ(気)しきも常よりことになかめられ給てまたこれうちふのゆふへの天のあめとくちすさみ給をかの時はのもりに秋またんといひし人にみせたらはまいていかにはやきせにしつみはてん

（110ウ～112ウ）

〔七二〕
かのふねには日かずのつもるまゝに心ち(地)もまことにあるかなきかに成行をかくてしなばむなしきからを是かれみ(見)あつかはんもいみじうくちおしくねたうてなをいかで海にいらんと思ひてさるべきひまをみ(見)るにさすがに人めしげくて日ごろにのみなりゆくにこの大夫よろづにうらみつゝころもの関をうらみわぶれどおなしさまをのみなごやかにいへばさすがになさけだつこゝろにていとよはげなるさまを心ぐるしう思ひつゝちかくもえよらざりけりかゝるほどに大貳の舟にやんごとなき人のなべての女房には似ぬがまじりたるに心かけてかたらひありきけりよひすぐるまでみ(見)えぬほどをうれしと思ふほどにかゝる事をめのといとやすからずはらだゝしきにもきみのかくふしいり給へればそかし例のやうにておはせましかばかゝることなからましと思ふにもいとゞこゝろうくつらうおぼえたまへばをのが身をとさまかうさまにもせため給ふよかゝる人の物いたく思ふはいみ侍るなりたいらかにていのちあらばわすれがたうおぼすらん人にもあひみ(見)させ給ひてんいと心おさなくいふかひなき人の御こゝろはいかなる人かあるなどいみしき事をいひきかすれどこの大夫がみ(見)え

〔七二〕
しきふのたいふころものせきをうらみあかすよこゝろのつもるまゝにこよひ〳〵とひまをみるさすかにたちはなれぬをいかに(▲む)せんと思ふに大貳のかたにやむことなくわさと《ある》人々あまたいてきてかたちなとなへてのねうはうにぬかましりたりけるを大夫なまこゝろかけてかたらひよりけるをゐふともたちはなれぬほとにつゆたちはなれぬによすこしふくるまてみへぬよ人々もしつまるをこのきみいまよきほとゝ思てかしらをもたけてみわたすに人々もねたるさまなれはうれしとはよのつねならす思なからさはこよひやかきりならんと思ふにつらからん人たに思いてられぬへしましてわれやわするゝ人やとはぬと思しはおこなりけるわさかなと思つゝけたちぬれはなみたのうみにやかてみもうきはてゝうこかれすをきのかたのつまとおしあけてみいたせはそらはいとのとかなるにうきくもゝなくすみわたりてやまはるかにてうみのおもてはる〳〵とゆくへもはてもみへぬおきゆくふねのはるかにむしあけのせとにやとほそこゑにていひたるかほのかにきこゑたるにも
（77ウ～78ウ）

〔七二〕
ふねには日ころのつもるまゝに心ちもまことにあるかなきかになり行をかくてしなはむなしきからをこれかみあつかはんもねたくくちをしきをたゝいかてうみにをちいりなんと思ひてさるへきひま〳〵をもとむるにひとめのみしけくて日ころになり行この大夫ころものせきをうらみわふれとおなしさまにのみいへはさすかになさけたつ人にてよはけなるさまを□くるしうてちかうもよらぬなりけりかゝるほ□□大貳のもとにやんことなき人のなへての女房にはあらぬかありけるを心にかけてかたらひありきけりよひすくるまゝにみえぬをうれしと思にかゝる事をきゝてめのとはやすからすはらたゝしきに君のかくふしいり給へれはそかしれいのやうにおはせましかはかゝる事もなからましと思たてはいとゝ心うくおほえ給へはをのか身をとさまかうさまにせため給よかゝる人のものいたう思はいむなる物をたいらかにしていのちあらはわすれかたうおほすらん人にもあひ給てんいとかく心をさなき人やよには侍なといひきかすれとたゝこの大夫かみえぬをり〳〵のいてきたりけるをおもふ事かなひぬへきなめりとうれしきよりほかの事なしいてあはれたゝあるにま

ぬおり〳〵のいできたるを我おもふ事はなりぬべきなめりと思ふよりほかの事もなければいであなあはれなるにまかせては見であながちに身をもてなしてかくうきめをばみ《(見)》するぞかし身をなげたる跡にめのといかなるありさまにてながらへんとすらんとさすがにあはれにはかなく覚え給へばいと、ねのみなきいらへもし給はねばうちむつかりてたちぬるまにかしらをもたげてつく〳〵とおきの方をみやれば空はいさ、かなるうき雲もなくて月のさやかにすみわたりたるに海のおもてはきしかた行末もみ《(見)》えずはる〳〵とみ《(見)》わたされたるによせかへるなみばかりみ《(見)》えてふねのはるかにこがれ行が心ぼそき聲してむしあげのせとへこよひとうたふもいと哀にきこゆ

（下40ウ～42オ）

〔七二〕

流てもあふせありやと身をなげてむしあげのせとにまち心みん〈42〉

とてそでをかほにをしあててとみにもうごかれぬほどに人やみつけんとしづ心なければなく〳〵ひとへばかまばかりをきてかみかひこ

〔七二〕

なかれてもあふせありやとみをなけてむしあけのせとにまちこ、ろみむ〈42〉

よせかへるをきのしらなみたよりあらはあふせはそことつけもしてまし〈43〉

とてもそてをかほにおしあて、なきいりたる

かせてもみてあなかちにかくもてなしてかう《(▲□)う》 ‡うきめをみすれはそかしいかなるありさまにてなからへんとすらんとさすかにかなしうおほえ[給]へはいと、□をのみなき[て]いらへ[も]し給□ねはう□□[つ]かりてた[ち]ぬるま□にかみもたけてみわたすに人々もねたるさまなれはうれしとはよのつねならす思ひなからさはこよひやか(▲て)きりなるらんと思はんにはつらからん人たに思ひてられぬへしましてわれやわする、人やとはぬと思しはをこなりけりと思つ、けたちぬれはなみたの海に身はやかてうこかれてつく〳〵とおきのかたをみやれはそらはつゆのうき雲もなく月さやかにすみわたりたるにうみのをもてもきし方行すゑみえすはる〳〵とみわたされてよせ返浪はかりみえわたりつ、舩のはるかにこき行かいと心ほそき聲にてむしあけのせとへこよとうたうかいとあはれなれは

（112ウ～114ウ）

〔七二〕

なかれてもあふせありやと身をなけてむしあけのせとにちち心みん〈42〉

又ある本に

よせかへすおきのしら浪たよりあらはあふ□□そことつけもしてまし〈43〉

しなどするにありし御扇の枕がみにありけるが手にさはりたるもこゝろさはぎせられて先とりてみれば涙にくもりてはか〴〵しうもみ（見）えずすみばかりぞつや〳〵としてたゞいまかき給へるさまなるにさしむかひたるおもかげさへふと思ひいでらるゝにこの世にて又み（見）奉るまじきぞかしたゞ今かく成ぬるともしり給はていづこにいかにしてかおはすらんねやし給ひぬらんさりともねざめにはおぼしいつらんかしなどより外は又なきこゝろまどひなりすゞりをせがいにとり出てこの御あふぎにものかゝんとするにめもきりふたがり手もわなゝきてとみにもかゝれず

はやきせのそこのもくづとなりにきと扇のかせよ吹もつたへよ〈44〉

えもかきはてず人のけはひすればとうおちいりなんとてうみをのぞくいみしうおそろしとぞ（下42オ～43オ）

ほとにとみにもおちいりもやらすひとやおきむと思ふもしつこゝろなきにきぬともぬきてひとへはかりをきてかみかきこしなとするにかのゐあふきのひるのまゝにありつるかさくられたるをまたとりよせてみれはなみたにくもりてはか〳〵しくもみへすすみのつやはかりつや〳〵とみゆるをかい給つらんおもかけはふとたゝいまむかい給へるやうにおほゆるにこのよにまたみたてまつらすなりぬるにこそと思はいといみしきこゝろまとひなりすゝりのみゆるをせかいにとりいてゝふてさしぬらしこのあふきにかけとめもくれてそのことゝみゆへくもあらすたゝほろ〳〵となく〳〵

はやきせのそこのもくつとなりにきとあふきのかせにふきもつたへよ〈44〉

とてなく〳〵ふてもうちゝらしなからうみをのそくもたゝかはかりにて~~ゆきく~~たにおそろしきにわなゝく〳〵なきいりてうつふし給へり（78ウ～79ウ）

とてかほに袖をしあてゝとみにうこかれぬほとにひとやみつけんとしつ心なけれはわなゝく〳〵ひとへはかまはかりをきてかみかきこしなとするにありし御あふきのまくらかみなりけるかてにさはりたるに心さはきてとりつゝみるになみたにくもりてはか〳〵しうもみえぬをすみのつやはかりみえてたゝいまかきたるやうなるにおもかけさへふと思ひいてられ給てこのよにはまたみたてまつるましきそかしたゝ○《いま》かくなりぬともしり給はていつくにいかにしておはすらんねやし給ぬらんさりともねさめにはをのつからおほしいつらんといみしき心まとひにもすゝりをせかいにとりいてつゝこのあふきにものかゝんとするにめもなみたにくれてもわなゝかるれ（▲こ）と

はやきせのそこのみくつになりにきとあふきのかせ~~に~~《よ》ふきもつたへよ〈44〉

ともいひはてす人のけわひのすれはをちいりなん□てうみのそこをのそくたゝかはかりにて□にもいとおそろしきにわなゝく〳〵うつふし給めりとそ（以下八行分空白）

（114ウ～116オ）

巻二（承応板本・慈鎮本・深川本）

承応板本

〔七四〕

物思ひの花のみさきまさりて汀がくれの冬草はいづれともなくあるにもあらぬ中にもおばなのもとの思ひぐさはなをよすがとおぼさるゝをむけにしもにうづもれはてぬるはいとこゝろぼそくおぼしわびて

　たづぬべきくさのはらさへ霜がれてたれ
　にとはまし道しばの露〈45〉

あさましう行ゑなくたれとだにしらでやみにしはなを思ふにもあまる心ち（地）ぞし給ふやあり共こと〱しうまことしきさまにおもふべき程にはあらさりしかどあかぬわかれはなにゝもまさればにや木草につけてもわすれかたふのみおぼさる

（上1オ～ウ）

〔七五〕

かのくだりし式部のたいふはひぜんのかみのおとゝぞかしさぶらふはくら人にもいまだならずざうしきにてぞあるあにの蔵人になりて

慈鎮本

〔七四〕

物思ひの花のみさきまさりてみきはかくれのふゆくさはいつれともなき中にあるにもあらぬお花のもとの思ひくさはなをよすかとおほさるゝをむけにしもにうつもれはてぬるはこゝろほそく思《し》わひて

　たつぬへきくさのはらさへしもかれてた
　れにとはましみちしはのつゆ〈45〉

あさましくゆくゑもしらすたれとたにしることなくてやみにしをありともまことしくおも〱しきさまにもてなすへきほとにはあらさりしかとあかぬわかれはなにゝもまさるなれはにやはかなき木くさにつけてもわすれかたくおほさる

（1オ～ウ）

〔七五〕

かのくたりにししきふのたいふはあにはいまの備前のかみそかし三郎はいまたくら人にもならてさうしきにてそあるあにの蔵人になり

深川本

〔七四〕

ものおもひのはなのみさきまさりてみきはかくれの冬くさはいつれともなくあるにもあらぬ中にをはなのおもひくさはよすかとおほさるゝをむけにしもかれはてぬるはいと心ほそくおほしわひて

　たつぬへき草のはらさへしもかれてたれ
　にとはましみちしはのつゆ〈45〉

あさましうたれとたにしられすなりにしかは猶思ふにもいふにもあまる心ちそし給けるありともまことしうおもふへきほと にはあらさりつれとあかぬわかれはなにゝもまさるなれはにやたちまちにみるましきものとはおもひかけ給はさりつるになにとなくなつかしうらうたけなりしおもかけも身をはなれぬ心ちし給けり

（1オ～ウ）

〔七五〕

かのくたりししきふのたいふひせんのかみのおとゝそかし三らうは蔵人にもならてさうしきにてそありくるあに蔵人になりていとまな

いとまなく成にしのちは御身にそふかげにて忍ひの御ありきにははなれねばあすかゐ(井)にもたゞひとりのみぞ御ともにも参りありきけるあににもしか〳〵こそなどしのび給ふ事なれば何にかはいひきかせん又あれもそこ〳〵なる人こそけさうずれつくしへもゐてゆかんずるなどもいはざりけるなるべし君のかくのみなげき給ふけしきをみ(見)てさかしき道季は人しれずこの人をたづねけり物まうでをして神仏にもこの人の行ゑきゝつけさせたまへと申しありきけり

（上1ウ～2オ）

〔七六〕

大貳道よりまいらせたる文にそれがしがめの俄になくなりて侍ればその事どもによりびぜんになんとまりてさふらふ物のはじめにかくいま〳〵しき事をなげき思ふたまへるなど申したるをたれともなくて俄にいみじうしのびてゐてゆくとき〻しな〻りあはれなりける事かなと大殿もの給はするに中納言殿ひとりれいのながめゐ給へる所に道季まいりてあやしき事をこそうけ給はりつれみちなりがめは海に身をなげてさぶらふなりけりめのとなるもの〻なく〳〵いひつゞけて申ける事どもうけ給はればたゞ此ゆくゑなく成給ひにし人とこ

ていとまなくなりてのちは御ともにみにそふかけにてしのひの御あるきにもつかうまつりけれはあすかひにもた〻ひとりそまいりあるきけるあに〻もしか〳〵なともしのひ給ふことなれはなにことにかはいひきかせん又あれもそこ〳〵なる人をこそけさうすれつくしへいてゆかんすれなともいはさるなるへしきみのかくなけき給ふけしきをさうしきみちすゑは人しれすたつねけり物まいりをしても神ほとけにもこの人のゆくゑしらせ給へとそありきける

（1ウ～2オ）

〔七六〕

大貳みちより中納言殿にまいらせたる御ふみにみちなりかくしてくたり侍りしめのにはかになくなりてさふらへはそのことにより備前になんとまりて候もの〻はしめにかくいま〳〵しきことをみ給ふること〻申たるをたれともなくてにはかにしのひてゐてくたるときゝし人なりけりあはれにはかなきかりけるちきりかなときゝ給ふおほいとのもの給はするに中納言殿ひとりなかめゐ給へる所にみちすゑまいりてあやしきことをこそうけ給はれみちなりかめのしにさふらひけるよしくはしくうけ給はり候へはうみにみをなけて候なり

かりつる程は御身にそふかけにてこの御しのひありきには身をはなれたてまつらねはあすかゐ(井)にも一人のみこそ御ともにはまいりしにしのひ給しことなれはあに〻もしか〳〵の心えなともいはさりけれはかれもそこなる人をゐてくたるなとかたらさりけるなめり君のかくなけき給けしきみてさうしきみちすゑは人しれすこの人をたつねけりものまうてをしつ〻仏神にもこの行ゑしらせ給へとそ申ける

（1ウ～2オ）

〔七六〕

大貳のみちよりまいらせたるふみにしきふのたいふみちなりかくしてくたりし人のにはかになり《く》なりてまた御物〻はしめにいま〳〵しき事をなけき思て侍なと申たるをたれともなくいみしうしのひてにはかにひとのゆきしな〻りあはれなりける事かなと大殿もの給はするに中納言殿は一人例のなかめふし給へるところに道すゑまいりてあやしき事をこそうけ給はりつれみちなりかめは海に身をなけてさふらふ也けりめのとなるもの〻申しけること〻もうけ給はれ(▲り)はた〻このゆくゑなくなり給へる人とそおほえ候いまおもひ給あはす

そおぼえさぶらへいま思ひたまへあはすれば
うづまさにてみ（見）し人をなんたづねいでたるな
どこそかたりさぶらひしはもしさることや侍
りけんかくおはしましかよふ所とはかけても
しり侍らざりけるなめりまことにそれならば
など申をげにさもやありけんしりながらもさ
やうのものはさのみこそあれとてものしげに
ことずくななる御けしきをいとをしくまこと
にしもなからんものゆへいそぎ申しつらん事
いとをしかりける御心のうちにはまことさも
あらば中々行ゐなくおもひつるよりも心うく
もあるべきかな一夜二夜にもあらずさはいへ
どほどへにしをさりともしらずきかぬやうは
あらじをうづまさにてみ（見）そめなどしてめのと
とうち〳〵かたらひをきて取たるならんかし
さすがにあされてさやうのわざもしつべきも
のぞかしかのいのりのしにとりかへされたる
とおもひしは中々よかりしものをねたくめざ
ましくも返々あるべきかないかで此事とく聞
さだめんと今すこしおぼつかなさもめざまし
さもまさりておぼしなげかるれどこの道季が
まへにても此事とかくも絶ての給はせざりけ
り
（上2オ～3ウ）

けりめのとなりけるものゝなく〳〵いひつゝ
けさふらひけることをほの〳〵うけ給はれは
このゆくゐなき御ことにこそにてさふらへい
ま思ひ候へはうつまさにてたつねうしなひた
りし人をなんきゝいてたるとかたり候ひしを
いまこそあやしくうけ給はれさることや候ひ
けんかくおはします所とはかけてもよもしり
さふらはさりけるなめりなときこゐさするを
けにさもやありけんさやうのものはさしりな
からさのみこそあれと物しけにことはすく
なゝる御けしきをなにしにまことにしもあら
ぬものゆへいそき申つらんと思ひけりゆくゐ
なく思ひつるよりも心うくもあるへきかなひ
とよふるにもあらすさすかにほとへにしをし
らぬやあらしをうつまさにてみそめなとして
めのとにかたらひてしたることなるらんかし
さすかにあされてさやうのわさしつへくはあ
らさりしをかのいのりのしにとりかへされた
ると思ひしはなをよかりしをねたくあさまし
くめさましく返々もあるへきかないてとよこ
の事きゝさためんといますこしおほつかなさ
もめさましさもそいておほしなけかるれとみ
ちすゐかまへにこの事たえての給はさりけり
（2オ～3ウ）

れはうつまさにてみし人をなんたつねえたる
なとかたりいて候しかもしさる事もや侍けん
おはしましかよふ所とはかけてもしり侍らさ
りけるなめりまことにそれならはあさましう
さふらひける事かなと申せはさもやありけむ
しりなからもさやうの人はさこそあれとてこ
とすくなゝる御けしきなれはいとをしうて
まことにしもあらさらんものゆえ申つ~~られ~~る
とわひしかりけり御心のうちは中々ゆくゐな
くおもひつるよりも心うくもあるへきかな一
夜二夜にもあらすさはいへともほとへにしを
さりともたれとしらぬやうはあらしをうつま
さにてみそめてめのとゝ心あはせたるしわさ
なるへしさすかにあされてさやうのわさもし
つへくそあるかしのりのしにとりかへされた
るとおもひしは中々よかりしをねたくもあさ
ましくもかへす〳〵あるへきかなとてこの事
きゝさためんおほつかなさもあさましさもま
さりておほしなけかるれとこのみちすゐかま
へにそのゝちともかうものたま○《は》さり
けり
（2オ～4オ）

〔七七〕
年かへりて中納言大なごんにて大将かけ給ひ
つかくつかさくらゐ年のかずそひ給ふまゝに
なに事もきはことなる光をそへ給へば世の人
もあまりゆゝしうみ（見）奉りあつかへばまいて母
宮大殿などは五月の夜の事などをおぼしわす
るゝ世なくむねをつぶし給ひける　（上3ウ）

〔七八〕
内には女二宮のさかりにとゝのはせ給へるを
み（見）たてまつらせ給ひて中々み（見）奉る人なからん
もくちおしうみえさせ給ふ母宮の御かたざま
とても露ばかりたのもしき人ものし給はす

〔七七〕
としかえりてかむたちめに大納言にて大将か
け給ひつかくくらゐまさりとしのかすまさり
給まゝに何事もきは〳〵とひかりそえ給へは
いとあまりかゝるはいまもむかしもありかた
くやとそよの人みたてまつりめてきこゆれは
ましてはゝみやおほとのなとはさころものよ
の事なとおほしわするゝときなくむねをそつ
ふし給ひけるかの右のおほいとのゝひめきみ
をこそたひ〳〵春宮にまいらせんたてまつら
んとけしきとり給ひしか源氏のみやまいらせ
給てのちにをときゝ給てこの御まいりのこと
はいつもことさまには思ひよる事侍らすいま
すこしおとなひ給ふをまち侍をまつかの右の
おほひとのゝをまいらせ給てとたひ〳〵けい
していとたいしけにおほしおきてたるを春宮
はいと怍《うら》めしけにおほしたれと右のおほいと
のはこの御ゆるしなかりつるかきりはつゝま
れ給ひつるを　（3ウ～4ウ）

〔七八〕
おほみやのさかりにとゝのひ給ふを中々みた
てまつりはやす人のなからんもくちをしうみ
ゑさせ給ふにはゝみやの御かたさまとてもつ
ゆはかりのたのもしき人も物し給はすこみや

〔七七〕
としかへりて中納言殿大納言に大将かけ給え
りつかさくらゐとしのかさなり給まゝに何事
もきわ事なるひかりそえ給へはよひともあま
りゆゝしうとみたてまつるましてはゝ宮大殿
なとはさきのよのことおほしわするゝをりな
くむねをそつふし給かの右の大臣殿のひめき
みこそまいらせたてまつらんと御けしきとり
給しかと猶源しの宮ゆまいらせ給てのちをと
のみおほしめすときゝ給ていと心もとなくな
けき給ふ大将とのきかせ給てこの御事はいつ
も〳〵ことさまに思ひ侍らねはいますこしを
とない給をまちはへるほとは猶かの右の大ゐ
とのゝをまつまいらせて御らんせよなとたひ
〳〵けいし給ていとたい〳〵しけにおほしお
きてたるを東宮いとうらめしけにおほしめし
たれと右の大ゐとのもこのゆるしなかりつる
杵程はみつ（身）からとつゝまれ給つるをいまそ御
心ゆくいそきたち給ける　（4オ～5オ）

〔七八〕
内には女二宮のさかりにとゝのはせ給へるを
みたてまつらせ給て中々みたてまつる人なか
らんもくちをしくみえ給へはは丶宮の御方さ
まとゆ《て》ももののたのもしき人も物し給はすこ宮

故みやすどころの御はらからにこそおはすれ源氏宮の御あたりをこそはまつはし給へるに中宮参らせ給ひてのちはかくあたりくるしくときめきはなやぎ給ふにあるにもあらずをしけたれて心ぼそげなるありさまをきしろはしくくぜ〳〵しき御心にはあらねどあまりうちとけむつひ給はんもつゝましうおぼされてかりばのをのになり行給ふを殿の御こゝろいと心ひろうありがたう物し給ひてさるべきおり〳〵などはこまやかにあつかひ聞え給ひけりみかどはなをかの宮の御うしろみに大将をの給はせちぎりてしかばうち〳〵にもしさやうにやほのめかすとおぼしめせどをとなきはものうき事やとおぼしめせばその後は御けしきもなけれど殿に御たいめんのつゐでにかの笛のろくはすげなげなんめりとみ(見)れど世もいとはかなくのみおぼゆるにたのもしき人なかんめるありさまの心ぐるしきを又たれにかはとおぼゆればたゞしらずがほにてあづけてんとなん思ひ成ぬるとの給はするをうち〳〵の御けしき物うげなるをみ(見)給へばいかなるべき事にかと心ぐるしうおぼさるれどかくのたまはするはおもだゝしううれしくてかしこまり給ひて物うくなどはいかでか思ふやうは侍らんよろこびかしこまりてこそ侍れ是にすぎた

すところの御はらからにおはしましければ源氏の宮の御あたりをのみこそときこゑかはし給へるを中宮まいり給てのちはかくありくるしきまてにときめきはやかり給ふにあるにもあらすおしけたれはこゝろほそけなる御ありさまにてきしろはしさせき御こゝろにはあらねとあまりうちとけむつれ給はんもつゝましくおほされてかりはのおのになりゆき給へとおほとのゝ御こゝろいとありかたき御こゝろにてさるへきおり〳〵はこまやかなる御心さしにておほしよりあつかひきこゑさせ給けりうゑはなを二宮の御うしろみには大将をとの給はせ扌《ち》きりてしかはうち〳〵にもさやうにもやほのめかすとおほしめさるれはおとなには物うきにやとおほしめせはまたそのゝちけしきもなけれはとのに御たいめんあるついてにかのふゑのろくはすけなきなめりとみれとよもいとはかなくのみおほゆるにたのもしき人もなかむめるありさまいとこゝろくるしきをまたゝしかにはと思へはたゝしらすかほにてあつけてんとなん思ひなり給へるとの給へるにうち〳〵の御けしきのものうけなる卄をみ給へはいかなることにかとこゝろくるしうおほさるれはこゝろくるしけれとさもいかてかそうし給はんかくの給はするはおもたゝし

す所の御つゝきをはすれと源しの宮の御あたりをのみこそはきこえかはし給へるを中宮まいらせ給てあたりくるしく時めきはなやかせ給にをしけたれてあるにもあらぬ御ありさまをきしろはしくくせ〳〵しき御心にはあらねとうちとけむつひきこえ給はんもつゝましくおほされてかりはのをのになり給へと殿の御心ありかたくひろうものし給てさるへきをり〳〵なとはこまやかにとふらひきこえ給けりみかと猶この宮の御うしろみには大将をとの給はせてしかはうち〳〵にはもしさやうにもやほのめかすとおほしめせとをとなけれはもしものうき事にやとおほしめせはそのゝちは又御けしきもなけれ(▲は)とゝのに御たいめんあるついてにかのふえのろくはすけなきなめりとみれとよもいとはかなくのみおほゆれはたのもしき人なかめるありさまの心くるしきをまたゝれにかはとしらすかほにて大将のあそんにたゝあつけてむとなん思ふとの給はするをうち〳〵の御けしきのものうけなるをみ給へはいかなるへき事にかとくるしくおほさるれとかくの給はするをそうすへきやうのなけれはかしこまりてものうくなとまてはいかゝさふらはんさやうにやなとはかりはうけ給はりしと又々おほせ事なきにやとかしこまりてこ

るめんぼく候べきやうなしたゞとくおほせ事にしたがふべきなりとそうし給ひけるさらば卯月ばかりになどぞのたまはするを返々よろこびかしこまり申し給ひながらかの御こゝろのかひ〴〵しげならぬをいかゞ思ひ給はんと心くるしきまで覚え給ひけり　（上3ウ～5オ）

〔七九〕

まかで給ひて大将にしか〳〵うへのゝ給はせつるをさき〳〵もうけひかぬ氣色とはみ(見)えながらもいかでかさはそうせんとすると思ひつればさるべきさまに申しつるをいかゞはせんせう〳〵こゝろにいらぬ事なりともなみ〳〵の人にもあらばこそはきゝいれでもすぐさめいかにもかうめしよせらるゝめいぼくのほどもをろかならず程もやう〳〵ちかく成ぬなりきかせ給ふところなとはゞかりてこそ今より申し給はめわたくしの御こゝろのとかくあら

くうれしくかしこまり給ひて物うくなとはいかてか思ふやうのさふらはんさやうに侍しかはよろこひにかしこまりてこそ候へこれにすきたるめんほく候へきやうなしたゝとくおほせことにしたかひて候へきなりたゝよのわかき人にもにすいとうるはし心に侍れは御ゆるしことをまち侍にこそいつれの御ことをもいかてかはなち侍らんましてこれはいとおもたゝしきことになんなとそうし給ふをさらはこの四月はかりなとの給はするをかへす〳〵もよろこひ申給ひなからかの御こゝろのいか〳〵しからぬいかゝ思ひ給はんとこゝろくるしきまておほえ給ひけり　（4ウ～6オ）

〔七九〕

まかむて給ひて大将とのにしか〳〵うゑのゝ給へるをさき〳〵もうけひかぬけしきをみなから○《も》いかてかさすかにさもそうせんやう〳〵ほともちかくなりぬめりきかせ給はんところなとはゝかりていとゝいまより物し給はぬわたくしこゝろに思ひさため給ふことあらはいかにくるしうやおほさむといとをしけれはうちなけき給ひなからまついかにも〳〵思ひおきてこゝらのとし月をへかくおほしおきつる御心もしけきをことこゝろなとき

そ候へこれにすきたるめんほく候へきやうなしたゝとくおほせ事にしたかひて候へき也なとそうし給へはさらは四月はかりになとの給はするをよろこひ給なからこの御心のかひ〳〵しからぬをいかゝおもひたまはんと心くるしく思給けり　（5オ～6ウ）

〔七九〕

まかて給て大将の君もしか〳〵うへのゝたまはせつるをさき〳〵のうけられぬけしきとはみなからもいかてかはさはそうせんするなれはさるへきさまに申[つ]るをいかゝはせんせう〳〵心にいらぬ事なりともなみ〳〵のつらにもあらはこそはきゝいれてもすこさめいかにもかくめしよせらるゝめいほくのかたもをろかならす程もちかくなりぬめりはやさやうにも思たち給へとき(▲こ□)こえ給ものからものうからん事をかきりなきめんほくなりともさしも

んをせいしいふべきにもあらず先いかにも
〳〵おもひをきてつる年比のほ(本)いなるかくお
ぼしの給はする御心もかたじけなしひが心な
ど聞せまいらせたまはんいとかたはらいたか
るべしはや〳〵よき日して御ふみなどこそも
のしたまはめ心にいらぬ事とても聞すぐして
やむべきならずなどの給ふものからすこしも
いかにぞやおもひ給はん事をばみかどの御事
なりともなまこゝろやましく我御こゝろにも
おぼされてうちなげかれ給ひぬる御けしきの
例の人おやげなくあはれにみ(見)え給へばそれよ
りまさりて覚え給はん事をもえぞいなひ給ふ
まじきや何事にか物うく思ひ給はんたゞかく
心にまかせてならひ給ひてくるしき事ともや
など思ひ給へれば今しばしはさらでもと思ひ
給へるにこそさてかの大宮のあるまじきこと
にかけはなれてのたまふときゝ侍るぞいとむ
つかしくおぼえ侍りぬべきなど申し給へばそ
はたかきもいやしきも女はさぞこゝろもくち
もたてたるやうなれどうへの御こゝろにこそ
あらめ大宮も中宮の御かたさまをびんなき事
にの給へるにこそあらめさらではきさきばら
におはすれどもさしもあるまじき事とおぼす
べきにもあらす今はじめてぞこの御世より御
かとの御むすめえ奉りそめたるかはありがた

かれまいらせ給はんにはいとかたはらいたか
るへしよきひなとして御ふみをこそたてまつ
り給はめ心にいらぬことゝてもきゝすくして
やむへき御ことならはこそあらめなとの給物
からすこしいかにそやおほえ給はんことはみ
かとの御事なれともなまこゝろくるしくおほ
されてうちなかれ給ひぬる御けしきのれいの
人のおやけなくおほえ給へはそれよりまさり
給はんこともえそなひ給ましきにやなにこと
の候はんにか物うくまては思ひ給はんたゝよ
くこゝろにまかせならひ候てくるしきことも
やと思ひ給はんいましはしはかくてもやと思
ひ給ふるにかのおほみやのゆるしかたきこと
にかけはなれての給ふときゝ侍を《そ》いと
むつかしうなにかはと思ひ侍と申給へはそれ
はたかきもいやしきもさこそはおんなは心も
ちもたてるやうなれとうゐの御心にこそあら
め中宮の御かたさまをそうちとけかたくおほ
し給ふるにあらぬさらてはなにことをかあか
ぬ御こゝろもあらんとわか御こともおほさる
れはけたかくかたしけなき御ありさまみ給ふ
にわか御みのくちをしくなり給へるにけるも
あはれにおほさるゝまゝに后はらにおはすと
さしもあるへきことにあらすいまはしめてこ
のうゐよりみかとの御むすめえたてまつるは

思はさらんをかくすゝむるも心くるしうてう
ちなけかれ給ぬる御けしきのれいの人のおや
のやうにもえ申給はぬをあはれにみたてまつ
り給へはそれよりまさりてなに事のさふらは
んにかものうくも思給はんたゝかくこゝろに
まかせてならひ侍りてくるしきこともやと思
給へれはいましはしもなとこそかの大宮のあ
るましき事にの給なるさまそむつかしうはへ
りぬへきとの給へはそはたかきもいやしきも
女はさこそ心もくちもたてるやうなれとうへ
の御心にこそあらめ中宮の御かたさまにさら
てもありぬへ共《う》おほさるるならんさらてきさ
いはらにおはすともあるましかるへき事にも
あらすそこのみよゝりみかとの御むすめはえ
給へるにもあらすありかたくめてたきさい
わいめいほくとおもふへきならすいにしへよ
りちかきためしにもそこよりみたてすくなき
納言たちさるれいみないとおほかりまいて
そこ(▲の)この御ためにはかしこしともおほえすか
くゝちをしくなりそめにけるみ(身)つからのすく
せによりてなにのむくゐにかくはみきこゆる
そとあさゆふはかなしくこそあれとてうちし
ほれ給ぬ
（6ウ～8ウ）

くめでたき身のさいはひと思ふべきならず身のくちおしくなりにけるばかりこそめざましきものに人の、給はんよなに事につけても中々めやすき御行末にこそあらめ
（上5オ～6ウ）

〔八〇〕
うへはかしこうおぼしをきつるにこそあめれさしならべたらんにかたはらいたげならんはいとうちいでにくかりぬべきに此宮はさてもなどてかはとみ(見)ゆればこその給はせけれとていとめでたくうつくしとおぼしたるけしきの哀げなるをみ(見)たまふにもおほすさまにてみ(見)え奉らまほしけれどわれも人もさま〴〵にさだまりゐていまはとおもひはなれて世にありなんやと返々思ふにも我こゝろのうちはあるまじき事なれば人の御心ありさまみ(見)さだむるほどはかやうにてうきたるさまにてながらへんほどにえ忍びすぐすまじうおぼえば身をすてんさまにいとやすしさばかり心ぐるしからん御ありさまをみ(見)奉りそめていかにいみじきほだしとおぼえん母宮のさればよと思ひなげき給はん心のうち思ひつゞけらるゝになを〳〵いかさまにして此事おぼしとまるわざもがなと人しれずなげかれ給ふ
（上6ウ～7ウ）

ありかたくめてたきみのさいはいに思ふへきにあらすくちをしくなりそめにけるにこそあらめさまてめさましくおほしの給ふらんよなにことにつけても中々めやすき御ゆくすゐにこそあらめ
（6オ～8オ）

〔八〇〕
うゐかしこくおほしおきつるにこそあんめれさしならひたらんにかたはらいたからんはいとうちいてにくきにこのみやはさてもなとかはとみ○《ゆ》れはこその給はせけれたゝうつくしとおほしたるけしきみ給ふにはつみへ給らんとおほすさまにてみえたてまつらまほしけれとわれも人もさま〳〵にさたまりゐていまはと思ひはなれてよにありなんや思ふにもわか心のうちはあるましきことなれは人の御ありさまみさたむるほとかやうにうきたるさまにてなからへんけにさらすとも思ふ心のなるへきにはあらねとさたまりゐんはかきりに思ひとらんになりぬへし春宮にまいり給はんにいかやうに何となくてすきつゝいまかくにこそはとみたてまつりさためてはあともとゝめすみをすくさむことはいとやすしさはかり心くるしからん御ありさまをみたてまつりそめてはいかにいみしきほたしとおほえん

〔八〇〕
上はかしこくて(▲そ)あなかちにかくはの給はするそゝのみやはゝかたに御うしろみすへきかれ《ひと》なくて廿《ゆ》くすゐの事おほしめすにこそあらめみこたちといふともさしならへたらんにかたはらいたくならは思かくへきならすこの宮はわかめなれはにやけしうはあらしとみゆるなりとこそうち〳〵はおほせらるなれはけにおほろけにははおはせぬなめりわれもまたたまひかるともせう〳〵の人はこのわたりによせしかた〳〵につけていと思ふさまなる御事也なと申給をけにさこそおほすらめあるましからん事にてたにこの御事をたかうへき心ちもせねとさたまりいていまはと思はなれてはよにはいかてかあるへきわか心ちにあるましき事なれはいける我身といひかほにてすこすへきそかし人の御ありさまをみたてまつりてはと山のあなたをつゐのいゐゐには思ふをかたしけなき御心にゆくすゐまてのたのもし人にお

〔八一〕
内にさふらふ中納言の内侍は大貳のめのとの
はらからぞかし皇大后にもむつましきゆかり
にておさなくよりさふらへば宮達の御ありさ
まなどもみ(見)奉りて物語のつゐでにもとき〳〵
聞えさせしを大将もみゝとゞめ給しかどかゝ
る御けしきとみ(見)給ひて後は中々わづらはしく
なりておなじ百しきのうちながらこき殿には
ことに参りなどもし給はぬを大貳のめのとく
だりてのちはおなじ心にこそなどつねに聞え
さすればつぼねのあたりに立よりなどし給ふ
おりもありけり聞えさすべき事なとたび〳〵
申せばつぼねに立より給ひてあんないし給ふ

はゝみやのいとゝされはよと思ひなけき心ゆ
かさらん心のうちなれとおほしよらるゝあら
ましことさへ心くるしくてさらに思ひよられ
ぬたちまちにさへおほしたちぬるになをいか
さまにしてこのことをおほしとまるわさもか
なと人しれすおほしなけき給ひけり
（8オ～9オ）

〔八一〕
うちに候給ふ中納言の内侍のすけは大にのめ
のとのはらからそかしたかいにむつましきた
よりにはおさなくより候へはみやたちの御あ
りさまなともみたてまつりて物かたりのつい
てに大将にきこゑさせしかはみゝとゝめ給ひ
しかとかの五日のゝちは身のしろころもいと
わつらはしくも心のうちなかく弘徽殿にはい
り給事もし給はぬを大にのめのとくたりての
ちはおなしこゝろにこそなとつねにきこゑさ
せてつほねのあたりにたちよりなとし給をり
もあるにきこゑさすへきことなむあるときこ
ゑさすれはつほねにたちよりてあないの給ふ

ほしめすら(▲ら)んこそ心くるしけれかくことにも
あらぬみ(身)つからのこゝろにもあはれにもかた
しけなくも思をきゝこえんほたしになり給は
んよは、宮のあさましき事とおほすらんにさ
れはよといかはかり心くたけ給はんさてもな
らへつへしと御らんしみたてまつり給ふらん
御さまなとも中そらにみなしたてまつらて心
にくゝてやみなんはめてたかるへきものをな
とあちきなく人の御うへをさへなけかしけれ
はこの事おほしとまらんわさもかなと人しれ
すいみしくおほしなけき給
（8ウ～9ウ）

〔八一〕
内にさふらふ中納言のないしは大貳のめのと
のおとゝそかし皇后宮もむつましきゆかりに
ておさなうより候へは宮たちをもことのつい
てにも時々きこえいてしかは大将殿もをかし
き御ありさまとみゝとゝめ給はぬにしもあら
ね(▲は)とかゝる御けしきみ給てのちはわつらはし
くなりておなしもゝしきのうちなからもこき
てんにはことにみることもし給はぬを大貳の
めのとくたりてのちはおなし心にてこそなと
申をきしかつねにみむつひきこゆれはをり
〳〵につほねのわたりにたちよりなとし給け
りきこへさすへきことなとたひ〳〵申せはた

に宮の丶ぼらせ給へる御ともにといへばほいなくてそのわたりをた丶ずみ給ふにしやうの御ことのをいたうゆるひけるをばんしきでうにしらべてわざとならず忍びやかにてたえ〲に聞えたる御つまをとなべてのには似ずなつかしくおかしきはみやたちの成べしと過かたくて南の戸くちのかたによりて聞給へばつまどほそめにあきて火の光ほのかにみゆよりてやをらあくれどとがむる人なし火おけに火などをこしをきてよひのそうのあからさまにいでたる跡とみ《（見）》ゆやをらいりてひをあふぎけちてしやうじ口までより給へど宮も上にのぼり給ひて夜もふけにければにや人の音もせずしめ〲としてことのねばかりぞとき〲聞ゆるもしみ《（見）》えぬべしやと猶もあらでしやうじよりとをりてあまたたてかさねられたる御几帳どもにつたひつ丶かべしろの中に入たちてみ《（見）》たまへばこなたは宮達の御かたなるべし丁のまへにふたところふし給へりほのかなるひのかげにいづれかいづれともとみにわかれ給はずおくのかたにことをまさぐりつ丶かたはらふしたまへる御ぐしのか丶りなべてならずみ《（見）》え給ふ也二の宮におはすらんとめとまり給ふまへ近く人二三人ばかり候て物いふをき丶給ふに我御うへなりけり（上7ウ〜9オ）

に宮のほらせ給ふ御ともにた丶いまなといへはほいなくてそのわたりをた丶すみ給ふにさうのことをいたしゆるひたるをはむしきてうにわさとなくしのひやかにたえ〲きこゑたるつまおとなへてはきこゑすなつかしくおかしきはみやたちのひき給ふにこそとすくしかたくてみなみのとくちによりてき丶給へはつまとほそめにあけてひのほかけほのかにみゆよりてやをらあくれととかむる人もなくてひをけにひおこしなとしてよゐのそうあからさまにいてたりけるあと丶みゆやをらいりてひをあふきけちてしやうしくちまていり給ひぬみやもうゑにのほり給ひてよもふけにけるにや人のおともせすしめ〲としてことのねはかりとき〲きこゆみえぬへしやとなをしやうしよりとをりてあまた丶てかさねたる御き丁にかへしろの中にいりたちてみ給へはこなたはみやたちの御かたなるへし丁のまへにふたところふし給へりいつれかいつれともみえわかれ給はすおくのかたにことをまさくりてかたはらにふし給へる御くしのか丶りなへてならすみえ給ふや二宮におはすらんとめとまり給御まへちかく人二三人はかり候て物いふをき丶給へはわか御うゑなりけり
（9オ〜10ウ）

ちより給へるにみやのほらせ給御ともにといへはほいなくてそのわたりをた丶すみ給にさうのことをいたうゆるひたるをはんしきてうにしらへてわさとなくしのひやかなるたえ〲きこへたるをしなへてのにはにすなつかしうおかしきなるは宮たちなるへしとすきかたくて南のとくちのかたによりてき丶給へはつまとほそうあきてひのかけみゆよりてやをらあくれと丶かむる人なし火をけをきたりよゐのそうのあからさまにいてたりとみゆやをらいりて火をあふきけち給てことのこゑするほとちかくよれ《（◆は）》と宮も上にのほり給てよふけにけれは人のを《（◆ほ）》ともせすしめ〲としてことのねはかりそ猶とき〲きこゆるもしみえぬへうやあるとさくもあらてさうしよりとをりてあまた丶てかさねられたるき丁ともにつたひつ丶かへしろの中にいりたちてみ給へはこなたは宮たちおはしますなるへし丁のまへにふた所よりふし給へりひのかけほのかなれはいつれかいつれともわかれ給はすおくのかたにさうの事をまさくり給てかたはらふし給へるや二の宮におはすらんとめと丶むれは御くしのか丶りなへてならてあなおかしとみえ給へり御前に人二三人はかりそちかくはさふらひてものいふをき丶給へはわか御うゑなりけ

〔八一〕
さてもめつらかなりし世の事どもかな音に聞
しあめわかみことかやみ(見)てしがなうるはしく
よかりしかたちかなこの世の人とも覚えざり
きなどいへば又ある人されど大将の笛もてな
やみていかにせましと思ひやすらひ給へりし
ほかげのにほひあひ行に似たるものなかりき
（上9オ〜ウ）

〔八二〕
中務の宮のひめきみにかたり聞えさせしかば

〔八一〕
さてもめつらしかりしよの事ともかなおとに
き丶しあめわかみこをみきこゑてしよ御かた
ちのこのよの物ともみえす給はすめてたかり
しものかなといへはいまも〳〵されと大将の
うゑの御まへにひかれたてまつりてなみたう
けて思ひやすらひ給ひしほかけはみこの御あ
りさまにはまさりてあいきやうつきてなまめ
かしくみゑ給ひしかまさりたるものはなかり
きよの中に思はん人にみせまほしかりし物か
な
（10ウ〜11オ）

〔八二〕
なかつかさのみやのひめみやにかたりきこゑ

り
（9ウ〜11ウ）

〔八一〕
さてもめつらしかりしよのこと丶もかなをと
にき丶しあめわかみこをみてしかなまことに
うるはしくめてたかりしかたちよけにこのよ
の人にもにさりきなといへは又ある人大納言
のふえもてなやみていかにせましと思なやみ
給しほかけのかたちにはならふへくもこそみ
えさりしかあひきやうにほひあたりの人さ
えにほひか丶る心ちし給へるこそいかなる女
あれにならはんとすらんされはにや心と丶む
る人もなかめ《な》りあたら人のいたうまめたち思
事ありけなるこそくちをしけれいますこしわ
ら丶かけならましかはいと丶あたりの人やす
からすくるしからましといふ又そ丶よきい
と丶はつかしさもうちみるに心くるしきけも
うちそひ給へるそかし猶せう〳〵の女はみせ
にくしなあり〳〵ていかにそまろかやうなら
んあやしけならんもの丶すくせありてならひ
いた覧はなといひてわらふもあり
（11ウ〜12ウ）

〔八二〕
なかつかさの宮のひめきみにそ(▲□)そのよの事

其まゝにかい給へりしみこの御かたちはゐにもうるはしくきよらなればにたりき大将の御ありさまぞ筆をよぶべくもあらずとてはてはやり給ひにきなどかたれば此三の宮にやとみ《(見)》え給ふすこしおきあがりてそのゐはなどみ《(見)》せぬこゝろうかりけりなどうらみたまふけしきをさなびてうつくしげにみ《(見)》え給ふゐは御らんせさせんとせしかどちらさじとてかくし給ひしかばくちおしくてこそかのひめ君こそ大将の御ぐにもしつべけれ心ばへもりやう〳〵じくこそおはすれなど口々に物がたりなどすれど今ひと所御物もの給はずことを手まさぐりにして人々ものいひわらふをみ《(見)》給へりくちつきまみなどよりはじめほのかなる火のかけなればにやげに是こそたぐひなき御かたちなめれとよそに聞奉りつるよりはこよなく心とゞまりてとみにも立出られぬほどにいでたりけるよひのそうまいりてつまどあらゝかにかけつるをとすればいとわりなくていでず成ぬべきにやと猶み《(見)》たちたまへれば此宮の物語しつる人このよもぎが門とありし*哥もたり出てひめ君の御めのとごのこさいしやうといふがしか〳〵聞えたりしなどかたるにもたれならんと思ひしをされればよなどきゝ給ふもおかし
（上9ウ〜11オ）

させたりしかはたゝおほしやりけるまゝに御まへのありさま御この御かたちゐにもうるはしくきよけなりしかと左大将の御ありさまはふてもおよふへくもあらすとてはてはやり給ひてきとかたれは三の宮にやとみたてまつる人おきあかり給ひてそのゐはなとみせきこゐさりけるこゝろうかりけるうらみ給けしきおさなくうつくしけにみえ給ふふくらかにあいきやうつき給へるなるへしゐは御らんせさせんと思ひ給へりしせかともちらさしとてやり給てしかはまことにくちをしくこそ侍りしかかのひめみやこそ大将の御こにもせまほしけれよう〳〵しくおかしくおはするなといゐともいまひと所は物もの給はすことをまさくりて人の物いひなとするをみやり給へるまみひたいつきおもやうよりはしめてなまめかしくらうたけにおくゆかしき御ありさまのほのかなりしひのかけはけにこれこそたくひなき御かたちありさまなれりけれとみ給にとみにもたちいてぬほとにいてたりけるよゐのそうよりてつまとあらゝかにかけつるおとすれはえいつましきにやといかにせんとわりなく思ふ〳〵なをみ給へはみやの御ことといひつる◯《よ》かのひのゆふへ大宮なりしところにまかりたりしにわたり給ふとてくるまよりさし

をかたりきこへさせしをやかてそのまゝにゐにかき給たりし御この御か《(▲か)》たちはうるはしくめてたうていとようこそにたりしか大将の御ありさまそすへてをよふへくもあらぬとてはてはやり給てきなとかたれは三宮とおほえ給すこしおきあかりてそのえなとみせさりける心うかりけるとうらみ給けはひおさなひてふくらかにあひきやうつきうつくしけにそみえ給御らんせさせんとせしかとちらさしとかくされしかはくちをしくこそかのひめきみこそ大将のくにはせまほしくみえ給へなとうちとけたるものかたりともすれといま一所はものもの給はすことをてまさくりにしつゝひとのものいひゐわらふをみやりてすこしほをえみ給へるくちつきまみおもやうなとよりはしめてほのかなれはにやけにこれそたくひなき人の御かたちなめれとよそにおもひつるよりはこよなう心とまりてとみにもたちいてられぬほとにいてたりけるよひのそう《(▲ら)》まいりてつまともあらゝかにかけつるをとすれはいとわりなくてゐいてすなりぬるにやいかにせんと思ふ〳〵猶みたち給へれは宮のものかたりしつる人はよもきかかとゝいひしうたもかたりいてつゝひめ《(▲め)》きみの御めのと◯《の》こ宰相といひしかしか〳〵きこえたりしなとかたる

＊「も」と「た」の間に半字程度の空白がある。

〔八四〕

すこしおとなしかりつる人例のみだり心ちあしうなりにたるかなこよひはよもおこらじとこそ思ひつれあやしきわざかな夜ごとにさへ成ぬるにや大宮のおはしまさぬほどにだにさぶらはでみやどの《イ本》いざとく御かたはらにさぶらはせたまへなどいひをきておるゝは御めのとなるべしものいひつる人もいたくふけさふらひぬ御丁にいらせ給ひねと聞えさすれどうたゝねにみなふし給ひぬことひき給へるはやがて枕にてかほ引ふし給へるやうだいなど心ぐるしげにらうたき御けしきなればみ(見)奉りをきていでんはくちおしくおぼえなりぬるもさばかりみすのとをだにわづらはしき御あたりとおぼしつるにはたがひたる御こゝ(見)ろのにくさなりかしかうなんけちかき程にてみたてま

いて給へりしかたちはつねよりもめてたくみゑ給ひしものかなひめきみの御めとのむすめの少将といふかせちにめてきこゑてのきのあやめをひきおとしてしは〳〵きこゑたりしなとこま〳〵とかたるをたれならんと思ひしをそれにこそありけれときゝあはせ給へるもよの中はかくれなきわさかなときゝ給ふもおかし

（11オ〜12オ）

〔八四〕

すこしおとなしかりつる人れいのみたり心ちこそあしくなり侍ぬれこよひはよに〳〵おこらしとこそおもひつれあやしきわさかなよことにさへなりぬるにやかくのみときとりをしてほとへぬるはこよひはおほみやもおはしまさぬにやいとわりなきわさかなみないさとにて御かたはらにさふらはせ給へとてたちぬるは御めのとなるへしこの御ものかたりしつゝ人はこのみやの御まへにちかう候はんとて御そひきゝせたてまつりなとすこのみやの御めのとこにありときゝしなめりよふけ候ひぬ御丁にいらせ給へとてみなうたゝねにひるの御ま《し》に御とのこもりぬことひき給へるはやかてことをまくらにてかほひきいれてふし給ひぬるやうたいなと心くるしくらうたけな

たれならんと思ひしをされはよとき、給もをかし

（12ウ〜13ウ）

〔八四〕

すこしおとなしかりつるれいのみたり心ちあしうなりにたりこよひはよもおこらしとこそ思ひつれよことにさえなりぬるなりけり大宮のおはしまさぬほとにわりなきわさかな宮も御かたはらにさふらはせ給へよといひておるゝは御めのとなるへしものいひつる人三の宮の御まへには中将さふらはんとて御そひきたてまつらせなとするこそこの宮の御めのとこありときゝしなりけりとおほしぬるふけさふらひぬるなめり御丁まいらせ給へと申せとひるのおましにうたゝねにみなふし給ぬことひき給へるはやかてまくらにて御かほひきいれてふし給へるやうたいなとも人にもにす心くるしけにみ給なとたゝかは○《か》りみたてまつりをきていてんかくちをしうそおほえ

つりつるとばかりはかの御み丶に聞えしらせざらんもあまりむもれいたき心ちしてやをら入ておくのおましにすこしひきいれたてまつり給ふにおぼしもあへずこはたそといはれたまふに

しにかへりまつに命ぞたえぬべき中々何にたのめそめけん〈46〉

とのたまふけはひはひなべてならぬをいみじき御心まどひの中にもきゝやしらせ給ふらんいとゞはづかしくいみしきに物もおぼえさせ給はずたゞひきかづきてなき給ふけはひもいとゞ近まさりしてそこらはぶき給ふ年比の心の程よりはかばかりにてたちのかんともおぼされねばかの夜半の身のしろ衣もさりともおぼしかへさんやはといとたのもしきにこけも心のみだれまさりつゝ大宮の御けしきもつゝましくうけ給はれば御ふみなとをだにえ聞えさせねば人づてならできこえしらせんとてなん心のどかにおぼしめせ御けしきとらではさりともなめげなる心のおほけなさはよもつかひ侍らじよし御覧ぜよなど聞え給ふげにうとましかるへきさまにもあらねどかばかりもしらぬ人にけちかくみ（見）えさせたまふはあさましくはづかしうおぼしめされて（上11オ〜12ウ）

る御けしきなれはみたてまつりをきていてむはくちをしく思ひなりぬるもいかにせんさはかりみすとをたにもわつらはしくおほゆる御かたにまいりたちにけるも物おそろしきまておほゆれとおほしつるにはたかいたる御こゝろにくさなりかしいとかくけちかきほとにてみたてまつると御み丶はかりにはきこゑしらせさらんもあまりむもれいふせき心ちし給ひてやをらよりておくのおましにひきいれたてまつり給ふに思ひあえすたそといはれ給ふに

しにかへりまつにいのちそたえぬへきなか〱なに丶たのみそめけん〈46〉

との給ふけはひはひなへてならすそいみしき御心まといの中にもきゝやしらせ給ふらんいと丶はつかしくわひしきにものおほえさせ給はすたゝひきかつかせ給ひてなき給ふけしきおかしくらうたけにおはするにいと丶ちかまさりそし給へるものこりゆかしくおほえ給ひてたちのくへうもおほされすかのよはのさころもさりともおほしかへされんやはたのもしきにもこゝろのみ丶たれまさりつゝおほみやの御けしきもつゝましくうけ給はれは御ふみなとをたにもえまいらせねは人つてならては申しらせはやと思ひ給へあまりてなむ心のとかにおほえ侍てさはよし御らんせよなときこゑさ

なりぬるさはかりみすのとをたにむつかしうわつらはしきあたりとおほしつるはたかひぬる御心のうち我なからにくした丶かくなんけちかき（▲く）ほとにてみたてまつるとはかりかの御み丶にきこえさせさらんもあまりむもれいたかりぬへけれはやをらよりておくのをましにすこしひきいれたてまつりたまふにおほしあえすこはたそといはれ給御けわひよにしらすらうたけなり

しにかえりまつにいのちそたえぬへき中々なに丶たのみそめけん〈46〉

とのたまふ御けわひをいみしき御心まとひにもこの人とやきゝしらせ給けんいと丶はつかしういみしきにものもおほえ給はすた丶ひきかつきてなき給御けはひなといと丶ちかまさりしてとしころの心の程よりはかはかりにてたちのかんとはおほえねはかのよはのみのしろころもさりともおほしかえさんやいとたのもしきにもこけのみたれまさりつゝ大宮ひんなけにの給はすなるか心うさにかはかりもちかくてきこえさせんとてなん心のとかにおほしめせうゐの御ゆるしはんへらさらんほとはなめけなる心の程はよもみえまいらせしとてけにうとましかるへきにもあらねとかはかりもしらぬ人にみえさせ給あさましくはつかし

〔八五〕

たゞひとへの御ぞにまとはれたまへどいたくほころびてあへかにおかしけなる御身なりはだつきなどけに是こそあるべき程なれとかぎりなき御ありさまもことはりにうつくしう覚え給ふにも先かのむろのやしまの煙たちそめし日の御かいなはさまことに思ひいでられ給ふてかばかりもいかにしつるぞもしけしきみ(見)る人もあらばいとゞのがれ所なくめしよせたらんときいかなる心ちして命まつまのほどはなをさやうなる事なくてこそあらめ又かうこゝろぐるしき御ありさまに人しれぬ物思ひをそへ奉らんもいとこゝろぐるしうあるまじき事と返々おもひとりながらいとかはかりにてはのちゆくすゑのたどりもさすがにこゝろづようえおぼしたどるまじうみだれたるやうにてきえ入ぬべうおぼしまどひたる御ありさ

せ給ふうゐの御おきてなとはけしきちこならぬほとなれはみゝならし給ひておほえぬれともわかう思ひのほかにあり〳〵しきさまにてみゐさせ給はんはいとあるましき事なれはなよ〳〵とあてやかにこゝろくるしきものから御そにまとわれておほしいりたれとも

（12オ〜14オ）

〔八五〕

ひとへの御そもほころひてあてにおかしき御ありさまのありかたうゝつくしうかきりなくおほえ給にもまつかのむろのやしまのけふりたちそめさせ給ひし日の御かいなのうつくしさはまつ思ひいてられ給てされはこそかきりなき御ことゝてかくのみおほえぬへきこゝろのうちなるにかはかりもいかにしつることそとなみたはいてきぬのこりなくみないたてまつりてもなくさむ事なからん物からのかれところなくめしよせられて思ひむすほれらん心のうちもいかてかあらなんといのちまつまのほとたになをさやうなることならてこそあらめかくこゝろくるしき御ありさまに人しれ卄ぬ御もの思ひをさへそへたてまつらんいとこゝろくるしうあるましくあさましくかへす〳〵おほすこゝろはありなからいとかくはか

くおほされてなよ〳〵とあてに心くるしき物からたゝ御そにまつはれておほしほれたるさまなのめならすらうたけなり（13ウ〜15ウ）

〔八五〕

ひとへの御そもほころひてあえかにおかしけなる御てあたりみなりはたつき事はりもすきてならへつへしと御らんしけん我身もいとゝ心をこりせらるゝにもかのむろのやしまのけふりたちそめにしひの御てつき思ひいてられてこはいかにしつるそもしけしきみる人もありてめしよせられなはとしころのおもひはかた〳〵いたつらにてやみぬへきかあるましき事とは思なからも我○《は》よのつねに思さためてよその物とみなしたてまつりてはやまし東宮なとにまいり給まてはありかさためてこそ山のあなたへもいらてかはかり心くるしきありさまをみたてまつりそめては我心なからもみえぬ山ちへもとはおほえすもやならんとすらんこの御心にも人しれすおほしなけかんさまなとおほすにあちきなくもなみたさへ

まのこゝろぐるしさもいかゝ成にけん是やさはのがれがたき契りの程ならんと思ふもさま〳〵にをろかなるべきこゝろさしとは覚えぬにしもむねさはぎて思ふまゝにえみ《（見）》奉らさらん事のなつかしうさりとていまもひとかたにうへの御けしきにしたがふべき心ちもせずなどいとゞみだれまさりぬるこゝろのうちなを〳〵我ながらもどかしうくやしきに

（上12ウ～13ウ）

〔八六〕

此御けしきさへいといみじきをとかくなぐさ

りのけちかさまにてみすこし給はんこともさすかにありかたくのちゆくすゑのたとりもおほしとるましうみたるゝやうにてきえいりぬへうおほしまとひたる御ありさまの心くるしさもいかゝなりにけんひめ宮はいとこゝろうかりけるみのあは〳〵しさをおほすはかりみやの御こゝろはへなとの思はしきはつかしさなとはかけてもかやうの事きゝ給ひていかにおほしまとはむたゝいまなくもなりなはやとおほしいりたるさまなのめならぬをけにわかこゝろにもかくまても思ひきこゑさりつるにこれやさはのかれぬちきりすくせ《（世）》ともならんいまはいかゝはせんと思ひなり給ひぬへきを人のかたけしきをおほせは思ふさまにもみたてまつり給ふましからんことを思ひつゝくるにこゝろもさま〳〵にみたれておろかなるましきこゝろさしよおほゆかましきにもむねはさはきてくやしき事かきりなしさりとてはいまもひとかたにうゐの御けしきにしたかふへき心ちもせすいとゝみたれまさりぬるこゝろのうちなを〳〵われからすゝしうくやしきにも

（14オ～16オ）

〔八六〕

その御けしきさへいみしきをとかくなくさめ

をちぬへくて心つようおほしのかるれとのちせの山もしりかたくうつくしき御ありさまのちかまさりにいかゝおほえなり給にけんいといみしくあるにもあらすおほしまとひたる御さまなとの心くるしさにあすもありとはたのむへくもあらすわか心にも心はかりして思まゝにみたてまつらさらん事むねくるしきまておほえ給さりとてたちまちに上の御心にしたかふへきにもあらすいとゝみたれまさりぬる心ちしてわれなからもとかしきことかきりなし

（15ウ～16ウ）

〔八六〕

あるにもあらぬ御けしきをとかくなくさめた

め奉りてわれも涙をながしそへ給ひつゝおも
ひぐまなきやうにうへのきかせ給はんにより
御ゆるしなからん程はおぼろけならでみ(見)奉り
御文なとだにありがたくぞ侍るべき中納言の
すけしてぞ思ひあまるおり〳〵聞えさすべき
猶あか君おぼつかなきさまにもてなさせ給ふ
なよさりとて今いく日もへだゝり侍らじなど
思ひなぐさめてなんといみじき事共を聞えさ
せ給へど中納言にさへいひしらせん程のはづ
かしさこゝろうさをおぼしいるにいとゞたゞ
いまなくなりぬる身ともかなとおほされてや
すき事とは身もうきぬばかりにながれたる御
涙いと心ぐるしくわりなきに左近のぢんの時
申すもあけぬなりと聞ゆればいとゝわづらは
しさもなのめならずかた〳〵にこゝろのみみ
だれていかなるべき身のありさまにかとかへ
す〳〵物なげかしさいとゝやるかたなくてお
きもあがられ給はずさりとてかづら木の神の
ひとかたにあらはれぬべき心ち(地)もせぬにや

　いは橋をよる〳〵だにもわたらばやたえ
　　まやをかんかづらきのかみ〈47〉

いとあまりこちたき御けしきは人もこそとが
め聞ゆれとよろづになぐさめ聞えさせたまふ
ほどによべの戸のなるはそうの出るにやと聞
ゆればやをらたち出るもうしろめたく心ぐる

わひ給ひてわれもなみたをこほしつゝうゐの
御けしきまち侍ほとはなれ〳〵しくきこしめ
されんはかたはらいたきことに侍へけれは心
よりほかにへたておほく侍らんすらん御ふみ
をたにおほろけならてはいかてかとうちなき
給おほみやのさためなかんなる心のほとゝう
ちとけかたくの給はするをおほしあはせられ
てなへてよの人のきやにてすきゆかむ御みの
うさためしなくおほししられてゆくゑなくな
かれいてさせ給ふなみたをなくさめわひ給た
てまつり思ひわひんおりは中納言のすけして
そきこゑさすへきわかきみおほつかなきさま
にもてなさせ給へといまいくかも侍ましつね
にはみたてまつるへけれは思ひなくさめてな
といみしき事ともをきこゑさせ給へと中納言
のすけにさへいひしらせんはつかしさこゝろ
うさをさへおほしそへられてやすきことゝは
うきぬはかりになかれいてたる御なみたのけ
しきいとこゝろくるしきわさなるやさこんの
ちんのとき申もあけぬなりときこゆるにそい
とわつらはしさもなのめならすしつこゝろな
きかた〳〵こゝろのみたれていかになるへき
御みのありさまにかとかへす〳〵物なけかし
きいと〳〵やるかたなくてかやうのまきれの
ありかたからんなとくるしさにおきもあから

てまつりつゝ我もなみたをこほしそえつゝ思
くまなきやうにうゐのきかせ給は[ん]により御
ゆるしなからん程はおほろけならてみたてま
つり御文なともありかたく侍ぬへき中納言の
すけして思あまらんをり〳〵はまいらすへき
猶々あかすおほつかなきさまにもてなさせ給
なよさりともいくかもへたゝり侍らしと思な
くさめてなんなといみしき事ともをきこへし
らせ給へと中納言にさへいひしらせんほとの
はつかしさをおほすにたゝいまもなくなるぬ
る身ともかなとのみおほされてたゝ身もうき
ぬはかりなる御なみたいと心くるしく左近
ちんの夜行もあけぬなりときこゆれはわつら
はしさ猶おろかならすおほえていかにせんと
心のみ〇《み》たれまさりてうつし心もなき
やうにておきあからんともおほえねとさりと
てかつらきの神もあらはれゐるへきならねは

　いはゝしをよる〳〵たにもわたらはやた
　　えまやをかんかつらきの神〈47〉

いとあまりこちたき御けしきは人もこそとか
めまつらすれと猶々君こはあるまし事にも
あらすつゐにはめなれさせ給てんときこえさ
せしらせ給程[に]よへのともあくは僧のい〇
《つ》るときこゆれはやをらたちいつるもう
しろめたうわりなき御ありさまなれはなと

しきになぞやかくおもひやりなくあやしき身なりけんまきのとの思ひかけずやすかりしもよべはうれしかりしに物思ひそへてたちいづるはうらめしきまでおぼされてをしたてたまふ

くやしくもあけてげる哉まきのとをやすらひにこそあるべかりけれ〈48〉

とまで覚されけり

（上13ウ〜15オ）

〔八七〕

そのすなはち母宮うへよりおりさせ給ひてやがてこの御かたはらにうちふさせ給ひてみかうしどもまいりなどしておきさせ給へるに姫宮の御跡のかたにふところがみのやうなる物

れ給はすさりとてかつらきのかみのひとかたにあらはれいるへき心ちもせすなとさま〳〵におほしみたれて

いはゝしりをよる〳〵たにもわたらはやたえまやおかむかつらきのかみ〈47〉

とあまり[に]こちたき御ありさま人もこそとかめまいらすれよろつになくさめきこゑわりなくみたてまつりあつかひ給ふにとのなるはよへのそうのいつるにやときこゆれはやをらたちいつるにもうしろめたきぬれきぬこころものしほとけさもこゝろくるしくおほさるゝになそや思ひやりすつるにあやしき心なりけんとまきのとの思ひかけすこゝろやすかりしもよへはうれしかりしに物思ひをそえてたちい巾ゆつるはいま思へはうらめしくておしたて給ふまゝに

く《く》やしくもあけにけるかなまきのとをやすらひにこそいつへかりけれ〈48〉

とまておほされける

（16オ〜18オ）

〔八七〕

そのすなはちはみやおりさせ給ひてやかてこの御かたはらにふさせ給ひてみかうしともまいりなんとしておきさせ給ひつるにひめみやの御あとのかたにふところかみのやうなるも

やかく思ひやりなくあやしき心なりけんまきのとのおもひかけす心やすかりしもよへはうれしかりしかといとかく思ふ事そひていつるはうらめしきまておほされてをしたてたまふとて

くやしくもあけてけるかなまきのとをやすらひにこそあるへかりけれ〈48〉

とまておほされけり

（16ウ〜18ウ）

〔八七〕

そのすなはちは、宮うへよりをり給てやかてこの御かたはらにそうちふさせ給人々まいりて御かうしともまいりなとしたるにおき給へるにひめ○《み》やの御あとのかたにふとこ

のおちたるをあやしう何ぞととりて御覧ずればしろきしきしなどいへどなべてみ（見）ゆるさまにはあらぬがすこししぼみてしみふかくうつりがなども世のつねの人とは覚えぬを誰かはこゝにおとすべきとおぼしまはすに御むねふたがりて心さはぎもよのつねならずひめ君の御とのごもりたるやうなるをみ（見）奉りたまへば夜もすがらなきあかし給ひける御ぞのけしきいとしほどけげにてひきかづかせ給ひける御ぐしもいたうぬれたるをされば よ人のいりきたりけるにこそあな心うやたれなりつらんかばかりの御みの程にかゝるためしあらんや左大将のなべてならぬありさまをうへの行末の御うしろみにとの給はするだにいでや宮達は何となくてすぐし給へるこそよけれかろ〴〵しき御ありさまに思ひよそへられ給はん事あるまじき事とこそおもひつれこはいかなる事ならんさりともしるべする人ありつらんなど浅ましくいみじけれど人にとひあないし給ふへきにしあらねばたゞこゝろひとつにおぼしくだくさまたゞかた時の程だにいみじけなり物にすこしきはたけきまてすくよかにけたかくおもりかなる御心にてわが御すくせ（世）いと口おしうおぼしつゞけらるゝに人めもえつゝみあへず涙こぼれてせきかねさせたまへるけは

の、みゆるあやしなにそとゝりて御らんすればしろきしきしなといへはなへてならぬかすこしゝほみてしみふかきうつりかなとのよのつねのなへての人のとを《は》みえぬをあやしたれはかりかこゝにちらすへきとおほしまはすに御むねもふたかりこゝろさはきよのつねならすひめみやの御とのこもりたるをみたてまつりたまへはよもすからなきあかさせ給へる御そてのけしきいとをしけにてひきかつかせ給へる御くしもいたくぬれたるをされはこそ人のまいりたりけるにこそありけれたれなりつらんかはかりなる御みのほとにかゝるためしあらんや左大将とのなへてならぬありさまをゆくすゑのうしろみにとうゐの、給はするにいてやみやたちはなにとなくすくし給ふこそよけれゆくすゑのためとなをしなさたまり給ふともさは思ひよらぬ廿《く》まなかんなる御こゝろのほとにはこれをかきりなく思ひきこゑらんものゆへあまたにひきかけられ給ひておほしみたれん御こゝろのうちもこゝろくるしきをなとこそあるましきことに思ひたゆみてすくさせ給けれこはいかなることならんさりともしるへする人ありつらんなとあさましくいみしけれとも人にとひあないし給へきことならねはたゝ御心ひとつにおほしくたくるさま

ろかみのやうなる物ゝあるをなにそとて御らんすれはしろきしきしなとにもなくてみるにはあらぬかうつりかなとよのつねの人とはみえす心ふかくてふさせ給へるあたりおなしにほひにてれいよりもおとろよるゝをあなあやしたれはかりかこゝにかやうのものちらすへきとおほしまはすに御むねふたかりて心さわきよのつねならすひめみやの御とのこもりたるやうなるをみたてまつり給へはよもすからなきあかし給へりける御そのけしきもいとしほとけゝにてひきかつき給へる御くしいといたくぬれたるをされはよ人のいりきたりけるにこそありけれあな心うやたれなりつらんかはかりの御身の程にかゝるためしよにあらんや左大将のこのよには（▲□）あまりてなへてならぬありさまなるを上のゆくすゑのうしろみにとの給はするをたにいてや宮たちはたゝなにとなくてすこし給こそよのつねなれゆくすゑのためとなを〳〵しくさたまり給ともさしも思よらぬくまなかなるほとにはいたらぬくまなき心はへをやみ給はんすらんとめさましう心うかるへけれはたゝみたてまつらんとこそ思つれこはいかなる事ならんさりともしりたる人あらんかしとあさましくいみしけれと人々にとひあなひし給へきならねはたゝ御心ひと

ひをみや御とのこもりたるやうなれと聞せ給ふにやがてきえ入やうにぞおぼさるゝ
（上15オ～16オ）

〔八八〕
大将は中宮の御かたにて夜あかし給ひてつとめて御前に参り給へれば御すゞりあけさせ給ひてふみかゝせ給ふなるべしよろしきかみやさぶらふ筆のおろし給はらんと申し給へばみづしあけさせ給ひてからの浅みどりよのつねならぬを硯にぐしてたまはすとてうへの今よりさばかりうしろめたかるべき御心との給はするやうあめるをとてうちわらはせ給へるにほひもかばかりなる事のかたきぞかしとみ（見）奉り給ふほゝゑみて大かた今よりすゞりにもむかひ候ましきにやわりなきおほせ事かなゆだのたゆたにとくちずさひてみ（見）まいらせ給へるまみ（見）のはづかしげさはげにおほろけならぬ御すさひもことはりぞかしとみ（見）えたまへり御丁

たゝかたときのほとにいみしけなり物にすこしきはたけきまてけたかくおもりかなる心にてわか御すくせ（世）さへこゝろうくおほしこかるゝに人めもつゝみあえられすなみたのせきかねさせ給ふにやかくてきえいるやうにけしきをひめみやは御とのこりたるやうにてきかせ給ふ
（18オ～19ウ）

〔八八〕
大将はちうくうの御かたにてよあかしはてゝつとめていて給はんとて御まへにまいり給へれは御すゝりあけさせ給ひてふみかゝせ給なるへしよろしきかみや候御ふてを給はり候はんと申給へはかうのあさみとりなるかよのつねならぬ御すゝりにくして給はすとていまよりさはかりの給はするやうあんめるものをかくのみあらはうしろめたけにこそとうちわらはせ給へるにおいかはかりなることのかたきそかしとありかたくみたてまつり給ふおほかたいまよりすゝりにむかひ候ましきにやわりなきおほせことかなとの給ふものからゆたのたゆたにとくちすさみてみまいらせ給まみのはつかしけさはけにおほろけならぬ御こゝろ

つにくたくるさまかた時の程にたにいといみしけなりさらぬ事にてたにすこしきはたけくすくよきけたかくをも《*わ》かなる御心にわかすくせいと心うくくちをしうおほしつゝけらるゝに人めつゝみあえられすなみたせきかね給へる御けしきもひめ宮御とのこもりたるやうなれときゝふさせ給へるにやかてきえいるやうにそおほさるゝ
（18ウ～20オ）

＊「も」字の左に「も」と記す。

〔八八〕
大将は中宮の御かたにてよをあかしてつとめては御前にまいり給へれは御すゝりあけてふみかゝせ給なるへしよろしきかみや侍とし給へれはみつしあけさせ給てからのあさみとりなるかよのつねならぬ御すゝりくしてたまはすとて皇后宮のいまよりさしもうしろめたかるへき御心とむつかり給なる物をとてうちわらはせ給へる御にほひさとこほるゝ心ちしていとめてたしうちほゝえみておほかたにいまよりすゝりにもむかふましきにやいとわりなきことかなとの給ものからゆたのたゆたにとくちすさみてうちみたてまつり給へるかかほのはつかしけさはけにおほろ（▲こ）けのみあはせにくゝめてたしと御らんせらるみき丁のそはに

のそばに引かくしてかきたまふもこゝろぐる
しかりつる御けしきはおもかげにたちてかき
ほにおふるにもをとらねどもしみ（見）る人あらん
にとつゝましさのわりなくてかきもやられ給
はねどさりとてこれさへおぼつかなくてくる
しかりぬべければ人やりならずなげく〳〵よ
ろづあらぬさまにかきなして

うたゝねを中々夢と思はゞやさめてあは
する人もありやと〈49〉

（上16オ〜17ウ）

などやうにて

〔八九〕

引かくしてやがてこき殿におはしぬ中納言の
すけのつぼねに立より給ひてをとなひ給へば
けさの御ともにさぶらひて風のおこり侍りに
けるにやみだり心ち例ならでえおきあがり侍
らでとてげに打とけたるねぐたれすがたにて
いできたりよべもたづね聞えさせしかどもほ（本）
いなくてこそはかへり侍りにしかとをき人の
かはりにはたのみ聞えたれどそのゝちしも
中々にみ（見）はなち給へれとの給へばひとひうへ
の御まへに《のイ》の給はする事の侍しをつげまいら
せんとて御せうそく聞えさせて侍りしなりか
の御事はいとちかうなりにて侍るをなどかく

のすさひもことはりなからとみえ給へり御き
丁のそはにひきかくしてかき給へる心くるし
かりつるけしきおもかけにたちてやかてむね
うちふたかり給もしみる人もやあらんとつゝ
ましくわりなくてかきもやられ給はねとさり
とてこれさへおほつかなくてあるへきことな
らねは人やりならすよろにあらぬさまにかき
なして

うたゝねをなか〳〵ゆめと思はゝやさめ
てあはする人もありやと〈49〉

（19ウ〜20ウ）

〔八九〕

ひきかくしてやかてとのにおはしぬ中納言の
すけのつほねにたちよりてこゝにかとゝひ給
へはけさの御ともに候ひてかせのおこりて侍
にやみたりこゝちのれいならてえおきもあか
られ侍らてとてうちとけたるねくたれかみな
からいてきたりよへもたつねきこゑ侍りしか
とほいなくてこそかへりにしかとをき人のか
はりにはたのみきこゑたれとそのゝちしもこ
そ中々みはなち給へれなとの給へは人よへの
御まへのゝ給はすることの侍りしかはつけま
いらせんとて御せうそくきこゑたりしになん
この御ことはいとちかくなりにて侍れはなか

ひきかくしてかき給心くるしけなりつる御け
わひのなへてならす身にそひたるこゝちすれ
はかきねにおふるともいはれぬへきを猶つゝ
ましさのわりなくかきもやられ給はすさりと
てこれをさえやとひとやりならすなけく〳〵
あらぬさまにそかきなし給

うたゝねのなか〳〵ゆめと思は〇《は》や
さめてあはする人もありやと〈49〉

（20オ〜21オ）

〔八九〕

ひきかくしてやかてこき殿に中納言のすけの
つほねにより給たれはけさの御ともに侍てか
せのをこり侍にやみたり心ちのれいならてい
まゝてとてうちとけたるすかたにてそありけ
るよへもたつねきこえしかとほいなくてこそ
返て侍りしかとをき人のかはりにはたのみき
こえたれとそのゝちしもこそ中々にみはなち
給へれなとの給へは一日上の御《を》まへのゝたま
はせし事侍しをつけまいらせんとて御せうそ
こ申たりし也かの御ことはちかくなりにて侍
をなとかおほしもたちけるもみえさせ給はぬ
よろつ思ふさまに侍御事にこそときこゆれは

おぼしめしたちげもみ(見)えさせ給はぬ萬おもふさまに侍るべき事とこそと聞ゆれはいさや世の中にありはつまじきゆめをみ(見)しかば物のみこゝろぼそくてさやうの事も思ひたえて侍るになみ〳〵ならざらん事は人の御ためいとをしかりぬべき事を思ふなりあやし〳〵ながもながらへてつかうまつりはてよとこそおぼしめすらめかすまん空の名残斗にては心ぐるしくやと人しれぬ心のうちにはおもへどとかく申す事もなきを殿などはいかにこゝろ得させ給へるにか物うがるなめりとてさいなむこそわりなけれとて涙ぐみ給へるをげにいかなればかくのみおぼしの給はすらんと心ぐるしくてわれも涙おちぬ
（上17ウ～18ウ）

〔九〇〕

いてやいみじき事といふともたゞ我御心にこそ侍らめさらば殿にもさやうに聞え給へかし大宮はあたなる御心ありとていみじくうしろめたげに聞えさせ給ふときこゆればあやしのあだ名やきのまろどのを聞たがへさせ給へるにやこの御こともいかにぞやよの人のこゝろならば行末迄の人の御うへもたどらで時のまにもみ(見)奉らんをうれしくこそ思はめほうしな

はおほしめしけもなきよろつをもふさまに侍へきことにこそときこゆれはい《さ》やよの中にありはつましきゆめをみしかはなからうへき心ちせす物ゝのみこゝろほそくてさやうのことも思ひたえて侍れましなみ〳〵さらん御ことをあやしくともなからへてつかうまつれとこそはおほしめすらんにかすまむそらのなこりはつきにてはなにかせさせ給はん人しれぬこゝろのうちにはゆくすゑの思ひわつらはゝれ侍をとのなとはいかにせさせ給へるにかたゝかくかたしけなき御けしきをものうかるなめりとてさいなむこそわりなけれとてなみたくみ給へるけになとかくのみこゝろほそけにの給ふらんといとこゝろくるしくしてなみたおちぬ
（20ウ～21ウ）

〔九〇〕

いかなれはさのみおほさるゝにかかきりなき御こと、申とも御こゝろにこそ侍らめさはたゝとのなとにもさやうに申させ給へかしまたそうせさせ給へかしおほみやはあの御こゝろをそつね(▲に)うしろめたけにきこゑさせ給といへはあやしのあたなやきのまろとのをきゝたかへさせ給へるにやこの御事なといかにそやあるこゝろならはあなかちにゆくすゑまての

いさやよにありはつましきゆめをみしかはものゝみ心ほそくてさやうの事いかにも思よらぬをまひてゆくすゑ○《まて》の御うしろみにこそはおほしめすらんにたちまちのわか身のよろこひをのみ思て心くるしき御事もやと人しれすものあはれにおほゆる也あやしくもなからへてつかうまつらんこそはほいありてもおほしめされめかすまんそらのなこりはかりにてやとおもひ侍をとゝなとはひとへにひか〳〵しきやうにおほしの給はするとてうちなみたくみ給へるけにいかなれはかくのみおほしの給らんとゆゝしくおほえてわれもなみたをちぬ
（21オ～22オ）

〔九〇〕

さやうの御夢は御いのりなとゝりわきてせさせ給らんやいかにひとはきゝやし侍けんまた何事も御心にこそはは(▲へ)んへらめ殿にもさやうにきこえさせ給へかし大宮はいみしうあたなる御心なりとてうしろめたけにきこえさせ給めりといへはあやしのあたなやもゝしきのきのまろとのを(▲に)きゝたかえさせ給へるにやこの御返事もいかにそやの人の心ならは行すゑま

どだにかゝる心はかたきにや若無比丘と仏のせちにいましめ給へるよげにとこそ思ひあはせられとてゑみ給へる御かほの近くてはいとゞわかくうつくしげにてあやしげなるわがかほにもうつりやすらんとおぼゆる御にほひげにいかならんあやまちをだにし給ふべきにかうおぼしつゝみ行すゑのみじかからん事をさへの給ふもげに世の人の聞ゆらんやうにへんげのものにやとぞ覚え給ふいとあまりなるひじりこと葉なの給はせそさしも聞え侍らぬ事共も侍る也宮の御ありさまはしもほのかにみ（見）奉らせ給ひてはえさしもこゝろぎよからずやとこそ思ひ給ふれとてわらへばせちにかくいひをどしたまへばこゝろがはりこそし侍りぬべけれげだうのむすめにも仏ははかられ給はざりけるものをとてありつるふみふところより取出てとらせ給ふ　（上19オ～20オ）

〔九一〕
あなかしこ宮などの御覧ぜんにとりいで給ふなよことく\しきさまにいひなすなる手もみ（見）

人の御ゆへたとりてときのまもみたてまつらんをそうれしきにとはめほうしなとたにいとかゝるこゝろはかたきにやいかならんひくほとけいましめ給へるよけにとそ思ひあはせらるれとてほゝゑみ給へる御かほのちかくてはいとゝわかくうつくしけにてわかゝほにもうつりやすらんとおほゆるほとの御にほひなとのけにいかならんあやまちをたにし給ふへきにゆくすゑのいみしからんことをさへの給ひしもけによのなかにきこゆらんむけのものにやとそおほえ給あまりなるひしりことなの給はせそいとさしもきこゑさせぬことゝ侍なりかやうの御ありさまにてはほのかにもみたてまつらせ給ふそこゝろきよからすやとわらへはせちにかくいひおとし給へはこゝろかはりこそし給つへけれ外道のむすめにもほとけははかられ給はさりけるものをとてふところよりありつるふみをとりいてゝ　（21ウ～23オ）

〔九一〕
まめやかにはこれをいみしくしのひてまいらせ給へてのいみしくあやしけれはおほみやの

ての人の御心くるしさも御かまへもたつねて時のまもみたてまつらんをうれしきにこそは思はめ法師なとたにかゝる事はかたきにやにやくむひくと仏のせちにいましめ給へる程こそ思ひいたらぬくまもありかたからめ人もゆるしわれもみまくにはえこそつよからぬわさにやとてえみ給へる御かほのちかくてはわかううつくしけにあひ行のわかゝほにもこほれかゝるやうにおほえ給へはけにいかならんあやまちもし給つへくこそあるにかくおほしつゝみ行すゑみしかゝらん事をのみの給けによの人きこゆらんへんくゑのものにやとそおほえ給いていとあまりなるひしりとなの給そいとさしもきこえ給は（▲そ）ぬなり宮の御ありさまはしもほのかにもみたてまつらせ給はゝえさしも心よからすやとこそ思給へらるれとてうちわらふもおこかましせちにかくいひをとし給へは心はかりこそしぬへけれ神くゑ道のむすめにも《は》ほとけははかられ給はさりけるものをとてありつるふみをふところよりとりいてゝとらせ給　（22オ～23ウ）

〔九一〕
まめやかにはこれいみしうしのひてまいらせ給へあなかしこ大宮なとの御前にちらし給な

おとさせ給はんいとはづかしかりぬべしかの
御めひとつにはにほといふ鳥の跡もむげに御
らんぜざらんはあまりおぼつかなりぬべけれ
ばとのたまふをそれは中々まいらすともかひ
ある事は侍らじかし大みやの御まへなどにと
りいで丶侍らんもびんなげにはよもとこそ思
ひ給へらるれうへの御前などもあやしく今ま
てをとなきは物うきにやなどこそおほせらる
なればすこしちらして侍らんもなどかなど聞
ゆればあなわびしあが君〳〵さる事し給ふな
たゞひと所に御らんぜさせ給ひてやがてやり
給へとまめやかにわび給ふもあまりあやしと
思ふに誠にかくつねにの給ふありさますこし
けちかくてみ《（見）》せ給へさてやげに此世にとまる
心もいできけるとこよひなどもびんなかるま
じくはなどれいならず心に入ての給ふをから
うじてめやすき御心哉とうれしけれどいであ
なうたてまだしきにめならし聞え給はんこそ
あぢきなう侍らめおぼろけにてはさやうの御
かいまみなど侍るべき御ありさまかはと事の
ほかにいふもおこがましけれどこの人にもさ
やかなるけしきたちまちにみ《（見）》せてかくあなが
ちなるせきもりをやぶらんもわづらはしく覚
え給へばこまかにもかたらはぬものからうつ
くしかりつる御けはひありさまはおもかげに

御らんせんにははつかしくわひしかるへしか
の御めひとつにはにほといふなるとりのあ
と丶も御らんせさせんもあまりおほつかなけ
れはとてうちゑみ給へる御かほのきよけには
る〳〵とにほひ給へるいと丶ちかくてみたて
まつるにいみしくともこの御かたはらになす
らひにたれかはさしならひ給はんとあたりも《く》
るしき御にほひをみたてまつるかやうの御ふ
みなとはたれもあなかちにつ丶ませ給へくも
侍らさめる物をひと丶ころに御らんせんは
中々ひんなくてこそ侍らめうゑの御まへなと
もあやしくいま丶ておとなには物うきことに
やなとこそおほせらるなれすこしちらして侍
らんもなとかはなときこゆれはあなわひし
〳〵わかきみ〳〵さるわさし給ふなひと丶こ
ろ御らんせさせてはやかてやり給へとわひ給
ふあまりあやしと思ふまことはさてつねにの
給ふめてたかりける御ありさまをすこし○
《け》ちかくてみたてまつらはやさてやけに
くらきこのよにとまるこ丶ろもいてらる丶と
こそみまほしくなりぬれ（▲る）こよひなともひんな
かるましくはなとれいならす心いれの給ふを
からうしてめやすき御ことかなとうれしけれ
といてあなうたてまたしきにめならしきこゑ
給はんこそあちきなけれ《きこ》とにこそ侍らめとお

はつかしかの御み（身）つからひとつにははとふ
とりの跡なりともむけに御らんせさせさらん
はあまりおほつかなかりぬへけれはとの給を
それは中々まいらすともかひある事も侍らし
大宮の御まへなとにとりいて丶侍らんはひん
なくはよもとこそ思給ふれ上の御前なともあ
やしくをとなきはものうき事にやとこそたひ
〳〵おほせられしかこれちらし侍もなとかは
ときこゆれはあなわひし君さる（▲は）ことし給なひ
と丶ころに御らんせさせ給へやかてやり給へ
とまめやかにわひ給もあやしと思ふにまこと
はかく常にの給御ありさますこしけちかくて
かせ給へさてやけにこのよにとまる心やいて
きけるとこよひなんひんなかるましくはとれ
い心ならすいられ○《し》ての給へはからう
してめやすき御心かなとうれしけれといてあ
なうたてまたしきにいかにめならしきこえさ（▲ま）
せ給はんこそあちきなく侍らめおほろけにて
はさやうのかいはみなとをさせ給へき御あり
さまかはとことのほかけにいふをおこかまし
けれとこの人にもさやうのけしきをみせてあ
なかちならんをせきもりをやふらんも猶わつ
らはしくおほえ給へはこまかにもかたらはぬ
物からうつくしううたかりつる御けはひあ
りさまの身にそひてあなわり[な]のことやなを

おぼえぬにしもあらであなわりなの事やなを
さりぬへきひまあらばなどの給ひてもなげか
しきものから
　あふさかをなを行かへりまどへとやせき
　の戸ざしもかたからなくに〈50〉
と口ずさびて立給ひぬるをあやしと心も得ね
ば御返もきこえあへずなりぬ（上20オ～21オ）

〔九二〕
此御ふみを引かくして御前に参りたれば宮は
おきさせ給ひにけり二の宮は御丁のうちにて
いまだ御殿ごもりわたりける御丁のかたびら
すこしゆひあげて大みやゆかにをしかゝりて
おはしますを御丁のほころびよりみ（見）まいらす
ればおとこのたゝうがみをうち返し〳〵御覧
して御そでをかほにをしあてゝいみじうなか
せ給ふあないみじいかなる事ぞと思ひつゞく
るになどこの御文の今朝しもいそぎておぼし

ほろけにてさやうの御いはひなんとは侍へき
御ありかはとことのほかにおこかましけれと
この人にさやうのけしきたちまちにみせあな
かちなるせきもりをやふらんもわつらはしく
おほえ給へはこまかにもかたらはぬものから
うつくしかりつる御けはひありさまおもかけ
におほえてあなわりなのことやなをさりぬへ
きさまにもあらはとの給ひてもなけかしき物
から
　あふさかをなをゆきかへりまとへとやせ
　きのとさしもかたからなくに〈50〉
といひすさみてたち給ひぬるをあやしとは
こゝろえねは御かへりもきこゑすなり（23オ～24ウ）

〔九二〕
この御ふみをひきかくしてまいりたれは三の
みやそおきさへ給へれとこのみやは御き丁の
うちにおはしますなるへしかたひらすこしゆ
いあけておほみやゆかにすこしおしかゝりて
おはします御き丁のほころひよりみまいらす
れはおとこのたゝうかみをうちかへし〳〵御
らんして御かほにおしあてゝいみしくなき給
ふあなあやしやいかなるこそと思ひつゝくる
になとこの御みのけさしもいそきておほした

さりぬへきひまあらはなとの給て
　あふさかを猶ゆきかへりまとへとやせき
　のとさしもかたからなくに〈50〉
とくちすさみてたちかへり給ぬるをあやしと
心もえねは御かへりもきこえさせすなりぬ（23ウ～25オ）

〔九二〕
この御文をひきかくしてまいりたれは三宮は
をきさせ給にけり二は御丁の内にまた御との
こもりたりける御丁のかたひらすこしゆひあ
けて大宮ゆかにをしかゝらせ給ておはします
をかへしろのほころひよりのそきまいらすれ
はおとこのたゝうかみをうちかへし〳〵御ら
んして御そてをかほにあてゝいみしうなかせ
給あなあやしいかなりける事そと思つゝくる
になとこの御文のけさしもいそきておほしつ

たちつらんと思ふにありつる関の戸ざしいまおもひあはするに心一つにいとおぼつかなくこの御ふみいみじうゆかしけれどいかでかはあけんとするげに是をば大かたにとり出てはいとびんなかりけりもしさる事もあらば我したるとこそたれもおぼしめさめなど思ふにいとわづらはしく成てとりも出ずなをかくしもちて（上21オ～22オ）

〔九三〕
大宮もよろづにまぎらはさせ給ひてよべ迄はさるけしきも物せさせ給はざりしかばうへにものぼりにしを俄にいかなる御心地にかと猶なげき給ひて先我かたにわたらせ給ひぬるいつも〳〵何事にてかよる〳〵くるしうすらんよろしくはのぼれなどの給ひていまぞ御かたにわたらせ給ひぬる中納言のすけ近う参りていかにおほしめさるゝぞなどきこえさすれど物ものたまはすたゝ御枕のしたはあまもつりするばかりにぞながれ出てふさせ給へるたゞさなりやと心得はてぬるにむげにしる人なくてはいかでかさる事あらん又さるにてはこの御ふみを給ふべき事かはいかなりつる事にかと我もむねふたがりておぼつかなく浅ましければとばかり物もいはれでつく〴〵とみ（見）奉る

ちつらんと思ふにありつるせきのとさしもいまそ思ひあはせられてこゝろひとつにおほつかなくいみしくこの御ふみゆかしけれといかてかあけんけにとりいてゝはひんなからましもしさる事もあらはわかしたることゝそたれもおほしめさめと思ひわつらはしくてとりもいてすなをかくしもたり（24ウ～25オ）

〔九三〕
おほみやはよろつにまきらはさせ給ひてよへまてはさるとも物し給はさりしかはうゐにものほりしをには（▲は）かにはいかなる御こゝろにかくるしけにこそみゐ給へいつもかみよりもいかなれはよにくるしかるらんよろしくはのほれとの給ひていまそわか御かたにわたらせ給ぬる中納言のすけちかくまいりてにはかにはいかにおほしめさるゝにかなときこゐさすれと物もの給はすたゝ御まくらのしたはあまもつりするはかりにてふさせ給へるいとくるしきさまにてもてなさせ給へるたゝさなりけりとこゝろえつるにもむけにしるへなくてはいかてかさることのあらんまたさるにてはこの御ふみをえさせ給へきことかはいかなることにとわれもむねふたかりておほつかなくあさ

らんはと思ふにありつるせきのとさしをいま思に心ひとつにいとおほつかなくてこの御文いみしうゆかしかりけるおほかたにとりいてゝはいとひんなかるへかりけりもしさる事もあらはわかゝ事なとこそおほしめさめとわつらはしくなりてとりもいてす猶かくしたり（25オ～26オ）

〔九三〕
大宮よろつにまきらはさせ給てよへはさりけもものせさせ給はさりしかは上へものほりしをにはかにいかなる御心ちにかなとなけかせ給ていつもなに心ちにかよる〳〵くるしうものするはよろしくはのほれなとの給ていまそ御方にわたらせ給ぬる中納言のすけちかうまいりていかにおほしめさるゝそなと申せとものもの給はすたゝ御まくらのしたはあまもつりすはかりになかれいてゝそふさせ給へるたゝさなめれ《り》と心えはてぬるにもむけにしるへなくてはさる事のあらんや又あるにてはこの御文をかくせさせ給へき事かはいかなるにかとむねもふたかりておほつかなくあやしければとはかりものもいはれてつく〳〵とみたてまつるに大宮の御心のうちそいと〳〵をし

に大みやの御心のうちぞいとをしきこの御か
た人におぼしの給ふはかならずおぼしうたか
ふらんかしとあぢきなくくるしけれどとても
かくても今はいとゞのがれがたき御中にこそ
はつゐにはきかせ給ひてんと思ふぞたのもし
かりけるこの御文いかにもひきこめてやむべ
きならねばけさ大しやうどののまいらせよと
て是《イ》をこゝろづかひにてものしたまへればえ
こそいなひ《みイ》侍らざりつれ又大宮なとも事の外
にはよもみ(見)なしなどはおほせられじとおもひ
給ふればとて打をくを宮はあるかなきかの御
こゝちにも是をさへちらして大宮のみ(見)たまは
ん事とおぼすにいとゞしにはつる心地せさせ
給へばひきかくしてよといはまほしけれど残
りなくいひしらせつらんもはづかしくてえさ
もの給はすいとゞせきやる方もなげなる御け
しきなるをことはりかなよき人と申す中にも
こゝろふかげなる御ありさまにいちしるきし
るしをさへおとしをき給ひて大みやのいかな
りつることぞとおぼしあはて給へる御けしき
はいかばかりかはおほさるらんとこゝろくる
しきことかきりなし此御文を大みやに御らん
ぜさせたらばしも誰ならんと行ゑなくおほし
こかるゝ事はあらじかしおなじくはあは〳〵
しからぬさまにてこそはなどおぼさん事は口

ましけれとはかり物もいはれてつく〳〵とみ
たてまつるにおほみやの御こゝろのうちそい
とをしきあちきなくこゝろうけれはとてもか
くてもいまはのかれんかたなき御中にこそつ
ひにきかせ給ひてんと思ふそたのもしきこの
御ふみひきこむへきにあらねはけさ大将と
のゝまいらせよとて給はせたるをこゝろつか
ひにてものし侍れははしたなくやとてこそえ
いひ侍らさりぬれ又おほみやなともことのほ
かにはよもひんなしとはおほせられしと思ひ
給ふはとてうちをくをみやはあるか《な》き
(▲り)かの御こゝろに~~本~~《は》ちしらひておほみやのみ給
はんもいみしかるへきにしにいる心ちせさせ
給へはひきかくしてよともいはまほしのこり
なくいひしらせつらんもはつかしけれはさも
の給はすたゝしのひかたけにせきわひ給へる
ことはりかなよき人と申なかにもさはかり
こゝろふかけなる御けしきありさまにいちし
るき御しるしをさへおとしおき給ひておほみ
やのいかなることにおほしあはてたりつらん
かゝる御けしきなとはいかはかりかはおほし
つらんと心くるしきことかきりなしかの御ふ
みをおほみやに御らんせさせたらはしもこと
はなくさませ給ひなんかしおなしくはあは
〳〵しからぬさまにてもくちをしくおほされ

きこの御かた人におほしの給はするをかなら
すおほしうたかふらんかしと思ふもあちきな
くゝるしけれとてもかくてもいまはいとゝ
のかれかたき御中にこそつゐにはきかせ給て
んと思ふそたのもしかりけんこの御文はまつ
いかにもゝてやむへきならねはけさ大将殿ま
いらせよ[と]てこれをつかひにてもの し侍給つ
れはえこそいなひ侍らすなりぬれまた(▲御)大宮な
ともことのほかにはよもひんなしなともおほ
されしと思給卄れはとてうちをくをあるかな
きかの御心ちにもこれをさへちらして大宮な
とのみ給はん事とおほすにいとゝしくかなし
くてひきかくしてよといはまほしくおほさる
れとのこりなくいひきかせつらんものをとい
とはつかしくてさもえの給はせすいとゝおき
やるかたなけなる御けしきを事はりかなよき
人と申なかにもかはかり心ふかけなる御心は
えありさまにいちしるきしるしをさえおとし
給て大宮のいかなる事そとおほしあはてたり
つる御けしきはいかはかりかはおほさるらん
と心くるしき事かきりなしこの御文を大(▲□宮)宮
御らんせさせたらはしもたれならんとゆくゑ
なくおほしこかるゝ事はあらしなとあは〳〵
しからぬさまにてとおほされん事こそくちを
しからめと思へとさはかりあなかしこ〳〵と

おしからめとおもへどあなかしこ〳〵との給はせつる御けしきも猶おぼすやうある事にこそあめれなど一かたにしもよる心ならねばわがあやまちのやうにいとなげかしくてつく〴〵とみ（見）たてまつる
（上22オ〜23ウ）

〔九四〕

大将は出給ひておきふしおほしつゞくるにかけても思ひよらずかごとばかりを聞だにもむつかしうわづらはしかりつる御あたりにいかにたづねよりつるゆめのうきはしぞとうつゝの事とだにおぼされずこゝろながらかうのがれがたかりけりとてもひとへにさらばと世にしたがひてさだめんことは猶いとくちおしかりぬべしさりとて又おぎのうへの露ばかりにてはいかでかはなどおぼしつゞくるにひとやりならずなみだもこぼれて心ぐるしきにいとゞもの思はしさぞしのだのもりのちえはものにもあらず成給ひにけり日ひとひなげきくらし給ふにもわがこゝろは返々もどかしう心つきなきものからいといみじかりつる御けしきはいかゝ人もみ（見）奉りつらんとおぼつかなさもゆかしさもやるかたなければ中納言のすけのもとにふみかき給ふ
（上24オ〜24ウ）

んこともありともと思へともさはかりあなかしこ〳〵との給ひつる御けしきもなをわつらはしくひとかたにもよるこゝろにしもあらねはわかあやまちのやうにうちなけかれてつく〴〵とみたてまつる
（25オ〜27オ）

〔九四〕

大将とのはいて給ひておきふしおほしつゝくるにかけても思ひよらさりつることかなかくはかりきくたにむつかしくわつらはしかりつる御わたりにいかにたゝりよりつるゆめのうきはしそとたにうつゝのことゝもおほされすこれをはしめてよろつにのかれ〳〵しきよしなしたゝみちのしるへにしなひたらんと思ふはなをほいなくもあるへきかなさてもしにのうゑのつゆそあさましかるへけれはいかにせましと思ひみたるゝに人やりならすなみたのほろ〳〵とこほるゝにそ物くるをしきやいとゝ物思はしさそしのたのもりのちえは物にもあらすなり給ふにける思ひくらしなけきくらし給ふもわかこゝろはかへす〳〵もとかしくこゝろつきなきものかないといみしかりつる御けしきはいかゝ人みたてまつるらんとおほつかなさもゆかしさもやるかたなけれは中納言のすけのもとにふみかき給ふ

の給つるけしきも猶おほすやうある御事にこそひとかたにしもよらぬ御事なれはわか《あ》やまちのやうにつく〳〵とみたてまつる
（26オ〜27ウ）

〔九四〕

大将殿[は]いて給てつく〳〵とおほしつゝくるにかけても思[よ]らすとはかりもきくたにもむつかしうわつらはしかりつる御あたりにいかにたとりよりつるゆめのうきはしそとうつゝの事○《と》たにおほされは心なからあさましうのかれ思さためて心とよにありわふる道のしるへになしたらん時とおもへは猶いとくちをしかるへしさりとてはまたはきの上のつゆもかりにてはいかてかはとおほしつゝくるにひとやりな（▲や）ら（▲ら）すなみたもこほれて心くるしきにいとゝもの思はしさゝへしのたのもりのしつくはものにもあらすなり給にたる日ゝとひなけきくらし給にも返々おかしう心つきなき物からいといみしかりつる御けしきを人もいかゝみたてまつらんとおほつかなさもゆかしさもやるかたなけれは中納言のすけのもとにふみかき給ふ
（27ウ〜28ウ）

〔九五〕
今朝のものはいかゞしなしたまへるけふは誠
にひとつこゝろにかけてくらし侍りつればな
どてかはそのひかりもかたうはなどたのもし
きをいかゞしるしみ(見)せ給はずはかひなくこそ
侍るべけれとの給へるをつれなの御心がまへ
やと思ふもにくゝはあらでうちゐまれけり御
かへりには今朝のはまいらせ侍りぬれどいさ
やこゝろ得侍らぬ事ともに思ひみだれてなん
うしろめたき御心の程こそけだいなからん御
おこなひしるしもかひなくやとみ(見)え侍れさて
も
　恋の道しらすといひし人やさはあふさか
　までもたづねいりけん〈51〉
とあるをひとりゐみせられ給ふものからいと
つみえかましき事のさまかなとひとりごち返
してたうらいせゝのてんぼうりんのえんとう
ちすんじ給ふ御聲のいとおもしろう
（上24ウ～25オ）

〔九六〕
いかなる事のありけるにかと思ふもわづらは
しくてなをなどもえいひやり給はぬものから

〔九五〕
けさのものはいかゝしない給ひつるけふはま
ことにこゝろにかけてくらし侍ぬれはこよひ
はなとてかそのひんもかたくやはとなんたの
もしきをいふしるしみせ給はすはかいなくこ
そあるへけれとの給ふをつれなの御心かるへ
やと思ふにもにくゝはおほえ給はすこそけさ
の物はまいらせ侍ぬれといさやこゝろえぬ事
ともに思給へみたれてなんうしろめたなき御
心とみまいらせ給ひぬるをこの御ふみもふよ
うにこそ侍めれけたいならん御おこひのしる
しもかひなしやとみ侍れさても
（27オ～28オ）
　こひのみちしらすといひし人やさはあふ
　さかまでもたつねいりけん〈51〉
とあるをひとりゐみせられ給ふ物からいとつ
みへかましきことの候はまかなとひとりこち
てたうらいせゝのてんほうりんのいむとうち
すさみ給ふ御こゐいとおもしろろし
（28オ～ウ）

〔九六〕
いかなることのありつらんとわつらはしきふ
みのけしきになをなといひやり給はぬ物から

〔九五〕
けさのはいかゝなし給つらんけふはまことに
ひとへ心にてくらし侍ぬれはこよひなとてか
はそのひかりもかたうはなとたのもしきをい
かゝしかみせ給はすはかひなくこそあるへけ
れとの給へるをつれなの御心かまへやと思に
にくゝ《く》はあらてうちえまれけりけさの[は]まい
らせ侍ぬれといさや心もえぬ事ともに思ふ給
へみたれてなんうしろめたき御心の程こそけ
たいなからん御をこなひのしるしもかいなく
やとみへはんへるめれとて
　こひのみちしらすといひし人やさはあふ
　さかまてはたつねいりける〈51〉
とあるをひとりえみせられ給ものからいとつ
みえかましき事のさまなとひとりこちて返て
はたうらいせゝてんほうりんのえんとせんと
うちすんし給御こゑ猶おもしろくめてたし
（28ウ～29ウ）

〔九六〕
いかなる事のありけるにかあらんと思わつら
はしくて猶なとえいひいて給はぬものからひ

日のくるゝまゝにこゝろは空にて雲のはたてに物おもはしさもまめやかにわりなければいかにせまし一かたに思ひそめにし事は月日にそへていとありがたげに成ゆくめれどさりとてはいかゞはせんと思ひなるべき心地もせず此御事はよろづにめやすかるべき事と月比おもはざりつるにはあらねどいまはいとゞかばかりにてやみなばかたじけなきかたも心ぐるしさもなべてなるさまに思ひ過してやみぬべき心ちもせねどさりとてもいまゆくりなくさだまりゐ給はん事のくちおしうおぼさるゝはかへす〳〵我心つきなかるへき心のすさみいとゞ物ごりしはて給ふべし　（上25オ〜ウ）

〔九七〕
さてもかのあさかのぬまの水たえなん事を忍

ひのくる、ま、にそ心はそらにくものはたてに物思はしさもまめやかにわりなけれはなをいかにせましとひとかたに思ひそめてしことのは、月日にそえていとわりなけになりゆくめれとさりとてはいか、はせんと思ひなるへき心ちもせすこの御ことはよろつにめやすかるへきこと、月ころも思はさりつるにあらねといまはいとかくはかりにてやみなんはいとはつかしけなきことも心くるしさもなへてのかたに思すんしてやみぬへき心ちもせねとさりとてはいまはとゆかりさたまりてゐ給はんことのいみしく、ちをしくおほさるゝはかへす〳〵わ心にももとかしさは人のうゑのやうににく、こ、ろつきなかりけるこ、ろのすさみいと、ものこりし給ひぬへしかくのみあるましきことにこ、ろをいれてもとやかうやとあ《け》くれ思給はするにさらにわかため人のため、やすくなたらかならんことはえあるましきにいかにや〳〵と思のみなけかしくてすさみこと思なけかせ給へとおのつからみきくことをた、にてもえすこさぬま、に　（28ウ〜29ウ）

〔九七〕
なをかのあさかのぬまのみつたえんことをし

のくる、ま、に心はそらにて雲のはたてにものおもはしさもまめやかにわりなけれはいかにせましひとかたに思ひしみにしことは月日にそへていとありかたけになりゆくめれはさりとてもいか、はせんと思なをりぬへき心ちはせすこの御事はよろつにめやすかるへき事とおもはさりつるにはあらねといまはいと、かはかりにてやみなんはかたしけなきかたも心くるしさもなへてのさまに思すくしてやみぬへき心ちもせねとさりとていまはとてゆくりなくさたまりゐん事のいみしうくちをしうおほさる、は我なから返々も心つきなかりける心のすさみいと、ものこりしつへし　（29ウ〜30オ）

〔九七〕
さてもかのあさかのぬまの水たえなん事をし

ひあへざりし哀はさらにわすれ給はずおもひ
よそへん事あらぬ人の御ありさまなどにつけ
てもすこしくだれるきはなどをのづからみ(見)つ
くし給ふたびことには先おぼし出られぬおり
なし道季が思ひよりしことののちはそこのも
くづまでたづねまほしき御心たえさるべし
　思ひやるこゝろぞいとゞまよひぬる海山
　とだにしらぬ別に〈52〉
思ひ出るは中々こよなうめさましかりける道
しばの露の名残なめりかしあふ坂山のさねか
づらは人しれぬ御心斗にはおぼしたえずあり
しやうにひたすらいかさまにしてのがるゝわ
ざもがなとはおぼされずいかにせましとなげ
かれ給ふに中納言のすけかのおとしをき給ひ
しふところがみの事を聞えいでたるにむねつ
ぶれ給ひてこゝろをくれていとをしかりける
事かなさばかりけしきとり給ひてはのがれが
たき事にやなど猶わづらはしくて思ふまゝに
もえせめ給はずたゞありしやうにてわりなき
ひまなどにみ(見)る夢のたゞちにまどひ給ふおり
〳〵ほのかなるたびごとにはいとゞこゝろぐ
るしうおぼしわびたるさまなどたゞよのつね
の人にてだにをろかに思ふべきこゝちもし給
はずまいて何事にてかはすこしもなのめには
思ひ聞ゆべきぞとおぼしながら御ふみなども

のひあえさりしあはれはさらにわすれ給はす
思ひよそえんにもあらぬ人の御ありさまにつ
けても又もしくたれるなとおのつからみつく
し給ふ所にはさはかりのなくさめかたきにや
とおほしめしいてられぬたひなくみちすゑか
思ひよりしことのゝちはいとゝそこのみくつ
もたつねまほしき御こゝろたえさるへし
　思ひやるこゝろいつくにあひぬらんうみ
　やまとたにしらぬわかれに〈52〉
思ひいつるそ中々わひしきやめさましかりし
みちしはのつゆのなこりなるへしあふさかや
まのさねかつら人しれぬこゝろのうちはおほ
しめしたえすこと〳〵なきにたゝかねてのさ
まについのことをはとのみつゝみ給ひてよな
〳〵かすうはかりにあらさりけりありしやう
にひたすらいかやうにしてものかるゝわさも
かなとおほされすいかにせましとなけかれ給
ふに中納言のすけおとしおき給ひし卄《ふ》ところ
かみのしるしをかたりきこゆるにむねつふれ
て心おくれていとゝしくもありけることかな
さはかりもけしきとり給ひてのかれかたきこ
とにやと思ひおきつるにたかはぬこともあら
んいとゝつゝましくなり給ひていかはかりお
ほしみたるらんとあはれにこゝろくるしく
こゝろにかゝりおほえ給へと思ふさまにもえ

のひあえさりしあはれはさらにわすれ給はす
思よそうへくもあらす人の御ありさまなとに
つけても又すこしくたれるきはをみつくし御
たひことにまつおほしいてゝぬをりなしみちす
ゑかおもひよりし○《こと》の○《の》ちい
とゝそこのもくつまてもたつねまほしき御心
たえさるへし
　おもひやるこゝろそいとゝまとひぬるう
　み山とたにしらぬわかれは〈52〉
思ひいつるは中々こよなくめさましかりける
道しはのつゆのなこりなりけんかしあふさか
のさねかつらはかりは人しれぬ御心はかりに
おほしたえすありしやうにひたすらいかやう
にしてのかるゝわさもかなとはおほされすい
かにせましとなけかれ給に中納言のすけかの
たゝうかみのことをきこえいてたるにむねつ
ふれぬこゝろをくれいとをしかりける事かな
さはかりにけしきとり給てはのかれかたきこ
とにやわつらはしうて思まゝにもえせため給
はすたゝありしやうにてあさましうわりな
きゆめにまとひ給おり〳〵のほのかなるたひ
ことにいと心くるしうおほしわたるさまなと
たゝよのつねの人にたに思ふへき心ちもし給
はすまいてなに事にかはすこしもなのめに思
きこえさすへきそとはおほしなから御文なと

をのづからおちゝらん事つゝましくておぼろけならでは参らせ給はずねをだにたかくなかぬなけき夜もまどろむこともなく此ごろはおぼしあかし給ひて

　人しらばけちもしつべき思ひさへあと枕ともせむる比かな〈53〉

と人やりならぬなげきをそへ給ひける

（上25ウ～27オ）

〔九八〕

女宮もありしのちおきあがりては、みやにもあきらかにみ（見）あはせ奉り給はずものをのみおぼしくづおれてふししづみ給へるを大宮もことはりにいみじくおぼしながら思はずにくち

せめ給はすたゝありしやうにみるともなきゆめのたゝちにまとひ給ふをり〳〵ほのかなるたひことにいとこゝろくるしくおほしわひたるさまなとたゝよのつねの人にてたにおろかに思ふへき心ちし給はすましてなにことにかすこしなのめに思ひきこゆへきそとおほしめしなから御ふみなとおのつからやおちゝらんとつゝましくておほろけならてはえまいらせ給はすねをたにたかうなかぬなけきによるもまとろむよなくこのころよはとておほし（▲給）あかし給て

　人しらはけちもしつへきおもひかなあとまくらにもせむるころかな〈53〉

人やりならぬなけきをそゝへ給ひぬるされともたちきゝのくるしくしつへしときこしひめみやかとをたよりにやせましとおほしてめをつけ給へれとよろしき人のすむけはひもせぬをとはせ給へはこと人のすむなりけりときくもくちをし

（29ウ～31ウ）

〔九八〕

このみやそありしよりのちおきあかりては、みやにもあきらかにみあはせたてまつらせ給はす物をのみおほしゝつませ給へるをおほみやもけにいかてさもおほさゝらんとことはり

もをのつからやをちゝるらんつゝましうておほろけならてはえまいらせ給はすねをたにたかくなかぬなけきをよるひるまとろむ事なくこのころはおもひなけき給て

　人しらはけちもしつへき思ひさへあとまくらともせむるころかな〈53〉

とひとやりならすなけきをそえ給されといつのまにかはかのたちきゝのよくにしつへしときゝし宮のひめきみもゆかしうおほえ給てよもきのかとをたよりにもやせましとおほして御ありきのたよりにはめをつけ給つれとよろしき人あるけしきもなきをとはせ給へはいまはこと人すむなりときくもくちをし

（30オ～32オ）

〔九八〕

女宮もありしのちはおきあかりては、宮にみあはせたてまつり給はすものをのみおほしくつをれてふしゝつみ給へるをことはりにいみしうおほしなからおもはすにくちをしかりけ

おしかりける御すくせ(世)も心うくなどおぼされていたうもなぐさめたまはずみ(見)いれぬさまにてすぐさせたまふをさふらふ人々などもあやしとみ(見)奉るにうへの御前ぞいかなればかくのみはとあやしがらせ給ひける御いそぎもいと近く成ぬるをおぼしいそがぬ事など大宮をもいと物しげに聞えさせ給ふも御むねさはぎまさりてあないみじやさばかりはづかしけなる人に心をかれ給ふやうにやとおぼすにいかさまにして此事のがるゝわざもがなたれとだにしらばやかゝりとてもいかゞはせんとてよのつねのなまかんだちめ殿上人などを思ひゆるすべきにはあらずかしいでやかばかりの人のかく行ゑなくあさましきすくせ(世)あるやうやあるあなこゝろうとおぼすに涙ぞほろ〳〵とこぼれ給ふをかく例ならぬ御ありさまをおぼしなげきたるとうへは御らんじてかく月ころになるまでみ(見)いれ奉らざりける事など覚しさはぎたり

（上27オ～28オ）

にいみしくおほされてわれも人~~も~~しれすなけきすくさせ給ふ思はすにくちをしかりける御すくせ(世)もこゝろうくおほされていたくもいひなくさめ給はすみいれぬさまにてすくさせ給ふをうゑいかなれはかくのみおはすらんとなけきつゝきこゑさせ給て御いのりなとはしめさせ給けり御いそきもちかくなりぬるにかくのみおほしたらぬことゝおほみやを申させ給ふにいとゝ御むねさはきまさりてあないみしやさはかりはつかしけなる人にあやしと心おかれ給はんこそあさましくいみしけれとおほせらるゝにいかさまにしてもこのことのかるゝわさもかないかてかその人とたにしらはやけにさりとていかゝはせんおしなへてのなまかむたちめ中少将なとのほとを思ひゆるすへきにはあらねとかはかりの人のいとかくゆくゑなくあさましきすくせやはあるとおほさるゝになみたのほろ〳〵とこほるゝをおほしなけきたるをうゑはおほしめしてかく月ころになるとてみいれたてまつりけることゝおほしたはきたりたゝかくていけらんよのかきりみたてまつらんとおほすさへなへてならぬことにや

（31ウ～32ウ）

る御すくせ心うくおほされていたくもきこへ給はすみいれぬさまにてすくさせ給さふらふ人々もあやしとみたてまつるに上の御まへもいかなる御事にかくのみはとあやしからせ給てさるへき御いのりともはしめさせ給て御いそきもちかうなりぬるをおほしいそかぬ事なとものしけに大宮をもきこえさせ給に御むねさわきまさりてあないみしやさはかりはつかしけなる人にこゝろをかれ給やうもやとおほすにいかさまにしてこの事のかゝる(か(▲るゝ)るゝ)わさもかなたれとたにしらはやさりとてもけにいかゝはせんとてよのつねのかんたちめ殿上人なとを思ひゆるすへきにあらすかしいてかはかり○《の》人のかくゆくゑなくあさましきすくせあるやうやはあるあな心うとふところのつまはしきもたへ給はぬにたゝかうていまはいけらんかきりはみたてまつらんと思さへけふあすたかひてなみたのほろ〳〵とこほれ給をかくれいならぬ御ありさまおほしなけくと上は御らんしてかく月ころになるまてきゝいれたてまつらさりける事なとおほしさわきたり

（32オ～33オ）

〔九九〕
此事の後はをのづからけしきみゆる事もやとめをつけさせ給へれどかごとばかりも其しるしとみ（見）ゆるほうぐのはしだにおちちらぬは猶いかなりし事ぞとおぼつかなくゆかしきに三月ばかりよりはまことしくくるしげにし給ひて日にそへてたのもしげなきさまにならせ給へばよろづもわすれていかなるべき御ありさまにかとおぼしなげくにみかどまいていみじき御思ひにおはしませばたゞ此御かたにのみおはしましくらしておぼしめしなげかせ給ふ事かぎりなしと聞給へばいとゞかの人しれぬ御心の中はいふかたなけれどいづれのひまかは御せうそくをたに聞え給はんやう〳〵あつき程にさへなるまゝにきえ入ぬべき御ありさまをたれも〳〵なげかせ給ふ事かぎりなし
（上28オ～ウ）

〔一〇〇〕
つねよりもあつきひるつかた御丁のかたびらすこしゆひあげてゆかの上にてひのおましばかりをしきてくれなゐのうすもの、ひとへすゝしの御はかまばかりを奉りてかひなをまくらにてね入せたまへるに御ぐしのひさしく

〔九九〕
このことのゝちはよろつにめをつけさせ給ことはりもそのしるしとつゆめとまるかたのしるしたになくほんくなとのおちちらぬそなをいかなりしことそとおほつかなくゆかしきに三月はかりよりはまことにくるしけにし給へはよろつもわすれていかなるへきことにかとおほしなけくいとたのもしけなくなりまさらせ給みかとはましていみしき御思ひにておはしませはたゝこの御かたはらにおはしまきらはしておほしめしなけかせ給ふ事かきりなし御いのりともおほしよらぬことなしなときゝ給へはいと、人しれぬ御こゝろのうちはいふかたなけれといつれのさまにか御思をたにきこゑ給はん四月廿よひにもなりぬまたしき~~れ~~にあつさをみ人々なけくにましてきえいりぬへき御さまたれ〳〵もおほしなけかせ給ふさまかきりなし
（32ウ～33オ）

〔九九〕
この事のうちはをのつからけしきみる事もやとめをつけさせ給えるにかことはかりもそのしるしとみゆるほくたにをちゝらぬはなをいかなりし事そとおほつかなくゆかしきに三月よりはまことしうくるしう給てひにそへてたのもしけなきさまにならせ給へはよろつのうき事もわすれていかなるへき御ありさまにかとおほしなけくにみかとはいみしき御思におはしませはたゝこの御かたはらにおはしまし~~〳〵ゆ~~（▲〳〵）くらしてみたてまつりなけかせ給さまかきりなしかのひともかゝる御ありさまをきゝ給へはいと、人しれぬ御心のうちはいふかたなけれといつのひまにかは御せうそこたにきこえさせ給はんやう〳〵あつき程になるまゝにきえいりぬへき御ありさまをなけかせ給事かきりなし
（33オ～ウ）

〔一〇〇〕
つねよりもあつきひるつかたいかにましてくるしくおほさるらんとておほみやのわたらせ給へれは御き丁のかたひらすこしゆひあけてゆかのうへにおましはかりをしきてくれなゐのうす物、御ひとへかさねすゝしの御はかま

〔一〇〇〕
つねよりもあつきひるつかた御丁のかたひらす[こ]しあけてゆかのうへにてんの御ましはかりにてくれなゐのうす物、御ひとへすゝしの御はかまはかりをたてまつりてかひなを御まくらにてふさせ給へるに御くしのひさしうけ

けづりなどもせさせ給はねど露ばかりまよふすぢなくつや〳〵としてうちやられたるにこぼれかゝらせたまへるいろあひつらつきなどのかく久しき御なやみにつゆ斗もおとろへずいとゝなまめかしくみ《(見)》えさせ給ふ大宮もつく〳〵とみ《(見)》奉らせ給ふにかひなたゆきもしらせ給はぬにこそとこゝろぐるしうかなしくて涙のほろ〳〵とこぼれさせたまふうちみじろきていとくるしとおぼされたるを近うよりてうちあをがせ給ふにひとへの御ぞのむねすこしあきたるより御ちのれいならずくろうみゆるに心さはぎしながらめとゞめさせたまへばくれなき御ひとへにていとしるかりけりいかなる事ならんとなをおぼつかなかりつるをこはいかなる事ぞとめもくれまどひて物もおぼされず誠にうかりける御ありさまかないかさまにしない奉るべきぞとおぼしくたくる事かぎりなし

（上28ウ～30ウ）

はかりをたてまつりてかいなをまくらにてねいらせ給へるに御くしのけつりなともせさせ給はねとつゆはかりふくらむけもなくゆく〳〵つや〳〵としてうちやられ給へるに御ひたひのかみのことさらひねりかけたらんやうにこほれかゝり給へるいろあはひつらつきなとかくひさしく御なやみにその人とみえぬまてやせそんせさせ給へるしもいとなまめかしくあてにこゝろくるしくうすものゝ御ひとへもおもたけにあはれけなる御ありさまをおほみやつく〳〵とみたてまつらせ給ふにかいなたゆにもしらせ給はぬこそとこゝろくるしきになみたほろ〳〵とこほれさせ給ふにうちみしろきていとくろしとおほしたるにあせをしひたしたるやうにあえ給へるをよりてうちあふかせ給へるにひとへの御そのすこしあきたるよりれいならすくろくみゆるにこゝろさはきしなからめとゝめさせ給へれはかくれなき御ひとへにいかなることならんとなをおほつかなかりけれ御みはいかなりけることそとめもくれまといて物もおほされすまことにうかりける御ありさまかないかさまにしないたてまつるへきそとおほしくたくるたくひなし

（33オ～34ウ）

つりなともせさせ給はねとつゆはかりふくみたるすちもなくゆら〳〵つや〳〵としてうちやられたるひたいかみのことさらにひねりかけたらんやうにこほれかゝらせ給へるつらつきなとさはかりその人ともみえぬまてやせそこなはれ給へるしもいとしろふくまなき御いろあはひなといますこしあてに心くるしううすものゝ御ひとえ《(▲え)え》もおもけにあはれけなる御さまを大宮はつく〳〵とみたてまつらせ給にかいなのたゆさもしらせ《せ》給はぬにこそと心くるしうかなしうてなみたこほれ給うちみしろきてくるしとおほしたるにあせもをしひたしたるやうにみえ給へはちかうよりてうちあふかせ給へるにひとへの御そのむねすこしあきたるよりさはかりうつくしき御ちのれいならすくろうみゆるに心さわきせられなからめとゝめさせ給へれはかくれなき御ひとへにていとしるかりけりいかなることにかと猶おほつかなかりつるをまたこはいかなる事にかとめもくれまとひてものもおほえさせ給はすさまことに心うかりける御ありさまかないかさまにしなしたてまつらんかゝる事みてたゝいまもわかみうしなうわさもかなとおほしくたけてなけきまさらせ給

（34オ～35オ）

〔一〇一〕
月比はめのとたちにもかゝる事のあるはいか
なることぞなどの給はず御心ひとつにおぼし
なげきつるをかゝる事のありけるを今はわれ
ひとりしてはもてかくすべきにもあらざりけ
り又此人々の中にしりたるもあらんさりとも
かくおはするまでそのけしきしる人なきやう
はあらじなどおぼしなりていづもやまとなど
いふ御めのと達をしのびたるかたにめしよせ
てとみにもえの給ひいてずむせかへらせたま
へるをいかなる事ぞとみな思ひさはぐからう
じてかゝる事のおはしけるをたれもしらぬや
うはあらじなどか今までしらせざりけるいか
なりしことぞなとだにしりてしがなとの給は
せやらぬをうちきくこゝちいかゞはありけん
あるかぎりあきれまどひてものもえ申さずか
しらをつどへてなくより外の事なし
（上30ウ～31オ）

〔一〇二〕
月ころもあやしうこゝろ得ぬ御ありさまを御
物のけにやなどみ（見）奉りなくより外に又いかに
も〳〵み（見）奉り知事もさぶらはずれいせさせ給
ふ事もつねにさのみおはしませばあやしとみ（見）

〔一〇一〕
月ころはめのとたちにもかゝることあるはい
かなることそなとの給はせす御心ひとつにお
ほしなけきつるをかゝることのありけるをい
まはわれひとりしてはもてかくすへきことに
もあらさりけりまたこの人々の中にしりたる
人もあらんさりともかうおはするまていかて
かそのけしきしる人なきやうはあらんなとお
ほしなりていつもやまとなといふ御めのとた
ちをしのひたるかたにめしよせてもとひに物
もの給はせてむせひかへらせ給へるをいかな
ることそと思ひさはくにからうしてかゝるこ
とのおはしけるをたれもしらぬやうはあらし
なとかいまゝてしらせさりけるいかなりしこ
とそとたにしりてしかなとの給はせやらぬを
うちきくこゝちともけにいかゝはありけんあ
るかきりあきれまとひて物もえ申さすかしら
をつとえてなくよりほかのことなし
（34ウ～35オ）

〔一〇二〕
つきころもあやしくこゝろえぬ御さまを御も
のゝけにやとみたてまつりなけくよりほかに
またいかにも〳〵みたてまつることも候はす
れいせさせ給ふこともつねにはのひおはしま

〔一〇一〕
月ころはめのとたちにもかかることのあるはい
かなるなとも《の》給はす御心ひとつにおほ
しなけきつるをまたかゝる事もありけるはと
いまはわれひとりしてもてかくしきこゆへき
にもあらさりけり又この人々の中にしりたる
もあらんとおほしていつもやまとなといふ御
めのとたちをしのひたるかたにめしよせても
とみにものもの給はすむつからせ給へるをい
かなる事そと思さわくにからうしてかゝるこ
とのおはしましけるをたれもしらぬやうあら
しをなとかいまゝて丸にはしらせさりけるい
かなりしことそなともいかて~~か~~きかてはなと
の給はせやらぬをうちきく心ちもいかゝはあ
りけんあるかきりあきれまとひてたゝものも
え申さ~~れ~~すなきいりたるけしきともすこしし
りたらはいとかくやはとみてつとひつゝなく
よりほかのことなし
（35オ～36オ）

〔一〇二〕
月ころもあやしう心えぬ御ありさまを御も
のゝけにやとみたてまつりなけくよりほかに
は又えいかにも〳〵みしりまいらすることも
侍らすさりともことのありさましる人侍らん

おどろくべきにも侍らでこそさりとも事のありさまはしる人侍らんかし昔物がたりにも心おさなきさぶらひ人につけてこそかゝる事も侍りけれ打かはり誰もみ（見）奉らぬおりも侍らぬを猶いつのひまにかさる事のおはしまさん御ひがめにやさぶらふらんといへばいでやなにかたれもむげにしらぬやうはあらじとてもかくてもおなじうさとはいひながらその人とだにしらぬよかばかりの御身のほどにかゝる事のたぐひあらじかしさぶらふ人々の程にてだにいとかうあは〳〵しくとびかふむし鳥のやうにゆきずりのすくせ（世）ある人やはありけんたゞさばかりのゆめにてだにあらでこはいかにすべきわすれかたみ（見）ぞとをしあてさせたまへるそでのしづくことはりにいみじともよのつねなり
（上31オ～32オ）

〔一〇三〕
いまはいかでうへのみ（見）つけさせ給はぬさきに出し奉りてん神わざなどもしげう侍るめるにいとゞおそろしく侍ると聞ゆればさてもつゐにはいかゞすべからんと世のためしに成給ひぬべき御ありさまをみ（見）奉りはてぬさきに我身いかで世になくなりなんとかた時の程に思ひくだけさせ給へるさまげにたれも〳〵はか

せはあやめおとろく月ことのことも侍らねはさりともこの御ありさましる人も侍らんかしむかしものかたりにもこゝろをさなき候に人につけてこそかゝることも侍けれうちかはりたれもみたてまつらぬひまも侍らぬをなをいつのひまにかさる事のおはしまさん御ひかめにそ候らんといへはいてやなにかたれもしらぬやうはあらしとてもかくてもおなしうさとはいひなからその人をたにしらぬよかはかりの御みのほとにかゝるたくひあらしかし候人々のほとにてたにいとかうはか〳〵しくとひかうむしとりのやうにゆきすりのすくせある人やはあるなたゝさはかりのゆめにてたにあらてこはいかにすへきわすれかたみそとておしあてさせ給へるそてのしつくことはりにいみしともよのつねなり
（35オ～36オ）

〔一〇三〕
いまはいかてうゑのみつけさせ給はぬさきにいたしたてまつりてんわさもかなわたらせ給事もしけふ侍めるにいとおそろしう侍ときこゆれはさてもついにはいかゝすへからんよのためしになり給ひぬへき御ありさまをみたてまつりはてぬさきにわかみいかてよに〇《なく》なりなんとかたときのほとに思ひくたけ

かしむかし物かたりにも心をさなきさふらひ人につけてこそかゝる事も侍りけれうちかはりたれもみたてまつらぬをりも候はぬを猶いつのひまにいかてさる事も侍らん御ひかめにやといえはいてやむけにたれもしらぬやうもあらしとてもかうてもおなしうさとはいひなからそのひとゝたにしらぬにかはかりの御身の程にかゝる事のたくひあらしかしある人々のほとにてたにいとかくあは〳〵しうとひかふとりむしなとのやうにゆきすりのすくせあるやうはあるなさはかりのゆめにてたになくてこはいかにすへきわすれかたみそとてをしあてさせ給へる御袖のしつくことはりにいみしともよのつねなり
（36オ～37オ）

〔一〇三〕
いまはいかてかうゑのみつけさせ給はぬさきにいたしたてまつりてん神わさなともしけくなり侍めるにいとおそろしなと申せはさてもつゐにはいかゝすへからんよのためしになりぬへき御ありさまをみいてぬさきにわかみをいかてよになくなしてんとかた時の程におほしくたけたるありさまはか〳〵しき事あるま

〳〵しき事あらじかしとみ《(見)》え給へりかくいひ
さゝめくほどにえんだうまいれなどいふはわ
たらせ給ふべしと聞給ふにいますこし心ち《(地)》も
まどふにわたらせ給ひてみ《(見)》聞えさせ給へばい
とかういみじき事迄はおぼしよらぬにやいと
心くるしげにてあつさをもてあつかひたまへ
るけしきなるもいとうしろめたければすこし
あつき御ひとへなどに引かへて又いとあさま
しき御事もありけるをおぼしもよらぬにや心
してうへにもみ《(見)》えたてまつり給へと聞え給ふ
に宮又いかなることぞとやがてきえはつる
こゝちしてたけき事とは引かづきてなきたま
へるにうへわたらせ給ひて今の程はいかにぞ
あつさゝへあやにくなるとしかないとゞいか
にくるしくおぼさる覧とてよらせ給へるにか
くいみじげなる御けしきなるに母宮もいみじ
うなき給へるさまなればいとゞおどろかせ給
ひて今朝の程にくるしげさこそまさらせ給ひ
にけれなどかく共の給はざりつらんいのりな
どをもおもひよらぬ事なくすれどもしるしも
なくてかくまさるさまにのみ成給ふはいかな
るべき御事にかといみじくおぼしなげきて
（上32オ～33オ）

させ給へるさまにはたれもはか〳〵しきこと
あらし
（36オ～ウ）

しきなめりとみえたりかくいひさたむるほと
にえんたうまいれなといふはわたらせ給なる
へしときゝ給ふにいとゝ心まとひて御らんす
れはいとかくいみしきことまてはおほしもよ
らていとゝくるしけにあつさをあつかはせ給
さまもうしろめたけれはすこしあつき御ひと
へにひきかへてまたいとあさましき御事のあ
りけるをおほしもしらぬにや心して上にも
みえたてまつらせたまへときこえ給へは又い
かなる事のあるそとやかてきえいる心ちして
たけきことゝはひきかつきてなきいらせ給へ
るにそ上わたらせ給ていまの程いかにそあつ
さゝへあやにくなるころかないかにくるしく
おほさるらんとてちかうよらせ給へるにかく
いといみしけなる御さまにてはゝ宮もいたう
なきいらせ給へるにけさのほとに又くるしさ
こそまさらせ給にけれなとかくともの給はさ
りつらん御いのりなとは思よらぬ事なくすれ
とかくまさりさまにのみなり給へはいかなる
へき御事にかといみしくおほしなけきて御く
しかきやりなとせさせ給御けしきいとしのひ
かたくおほしめしたり
（37オ～38ウ）

〔一〇四〕

おかしかりつる御ぐしなどを人にみ《見》せまほしかりつるものをいとくちおしうおち給ひなん事とてかき出てうちやらせ給へるにまよふすぢなくてうちきのすそばかりにやとみ《見》ゆるすそのおかしさなどげにたぐひなしなとは是をいふべきにやとみ《見》えさせ給へり長さなどはこれこそなべての事なれすぢのおかしさつやさがりはなどはたぐひあらじかしとていとめでたうかなしとみ《見》奉らせ給へるを御らんずるにも大宮は心さはぎのみせさせ給ひて哀かばかりおぼしたる御こゝろにもいつかゝる事を聞せ給ひておぼしうとまれ給はんとすらんとたゞよろしき人のうへにてだにかばかりうき事やはあるべきとおぼさるゝに涙もつゝみあへずこほれさせ給へばれいの袖をゝしあてゝ物の給はぬをたゝ此御心ちの事とのみ心得させ給へればさりとも何でうことかおはせんこゝらのいのりのしるし物したまはさらんやはとて我もうちなかせ給ひぬ　（上33オ～34オ）

〔一〇四〕

なへてのことならぬすちのおかしけさなとはたくひあらしかしとていとめてたくかなしくみたてまつらせ給へる御らんするにもおほみやはこゝろさはきのみせさせ給へはあはれいかはかりおほしゝつみたる御こゝろにもいつかゝることをきかせ給ひておほしうとまれ給はんすらんとたゝよろしき人のうゑにてたにかはかりうきことやはあるへきとおほさるゝになみたもつゝみあへられすこほれさせ給へはれいのそておしあてゝ物もの給はぬをさりともなてうことやおはせんこゝらのいのりのしるし物し給はさらんやはとてわれもうちなかせ給ひぬ　（36ウ～37オ）

〔一〇四〕

いとをかしかりつる御くしなとをちやすらんなにを猶くちをしくていかてみしらんひとにみせんと思つるをかくあつきほとにはれ〲しくたにもてなさせ給はてのこりなくやならんとかきいてゝうちやり給へはまことにまよふすちなくてうちきにもあまらせ給らんとすそうつくしけさなとたくひなしとはこれをいふにやあらんとみえさせ給へりなかさなとなへての事そかしすちのうつくしさつらさかりはなと卝かはかりなるくた*ひあらしかしと思きこえさせ給へり御心のくるしうあつきにそえても大宮のきこえさせ給へることさえそうつし心もなきまておほさるゝ御かほのいろあはひなとかくてしもよにしらすうつくしうみえさせ給へは何事もいとかはかりなる人よにあらんや源しの宮をおとゝのよにたくひなきものにつねにかたらるゝこの御さまにはかきりあれはえまさらしなといみしうかなしとおもひきこえさせ給へるを大宮はあはれにかはかりおほしたるにいつかゝることをきかせ給ておほしうとまれ給はんとすらんよろしき人のうへにてたにかはかりうきことやはあるとおほすにたゝなみたのみこほるれは袖をゝしあてさせ給へるをたゝこの御心ちの事とお

〔一〇五〕
かうのみ日にそへてたのもしげなく成給へるをこゝろやすき所にて御いのりなどもせばやと思ひ給へるか斗まで物し給へるをもどかしなど思ふ人も侍らんかしと聞えたまへばいさやかくてだに夜のまのおほつかなさをまいてみ（見）奉らざらんかいといぶせきにたのもしき人さへなく心ぼそかりぬへき事などの給はすれどげにさりとてもかうたのもしげなうなり行御ありさまをさのみやはなど聞えさせ給へばさるべき宮づかさなどめして御いのりの事などこまかにをきてさせて出させ給ふべきにも成ぬ返々もおぼつかなかるべき事をおぼしめしの給はせてとのにも聞えさせ給ひければさらぬ折たにはかなき事の折々先とぶらひ申し給へばいと心ぐるしき御事とおどろき給ひてさま〱の御いのりはしめさせ萬にぞあつかひ聞えたまひけるかくいとおもくなりてゐでさせ給ひぬるを（上34オ～35オ）

〔一〇五〕
かうのみひにそえてたのもしけなくなり給ひにたるをひろき所にていのりなともちかき所にてやなん思給ひけるかはかりまてものし給ふをもとかしなと思人侍らんかしときこゑ給へはいさやかくたによのこともおほつかなきをまいてみたてまつらさらんやはといふせきにたのもしき人さへなくはこゝろほそかりぬへきことなとの給はすれとけにさりとてもかうたのもしけなうなりゆく御ありさまをさのみやはなときこゑさせ給へはさるへきみやつかさなとめして御いのりのことなとこまやかにおきて給はせていてさせ給ふへきになりぬかへす〱おほつかなかるへきことをおほしめしの給はせて大殿にもきこゑさせつけさせ給けれはさらぬをりたにはかなき事のをり〱まつとふらひ申給へはいとこゝろくるしき御ことゝおとろき給ひてさき〱の御いのりともはしめさせよろつにそみあつかひきこゑさせ給けるかくいとおもくなりていてさ

ほしめせはさりともなてうことかおはせんこゝらの御いのりしるしおはせさらんやはとてわれもうちなかせ給（38ウ～39ウ）
＊「た」を「る」と「く」の間に移動する指示あり。

〔一〇五〕
かくのみたのもしけなくなり給めるをひろき殿にて御いのりもちかくてとなん思侍よるなといとおそろしくやかてきえいるやうにものし給めるをかはかりまてものし給をもとかしと思人も侍らんかしときこえ給へはいさやかくてたに夜のまもおほつかなきにましてみたてまつらさらんかいふせきなりたのもしき人もなくて心ほそくやなとの給はすれとけにさもとてかくたのもしけなくなり給へるにさのみやはときこえさせ給へはさるへき宮つかさなとめして御いのりの事なとこまかにおほせられていてさせ給へきさまになりぬ返々もおほつかなかるへきさまにおほしの給はせて大殿（▲将）にもこき卄えさせたつけさせ給けれはさらぬをりたにことのおり〱はさふらひきこえさせ給へは心くるしき御事とおとろき給てさま〱の御◯《い》のりともはしめよろつにそあつかひきこえさせ給ける（39ウ～40ウ）

〔一〇六〕
大将殿聞給ふに人しれずおぼしなげくことをろかならす内侍のすけにもつねにあひ給ひつゝさるべきひまあらばすこしけ近くてみ《見》たてまつらんとなをさりのけしきにはあらずせめわたり給へば今はあるにもあらぬさまにならせ給へればよるひる大みやそひおはしますにはいかでかはさらばおぼつかなきことをさへおぼいためるにさやうにほのめかさせたまへかしと聞えさするをさすがにあきらかにもあらずいひなしつゝおもひなげき給へるけしきはをろかならぬをいとしのびがたきに涙はせきもあへずこぼれながらことに出ていみじやかなしやともなきこがれ給はすながらいと心ぶかげにおぼしみだれたるけしきなどをろかにはあらぬ御心にこそはとみ《見》るも心得ねば此御心地も物思ひにかくまでもならせ給ひぬるにこそ侍るめれたゞ人しれぬ御事にてだにさばかり心ふかき御こゝろばへにをろかにおぼさるべきにもあらぬをまいて大宮のおぼしなげくめる御こゝろを御らんずるにいかでかはをろかにおぼしめされんいてやいとけしからぬ御こゝろづかひぞと思ひ侍ればいと心うせ給ぬるを

（37オ〜ウ）

〔一〇六〕
大将とのもきゝ給ふに人しれすおほしなけくことおほろかならすないしのすけにもつねにあひ給ひつゝさるへきひまあらはなをすこしみたてまつらんとなをさりのけしきにはあらすせめさせ給へはいまはあるにもあらぬさまにならせ給へれはよるひる大みやのそいおはしますにはいかてかはさらはたゝおほつかなきことをさへおほいたんめるにさやうにほのめかさせ給へかしときこゑさするにもあらすいひないつゝ思ひなけき給へるけしきはおろかならぬをいとあやしとのみ思ひけりあすはありとも思へくもあらぬよいまひとたひみたてまつらはやとおほすはいとしのひかたき御なみたはせきもあらすこほれなからことにてゝいみしやかなしやともなきこかれ給はすなからいとこゝろふかけにおほしみたれたるけしきなとおろかならぬにはあらぬ御けしきにこそはとみにもこゝろえられねはこの御心ちもこの思ひにせさせ給ひぬるにこそ侍めれ人しれぬ御ことにてさはかり心ふかき御こゝろは思はすにおろかにおほすへきにもあらぬをまいておほみやのおほしめしなけくめるさ

〔一〇六〕
大将きゝ給てひとしれすおほしなけくさまおろかならすないしのすけにあひ給てもさるへきひまあらは猶すこしけちかくてみたてまつらんとなをさりのけしきにはあらすせめわたり給へはいまはあるにもあらぬさまになり給へれはよるひる大宮のそひおはしませはいかてかさらはたゝおほつかなき事をさへおほしめしたるにさやうにもほのめかさせ給へかしときこゆるをはさすかにあるましきにもあらすいひなしつゝ思なけき給つるけしきはおろかならぬをあやしと思けりあすもありとはおもふへくもあらぬよにいま一とみたてまつらてやと思はなみたもせきもやらすこほれなはことにいてゝいみしやとはなきこかれ給はねといと心ふかけにおほしなけき給へるけしきなとおろかにはあらす《ぬ》御心にこそはとみゆるも心えねはこの御心ちもこの思にならせ給ぬるにこそ侍めれたた(▲□)人しれぬ御事にてたにさはかり心ふかき御心はへにおろかにおほしめすへきにもあらぬをまいて大宮のおほしめしたるさま(▲に)を御らんするにいかてかおろかにはおほしめさむいてやいとけしからぬ御心つ

くぞ侍るやたゞ御文なとをやちらしてましと思ひ給ふるをといへば我さへかくの給ふこそこゝろうけれ誰がうへをもしらぬやうにひとへになにくみ給ふそいとわりなしとてありのまゝには知せじとおぼすなるべしあが君なをこのふみちらさん事なこのみ給ふそとよなに事をしらせ奉るべきそあやしかりけんしるしをおぼしうたがふにこそあらめそがいとをしきぞなをさりのかいまみはあながちにびんなかるべし共思はでちかきほどに参りよりたりしにおちけんよたれがならんとおぼつかなくおぼすらんよりもかくときかせ給はゞ今すこしこゝろつきなしとこそおぼしめさめ行すゑのたのみあぢきなき事にやさらすとも岩にも松はおふなるものをとて猶我とはしられ奉らじとおぼしたればいかにあやしくこゝろえぬ御心かなとおぼえけり　（上35オ～36ウ）

〔一〇七〕

宮は久しく御らんぜざりつる古郷に立いてさせ給へるにいとゞあれまさりて物ふりにける

まを御らんするにいかてかおろかにおほしめされんいていとけしからぬ御心つかひのするとみ侍れはいとこゝろうくそ侍やたゝ御ふみなとをちらしてまし(▲て)と思ふ給ふるといへはわれさへかくの給ふこそこゝろうけれたれかうへをもしらぬやうにひとへになにくみ給ひそいとわりなしとてなをありのまゝにはしらせしとおほす人のあるにきみなをふみちらさむとなこのみ給ひそとよなにことをいかにせさせたてまつり給へきそあやしかりけんしるしおほしうたかふるこそあらめそれはいとをしきそなをさりのかいはみはあなかちにひんなかるへしとも思はてちかきほとにまいりよりたりしにおちたりけんよたれかなりけんとおほつかなくおほすらんよりもかゝることをきかせ給はゝいますこしこゝろつきなしとこそおほしめさめゆくすゑのたのみもさてはあちきなしやさらすとんいはにもまつはおふるものにそとてわれとはしられたてまつらしとおほしたれはいとあやにくこゝろえぬ御こゝろかなとおほえけり　（37ウ～39ウ）

〔一〇七〕

みやはひさしく御らんせさりけるふひんさにたちいて給へるにいとゝあはれまさりて物ふ

かひとみたてまつれはいと心うくてこそたゝ御文をちらしてましとそ思給らるゝといへは我さへかくの給ふこそ心うけれたかうへをもしらぬやうにひとへになにくみ給そいとわりなしとて猶ありのまゝにはしらせしとおほすなるへし君猶このふみちらさん事なこのみ給そとよなに事をいかにしらせたてまつるへきそあやしかるへきしるしをおほしうたかふにこそあらめそれかいと〳〵おかしきそ猶さりのかひはみはあなかちにいかなるへしとも思はてちかき程にまいりたりしに杜《を》ちけんよたれかならんとおほつかなくおほさんよりもかくとき、給は、いますこし心つきなしとそおほされん行すゑのたのみもさてはあちき《なき》事にやさらすともいはにも松はおふなるをとて我とはしらせたてまつらしとおほしたれはあやしう心えぬ御心かなとおほえけり　（40ウ～42ウ）

〔一〇七〕

宮はひさしう御らんせさりつるふるさとにたちいてさせ給へるにいたうあれまさりてもの

山のけしきも物おそろしげにて池の水もみ草ゐて昔のかけもとまらぬにかはづの聲ばかりたのもしきしるべにて事とひまいる人もなきまゝにおきふしつく〴〵とおぼしなけく事かぎりなし月日のすぐるまゝにはいかさまにしてうきなをもてかくして明暮さふらふ人々にも此けしきをみ《(見)》せしらせぬわざもがなとおぼすに我御心ちもいとなやましく成てたち花などをだにみ《(見)》入させたまはずたゞおなじさまにてふししづませ給へるを　（上36ウ～37オ）

〔一〇八〕

ひめ宮もみ《(見)》奉らせ給ふにうき身ひとつのゆへにかくさへならせ給ひぬるとおぼすにいかでかはよのつねの心ちせさせ給はんけふあすにても先さきだちきこえてはづかしくいみじからんありさまをみ《(見)》えたてまつらぬわざもがなとおぼせばいとゞしつみいらせ給ひてげにいとたのもしげなき御ありさまどもなればさぶらふ人々も一所の御事をだにおもひなげくに又かくさへおはします事となげかしきものからいづものめのとなどこゝろかしこき人にてひめ宮の御ため聞にくき事世にもりいでんよりはなどいひあはせて大みやの今はとおぼし

りにけるやまのけしき物をそろしけにていけのみつもみさひゐてむかしのかけもとまらぬにかつつのこゑはかりをたのもしきしる人にてことに事とひまいる人もなきまゝにおきふしつく〳〵となけくことかきりなし月ひのすくるまゝにいかさまにしてうきなをもてかくしてあけくれ候人々にもこのけしきをみせしらせぬわさもかなとおほすをわか御心ちもいとなやましくなりてたちはなゝとをたにもいとみいれさせ給はすたゝおなしさまにてふしゝつませ給へるを　（39ウ～40オ）

〔一〇八〕

ひめみやもみたてまつらせ給ふにうきみひとつのゆへにかくさせならせ給ひぬるとおほすにいかてかはよのつねのこゝちせさせ給はんけふあすにてもまつさきたちきこゑてはつかしくいみしからぬありさまをみへたてまつらぬわさもかなとおほせはいとゝしつみいらせ給てけにたのもしけなき御ありさまともなれはさふらふ人々も一所の御ことをたにも思ひなけくにまたかくさへおはしますとてこゝろのいとまなくなけかしき物からいつものめのといと心かしこき人にてひめみやの御ためきゝにくきことよにもりいてんよりははなと

ふりにける山のけしきものおそろしけにていけの水もみくさのみゐてむかしのかけもとまらぬにかはつのこゑはかりたのもしき人にてことにことゝひまいる人なきまゝにおきふしつく〳〵とおほしなけく事かきりなし月日のすくるまゝにいかさまにしてうき御なをもてかくしてあけくれさふらふ人々にもこのけしきをしらせぬわさもかなと御心ちもいとなやましくたちはなゝとをたにみいれさせ給はすたゝおなしさまにふしゝつませ給ふ　（42ウ～43オ）

〔一〇八〕

われさへみたてまつりをきてなくなりなはいとゝいかなるありさまにてあめのしたにいひなかされ給はんとのみおほしつゝくるまゝにいとゝ御心ちはよはりまさらせ給やうなるを人も宮もみたてまつらせ給にうき身ひとつのゆへにかくならせ給ぬるとおほすにいかゝはよのつねの心ちせさせ給はんけふあすにてもまつさきたせ《ち》きこえさせてみえたてまつらぬわさもかなとおほしめせはいとゝしつみいらせ給ていとたのもしけなき御ありさまともなれはさふらふ人ともゝひとゝころの御ありさまにもあらすかくのみおはしますを心のいと

たえてとがめさせ給はざりけるなん出させ給ひていちじるき御ありさまにみ《見》なしまいらせつるなど内にもそうしてげれはげに思ひかけずもありける御事哉とばかりぞきかせ給ひけるなへての人のある事もとゞまりて程へさせ給ひにければなに事にかおぼしもとがめんおひごは人の大事なることときかせたまへばさてげにくるしうせさせ給ふとぞきかせ給ひける世中の人もあやしうありく〳〵て中々めづらしき御事かなとぞ聞おどろきける今年そ四十五六に成給へばなどかはさしもし給はざらんまいて御み《見》めなどは三十ばかりにていときよげにそおはしましける我先さきにといづれもおなじさまにてたのもしげなき御ありさまなれば明暮み《見》奉る人々だになに事かは思はん内などにかくときかせ給ひてげるを同じくはけにいかでいちじるからぬさまにもてなして此御うきなをかくすわざもがなと大宮はおぼしねんずるけにやたゞおなしさまにて夏秋も過つ、（上37オ～38ウ）

〔一〇九〕

冬のはじめにもなりぬればたしかなることは

いひあはせて大宮のいまはとおほしめしたえてとかめさせ給はさりけるいてさせ給ひてのちいちしるき御ありさまにみなしまいらせつるなとうちにもそうしてけれはけに思ひかけすもありける御ことかなとはかりそきかせ給ひけるなへて人のすることん~~はれ~~とまりてほとへさせ給けれはなにことをかはおほしもとかめん老子は大事なるときかせ給へはさてけにくるしうせさせ給ふ《と》そきかせ給けるよの中の人もあやしくありく〳〵て中々めつらしきことかなとそき、おとろきけるさるはことし四十五六になり給へはなとかはさもし給はさらんまいて御みめなとは廿はかりにていときよけにそおはしましけるわれまつさきにといつれもおなしさまにてたのもしけなき御ありさまなれはあけくれみたてまつる人々たになにことかはみわきたてまつらんうちなとにかうときかせ給けるをなしくはけにいかていちしるからぬさまにもてなしてこの御うきなをかくすわさもかなと大宮はおほしねんしけるにやた、おなしさまにて夏秋もすきつ、（40オ～41ウ）

〔一〇九〕

ふゆのはしめにもなりぬれはたしかなること

まなくなけくいつも《(▲く)》めのとなと心かしこき人にてひめ宮の御方き、にくきことよにもりいてんよりはなといひあはせて大宮のいまはとおほしめしたえてとかめさせ給はさりけるにいてさせ給てのちになんいとしるき御ありさまなれはなと内にもそうしてけれはけに思かけすもありける御事かなとはかりそきかせ給けるなへて~~ひと~~《(▲いと)ひと》する事とまりて程へさせ給にけれはなに事をかはおほしもとかめんおひこは人の大事にする事なれはさてけにくるしうするとそきかせ給ける世中の人もありく〳〵てめつらしき御事とこそき、おとろきけるさるはことしそ四十五になり給へはなとかはさ~~し~~もし給はさらんまして御みめは卅よはかりいときよけにそおはしましける我まつさきにいつれもおなしさまにてたのもしけなき御ありさまともなれはあけくれみたてまつる人々たになに事かはみしりまいらせん大宮のうちにかくときかせ給ふとならはおなしくはいかていちしるからぬさまにてこの御うき身をかくすわさもかなとおほしねんするけにやた、おなしさまにて夏秋もすきぬ（43オ～44ウ）

〔一〇九〕

冬のはしめにもなりぬれはたしかなる事はし

しらねどありしふところかみの程をおぼしめし出てめのとたちにもさやうにいひしらせ給ひければ物とひ何やかやとこゝろしるどちはやすきそらなくむねこゝろをつぶしつゝうとき人々をばいづれの御まへにもちかうはまいらせずたゞ此事たすけ給へと仏神をねんじ奉るひめみやは大かたの御こゝちなどは中々この程と成てはいとくるしくも覚えさせ給はねど御身のありしにもあらず所せく成ゆくまゝにはづかしういみじからんほどのありさまをつゐにいかにもてなさんとおほすにいといみじきに人々のやすげなくとやかくやといひかまふるありさま共の心つくしに思ひあつかふもいついかなる事をとり出てあちきなき心がまへのあさましさなとをさへ世のこと草にいひつたへうへきかせ給はんなど人しれずおぼさるゝにたゞかくながら今のまにきえ入なばやとおぼしいるけにやつねよりもいとなやましく暮ゆくをひつじのあゆみのこゝちしてさすがに物こゝろぼそくおぼさるゝを木のしたはらふ風のをといとゞ身にしむやうなるにかしらもたげてみ(見)出したまへればいろ〳〵にちりまがひて木ずゑあらはになりにけり

吹はらふよもの木からし心あらばうきなをかくすくまもあらせよ〈54〉

はしらねとありしふところかみのしるしはかりをおほしめしいてゝめのとたちにもさやうにいひしらせ給ひけれはものとひなにやかやとやすきそらなくむねこゝろをつふしうとき人々をはいつれの御まへにもちかうもまいらせすたゝこの事たすけ給へとそほとけかみをねんしたてまつりけるひめみやはおほかたの御こゝろなとは中々このころとなりてはいとくるしくもおほえさせ給はねと御身のありしにもあらすなりゆくまゝにはつかしくいみしからんほとのありさまをついにいかにもてなさんとおほすにいといみしきに人々のやすけなくとやかうやいひかはふるこゝろつくしに思ひあつかうもいついかなることをとりいてゝあちきなきこゝろかまへのあさましさなとよのことくさにいひつたへうゐもきかせ給はんなとも人しれすおほさるゝにたゝかうなからいまのまにもきえいりなはやとおほしいるけにやつねよりもいとなやましくてくれゆくひつしのあゆみの心ちして物こゝろほそくおほさるゝにこのしたはらふかせのおといとゝみにしむやうなるをかしらもちあけてみいたさせ給へれはいろ〳〵ちりまかひてすゑあらはにな《り》にけり

ふきはらふよものこからしこゝろあらは

らねとありしふところかみのしるしおほしいてゝめのとたちにもいひしらせ給けれはなにやかやと心しるとちはやすきそらなくむねをこかしつゝうとき人々をはいつれの御方にもちかくよせすたゝこの事たすけ給へ(▲よ)と神仏をねんしたてまつるひめ宮はおほかたの御心ちは中々このころとなりてはくるしくもおほえさせ給はねと御身のありしにもあらすなら[せ]給まゝにははつかしういみしからんほとのありさまをつゐにいかにならんとおほすにいといみしうかなしきに人々やすけなくいひかまうるありさま心つくしに思あつかふをいかなることありてあちきなき御心かまへのあさましさなといひつたへ上きかせ給はんなと人しれすおほさるたゝかくなからいまのまにもきえいりなはやとおほすけにやつねよりもいとくるしくてくれゆくをひつしのあゆみの心ちしてさすかにもの心ほそくおほさるゝにこのしたはら(▲□ら)ふかせのみにしむやうなるを御くしもたけてみいたし給へれはいろ〳〵ちり[か]ひてこすゑあらはになりにけり

すゑはらふ[よ]ものこからし心あらはうき名をかくす雲まあらせよ〈54〉

（44ウ～46オ）

とて
（上38ウ～39ウ）

〔一一〇〕

いとよはげになき入給へるを大宮はすこしねいらせ給へれどこゝろとけてまどろむともなければ聞せ給ふに我もいとゞきえ入心ちして哀いかなる人いとかばかり物をおもはせ奉りてしらずがほにてすぐすらん昔の世になにのちぎりにてかゝる事のありそめけんいとかくおもへはゆめにもみ(見)ゆらんかしかゝる御事をもしらぬにや身はいたづらになるともいかなるもの、ふなりともすこしあはれとだにとひ聞えばさりとも忍びあへぬけしきもり出ぬやうあらじやはとてあさましくつらくおぼさるゝおりしもさきの聲いとおどろ〳〵しくて参りたまふ人ありかゝる御心ち(地)の程とてもさるべき大夫みやつかさなどよりほかには殊に参りとぶらふ人もなく心ほそきにさぶらふ人も立さはぎてみすいじんのこはづかひも御門のあたりこと〳〵しきを人々はしちかくて誰ならんめづらしくもあるかななどいひてみ(見)るにひんがしのたいにつゞきたるわたどのよりあゆみいで給へるをみ(見)れば左大将殿におはしけり
（上39ウ～40ウ）

うきなをかくす雲まあかせよ〈54〉
（41ウ～42ウ）

〔一一〇〕

いとよはけになきいらせ給へるを大宮はすこしねいらせ給へるやうにておはしつれとこゝろとけてもまとろみ給ことともなけれはきかせ給ふにそれもいと、きえいるこゝちしてあはれいかなる人かはかり物をおもはせたてまつりてしらすかほにてすくすらんむかしのよになにのちきりにてかゝることのありそめけんいとかう思ふこゝろはゆめにもみゆらんかしかゝる御ことをもしらぬにやみはいたつらになるともいかなるもの、ふなりともすこしあはれとたに思ひきこゑはさりともしのひあえぬけしきもりいてぬやうはあらしとあさましくつらくおほさる、おりしもさきのこゑいとおとろ〳〵しくてまいり給ふ人あむなりかゝる御心ちのほと、てもいたうみやつかさなとのことにまいりかよふも人なけれはこゝろほそきに候人もたちさはきて御すいしんのこゑひきもみかとの御あたりこと〳〵しきをわかき人々はしつかにてたれならんめつらしくもあるかなといひてみやるに東のたいにつゝきたるすきわたとのよりあゆみいて給へるを

〔一一〇〕

いとよはけになきいり給を大宮はねいら(▲ら)せ給やうなれと心とけてもまとろむことなけれはほのきかせ給にわれもいと、きえいる心ちしてあはれいかなる人かはかり思はせたてまつりてしらすかほにてあらん昔のよなにのちきりにてかゝることありそめけんいとかくおもふ心をゆめにもみるらんむかしかゝる事をしらぬにや身はいたつらになるらんいかなる物、ふなりともすこしあはれとも思きこえはさりともしのひあえぬけしきも~~も~~《り》ゐてぬやうあらしとうくあさまし~~く~~《う》おほさる、をりしもこそあれさきのこゑいとおとろ〳〵しうてまいる人ありかゝる御心ちの程とても大夫宮つかさなとよりほかにまいる人なく心ほそきにさふらふ人もたちさわき御すいしんのあたりもこと〳〵しきをわかき人々しつか《か》(▲こ)にはしつかたにてたれならんとめつらしうもあるかなといひてみやるにひんかしのたいにつゝきたるすきわた殿よりあゆみいて給へるをみれは左大将におはしけり
（46オ～47オ）

〔一一〕

宮のさぶらひして中納言の内侍やさふらひたまふとたづね給へるを大宮聞せ給ひていとこゝろぼそくかすかなる御さとゐのほどにも大殿の御心のあはれにまめやかなるををろかならずおぼししらるればちかきみすのまへにしとねさし出てこなたにと聞えさせ給へり参りてゐ給ふありさまうちふるまひたまふよういなどよりはじめれいのあなめでたとのみ《(見)》えさせ給ふにうちにほひたる御かほりもあやしき迄人には似ずぞみ《(見)》え給ふいろ〳〵のもみぢがさねのうへにくれなゐのうちたるが色もつやもなべてならずこぼる斗なるにりんだうのをりもの、御さしぬきの枝さし花のにほひたゞいまおりてみ《(見)》るやうにをりうかされたるめもかゝやくばかりみ《(見)》ゆるはかつはきなし給へる人がらなるべし立田姫の人わきなどしたるにはあらじとみ《(見)》ゆるもてなしけはひはあくまでけたかうはづかしげになまめかしくて御かほはこまかにうつくしげにらう〳〵じくあいぎやうづき給へるにほひは誠にはな〴〵とあたりまでにほひみち給へるなどところかへ

みれは左大将におはしけり　（43オ～ウ）

〔一一〕

宮のさふらひして中納言の内侍や候ひ給ふとたつね給へるを大宮きかせ給ていと心ほそくかすかなる御さとすみのほとにも大殿の御心はへのあはれにこまかなるをおろかならすおほし、らるれはちかき御すのまへにしとねいて、こなたにときこゑさせ給へりまいりてゐ給へるようゐなとよりはしめれいのあなめてたとのみ、えさせ給ふにさとうちにほひたる御かほりもあやしきまて人にはことにそ物し給ふいろ〳〵のもみちかさねのうへにくれなゐのうちたるかいろもつやもなへてならすこほるはかりなるにりんたうのふたへおりものゝえたさしはなのにほひたをりてみるやうにおりうかされたるめもかゝやくはかりみゆるはかたつはにきなし給へる人からなるへしたつたひめのひとりきなとしたるにはあらしかしともてなしけはひはあらましけたかくはつかしけになまめかしくて御かほはこまかにてうつくしけにらう〳〵しうあいきやうつき給へるにほひはまことにはる〳〵とあたりまてにほひみち給へるなと心かへてみたてまつ

〔一一〕

宮のさふらひ○《に》て中納言のないしやさふらひ給とたつね給を大みやきかせ給ていと心ほそくかすかなる御さとすみを大との、御心はへのこまやかにあはれなるをおろかならすおほししらるれはちかきみすのまへにしとねさしいて、こなたにときこえさせ給へりさしあゆみ給へるありさまよりはしめようゐなとよのつねのことなれとところかえては又あなめてたとみえ給さとうちにほひたるかほりもあやしう人にもに給はす○《そ》ありけるいろ〳〵のもみちかさねのうゑにくれなゐのうちたれかいねりのつやもなへてならすこほるはかりなるにりんたうのふたへをりもの、さしぬきのをりさまえたさしはなのにほひた、をりてみるやうにをりうかさりてあなめてたとみゆるはきなし給へる人からなるへしたつたひめのひとわきしたるにはあらしかしとみゆうちもてなし給へるさまのけたかう[は]つかしけに御かほのこまやかにうつくしうてらう〳〵しうあひきやうつき給へるにほひはあたりにこほる、心ちしてはな〳〵とひ

てみ《(見)》奉るは又ひかりことにめでたくみ《(見)》え給ふ
にかばかり思ふ事しげき宮のうちの人名残な
くうちゑまれけり　　（上40ウ～42オ）

〔一一二〕
中納言のすけめして御心ち《(地)》共のありさまなど
こまかに聞ゆれはおと丶はつねにまいるべき
やうにの給はすれどいかなるにかこ丶ち例な
らず思ひたまへられて心ざしの程よりもをこ
たり侍りけるを内にてうけたまはりつればた
のもしげなきさまになんとていみじうおぼし
めしなげかせ給へるにおどろきながらなん大
宮の御心ちはことはりなる御ことにおはしま
すなればなぐさめ所も侍るをひめ宮の御こ丶
ち《(地)》こそ聞えさせやるかたなく侍れ上もいみじ
うなげききこえさせ給ふめるなどの給へばわ
たくしにのみはいかでかはとて参りて大みや
にけいすればいとくるしくて物もいはれ給は
ねどかく参り給へるもをろかならずおぼしめ
されて先さきにとはいそがれ侍れどいかなる
にかかくのみ露にあらそふさまにていままで
ながらへ侍るにもありがたき御こ丶ろばへを
しらずかほにて過侍りぬべきをなん思ひのこ
し侍りぬるにはもしとまる草葉も侍らばよす
がとはかならずたづねさせたまへときこえさ

るはひとりことにみへ給ふにかはかり思事し
けき宮中の人々なこりなくうちゑまれけり
（43ウ～44ウ）

〔一一二〕
中納言のすけめして御心ちとものありさまな
とこまかにきこゆれはおと丶はつねにまいる
へきやうにの給はすれともいかなるにか心ち
のれいならす思給へられつ丶こ丶ろさしのほ
とよりもおこたり侍けるをうちにてうけ給は
り侍つれはたのもしけなきさまになとていみ
しくおほしなけかせ給へるにおとろきなから
なん大宮の御心ちはことはりなることもおは
しますなれなくさめところも侍をひめ宮の御
心ちこそきこゑさせやるかたなく侍れ宮もい
みしうなけき丶こゑさせ給ふめれなとの給へ
はわたくしのみはいかてかはとてまいりて大
宮にそうすれはいとくるしうて物もいはれ給
はねとかうまいり給へるもおろかならすおほ
しめされてまつさきにとはいそかれ侍れとい
かなるにかかうのみつゆにあらそふさまにて
すき侍ぬ月をなんのこし侍ぬる宮にはもしと
まるくさはも侍らはよすかとはかならすたつ
ねさせ給へときこゑまほしかりつるにうれし
くたちよらせ給へるなともはか〳〵しくつ丶

かる心ちし給へるにいとかはかりおもふ事し
けき宮のなけきもみなわする丶やうにそなり
ぬる　　（47オ～48オ）

〔一一二〕
中納言のすけたいめんしたれは御心ちとも
のありさまなと丶い給ておと丶は常にまい
るへきやうにの給はすれとみたり心ちのれ
いならす思ふ給へられつ丶いま丶てになり侍
ぬるけさ内にてうけ給はりつれはいたふくる
しけになんとてなけかせ給つるにおとろきな
からも大宮の御心ちはことはりなるさまに
もおはしますなれはなくさめ侍をひめ宮の御
心ちこそきこえさせんかたなく思給へらるれ
宮もいみしうこそなけき丶こえさせ給へなと
の給へはすけ御心○《ち》のさまともなとこ
まやかにきこえさすれはいたうおほし丶のふ
へかんめれといといみしき御心のうちしる人
はくるしけなりけりまいて大宮はかくとけい
すれはいとくるしうてものもいはれ給はね
とかくまいり給へるもおろかならすおほしし
「　」れはまつさきにといそかれ侍れとい
かなるに□かくのみつゆにあらそふさまにて
いま丶てなからへ侍もありかたき御心はえを
しらすかほにてすきぬへきをなん思のこし侍

せまほしかりつるにうれしく立よらせ給へる
などもはか〲しくつゞけやらせ給はぬをう
けたまはる心ち（地）もいとゞたへがたきにつたへ
聞給ふは袖にもあまり給ひぬべしかたみにく
るしき御心ち（地）共にけにいかにおぼさるらんさ
ばかり心くるしくあへかなりし御ありさまに
心ちの日比わづらひ給ひてうちふし給へらん
ありさまなど思ひやらるゝにやがて此みすの
内にもはい入ぬべくゆかしう哀におほえ給へ
はこゝろにもあらずをのゝしの原と口すさひ
て涙ぐみ給へるけしきいひしらずなつかしう
あはれなるをげに大ぞらも思ふこゝろをみ（見）し
るにや俄にくもりて時雨るに木がらしのあら
〱しく吹まよふにつけてもいろ〱の紅葉
散かゝりつゝいたくぬれ給へばみだれたる扇
のかくれなきをさしかくして

　人しれずをさふるそでもしほるまでしぐ
　れとともにふる涙かな〈55〉

聞わくべうもなくひとりごちたまふを中納言
のすけのみゝくせに

　心からいつも時雨のもる山にぬるゝは人
　のさもとこそみ（見）れ〈56〉

といふをいづものめのとすこし近くゐて聞に
みゝとまりけり　（上42ウ〜44オ）

けやらせ給はぬをうけ給はる心ちもいとゝた
えかたきにつたへきゝ給ふはかくれはそての
いとゝしのひあまり給ひぬへしかたみにくる
し御心ちともにけにいかにおほさるらんさは
かり心くるしうあえかなりし御ありさまなと
思ひやらるゝにこゝらのひころわつらひ給ひ
てうちふし給へらんありさまなと思ひやら
るゝにやかてこの宮のうちにはいゝりぬへく
ゆかしくあはれにおほえ給へはこゝろにもあ
らすおのゝしのはらとうちくちすさみてなみ
たくみ給へる御けしきいひしらすなつかしう
あはれなるをけにおほそらも思ふ心はみるに
やにはかにくもりてしくるゝにそえてこから
しあらくふきまかふにつけていろ〱のもみ
ちゝりかゝりつゝいたうぬれ給へはみたれた
るあふきのかくれなきをさしかくして

　人しれすおさふるそてもしほるまてしく
　れとゝもにふるなみたかな〈55〉

なときゝわくへうもあらすひとりこち給ふ
を中納言のすけのみゝくせに

　こゝろからいつもしくれのもるやまにぬ
　るゝは人のさかとこそみれ〈56〉

といふをいつものめのとすこしちかうゐてき
くにみゝとゝまりけり　（44ウ〜46ウ）

ぬる宮にもしとまる人はへらはよすかとは
かならすたつねさせ給へときこえさせまほし
かりつるにうれしうたちよらせ給へるなとは
か〱しうもえつゝけやらせ給はぬをうけ給
はる心もいとゝたえかたきにつたえきゝ給を
かくれにて袖のしのひあまりたまひぬへしか
たみにくるしき御心ちともにけにいかにおほ
さるらんさしもあへかに心くるしかりし御あ
りさまにこゝらの月ころわつらひ給てふし給
へるありさま思やらるゝにやかてこのみすの
うちにもはひいりぬへうゆかしうあはれにお
ほえ給へはをのゝしのはらと心にもあらすい
はれてなみたくみ給へるけしきいひしらすな
つかしうてあはれにめてたきをおほそらもけ
に思心をはみしるにやにはかにくもりてうち
しくるゝにこからしもあら〱しうふきまよ
ひていろ〱のもみちもちりま□ひつゝいた
うぬれ給へはみたれたるあふきのかくれもな
きをさしかくして

　ひとしれすをさふる袖もしほるまてしく
　れとゝもにふるなみたかな〈55〉

きゝわくへうもなくひとりこち給を中納言の
すけのみゝくせに

　こゝろからいつもしくれのもるやまにぬ
　るゝは人のさかとこそきけ《みれとも》〈56〉

〔一一三〕
かたらはまほしき事とも数しらねども人近なるけはひなればことずくなにてなく〳〵立給ひぬるをあかずのみ思ひ聞ゆるに名残のにほひはなをくゆりみちたるこゝちするを若き人々はせちにぞきこゆるをさしあゆみ給へる腰つきさしぬきのすそなどたを〳〵となまめかしきにかぜにふきあかめられたまへるつらつきぞ紅葉のにしきにもやゝたちまさりたるにほひにてかうふりのゐいの風にしたがひてふきかけられ給へるなどあまり人の心をみだ（見）るつまとなり給へるもいま〳〵しうやとみえ給ひけり（上44オ～ウ）

〔一一四〕
日のくるゝまゝに大宮もいとくるしうせさせ給ひておぼされければ是やかぎりならんつゐに此事をもてかくさでやみぬる事かぎりあらんいのちの程もくちおしうきえかへりつゝあるかなきかの御ありさまにて夜中にも成ぬひめみやはかた時のほどもさきだち聞えずやな

〔一一三〕
かたらはまほしきこともかすしらねと人ちかなる御けはひなれはことすくなにてなけく〳〵たち給ひぬるをあかすのみ思ひきこゆるをなこりのにほひにみをくり思ひきこゆれはさしあゆみ給へるこしつきさしぬきのすそまてたを〳〵となまめかしきにかせにふきあかめられ給へるつらつきはいろ〳〵のもみちのにしきにもたちまさりたるにほひにてかふりのえいのかせにしたかひてふきかけられ給へるなとあまり人の心をみたるつまとなり給へるをいま〳〵しくやとみえ給ける（46ウ～47オ）

〔一一四〕
月ひのくるゝまゝに大宮もいとくるしうおほさるれはこれやかきりならんついにこの御ことをおもくかくさてやみなんことゝかきりなきいのちのほともくちをしくおほすにひめみやはかたときのほともさきたちきこゐすやなりなんとなきこかれさせ給ふさまゝことにか

といふをいつものめのとすこしちかくいよりてきくにみゝとまりけり（48オ～50オ）

〔一一三〕
かたらまほしき事かすしらねと人々ちかきけはひなれはことすくなにてなく〳〵たち給ぬるをあかすのみおもふ人々おほくてせちにみをくりきこゆれはかせにうちふきあかめられ給へるつらつきのにほひはいろ〳〵ふきかけられ給ふもみちのにしきよりもにほひことにみゆるにかせにしたかひてかふりのえいのふきかけられ給へる御ひんのわたりさしあゆみ給へるすかたさしぬきのすそまてあまり人の心をみたるへきつ□となり給へるにもあまりゆゝしかりけりいてことはりなり殿人たにくたりたりしかはなとそこと〳〵なくきこえける（50オ～51オ）

〔一一四〕
ひれ（の）くるるま○《ま》に大宮いとくるしうおほさるれはこれやかきりならんつゐにこの御事をもてかくさてやみぬへきにやとかきりあらんいのちの程もくちをしくおほさるゝけにやあるかなきかにてよ中にもなりぬひめ君（宮）はかたときの程もさきたちきこえはやとなきこ

りなんとなきこがれさせ給ふさま誠にかぎりなめりとみえ（見）たまへばみ（見）奉る人々の心ち（地）ゆゝしういみじ内より御つかひ参りちがひ大殿よりもたちかへりあはれに聞えさせ給ふさはがしきまぎれに姫みや先きえいらせ給ふにやとみ（見）ゆるに御めのとたちなきまどひてかゝへ奉りたるにちごのうちなき給へるは今すこし心まどひしてうとき人々はよらずたゞ大宮のせさせ給へるとしらせたり

（上44ウ～45オ）

〔一一五〕

後の御事などこゝらたてかさねつる大願のしるしにやいとゝう成はてぬれは心ちすこししづめてあるにもあらてふさせ給へる大宮をこもちのやうによろづにしふせ奉りて姫宮をばくるしうせさせ給ふとていとおくふかうおはしまさせて御めのと達ばかりぞ参りよりけるちごの御ありさまさらにもいはず世にめづらしきさまなるおとこにてぞおはしけるうちの御つかひなどかへりまいりてかくとそうすればたいらかにせさせたまひてげるをうれしくきかせ給ひて御はかしなど例のさほう共ありけりのちはしらずたゞいまは先月比思ひくづ

きりなんめりとみえさせ給ふうちより大殿より御つかひまいりて物さはかしきにちこのうちなき給へるはいますこしこゝろまとひしてうとき人々もよせすたゝ大宮のせさせ給へるとしらせたり

（47オ～ウ）

〔一一五〕

のちの御ことなとこゝらたちかさねつる大願のしるしにやいとゝうなりぬれは心ちすこしゝつめてあるにもあらぬさまにてふさせ給へ（▲ふ）る大宮をこもちのやうによろつしふせたてまつりてひめ宮をはくるしうせさせ給ふとていとゝおくふかうおはしまさせて御めのとたちはかりそまいりよりけるちこの御ありさまさらにもいはすよにめつらしきさまなるをとこにてそおはしけるうちの御つかひなとかへりまいりてかくとそうすれはたいらかにせさせ給てけるうれしくきかせ給て御はかせなとれいのさほうともありけりのちはしらすたゝ

かれさせ給さまけにいつれかまつはとみたてまつる人のこゝろいみしうゆゝしう内の御つかひもまいりちかひて大殿よりもあはれにたちかへりきこえさせ給ほとにめひ*宮まつきえいらせ給にやとみゆる御ありさまなれはめのとたちかゝへたてまつりてなきまとひてみたてまつるほとにちこのうちなき給へるはいますこしの心まとひてうとき人々をよせすたゝ大宮のせさせ給へるなとしらせたり

（51オ～ウ）

＊「ひ」を上の「め」の前に入れるよう指示あり。

〔一一五〕

こゝらたてかさねたるくわん~~の~~（▲の）とものしるしにやのちの事なともとくなりて心ちともすこしものおほゆるにうちの御つかひ大殿なとたちかひものさはかしかりけれと心しつめいてゝ大宮をこもちの定によろつにしふせたてまつりてひめ宮をはくるしませ給へはとてをくふかくおはします御めのとたちはかりそまいりよりける御このありさまよにめつらしきさまのおとこにてさへおはします内の御つかひ返まいりてかくとそうすれはうれしときかせ給て御はかせやれいのさほうともありけりのちはしらすたゝいまはまつ月ころのむねと

をれつるむねどもあきてうれしくいみしきに大みやもこよなくちからいできたる心ちせさせ給へはめつらしき人先み(見)奉らせ給ふにたゞ大将の御おなじかほにて誠にうつくしき御さまなるをこはいづくなりし人ぞあなあさましとおぼさるゝに涙のほろ〳〵とこぼれかゝり給ふもかばかりうく(イ)ゆゝしく月比思はせ給へる人ともおぼされずいま〳〵しくせちにわらひかゝらせ給ふにもかゝる人のありさまをみ(見)ずしらずがほにてすぐすらん人よとつらうこゝろうくおぼされけり

くもゐ(井)までおひのほらなんたねまきし人
もたつねぬ嶺の若松〈57〉

との給はするけしきもいと哀げなり

（上45オ～46オ）

〔一一六〕

いづものめのとかのありし日の御口ずさみをかたり聞えさせて此御かほのたがふ所なきにいとゞこそ思ひ給へあはすれとけいすれば中納言のすけがしわざにやさらばこと人よりもめやすかりぬべきものをつれなきけしきならんはたのむべき程にはあらぬにこそはあらめうへの御けしきなどをも殊にうけひかぬにや

いまゝてはまつ月ころくつおれつるむねともあきてうれしくいみしきに大宮もこよなくちからいてきたる心ちし給ふめつらし人みたてまつらせ給ふにたゝ大将のおなし御かほにてまことにうつくしき御かほなるをはいつこなりかし人そあなあさましとおほさるゝになみたのこほれかゝり給ふもかはかりそらゆゝしう月ころ思はせ給つる人ともおほされすいとをしくてせちにはらひかくさせ給ふにかゝる人のありさまをみすしらすしてあらんありさまはいとゝつらうくちをしくこゝろうくおほされけり

雲井までおいのほらなんたねまきし人も
たつねぬみねのわかまつ〈57〉

との給はするけしきもいとあはれけなり

（47ウ～48ウ）

〔一一六〕

いつものめのとかのありしひの(▲、)くちすさみもかたりきこゑさせてこの御かほのたかふ所なきにいとゝこそ思給へあはすれとけいすれは中納言のすけのしわさにやさらはことよりもめやすかりぬへきつれなきけしきならんはたのむへき心のほとにはあらぬにこそはあらめうゑの御けしきなをもことにうけひかぬにや

もあきていみしうかなしきに大宮もこよなうちからいてきたる心ちし給てめつらし人みたてまつり給にたゝ左大将のかほにておはするをこはいつく○《な》りし人そあなあさましとおほさるゝになみたのこほれかゝり給もいとかくうしゆゝしと月ころおもはせ給つる人ともおほされは(す)いま〳〵しうせちにはらひかくさせ給にもこれをみすしらてあらん人の心はうくつらくおほされけり

くもゐ(井)までをひのほら○《な》んたねま
きし人もたつねぬみねのわか松〈57〉

との給はするありさまいとあはれけなり

（51ウ～52ウ）

〔一一六〕

いつものめのとかのありし日のくちすさみかたり(▲に)きこえさせつこの御かほのたかうところなきはいとゝこそ思あはせらるれとけいすれは中納言かしはさにやさらはこと人よりはめやすかるへきをつれなきけしきなるはたのむへきさまにはあらぬにこそはあらめうへの御心さしなとをことにうけひかぬさまにきゝ

など聞つるはかうにこそはありけれと此御事をもしりたらんをかゝるこゝろがまへなどをいかに聞らんとおほすに心いとはづかしうおぼしながらゆくすゑに宮たちにておはせんもむげに事の外にならさりけりとおぼしつゞくるに月ころはうれしと思ひつる御あたり共覚えずたがふ所なきかほつきにつらくこゝろうくぞおぼし成ぬる

（上46オ～47オ）

〔一一七〕

中納言のすけのあやし〳〵と月ころ目とまる事み、にたつ事おほかりつれど我こゝろのくせにやと思ひけちつるを此みねの若松の御ひとりことをほのきゝけるにいとゝされはよ〳〵と思ひあはせてあはれなりける御すくせ(世)をいかなる事におぼしさだめてかくしのびすぐさせ給ふ覧かばかりうつくしき人の御ありさまを大やけものになしたてまつりたまはんずるよ大殿のいひしらぬしづのをのもとにもこの御子となのらんはいかばかりうれしからんと明くれの給はすなるものをまいていかにおぼしよろこばまし大殿もかくとしり給ひなましかはさりともえ忍びあへたまはざらましものをくちおしき事なりやと返々なげかれけ

なときゝつるはやうにこそありけれこの御こともしりたらんをかゝるこゝ◯《ろ》𛀂かまへなとをいかにきくらんとおほすはいとゝはつかしくおほしなからゆくすゑにみやたちにておはせんもむけにことのほかならさりけりとおほしつゝくるにもつゝきこそはうれしと思ひつる御あたりともおほえすたかう所なきかほつきにつらうこゝろほそくおほしなりぬる

（48ウ～49オ）

〔一一七〕

中納言のすけあやし〳〵と月ころめとまる事み、たつこともおほかりつれとわかこゝろたにやと思ひけちつるをこのみねのわかまつのひとりこちをほのかにきゝけるにいと、されはよと思ひあはせてあはれなりける御すくせ(世)をいかなることにおほしさためてかうしのひすくし給ふらんかはかりうつくしき人の御ありさまをおほやけ物にないたてまつり給はんよおほいとの、いひしらぬしつのをのもとにもこの御ことなのらはいかはかりやおろかにはとあけくれの給はするなるものをまいていかはかりおほしよらまし大殿もかくとしり給ひなましかはさりともえしのひあえ給はさらまし物をくちをしき事なりやとかへす〳〵な

つるはかくにこそありけれこの御ことをもしりたらんをかゝる心かまへなといかにきくらんとおほすは人よりもいみしうはつかしうおほしなからゆくすゑに宮たちにてもおはせんにもむけにことのほかにもあらしなとおほしつゝくるにも月ころはうれしとおもひつるあたりともおほえすたかふ所もなき御かほつきにつらき心におほしなりぬる

（52ウ～53ウ）

〔一一七〕

中納言のすけ月ころあやし〳〵とめとまる事もみゝにたつ事もおほかりつれと我心のくせにやとおもひけちつるにかのみねのわか松の(▲〳〵)御ひとりことをきゝけるにいと、されは〳〵よと思ひあはせられてあはれ也ける御すくせをいかなる事におほしさためてしのひすくし給らん𛀂《あ》れはかりうつくしき御ありさまをおほやけものにしなしたてまつり給てんとするよ大殿のいひしらぬしつのをのもとにもなとかこの御子のなからんとあけくれの給なる物をましていかはかりおほしよろこはまし大将もかくとしり給なましかはさりともえしのひあえ給はさらましものをくちをしくと返々なけかれけり

（53ウ～54オ）

り　（上47オ～ウ）

〔一一八〕

御ゆよりのぼりてふし給へる御かほたゞかの
御この程とおぼえ給へるをみ《（見）》るにも大貳のめ
のとに是をみ《（見）》せたらはいかにいひしらずかな
しがりうつくしみ奉らんとみ《（見）》るにわれだにい
みじうらうたく覚え給ひていかでとくみ《（見）》せた
てまつらんとおもひあまりていづものめのと
にぞそらめかとよたゞ其御かほとこそみ《（見）》えさ
せ給へれといふをいでやしらぬやうはあらじ
とつらけれぱさしもみ《（見）》えさせ給はずよき人ど
ちはよしなきだに似るものなればまいておな
し御ゆかりなればにこそはされど是は今より
さまことにわうげぞつかせ給へる御けしきに
ぞといふもおかしかりけり　（上47ウ～48オ）

〔一一九〕

七日も過ぬればひめ宮は心より外にいきとま
りぬるをくちおしうはづかしとおぼせどげに
限りあるわざにやゝう〱さはやかに成てい
まはかうにこそはとながれての名のうしろめ
たさをのみおぼすに大宮のこの御うふ屋の程
はことなうよろしきさまにならせ給へりつれ
ば日比よろづに思ひくしたりつる人々も打や

けかれけり　（49オ～ウ）

〔一一八〕

御ゆよりのほりてふし給へるかほのたゝまの
御ほと、おほえ給へるをみるにも大にのめの
とにこれをみせたらはいかにいひしらすかな
しかりうつくしみたてまつらんとみるにわれ
にたにらうたうおほえ給ひていかてとくみせ
たてまつらんと思ひあまりていつものめのと
にそらめや《か》とよた、その御かほとこそみゑさ
せ給へれといてしらぬやうはあらし物をとつ
らけれはさしもみゑさせ給はすよき人とちは
みなにる物なれはまいておなしゆかりなれは
にこそはされとこれはいまよりさまことにわ《（▲か）》
うけつかせ給へるけしきにそいふにもおかし
かりける　（49ウ～50オ）

〔一一九〕

七日もすきぬれはひ《（▲そ）》めみやも心よりほかにい
きとまりぬるをくちをしくはつかしきことに
おほせとけにか、りけるわさにや御心もさは
やかになりていまはかうにこそはとなかれて
のなのうしろめたさをのみおほすに大宮の御
うふやのほとはこよなうよろしきさまになら
せ給へりつれはひ《（日）》ころよろつに思ひくらした

〔一一八〕

御ゆよりのほりてふし給ける御かほのた、か
の御ちこのほと、おほえ給へるをみるに大貳
のめのとにこれをみせたらんいかはかり人め
もしらすよろこひかなしかりきこえんとわれ
たにいみしうらうたうおほえ給ていかてとく
みせたてまつらんと思あまりていつものめの
とにそらめかとよた、その御かほとこそおほ
えさせ給へといふをいてやしらぬやうはあら
しとつらけれはさしもれ《に》させ給はすよき人と
ちはよしなきたににるものなれはましておな
し御ゆかりなれはこそされとこれはいまより
さまことにわうけさへつかせ給へるさまにそ
といふもおかしかりけり　（54オ～ウ）

〔一一九〕

七日すきぬれはひめ宮は心よりほかにとまり
ぬるいのちとくちをしくはつかしき事をおほ
せとけにかきりある[わ]さにや心ちもやう〱
さはや[か]になりてけつ《本マ□》にこそはとなかれてい
しのうしろめたさをのみおほすに大宮の御う
ふやの程[は]ことなうよろしきさまにおはしつ
れは日ころも思こうしたりつる人々もうちや

すみてこゝろゆるひしたる夕暮の程にたゞは
かなうきえいらせ給ひぬるをげにみ《（見）》たてまつ
らんとおぼしねんじけるにこそはとかなしう
いみじきに姫宮はさらにをくれたてまつらじ
とおぼしまどへるげに心にかなはぬ事なりけ
れは内にもきかせ給ひて人よりさきに参り給
ひてあまたの宮たちおはしませばむつましう
やんごとなきかたには思ひ聞えさせ給へるを
何ばかりの程の御よはひにもあらでかくわか
れさせ給ひぬるをいかでかはよろしくもおぼ
しめされんひめみやさへとまらせ給ふべうも
おはしまさゞなるをいとこゝろぐるしくてひ
とりの御事をのみやはおぼしめさるべきいま
いくはくも侍るましきを今一どみ《（見）》んともおぼ
さぬにやおさなき人々のとまりて侍らんも猶
もろともにこそ御覧じあつかはめと返々うら
み聞えさせ給ひてなぐさめ申せとてさるへき
人々なと奉らせ給へれど我ゆへつゐにかく成
給ぬるにかた時にてもながらへてひとりまど
ひたまふらん道の行ゑもしらさらんはいみじ
うかなしかるべきをおぼしこかるれどげにう
きにたへたる御身にや煙の雲と成給ふにも終
に立をくれ給ひて七日〳〵のはてかたにもや
う〳〵なりぬ御とぶらひに大将の参り給へる
に中納言のすけたいめんしてかの嶺の若松と

りつる人々もうちやすみこゝろゆるひたるゆ
ふくれにたゝはかなうみまいらせ給ひぬるを
けにみはてたてまつらんとおほしねんしける
にこそはとかなしういみしきにひめみやはさ
らにおくれたてまつらしとおほしまとへとけ
に心にかなはぬことなりけれはうちにもきか
せ給てまつらてひとよりさきにまいり給てあ
またのみやたちもおはしませはむつましくや
うことなきかたには思ひきこゑさせ給へるを
なにはかりの御よはひあらてかくわかれさせ
給ひぬるをいかてかうよろしうもおほしめさ
れんひめみやさへとまらせ給へくもおはしま
さゝなるをいとこゝろくるしくひとりの御こ
とのみやはおほすへきいまいくはくも侍まし
きをいまいちともみむとおほさぬやうにやお
さなき人々のとまりて侍らんもなをもろとも
にこそ御らんしあつかはめとかへす〳〵うら
みきこゑさせ給てなくさめ申せとてさるへき
人々なとたてまつらせ給なとすれとわれゆへ
かくついになり給ぬるにかたときにてもなか
らへてひとりまとひし給らんみちのゆくゑも
しらすかほならんはかなしくいみしかるへき
をおほしこかるれとけにうきにたえたる御み
ちにや雲けふりとなり給にもついにたちおく
れ給ひて七日〳〵のはてつかたにもやう〳〵

すみなとして心ゆるしたりつるにゆふくれの
ほとにきえいらせ給ぬるをけにみはてたてま
つらんとねんし給けるにこそはとかなしうい
みしきにひめ宮はさらにをくれたてまつらし
とおほしまとへ《（▲と）》と心にかなはさりけれ《り》内にも
きかせ給て人よりさきにまいり給てあまたの
宮たちもおはしませとむつましうやんことな
きかたに思きこえさせ給へるをなにはかりの
御よはひのつもりにもあらてかくわかれさせ
給ぬるをいかゝはよろしうおほされんひめ宮
さへとまらせ給へうもおはしまさゝなるをい
と心うく一人の御事のみやおほしめすへきい
まいくはくも侍ましきをいま一とみんとおほ
さぬにやおさなき人のとまりて侍らんも猶も
ろともにこそ御らんしあつかはめと返々もう
らみきこへさせ給てなくさめ申せとてさるへ
き御めのとの三位たちなとたてまつらせ給へ
とわれゆへつゐにかくなり給ぬるにかた時に
てもなからへて一人まとひ給らん道のゆくゑ
もしらすかほならんはかなしくいみしかるへ
きにおほしこかるれとけにうきにたえたる御
身にやけふりとなり給ぬるも御とふらひに大
将まいり給つるにすけたいめんしてこのほと
のことゝもきこゆるにかのみねのわか松とあ
りし御ひとりこともかたりいてたるにかほは

ありしひとりごとをかたり出たるに御かほはいみじうあかく成てあさましういみじとおぼしたり
（下1オ～2ウ）

〔一二〇〕

なと今まで心うくつげ給はざりつらんをのづから何事につけてもけしきはみ（見）給へらんものをかくなんときかましかばいとかくよそのものにはなし奉らざらましといとあはれげに口おしとおぼしたればいでやいとけしからず心うき御こゝろからたが御ためもいとをしう侍るにこそ誠に物思ひにしにするものとは此御ありさまにてぞみ（見）侍りぬる姫宮もさらにとまらせ給ふべうもおはしまさざめりまめやかに心うき心にぞおはしますとて打なけばこと人のいはんやうにもの給ふかなとてげに身の程しらぬ心のほどのおほけなさこそつみには侍れそれもことの外に人もの給はずときかましかば身をもなくなす共人をばいたつらにない奉るべき事かは思ひぐまなきやうなる心いられのこゝろつきなさはみづからだに思ひしられたればまいて内なとのきこしめさん所のなめげなれは御ゆるしなからん程はと思ひ侍り

なりぬる御とふひに大将のまいり給へるに中納言のすけたいめんしてかのみねのわかまつとありしひとりことをかたりいてたるに御かほはいみしくあかくなりてあさましくいみしとおほしたり
（50オ～51ウ）

〔一二〇〕

なと心うくいまゝてつけ給はさりつるおのつからなにことにつけてもけしきはみ給へらんものをかうなときかましかはいとかうよその物にはないたてまつらさらましといとあはれにくちをしとおほしたれはいてやいとけしからす心うき御心つかひのたか御ためもいとをしく侍にこそはまことに物思ひにしにするものとはこの御ありさまにてそみえ侍ぬるひめ宮もさらにとまらせ給へくもおはしまさらんめれはいてまめやかに御心はへにそおはしますとてうちなけゝはこと人のいはんやうに物の給ふかなとてけにみのほとしらぬ心のほとのおほけなさこそつみは侍れそれもことのほかに人もの給はすときかましかはみをはなうなすとも人をいたつらにないたてまつるへきことかは思ひくまなきやうなる心の心つきなさはみつからたに思いしられたれはまいてうちなとのきこしめしたらん所のなめけなれは

いみしうあかうなりてあさましうかなしとおほしたり
（54ウ～56オ）

〔一二〇〕

なとか心うくいまゝてはつけ給はさりけんをのつからなに事につけてもけしきはみ給つらんものをかくときかましかはいとかくよそのものとはなしたてまつらさらましとていとあはれにくちをしとおほしたれはいてやいとけしからすこゝろうき御心つからたか御ためもいとをしくも侍にこそまこと（▲こと）にもの思ひにしにするものとはこの御ありさまにてそみたてまつりぬるひめ宮はさらにとまらせ給へうもおはしまさゝめりいてやまめやかに心うき御心はへにてとてなけはこと人のいはんやうにもの給かなけに身の程しらぬ心の程のおほけなさにこそつみにともすれそもことのほかに人もおほしの給はすときかましかは身をはなくなすとも人をいたつらになしたてまつるへきことかは思ひくまなきやうなる心いられのつきなさはみ（身）つからたに思しらるれはまいて内なとのきこしめしておほしめされんところ

つるぞかしそのほどもとき〲きこゆるにしたがひ給はましかばみ(見)しる事もありなましよその人のやうになさけなくぞおはすると只うらみにうらみ給へばをのれつらくてとは誠にこそ侍りけれ過にしかたかやうにうらみさせ給はましかばとて打わらひぬればいみじうもの哀とおぼしたるけしきにてことに物もの給はず涙ぐみ給へればなをいとをろかなる御心にはあらぬなるべしと心ぐるしくて大宮さへかくならせ給ひぬればいとゞ何事にかは内にはおぼしかはらせ給はん御こゝち(地)だにすこしよろしくならせ給ひなばおなじこゝろにわか宮をもみ(見)奉らせ給はんと聞えなぐさむれどいでやそれにつけてもくちおしう中々にこそあるべけれとていみじうおぼしいりたり

（下2ウ～3ウ）

〔二二〕

はかなく月日もすぎて御四十九日などもはてぬれは内よりはとくまいらせたまへとのみうしろめたがり聞えたまへどおなじさまにうちぐし聞え給ひて参りたまはましかばなに事も心より外なるさまにてこゝろうくはづかしきありさまもてかくされ奉らましをなに事に

ゆるしなからんほとはと思ひ侍そかしそのほともとき〱きこゆるにしたかひ給ひしかはみし人もありなましよその人のやうになさけなうそおはするとたゝうらみ給へはおのれつらくてはとまことにこそ侍れすきぬるかたかやうにうらみさせ給はましかはとてうちわらひぬれといみしう物あはれとおほしたるけしきにて物もの給はすなみたくみ給へれはなをいとおろかなる御心にはあらぬなるへしと心くるしうて大宮さへかくならせ給ひぬれはいとゝなにことかはおほしめしかはらせ給はん御こゝろたにすこしよろしくならせ給なはおなしこゝろにわかみやをもみたてまつらせ給へなときこゐなくさむれといてやそれにつけてもくちをしくこそ中々にあるへけれとていみしくおほしいりたり

（51ウ～53オ）

〔二二〕

はかなく月ひもすきて四十九日すきぬれはとくまいらせ給へとのみうしろめたなかりきこゐ給へとおなしさまにてうち具《く》しきこゐさせ給てまいり給はましかはなにことんこゝろよりほかなるさまにて心うくはつかしきありさまもゝてかくされたてまつらましをなにこと

のなめけなれは御ゆるしなからん程と思つるそかしそのほとも時々きこゆるにしたかひ給へらましかはみしる事もありなましよその人のやうになさけなくそおはするとたゝうらみにの給(▲み)へはをのれつらくてとはましとこそ侍けれすきぬる方にかやうにの給はせましかはとてうちはらひぬれといみしうものあはれとおほしたるけしきにてことにものもの給はすなみたくみ給へは猶おろかなる心にはあらぬなるへしと心くるしうて大宮さへかくならせ給ぬれはいとゝなに事にてか内にはおほしめしかはらせ給はん御心ちたによろしうならせ給はゝおなし御心にこそわか宮をもみたてまつらせ給はめなときこえなくさむれといてやそれにつけてもくちをしう中々にこそあるへけれとていみしうおほしいりたり

（56オ～57ウ）

〔二二〕

はかなう月日もすきて御四十九日もはてぬれは内よりはとくいらせ給へとのみうしろめたかりきこえ給へと内さまにてうちくしたてまつらましかはなに事も心よりほかなるさまにてはつかしき御ありさまもてかくされたてまつらましをなに事におもひなくさめてかく

思ひなぐさめてかはうきをしらぬさまにてはぢにしにせぬ身をながらへんなどおぼししづめばおきだにあがらせ給はぬに大将の御事も年かへらんまゝにといそがせ給ひてめのとたちのもとにようゐすべき事どもなど仰られたるをうれしき事に誰も思ひいそぐをきかせ給ふにもおぼつかなき事をさへおぼしこがれて絶はて給ひにしあまのかるてふこゝろつき《よイ》なさは世に知らずつらうこゝろうしと人しれずおぼし知にこゝろより外ならんもしほの煙はあさましかりしまぼろしのしるべならでは又夢にだにいかでみ（見）じとおぼさるゝをいかにしてさるへき事のなからんさきに命たえずは身をあらぬさまになしてさ斗思ひつゝきえ給ひにし御身のくるしさなどをしらずがほにてはいかでかすぐさん身のうへより外に此世におぼしむすぼゝるゝ事はなかりしものをなどつく〴〵と過る日数ごとにおぼしつゞくれどさすがに我御こゝろひとつにてはすべきやうもなく人にの給はせんもたゞ今はよきことゝいふべきならねばたゞたけき事とは御ゆなどをたにみ（見）いれ給はでさ斗おほし入たりし身を今までをくらかし給へるが心うきことゝあはれ共おぼしいでゝけふあすむかへさせ給へとのみおぼしこがるればにやげに日にそへてたの

に思ひなくさめてかくなきをしらぬさまにてはよにしらぬみをもなからへんとおほししつめはおきたにもあからせ給はぬに大将の御こともとしのうちにといそかせ給てめのたちのもとにようゐすへき事ともなとおほせられたるをうれしきことにたれも思ひいそくをきかせ給ふにもおほつかなきことをさへおほしゝられてたえはて給ひにしあまのかるて御心つよさはよにしらすつらう卄こゝろうしと人しれすおほしこかるゝに心よりほかなるもしほのけふりはあさましかりしまほろしのしるへしてはまたゆめにたにいかてみしとおほさるゝをいかにしてさることのなからんさきにいのちをたえすはみをあらぬさまにもなしはてはやさはかり思つゝきえ給ひにし御みのくるしさなとをしらすかほにてはいかてかすくさんみのうゑよりほかにこのよにおほしむすほをるゝことはなかりし物をなとつく〳〵とすくるひかすことにおほしつゝくれとさすかにわかこゝろひとつにはすへきやうもなく人にの給はせんもたゝいまよきことゝいふへきならねたゝたけきことゝは御ものをたにみいれ給はてさはかりおほしたりしみをいまゝておくらかい給へるかこゝろうきとあはれとおほしいてはけふあすむかへ給へとの給へはけ

うきをしらぬさまにてとおほしゝつめはおきもあからせ給はぬに大将の御事もとし返らんまゝにとおほしいそかせ給てめのとたちの御ともによら《う》いすへきありさまなとおほせられたるをいつもは人しれす思よ丗《そ》へらるゝ事もあれはたれも思ひいそくをそのつからきかせ給におほつかなき事をさへおほしこかれてたへはて給にしあまのかるもの心つきなさはよにしらすつらう心うしと人しれすおほしゝらるゝにこゝろよりほかな（▲る）らんもしほのけふりをあさましかりしまほろしのしるへならてはゆめにたにもいかてみしとおほさるゝをいかにしてさることなからんさきにいのちたえすは身をあらぬさまになしてはやさはかり思つゝきえは給にし御身のくるしきをしらすかほにてはいかてかすくさん身のうゑよりほかにこのよにおほしむすほるゝ事はなかりしものをとつく〳〵とすくる日かすにそへてはおほしつゝくれとさすかにわか御心ひとつにはすへきやうもなく人にの給はせんにはたゝいまよきことゝいふへきならねはたけきことゝはゆをたにみいれさせ給はてさしもおほしたりし身をいまゝてをくらかし給へるか心うくあはれとおほしめさは今日あすむかへさせ給へとのみおほしめせはけに日にそへてたのむ

もしげなきさまにそ成給ひける
（下3ウ～5オ）

〔一一二〕

内よりは今一どみ《(見)》んとはおぼされぬかとかつうらみなぐさめ聞え給ふこと日にいくたびといふことなく御つかひ立かはりつゝまいれどなにのかひもなくて限りとおぼさるゝ夕つかたうちより参りたる少将の内侍をめしよせてさかしきやうにやとはづかしくおぼさるれどくらきにまぎらはして日比はよろしくもやとまちつるにけふなどはとまるべき心ちもせぬを仏の御しるしもやとこゝろみまほしくなんいかなり共しばしみ《(見)》んとおぼしめさば今夜の程にもとそうしてあんないいへとの給はすればなく〳〵参りてかくなんとそうすればとばかりものもえの給はせずかきりにみ《(見)》なし聞えさすともさばかりおしげなる御ぐしをいかでかいふかひなくなし奉らんとてあるまじき事におぼしめされてかはらぬさまにてみ《(見)》えんとこそおぼさめいと心うき事とのみ聞えさせたまへればげにさぞおぼしめさるらんかしさらばいかゞはなど口おしうおぼしいるに又の日などは誠にきえはてさせたまふさまながらもすこし哀と思ふ人あらばかうながらはさりと

にひにそえてたのもしけなきさまにそなり給ひける
（53オ～54ウ）

〔一一二〕

うちよりはいまいちとみんとはおほさぬかかつはうらみなくさめきこゑさせ給事ひにいくたひともなく御つかひたちかはり〳〵まいれとかいもなくてかきりとおほさるゝゆふつかたうちよりまいりたる少将のないしをめしよせてさかしきやうにやとはつかしうおほさるれとくらきにまきらはしてひるころまてはよろしうもやとまちつるにけふはとまるへき心ちもせぬをほとけの御しるしなともやと心みまほしうなんいかなりともしはしなとおほしめさはこよひのほとにもとそうしてあないしてとの給はすれはなく〳〵まいりてかくなんとそうすれはとはかりものもの給はてさらにせきやらせ給はすかきりにみなしきこゑさすさはかりおしけなる御くしをいかてかいふかいなうなしたてまつらんとてあるましきことにおほしめされてかはらぬさまにてみさらんとこそおほさめこゝろうき事のみきこゑさせ給へれはけにさそおほしめさるらんよしさらはいかてはなとくちをしうおほしいるにまたのひなとはまことにきこゑはてさせ給ふさま

へきさまにもあらすそなり給める
（57ウ～59オ）

〔一一二〕

うちよりもいま一たひみんとはおほさぬかとかつはうらみなくさめさせ給御使はたちさわけとかいなくてかきりとおほさるゝゆふつかたうちよりまいりたる小将のないしをめしよせてさかしきやうにやとつゝましうおほゆれとくらきにまきらはして日ころはよろしくやとまちつるにけふはとまるへうもおほえねは仏の御しるしもやと心みまほしうおほゆれとうへにきこえさせてはいかてかはとなん思ふをいかなりともみんとおほさはこよひのほとに申てとの給へはなく〳〵まいりてかくなとそうすれはとはかりものもの給はせすさらにせきやらせ給はぬ御けしきいといみしかきりにはみなしきこゆともさはかりをしけなる御さまをはいかてかさはやつしたてまつらんとてあさましきことにおほしめしてかはらぬさまにてみえんとこそおほしめさめけふあすともしらぬ心に侍をそのゝちいかにもおほしめしなれ猶おなしさまにていま一たひあひみんとつよくこそおほしめさめなときこえさせ給へはけにさ

もみ(見)ましやとまれ〳〵はいきのしたにの給は
するをめのと達などはきろ〳〵となし奉りて
も時のまの御いのちをたすけ奉りてみ(見)奉らん
とふしまろびなきこがれてたび〳〵かくなん
と内へそうしてげれはげにかぎりあらん御命
のほどをせちにやつしがたう思ひ聞えてかの
ほ(本)いをたがへんも後の世のためいかゞとおぼ
し成て此宮の御をぢの横川の僧都におほせ事
あればうけ給はり給ひてそのさほうどもして
かね打ならし給へるを聞人々なきあひたるさ
ま大宮のうせ給へりしよりも中々心あはたゝ
しういみじけ也
（下5オ～6ウ）

〔一二三〕
めのとたちのなしたてまつりてもたいらかに
だにおはしまさばとさかしういひつれど御く
しかき出てそぐをみ(見)るはたゞの人だにめもく
れまどふをまして明くれなでつくろひたてま
つりたるかひありてかばかりのたぐひあらじ

なからすこしもあはれと思ふ人あらはかくな
らしはされとみましやはとまれ〳〵はいきの
したにはの給はするをめのとたちなとはたゝ
神々えまいりてもときのほとの御いのちをた
すけたてまつりてみたてまつらんとふしまろ
ひなきこかれてたひ〳〵かくなんとうちへそ
うすれはけにさあらん御いのちのほとをおほ
せたにやつしかたけに思ひきこゑてこのよの
ほかのちのよのためいかにとおほしなりてこ
のみやの御をちよかはのそうつにおほせんと
あれはうけ給はりてそのさうしともしてかね
うちならし給ひて人々なきあひたるさま大宮
のうせ給えりしよりも中々いふはあはたゝし
いみしけに
（54ウ～56オ）

〔一二三〕
めのとたちのまいりあひておしみかなしみた
てまつるさまおろかならんやかはかりのたく
ひはあらしとみへさせ給ふをかくしなす中々
むなしくおなしさまにてみないたてまつらん
よりもまさりてこゝろおさへあえられすふし

そおほしめさんかしさらはいかゝはなとお
ほしめしいるに又のひなとはまことにきえ
はてさせ給さまにてまれ〳〵はたゝすこし
もあはれと思ふ人あらはかくなからはさ［り］
ともやはとのみいきのしたにの給はするをめ
のとたちなとはたゝきろ〳〵となしたてま(▲て)つ
りても時のまの御いのちをのへてみたてまつ
らんとふしまろひなきまとひてかくなとうち
にもかへす〳〵そうすれはけにかきりあらん
御いのちの程をせちにやつしかたく思てこの
御ほんたいをたちかへんのちのよのためい
かゝおほしめしなりてこ宮の御をちのよかは
のそうつにおほせ事あれはうけ給はりてその
さほうしてかねうちならし給をきく人々の
こ［ゝ］ち上下ともおほえすそこらおほかる宮の
うちの人々なきあひたるさま大宮○《の》う
せさせ給しさまよりも(▲も)中々いと心あはたゝし
ういみしけなり
（59オ～61オ）

〔一二三〕
めのとたちのきろ〳〵となしたてまつりても
たひらかにておはしまさはとさかしくいひつ
れと御くしかきいて、そくをみるはたゝ人た
にめもくれまとふをましてとしころいかにし
てひとすちをとしたてまつらしとあけくれわ

とみ（見）えさせたまふをかくしなし奉るは中々むなしきさまにてみ（見）たてまつりたらんにもまさりて心もおさめられあへずふしまろぶさまなるを何のいたはりなきそうづの御心ち（地）にもことはりにかなしくおぼされて涙をしのごひつゝとみにもえそぎやり給はさりけり内ににもかくなんときかせ給にひとへにむなしく聞なさせ給はんにもおとらずあかず口おしくぞおぼされけるされどげにいむ事のしるしにやかくてのちはやう〳〵きえ入給ふ事などよろしくならせ給へばわか御心ち（地）にも今はいかでしばしながらへてをこなひもせばやとこよなくおほしつよりつゝ御ゆなど斗あなかちにしてめしなどすればあるかなきかなる御さまながらもすぐさせ給ひけり　（下6ウ～7オ）

〔一二四〕

大将かゝる事をきゝ給ふにくちおしくかなしともよのつねなりことの外にこゝろつきなうなど覚え給はんたに人の御ほどことのありさ

まろふさまともをなにのいたはりなきそうつの御心ちにもことはりにかなしくおほしめされてなみたおしのこひつゝ（▲こ）とひにもえそりえ給はさりけりうちにもかくなときかせ給ふにひとつにむなしくきゝなさせ給はんにもおとらすあかすくちをしくそおほされけるされとけにいむことのしるしにやかくてのちはやう〳〵きえいる事なとよろしくならせ給へはわか御こゝろにもいまはいかてなからへてのちのよのつとめをもなんとおほされけりありしにはあらぬ御さまなれともすくされ給ひけり　（56オ～ウ）

〔一二四〕

大将かゝることをきゝ給ふにくちをしかなしともよのつねなりことのほかにこゝろつきなうなとおほえ給はんにてたに人の御ほとこの

か身の大事にけつりつくろひつゝせんちいろにあまるまてもとなてたてまつり給にかひありてかはかりのたくひあらしとみえさせ給をなくなしたてまつるは中々むなしくみなしたてまつらましにもまさりて心もをさめられすみなふしまろふにうちそへてそこらの女房上下なきあひたるにいとゆゝしくいみしきにむけにひえはて給ぬれはさりとてはとてそきおとしきこへ給になにのいたはりなき僧都の御心にもことはりにかなしうおほされてなみたをゝしのこひつゝとみにもえそきやり給はさりけり内にもかくときかせ給にひとへにきゝなさせ給ましにもをとらすくちをしうそおほされけるけにいむことのしるしにやかくてきえいる事もよろしうならせ給へはわか御心にもいまはいかてしはしなからへてをこなひも○《せ》はやとこよなうおほしつよりつゝゆなともあなかちにしてめしなとすれはあるかなきかなからもすくされ給ひける　（61オ～62オ）

〔一二四〕

大将かゝる事をきゝ給にくちをしくかなしともよのつねなりことのほ○《か》にこゝろつきなくおほえ給はんにてたにひとの御ほとの

まなどをき丶おぼさんにいかでかをろかにおもほされんまいてさまでをろかにいでやと思ひ聞え給ふにもあらずあながちなる心のすさひにあまたの人をいたづらになし聞えつるは人にこその給はね一かたならずいかでかはよのつねにおぼされん人しれず思ふ事かなひなばなど世のけしきみ(見)はつる程はしのび〳〵にもみ(見)奉りてんなどあまり心のとかに思ひつる程にげに人はいかにをろかにつらきものとおぼしつらん夜めにもしるくさばかりおかしげなりし御ありさまかみの手あたりなども今も思ひ出られておしうかなしきに今一どかはらぬ御ありさまをなどてあながちにてもみ(見)奉らず成にけんと口おしきにふしまろびなきこがれ給へどかひなし過にしかたいとかばかり覚えましかばたがためにもめやすからましと思ふにはさしもしのひ所なき人だにもあはれなるべきわさなるをまいてつく〳〵と思ひいで聞え給ふに何事をあかず思ひてかくしなし奉りてさばかりうつくしかりし人をよそのものになしつるぞと思ひつゞけ給ふにくるしうかなしとは是をいふにやとおもひつゞけられて

（下7オ～8ウ）

とのありさまなとおほさんにいかてかおろかにおほされんまいてさまておろかにいてやと思ひきこゑ給ふにもあらすあなかちなる御こゝろのすさみあまたひとをいたつらになしきこゆるは人にこその給はねひとかたならすいかてかはよのつねならすおほしなけかさらん人しれす思ふことかなひなはなとよのけしきみはつるほとはしのひ〳〵にもみたてまつりてんなとあまり心のとかに思ひつほとにけに人はいかゝはつらきものとおほしつらんよめにもしるくさはかりおかしけなりし御ありさまかみのてあたりなともいま思ひいてられておかしくかなしきにいまひとたひかはらぬ御ありさまをなとてあなかちにてもみたてまつらすなりぬらんとくちをしきにふしまろひなきこかれ給へとかひなしすきぬるかたいとかはかりに思はましかはたかためもめやすからましかゝりと思にはさしもしのひところなき人たにあはれなりぬへきわさなるをまいてつく〳〵おほしいてきこゑ給になにことをあかすと思てかくしなしたてまつりてさはかりうつくしからん人をもよその物にしなしつるそなと思ひつゝけ給ふにりしやうのなきかなとはこれをいふへきにやなと思ひつゝけられて

（56ウ～58オ）

ありさまなとおほさんにはいかてかおろかにはおほさんまいてさまていてやと思きこえさせ給事もなしたゝあなかちなる御心のすさひにてかならすあるへき事とおほさるゝをはせちに心のとかに思きこえさせ給へるほとのあまた人をいたつらになしきこえさせ給つるひとにこそのたまはねとひとかたならすいかてかはよのつねにおほしなけかさらん人しれす思ことたかひなはとよのけしきみはつるほとはしのひ〳〵にもみたてまつらんとあまり心のとかに思程けに人はいかてかはおろかにつらきものとおほさゝらん□《よ》めにもしるくさはかりをかしけなりし御さまかみのてあたりなともいましも思いてられてをしうかなしきにいま一とかはらぬ御ありさまをなとてあなかちにしてみたてまつらすなりぬらんとくちをしきにふしまろひもしつへくなきこかれ給へとかひなしすきぬるかたいとかはかりおほえましかはたかためもめやすからましかきりと思ふにはさしもしのひかたからぬ人たにあはれなるへきさまをまいてつく〳〵と思いてきこへ給になにとわかす思てかくなしつるそとくやしうもかなしともよのつねなり

（62オ～63ウ）

〔一二五〕
そでのこほりとけずあかし給ふ夜な〳〵はい
まはじめてわかれ奉りたらんとこの心ちして
さびしさもこひしさもたぐひなかりけりけに
すさまじきものにいひをきたるしはすの月も
み《(見)》る人からにやよひ過て出るかげさやかにす
みわたりて雪すこしふりたる空のけしきのさ
えわたりたるもいひしらすこゝろほそけなる
にさよ千鳥さへつまよひわたるにつらゆきが
いもかりゆけばとよみけんもうらやましく詠
わび給ふに心もあくかれまどひて例の御めの
とごのみちすゑばかり御伴にてかの宮におは
したればみかどなどもわざとしたゝむる人も
なきにや入てみ渡《(見)》し給ふに時わかぬみ山木共
の木ぐらく物ふかきをたづねよるにやよもの
あらしも外よりはものおそろしげに吹まよひ
て雪もかきくらしふりつもる庭のおもは人の
けはひもせねばわさ共えおどろかし給はで中
門につゞきたるらうの前につく〳〵となかめ
ゐたまへり
（下8ウ～9オ）

〔一二五〕
そてのこほりもとけすあかしわひ給ふよる
〳〵はいまはしめてたちわかれ給へらんとこ
の心ちしてさひしさもこひしさもたくひなか
りけりけにすさましき物にいひおきたるしは
すの月もみる人からにやよひすきていつる月
もさやかにすみわたりてゆきすこしふりたる
そらのさへわたりたるをいひしらすこゝろほ
そけなるにつらゆきかいもかりゆけはとよみ
けんもうらやましくなかめわひ給ふに御こゝ
ろもあくかれまといてれいのみちすゑはかり
御ともにてかの宮におはしたれはみかとなと
わさとしたたむる人もなきにやいりてみわた
し給ふにときわかぬみやまきともの木くらく
物ふかきをたつねよるによものあらしもほか
よりは物をそろしけにふきまよひてゆきもか
きつくしふりつもるにはのおもては人めもく
さもかれはてゝみやのうちともみへすいと
こゝろほそさまさるにおきたる人々のけはひ
もせねはわさともえおとろかし給はてなかに
つゝきたるらうのまへにてつく〳〵となかめ
いり給えり
（58オ～ウ）

〔一二五〕
そてのこほりとけすあかしわひ給よな〳〵は
いまはしめたちわかれたらん心ちしてこひし
さもさひしさもたくひなかりけりよにすさま
しきものにいひふるしたるしはすの月もみる
人からにやよひすきていつるかけさやかにす
みわたりてゆきすこしふりたるそらのけしき
のさえわたりたるはいひしらす《ら》心ほそけなる
に《(▲そ)》さよちとりさえつまよひわたるにつらゆ
きかいもかりゆけはとよみけんもうらやま
しくなかめわひ給に御心もあくかれまさりて
れいの御めのとこのみちすゑはかりを御とも
にてかの宮にをはしたれはみかともしたゝむ
る人もなきにやみわたし給に時わかぬみやま
きとものこくらうものふりたるをたつねよる
にやよものあらしもほかよりはものを○《そ》
ろしけにふきまよひてゆきかきくらしふりつ
もるにはのおもは人めもくさもかれはてゝお
なしみやこのうちともみえす心ほそけさもま《(▲□)》
さるにおきたる人のけはひもせねはわさ○
《と》もえおとろかし給はて中門につゝきた
るらうのまへにつく〳〵となかめゐ給へり
（63ウ～64ウ）

〔一二六〕

み《（見）》奉りそめし夜のありさまより打はじめあさましうはかなかりける契りの程は我御こゝろにだに思ひ過しがたきをまいて世をおぼしはなれぬるもことはりぞかしあはれいか斗物をおぼしつらん今とてもひとへに世をえおぼしはなれじかしなどいはけなからん人の御ありさまにつけても我身をうしとおぼしおこたる事はあらじかしあはれたゞいまもね覚てやおぼしいづらん又いとかばかり思ひなげくもゆめにやみ《（見）》給ふらんさまで思ふらんなどしり給はじかしなどおもひつゞけ給ふに袖もしほる斗に成ぬ池に立ゐるをしのをとなひもおなじ心におぼされて

　我ばかりおもひしもせし冬の夜につがは
　　ぬをしのうきねなりとも〈58〉

といふも聞人なければくちおしさにもしねざめしたる人やあると心みに近うよりて聞給へど音するなくてかうしどもの風に吹ならさるゝぞ心ときめきせらるゝかいなく共ちかき御けはひをだに聞まほしくわか宮の御事もいかゞおぼしたると御けしきも床しきを今夜すぐさん事の心もとなければしるべする人もなくてむけにおぼつかなきをいづれともなからん御中に入たちて玉藻かるあまたづねんもい

〔一二六〕

みたてまつりそめしよのありさまよりうちはしめあさましくはかなかりけるちきりのほとはわかこゝろたに思ふさまもなきものをまいてよをおほしはなれぬるもことはりそかしあはれいかはかり物をおほしつらんいまとてもひとつによをおほしはなれはてしかしいはけなからん人の御ありさまにつけてもわかみをうしとつらしとおほしおこたるをりはあらしかしあはれたゝいまねさめしてやおほすらんまたいとかはかり思なけくもゆめにやみ給ふらんかく思ふらんとはしり給はしかしなと思ひつゝけ給ふにそてもしほるはかりになりぬいけにたちゐるをしのおとないもおなしこゝろにおほさるれと

　われはかり思ひしもせし冬のよのつかは
　　ぬをしのうきねなりとも〈58〉

といふもきく人もなけれはもしねさめしたる人もやあるとこゝろみにちかうよりてきゝ給へとおとする人なくてかうしとものかせにふきならさるゝそ心ときめきせらるゝかいなくともちかき御けはひをたにきかまほしくわかみやの御ことをたにいかゝおほしたると御けしきもゆかしきをこよひすくさんことのこゝろもとなけれはしるへなくてはむけにおほつ

〔一二六〕

みたて□つりそめしよりはしめあさましうはかなかりけるちきりのほとはわか心にたに思さましかたきをまいてよをおほしはなれぬるもことはりそかしあはれいかはかりものおほしつらんいまゝてもいはけなき人の御ありさまにつけてもわれをつらしとおほしおこたるをりはあらしかしたゝいまもねさめてや思いて給ふらんまたいとかはかり思こゝろをゆめにやみ給らんさまて思らんとは□もしり給はし返々思ひつゝけ給そてもしほるはかりになりぬいけにたちい[る]をしのを○《と》なひつかはぬにやとみゝとまり給て

　われはかり思ひしもせし冬のよにつかは
　　ぬをしのうきねなりとも〈58〉

といふもきく人なけれは心にまかせてうちすさみ給にも猶あかねはもしねさめたる人もやあると心みにちかくよりてきゝ給へとをとする人もなくてかうしのもとのかせにふきならさらるゝは心ときめきせらるゝやもしむかしのやうなるちかきほとにていま一たひ御けわひもみはやと心もまとひてたゝかうなから返へうもおほえねはいまさらにたまもかるうらたつぬへきかたもおほつかなけれはかうしをさくり給にはなれたる所もありかせのまきれ

まさらにいか丶とつ丶ましけれどた〻かうながらは立かへるべき心《(地)》もし給はねはとかうさくり給ふにはなる丶所もありけり風のまよひにやをらをしあけてみ《(見)》給ふに御とのあぶらほのかにてものみ《(見)》わくべうもなけれどさにやとみ《(見)》ゆるかたさまにつたひより給ふにほひの人よりはことにざとにほひたるを

（下9オ〜11オ）

〔二二七〕

おぼしやりつるもしるくひめ宮はいつもとけてねさせ給ふ事なかりければあやしとおぼしてすこしみやり給へるにあさましく思ひかけざりし夜な〱にかはらねばそのおりよりもいますこし心さはぎせられてなへたる御ひとへを奉りて御丁のうしろにすべりおり給ふもわだ〱とわな丶かれてとみにもうごかれ給はざりけり

（下11オ〜ウ）

かなきをいつれとなからん御中にいりたちてたつねんもいまさらにいか丶とつ丶ましけれとた丶かうな《か》らはたちかへるへき心ちもし給はねはとかくさくり給ふにはなる丶ところもありけりかせのまよひにやをらおしあけてみ給へは御とのあふらはほのかにものもみえわくへうもなけれともさなんめりとみゆるかたさまにつたひより給ふにほたいの人にはことにさとにほひたるを

（58ウ〜60オ）

〔二二七〕

おほしやり給ふもしるくひめみやはいつもとけてねさせ給こともなけれはあやしとおほしてすこしみやり給へるにあさましう思かけさりしよな〱にかはらねはそのおりよりもいますこしこ丶ろさはきせられ給てなへたる御そひとつをそたてまつらせ給ひける御丁のうしろにすへりいて給へるもわた〱とわな丶かれて人にもうこかれ給はさりけり

（60オ〜ウ）

にをしあけてみ給へは御となあふらほのかなれとさなめりとみゆるかたさまにつたひより給

（64ウ〜65ウ）

〔二二七〕

おほしやりつるもしるくひめ宮はいつとてもとけて御とのこもるよなともなくうき身はよにたくひなきものにおほし丶つみてきえはて給にしかなしさもこひしさも又よにたくひあるこ丶ちもし給はすおほしつ丶くるにねさめのまくらはうきしつみ給をりしもみかうしのすこしなるもた丶風とのみおほえていとやはらかなるに人けのすこしちかくおほえてあさましとおほ丶れしよる〱のにほひかはらすうちかほりたるにあやしと御くしをもたけ給へるにまたはみ《(見)》しとおほしはなれしゆめのなこりにやとこ丶ちもまとひてなえたる御そひとつをたてまつりて御丁のうしろにすへりいてさせ給もわた〱とわな丶かれてとみにも

〔一二八〕

おとこ君もさなめりと覚ゆる御けはひに我もえ忍びあへず引とゞむるとおもへどあまたある御ぞ共のうはべはかりぞ残りたる口おしこゝろうしともよのつねの事をこそいへいとかばかりまでみ（見）まうき物におぼしをかれにけるとおもへは身より外につらき人なうくやしくいみじきに御ふすまもきぬもさながらをしやられてありしながらのにほひばかりとまりたるによもすがらなき明し給ひける涙にうきたる枕のさぐりつけられたるなどいとかばかりおぼえ給事はなかりつるをかなしなともよのつね也あまもつりするばかりになりにけるもたゞ我身の上にこそはあらめこゝらの月比をしらずがほにてこゝろとけてあかす夜な〱もありけるは我ながらだにうらめしくいみじきがたゞかうながらしぬるわざもがなとおぼされて此とゝめをき給へる御ぞを引かづきてよゝとぞなかれ給ふ

かたしきにいく夜な〱をあかすらんね
覚のとこのまくらうくまて〈59〉

といとゞながしそへ給ふけはひのいみじきを

〔一二八〕

おとこきみもさなんめりとおほゆるけはひにえしのひあへすひきと〻むと思へとあまたある御そとものうゐはなりともそのこりたるくちをしこ〻ろうしともよのつねなることをこそいゐ十日はかりまてみまうきものにおほしおかれにけるも思へはみよりほかにつらき人なうくやしういみしきに御ふすまもきぬもさなからおしやられてありしなからのにほひはかりとまりたるになきあかし給へるなみたにうきたるまくらのさくりつけられたるなといとかはかりおほえ給つることなかりつるをかなしともよのつねなりあまもつりすはかりになりたるそわかみのうへにこそはあらめこ〻らの月ころをしらすかほに心とけてあかすよな〱もありけれはわれなからたにうらめしくいみしきにたうかうなからしぬるわさもかなとおほされてこのとめをき給へる御そともをひきかつき給ひて

かたしきにいくよな〱をあかすらんね
さめのとこのまくらうくまて〈59〉

といと〻かなしさそへ給けはいのいみしきを

えうこかれさせ給○《は》さりけり
（65ウ～66オ）

〔一二八〕

おとこきみもさなめりとおほゆる御けはひにわれもえしのひあえす心まとひしてひきと〻めきこえつと思つれとあまたかさなりたる御そはかりそのこりたりけるくちをしう心うく思へは身よりほかにつらき人なく〻やしういみしきに御ふすまをしやられのこりたる御そのにほひはかりはかはらてよもすからなきあかし給へるまくらのさくりつけられたるなといとかくおほえ給ことはまたなかりつるをかなしなとはよのつねなりあまもつりするは□りになりにけるもた〻わか身のうゐにこそあらめこ〻らの月ころわれはしらすかほにて心とけてあかすよな〱もありつるはわれなからたにうらめしういみしきにこのと〻め給へる御そをひきかつきてなかしそへ給なみたそよしの〻たきにもなりぬへかりける

かたしきにいくよな〱をあかすらんね
さめのとこのまくらうくまて〈59〉

しのひあえすいみしき御けはひ○《いそ》#
ちかき
（66オ～67オ）

とをくもえのき給はず　（下11ウ～12ウ）

〔一二九〕

まろび出給へれどたゞ御丁のかたびらにまとはれてさぐりやつけられんとおぼすにおそろしくてわだ〳〵とふるはれながら近きほどの御けはひにいとゞもよほさるゝつらさにや薄き御ぞひとへはやがてしほるばかりにぬれにけり夜もやう〳〵明やしぬらんと思ふ迄おきいづべき心ちもし給はねど若宮のねをびれ給ひて俄になき給ふに人々もおくるけはひして風のあらきに御とのあぶらもきえにけりしそくもてまいれなどいふなるにもたゞかうにてふせごの少将のやうに成なまほしけれどかひなきものからかくれゐていかに侘しいみじとおぼすらんとをしはかるも今はさらにたゞいかにも御こゝろにたがはぬをだに人しれぬ心さしにはとせちに思ひおこして立いで給ふにおくのかたには三宮ふし給へるなるべし御ぐしの手あたりつやゝかに長うさぐられて今ぞうちみじろき給ふけしきなるをむかしの心ならましかばあげまきもいかゞあらましとさすがにうつくしかりし御ほかげはおぼしいでらるれど　（下12ウ～13オ）

とをくもえのき給はす　（60ウ～61ウ）

〔一二九〕

まろひいて給へれとたゝみちやうのかたひらにまとはれてさくりやつけられんとおほすにおそろしくてわた〳〵とふるわれなからもちかきほとの御けはひにいとゝもよをされつらさにやうすき御そひとへはやかてしほるはかりにぬれにけりよもやう〳〵あけやしぬらんと思ふまゝにおきいつへき心ちもし給はねとわかみやのねをひれ給てにはかになき給ふに人々もおくるけはひして風のあらさにおとのあふらもきえにけりしそくもてまいれといふにたゝかうてふせこの少将になりなまほしけれとかいなきものからかくれてゐていかにわひしいみしとおほすらんおしはかりもいまはたゝいかにも御こゝろにたかはぬたに人しれぬこゝろさしにはとせちに思ひおこしてたちいて給ふにおくのかたには宮もふし給へるなるへし御くしのてあたりつやゝかにちかくさくられていまそみしろき給へるけしきならましかはあけまにもいかゝあらましとさすかにうつくしかりし御ほかけはおほしいてらるれと　（61ウ～62オ）

〔一二九〕

かしこり《う》丁のうちをいつとおほしつれとほともなかりけれはさくりやつけられんとおほすにおそろしけれはわれはいきをたにせさせ給はねとち□き御けわひにも大宮のおほしいりしつらさなとおほしつゝけていとゝもよをされてなみたにうすき御そひとつはやかてしほるはかりなりにけりよもやう〳〵あけやしぬらんとおほゆるまておきいつへきこゝちもせすかうなからしにてやよのためしにもならましとまておほさるゝにわか宮のをひえてにはかにうちなき給へるにひとをとろきて御となあふらもきえにけりそのしそくもてまいれといへはいてやかひなき物からいとゝにくしとかくれいておほすらんいまさらにたかうもあちきなくとおほし念してやをらおきあかり給にをくのかたには三宮のふし給へるなるへしと御くしのてにあたりてゐきたなけにみ給もうらやましきにいまそうちみしろき給ありしなからのわれならはあけまきもいかゝあらましうつくしかりし御かほはふと思いてられ給けり　（67オ～68オ）

〔一三〇〕
いまはかやうのかた誠にこりはてぬる心ち（地）し給ひて風の音にまぎらはしていて給ひぬるにわか宮の御聲の猶聞えてとみにもえ立のき給はず

　しらざりしあしのまよひのたづのねを雲
　のうへにやきゝわたるべき〈60〉

とて誠に過がたけれどとがむべき人めもなき所といひながらあまりながゐせばさ斗ありかたうめでたかりける御こゝろの深さもいまさらにあさはかにやみなされ給はんとあちきなけれはあけぐれの程にいで給ひぬれどかの御まくらのしづくのみ心にかゝりてねられ給はねば御てうづめしてをこなひしつゝまきらはし給ふ　（下13オ〜ウ）

〔一三一〕
源氏の宮の御方にもつねよりはとく人々おきたるこゑしてよもすがらつもりたるゆきみ（見）るなるべしたゝすみ給ふまゝにわた殿の戸よりみ（見）とをし給へばわかきさぶらひどものきたなげなき色々の狩ぎぬさしぬきなどきよげにて五六人雪まろばしするをみ（見）るとてとのゐすがたなるわらはべわかき人々など出ゐたるすがた共いづれとなくおかしげにてふまゝくおし

〔一三〇〕
いまはかやうのことこりはてぬる心ちし給ひて風のおとにまきらはしていて給ぬるわかみやの御こゑのなをきゝすこしかたくてとみにもたち給はす

　しらさりしあしのまよひのつたのねを雲
　のうゑにそきゝわたるへき〈60〉

といひなからあまりなかゐせんいか（▲に）はかりありかたうめてたかりける御心のふかさもいまさらにあさはかにやみなされ給はむとあちきなけれはあけくれほといて給ひぬれとかの御まくらのしつくのみこゝろにかゝりてねられ給はねは御てうつめしておこなひしつゝまきらはし給　（62オ〜63オ）

〔一三一〕
源氏の宮の御かたにもつねよりは人々とくおきたるこゑしてよもすからつもりたるゆきみるなるへしたゝすみ給まゝにわたとのゝとよりみとをし給へはわかきさふらひとものきた《な》けなき物ともいろ〳〵のかりきぬともさしぬききよけにて五六人ゆきまろはかしするみるとてとのへすかたなるわらへわかき人々なといていたるたちすかたいつれとなく

〔一三〇〕
かせのをとにまきらはしていて給ぬるにわか宮の御こゑ○《の》猶きこゆれはとみにもへのき給はす

　しらさりしあしのまよひのたつのねは雲
　のうゑにやきゝわたるへき〈60〉

まことにいつへうもおほされねとこのめもなきこゝろといひなからあまりならんはさはかりありか○《た》うめてたかりける御心のふかさもいまさらにあちきなくやいひなされ給はんこれをたに心にしたかふにてあけくれのほとにいて給ぬれとこの御まくらのしつくの心にかゝり給てねられ給へうもなけれは御てうつめしてをこなひしてまきり《ら》は（▲らし）し給　（68オ〜ウ）

〔一三一〕
源氏の宮の御かたにも常より中□とくおきたるけはひにてよもすからふりつもりたるゆきみるなるへしそのわた殿よりみ給へはわかきさふらひとも五六人きたなけなきすかたともにてゆきまろはしするをみるとてとのゐすかたなるわらはへわかき人々なとのいてゐたるまたねくたれのかたちともいつれとなくとり〳〵にをかしけにてふまゝくをしきものかな

きものをなどいへばみすの内なる人おなじく
はぶしの山にこそつくらめなどいへばこしの
白やまにこそあめれといふ也御前にはおきさ
せ給ふてにやとゆかしければすみのまの御さ
うじのほそめに明たるよりやをらみ《（見）》奉り給へ
ばもやの軒端なる御木丁共もをしやられてつ
ねよりもはれ〳〵しくてそばのはしらのつら
にけうそくにをしかゝりてみ《（見）》出させ給へり皇
大后宮の御かたみの色にやつれさせ給へる比
にて此ころの枯野のいろしたる御ぞ共のこく
薄くすき〳〵なるにおなじ色のうちたるわれ
もかうのおり物のかさなりたるなどこと人の
きたらは物すさまじかりぬべきを春の花秋の
紅葉よりも中々なまめかしうみ《（見）》ゆるは人がら
なめりかしわざとひきもつくろはせたまはぬ
ねくたれの御ぐしのこほれかゝりたるかたの
渡りなどさまことにみ《（見）》えさせ給ふ人々のあそ
びにをるゝを御らんじてわらひなどせさせ給
へるあいぎやうなどくもりなき雪の光にもて
はやされ給ひて俄にあたりまでひかるやうに
み《（見）》えさせたまふ
（下13ウ〜15オ）

おかしけにてふきまくおしき《ものを》なと
いへはみすのうちなる人おなしくはふしのや
まにこそつくらめといへはこしのしらやまに
こそあめれなといふなり御まへにはおきさせ
給てやゆかしけれはみすのまの御しやうしほ
そめにあけさせ給ひてやをらみいれさせ給へ
はもやの卅《そ》はなる御きちやうともおしやられ
つゝつねよりははれ〳〵しくてそのはしらの
つらにけうそくにおしかゝりてみいたさせ給
へり故みやの御かたみのいろにやつれさせ給
へるころにてこのころかれのゝいろしたる御
そとものこくうすきすき〳〵なるにおなしい
ろのうちたるわれもかうのをりものゝかさな
りたるなとことゝものきたらはものすさまし
かりぬへきをはるのはなあきのもみちよりも
なか〳〵なまめかしくみゆるは人からなめり
かしわさとひきもつくろはせ給はぬねくたれ
かみこほれかゝりたるかたのわたりかけみゆ
るほとなるに人々のあそひそほふる御らんし
てわらひなとせさせ給ふあはひなとくもりな
きゆきのひかりにもてはやされさせ《（▲て）》給てまこ
とにあたりまてひかるやうにみえさせ給ふを
（63オ〜64オ）

といへはみすのうちなる人々もこほれいてゝ
おなしうはふしの山にこそつくらめといへは
こしの白山にこそあめれなともいふめり御前
にはおきさせ給てやとゆかしけれはすみのま
のさうしのほのかなるよりやをらみ給へはも
やのきはなる御きちやうとも、みなをしやら
れてそのはしらのつらにけうそくにをしかゝ
りてみゐさせ給へり皇太后宮の御かたみのい
ろにやつれさせ給てこのころのかれの、いろ
なる御そともこきうすきなるにおなしいろの
うちたるわれもかうのをり物かさなりたるな
とも人のきたらはすさましかりぬへきを春
の[は]な秋のもみちよりも中々なまめかしうみ
ゆ[る]人からなめりかしひきもつくろはせ給は
ぬねくたれ御くしのこほれかゝりたるかたの
わたりなとなを〳〵さまことにみえさせ給
人々の山つくりさわくを御らんしてうちわら
ひうちとけさせ給へるあひきやうゆきのひか
りにもてはやされてまことにあなめてたとみ
えさせ給へり
（68ウ〜70オ）

〔一二三〕
なをいみじといへどかばかりなる人はあらじ
かしとみ奉(見)るたびごとには一かたの心まどひ
のみせらるればあまたの人をもいたづらにな
しつるぞかしつゐには我身もはか〴〵しき事
もあるましきぞかしとおもへは涙はれいのこ
ほれ給ひぬふしの山いと大きにつくりたてゝ
煙たてたるはげにいとおかしうみ(見)やられ給ふ
宮
　いつまでかきえずもあらんあは雪のけふ
　　りはふしの山とみゆとも〈61〉
との給はすれば御まへなる人々こゝろ〴〵に
いふ事もあるべしつく〳〵とみ(見)たてまつるに
も中々こゝろのみさはぎまさりていとかくし
もつくりをき聞えさせけんむすぶの神さへう
らめしければやをらたちのき給て
　もえわたる我身ぞふしの山よたゞゆきつ
　　もれどもけふり立つゝ〈62〉
なとおもひつゞくるほどはおこなひもけだい
するはおもへばいと心うくて南無平等大會一
乗妙法と忍びやかにの給へるなべてならずた
うとく聞ゆるに人々此わた殿のみさうじより
御覧じけるにこそあめれあさましげなるあさ
がほをとわびあひたりおとなしき人々はけふ
りも今はといふべくもあらずおかしき御けは

〔一二三〕
いみしといへとかはかりなる人はあらしかし
とみたてまつるたひことにはひとかたには
こゝろまとひのみせらるれはいてやかゝれは
あまたの人をもいたつらになしつるそかしつ
いにわかみもはか〳〵しきことはあるましき
そかしと思ひつゝけらるゝまゝになみたはれ
いのこほれ給ひぬふしの山いとおほきにつく
りた(▲こ)てゝけふりたてたるはけにいとおかしく
みやられ給ふにや
　いつまてかきゑすはあらんあはゆきのけ
　　ふりはふしのやまとみゆとも〈61〉
との給はすれはなか〳〵こゝろのみさはきま
さりていとかうしもつくりをきたてまつりけ
んむすふのかみさへうらめしけれはやをらた
ちいてゝ
　もえわたるわかみそふしの山をたゝゆき
　　つもれともけふりたちつゝ〈62〉
なと思ひつゝくるほとはおこなひけたいする
思へはいとこゝろうくてなも平等大ゑのほけ
きやうとしのひやかにの給へるもなへてなら
すたうとくきこゆるに人々かのわたとのゝ御
しやうしより御らんしけるにこそあめれあさ
ましけなるあさかほゝをとわひあひたりおと
なしき人々はけふりもいまはともいふへくも

〔一二三〕
いてやいはけなかりしよりみたてまつりしみ
にしかはにやなをいとかはかりなる人はよに
あらしかしかゝれはこそ人をも身をもいたつ
らになしつるそかしあはぬなけきにものゝみ
心ほそしふしの山つくりいてゝけふりたてた
るを御らんしやりて
　いつまてかきえすもあらんあは雪のけふ
　　りはふしのやまとみゆとも〈61〉
との給はすれは御前なる人々もこゝろ
《〵》にいふことともなるへしつく〳〵と
みたてまつるも心のみさわきまさりていとか
くしもつくりきこえ○《け》んむすふの神も
つらけれはたちのきて
　もえわたる我身そふしの山よたゝゆきに
　　もきえすけふりたちつゝ〈62〉
なと思ひつ[ゝく]るにをこなひもけたいして我
見煙(燈カ)明佛とおほすも心うくて南無平等大会
法花経としのひやかにの給つるもなへてなら
すたうとくきこゆるに人々みやりてこのわた
○《と》のゝさうしこそすこしあきたれは御
らんしやしつらんあさましきあさかほゝなと
わひあひたりおとなしき人々はよろつにめて
たき御ありさまかなきく事にもみたてまつる
にもめつらしうのみありてなとめてきこゆ

ひかなとめで聞えて御心のうちはしる人なし
（下15オ～16ウ）

〔一三二〕

東宮の御つかひ参りぬと聞給へれば例の心やましくて御まへに参りてみ《見》給へば母宮も此御かたにて御文御らんず御つかひはやかて宮のすけなりけり女房の袖ぐちなべてならずいでゐつゝ物いふめり御文はこほりがさねのからのうすやうにて雪いたうつもりえもいはすしみこほりたるくれ竹の枝につけさせ給へり大宮いとおかしき御ふみ哉かやうのおりは御みづからも聞えさせたまへかしとの給はするを大将はなどかくせちに聞えさせ給ふらんとふさはしからずきゝ給ひて打み《見》やり奉り給へはいとつゝましくておぼしもかけねばはゝ宮めづらしけなきふるめかしさはいかにみ《見》どころなうおぼさるらんなどもてなやませ給へば大将君せう〳〵の人はづかしげなる御手ぞかしけふはまいてみ《見》どころ侍らんかしとゆかしげにおぼしたればいとあるまじき事におぼしたるにいとゞかう申し給ふとわらはせ給ひてやがてこの御かへりはをしへ聞えさせ給へとて御ふみもたまはせたればみ《見》たまふ

たのめつゝいく世へぬらんたけの葉にふ

あらすおかしき御けはひかなとめてきこゑて御こゝろのうちをしる人はなし（64オ～65オ）

〔一三二〕

春宮の御つかひまいりぬときけはれいの御心やましくて御まへにまいりてみ給へは母宮もこの御かたにて御ふみ御らんす御つかひはやかて春宮の御つかひなりけり女きみのそてくちなへてならすいてゐて物いふなめり御ふみはこほりかさねのかうのうすやにゆきいたうつもりえもいはすしみこほりたるくれたけのえたにつけさせ給へり大宮はいとをかしき御ふみかなかやうのおりは御みつからもきこゑさせ給へかしとの給はするを大将なとかくせちにかくきこゑさせ給ふらんとふさはしからすきゝ給ひてうちみやりまいらせ給へはいとゝつゝましくておほしもかけられねははゝみやめつらしけなきふるめかしさなともいかにみところなくおほさるらんなともてなやませ給へは大将のきみせう〳〵の人ははつかしけなる御てそかしとはつかしけに申給へはいとあるましきことにおほしたるに申給ふとわらはせ給ふやかくこの御返をしへきこゑさせ給へとて御ふみ給はらせたれはみ給ふ

たのみつゝいくよへぬらんたけのはにふ

（70オ～71オ）

〔一三三〕

かゝるほとに東宮より御使まいりぬときゝ給へはれいのこゝろやましうていそきまいりてみ給へははゝ宮もこの御方にて御文御らんす《▲し》る御使宮の佐なるへし女房の袖くちともよのつねならていてゐつゝものいひなとすめり御文はこほりかさねたるかうのうすやうにて雪いたうつもりてしみこほりたるくれ竹のえたにつけさせ給へりはゝ宮はかりいとをかしき程の御文かなかやうのをりはみ《身》つからきこへさせ給へかしとの給を大将はなとかくせちにきこへさせ給らんとふさはしからすおほされてうちみやりまいらせ給つれはいとつゝましうておほしもかけす宮めつらしけなきふるめかしさはいかにみところなくおほさるらんとてもてなやませ給へば大将君なとかくあなかちにきこえさせ給らんとおほさるゝそわりなきせう〳〵の人はきこえさせにくかりぬへき御てそかしけふはましてみところ侍らんかしとゆかしけに申給へはあるましき事におほしたるにいとゝかく申給とわらはせ給へはされはさたすき給ふらんはいかゝとおほ

るしら雪のきえかへりつゝ〈63〉
すゞりの水もいたうこほりけるとみ(見)えて筆が
れにかきなされたるもじやうなどこそこまか
におかしげならねどふでのながれなどはいと
あてにおかしき御手なりかしとみ(見)給ふげにい
とをしくさふらふめるを聞えそこなひては口
おしくやとてうちをきたまへばまいてそこな
はぬやうはあらじとの給はすれどさりとては
とて
　すゐの世もなにたのむらんたけの葉に
　かゝれる雪のきえもはてなで〈64〉
とかゝせ奉らせたまへばいとくるしとおぼし
ながらもいかゞなどもえ聞えさせ給はでうち
そばみてかゝせ給ふ手つきなどのうつくしげ
さたぐひなし雪の光に朝日さへさしそひて御
かたちありさまけざやかにみ(見)え給へば例の心
中はしづめがたうわりなし　（下16ウ〜18オ）

る白雪のきえかへりつゝ〈63〉
すゝりのみついといたうこほりけりとみえて
ふてかれにかきなされたるもしやうこそこま
かにおかしけならねふてのなかれなとはいと
あてにおかしき御てなりとみ給ふけにいとを
しく候めるをきこゑさせそこなひてはくちを
しうやとてうちをき給へはまいてそこなはぬ
やうはあらしかしとの給へとさりとてはとて
　すゐのよをなにたのむらんたけのはに
　かゝれる雪のきえもはてなて〈64〉
とかゝせまいらせ給へはいとくるしとおほし
なからもいかゝなともえきこゑさせ給はてう
ちそはみてかゝせ給ふてつきなとのうつくし
けさたくひなしゆきのひかりにあさひさへさ
しそひて御かたちありさまけさやかにみゑさ
せ給へはれいのこゝろのうちはしつめかたく
わりなし　（65オ〜67オ）

え侍也とそ申ない給ふやかてこの御返しをし
てきこえさせ給へとてたまはせたれはみたま
ふ
　たのめつゝいくよへぬらんたけの葉ゆ《に》ふ
　るしら雪のきえかへりつゝ〈63〉
御すゝりの水いたうこほりけりとみえてすみ
かれしたるあてにをかしけなりもしやうなと
こそ上すめかしきところなけれとたゝ人のと
はみえすそありけるいとをかしう侍めるきこ
えさせそこなひてんくちをしうやとてうちを
き給へはまいてそこならぬや(▲ら)うはあらしとの
給へ(▲は)とさりとてやはとて
　ゆくすゑもたのみやはするた[け]のはに
　かゝれるゆきのいくよともなし〈64〉
とかゝせたてまつり給へはいとくるしと(▲う)おほ
しなからいかゝともえきこえ給はてかき給御
てつきのうつくしさなとあさひさへのこりな
くさしたるにゆきけのひかりあひてものゝい
ろも人のかたち〇《と》ももくまなくもては
やされ給へるほかさまにみなしたてまつりて
よにあるへうもおほえ給はす　（71オ〜73オ）

〔一三四〕
御つかひのかづけ物共あまた取いで是はかれ
はなどおとなしき人々してさためさせ給ふま

〔一三四〕
御つかひのかつけものともあまたとりいてゝ
これはなとおとなしき人々してさたせさせ給

〔一三四〕
御使のかつけ物ともかれはなとおとなしき人
あまた御前にてさためさせ給まきれに御すゝ

きれに御すゞりの筆を取てありつる御文のは
しに手ならひし給ふやうにて
　そよさらにたのむにもあらぬ小ざゝさへ
　すゑ葉のゆきのきえもはてぬよ〈65〉
みじかきあしのふしのまもなどかきすさみて
み《見》給ふにも我ながらこよなくみ《見》所あるをなに
事にもをよぶまではなかりける身ながら今ひ
ときはをとり聞えさせけん先世のおこなひの
程くちおしき中にも心にまかせてかきかはし
つゐにはとおぼしたるけしきのうらやましさ
はねたかりけりことはりといひながらかば
かりの事さへもこよなくさぶらふものかな
いかゞ御覧ずるとてまいらせ給ふをちかくさ
ふらふ人々いとしたりがほなる御けしきかな
とてわらへば我も打ほゝゑみつゝ誠にもえさ
ふらふまじやいかに〳〵とせちに申し給へば
み《見》る共なくてうちそばみてをかせ給へるはあ
なおぼつかなのわざやとて引やり給ふを大納
言の君といふ人給はせよみ《見》くらべ侍らんとき
こゆればいでやすげなげなめればまいてはか
〳〵しうみ《見》ない給はじとてこま〴〵とやり給
ひつ　（下18オ〜19オ）

〔一二三五〕
かうのみひとへに明くれみ《見》奉り給ふまゝに心

ふまきれに御すゝりのふてをとり給ひてあり
つる御ふみのはしにてならひし給ふやうにて
　そよまさにたのむにもあらぬこさゝさへ
　すゑは《◆か》に雪のきえもはてぬよ〈65〉
みしかきあしのふしのまにもなとかきすさみ
てみ給にもわれなからこよなうみところあり
てなにことも思ふましくはなかりけるみなか
らいまひときはをとりきこゑさせけんさきの
よのおこなひのほとくちをしきなかにこゝろ
にまかせてかきかはしつるにはとおほしたる
心ちのうらやましさはかきりなくねたかりけ
りことはりといひなからかはかりのことさへ
もこよなう候ものかないかゝ御らんするとて
まいらせ給ふをちかう候人々いとしたりかほ
なる御けしきかなとてわらへはわれもうちほ
をゑみつゝまことにもえ候ましやいかに〳〵
とせちに申給へはみるともなくてうちをかせ
給へはあなおほつかなのわさやとてひきやり
給ふ大納言のきみといふ人給はせよみくらへ
侍らんときこゆれとすけなけなんめれはまい
てはか〳〵しうみない給はしとてこま〳〵と
ひきやり給ひつ　（67オ〜68オ）

〔一二三五〕
かくのみひとへにみたてまつり給ふまゝに

りのふてをとりてありつる御文のはしにてな
らひのやうにて
　そのまゝにたのむにもあらぬこさゝさへ
　すゑ葉のゆきのきえもはてぬに〈65〉
みしかきあしのふしのまにもなとかきすさひ
てみ給にわれなからこよなうみところあるを
なに事もをよふましきゝはにはなかりける身
なからいま一きはおとりきこえさせにけるさ
きのよ○《の》をこなひのほと《そ》くちを
しき中にも心にまかせてかきかよはしつゐに
はとおほしたるけしきのうらや□しさはかき
りなくねた[か]りけりことはりといひな[か]らか
やうの事さへこよな[う]もさふらふかなない
かゝ御らんするとてまいらせ給をちかうさふ
らふ人々はあまりしたりかほなりとわらへは
われもうちほゝえみつゝまことにあさましや
いかにとせちに申給へはみるともなくてうち
をかせ給へはおほつかなのわさやとてひき
やり給を大納言の君といふ人たまはせよみく
らへ侍らんときこゆれはいてやすけなかめれ
はまいてはか〳〵しうよに見給はしとてこま
〳〵とやり給つ　（73オ〜74オ）

〔一二三五〕
かくのみあけくれひとへにみたてまつり給

ぎもをのみくだきつゝいひしらぬことのけしきをもひと所の御めにもみゝにもみしらせ聞え給へどそのけしきをゆめにもおもひよるべくもあらずもてなし給へりさすがにあながちなるさまにてみ（見）奉らんとおぼさばは山のしげりがたかるべきにもあらずされどとのなどのおぼさん事もいとうたて思ひやりなき心ち（地）のみして思ふまゝにもみだれ給はぬまゝにたゞ心ひとつにのみくだけつゝつれなく過し給ふなるへしありしね覚の床のうき枕の後はかたつかたの物おもひもまさりて哀にいみしくのみ思ひやられ給ひつゝいかでかはり給へらんさまをだにけ近き程にて今一たびみ（見）奉らん浅ましういぶせき心のうちも人づてならで聞えしらせんなどぞ心にかゝり給へれば中納言のすけにもこまやかにかたらひありき給ふさますきにしかたかゝらましかばとうらめしく覚え給へばいでやためこそ人のとこゝろうかるを例のこゝろうくよそ人のやうにの給ふこそ大貳が心ならましかはとうらめしげにの給ふもげにと思ひしらる　（下19オ〜20オ）

こゝろに物をのみくたきつゝいひしらぬことのはけしきひとゝころの御めにもみみにもきみしらせきこゑ給へとそのけしきを思ひよるへきにもあらすもてなし給へりさすかにあなかちなるさまにてみならしたてまつらんとおほさはやまのしけりたにかたかるへきにもあらさむめれと殿なとのおほさむこともいとうたてて思ひやりなき心ちのみして思ふまゝにみたれ給はねはたゝ心ひとつのみくたけつゝつれなくすくし給なるへしありしねさめのうきまくらのゝちはかたつかたのもの思ひのみまさりてあはれにいみしとのみ思ひやられ給ひつゝいかてかはしり給はさらんさまをたにけちかきほとにていまいちとみたてまつらんあさましくいふせき心のうちも人つてならてきこゑしらせんなとそこゝろにかゝり給へれは中納言のすけにもこまやかにかたらひ給ふさますきにしかたかゝらましかはとうらめしくおほえ給へはいてやためこそ人のとこゝろうかるへけれはれいの心うくよそ人のやうにの給ふこそ大にかこゝろならましかはとうらめしけにの給ふもけにと思ひしらる　（68オ〜69オ）

まゝに心をのみつくしつゝいひしらぬことの葉けしきをひとゝころの御めみゝにもしらせきこえ給へと人は夢にも思ひよるもなしあなかちなるさまにてちかくみたてまつらんとおほさ○《は》はやまのしけりたにかたかるへきならねはなにのさはりかはあらんとするされとおやたちのおほさん事のうたゝあるをおほしつゝ心のまゝにもみたれ給はぬまゝにたゝ心のうちくるしうてすこし給なるへしありしねさめのゝちはかたつかたの思もいとゝまさりてあ□れにいみしくのみ思やられ給つゝいかてかは《か》り□まひたらん御さまをちかき程にてたにいま一とみたてまつらんいとかくあさましういふせき心のうちもひとすてならてきこへしらせてしやとこゝろかけ給つれは中納言のすけにまめやかにかたらひありき給すきにしかたかゝらましかはとうら（▲5）めしくおほえ給へはいてやためこそ人のとものうかるをれいの心うくよそ人のやうにつねにの給よ大貳ならましかはたへぬことなりともかゝらましやとの給をけにと心くるしかり　（74オ〜75オ）

〔一三六〕

つくしへくたりにし式部の大夫はことし三河に成べきぞかし正月にのぼりたりかのおぼつかなく聞し人の事誠にやときかまほしくおぼすに参りて道のほどのありさま國の事など聞えさす國々の野やま浦々いそ〳〵のおかしかりしところ〳〵など海のそこまで残りなくかたり聞えさせて浅ましき道のそらにて俄にかなしきめをみ《(見)》たまへしかばよろづかひなくさふらひてやがてまかりのぼりなんと思ふ給へしかども大貳のせちにいさなひ侍りてなんけふだになぐさむかたなくおもふたまふれはつかさ給はらん事も物うくなりにてさふらふなど涙ぐみて聞えさすればさてはいとゞゆかぬ三河の八橋はいかゞあらんさてもいかなる心にて俄にさはありけるにかとの給へはさらでだにくもでに覚え候に都はなれても何しにかはと物思ひすがたなるけしきもげになまきん達よりはきら〳〵しげにめやすきをみ《(見)》給ふにも誠にさもやありけんとおぼすにそれとしらざりけるにてもなまこころつきなくおぼされていたくもあひしらひ給はねど

（下20オ～21オ）

〔一三六〕

つくしへくたりし式部の大夫はことし三川になるへきそかし正月にのほりたりかのおほつかなうきゝし人まことにやときかまほしくおほすにまいりてみちのほとのありさまくにの事なときこゑさすかへす〳〵くに〳〵のやまうら〳〵いろ〳〵のおかしかりし所々なとうみのそこのこりなくかたりきこゑさせてあさましくみつのそこにてにはかにかなしきめをみ給へしかは~~よろつかいなく候て~~やかてまかりのほりなと思給へしかと大にのせちにいさなひ侍てなんいまになくさむかたなく思ひ給ふれはつかさ給はらん事も物うくなりにて候なとなみたくみてきこゑさすれはさてはいとゝゆかぬ三かはのやつはしいかゝあらんさてもいかなる人にてにはかにさはありけるにかとの給へはさらてたにくもてにおほえ候にみやこはなれてはなにしにかはと物思ひすかたなるけしきもけになまきんたちよりはきら〳〵しけにめやすきをみ給ふにけにまことにさもやありけんとおほすにそれとしらさりけるにてもなま心つきなくおほされていたうもあへしらひ給はねと

（69オ～70オ）

〔一三六〕

つくしへくたりし式部【阝】大夫ことしはつかさ給はるへけれは正月にのほりたりかのおほつかなくきゝしこといつしかとおほすにまいりて国々のみちのものかたりおもしろうおかしかりし所々うら〳〵かたりきこえさせてついてにあさましきみちのそらにてはかにかなしきめをみさふらひしかはやかてまかりのほりなんとおほえしかと大貳せちに申しかはあとなき水をかたみにてなんまかり侍りしけふいまになくさむかたなう思給へはつかさ給はらん事もものうくなりに□さふらふなとなみたくみつゝきこえさ□れは□てはけにゆかぬみかはのやつはしはいかゝはあらんするさてもいかやうなる心にてにはかにさへありけるかとの給へはいとゝくもてに○《こ》そさふらはめ~~し~~おなしうらにやしつみなましと思ふ給へられてなといひてものおもはしけなるけ~~れ~~しきのさまなとけになへてみゆるきんたちよりはなやかにきよけなりまことにそれとはしらさりけるにやとおほす物からいかにそやとしころのやうにもおほされねはいたうもあひしらひ給はぬになみたをしのこひつゝかたりきこゆ

（75オ～76オ）

〔一三七〕

み《(見)》そめしありさまよりはしめめのとの心あはせて盗ませし程みちすがらなきこがれこゝろづよくちかうもよせずかぎりのさまに成にしかば心のどかにおもひ給ひてよりもつかず打たゆみて侍りし程にからどまりと申す所にてきえうせにしありさま海におちいりたるとなんみ《(見)》給ひしあふぎをとらせてなんさぶらひしにしか〳〵なんけがしてさぶらひしいかに思ひけるにかたゞにも侍らて七月八月斗に侍りけるはなにがしの少将にや侍りけんと語るをきゝ給ふに　（下21オ〜ウ）

〔一三七〕

みそめしありさまよりうちはしめめのとのこゝろあはせてぬすませしほとみちのまゝなきこかれしこゝろきよふちかうもよせすかきりのさまになりにしかはこゝろのとかに思てよりもつかすうちたゆみ思て侍りしほとにからとまりと申所にてきえうせにしありさまとなんみえ給へし御あふきをとらせて候ひしにしか〳〵なんけかして候ひしかはいかに思ひけるにかたゝにも侍らて七八月はかりにてそ侍けるはなにかしの少将のにや侍りけんとかたるをきゝ給ふに　（70オ〜ウ）

〔一三七〕

をとゝしの五月にうつまさにこもりてさふらひしにかたはらなるつほねのけわひおかしうなとさふらひしかはよろつにかまへてのそき侍りしにたかき御めにやいかゝ侍らんみちなりなとかめにはいとをかしけに侍りしかはいかてたれとしりていてんにたつねとらんと思給へしほうりんにあからさまにまうてゝさふらひしにいて給にけれはくちをしう思給へしにこの大宮とそこ〳〵なる家につほねなりしわらはのさふらひしをみつけてとひ[侍]りしかはそちのへい中納言のむすめにさふらひけり[を]やたちみなつくしにてうせにけるのちたゝめのとをたのもし人にてさふらひけるに蔵人の小将時々かよはれけるを女はあひ思[ひ]侍けれはくたり候にしあか月めのとに心あはせてとらせ侍りしを船にてもやかてひきかつきて道のまゝになきこかれてちかくもよせてこゝろきよくてほいなく侍りしかとかたちなとの寺にてみ侍りしよりもなつかしく侍りしかはゐても返らていまさりとも思なくさめてんと思てよろつにいひなくさめつゝあなかちにのかるゝさまのけしきをも心くるしうてのとかにへたてすくし侍りしをゆをたにもみいれす日をへてなきしつみまさりてさらに

〔一三八〕

さはまこと也けりとおぼすにけしきもかはるらんかしと覚ゆるまでいみじく覚ゆれどつれなくもてなし給ひてげにおほけなくこゝろふかゝりける人かなかへりてはうとましきまでこそおぼゆれなどことずくなにて入給ひぬおりしもこゝろつきなかりしものいみよ夢物がたりのつゐでにはをのつからとひあはせてましを若宮の御さまにてうつくしうてあらましかば人しれぬさまにてはあらせず大とのにはあづけ奉りてましとおぼすに口おしうかなし

〔一三八〕

さはま事なりけりときゝ給ふにけしきもかはるらんかしとおほゆるまていみしくおほさるれとつれなくもてなき給ひてけにおほけなうこゝろふかくつれなかりける人かなかへりてはうとましきまてこそおほゆれとことすくなにていり給ひぬおりしもこゝろつきなかりし物いみよゆめかたりのついてにはおのつからといあはせてまことをわかみやの御やうにてうつくしうてあらましかは人しれぬさまにてあらせんおとゝにはあつけたてまつりてまし

いくへうもみえ侍らさりしかはえまかりもやらてしも月のつこもりまて備前にまかりとまりて夜るひるまほり侍りしにからとまりと申所にて大貮の舩に(▲の)あからさまにまかりて候しまにきえうせにしあさましう海にをちいりぬるとなんみ給へし御あふきとらせて侍りしかはしか〳〵なんかきけして侍しかはいかにおもひけるにかたゝにも候はてなゝ月や月はかりにさふらひけるは何かしの小将のにや侍けんそのきみたちにかけられたらんよりはと思しかといといみしうなきこかれていのちにかへ侍りしもいかはかりおもひける中にか小将はいかに思いて侍らんといふ　(76オ～78オ)

〔一三八〕

さらはまことなりけりとおほすにけしきもかはるらんかしとおほゆるまていみしきをつれなうもてなし給てけにおほろけならす心ふかゝりける人かなかへりてはうとましうこそおほゆれなとことすくなにていり給ぬをりふしも心つきなかりしものいみやゆめかたりのついてにはをのつからとひあはせもしてましさはかりはかりかまへいひちきりけんけしきをむけにしらさりけんよいかにいひてかそのあか月いてけんなとそのをりのおほつかな

き事限りなしさま〳〵につけつゝかゝりける人々をいたづらになしてげるも昔の世のちぎり心うくおぼしつゞけられていと〻袖のひまなし露ばかりそれとしりてしたる事にはあらねど人しもこそあれかゝるあやまちをして我こゝろをかうまでまどはすもつみおもき心ち（地）して過にしかたのやうにもへだてなくはえおぼすまじかりけり　（下21ウ～22オ）

〔一三九〕

又の日道すゑしてそのありけんあふぎをこせよつたへよとありけんもいと床しくなんとの給はせたればすなはちもて参りて是はながき世のかたみ（見）と思ふ給ふればかへして給はらんと申すをれいのつれなくもてなし給ひて聞やうなるうとうとしさならばかたみ（見）などあながちにしのばでもありなんかしせめてあらぬさまにいひなさるゝ程のそら事かなとの給へばいみじきちかごと共をたてゝいけてみ（見）んともはゞとなきわひさぶらひしかばすべてたゞまろねにてこそ夜ひるあつかひて候しかとせめてあらがふもあやしけれどいたうもあひし

とおほすにくちをしくかなしきことかきりなしさま〳〵につけつゝかゝりける人々をいたつらになしてけるもむかしのちきりこゝろうくおほしつゝけられていと〻そてのひまなしつゆはかりそれとしりてしたることにはあらねと人しもこそあれかゝるあやまちをしてわか心をかうまてもまとはすもつみおもき心ちしてすきにしかたのやうにへたてなくはえおほすましかりけり　（70ウ～71オ）

〔一三九〕

又のひみちすゑしてそのありけんあふきをこせよつたへよとあらんもいとゆかしくとの給はせたれはすなはちもてまいりてこれはなかきよのかたみとなむ思ひ侍れはかへし給はりなんと申をれいのつれなくもてなし給ひてさほとのうと〳〵しさならはかたみなとあなかちにしのはてもありなんかしもしせめて有心にいひなさるゝそらことかなとの給へはいみしきちかこと〻もをたて〻いけてみむとなきこれさふらひしかはた〻まろねにこそよるひるあつかひいて侍りしかとせめてあらかうもあやしけれはいたうもあへしらひ給はてこと

さもいと〻しきによろつよりもわか宮《君》のさやうにはなけれとたれにあるにてもことのほかにあらさらましを大殿にあつけたてまつりてこそはあらましかなとおほすにくちをしうおほさるゝ事かきりなしさま〳〵にかゝりける人にいたつらになしけるもむかしのよのちきりこ（▲うく）ゝろうくおほしつゝけられて袖のひまなくそれとしりてしたる事にはあらねと人しもこそあれかゝるわさをして我心にいとかくおもはするもつみをもき心ちしてすきにしかたのやうにはおほすましかりけり　（78オ～79オ）

〔一二九〕

又のひそのありけんあふきをかせにつたえよとあらんもゆかしうなとの給はせたれはもてまいりてこれはなかきよのかたみと思給うれは返し給はりなんと申せはついにつれなくてきくやうならはあなかちにしのはてありぬへかなりもしせめてうしんにいひなせ《さ》るゝかとの給へはいみしきちかこと〻もをたて〻いけてみむと思は〻とちきりわひ侍りしかは返々まろねにてのみこそあつかひ侍りしかいかはかり思なけきてさるあさましき事を思給へけんとそいまに思給へいてらる〻よとまめやかにうらむるをきくはむねすこしあき給けりい

らひ給はでこと〱にいひまぎらはしてやみ
給ひぬ人々まかでなどして日もくれぬるに此
あふぎのとくゆかしければはしつかたに出て
いそぎみ(見)給ふに空いたうかすみわたりてはか
〱しくもみ(見)えずげにあらひける涙のけしき
しるくあるかなきかなるをたどりみ(見)給へばた
とるところなきみづぐきの跡はやかてさしむ
かひたる心(地)ちして今はとておち入けんほどの
ありさまなどたゞいまみ(見)るこゝちしてかなし
などもよのつねなりさそふみづだにと涙ぐみ
たりしけしきもおもかげにおぼしいでらるゝ
に　（下22オ～23オ）

〔一四〇〕
かゝるあとをつてにみ(見)てやむべき事とは契り
思はざりきかしとおぼしつゞくるにいとゞ忍
びがたくいみじくてやがてそのおなしみおに
もながれいでぬべくおぼさる
　からとまりそこのみくづとながれしを

〱にいひまきらはしてやみ給ひぬ人々まか
てなとしてひもくれぬるにこのあふきのとく
ゆかしけれははしつかたにてはか〱しうも
みへすけにあらひけるなみたのけしきしるく
あるかなきかなるをたとりみ給ふにたかう所
なきみつくきはやかてさしむかひたる心ちし
給ふにいまはとておちいりけんありさまこゝ
ろのうちなとたゝいまみる心ちしてかなしな
ともよのつねなりさそふみつあらはとなみた
くみたりしけしきおもかけにおほしいてら
るゝに　（71オ～72オ）

〔一四〇〕
かゝることをついにみるましかりける物とは
思はさりしそかしとおほしつゝくるにいと
〱しのひかたくいみしうてやかてそのおな
しみほにもなかれいてぬへくおほさる
　からとまりそこのもくつもなかれしを

てぬるなこりもはしつかたにてなかめふし給
へるにそらいたうかすみわたりて月のひかり
もすこしおほろなるをなみたにくもるにや
人々まかてなとしてこのあふきのとくゆかし
けれははしつかたにて月にあてゝいそきみ給
にたかう事なきにめもきりふたかりてはか
〱しうもみとかれ給はすけにあらひやるな
みたのけしきしるくあるかなきかなるところ
〱たとりつゝみとき給まゝにいまはとてお
ちいりけんありさま心のうちみる心にしてか
なしなといふもよのつねなりやかてさしむか
ひたる心ちするおもかけこひしきにかきくら
されてをきもやり給はすかやうなる月にあ
てゝこそはおきいてゝかきけめいかはかりお
もひわひていまはとをちいりけんなとそのほ
とのありさまみる心ちしてさそはれたるとな
みたくみたりしおほしいてらるゝもゆめの心
ちし(▲て)給　（79オ～80ウ）

〔一四〇〕
このあふきはみしりたりけるなめりあはれい
かはかり思けんとおほしやらるゝなみたのみ
をになりぬへし
　からとまりそこのもくつもなかれしを
せゝのいはまもたつねてしかな〈66〉

せゞの岩波たづねてしがな〈66〉
かひなく共かのあとの白波をだにみ《(見)》るわざも哉とおぼせど都のうちの御ありきをだにも御心にまかせ給はず所せくわりなき御もてなしなればまいておぼしかくへき事にもあらねばいと口おしくおぼしつゞけらるゝにかのひかる源氏のすまの浦にしほたれ侘給ひけんすまゐさへぞうらやましくおぼされける

あさりするあまともがなやわたづ海のそ
この玉もゝかづきみ《(見)》るべく〈67〉

なげの哀をかけん人にてだに此御扇をみ《(見)》給はんは浅かるべくもおぼさぬにかぎりなき御なげきのもりのしげさに何事も思ひけち給へればやごとなからぬ程の事はまいておぼしけちしにこそはありしか忘るゝとなけれどいとすなはちのやうなるこゝろまどひはおぼしのどめてありつるをこよひは夜もすがらなきあかし給ひてつとめてもいつしかとみ《(見)》給ふにかほにあてゝ泣いりしなみだの跡はいとしるくゐどもあらはれおちたるを又我もいとゝながしそへ給ふ

なみだ川ながるゝあとはそれながらしが
らみとむるおもかげぞなき〈68〉

などかきつけて此あふぎは返し給はず式部大輔は此たびのほりてはありしやうにもおぼし

せゝのいはまもたつねてしかな〈66〉
かいなくともかのあとのしらなみをたにみるわさもかなとおほせとみやこのうちの御あるきをたに御こゝろにもまかせ給はすところせくわりなき御もてなしなれはまいておほしかくへくもあらねはいとくちをしくおほしつゝくるにかのひかるけんしのすまのうらにしほたれ給ひけんすまいさへそうらやましくおほされける

あさりするあまともかなやわたつみのそ
このたまもゝかつきみるへく〈67〉

なけのあはれをかむ人にてたにこのあふきをみ給はんにはあさかるへくもあらぬにまいてなしはらにもやなりぬへかりしをかきりなき御なけきのもとのしけさになにことも思ひけち給へれはやうこつなからぬほとのことはまいてせちにおほしけちしにこそありしかわするとなけれといとすなはちのやうなる心まとひはおほしのとめてありつるをこよひはよもすからおきあかし給ひてつとめてもいつしかみ給ふにかほにあてゝなきいりしなみたのほとはいとゝくるしくゐともあらはれおちたるをまたわれもいとゝなかしそへ給ふ

なみたかはなかるゝことはそれなからし
からみとむるおもかけそなき〈68〉

かひなくとも猶かの跡のしら浪をみるわさもかなとおほせとも心にまかせぬありさまなれはいかゝはひかる源氏のすまのうらにしほたれわひ給けんさへそうらやましうおほされける

あさりするあまともかなやわたつ海のそ
このたまもゝかつきみるへく〈67〉

なけのあはれをかけん人にてたにこのあふきをみ給はんにはあさくもあるましきにましてなしはらにもやう〳〵なりぬへかりしをかきりなき御なけきのもりのしけさになに事も思けち給つれはやんことなからぬほとの事はまいておほしけちたりしにこそはありしかわするとはなけれといとすなはちのやうなる御心まとひはのとめ給へるをこのたひはよもすからなきあかし給てつとめてもいつしかとみ給にかほにあてゝなきいりけるなみたの跡はしるくてえともゝあらはれたるをわれもなかしそえ給ふ

なみたかはなかるゝあとはそれなからし
からみとむるおもかけそなき〈68〉

とかきつけ給てこのあふきはかへし給はすなりぬるをいとくちをしくおもゐとこのたひのほりてはありしやうにものいひあはせめしつかはれねはせめてもえ申さすいと心つくしな

たらずものしげなる御けしきなればあやしう
心得ずもと思ひなげきける　（下23オ～24ウ）

〔一四一〕

誠かの若宮の御いかにも成ぬるをかゝる程とてもいかでかはとてうちより萬おぼしあつかひけるたぐひなき御うつくしさときかせ給へばかゝるついでにいつしかみ（見）奉らせ給はんとてその夜内にも女三宮ぞぐし奉らせ給ひて入給ひけるを御覧ずるにつけてもあまた引ぐしたてまつらせ給はましものをとおぼしめすになきがおほくもとはげに是にやとこといみもしあへさせ給はず若宮をみ（見）たてまつらせ給ふにいとかうまではおぼしめされざりつるにいとあまりなる御かほつきの行すゑをしはかられてかゝるちごもありけりと床しきまで御らんせらる中宮の若宮の御うつくしさをたぐひなきものに思ひきこえさせ給へるにかくさまことにめづらしき御ありさまなればいとあはれなるわたくし物におぼしめすも我御世もけふあすとのみうしろめたく覚えさせ給ふには此御かたさまとみ（見）をかせ給ふべきよすがも

なとかきつゝけてこのあふきかきへし給はすしきふの大夫はこのたひのほりてはありしやうにもおほしたらす物しけなるけしきなれはあやしうこゝろえすそ思ひなけきける
（72オ～73ウ）

〔一四一〕

まことかのわかみやの御いかにもなりぬるをかゝるほとゝてもいかてかはとてうちよりそよろつあつかひ給ひけるたくひなき御うつくしさなときかせ給へはかゝるついてにいつしかみたてまつらせ給はんとてそのようちに女三のみやそくしてまいり給ひけるを御らんするにつけてもあまたひきくしたてまつらまし物をとおほしめすになきかおほくもとはけにこれをやとことといみもしあえさせ給はさりけりわかみやをみたてまつらするにいとかうまてはおほしめされさりつるに御かほつきのいとあまりなるゆくすゑおしはかられてかゝるちこもありけりとゆゝしきまて御らんせらる中宮のわかみやのうつくしさをたくひなき物に思ひきこゑさせ給へるにかくさまことにめつらしき御ありさまなれはいとあはれなるわたくし物におほしめすもわか御よもけふあすとのみこゝろほそう思はせ給ふにこの御かた

りけるありきとそ思なけきける　（80ウ～82オ）

〔一四一〕

まことかのわか宮の御いかにもなりぬれはかゝる程とてもいかてかとて内よりよろつおほしあつかはせ給けりたくひなき御うつくしさときかせ給へはかゝるついてにいつしかみたてまつらせ給はんとそのよは三宮とくしたてまつらせ給ていらせ給けるあまたひきくしてまいらせ給はまし物をなきかおほくもとこといみもえしやらせ給はさりけりわか宮の御ありさまいとかくはおほしめさゝりつるを中宮の一宮なとこそなへてならすみたてまつらせ給つるによにはかゝるちこもありけりといとあまりゆゝしうこのよの物ともみえさせ給はぬをわか御よのすゑにおほしめさるゝにいとあはれにみたてまつらせ給けり二宮大宮の御かはりにて大将をうしろみにておはしまさましかはゆくすゑの御ためともにいかにうしろやすからましと返々くちをしくおほしめされていつしかこの御かた人おほすへき

なく心ぼそき御有さまなるを二の宮おぼしをきてしありさまにて大将にうちぐして物し給はましかはやがてゆつらせ給ひてましなど返々口おしき事をなげかせ給ひて三の宮の御事をや猶さやうにもいはましなどぞこりずまにおぼしよりける
（下24ウ〜25ウ）

〔一四二〕

時なりてもちゐ参らせ給ふにめざまして御とのあふらのあかきにみ《見》あはせ聞えさせ給て物語たかやかにしつゝうちわらはせ給へる御かほのにほひあいぎやうのゆかしきまてうつくしうて左大将の御かほにたがふ所なく似させ給へるにことの外なるべき御中ならねばにこそはと御らんじなすもあかずうつくしうおぼされて大将の聲しつるはとめしよせて此御かほつきはいかゞみ《見》給ふおとゞのそこをのみたぐひなきひかりと思ひ給へるにかくたがはぬさまなる人も出きけるものをとてさしよせ聞えたまへるにふとみ《見》あはせてゐみたまへるは誠に似奉りたらん我かほつねの御心をごりよりもまさりていみじうおぼししらるゝものから何となく涙こほるればかしこまりたるさま

さまとみをかせ給へきよすかもなくこゝろほそき御ありさまなるをこのみやのおほしおきてしありさまにて大将にうちくして物し給はましかはやかてゆつらせ給ひなましなとかへす〳〵もくちをしきことをなけかせ給ひて三のみやの御ことをやなをさやうにもいはましなとそこりすまにおほしよりける
（73ウ〜74ウ）

〔一四二〕

ときになりてもちゐまいらせ給ふにめさまして御とのあふらのあかきにみあはせきこゑさせ給ひて物かたりたかやかにしつゝうちわらはせ給へる御かほのにほひあいきやうのゆゝしきまてうつくしうて左大将の御かほにたかう所もなくにさせ給へるをことのほかなるへき御中ならねはにこそはと御らんしなすもあかすうつくしうこそはおほされて大将のこゑつるはとめしよせてこのかほつきはいかゝみ給ふおとゝのそこをのみたくひなきひかりに思給へるにかくたかはぬさまなる人もいてきける物をとてさしよせきこゑ給へるにふとみあはせてみ給へるはまことににたてまつりたらんわかゝをつねの御こゝろおこりよりもまさりていみしくおほしゝらるゝ物からなにとな

にもなきかいとこゝろほそき三宮の御事をや猶いはましこのわか宮御うしろみにもやかてあつけて思ふさまにしも思はすともおほかたの心めやすき人なれはさりともことのほかにはえ思すてしなとこりすまにおほしめしけり
（82オ〜83オ）

〔一四二〕

時なりてもちゐまいらせ給にめさまして御となあふらのあみあはせたてまつりてうちえませ給へるあい行のこほれたるに左大将にいみしうにさせ給たるをことのほかなるへきにはあらねとたゝそれとおほゆれとて大将をめしよせてこのかほつきはいかゝおとゝのそこをのみたくいなきひかりとつねにたかふ思給◯《へり》つるにねたかりつるかくたかはぬさまなる人もいてきけるものにをとてさしよせきこへたまへるにふとみあはせ給てゐみ給へるにはまことにゝたらん我を常の御心をこりにもまさりていみしうおほしゝらるゝになにとなくなみたのこほれぬへけれはかしこまりたるさまにて□ふらひ給をうち御らんしくらへもとのねさしはさもありぬへけれとあやし

にまぎらはしてさふらひ給ふ内御らんじくらべてむさし野のもとのねざしはかくしもたづねぬもあるものをあやしきまでたかふところなくもおはするかなとの給ふにいとゞきかせ給ひたる事もやといとわりなければ立のき給ひぬれどまことに袖のなかにやとあかずうつくしき御かほつきを我ものにて明暮み（見）ましものをとおぼすに口おしういみじともよのつね也　（下25ウ～27オ）

〔一四三〕

事共はてゝ人々みなまかて給へど例の御くせなればありつる御おもかけのみ恋しくて立も出られ給はずよろづに何につけても袖に涙のかゝりける御身のもの思はしさを契りうらめしくおぼしつゝけられてやがてあかし給ひてげるこの後は常にゆかしくおもひ聞えさせ給へどいかでかは思ふまゝにもみ（見）奉り給はん人しれずいとゞもの哀におぼしあまりてはいひしらぬ事どもをこま〳〵とかきつゞけつゝ中納言のすけしていみじうしのびつゝ参らせ給へどまいて今さらに御かへりなどかきかはさせ給ふべきならねばそのしるし露ばかりもなしかゝる事み（見）ずしらざらん所もがなと此人の

くなみたのこほるれはかしこまりたるさまにまきらはし給ひてさふらひ給ふ御らんしくらへてむさしのゝもてのねさしはかくしもたつねぬにもあらぬものをあやしきまてたかふ所なくもおはするかなとの給はするにいとゝきかせたることもやといとわりなけれはたちのき給ひぬれとまことにそてのなかにやとあかぬうつくしき御かほつきをわか物にてあけくれみまし物をとおほすにくちをしういみしともよのつねなり　（74ウ～75ウ）

〔一四三〕

こととものはてゝ人々もみなまかて給へとれいの御くせなれはありつるおもかけのみこひしくてたちもいてられ給はすよろつにもそてになみたかゝりけるつみのおもさはをはよろつにおほしつゝけてやかてあかし給ひてけるこのゝちはつねにゆかしう（▲は）て思ひきこゑさせ給へといかてかは思ふまゝにもみたてまつり給はん人しれすいと物あはれにおほしあまりてはいひしらぬことゝもをこま〳〵とかきつゝけつゝ中納言のすけしていみしうしのひつゝまいらせ給へとまいていまさらに御かへりなとかきかはせ給へきならねはそのしるしつゆはかりもなしかゝることみえしらさらん所も

きまてたかふところおはせぬをとていとかなしと思きこえ給へるにもきかせ給ところもこそあれとかたわらいたさもよのつねならねはたちのき給ぬれとそての中にやとあかすうつくしき御かほつきをわか物にもあけくれみましものをとくやしうかなしき事ふしまろひぬへし　（83オ～84オ）

〔一四三〕

ことゝもはてゝ人々みなまかて給へとれいの御身のくせなれはありつる御をもかけのこひしさにたちいてんともおほされすあけくれなみたのものおもはしきをおほしつゝけていかならんよかはとけてゐのねられ給はん心のうちはつねにゆかしう思きこえ給へといかてかは心にまかせてもあらん人しれすいとゝ思事あまたいひえぬことゝもをこま〳〵とかきつゝ中納言のすけしてまいらせ給へとまいていまさらに御らんするものともおほしたらすかゝる物みえさらんあらぬと[こ]ろもかなとおほさるゝゆかりと[す]けをさへはやうのやうにもおほしめし[た]□ねはいとくるしうてかくな

ゆかりとおぼしめせばすけをさへものしうおぼしたればいとくるしくてかくなんと聞えさすれどことはりぞかしとは思ひしられたまへど知らぬなみだは人わろくこぼれ給ひつゝいかにしても近きほどにてひたすらにつらきものにおぼししみけんつみのおもさも聞えしらするわざもがなとぞかたらひ給ひける
（下27オ〜28オ）

〔一四四〕

一方こそかく思ひの外に成給はめ此そこの藻くづだにあらましかばあなづらはしきわたくし物にてつねにいだきうつくしみてましものをいふかひなきわざなりやいかなるさまにてもありときかましかばしのふ草ひとりをば物ねぢけたりともいかゞはせん尋とるやうもありなましをひたすらさしも思ひなりけんよ時々もほのみ（見）しにおもひとるかたはすくなくものはかなげにわかびたる人さまなりしかば世にながらへて聞えん事のいみじう覚えけるにこそはとおぼしつゞくるにもうとましかりけるこゝろのほどゝはおぼえず我ためのあはれはいとゝふかうのみおぼされつゝこなたかなた此比はいとゞかはく世なき御袖のひまなさなめり
（下28オ〜ウ）

かなこのひとのゆかりもおほせはすけをさへそものしう~~け~~おほしたれはいとくるしくてかくなときこゆれはことはりそかしとは思ひしられ給ひなからしらぬなみたは人わろくこほれをち給ひつゝいかにしてもちかきほとにてひたすらにつらきにおほしゝつみにけんつみのおもさすこしきこゑしらするわさもかなとそかたらひ給ひける
（75ウ〜76ウ）

〔一四四〕

ひとかたこそかく思ひのほかにもなり給ひなめかのそこのもくつたにあらましかはあなつらはしきわたくし物にてつねにいたきうつくしみてまし物をいふかひなきわさなりやいかなるさまにてもありときかましかはしのふくさひとりをはものねちけたりともいかゝはせんたつねとるやうもありなまし物をひたすらにさしも思なりけんとき〳〵ほのみしに思ひとるかたはすくなけに物はかなけにわかひたる人さまなりしかはよにならへてきこゑんことのいみしうおほえけるにこそはとおほしつゝくるにもうとましかりけるこゝろのほとゝはおほえすわかためのあはれはいとゝふかくおほされてかはくよなき御そてのひまなさなめり
（76ウ〜77ウ）

んときこゆれはことはりそかしとは思ひしられなからしられぬな[み]たは人わろくこほれつゝ猶いかにしてちかきほとにてひたすらにつらきものにおほしゝみにけんつみのをもさもいひしらせたてまつるわさもかなとそかたらひ給ける
（84オ〜85オ）

〔一四四〕

ひとかたこそはかく思のほかになり給はめかのそこのもくつをたにあらましかはあなつらはしきわたくしものにてつねにみあつかひこゝろをなくさめましものをいふかひなきわさなりやいかなるさまにてもよにありときかましかはものねちけたりともいかゝはせんとおほえぬへきわさにこそありけるをたゝうちほのみしめにもこゝろかしこく思とることはすくなけにてなつかしくらうたけに心くるしきさまになへてならさりしかはゆくすゑの身のならんやうまても思たとられすのちのよのつみのくるしさも思よらすかしはしはさてもみ[み]つかさりしけしきなとを心よりほかにひきわかれてそてにそよめくは[か]り[に]てはきかれしとはかり思とりてわれもわか身ひとつに

〔一四五〕
その夏比より御かど御心ち(地)れいならずおぼさ
れていかでしづかなるさまに成ておこなひを
のどかにせばやとおぼしめしてさがのゝわた
りにいかめしき御だうなどつくらせ給へり世
をしらせ給ひてはたとせにもならせ給ひぬ一
の御こおはしませばあかぬ事なき御身なれと
世をおほしめしすてゝん事を大殿などはいと
口おしくおしみ聞えさせ給ひけりさるべき御
中といひながらいとありがたうなつかしき御
心ばへありさまなれば千年もかはらでみ(見)奉ら
まほしきもことはりなりかしされども七月よ
りは誠しうなやましげにて物こゝろぼそけな

〔一四五〕
そのなつころより御かとれいならすおほされ
ていかてしつかなるさまに廿なりておこなひ
しつかにせはやとおほしめしてさかのゝわた
りにいかめしき御たうなとつくらせ給ひけり
よをしらせ給て廿年にもならせ給ひぬ一の御
こもおはしませはあかぬ事なき御みなれとも
よをおほしめしすてむことを大将なとはいと
くちをしくおほしおしみきこゑさせ給けりさ
るへき御中といひなからいとなつかしき御
こゝろはへありさまなれはちとせもかはらぬ
さまにてみたてまつらまほしきもことはりそ
かしされと七月よりはまことしうなやましけ

もあらすかたみをたにものこさすたゝこの人
にのこりなくみならされしと思まとひてうち
いりにけんも心のほとはけにはか〳〵しから
さりけるに(◆と)こそいと思つゝくるもうとましう
心ふかゝりけるかなとはおほえすあはれのみ
ふかくまさりつゝいまはかひなくいとかうし
も思はす心つよくしのひ給へとこひしきにや
わすれわひ給ぬらんありしねさめのまくらな
ととりあつめたゝこのかたにいみしうものお
もひいりけるむかしのちきりにこそはとかた
〳〵にかはくよなき御袖なめり　(85オ～86ウ)

〔一四五〕
その夏のころよりみかとれいならすおほされ
ていかてしつかなるさまになりてをこなひを
もせんなとおほしたちてかのさかのわたりに
をくらの山のふもとちかきいかめしき御たう
いそきつくらせ給けるをけふあすの程にいみ
しういそくへきせんしくたりてさりぬへうは
野のはなのさかりにもわたらせ給ぬへうをき
てさせ給よをしらせ給てむ(本マヽ)ねにならせ給ぬ一
のみこおはしませはあかぬ事なき御さまなれ
と大殿なとは猶くちをしうをしみきこへさせ
給けりさてさるへき御中といひなからいとあ
りかたき御心はへなれは千ねんもかはらぬさ

る御けしきを中宮はいと忍びがたげにおぼしなげきたるもいと心ぐるしくて限りあらん御別の程も引とゞめられさせ給ひぬべうおぼしめさるればまいてすこしもうつし心かよはせ給はん日まではかた時も立のき聞えさせ給ひぬべくもあらねど大やけわたくしにつけてもよろづにたのもしき御行すゑにかうけふともしらぬありさまにてさのみ思ひはなれ聞えじとてもいかゞは扨こそはかきりのわかれの程もすこしおもなれ給はめなどせめておぼしすてゝ御すけのほいとげさせ給ひぬべき御心まうけなどせさせ給ふを宮は年ころの御ならひの名残なうかなしういみじくおぼしめされてさがの宮にももろ共にわたらせ給ふべきさまにぞおぼしめしいそぎける　（下28ウ〜29ウ）

〔一四六〕

萬よりも女宮たちの御事をぞ哀にうしろめたう思ひきこえさせ給ひて大殿にも返々聞えさせをかせ給ひける二の宮の今はひとへに此世のことおぼしすてゝげるもおもへば中々いとよかりけり斎院もおとなびて年ころたれにも

にて物こゝろほそけなる御けしきを中宮はいとしのひかたけにおほしなけきたるもいとこゝろくるしうてかきりあらんわかれのほともひきとゝめさせ給ひぬへくおほしめさるれはすこしもこゝろをつくし心かよはせ給はんひまてはかたときもたちのきゝこゑさせ給へくもあらねとおほやけわたくしにつけてもよろつにたのもしき御ゆくすゑにかうけふともしらぬありさまにてさのみはなれきこゑしとてもいかゝはさてこそはかきりのわかれのほともすこしおもなれ給はぬなとせめておほしすてゝ御出家のほいをとけさせ給ひぬへきこゝろまうけなとせさせ給ふをみやはとしころの御なからひのなこりなをかなしういみしとおほしてとをれたるさまかきりなきをことはりにいみしくおほしめされてさかのみやにももろともにわたらせ給ふへきさまにそおほしめしいそきける　（77ウ〜78ウ）

〔一四六〕

よろつよりも御な宮たちの御ことをそあはれにうしろめたなうおもひきこゑさせ給ひて大将にもかへす〳〵きこゑさせおかせ給ける女二の宮のいまひとすちにこのよのことを思ひすてゝけるもおもへは中々いとよかりけり斎

まにてみたてまつらはまほしくそおほしけるされは七月はかりよりはまことしうなやましけにせさせ給を中宮はいみしうおほしめしたることはりに心くるしうてかきりあらんわかれの程もひきかへさるゝ心ちせさせ給へと大やけわたくしにつけてよろつにたのもしき御ゆくすゑにわれはなにはかりのたのもしけなき御心にてさのみひきとゝめられきこえてもかきりのわかれのほとはいかゝはとゝめもやり給はんとするあのさまになりなはすこしもおもはれ給なんと思なりとやうにきこえなくさめ給をわかき御心にとしころ又なき御心さしのならひにはかにそむき給はんもいとかなしうおほさるゝ事はりに心くるしうてきえはてんまもおほつかなくてあるへきことにもあらすとおほしめさるれはさかの院にももろともにわたらせ給てかはらぬさまもみ給へときこへさせ給　（86ウ〜88オ）

〔一四六〕

女宮たちの御事をはあはれにうしろめてたきかたそひておほしめせは大殿にも返々きこえおき給ける二宮はいまは一えにこのよの事おほしはなれにけるも思へは中々いとよかりけり斎院もおとなひさせ給てとしころたれにも

めならし給はぬならひにさしも世中かはるけぢめも知られ給はじかし三の宮などこそいと心くるしきをさおもひそめしこゝろさしも侍り猶大将にわか宮をもろともに思ひうしろむべきさまになんあづけんと思ひ侍る今よりさまことなるおひさきはいとゆかしげなるを何となきなまそんわうにていとよせなからんよりはたゞわが物に思ひて物せよかし思ふ心ことなめるひとりずみなめりとわづらはしけれどそのうち〳〵の心ざしをば知らずかゝるゆいごんをさりともことの外にはたがへ給はじとひとへにたのむ也などの給はせて打なかせ給ふをおとゞはいみじうあはれにみ《(見)》奉り給ひて一日にても世中に立とまりさぶらはんかぎりはいづれの御事をもいかでかはみ《(見)》はなち聞えさせん女子ももち侍らずあやしきまどの内のかしづき物にもいのちのかぎりはつかふまつり侍りなん大将のあそんはいかに侍るべきにか明暮おもひあくがれたるやうにていとひが〳〵しくあやしき心ざまにのみ侍ればうち〳〵にも思ひ給へなげくをやくにてなんさりともかゝるおほせ事うけ給はりなばいかでかをろかにはなどかたみにあはれなる事もたのもしげに聞えさせ給ふ　（下29ウ～31オ）

院もおとなひさせ給てとしころたれにもめならはし給はぬさしもよの中かはるけちめもしられ給はしかし三宮わか宮なとこそいとこゝろくるしきをさ思そめし心さしも侍なを大将にわかみやをもろともに思ひうしろむへきさまになんあつけんと思侍いまよりさまことなるおいさきはいとゆかしけなるをなにとなきなまそむわうにていとよせなからん人よりはたゝわか物に思て物せよかし思こゝろことなる人りすみなんめりとわつらはしけれとそのうち〳〵の心さしをはしらすかゝるゆいこむをさりともよにことのほかにたかへ給はしとひとつにたのむなりなとの給はせてうちなかせ給ふをおとゝはいみしうあはれにみたてまつり給て一日にてもよの中にたちとまり候はんかきりはいつれの御ことをもいかてかはみはなちきこゑん女こもゝちて侍らすあやしきゆまとのうちのかしつき物にもいのちのかきりはつかうまつり侍なん大将の朝臣はいかに侍へきにかあけくれ思ひあくかれたるやうにていとひか〳〵しくあやしきこゝろさまにのみ侍へれはうち〳〵にも思たまへなけくをやくにてなんさりともかゝるおほせことをなんうけ給はりなはいかてかおろかにはなとかたみにあはれなることゝもたのもしけにきこ

めならひ給はぬ御ならひにさしも世の中かはるけちめもみ給ましく三宮わか宮なとこそ〇《いと》心くるしきをたのみそむへきさまに思そめてしを猶大将にやかてわか宮をはうしろむへきさまになんいひつけんと思さまよりさまとあるをいさきはいと心くるしけれとなまそむきてよるかた又あれかし思やうあるひとりすみとはみれとそのうち〳〵の事はしらすからゆいこんをさりともことのほかにはたかへしとたのむなりなとの給はせてうちなかせ給へはあはれにいみしうみたてまつり給て一日にてもよにたちとまり侍らん程はいかてみはなちきこえさせん女子もち侍らすいのちのかきりはつかまつり侍りなん大将のあそんいかに侍へきにか世中をあけくれ思あくかれたるさまにていとあやしうひか〳〵しきさま〳〵をうち〳〵にもなけき思給になんさりともかくおほせ事をうけ給はりなはいかてかおろかにはなとかたみにあはれなる事ともたのもしけにそうし給　（88オ～89オ）

〔一四七〕

うちかはりかくのみの給はするをわれさへ聞しのびつゝさのみ過し給はんもあるまじき事なれば大将の御けしきもしらずがほにてさが野の御わたりのこなたに三宮むかへきこえさせてんとおぼしたちて斎院のおはしましつるかたをいとゞみがきそへさせ給ふを大将かのありし夜めにもしるくこよなくをとり給へりしものをさばかりあかぬ事なく何事も是こそはだうりのまゝの限りなる人の御ありさまなめれと心のうちにもをろかに思ひきこゆべき事もなかりしをだにこゝろぶかくしみにしかたのなのめならぬめうつしにはわれながらもあさましくなさけなきこゝろばへをみえ《見》奉りてさばかりちぎりことに哀なりける人をも雲のよそにみなしてくやしくかなしとあけくれ思ひこがるゝ心のうちをだに夢ばかりいひしらせ奉らでやみぬべき此世のかなしさはいづれのおりにかむねすこしひまありてさやうによのつねのありさまをして聞え奉らんさしはなれたるあたりにだにあらで袖にそよめく斗にて心より外に我も人もさぞかしとみ《見》きかれたてまつらんよなどおぼしつゞくるにすへてゐさせ給ふ

（78ウ〜80オ）

〔一四七〕

うちかはりかうのみの給はするをわれさへきゝしのひつゝさのみすこし給はんあさましきことなれは大将の御けしきをもしらすかほにてさかのゝ御わたりの《◆に》こなたにむかへきこゐさせてんとおほしたちて斎院のおはしましつるかたをみかきそへさせ給ふをみ給ふに大将かのありしよめにしるくこよなうおとり給へりし物をさはかりのあかぬことなくなにこともこれこそはたうりのまゝのかきりなる人の御ありさまなめれと心のうちにもおろかにおもひきこゆへきこともなかりしをたに心ふかうしみにしかたのなのめならぬめうつしにはわれなからもあさましくなさけなき心はへをみたてまつりてさはかりちきりことにあはれなりける人をも雲のよそにみなしてくやしからんとあけくれ思ひこかるゝこゝろのうちをたにゆめはかりいひしらせたてまつらてやみぬへきこのよのかなしさはいつれのをりにかむねすこしひまありてかよのつねのありさまをしてきこゑたてまつらんさしはなれたるあたりにたにあらすそてによそめくはかりにて心よりほかにわれも人もさそかしとみきか

〔一四七〕

うちかはりかくのみの給を我さへきゝしのひつゝすこし給はんもあるまし事なれは大将の御けしきをもしらすかほにてさかの御わたりのころかたに三宮むかえきこえてんとおほしたちて斎宮のをはしましつるあとをいとゝみかきたてさせ給に大将ありしよよめにもしるくよういありさまのけたかう心くるしきところなとはこよなくおとり給し物をさはかりあかぬことなくなにともこれこそはかきりなき御さまなめれと心のうちにもおろかに思きこゆへうもなかりしをたに心ふかくしめ《◆し》にしかたのなのめならぬ心さしにわれなからもあさましうえ思なをさてをろかなる心をみえたてまつりてさしもちきり[こ]とにあはれなる人をくものよそにみなしてくやしうかなしくあけくれ思ふ事は心のうちをたに夢はかりけちかくていひしらせたてまつらてやみぬへき事のかなしさはいつれの世にかむねのひまありてさやうによのつねのありさまをしてきこえたてまつらんさしはなたれたるあたりたにあらす袖のそよめくはかりにて心よりほかに我も人もさそかしとみえきこえたてまつらん

今ぞ世にみ《(見)》えぬ山路ももとめ出べき月日きにける心ち《(地)》し給ひける心より外に此世にかはらぬさまながらもしながらふとも扱こそあなれともありかさだめてはきかれたてまつらじわか宮をばげにさやうにえたてまつらばやなど此御事にのみぞさま〴〵にうきよもひとへにえおぼしすつまじかりける　（下31オ～32オ）

〔一四八〕

八月十余日になればさがのゐんの御だういそきつくりいでさせ給ひておりさせ給ふまゝに御ぐしおろさせ給ふかなしなど今はしめたらぬ事なれどあやしき人のうへにてだになをみ《(見)》るもきくもこゝろさはがぬやうはなきをまいて中宮などのおぼしたるさまの心ぐるしきを大殿は聞えなぐさめさせ給ふ春宮のゐさせ給ふなどはかぎりなくめでたき御ありさまなれどみづからの御心中にはかはりたる御すみかのみあはれに思ひやり聞えさせ給ひけりかやうの事ともさしあひつゝ三の宮の御わたりものびぬるを大将は人しれずいとうれしとおぼしけり　（下32オ～ウ）

れたてまつらんよなとおほしつゝくるにはすへていまそみえぬやまちも思ひたつへき月日きにける心ちし給ひけるこゝろよりほかにこのよにかはらぬさまなからもしなからふともさてこそはあんなれなとありかさためてはきかれたてまつらてわかみやをはけにさやうにてもみたてまつらはやなとこの御ことをのみそさま〴〵にうきよもえひとへにおほしすつましかりける　（80オ～81オ）

〔一四八〕

八月十よひになれはさかのゐんの御たうはかりいそきつくりていてさせ給ておりさせ給ふまゝにやかて御くしおろさせ給ひつかなしさなと思へはいまはしめぬことなれはなをみるもきくもこゝろさはかぬやうはなきをまいて中宮なとおほしたるさまのこゝろくるしさを大殿はきこゑなくさめさせ給ふ春宮ゐさせ給ひなはかきりなくめてたき御ありさまなれとみつからの御こゝろのうちはかはりたる御すみかのみあはれに思ひやられさせ給ひけりかやうの御ことゝもゝさしあいつゝ三宮の御あたりののひぬるを大将は人しれすいとうれしくおほしけり　（81オ～ウ）

よこれやさはみえぬ山ちのしるへなるらんとおほえ給思~~けり~~《(▲に)ひ》にかなはぬ空もかはらぬさまにてもえなからえぬ事もありか朴さためてはきかれたてまつらしわか宮をはさやうにてもみたてまつらはやとうれしうおほさる　（89オ～90ウ）

〔一四八〕

八月十日よ~~けゆ~~《ひ》なれはさかの院の御たういてきてをりさせ給まゝに御くしおろさせ給てけりつねのことなれとよろしき人のうへにても猶みるもきくもあはれなることなれはまいて中宮なとのおほしたるさまの心くるしきを大将よろつになくさめきこえさせ給へとかきりなる事にて春宮ゐ[させ]給[な]と[は]みをきさせ給て[か]へらせ[給御]心[ち]さらにかゝる御身のめてたさともおほされすそありけるされとそのをりのありさまとのゝうちの御ひかりにもけにかゝる人いてをはしまささらましかはかひなくやあらましとめてたういみしかりけりかやうの事ともさしあひて三宮の御わたりは心のとかにおほしなりたるを大将は人しれすうれ

〔一四九〕

さがの院には御心ち(地)もよろしくならせ給ひてみやたちむかへ奉らせ給ひてみ(見)たてまつらせ給ふにかたみにいとかなしくおぼしめされけり中にも入道宮はさま〴〵おぼしつゞくる事さへおほかる御身のありさまなれば御袖もえ引はなたぬ御けしき哀なりいづれも今はかくてみ(見)たてまつらんをだになぐさめにとおぼしの給はするもことはりに心ぐるしけれどさのみ引つゞきたらんも思ひ入しさまにはたがひてやとおぼしめせばあるべきさまなど聞えさせ給ひて入道宮斗そとまらせ給ふさが野をやがて御前の庭にて大井川も程なくみ(見)やらるゝにをぐらの山のしの薄もほのかにみ(見)えてしかのねとおなじ心になきつくし給ひつゝおこなひ給へるさまげに後の世はたのもしげなりゐんもやう〴〵御心ち(地)よろしくならせ給ひてよひあかつきの念佛けだいなくおこなひつとめさせ給ひつゝのちの世もかならすおなし所にとかたらひ聞えさせ給へるあはれにたのもしげ也　（下32ウ〜33ウ）

〔一四九〕

さかのゐんには御心ちもよろしくならせ給ひてみやたちむかへたてまつらせ給ひてみたてまつらせ給ふにかたみにいとかなしうおほしめされけり中にも入道のみやはさま〳〵おほしつゝくることさへおほかたわか御みのありさまなれは御そてはえひきはなたぬ御けしきいとあはれけなりいつれもいまはかうてみたてまつるをりたになくさめにとおほしの給はするもことはりにこゝろくるしけれとさのみひきつゝきたらんも思ひいりしさまにもたかひ~~は~~てやとおほしめせはあるへきさまなときこゑさせ給てかへしわたしきこゑさせ給て入道のみやはかりそと申させ給へるさかのをやかて御まへのにはにて大井河もほとなくみやらるゝにおくらの山のしのすゝきもほのかにみえてしのひねとおなしこゝろにつくし給ひつゝおこなひ給へるさまけにのちのよはたのもしけなり院もやう〳〵御心ちよろしくならせ給てよひあかつきのねんふつもけたいなくおこなひつとめさせ給つゝのちのよもかならすおなし所にとかたらひきこゑさせ給へるさまあはれにたのもしけなり　（81ウ〜82ウ）

しうおはしけり　（90ウ〜91オ）

〔一四九〕

さか院には御心ちよろしうならせ給て宮たちむかえたてまつらせ給てみたてまつらせ給けり入道の宮はさま〳〵におほしめすことさへおほくて御袖もえひきはなたぬ御けしきにいとあはれ也いつれもいまはかくてみたてまつらんをたになくさめにとつゐのわかれはをくれしとおほせなとうちなきつゝきこえさせ給けりされとかくてみたてまつらせ給へはこよなくむかしの御事ともまきれてよのうきよりはとおほされつゝ日ころになれはさのみやはとていつれの御つれ〳〵のなくさめにもとわか宮くしたてまつりてみな返わたらせ給ぬるもなこりつれ□□にあはれにおほしめしたりまたこの二宮はかりそけにうき事のなくさめにはかくてあさゆふにみたてまつらせ給をうれしうたのもしきものに思きこえさせ給へりさかにやかて御前のにはにておほゐ河もほとなくみやらるゝにをくら山のしのすゝきのほのかなる程にもあらすみえわたりてしかのねにもおなし心になきくらさせ給てをこなひ給へるはけにこのよのおもひいてなくおほしめさ

〔一五〇〕

京には大じやうゐなどちかうなりぬれば源氏宮は女御だいし給ひてやがて参り給ふべしとあるをいまはじめて聞ゆる事にはあらねど大将の御心のうち思ひやるべし今はかうにこそはとかぞへられて我身もうき世をおもひはなれぬる日かずも残りなきやうにおぼさるゝにはさすがなる事おほくて年ごろよろづにありかたく思ひ忍びまぎらはしつる心中もやゝもせば我身も人の御身もいかならんとみだれまさりてしきしまのやまとにはあらぬと立居におぼしわびけりされどかけてもしる人なき御心のうちなればたれもいそぎたゝせたまへり年ころおぼしをきてつる事なれば何事もなのめならんやは常の事にことをそへて今行末のためしにもなるばかりと御心とゞめておぼしをきてたるはげにいとめでたき御いそぎ也

（下33ウ～34オ）

〔一五〇〕

京には大嘗ゐなとちかくなりぬれはけんしのみやも女こたいし給（▲て）てやかてまいり給ふへしとあるをいまはしめてきこゆることにはあらねと大将の御心ち思ひやるへしいまはかうにこそはとかすゑられつゝわかみもうきよを思はなれぬるひかすものこりなきやうにおほさるゝにはさすかなる事おほえてとしころよろつに思ひしのひまきらはしつる心のうちもやゝもせはわかみも人のみもいかならんとみたれまさりてしきしまのとかやたちゐにおほしわひけりされとかけてもしる人なき御こゝろのうちなれはたれもいそきたゝせ給へりとしころおほしおきてつる事なれはなにこともなのめならんやつねのことにことをそえていまゆくすゑのためしにもなるはかりと御こゝろとめておほしおきてたるはけにいとめてたき御いそきなり

（82ウ～83ウ）

るらんかはりにのちのよそたのもしけなり院もやう／＼御心ちさわやかせ給てよひあか月の念佛もけたいなくつとめをこなはせ給のちのよもかならすおなし所にとかたらひきこえさせ給たるさまあはれに心ふかけなり

（91オ～92ウ）

〔一五〇〕

京には大上ゐなとちかくなりけれは源しの宮女こたいし給てやかてまいり給へしとあるときゝ給大将の御心ゆめいかはかりあらんいまはしめてきこゆることにもあらねとさらはかうにこそはと思にむねのところもなくなりまさり給て我身もよにあるへき日かすかそへられ給［　］きよはなるゝかとてし給けりおほくのとしころかしこうしのひつる心のうちもこのころはあやしうもせは我身も人の御身もいかゝなるへからんとみたれまさりてしきしまの山とたちゐにおほされけりされとかけてしる人の御心の内なれはたれもとしころの御ほいかなひていそきたゝせ給ありさまけにいとめてたきためしとなるへきなめりとみえたり

（92ウ～93オ）

〔一五一〕

九月も晦日に成ぬればたゞけふあす斗こそはといとゞ吹そふ木枯も身にしみまさりて物こゝろほそく詠ふし給へるにしんでんの方に宮のきんの聲のしのびやかに聞ゆるにいと忍ひかたくて笛をおなし聲に吹あはせつゝまいらせ給へれば大かたはいと物さはがしくいそがしげなる比なれどこの御かたにはのど〳〵としてなべてならぬ人々五六人ばかりおまへにちかくてひさしのおましにおはしましてわかき人々わらはべなと池の舟にのりてこぎかへりあそぶを御らんずるなりけり我もかうらんにをしかゝりて笛をふきつゝそゝのかし聞えさせ給へどおなじすぢをならひしかどことの外にをとりたらんと中々みゝならさせたまはじとにや引すさひさせ給ひてさらば是をおなじくはとて大納言の君してことをさしやらせたまへればつねよりも心やすく引よせたまふまゝに

忍ぶるをねにたてよとやこよひさはあきのしらへの声のかぎりに〈69〉

といはるゝを人もこそみゝとゞむれげにうつしこゝろもなく成ぬるにやとわれながらもどかしくていひまぎらはして琴を手まさぐりにし給ひつゝ空をつく〴〵とながめ入給へるに

〔一五一〕

九月つこもりになりぬれはたゝけふあすはかりにことはといとゝふきそふこからしもみにしみまさりて物こゝろほそふなかめふし給へるにしんてむのかたにみやのきんのこゑしのひやかにきこゆるにいとゝしのひかたうてふゑをふきおなしこゑにふきあはせつゝまいり給えれはおほかたはいとものさはかしくいそかしけなるころなれとこの御かたはのと〳〵としてなへてならぬ人五六人はかり御まへちかくてひさしの御まへにおはしましてわかき人々わらへなといけのふねにのりてこきかへりてふゑをふきつゝそゝのかしきこゑさせ給へとおなしすちをならひしかとことのほかにおとりたらんとなか〳〵みゝならさせ給はしとにやひきすさみさせ給てさらはこれおなしうはとて大納言のきみしてことをさしやらせ給へはつねよりもこゝろやすくひかせ給ふに

しのふるをねにたてよとやこよひさへあきのしらへのこゑのかきりに〈69〉

といはるゝを人もこそみゝとゝむれむけにうつしこゝろもなくなりぬるにやわれなからもとかくしていひまきらしてことをてまさくりにしつゝそらをなかめいり給へるきりふたかりて月もさやかならぬにしもいとゝ物あはれ

〔一五一〕

九月のつこもりにもなりぬれはたゝけふあすはかりにこそはとおほすに大将いとゝふかくしも身にしみまさりてなかめふし給へるに宮のきんのねのほのかにきこゆれはいとしつめかたうてふゑをおなしこゑにふきあはせつゝまいり給へれはおほかたはいとものさはかしけれとこの御かたはのと〳〵としてなへてならぬ人々五六人はかり御まへちかくてひさしのをましにそおはしましけるわかき人々わらはなとはいけのふねにのりてこきかへりてあそふを御らんするなりけりわれもかうらしにより□ゝりてふゑをふきつゝそゝのかしきこゆれと□□まにならひしかとことのほかに中々みゝならさしとにやひきすさみてさらはおなしうはとて大納言のきみしてさしやらせ給へはつねよりも心やすくひきよせ給まゝに

しのふるをねにたてよとやこよひさは秋のしらへのそら《▲こゑ》のかきりに〈69〉

といはるゝを人もこそとかむれむけにうつし心もなくなりぬるにやとあさましけれはいひまきらはしてことをてまさくりにし給つゝそらをつく〳〵となかめ給へるにきりふたかりて月もさやかならぬにいとゝものあはれにてあまくたり給へりしみこの御ありさま

きりふたがりて月もさやかならぬしもいとゞ
物あはれなるにかの天くだり給ひしみこの御
かたちけはひふと思ひ出られていみじう恋し
きになぞやうき世にとまりけんことぞいとゞ
くやしきや又やと心みまほしけれどふもとよ
りだにこそかへるなれほい《（本）》のまゝにみ《（見）》をき聞
えさせて雲路にまじらんも猶心やましければ
みすを引あげ給ひてながしにをしかゝりて此
御ことはひかせ給ふばかりなつかしうはいか
でか猶まいらせんとてせちに奉り給ひてびわ
をひきよせて衣かへをひとわたりおとしては
ぎが花ずりとうたひすさひてすこし心に入て
ひき給へる例のいひしらず心ぼそく哀なるに
かきかへさるゝばちのをとおもしうあいぎや
うづきて雲ゐ《（井）》はるかにひゞきのぼる心ち《（地）》する
をかくれみのの中納言の二のまひにやならん
とむつかしければばちついさしたまへるを
人々も宮もあかずおぼしめしたり
（下34オ～36オ）

〔一五二〕
夕霧たえまなきに時雨だちており〳〵打くら
がりたるそらのけしき物むつかしければ入せ
給ひてみかうしまいれなどあれどつく〴〵と
ながめ給ひてきうろうまさにながしこうかい

なるにかのあまくたり給えりしみこの御かた
ちけはひいと思いてられていみしういとくや
しきやまたやとこゝろみまほしけれとふもと
よりたにこそかへるなれほいのまゝにみを
きゝこゑさせ給ひてくもちにましらんもなを
こゝろやましけれはみすをひきあけ給ひてな
けしにおしかゝり給ひてこの御ことはきかせ
給はかりなつかしうはいかてかなをまいらせ
んとてせちにたてまつり給ひてひはをひきよ
せてころもかへをひとわたりおとしてはきの
はなすりとうたひすさみてすこしこゝろにい
れてひき給へるねのいひしらす心ほそくあは
れなるかきかへさるゝはちのおとおもしろし
あいきやうつきて雲井はるかにひきのほる心
ちするをかくれみのゝ中納言の二のまいにや
ならんとむつかしけれははちついさし給へる
を人々もみやもあかすおほしたり
（83ウ～85オ）

〔一五二〕
ゆふきりたえまなきにしくれたちており〳〵
うちくらかりたるそらのけしきむつかしけれ
はいらせ給てみかうしまいれなとあれとなを
つく〴〵となかめ給ひてきうろうまさになか

思いてられ給なとやうき世にとまりけんと
くやしきに又も心みまほしきにふもとよりた
にこそたちかへりけれほいのまゝにみたてま
つらてやかてとおもえはみすをひきあけてな
けしにをしかゝりてこの御ことはひかせ給よ
りひとしくたにえ侍らぬを猶ま[い]らせ給はん
とてせち[に][そ]ゝのか□給て我はひわをとりよ
せてころ[も]かへを[ひ][と]わたりをとしてはき
[か]はなすりとうたひつゝすこし心に[い][れ]てひ
き給へるゆのねおもしろうあはれけなるにか
きかえさるゝはちのをとあひ行つきてめてた
うてくものうゑにひゝきのほる心ちするをれ
いの殿のうちの上下みゝたてゝこゝかしこに
しほたるゝけわひともきこえて宮もいみしう
めてたうおほさるれとあまりならはぬ心ちす
るをかくれみのゝ中納言のまねにやはちさし
給つ
（93オ～95オ）

〔一五二〕
ゆふきりたえまなきにしくれたちてをり〳〵
うちかほりたるそらのけしきむつかしけなれ
はいらせ給て御かうしまいれなとあれと猶つ
く〴〵となかめ給てかうろうまさになかかしこ

に雨したゞると忍びやかにずし給へる御聲つねの事なれとなを聞ごとにめつらしくめでたけれはわかき人々などはおくへもえいりはてずめでいりてむれゐつゝ此比こそいみじうものおぼしたるけしきなれ何事ならんなともいひあはすべし

（下36オ～ウ）

〔一五三〕

かくいふ程に一条院の日ころ例ならぬさまにおほしめされけれとおりふしびんなければ風にやなとしのび過させ給へるを折々御むねをさへなやませ給ひて俄にかぎりのさまにみ《見》えさせ給ふに内のおぼしめしなげくさまよのつねならずされど物のはじめにかゝる折行幸はいかゞなど誰もせいし聞えさせたまへばおぼつかなき事をさへにおぼしめすに程もなくうせさせ給ひぬればあへなしともよのつねなり内にはみ《見》奉らせ給はざりつる事をさへあかすかなし共世の常也さらになべての世のわかれ共おぼしめされさりけり世中の御いそぎもみなうちやみてなべてくろみわたりぬるもいとをしげなり皇大后宮の斎ゐんの御かはりには

しらうかいにあめしたゝるとしのひやかにすんし給へる御けはひつねの事なれとなをきく事めつらしうめてたけれはわかき人なとはおくへもいりはてすめていりてむれゐつゝこのころこそいみしう物おほしたるけしきなれなにとならんなといひあはすへし

（85オ～ウ）

〔一五三〕

かくいふほとに一条のゐんひころれいならぬさまにおほしめされけれとをりふしもひんなけれは人にやなとしのひすくさせ給へるををり〳〵御むねをさへなやませ給てにはかにかきりのさまにみへさせ給ふにうちのおほしめしなけくさまはよのつねならすされとも物ゝはしめにかゝるおりはかりかうはいかゝなとせいしきこゑさせ給へとおほつかなきことをさへおほしめすにほともなくうせさせ給ひぬれはあさましうあえなしともよのつねなりうちにはみたてまつらすなりぬることをさへあかすかなしなとはよのつねなりさらになへてのよのわかれともおほしめされさりけりよの中の御いそきもうちやみてなへてくろみわた

うかいにあめしたゝるとしのひやかにうちすんし給へる御けわひつねの事なれと猶きくことにめつらしうめてたけれはさふらふ人々も猶をくえもいりはてすめていりてこのころこそいみしうものおほしたるけしきなれいかなることならんかの御心にたかふことはま□て殿も宮も思きこ□させ給へるものをなといひあはせてそ心くるしかりける

（95オ～96オ）

〔一五三〕

かくいふ程に一条院日ころはれいならすおほしめしけれとおりふしもなけれはしのひすくさせ給をり〳〵御むねをさえやませ給てにはかにかきりにならせ給へるを内のおほしなけくさまよのつねならすされといつしかとかゝる行幸はいかゝなときこえさせ給けれはとかくさためらるゝほとにはかにうせさせ給ぬるをあえなくあさましう内にはなけかせ給又御たいめんなくてやみぬるをさらになへての御わかれともおほしめさすかなしといみしとおほしめされけり御いそき事ものひてなへてのよくろみわたりぬ皇大后宮の斎院の御かはりには一条の院のきさいの宮のひめみやこそはいさせ給しか大せんしきにわたらせ給に

一条ゐんの后宮の姫宮そ居させ給ひにしか大せんに渡らせ給ひにしを帰らせ給ひて斎宮もおりさせ給ひぬるかはりにゐさせ給ふべき女宮達此ころおはしまさゞりけり源氏宮の御内参りやいかなるべき事にかとよの人々やう〳〵いひ出るを殿にもきかせ給ひてあなあぢきなやまだ二葉よりたゞ人にならせ給ひにしかば今更に神も大やけもしり聞えさせ給ふべきにあらずとておぼしもかけたらずさふらふ人々も内わたりのいまめかしさをいつしかと心もとながりおもふべし宮の御かたち此ごろはいとゞさかりにとゝのほりまさらせ給ひて誠にひかるとは是をいふべきにやとみ《(見)》えさせ給ふをみかどゝ申す共かゝる人世にはおはしましけりとさはいふとも御目はおどろかせ給ひなんかしとみ《(見)》奉るかぎりはいひあはせつゝ心もとながるに宮の御夢にあやしう心得ず物おそろしきさまにうちしきりみ《(見)》えさせ給ふをいかに成ぬべきにかと人しれず心ぼそくおぼしめさるれどかうこそなと母みやにも聞えさせ給はで過させ給ふに殿のうちにおびたゝしき物のさとしのあるをものとはせ給へば源氏の宮の御年あたらせ給ひておもくつゝませ給ふべきよしをあまた申たるをいとおそろしうおぼしめしおどろきてさま〳〵の御いのりど

りぬるもくちをしけなり皇太后宮の斎院の御かはりには一条の院のきさいのみやのひめみやこそゐさせ給にしか大饍にわたらせ給ひにしをかはらせ給て斎宮をりさせ給ぬれはかはりにゐさせ給へき女みやたちこのころおはしまさゝりけり源しの御うちまいりやいかなるへきことにかとよの人やう〳〵いひつるをとのみもきかせ給てあなあちきなやたゝふたはよりたゝ人にならせ給ひにしかはいまさらにかみもおほやけもしりきこゑさせ給へきことにもあらすとておほしもかけたらす候人々もうちわたりのいまめかしさをいかてかとこゝろもとなかり思ふなるへしみやの御かたにこのころはいとゝさかりにとゝのひまさりてまことにひかるとはこれをいふにやとみえさせ給ふをみかとゝ申ともかゝる人よにおはしましけりとはいかてかさはいふとも御めはおとろかせ給なんかしとみたてまつるかきりはいひあはせつゝこゝろもとなかるにみやの御ゆめにあやしく心えぬ物おそろしきさまにうちしきりみへさせ給ふをいかになりぬへきにかと人しれすこゝろほそくおほしめさるれとかうとこそなともはゝみやにもえきこゑさせ給はてすくさせ給ふに殿のうちにおひたゝしき物ゝさとしなとのあるをものとはせ給へはけ

しをかはらせ給て斎院もをりさせ給ぬれはかはりにいさせ給へき宮もこのころはおはしまさゝりけり源しの宮の内まいりやいかゝなとよの人やう〳〵いひいつるを大とのなときかせ給てあなあちきなやたたふたはよりたゝ人にならせ給にしかは神もおほやもしりきこえ給へきならすとておほしもかけたらすさふらふ人々もうちわたりのいまめかしきをいつしかと心もとなかり思ふへし宮の御かたちこのころさかりにとゝのはせ給てまとにひかりとはこれをいふにやとみえ給へりみかとゝ申ともかゝる人よにおはしけりとさはいふともおとろかせ給なんかしとみたてまつるかきりの人はいひあはせつゝ心もとなかるに宮の御夢にあやしう心えすものおそろしきさまにうちしきりてみえさせ給をいかになりぬへきにかと人しれす心ほそくおほさるれとかくこそなともはゝ宮にも申させ給はてす〻《こ》させ給にとのゝうちにおひたゝしき物ゝさとしともあれはものとはせ給に源しの宮の御としあたらせ給ておもくつゝしませ給へきさまをのみあまた申たれはいとおそろしうおほしめしてさま〳〵の御いのりとも心ことにはしめさせ給殿の御ゆめにもかも□《(◀□)よ》りとてねきとおほしき人まいりてさかきにさしたるふみを源しの宮

も心ことにはしめなどせさせ給ふに殿の御夢にも賀茂よりとてねぎとおぼしき人まいりてさか木にさしたる文をけんじのみやの御かたにまいらするをあけて御らんずれば

　神代よりしめ引そめしさか木葉を我より
　外にたれかおるべき〈70〉

よし心み給へさてはいとびんなかりなんとたしかにかゝれたりとみ（見）給ひて打おどろき給へる心（地）ちいと物おそろしくおぼされて母宮大将などにかたり聞えさせ給ふを聞給ふ心（地）ち中々こゝろやすくうれしくぞなり給ひぬる
（下36ウ～38ウ）

〔一五四〕

年比もとやかくやと身ひとつを思ひくだけながらさすがにわが物に引しのび取かくし聞えてひたすらふかき山里などにもてさすらはんもあるかひなかるべしさりとて親たちのおぼしよらぬありさまにてほのかにみ（見）奉りそめても中々なる心まどひはいやまさりにこそはあらめさらばさてもあれとはかならずおぼしゆ

んしのみやの御としにあたらせ給ておもくつゝしませ給へきよしをあまた申たるをいとおそろしくおほしめしおとろきてさま〳〵の御いのりともこゝろことにはしめなとせさせ給ふにとのゝ御ゆめにかもよりとてねきとおほしき人まいりてさかきにさしたるふみをけんしのみやの御かたにまいらするをまつわれあけてみ給へは

　かみよゝりしめひきうゑしさかきはをわ
　れよりほかにたれかおるへき〈70〉

よしこゝろみ給へさてはいとひんなかりなとたしかにかゝれたりとみ給てうちおとろき給へる心ちいとものおそろしうおほされてはゝみや大将なとにかたりきこゑさせ給ふをきゝ給ふこゝち中々こゝろやすくうれしくそなり給ひぬる
（85ウ～88オ）

〔一五四〕

としころもとやかうやとみひとつをおもひくたけなからもさすかにわかものにひきかくしきこゑてひたすらふかきやまさとなとにもてさすらはんもあるかひなかるへしさりとておやたちのおほしよらぬさまにてほのかにみたてまつりそめても中々なるこゝろまといはいやまさりにこそあらめさらはさてもあれとは

の御方□まいらするを我もあけて御らんすれは

　神よゝりしめひきゆひし[さか]きはゝわれ
　よりほかにたれかをるへき〈70〉

よし心み給へさてはいとひんなかりなんとたしかにかゝれたりとみ給ておとろき給へる心ちいとおそろしうおほされてはゝ宮大将殿なとにかたりきこえさせ給へはきゝ給心ち中々心やすくうれしうそなり給ぬる（96オ～98オ）

〔一五四〕

としころもとやかくやとみひとつをおもひくたけなからもさすかにわかものとひきしのひとりかくしきこへさせてひたすらふかき山さとなとにもさすらへきこえんもあるかひなかるへしさ（▲と）りとておやたちのおほしよらぬありさまにていまさらにみたてまつりそめても中々なる心まとひはいやまさりにこそあらめ

るさぬやうは世にあらじさりとも御心中ともには思はずにもある哉と事にふれつゝ明暮おぼしみだれんがいと〳〵をしう心くるしきぞかしなど思ひなげかれ給へるをけにかみ代よりすぢこと也ける御すくせ（世）なりければ今は中々こゝろやすくて明暮ねたうこゝろやましきこゝろの中はあらじとむねあきぬる心ち（地）し給ひながらいかにさだめていかになげくにかあらばあふよのかぎりだになくこゝらの年ごろわが思ひくだけつるすぢははるかなるにこそはとうち思ふは又さまことにいみじき心中也内の御夢などにもさだかに御らんずる事ありておぼしおどろくに大殿にかたりあはせ聞え給ひて御心中共はいと口おしけれど御うらなどあるに大やけをはしめ奉り殿の御ためにも行末とをくめでたかるべきやうにのみうらなひ申しければとかう誰もおぼし定むべき事ならてさだまり給ひぬるを世中には思ひかけず浅ましき事にぞいひける　（下38ウ～40オ）

〔一五五〕

斎宮にはさが野の宮ゐさせ給ひにけるも大

かならすおほしゆるさぬやうはよにあらしわれさりとも御こゝろ廿ものうちともには思はすにもあるかなとはことにふれつゝあけくれみをほしみたれんかいと、むつかしくこゝろくるしかるへきそかしなと思ひなけかれ給へるをかみよゝりすちことなりける御すくせなりけれはいま中々こゝろやすくてあけくれねたうこゝろやましきこゝろのうちはあらしとむねあきぬる心ちはし給なからいかにさためていかになけくにかあらはあふよのかきりたになくはこゝらのとしころわか物思ひくたけつるすちははるかなるへきにこそはうち思ふはまたさまことにいみしき心のうちなりうちの御ゆめなとにもさたかに御らんする事ありておほしおとろくにおとゝにかたりあはせきこゑ給ひて御こゝろのうちともはいとくちをしけれと申うくなとあるにおほやけをはしめまいらせてとのゝ御ためもゆくゑとをくめてたかるへき御さまにうらなひ申けれはとかうたれもおほしさたむへきことならてさたまり給ふめるをよの中には思かけすあさましきことにそいひける　（88オ～89ウ）

〔一五五〕

斎宮にはさかのゝみやそゐさせ給ける大将の

さらはさてもあれかならすたれもゆるさぬやうはあらしさりとも御心のうちには思はすにも[と]はことにふれてあけくれおほさんかいとをしう心くるしかるへきそかしとのみ思なけかれつるをけに神よゝりすちことなりける御すくせなりけれは今[は]中々心やすく[てあ]けくれねたく心やましきこゝろのうちにはあらしとむねあきぬる心ちし給なからいかにさため[て]いかになけくにかあらはあふよのかきりたになくこゝらのとし月わか思ひくたけつるすちははるかなるへきにこそと思はなを又さまことにいみしき（▲う）心のうち也内の御ゆめなとにもさたかに御らんする事もありておほしめしおとろく大殿はかたりあはせき（▲□）こえさせ給て御心のうちともくちをしけれと御うらなとあるに大やけをはしめたてまつり殿の御ためにもゆくすゑとをくめてたかるへきさまにのみうらなひ申けれはとかくたれもさたむへきかたなくてさたまり給ぬるを世中には思かけぬ事にそいひける　（98オ～99ウ）

〔一五五〕

斎院《宮》にはさかのゝ三宮そいさせ給にけるも大

将の御心のよのつねのさまならましかば斎宮斎院世に絶給ひてやあらましとぞ人しれずおぼしけるすゞか川の浪のよそになり給ひぬればさ斗の御心には何とおぼさるまじけれどかうと聞給ふはたゞならずつゐにいかなるすくせ（世）のあるにかかうまでもめやすかるべき事共はさま〳〵もてはなれゆくよもしから國の中将のやうにこもちひじりやまうけんとすらんとわれながらまれ〳〵ひとりゑみせられ給ひけり　（下40オ）

〔一五八〕

三月に成ぬればくたりにし大貳の家に斎ゐんのわたらせ給ふべき事などいま引かへていそがせ給ふ母宮はいにしへの御ありさまなどおぼし出るに今さへ神のいがきにたちそはせ給はん事はいとくちおしくおぼされてかつみ（見）るだにあかぬ御有さまをいかにおぼつかなき月日をのづからへだゝらんとおぼしなげき給へるを院はいかてかさはとのみうらめしげにうらみきこえさせ給へるをことはりに心ぐるしくてあまにならざらんかぎりはいかでかおぼつかなき程にはなし侍らん行すゑの事を思ふこそ口おしうはなど聞えなぐさめさせ給ひながらもいまはとならん命のほどもみ（見）奉るまし

こゝろのよのつねならましかは斎宮斎院よにたへ給てあらましとそ人しれすおほしけるすゝかかはのよそになり給にけれはさはかりの御こゝろにはなにとはおほさるましけれとれいの御すくせ（世）なれはかうときゝ給はたゝならすついにいかなるすくせ（世）のあるにかかうまてもめやすかるへきことはさま〳〵もてはなれゆくよもしからくにの中将のやうにこもちひしりやまうけんとすらんとわれなからまれ〳〵ひとりゑみせられけり　（89ウ〜90オ）

〔一五八〕

三月になりぬれはくたりにし大にのいゑにさいゐんわたらせ給ふへきとなといまはひきかへていそかせ給はゝみやはいにしへの御ありさまなともおほしいつるにいまさへかみのいかきにたつさはせ給はんことはいとくちをしくおほされてかつみるたにあかぬ御ありさまをいかにおほつかなきほとにおのつからやへたゝらんとおほしなけきたるをゐんはいかゝさはとのみうらめしけにうらみきこゑさせ給へるをことはりにこゝろくるしくてあまにならさらんかきりはいかてかおほつかなきほとにはなし侍らすゆくすゑのことを思ふにそくちをしうはなときこゑなくさめさせ給ひなか

将の御心よのつねならましかは斎宮斎院よにたへ給てやあらましとそ人しれすおほしける○《さ》すか川よそになり給ぬるはさはかりの御心にはなにとおほさるましけれとれいの御くせなれはかくときゝ給はたゝならすつゐにいかなるすくせのあるにかさてもありぬへきことはさま〳〵にもてはなれゆくよもしから國の中納言のやうにこもちひしりやまうけんとわれなからまれ〳〵ひとりえみせられ給けり　（99ウ〜100オ）

〔一五八〕

三月になりぬれはくたりにし大貳の家に斎院わたらせ給へきことゝもなといまはひきかへていそかせ給とのゝうちのあけくれのいそきにもとしころおほしおきてさせ給へるに思のほかなる御事をいとくちをしくおほしめさるゝよりもはゝ宮はいにしへの事おほしいつるにいまさえ神のいかきにたつさはらん事くちをしうおほされてかつみるたにあかぬ御さまをいかにおほつかなき程もをのつからやへた○《たら》せんとおほしなけきたるを院はいつくなりとも一日もへたゝらはいかてかさはとのみうらめしけに思きこえさせ給へるをことはりに心くるしうてあまにならさらんか

きぞかしとおぼすはいと忍びがたういまより
おぼされけり　（下40オ～41オ）

〔一五七〕
大将は御内参りのけふあすになりたりしにお
ぼしとまりし一ふしこそ神の御かたざまうれ
しうおぼされしかどさまことに定まりはて給
ひぬればなをむげにしめの外にかけはなれは
てぬるぞかしと思ひとぢむるいとやらんかた
なかりけりおもひあまるおり〳〵はけちかき
程にて心中をもうちかすめ忍はぬ涙をもらし
出るになぐさむとはなかりつれどよろづにあ
りがたき御ありさまにめなるゝにおほくの物
思ひのまぎれともなりつるを時々などまいり
ていとかう〳〵しくよそ〳〵しからん御もて
なしにてはいかでかは限りあらん命もながら
へやるべからんといみじうこゝろぼそくて此
ころはたゞこの御かたにゐくらし給ひつゝ人

らもいまはとならんいのちのほともみたてま
つるましきそかしとおほすはいとしのひかた
うおほされけり　（90オ～ウ）

〔一五七〕
大将みうちまいりのけふあすになりたりしに
ひとふしこそかみの御かたさまうれしうおほ
されしかかくさまことにさたまりはてさせ給
ひぬれはなをむけにしめのほかにかけはなれ
はてぬるそかしと思とちむるいとやらんかた
なかりけり思ひあまるをり〳〵はけちかきほ
とにて心のうちやすめしのはぬはなみたを
もゝらしいつるになくさむとはなかりつれと
もよろつにありかたきさまにめなるゝにおほ
くの物思のまきれとなりつるをとき〳〵なと
うちまいりていとやう〳〵しうよそ〳〵しか
らん御もてなしにてはいのちもなからへやる
へからんといみしくこゝろほそくてこのころ
はたゝこの御かたにゐくらし給ひつゝ人さま

きりはいかてかおほつかなき程にはなし侍ら
ん行すゑの事思そくちをしうはなとなくさめ
申給なからいまはとならんいのちの程みたて
まつるましきそかしとおほすはしのひかたく
ていまよりおほしつゝくるにはやういせへく
たりしをりの事に院のなく〳〵わかれのくし
もえさしやらせ給はさりし程なとほの〳〵お
ほしいつるにいとものあはれにおほされけり　（100オ～101オ）

〔一五七〕
大将は御うちまいりのたちまちになりたりし
におほしとまりしひとふしそ神の御かたさま
にはうれしく（▲う）おほされしかかくさたかにさた
まり給ぬるは猶むけに（▲て）しめのほかにかけはな
れぬ（▲ゐ）るそかしと思とちむるはやるかたなかり
けり思あまるをり〳〵はけちかきほとにて心
のうちもうちかすめしのふるなみたもらしい
つるになくさむことなかりつれとよろつにあ
りかたき御ありさまにかつはめなるゝをおほ
くの物思ひのまきれともなりつるを時々なと
まいりてよそ〳〵しからんもてなしにいかて
かはかきりあらんいのちもなからへやるへか
らんと心ほそくてたゝこの御かたにゐくらし
給つゝひとまにはいひしらぬ御けしきのもり

まにはいひしらぬ御けしきなどのもり出るを御らんずるまゝにいとうとましく心うきにもかみのいがきにのみいそがれ給給ふつゆばかりもしらぬさまにもてなさせ給へるあまりいとつらう思ひあまり給ひてこゝらの年比おもひくだくる心のうちをもつれなく思ひ返していかでけざやかに思ふさまにみ(見)奉りすぐさんとわがみ(身)にもかへてこそねんじ過し侍りつるをなどかむげにみ(見)ずしらさらん人のやうにおぼしめしたるにかむけにさばかりの事おぼしるまじき程にもおはしまさぬをと過にしかたくやしきさまを忍びやり給はで

　神やまのしゐ柴かくれしのべばぞゆふを
　　もかくる賀茂のみづかき〈71〉

さり共おぼし知らんとこそ思ひ侍りつるをあさましかりける御心ばへにこそ身もいたづらに成ぬべけれとてせきもやらぬ涙にいとおそろしうわりなしとおぼしてうちなきたまへるけはひなどのちかまさりにはいとゞきしかた行末のたどりもうせていまはかうだに聞えじといくかへり思ひ念し侍りつれど物思ふにたましゐもあくがるゝとは誠にこそ今はうつしこゝろもなき心ちして今更にいとゝおぼしめしうとまれにけるにこそいでや今はとてもかくてもおなしさまにて世に侍るべきにもあら

にいひしらぬ御けしきなともりいつるをこらんするにいとうとましくこゝろうきも神の御こゝろのかたさまにうれしく思ひしいそかれてつゆはかりみしらぬ御さまにもてなさせ給へるあまりいとつらう思ひあまりてこゝらのとしころ思ひくたくるこゝろのうちをもつれなくしのひかへしていかてけさやかに思ひさはきみたてまつりすくさむとわかみにもかへてねんし申つるをなとかむけにみすしらさらん人のやうにおほしめしたるかむけにさはかり《の》ことおほしゝるましき御みのほとにもおはしまさぬをすきにしかたくやしきさまをえしのひあえさせ給はて

　神山のしるしはかくれしのへはそゆふを
　　はかくるかものみつかき〈71〉

さりともおほしゝるらんとこそ思侍つるをあさましかりける御こゝろはへにこそみもいたつらになりぬへけれとてせきもやらぬなみたにいとをそろしうわりなしとおほしてうちなき給へるけはひなとちかまさりにはいとゝきしかたゆくさきのたとりもうせていまはかうたにきこゑしといくかへりおもひねん侍けれと物思給しひもあくかるゝとはまことにこそいまはうつしこゝろもなき心ちしていまさらにいとゝおほしめしうとまれぬるこそはいて

いつるを御らんするにそうとましう心うきに神の御かたさまはうれしうおほしいそかれて露はかりもみしらぬさまにもてなさせ給へるありさまつらく思あまり○《給》てあさてはかりわたらせ給はんとてのゆふくれのまきれにちかうより給てこゝらのとし月思くたくる心のうちをもつれなくしのひかへしていかてけさやかに思さまにてみたてまつらんと我身にかえてねんしすこし侍をなとむけにみえしらさらん人のやうにおほしめしたるおほしゝるましきほとにもおはしまさぬをすきにしかたくやしきをもてしのひ給○《は》て

　神かきやしゐし葉かくれしのへはそゆふ
　　をもかくるかもの水かき〈71〉

さりともおほしめしゝるらんとこそ思つるをあさましかりける御心はへにこそ身もいたつらになり侍りぬへけれとてせきもやらぬなみたになにゆえかいたつらにもなり給はんいとゝおそろしうわりなしとおほしてうちなき給へるけわひなとのちかきはいとゝきしかたゆくすゑのたとりもうせて今はかくたにきこえさせしとねんし侍れとも思たましゐあくかるゝとはま□□にこそはうつし心もなき心ちしていまさらにおほしうとまれぬるこそとていてやいまはとてもかくてもおなしさまに

ねばみ《(見)》えぬ山路にももろ共にやとこそ思ひなりにて侍れとさへの給ふに　（下41オ～42ウ）

〔一五八〕

いとゞゆゝしうおぼしまどはれて御あせも涙もひとつにながれまさりてたけき事とはいとかくわびしきめなみ《(見)》せ給ふそとおぼし入たる御気色の心くるしさは神もいかでかをろかに御覧ぜられんとみ《(見)》ゆるしるしにやよさりの御ものまいらせに人々まいればさすかにつれなくもてなしてなく〳〵立のき給ふ心ち《(地)》とゝめて《心にこめてイ》過しはもの《何イ》にもあらざりけりいとか斗の心ち《(地)》ながらはすぐすべきやうもなきに我ながらなぐさめかね給ひておほつのわうじの心中をさへぞおほしやるに秋の月は程なくこそなぐさめ給へれ是は御命のかぎりにさへいけるわが身といひがほなる行すゑはなをためしなくぞ思ひこがれ給ふいまかたつかたの侘しき床にまどはし給ひし夜のつらさもこひしさも思へば心づからのわざとはいひながらいとさしもおぼしはなれにしもたゞかゝるかたにつけて物を思ふべかりけるさきの世の契りにこそはとかの道しばの露も此つらにおもひ

やいまはとてもかうてもおなしさまにても侍へきにもあらねはみへぬやまちにもゝろともにやとこそ思なり侍ぬれとさへの給ふに　（90ウ～92ウ）

〔一五八〕

いと丶ゆゝしうおほしいとわれて御あせもなみたもひとつになかれまさりてたけきこと丶はいとかうわりなきめなんみせ給ふるそとおほしいりたるに御けしきのくるしさはかみもいかてかは御らんせさらんとみゆるしるしにやよさりのおものまいらせに人々ちかくまいれはさすかにつれなくもてなしてなき〳〵たちのき給心ちいひてすくしゝにはなにもあらさりけりいと丶かはかりの心ちならはすくすへくもなきにわれなからなくさめかね給ておほくのわうしのこゝろのうちをさへそおほしやるにあきの月はほとなうこそなくさめ給へるにこれは御いのちのかきりにさへいけるわかみといひかほなるゆくすゑはなをためしたになくそ思こめられ給ふいまかたつかたのむなしきとこにまといい給ひしよのつらさもこひしさも思へはこゝろからのわさとはいひなからいとたちまちにさしもおほしはなれにしもたゝかゝるかたにうけても物思ふ

てよに侍へきにもあらねはみえぬ山ちももろともにやとさえこそ思はへりぬれとさへの給　（101オ～103オ）

〔一五八〕

いと丶ゆゝしうおほしうとまれて御あせもなみたもなかれまさりてたけきこと丶はいとかくわひしきめなみせ給そとおほしいりたる御けしきの心くるしさは神もいかてかをろかには御らんせんするとみゆるしるしにやよさりの御物まいらせに人々ちかくまいりよれはさすかにつれなうたちより《のき》給こゝちいはてすこしゝはなにゝもあらさりけりいとかはかりの心ならはよにあるへうもおほえぬを我なからなくさめわひ給ておほつの王しの心のうちをさへをしはかり給てかみの月はほとなくこそなくさめ給つれこれは御いのちのかきりにさへあれはいける我身のといひかほなるゆくすゑはためしたになきに思こかれ給はいまかたつかたもむなしきとこにまとはし給しよのつらねなともこひしさも思□は心つからのわさとはいひなからたちまちにさしも思はれ給にしもたゝかゝるかたにつけて物思ふへかりけるさきのよのちきりにこそはかの道しはの露も

いづべきにはあらねどみ（見）るめなぎさには思ひやはかけしなど物思ひのつゐでには猶おぼしいでらるゝにやその扇をとり出てみ（見）給ふもげにそ千年のかたみ（見）なりけるも中々のもよほし也いづれもかぎりだになき御物思ひはいとゞ口おしくなぐさめどころだになし

我恋の一かたならすかなしきはあふをか
ぎりのたのみだになし〈72〉

〈下42ウ〜43ウ〉

〔一五九〕

行ゐもしらずとよみけんさへうらやましうおぼされけり斎院の御わたりの日に成ぬればつとめてよりかんたちめみこ達よりはじめ世にあるかぎりの人参りあつまりていとゞ物さはがし女ばうなどもあるかぎり参りつどひたるかたちありさまきぬの色うちめかさなりもなべてならすめでたくむれゐたるはいづれとなくあなめでたとみ（見）えてうちわたりの御ましらひの程いかにめでたからましとみ（見）えてくちおしうみ（見）わたさるるに御まへにさくらのをりもの、御ぞとものうへすこしにほひてうらは

へかかりけるさきのよのちきりもにしてはかのみちしはのつゆもこのつらに思いつへきにはあらねとみるめなきさには思やはかけしたゝ物思のついてにはなをおほしいてらるゝにやあのあふきをとりいてゝみ給ふにもけにそちとせのかたみなりけるもなか〱のもよをしなりけるいつれ〱もかきりたになき御もの思ひはいとくちをしうなくさめところたになし

わかこひのひとかたならすかなしきはあ
ふをかきりとたのみたにせす〈72〉

〈92ウ〜93ウ〉

〔一五九〕

しらすとよみけんさへうらやましくおほされけりさいゐんの御わたりのひになりぬれはつとめてよりかんたちめみこたちはしめよにあるかきりの人々まいりあつまりていとものさはかし女房なともあるかきりまいりつとひたるかたちありさまきぬのいろうちめかさなりもなへてならすめてたうてむれゐたるはいつれとなうあなめてたとみ（見）へてうちわたりの御ましらひのほといかにめてたからましとくちをしうみわたさるゝに御まへにさくらの御そとものうゐすこしにほひてうらはいろ〱に

このつらに思ふへきにはあらねとみるめなきさには思やはかけしなと物思のかせにはおほしいてらるゝにやあふきとりいてゝみ給にけにこそちとせのかたみなりけれ中々なるもよをしなりいつれも〱かきりたになきもの思はくちをしくなくさめところ（▲□）たにそなかりける

我こひのひとすちならすかなしきはあふ
をかきりと思たにせす〈72〉

〈103オ〜104ウ〉

〔一五九〕

ゆくすゐもしらすとたにもえいふへくもなかりけるを斎院のわたりのひにもなりぬれはつとめてよりかんたちめきんたちよりはしめよにある人まいりあつまりてものさはかしう女房なとさふらふかきりまいりあつまりたるかたちありさまきぬのいろうちめかさなりもなへてならすいつれともなくめてたしとのわたりのましらひの程い□にめてたからましとみえわたさるゝに御前□はさくらのをりものゝかさねたるくれなゐうちさくらもえきのほそな[illegible]《か》ふせんれうのやまふきのこうちきなとの

色々にうちかさねたる上にくれなゐのうちたるさくらもえぎのほそなが山吹のふたへをりものゝこうちきなどの所せうものこは〳〵しげなるをいかなるにかたを〳〵とあてになまめかしくきなさせ給ひて人々のまいりあつまりたるを御木丁のほころびよりのぞかせ給ひなどする御ありさまかたちなど猶よのつねの事をこそいへ誠にゆかしきまでみ（見）えさせ給ふを神もいかゞはみ（見）はなち聞えさせ給はんとみればまいて大将の御心中はことはり也心ち（地）もいとゞあやしううつし心もなきやうなればおきあがるべくもおぼされねどさてふしたらばたれもさすがによろづをすてゝおぼしさはがんもむつかしければわれにもあらずおつる涙をのごひかくしつゝありき給ふけしき一ぜうのかどをだにみすてゝはゆきはなれがたき御さまなれどゐんはたゞいかでもかゝる事み（見）ざらん所もがなといそがれさせ給へばみたらし川にみそぎせさせたまはん事をのみこゝろもとなくおぼさる
（下43ウ〜45オ）

〔一六〇〕
時なりて御車よせつれば又もみ（見）奉るまじき人のやうにかぎりの心ち（地）し給ひてあまた立かさ

うちかさねたるにくれなゐのうちたるさくらもえきのほそなるやまふきのふたへをりものゝこうちきなとのところせうもこは〳〵しけなるをいかなるにかたを〳〵とあてになまめかしくきなさせ給て人々のまいりあつまりたるを御木丁のほころひよりのそかせ給なとする御ありさまかたちなとはなをよのつねのことをこそいへまことにゆゝしきまてみへさせ給ふを神もいかてかみはなちきこゑさせ給はんとみれはまいて大将とのゝ御心のうちはことはりなり心ちもいとあやしうゝつしこゝろなるやうにもなけれはおきあ《か》るへくもおほされねとさてふしたらはたれもさすかによろつをすてゝかしかましうおほしさはかむもむつかしけれはわれにもあらすおつるなみたをものこひ（▲い）かくしつゝありき給けしき一せうのかとをみすてゝはきゝはなれかたき御さまなれとゐんはたゝかゝる事みさらん所もかなといそかれさせ給へはみたらしかはにみそきせんことをのみこゝろもとなくおほさるゝ
（93ウ〜95オ）

〔一六〇〕
ときなりて御くるまよせつれはまたもみたてまつり給ふましき人の御やうにかきりの心ち

ところせくものはか〳〵しけなるをいかなるにかたを〳〵とあてになまめかしうきなさせ給てつねよりもひきつくろひておはします人々のまいりたるを御きちやうのほころひより御らんしなとする御ありさまもひかるとはこれをいふにやとみえさせ給も神はいかゝみはなちきこへ給はさらんとみ○《ゆ》れはまいて大将の御心のうちことはりも心ちもいとあしうゝつし心もなきやうなれはおきあかるへうもあらねとさてふしたらはたれも又よろつをすてゝかしかましうおほしさはかんはむつかしけれはわれにもあらすおつるなみたをのこひかくしつゝあゆひ給けしきは一そうの門をたにみすてゝはゆきはなれかたき御さまなれと院はたゝかゝることみえさらんところもかなといそかれさせ給みたらしかはにみそきせさせ給はん事のみおほしめさるゝ
（104ウ〜105ウ）

〔一六〇〕
時になりて御車□せつれは又もみたてまつるましき人のやうに□きりの心ちし給ていま

なりたる御木丁にまぎれよりて御そのすそを引とめ給へりいとゞおもくてとみにもえうごかれさせ給はぬにあやしとみ《(見)》かへらせ給へればやがてひかれてこゝろにもあらずちかうひきよせられ給へるに

　けふやさばかけはなれぬるゆふだすきな
　と其かみにわかれさりけん〈73〉

とて扇をもたけたまへるに御手をとらへてなき給ふさまいみじげ也よし御覧ぜよ此おなじさまにてや世に過し侍りけるとかうみ《(見)》奉りはつるまでとあながちにねんじすぐし侍りつるを又御らんせられぬやうも侍らんを此世の思出にもし侍る斗哀とだにの給はせよとむせかへり給ふをげにいみじき心まとひとみ《(見)》ゆるをさりとも今よりはかゝる心もみ《(見)》しとするぞかしとおぼすはさき〳〵のやうなる御心さはぎにはあらねどいとかうけちかきほどにてはいとゞいひいでさせ給ふべきことの葉も覚え給はねばたゝいかでかかうとましき心をやめていにしへのやうにへだてなくおもひかはしてみ《(見)》聞えばやと例の神の御しるしを念ぜさせ給ふに殿の御聲にていつらをそしや大将はなどみ《(見)》え給はぬとの給はすれば立のき給ふ心ち《(地)》誠にわれにもあらずしにはてぬるをとおぼされながらなをさすがに心づよく御ともに参り

し給ひてあまたゝちかさなりたる御き丁にまきれよりて御ものすそをひきとゝめ給へりいとゝおもくてとみにもえうこかれ給はぬにあやしとみかへらせ給へるはやかてひかれて心にもあらすちかうひきよせられさせ給へるに

　けふやさはかけはなれぬるゆふたすきな
　とそのかみにわかれさりけん〈73〉

とてあふきもたせ給へる御てをとらへてなき給ふさまいみしけなりよし御らんせよこのおなしさまにてよにすくし侍とかうみたてまつるましとあなかちにねんしすくし侍つるを又御らんせられぬやうも侍らんをこのよの思ひいてにもし侍はかりあはれとたにの給はせよとむせかへり給ふはけにいみしき御まとひとみゆるをされともいまよりはかゝるこゝろもみる○《ましき》そかしとおほすはさき〳〵の御心はかりにはあらねといとかうけちかきほとにてはいとゝいひいてさせ給はん事のはもおほえ給はねはたゝいかてかいとをしき御こゝろをやめていにしへのやうにへたてなく思かはしてみきこゐはやとれいのかみの御しるしをねせさせ給ふにとのゝ御こゐにていつらおそしや大将はなとみへ給はぬとの給はすれはたちのき給ふ御心ちまことにわれにもあらすしにはてぬるわさとおほされなからなを

はかくそかしと心ほそくかなしうて我もやかてこよひのうちにいつちも〳〵きえやうせなまし殿も宮もしはしこそこひしやかなしやともおほしの給は‖め我もいかゝせんかきりとおもひこかれんやうにはさりともたれもおほさしものをとおほすにはたちまちにいとやすかりぬへかりける物をとすきぬるかたせめて心のとかに思ひしのひすこしつらんいみしうかりける心をわれさえつねにかゝるめをみるよと思つゝくるはやかてけに神のくるはし給にや思ひもあえすくらきまきれにあまたたてたるき丁にまきれよりて御そのすそをひきとゝめ給へりとみにうこかれさせ給はぬにあやしとみかへられ給へはやかてひかれて心にもあらすひきよせられ給へるに

　けふやさはかけはなれぬるゆふたすきな
　とそのかみにわかれさりけん〈73〉

とてあふきをもたせ給へる御てをとり□なき給さまいみし□なりよしこらんせ□□のおなしさまにてやよに侍けるかくみはてたてまつるまてとあなかちにすこし侍をまた御らんせられぬやうも侍らんこのよの思ひいてにし侍はかりあはれとたにの《(▲た)》給はせよとむせかへら《(▲□)》せ給をけにいみしき御まとひとみれとさりともいまよりはかゝる心もみるましきそかしと

給ひぬれいのさほうの事共思ひやるべし
（下45オ～46ウ）

〔一六一〕

宮司参りて御はらへつかうまつりてさか木あをやかにさしつるにいとかう〱しげなるをみ《（見）》るにも心まどひして打やすまんともおぼえすやがてみ《（見）》えぬ山路へもあくがれなまほしきにいづくにか大将のとのゐ所につねにさふらはれんこそよからめなど殿の、給はするを聞にもかゝる心中はしり給はであるべきものとおぼしたるこそあはれいかばかりおぼしまどはんとすらんかぎりあらん御命などもいかゞと思ひつゞけ給ふには又引かへしやつしがたし一かたならずかなしくてこゝろこそ野にも山にもといはれ給ふはいかなるべき御ありさまにか其後はけふやあすやとのみ人しれす山

さすかにこゝろつよう御ともにもまいり給ぬれはさほうのやう思やるへし　（95オ～96オ）

〔一六一〕

みやしまいりて御はらへつかうまつりてさかきあをやかにてさしつるにいとかうしうわつらはしけなるをみるにもこゝろまとひしてうちやすまんともおほえすやかてみへぬ山ちへもあくかれなまほしきにいつれか大将殿とのゐところつねに候はれんこそよからめなとの給ふをきくにかゝるこゝろのうちはしり給はてあるへき物とおほしたるこそあはれいかはかりおほしまとはすらんかきりあらんいのちなともいかゝなと思ひつゝけ給ふにもまたひきかへしつくしかたきひとかたならすかなしうてこゝろこそのにもやまにもといはれ給ふはいかなるへき御ありさまにかその、ちは人

おほせといと、いひいてさせ給へき事のはもおほえさせ給はねはいかてかくいとをしき御心をやすめていにしへのやうにへたてなく思ひかはしてみきこへはやと神の御ゆ《し》るしをねんし給に殿の御こゑにていつらをそくと大将なとはなとみえ給はぬとの給はすれはたちのき給御心まとひわれにもあらすたましゐもやかてなくなる心ちし給をさすかに心つよくなり給ぬれはさほうの事ともなと思やるへし
（105ウ～107ウ）

〔一六一〕

みやしまいりて御はらへつかうまつりてさかきあをやかにさしつれはいとわつらはしうなるをみるも心まとひのみしてうちやすむ事おほえすやかてみえぬ山ちへもかくれなまほし□に大将の御殿ゐところさふらはれんこそよからめなとゝの、の給をきくもかゝる心のうちをはしり給はてあるへきものとおほしたるこそあはれなれいかはかりおほしまとはんかきりあらんいのちなりともいかゝとおもひつゝけ給には又ひきかへしやるかたなきに一かたならすさえかなしうて《（▲〱）》心こそのにも山にもといはれ給はいかなるへき御ありさまにか山への大将ともいはれ給ぬへかめりその、ち

のあなたに御こゝろはあくがれていづくもこゝろのどかにはおはせず殿にても常にゐさせ給ひし御かたをみ(見)給ふにゆかしきまて恋しうかなしくのみおぼさるれば内にもさらにまいりより給はす　（下46ウ〜47オ）

〔一六二〕

ゐんに参り給ひてもこよなくけとをくてわざとさしいでみ(見)えさせ給はんとしもおぼしめしたらず御木丁引よせなどしておはしませばこよなくおぼしうとみたるなめりとつらくくちおしき心の中をば神もいかに御らんずらんかうのみ覚えば我身はか〳〵しからしとみづからだにことはりにおぼされていと心ぼそし大宮はそのまゝにおはしましてとみにもえかへらせ給はぬを殿はさのみもいかゞはといさなひ聞えさせ給ふを院はいと心ぼそげにおぼしめして更にゆるし聞えさせ給はぬ程にたゞつねにゐんがちにおはしませばかんだちめ殿上人などたゞ明暮大宮一条わたりを行かへりつゝそのわたり物さはがしきまでなりにけり　（下47ウ〜48オ）

しれす山のあなたに御こゝろはあくかれていつこにもこゝろのとかにはおはせすとのにてもつねにゐさせ給ひし御かたをみ給ふにゆゝしくこひしくかなしくてのみおほさるれはうちにもさらにまいりより給はす　（96オ〜97オ）

〔一六二〕

ゐんにまいり給ひてもこよなうけとをくてわさとさしいてゝみへさせ給はんとしもおほしたらす御木丁ひきよせなとしておはしませはこよなうおほしめしうとみたるなめりとくちをしき心のうちは神いかに御らんすらんかくのみおほえはわかみはかしからしとみつからたにことはりにおほされていとものこゝろほそし大宮はそのまゝにおはしまいてとみにもえかへらせ給はぬをとのはさのみもいかゝはといさなひきこゑさせ給ふにゐんはいとこゝろほそけにおほしめしてさらにゆるしきこゑさせ給はぬほ(▲□)とにたゝつねにゐんかちにおはしませはかむたちめてん上人なとあけくれ大宮一条わたりをゆきかへりつゝそのわたりものさはかしきまてなりにたり　（97オ〜ウ）

けふやあすやと人しれす山のあなたに御心あくかれていつこにも心のとかにおはせねは殿にもゐさせ給し御か(▲か)たをみ給にゆゝしきまてなくなりたらん人の[跡]をみんやうにこひしうかなしくのみおほさるれはさらにまいりもより給はす　（107ウ〜108ウ）

〔一六二〕

院にまいり給てもこよなうけとをうてわさとさしいてみえさせ給はんともおほゐたらす御き丁ひきよせなとしておはしませはむけに世中心ほそくまめやかにおほしなりにたり院にもおさなくよりへたてなかりし御ならはしのまゝにこそ□□なひゆかせ給へとあけくれむかひてもおはし□せ思はすな[る]御心のほのめきてのちはこよな[う]うとみにしかとさりとて人のもてなしきこえさせ給はさらんに我しもみしりかほにおほしへたてうとませ給へきにもあらて心よりほかにちかつきより給つゝおそろしきおり〳〵もわひしくおはしなからすくさせ給しをかうおはしまし所かはらせ給てのちはうたてある心の程もいと〳〵をしきを思ひわすれ給へとにやことにえみたてまつり給はす御こゑけはひもきく(▲□)ことかたくこよなうおほしうとみたるなめりつらうくちをし

〔一六二〕

かゝる御いそぎなどにそへても母宮などは大将の御ひとりずみをおぼしなけかぬおりなし此比と成て物おもはしげなる御けしきにていたくやせ給へるいか成にかとみ（見）おどろかせ給ひて常よりも御祈共こちたくせさせ給ふかくのみあくかれ給へれば物心ぼそくおぼさるらん猶さるべからんさまにおとなしう思ひさだめ給へかくのみ物うがり給ふほどにいとめやすかりつる事共もたがひはてぬればあやしきわざ哉とはゝ宮も聞えてなげかせ給へば打ほゝゑみて昔の世にも契ける人の侍らざりけるにこそ今さりともほうらいの山もたづね

〔一六二〕

かゝる御いそきなとにそえても殿やはゝみやは大将のひとりすみをおほしなけかぬをりはなしこのころとなりては物思はしけなる御けしきにていたうやせ給へるをいかなるにかとみをとろかせ給ひてつねよりも御いのりとも心たゝしく~~あれは~~あくかれのみまさり給へれは物もこゝろほそくおほさるらんなをさるへからんかたさまにおとなしう思ひさため給へかくのみ物うかり給ふほとにいとめやすかりつることゝもゝたかひはてぬれはあやしきわさかなとはゝみやのきこゑてなけかせ給へはうちほゝゑみてむかしのよにもちきりける人

き心のうちをは神いかに御らんすらんかくのみおほえんは我身はかく〳〵しきことあらしかしと身つからたにことはりにおほされていとものおそろし大宮はそのまゝにおはしましてとみにもかへらせ給はぬをとのはさのみはいかゝはといさなひきこえさせ給を院はいと心ほそけにおほしめしてさらにゆるしきこへ給はぬほとにつねに院かちにおはしませはかんたちめ殿上人なとたゝあけくれ大宮一条のわたりをゆきかへりつゝそのわたり《も》のさはかしきまてなりにたり（108ウ〜110オ）

〔一六二〕

かゝる御いそきなとにそえてとのゝ人々宮なとに大将の御ひとりすみをおほしなけかぬをりなしこのころとなりては物をもはしけなるけわひにていたくやせ給へるはいかなるにかとおとろかせ給て御前にてものなとまいり給へとあさまし~~く~~《う》はかなくすさみつゝくるしき御さまをおほしなけくさま例のいとこと〳〵しうてつねよりも御いのりこちたしかくのみあくかれ給てもの心ほそうおほさるゝそかし猶さるへからんさまにおとなしうものおもひさため給へめやすかりつる事とももたかひはてぬるはあやしきわさかなとはゝ宮なけかせ

心み侍らんとの給へばいでつねにたはふれにのみいひなひ給ふこそみ（見）ぐるしけれか斗に成ぬる人のかうものはかなくたゞよひたるやはあるとよ今はいとゞこのゐんの御ありさまの心ぼそさにひと所にもあらねはいとうしろめたう覚え給ふや三宮の御事の口おしきかはりに前斎院はいかゞおぼすらんとの給へばさのみやうのものといとはれ奉らんこそ世のをとぎゝもはづかしう侍るべけれあまりにやんごとなからぬ人は侍りなんやと申給へばげにこそみな心にくき御すくせ（世）ともなりけれは、宮の御ものいひのなどさしもと聞しにこそたがひ給はさりけれめやすくなどの給はするにもわか宮の御うつくしきありさまは先思ひ出られ給ひてきかせ奉りたらばいかばかりおぼさんと我御心にも是ばかりはくやしう哀におぼされて恋しくおぼえさせ給ふ折々はつねに参り給ひつゝみ（見）奉り給ふに日にそへては光やうにのみなりまさり給ふ若宮はこよなくみつき給ひてなれむつび給ふにいとどあはれにてみ（見）奉り給ふたびことに涙もこぼれぬべきをあまりなりと人やみ（見）んとまぎらはし給ふもわりなしめのとたちなどはなつかしきさまにかたらひ給へばみなたのみ聞えたるさまにぞほのめかし聞えける　（下48オ～49ウ）

の候はさりけるにこそいまさりともほうらいのやまもたつね候はんとの給へはいてつねにたはふれにのみいひない給ふこそこゝろくるしけれかはかりになりぬる人のかうものはかなうたゝよひたるやあるとよいまはいとゝこのゐんの御ありさまのこゝろほそさに一所にもあらねはいと、うしろめたうおほえ給ふや三宮のことのくちをしきはかりにさきの斎ゐんはいかゝおほすらんとの給はすれはさのみやうのものといとわれたてまつらんこそよのおと、きみもはつかしう侍へけれはあまりやむことなからすともかすならぬ人は侍なんと申給へはけにこそみなにくき御すくせ（世）ともなりけりは、みやの御ものいひのなとさしもき、しにたかい給はさりけるもめやすくなとの給はするもわかみやのうつくしき御ありさまはまつ思ひいてられ給てきかせたてまつりたらはいかはかりおほさむとわか御こゝろにもこれはかりはくやしうあはれにおほされて人しれぬなみたもいてきぬへしこひしくおほえさせ給ふをり〳〵はつねにまいり給ひつゝみ（見）給ふにこよなうみつきてなれむつれ給ふにいと、あはれにてみたてまつり給たひことになみたこほれぬへきをあまりなりと人やみむとまきらはし給ふもわりしなしめのとたちな

給へはむかしの世に（◆□）もちきりける人のさふらはさりけるにこそいまさりともほうらいのやまもたつね心み侍らんとの給へはいて常にたはふれにのみいひなし給ふこそみくるしけれかはかりになりぬる人の□くのみたゝよひたるやはあるいまはこの院の心くるしさにひとつところにも侍らねはいとうしろめたうおほえ給に三宮の御事ともくちをしきかはりに前斎院はいかゝおはすらんとの給へはさのみやうのものといはれたてまつらんこそよのきゝみゝもはつかしけれとあまりやん事なからすと侍なんと申給へは人やはいとひ給とよ御心のするにこそあめれは、宮のなとかさしもときこえし御物いひのたかひ給はさりける御すくせかなとの給はすもわか宮の御うつくしさはまつ思いてられてきかせたてまつりたらはいかはかりかおほさんわか心にもこれはかりはくるしうあはれにおほされて人しれぬなみたもいてきぬへしこひしうおもひいて給をりはつねにまいり給つゝみたてまつり給へはみつきゝこへさせ給てむつれまつ[は]しきこえ給にいと、あはれにてみたてまつり給ことになみたこほるゝをあ[ま]りなりとや人めと、めんとまきらはし給もくるしくめのとたちにもなつかしきさま[に]かたらひ給へはみなたのみき

〔一六四〕
かのゐんにもかくときかせ給ひていとうれしうおぼしめしけり女宮達にもむつましうおぼしの給はすべきさまにぞ聞えしらせ給ひける入道宮はさがにのみおはしまして此若宮の御事もさらにしり聞えさせ給はねばたゞ三宮のみぞあはれには思ひ聞えさせ給へるを秋は外へ渡らせ給ひぬべければいとこゝろぐるしうかくてはいかでかおはしまさんむかへたてまつりて殿にあづけ奉りてんとの給ふをゐんは猶前斎院のひとり心ぼそくて残り給へるにおなじくはさてもやがてものしたまはんはめやすかりなんかしとなんおぼしたると聞え給へと世はいとありがたくのみ覚えまさり給ひていかならんひまにもと心ばかりは西の山もとにあくがれはてにたればまいていとしもすぐれてときかざりし御ありさまのやう〳〵さかり過給へらんはさらにゆかしからぬに御うしろみたちはけにさもあらせ奉らばやと思ひよりて参り給ふたびごとにはもしさやうなる事や申させ給ふと心づかひしてまちわたるに

とにもなつかしきさまにかたらひ給へはみなたのみきこゑ給ふさまをそほのめかしきこゑける
（97ウ〜99ウ）

〔一六四〕
かのゐんにもかくときかせ給ていとうれしうおほしの給はすへきさまにそきこへさせしらせ給ける入道のみやはさかにのみおはしましてこのわかみやのこともさらにしりきこゑさせ給はねはたゝ三の宮のみそあはれにきこゑさせ給ひける秋はほかへわたらせ給ぬへけれはいとこゝろくるしうかうてはいかてかおはしまさんわれむかへたてまつりてとのにあつけたてまつりてんとの給ふをゐんはなをさきの斎院のひとりこゝろほそうてのこり給へるにおなしうはさてもやかてものし給はんめやすかりなんかしとなんおほしたるをきこゑ給へとよはいとゝありうくのみおほえまさり給ていかならんひまにもとこゝろはかりはにしのやまもとにあくかれはてにたれはまいていとしもすくれてときかさりし御ありさまのやう〳〵さかりすき給へれはさらにゆかしからぬに御うしろみたちはけにさもあらせたてまつらはやと思ひよりての給ひたることにもしさやうなることや申させ給ふこゝろつかひし

こえ給さま也
（110オ〜111ウ）

〔一六四〕
[さ]かのゐんもかくときかせ給ていとうれしうおほしたり女宮たちもうと〳〵しくおほしめすましきさまそきこえ給ける入道の宮はさかの院にのみおはしましてこのわか宮の御事もしりきこえ給はねはたゝ三宮そあはれにおもひきこえさせ給へるを秋はほかへわたり給へけれはいと心くるしくかくてはいかてかおはしまさんむかえたてまつりて殿にあらせたてまつらんとし給を院は猶前斎院の心ほそくてのこりゐ給へるに仝《同》うはさてものし給はんはめやすかりぬへうおほしたるとき〻給へとよはいと〻ありうくのみおほえまさりていかならんひまにと心はかりはにしの山もとにおほしあくかれにたれはまいていとしもすくれてとはきかさりし御ありさまのやう〳〵さかりすきたらんはさらにゆかしからぬに御うしろみたちなとはけにさてもあらせたてまつら（▲ら）はやと思よりてまいり給（▲た）たひ事にはもしさやうな（▲に）らんけしきやと心つかひしつゝまちわたれとたゝいとすくやかにてわか宮のやう〳〵あ

たゝいとすくよかにて若宮のやう〳〵ありき
給ふうつくしさのみ《（見）》るたびごとに此世の物と
もみ《（見）》え給はずうつくしきを是やさば此よのほ
だしにと仏などのしをき給へる事にやとおぼ
ししられてかなしういみじう覚え給ふみ《（見）》奉る
人々もかゝる御けしきをうれしくたのもしき
物に思ひ聞えたり　（下49ウ～50ウ）

〔一六五〕

かくのみ世中をかりそめにおぼしなからもげ
におぼろけなからぬ御いのりのしるしなるべ
しかくのみ物むつかしきをなくさめがてら弘
法大師の御すみかみ《（見）》奉りてなをこの世のがれ
なばみろくの御世にだにすこし思ふ事なき身
とならばやなどおぼし立てさるべき人々のし
たしき御ともに候べきよしなどしのびてのた
まはす寺の僧共にたまはすべきほうぶくども
あまたまうけさせ給ひけるあす斗とおぼす日
殿の御前にてみだれ心ち《（地）》の例ならず思ふ給へ
らるゝをもしさてもやなをり侍るとかうやこ
川などにまうでんとなん思ひ給ふ俄なるやう
にさふらへどあすなど日よろしく侍るなれは
忍ひてとなん思ひ侍ると申給へば我もさのみ
れいならぬ御けしきと御らんずるに俄なる御

はく〳〵まちわたるにたゝいとゝすくよかにて
わかみやのやう〳〵ありき給ふうつくしさの
みたゝひとことにこのよのものともみへ給は
すうつくしきをこれやさはこのよのほたしと
ほとけなとのしをき給へるにやとおほししら
れてかなしくいみしくおほえ給ふみたてまつ
る人々もかゝる御けしきをうれしくたのもし
きことに思ひきこゑたり　（99ウ～100ウ）

〔一六五〕

かくのみよの中をかりそめにおほしなからも
けにおほろけならぬ御いのりのしるしなるへ
しかくのみ物むつかしきをなくさめかてらに
たほうたいしのなきみとならはやとおほした
ちてさるへき人々のしたしき御ともに候へき
よしゝのひての給はす寺のそうともに給はす
へきほうふくともあまたまうけさせ給えりけ
ふあすとおほすひとの、御まへにてみたり心
ちのれいならすうちはへ給へるをもしさても
やなをり侍るとかうやこかはなとにまうてん
と思ひ侍にはるかなるやうには候へとあすな
ともひよろしう侍なれはたゝしのひてとなん
思給ふと申給へはわれもさのみれいならぬ御
けしきと御らんするにはかなる御いてたち
はいかにおほすにかと御むねさはき給てまつ

りつき給うつくしさなとのみるたひにこのよ
のことゝもみえ給はぬをこれやさはうき世の
なくさめをあなかちにおやたちのおほしいの
るめるほとけのしるしならんとおほされてか
なしうおほえ給みたてまつる人々もかゝる御
けしきをうれしくたのもしきものに思きこへ
たり　（111ウ～113オ）

〔一六五〕

かくのみよの中をかりそめにのみおほしなか
らもおほろけならぬ御いのりのしるしなるへ
しと思しられ給もむつかしけれはこほう大師
の御すかたつねにみたてまつりて猶このよを
ものかれなんみろくの御よにたにすこし思こ
となくてとおほしたちてしたしき人のさるへ
きかきり御ともにしのひてさふらひ給へきよ
しの給はすてらのそうともに給はすへきほう
ふくあまたまうけさせ給けりあすはかりとお
ほしてとの、御前にてみたり心ちの常にれい
ならす思給へらるゝをもしさてもやなをり侍
らんとなん思給るをあすなとも日よろしく侍
ゆ《れ》はたゝしのひてとなん思給なと申給へはわ
れもさのみれいならぬけしきと御らんずる
に、わかなる御物まうてはいかにおほしたつ

いでたちはいかにおぼすにかと御むねさはがせ給ひて先たゞ御涙のこぼれおちぬるはいかにおぼしめすにかとこゝろくるしうてかねてよりこと〳〵しくなり侍らは殿上人なとも我も〳〵と出立侍らんに世のいそぎに成て物さはかしく成侍らんも所にたがひてむつかしうさぶらひぬべければ只それがしなどしたしき人々十人はかりをぞ聞えさせ給ふ一夜斗さぶらふべきと聞えさせ給へばおなし都のうちにもあらず大事にこそあんなれはか〴〵しき人もぐせでたちまちにはいかに思ひ立給ふぞとていとうしろめたげにはおぼしたれど又御心より外にとまり給はんをもいかゞ思ひ給はんと心ぐるしければえとゞめ聞え給はでさるべき人々のうしろめたかるまじきをぞあまたまいるべき由おほせられける　（下50ウ～52オ）

たゝなみたのみこほれおちぬさはいかにおほしめすにかといとくちをしうてかねてよりうと〳〵しうなり侍らはてん上人なとわれも〳〵といてたち侍らんによのいそきになりて物さはかしうなり侍らんもところにたかひてむつかしう候ぬへけれはたゝそれかしかれかししたしき人十人はかりをそうちくして通やなとも申候へきときこゑさせ給へはおなしみやのうちにもあらすたいしにこそあむなるをはか〳〵しき人もくせてたちまちにはいかにおもひた給ふそとていとうしろめたなけにおほしたれと御こゝろよりほかにとまり給はんをもいかゝ思給はんと心くるしけれはえきこゑたてまつらせ給はてさるへき人々のうしろめたなかるましきをそあまたまいるへきよしおほせられける　（100ウ～102オ）

そと御むねさわきてまつたゝなみたのみこほれをち[さ]せ給へはいかにおほしめすにかといと心くるしうてかねてよりこと〳〵（▲う）しうなり侍しは殿上のこれかれわれも〳〵といてたち侍らんもよのいそきになりてものさはかしう侍へけれはたゝしのひてそれかしなとしたしき人々十人はかりきこえさせ給ひとよはかりさふらふへきと申給へはせちにためらひ給ておなしみやこのうちにもあらす大事にこそあなるにはか〳〵しき人いくはくもなくてはいかにおもひたち給へきそいかなることなりともおほしをきてんすちをはせいしきこゆへきにもあらす又いきてあらんかきりはさりともいみしうともえ○《み》すて給はしとなん思ふをいくよしも侍らさらんいのちの程ものおもはせ給なよ世になくなりなんのちにをといひつゝけてもしのひあえ給はぬなみたをいと〳〵をしく法師なとにならんすると抔おほしたるにこそとみ給へはなに事のたゝいまさふらはんにかさまては思給へられんをとにきくところをまたみ侍らねは心ちのれいならぬなくさめにもと思給へらるゝをひんなく侍へうはまいらてこそはとの給をいとうしろめたけにおほしたれと又さりとてかくおほしたちたるに心よりほかにとまり給はんをいかゝおも

〔一六八〕
きのかみには舟のまうけ心ことにまうくべきさまなどおほせらるれどかねてさやうの事もみなの給はせてければ心もとなき事なしけふになりてぞかくとあまた人々きゝて我も〳〵といでたち参らんとさはげど俄にはいかでかことさらに忍ひてなんさうじなとせさらん人はびんなくなどの給ふをかねておほせごとなかりける事と口おしがりなげゝど是たにいと思はずに人がちにむつかしとおほせど殿のあながちにそへさせたまふ人々はえとゞめ給はざるべし中づかさの宮の少将といひしは今は三位中将此比の殿上人の中には何事にもすぐれて世の人にもしられたる中宮の御をぢの式【B】部卿の宮の御ゆかりに此御かた〳〵にも人よりはむつましうなれ聞え給ひて大将の御ありさまをもなづさはまほしう思ひ聞えたるなどばかりぞえりすて給はざりける
（下52オ〜ウ）

〔一六八〕
いよのかみに御ふね《の》まうけこゝろことにまうくへきさまなとおほさるれとかねてさやうのこともみなの給はせてけれはこゝろもとなきことなしけふになりてそも〳〵あまたきゝてさるへき殿上人われも〳〵といてたちまいらんとさはけとにはかにはいかてことさらにしのひてなとしやうしなとせさらん人はひんなうやなとの給ふをかねておほせことなかりけるこれにいと思はすに人かちにむつかしとおほせと殿のあなかちにそへさせ給ふ人々をはえとゝめ給はさるへし中務宮少将といひしは三位の中将このころの殿上人の中に何事もすくれてよの人にも思はれたる中の宮の御おち式部卿の宮の御さかりにこの御かた〳〵も人よりはむつましなれきこゑ給て大将の御ありさまをもなつさまほしう思ひきこゑたるなと思へふりすて給はさりける
（102オ〜ウ）

ひ給はんとおほせはえきこえ給はてさるへき人々のうしろめたかるましきをそかそくさせ給ける
（113オ〜115オ）

〔一六八〕
きのかみの御もとに御ふね心ことにてあまたまうくへきよしなといひにつかはせとかねてさやうの事もまうさせて侍れは心もとなきことなし二日になりてそかくと人々きゝてさるへきかんたちめ殿上人たちまいらんとさは~~かせ~~《け》とにはかにはいかてかことさらにしのひてなんさうしなとせさらん人々はひんなくやとの給へはかねておほせ事なかりける事とくちをしかりなけゝとこれたにいとおもはすに人かちにむつかしとおほせと、の、あなかちにそえさせ給人々はえとゝめ給はぬなるへし中つかさの宮の小将といひしいまは三（▲□）位の中将このころは○《天》上人のなかになに事もすくれたるものにおもはれたるこの殿に人よりもつかまつりなれまほしきもの[に]思きこえさせたれはかゝる御ともにもをくれすまいり給中宮の御をちのしきふ卿の御ゆかりにこのかた〳〵にもこと人よりはむつひきこえ申給て大将殿の御ありさまもなつかしくなつさはまほしさにあけくれたちそひきこへたるはか

〔一六七〕
霜月の十余日なれば紅葉もちりはてゝ山も見
所なく雪かきくらし降つゝ物心ぼそくてい
とゞ思ふ事つもりぬべし吉野川のわたり舩い
とおかしきさまにてあまたさふらはせければ
のり給ひてこぎ行に岩なみたかくよせかくれ
ど汀はこほりいたくとぢこめてあさ瀬はふね
もえゆきやらずさほさしわぶるをみ(見)給ふて
　よし野川あさ瀬しらなみたどりわびわた
　らぬ中となりにしものを〈74〉
おぼしよそふる事やあるらんいもせ山のちか
きはなをすぎかたき御心をくむにや御ふねも
いでゆきやらず
　わきかへりこほりのしたにむせびつゝさ
　もわびさするよし野川かな〈75〉
うへはつれなくなと口ずさひつゝからうじて
みなぎりわたるにかのそこのみくづもおぼし
出られてたゞかばかりのふかきにだに思ひい
りがたげなるにいかばかり思ひてなどさしむ
かひたりしありさまの物ふかくなとはなう哀
げなりしをさしもおもひしづみけんよなどう
とましきかたにはおぼされずたゞいまみ(見)る心

〔一六七〕
しも月の十よひなれはもみちもちりはてゝ山
もみところなく雪かきくらしつゝふりて物
こゝろほそうていと、思ふ事つもりぬへしよ
しのかはのわたりふねいとをかしきさまにて
あまたさふらはせけれはのり給てなかれゆく
にいはなみたかくよせかくれとみきはのこほ
りいたくとちこめられてあさせはすきもやら
すさをさしわつらふをみ給て
　吉野かはあさせしらなみたとりわひわた
　らぬなかとなりにしものを〈74〉
おほしよそふるかたやあらんいもせ山のちか
きはなをすきうきに御こゝろをくむにやふね
もえそいてやらぬ
　わきかへりこほりしからはむせひつゝさ
　もわひさするよしのかはかな〈75〉
うゑはつれなくとうちくちすさみつゝけられ
てからふしてみなきりわたるにかのそこのみ
くつもおほしいてられてたゝかはかりのふか
きたに思ひいりたけなるにいかはかり思てな
とさしむかひたりしありさまの物ふかくなと
はなくあはれけなりしをさしも思しつなとう

りを猶えふりすて給はすなりぬる
（115オ〜116オ）

〔一六七〕
しも月の十日なれはもみちもちりはてゝの山
もみところなくゆきあられかちにてもの心ほ
そくいとゝ思ふことつもりぬへしよしの何の
わたり舩をいとをかしきさまにてあまたさふ
らはせたれはのり給てなかれゆくにいはなみ
たかくよせかくれとみきはいたくこほりてあ
させは舩はもゆきやらすさをさしわたる(▲に)
《を》み給て
　よしのかはあさせしらなみたとりわひわ
　たらぬなかとなりにしものを〈74〉
おほしよそ(▲し)ふる事やあらんいもせやまのわり
はみやらるゝに猶すきかたきに御心をくむに
や舩ゐてえこきやらす
　わきかへりこほりのしたにむせひつゝさ
　もわひさするよしの河かな〈75〉
うへはつれなくなとくちすさみつゝからうし
てみなきりわたるにかのそこのみくつもおほ
しいてられてたゝかはかりのふかさ○《た》
に思いりかたけなるをいかはかり思わひてか
なとむかひたりしさまかたちなとよりはしめ
ものふかくはなきさまにてひとへにらうたけ

ち(地)し給ひて涙のこぼるゝをまぎらはしてつらづえをつきてつく〳〵とそこふかく詠入給へるまみ(見)よりはじめ御ずゞにもてはやされたるかいなつきなどの世に人のなべてもたらぬ物にもあらねどめづらしくうつくしげ也くまなき水の上にいとゞひかりことにみ(見)えたまふ

うき舟のたよりにゆかんわだづ海のそこ
とをしへよ跡のしらなみ〈76〉

あはれとひとりごち給ひて是人命終當生忉利天上と打あげ給へるは四方の山の鳥けだものもみゝたつらんかしとたうとくいみじきに三位中将物めでする人にて涙をほろ〳〵とぞこぼしける　（下52ウ～54オ）

〔一六八〕

まうでつき給へればおまへの松山の気色谷の下水の流などたゞいし山とぞ覚ゆる寺のだうそうすぎやうざ共のよろしきもいやしき程のなどもあまたこもりたり心ぼそげにうちおこなひつとめたるけはひども何事を思ふらんとうらやましげなり打もまどろまれ給はず夜もすがらおこなひあかし給ふも一方にもあらず

とましきかたにおほされてたゝいまみる心ちしてなみたのこほるゝをまきらはしてつらつえをつきてつく〳〵とそふかくなかめいり給へるまみよりはしめ御すゝにもてはやされ給へるかいなつきよに人なへてもたらぬものにはあらねとめつらしううつくしけなりくまなき水のうゐにてはいとゝひかりことにみへ給

うきふねのたよりにゆかむわたつみのそ
ことをしへよあとのしらなみ〈76〉

とひとりこち給ひてせんにん今終當生忉利天生とうちあけ給へるよもの山のとりけたものとゆふらん物もみゝたつらんかしとたうとういみしきに三位の中将ものめてする人にてなみたほろ〳〵とそこほれける　（102ウ～104オ）

〔一六八〕

まいりつき給へれは御まへの松山のけしきたにのした水のなかれなとたゝ石山とそおほゆるてらのうちにはよろしきもいやしきもあまたこもりたりけるこゝろほそけにおこなひつとめたるけはひともなにことを思ふらんとうらやましけなりうちもまとまれ給はすよもすからおこなひあかし給ふもひとかたにもあら

にあはれなるさまなりしもたゝいまむかひたる心ちしてつらつえをつきて水のそこをふかくなかめいり給へるまみのけしきいひしらす物おもはしけにてすゝもてはやされたるかひなつきなとよに人のなへてもたらぬすゝのやうにめつらしううつくしけ也くまなき水のうゐにはまたさまことにひかるやうにそみえ給こふかくのみなかめいり給て

うきふねのたよりにもみんわたつうみの
そことをしへよ跡のしらなみ〈76〉

あはれにひとりこち給て是人命終たうしやうたうり天上とうちあけ給へるも山のとりけたものといふらんものもみゝたつらんかしとたうと《(▲□)うと》くいみしきにあるかきりしつのをもうちしほれぬへきにいとゝ三位中将はしほ〳〵とうちなき給ける　（116オ～118オ）

〔一六八〕

まうてつき給へれはおまへの松山のけしきたにのした水のなかれなとたゝ石山とそおほゆるてらのそうすきやうさとものよろしきもあやしきもあまたこもりたるへしこゝろほそけにうちをこなひつとめたるけわひともなに事思ふらんとうらやましけなりうちもまとろまれ給はすよもすからをこなひあかし給にひと

心中はみだれぬべくていとかう思ふ事かなふまじくはひたすら此世を思ひはなるゝしるべし給へなどおぼし入つゝ薬王汝當知如是諸人等といふわたりをこゝろぼそくうちあげつゝよみたまふに太山下風さへあら〳〵しく吹まよひつゝ我御心中にも心ぼそくかなしき事限りなし我尓時為現清浄光明身なと心にまかせてよみながし給へるに聞かぎりの人々何事も聞しらぬあやしきすぎやうざまでなみだをながしたり釋迦佛のとき給ひけんその庭にだにわらひまぎらはしけんだいばたたげだうなどいふらんものだにこよひの御聲にはみないねうすらんと覚ゆるにまいて身をつゝめてとある御ちかひはたがふべきならねばみあかしのいとほのかなるに御前のくらがりたるにふげんの御光いとけざやかにみ(見)え給ひてほどなくうせ給ひぬるたうとくかなし共をろかなりやかうすむ衆生の御ねがひいとゞたのもしく人天ねはんの上大をかいせん事もうたがひなく此世ものちの世も人にはことなりける身ながら心の中の物思はしさは人よりけに口おしかりける契りと思ひしらるさらば是やげになに事も人よりすこしまさりたりける物に思はれたりけるかはりならんと我ながら思ひしられ給ふいとゞ心もすみわたりて打やすまんとも

すこゝろのうちはみたれぬへくていとかう思ふことかなうましくはひたすらにこのよを思はなれぬるしるへし給へなとおほしいりつゝやくわうたうち如是々人とうといふわたりをこゝろほそくうちあけてよみ給ふにみ山おろしさへあら〳〵しうふきまよひてわか御こゝろにもこゝろほそくかなしき事かきりなし我尓しゐけんしやう〳〵くわうみやうしんなとこゝろにまかせてよみなかし給へるにきくかきりの人々なにの事もきゝしらぬあさましきすきやうしやまてそなみたをなかしたる釈迦ほとけのときをき給ひけんそのにはにたにてうろうしわらひまきらはしけんたいはたゝといふともこよひの御こゑにはゐねうすらんとおほゆるにまいてみをつゝめてとある御ちかひたかうへきならねはみあかしのいとほのかなる御まへのくらかりたるにふけんの御ひかりいとけさやかにみゑ給ひてほとなくうせ給ひぬるにたうとくかなしともおろかなりやかうすんしやうの御ちかひいとゝたのもしくてかうすんしゆしやうの御ちかひもうたかひなくこのよものちのよも人にことなりけるみの心のうちのもの思はしさは人よりはけにくちをしかりけりるちきりと思ひしらるゝはさらはこれやけにこれやけに何事も人よりはす

かたにあらす心のうちはみたれまさりていとかく思事かなはてはこのよを思はなるゝしるしたまへとおほしいりつゝ薬王女たうち如是諸人とうとよみ給にみやまをろしあら〳〵しきにふきまかひてわか心にも心ほそくかなしきことかきりなし我尓時為現清浄光明身なとこゝろにまかせてよみすまし給[へ]るをきく人みなしみいりてかなしくいみしきにさはかりのあら〳〵しきす行者ともゝなみたをなかしたり尺迦佛のとき給けんそのにはたにたいはたゝてうたつ[は]たなとはろくしわらひみつきなかるゝもありけるをこよひはみなねうすらんかしとおほゆるにまいて身をつゝめてとあるちかひはたかうへきならねはみあかしのほのかなるに普賢の御ひかりけさやかにみえたまひて程なくうせ給ぬわか御心ちにたうとくかなしともよのつねなりやかうすらん衆生の御ねかひいとゝたのもしう人天ねはんのさうろをかいしせんしうたかひなしこのよものちの世も人にはことなりけるみなから心のうちのものなけかしさは又ひとよりけにくちをしかりけるちきりかなと思しらるゝはこれやさらはなに事も人よりはまさりたるものにおもはれたるしるしならんと我なから思しられ給いと〳〵も心すみまさりてうちやすまんとも

おぼされねばやかてさらいにこまでとをしはて給ふに御だうの内しづ〳〵としてのどかなるにおこなひの聲もやめをの〳〵しよさどもうちわすれつゝきゝ入たるに暁かたにもなりぬ（下54オ～56ウ）

〔一六九〕

せんずだらにしのびやかによみ給ひて時々ねふり給へる程をうちやすみ給ふと思ふにや三まい堂のかたにせんず經をぞいみじくこういりたるこゑのたうときにてよむなるぼたいのゐんとならんといふところ中にもみゝとゞまり給ふに中将いみじく哀がりていかやうなるそうぞとみ(見)せにやり給へばかためあしきそうのいみじくあはれげなるにさぶらふと申せばよびにやらせ給へりあかつき月夜のさやかなるにかみぎぬのいとうすきにまけさと云物をきてうちさらぼいたるほどさすがにいとうとましげなる程とはみ(見)えでわりなくさむげにあはれげなり中将いみじくあはれなりつる御こゑをきゝすぐされでなんいますこし読たまへといへどかやうの御まへなどにてきかせ給ふべくもさぶらはぬものをといへ共忍びやかに

こしまさりたる物に思はれたりけるかはかりならんとわれなから思ひしられ給ふいとゝこゝろもすみわたり給ふうちやすまんとも思はれ給はねはやかてさらいにこまてとをしはて給ふに御たうのうちしつ〳〵としておこなひのこゑ〳〵もやめつゝきゝいりたるにあか月かたにもなりぬ（104オ～105ウ）

〔一六九〕

せんすたらにしのひやかによみ給てとき〳〵ねふりいり給へるかと思ふにやさんまいたうのかたにいみしうくむしゆいりたるこゑのたうときにてよむなるほたいのいむとはならんとよむところなかにもみゝとゝまり給ふに中将いみしうあはれかりていかやうなるそうそとみせにやりたるにかためしゐたるほうしのいみしうあはれけなるに候と申せはよひにやらせ給えりあか月によのさやかなるにかみきぬのいとうすきにまけさといふものをきてうちすはふいたるさまさすかにいとうとましけなるほとゝみへてわりなうさむけにあはれけなり大将いみしうあはれけなりつるこゑをきゝすくされてなんいますこしよみ給へといへとかやうの御まへなとにてはといへとしのひやかによみたる(▲を)あはれにたうとし大将殿は

おほされねはやかてさふらひにこ〇《や》までとをしはて給に御たうのうちしめ〳〵としてをこなひのこゑ〳〵もやめをの〳〵せうさともゝうちわすれつゝきゝいりたるにあか月にもなりぬ（118オ～120オ）

〔一六九〕

せんすたらにしのひとき〳〵ねふり給へるをやすみ給へると思にや三まいたうのかたにいみしうくゑういりたるこゑのすこしかれたるして千手経をそよむなるほたいの無人とならんといふところのなかにみゝとまり給に宮の中将たにゝむかひたるかうらんにをしかゝりて思ひすましたるにいみしうあはれかりていかやうなるそうそとみせにやりたるにかためあしき僧のいみしうあはれけなるにさふらひけりと申せはよひにやらせ給へりあか月よのさやかなるいとしろうさらほいてかみ〇《き》ぬのいとうすきへまけさといふものをきてうちゐたるさまいとうとましけなる程とはみえてわりなくさむけにあはれけなる御こゑをきゝすこしかたうてなんいますこしよみ給へといゐはかやうの御まへにてきかせ

読たるおくのかたになるまゝにたうとくあはれ也大将殿はすこしおくのかたにいりてきゝ給ふひさうまにの天はいかにしてさしもかたはに成にけんなに事もさきの世のすくせ（世）などいふらん事は誠にや我身にはすいしんしさいたらにといふ御ちかひたがはぬかしなどかうあさましきかたはにさへわか御身をおぼしよそへらる此御寺にすみ給ふかなどとはせ給へばかくて百日ばかりと思ひてさふらふ也おやなといふものむかしはさふらひしかどしに侍し後たゞかやうにいきよるやまのすゑ鳥のこゑも聞えぬ木のうつほなどにてこけのむしろをしき松の葉をたべてとらおほかみといふものを友とみ（見）ならひて過しさふらふと聞ゆれは人々いみじうあはれがりてさても親はなに人とか聞えしいつまでかかくてはとせめてとはれてそちの平中納言といふ人侍りけりおさなくてかたはものに成侍りにければ法師になしてひえの山におこなひしてあらせんなど申しほどにうちつゞきつくしにて親たちかくれ侍りてのちはあんらく寺といふ所になんまかりて侍りいもうとひとりめのとなどいふものさぶらひしかと行ゑもしらすなり侍りにしをひえの山おがみ奉らんのこゝろふかくて一年なんながとのかみの北かたははなれぬゆかりと

すこしおくにいりてきゝ給ふかしやうまにの御てはいかにしてさしもかたはになりにけんなにこともけにさきのよのすくせ（世）といふらんことはま事にやわかみにはすいしんしさいたうりとも御ちかひたかひぬかしなとあさましきかたひにさへわか御みをおほしよそふるにこの御てらにすみ給ふかいつくにかなとゝはせ給へはこの御てらには百日はかりと思て候也おやなと申人むかしは候しかとしに侍てのちたゝかやうのいきよひのやまのすゑとりのこゑもきこゑぬ木のうゑなとにこけのむしろをしき松のはをたへ物々しとらおほかみといふ物をなんみならひ侍てすくし候ときこゆれはいみしうあはれかりてさてもおやはなに人とかきこゑしいつまてかなんとせめてとはせ給へは帥平中納言といふ人侍けりおさなくてかたは物になり侍にけれはほうしになしてひへのやまにおこなひしてあらせんなと申しゝほとにうちつゝきおやたちつくしにてかくれ侍てのちは案楽寺といふ所になんまかりて候しいもうとひとりめのとなと云もの候しかとゆくゑもしらすなり侍りしをひゑのやまをかみたてまつらんのこゝろふかくてひとゝせなかとのかみのきたのかたははなれぬゆかりときゝ侍てそれにつきてみやこのかたにまうて

給へうさふらはぬものをとはいへとしのひやかによみたるをくつかたになるまゝにたうとくあはれけなり大将はすこしをくにてきゝ給ひすまきの御てはいかにしてさしもおほつかなけなりけるなに事もさきのよのすくせとはまことにやわかみすいしんしさいの御ちかひはたかひぬへしなとあさましけなるかたひにさへさはかり佛もあらはれ給御身をおほしよそふるこの御てらにおはするかなとゝはせ給へは百日はかりと思給《へ》てさふらふ也おやなといふものも候しかとうせ侍りてのちはたゝいきいたる山のすゑとりのこゑもせぬ又きのうゑなとにこけのむしろをしき松のはをたへてとら大かみといふものとかたらひなんすこし侍ときこゆれは人々あはれかりてさてもおやはなに人とかきこえしいつまてかかくてはとせめてとはれて輔平中納言と申人に侍りけりそのこにてはへれとおさなくてかたはものになり侍りにけれは法師になりてひえの山にをこなひしてあらせんと申し程にうちつゝきつくしにてをやたちかくれ侍りてのちはあんらくしといふところになん侍りしいもうと一人めのとゝいふ物候しかとそのゆくゑもしらすなり侍りにしをひえの山をかみたてまつらん心ふかくてなんちくせんのかみのき

き丶侍りてそれにつきて都の方にまうでこし
なりさてなんいもうとなどの事ほの〳〵うけ
給はりしに中々ゆめのやうに哀なる事ともの
侍りしかば夜をだにあかさてとさのむろど丶
云所に此二三年侍りつるといふにさらば此底
の藻くづのゆかりなりけりといみじう哀にて
大将殿さし出給ひてちかうめしよせて扨その
人はいかゞき丶ない給ひしこ丶にもほのかに
き丶し人の事なればみ丶とゞまりてなどの給
ふ御かたちのいひしらすきよらにみ《（見）》え給ふを
さる山ふしのめにもめでたくてうちかしこま
りてその人と斗はみ《（見）》給ひしかど身をいとふ心
ふかくてみ《（見）》給ひしかばかみなどもそぎやつし
侍りてなんとて人々のきくに残りなくはいは
じとさすがに思ひたるけしきを我もゆかしう
いみじといひながら中将のむかひゐたれば
たゞいかにも〳〵海にはおちいらずなりにけ
るなめりとき丶給ふにあさましううれしく心
やすくてあり所はしり給ふらんなおさなき人
やぐしたりしとせめてゆかしうおぼされてし
のひてとひたまへどその事は聞えはてず中々
おぼつかなくてわかれさふらひにし年比より
もあはれなる事おほくてなんとばかりいひけ
ちてけだいになりさふらひぬとてたつ
（下56ウ～59オ）

こしなりさてなんいもうとのありさまもほの
〳〵うけ給はりしに中々ゆめのやうにあはれ
なること丶もの侍しかはよをたにあかさてと
さのむろふとうといふ所にこの二三年は侍け
るといふにさてはこのもくつのゆかりなりけ
りといみしうあはれにて大将さしいて給ひて
ちかうめしよせてさてそのうへはいか丶き丶
なし給ひしこ丶にほのかにき丶し人のことな
れは丶みとまりてなとの給ふに御かたちのい
ひしらすきよけにみえ給ふをさる山ふしのめ
にもめてたうてうちかしこまりてその人とは
かりはみ給へしかとよをいとふこ丶ろふかく
うけ給はりしかはかみなともそきやつし侍な
んとて人々のきくにのこりなうはいはしとさ
すかに思ひたるけしきをわれもゆかしいみし
と思ひなから中将のむかひゐたれはた丶いか
にも〳〵うみにはされはおちいらすなりにけ
りとき丶給ふにあさましううれしくこ丶ろや
すくてありところはしり給たるらんなおさな
き人やくしたりしとせめてゆかしうおほさ
れてしのひてとひ給へとその事きこゑはてす
中々おほつかなくてあひわかれ給ひにしのち
よりもなか〳〵あはれなることおほくてなと
はかりいひてけたいになり候ぬとてたつ
（105ウ～108ウ）

たのかたはなれぬ中とき丶えはへりてそれに
つきて宮〇《こ》のかたへまうてにしさてな
んいもうと丶申しもの丶ありさまもほの〳〵
うけ給はりしに中々ゆめのやうにあはれなる
事の侍りしかはよをたにあかさてとさのむろ
ほ丶といふところに二三年侍つるといふを
き丶給にさらはこのそ〓《こ》のみくつのゆかりな
りけりといみしうあはれにて大将さしいて給
ていと思かけすあはれなる御ものかたりをほ
のかにき丶侍にいとのこりゆかしくなりてこ
そさてその人はいか丶き丶なし給てしこ丶に
もほのかにき丶し人のことなれはみ丶とまり
てなんき丶給御かたちの月かけにいひしらす
きよくみえ給をさる山ふしのめにもめてたう
うちかしこまりてその人とはかりはみ[給]へか
しと身をい《（◆□）と》とふかとうけ給はりしかはかみ
なともそきやつし侍りてなんとて人々のきく
にのこりなくはいはしと思たるけ[し]きなるを
我もゆ[丶]しいみしといひなから中将のむかひ
ゐたれはこまかにとひいらんもくた〳〵しき
こと丶もなれはた丶いかにも海にはいらすな
りにけるなめりとき丶給にあさましう心やす
くてありところはしり給たらんなおさなき人
やくしたりしとせめてゆかしくおほされてと
ひ給へ《（◆は）》とそのこと丶もえき丶侍らす中々おほ

〔一七〇〕

すきかげかくれもなくてかぜとまるべきさまにもあらぬをいとあはれと御らんしてあまたもたせ給へるほうぶくともことく〳〵しきやうなれば我き給ひたるしろき御そのなつかしうきなし給へるうつりがところせき迄かほりみちたるをぬぎ給ひてやまおろしもいとあらけなげなめるをふせぎ給へとて給はすればものおぼえてのち木葉よりほかに身にもよせならひ侍らねばかゝる物は苔の衣にかさねさぶらはんもいとかたじけなく侍るべしとてさらに手もふれぬを猶あが君〳〵又たいめんするまでのかたみ(見)にもしたまへ世をそむきなんのほいいとふかくていと年ころに成ぬるをほだしなとのあながちなるもなきものからさりぬべき所などなきをおぼろけならすおもひさだむる程に月日のみ過行をさるへきにや弟子にもし給へと聞えまほしくなんされと此度はうちつけに物さはがしきやうなればよろづこゝろにこめてなん京には物し給ひなんやいつ迄か

〔一七〇〕

すきかけかくれもなくてかせとまるへきさまにもあらぬをいとあはれと御らんしてあまたもたせ給へるほうふくともこと〳〵しきやうなれはわかき給へるしろき御そのなつかしうきなし給へるうつりかところせきまてかほりみちたるをぬき給ひて山おろしのいとあらけなんめるをふせき給へとて給はすれはものおほえてのちこのはよりほかにみにもよせねはか丶る物はこけのころもにかさね候はんもかたしけなけれはとてさらにてもふれぬをなをあかきみ又たいめんするまてはかたみにもし給へよをそむきなんのちにはと思かくてとしころになりぬるをほたしなとのあなかちなるもなきものからさりぬへきたよりのとしころなとなきをおほろけならす思ひさたむるほとに月ひのみすきゆくをさるへきにやてしにも○《な》し給へときこゑまほしうなんされとこのたひはうちつけに物さはかしきやうなれはよろつこ丶ろにこめてなんきやうには物に

つかなくてあひわかれ侍り○《に》しところよりもあはれなる事おほくてなんとはかりいひてけたいになり候ぬといひてたつ

（120オ～123ウ）

〔一七〇〕

すかたすきかけかくれもなく月もゝるへきさまをあはれとみ給てあまたもたせ給へるほうふくとも丶こと〳〵しけれはまつよのほとの風もあらかめるをとてわかき給へるしろき御そのなよ〳〵ときなされたるうつりかところせきまてかほりみちたるをふ《せ》き給へとて給はすれとものおほえてのちこれよりほかに身によせならひ侍らねはか丶るものをこけのころもにかさね侍らんもかたしけなく侍へしとてさらにてもふれ卄ぬをあかきほとに又たいめんするまてのかたみにみ給へよをそむきなんのほい丶とふかくてとしころになりぬるをほたし[な]とのあなかち卄(▲に)なるもなきものからさりぬへきところなとのなきをおほろけならす思さたむるほとに月日のすきゆくにさるへきにやおはすらんとこ丶ろにもやかてさそひ給へときこえまほしくされとこのたひはうちつけにものさはかしきやうなれはよろつ心にこめてなん心のとかにはいかてかきこゆ

くてはおはすべきぞなとの給へば都のかたは今はみ《（見）》給ふべしとおもひ給へてなんのこりの日かずいまいくばくもさふらはす此ほと過してはちくぶしまになん又しばしさふらふべきといふもいと行ゑなきやうにてまどはしてんは中々年ころよりもいみじかるべければさらばたゞいましばし其わたりにものし給へごやの程すくしてぞ出侍るべきそれに聞えさせんとかたらひ給ふさまのなつかしさはげにさばかりなを〱しき心にもえたちやらずいでさせ給はんにかのみたうのかたにたづねさせたまへとていぬる名残もむねひしげたるやうにていとおぼつかなうのこり床しともよのつねなれば仏にも此行ゑたしかにきかせ給へとずゞをしすりたまふしるしいかゞとぞ

（下59オ～60ウ）

し給ひなんやいつまてかくてはおはすへきそなとの給へはみやこのかたはいまはしはしと思給へてなんのこりのひかすもいまいくはくも候はすこのほとすくしてはちくふしまにてなんしはし候へしといふもいとゆくゑなけなるにかうてまとはしてんは中々としころよりもいみしかるへけれはたゝいましはしそのわたりに物し給へそれにきこゑさせんとかたらひ給さまのなつかしけにいとけたかうなを〱しき心ちにもえたちやらすいてさせ給はんかのみたうのかたにたつねさせ給へとていてぬるなこりもむねひさけたるやうにていとおほつかなうのこりゆかしともよのつねなれはほとけにもこのゆくゑたしかにきかせ給へとすゝをすり給ひししるしいかゝさも

（108ウ～110オ）

へき京にはものし給なんやいつまてかくてはなと、ひ給へは宮このかたはみ給はしと思侍りてなんのこりの日かすいまいくはくも侍らすこの程すこしてはちくふしまになんしはしさふらふへきといふも行卄○《ゑ》なけなるにかくてまとはして○《は》としころよりも中々いみしかるへけれはさらはた、いましはしそのわたりにものし給へこよひの程すこしてはいて侍へきそれにきこえんさるへきにや御てしにもならまほしくあはれにおほえ給をおなし心におほせなとかたらひ給さまのなつかしけれはけにさはかりなを〱しきこ、ちにもえたちもやらすいてさせ給はんにかの御たうのか[た]にたつねさせ給へとていりぬるなこりもむねひしけたるやうにておほつかなくのこりゆかしとよのつねなれはさふらひ給にもゆくへきかせ給へとす、をしすり給ふしるしもいか、

（123ウ～125オ）

巻三（承応板本・慈鎮本・深川本）

承応板本

〔一七一〕

み山のさとのさひしさはげにをしかのあとよりほかのかよひ路もまれなりけるを夜の程にいとゞとぢかさねてげるこほりのくさびはあしもいみじくたへがたくてあゆみもやられたまはずそこひもしらずふかき谷より生いでたる木とものねのこけがちにうちものふりたるけしき枝さしなどうとましげなるにくるしうてよりゐさせ給へる御かほのいろあひけしきなど山の中にもめとゞめ奉るものやあらんとゆゝしきまでみ《(見)》えたてまつり給ふ

たにふかみたつをたまきは我なれや思ふ
心のくちてやみぬる〈77〉

れいのことにふれてまづおぼし出らるゝにこれよりやまふかくもいりなまほしきにうしろめたくわりなしとおぼしたりし御けしきどもの思ひいでられていつしかとおぼすらんに行ゐなくきゝなし給ひていかばかりおぼしなげかんと思ひやらるゝあらましごとにあぢきなくなみだもおちぬべきに又うちそへておもはずにうしとおぼしたりしおり〳〵の御けしき

慈鎮本

〔一七一〕

みやまさとのさひしさはけにさをしかのあとよりほかのかよひちなかりけれはいとゝよのほとにとちかさねたるこほりのくさひはふみくたかるゝあしもいみしくたえかたくてあゆみやられ給はねはそこひもしらぬふかきたにのそこよりおいたるきのねもこけもはちかに物ふりたるけしきもむつかしけなるによりゐ給える御かほのくるしとおほすにうちあかみ給へるゆかしきまてみゐ給ふに

たにふかみたつおたまきはわれなれや思
ふこゝろのくちてやみぬる〈77〉

おほしつゝくるにやかてこれよりふかくいりなまほしきにいとうしろめたくわりなしとおほしたりし御けしき思いてられていつしかおほすらんにゆくゐなくきゝなし給ていかはかりおほしなけかむと思ひやらるゝにもまたうちそへてまたおほすにうとましうしとおほしたりしをり〳〵の御けしきをしあけかたの月ならねともよろつにすくれてこひしく思ひいてられ給にそいとゝみちみ《(見)》えぬまてかきくら

深川本

〔一七一〕

み山のさとのさひしさはけにさをしかのあとよりほかのか《(▲か)》よひちもまれなるをよのほとにいとゝとちかさねてけるこほりのくさあひはあしもいみしう《(▲く)》たえかたくてあゆみもやられたまはすそこゐもしらすふかきたによりおひいてたる木とものねにこけかちにうちものふりたるけしきえたさしなとうとましけなるにくるしうてよりゐさせ給へる御かほのいろあひけしき山のなかにもめとゝめきこゆるものやあらむとゆゝしきまてみえ給ふ

たにふかくたつおたまきは我なれやおも
ふこゝろのくちてやみぬる〈77〉

れいのことにふれてはまつおほしいてらるれはこれより山ふかくもいりなまほしけれとうしろめたうわりなしとおほしたりし御けしきの思いてられていつしかとおほすらんにゆくゐなくきゝなし給ていかはかりおほしまとはんと思やらるゝあらましことにあちきなくなみたもをちぬへきにまたうちそへておもはすにうしとおほしたりしおり〳〵の御け《(気)》しき

はをし明かたの月ならねどよろづにすぐれてこひしく思ひいてられ給ふにいと、道もみ《（見）》えぬまでかきくらさせ給ふ

　こひしさもつらさもおなじほだしにてな
　く〳〵もなをかへるやまかな〈78〉

とこと〳〵なき御こゝろのうちながらからうじてしもやまにあゆみつき給へるにぞいつしかと奉らせ給へる御むかへの人々まいりあつまりたる　（上1オ～2オ）

〔一七二〕

さるべき若かんだちめ殿上人などをくらかさせ給ひてげるうらめしさのかはりにわれも〳〵ときほひ出てよしのゝ川の所もなきまでこゝろあはたゝしくなりぬれどありし山ぶしけさたづねさせ給へば物さはがしくてえあひたまはずなりぬればかならずたづねてまいりあへとて道すゑをとゞめ給へるまち給ふとてやすらひ給ふにからうじてとひ給ふに此ころさぶらひける所もとりはらひてかみしやうじによべの御ぞをなんかけてさふらひつるこもりて侍る僧どもにとひさぶらひつればいもうとの月ごろわづらひ侍けるがかぎりになりたるよしつげにをこせて侍ればよのあひたさぶらはんもししなばのちのあつかひもみ《（見）》ゆづる

され給ぬる

　こひしさもつらさもおなしほたしにてな
　く〳〵もなをかへるなみかな〈78〉

なとこと〳〵もなき御こゝろのうちなんめりからうしてしもやまにあゆみつき給へるにそいつしかとたてまつり給へる御むかへの人々まいりあひたり　（1オ～2オ）

〔一七二〕

さるへきわかゝむたちめ殿上人なとはをくらかさせ給へるうらめしさにわれ〳〵もときをいいてつゝよしのかはのところなきまて物さはかしくなりぬれとありし山ふしけさあか月にたつねさせ給へれと物さはかしくてえあはすなりぬれはかならすたつねてまいりあえとてみちすゑとゝめさせ給えるまち給とてやすらひ給ふにからうしてまいりたれは人なきかたにめしはなちてとはせ給へはひころさふらひけるところもとりはらひてかみさうしによへの御そかけをきて候ひつるに《の》こもりてさふらひつるそうとも申つるはいもうとの月ころわつらひつるかかきりになりたるとふらひによろしくなりなはかへりなんのちのあ

はをしあけかたの月ならねとよろつにすくれてこひしう思いてられ給にいと、みちもみえすかきくらされたまふ

　こひしさもつらさもおなしほたしにてな
　く〳〵も猶かへる山かな〈78〉

なとこと〳〵なき御心のうちなからからうしてやまにあゆみつき給へるにそいつしかとたてまつり給へる御むかえの人々まいりあつまりたる　（1オ～2オ）

〔一七二〕

さるへきわかゝんたちめ殿上人なとをくらかさせ給てけるうらめしさのかはりにわれも〳〵ときほひいせゝ《つゝ》よしの河のところなきまて心あはたゝしくなりぬれはありし山ふしけさたつねさせ給へとものさはかしくてえあひ給はすなりぬれはかならすたつねてまいりあえとてみちすえをと、め給へるまち給とてやすらひたまふにからうしてまいりたれはひとなき方にめしてとひ給この日ころさふらひけるところもとりはらひてかみさうしによへの御そなんかけてさふらひつるこもりて侍僧ともにとひ侍つれはいもうとの月ころわつらひ侍つるかかきりになりたるよしつけにつかはしたりけれは夜のあひたとふらはんもしし○

べき人もなきをいかゞすべからんよろしけならばやがてかへりなんと申て夜中にまかりいでにけるそのいきどころなどはしりたりと申す人さふらはずと申すにくちおしなども世のつねなりやよべなど今すこしとはずなりにけんあかつきにめせといひしかば心やすくておこなひもまぎれがまし人めもいかゞなど心のどかに思ひしもくやしくいみじとも世のつねの事をこそいへいとゞ宮このかたの物うさもわりなけれどいでさせ給ひにしのち殿はものなどすべて御らんじいれず夜など露ばかりも御とのごもらでおぼつかながりあかさせ給ひけるとくち〳〵かたり申しつゝとく〳〵といそがし聞えさすれば心にもあらすたなゝし小舟にこきかへり給ふ程むねのせきぢはひまなし（上2オ～3オ）

〔一七三〕

笛などもたせたるわかき人々ありておりにあひたるねふきならしたる水のうへにてはいとゞおもしろくおかし又かひのしづくのしほどけさもしらすがほに手づからこぎかへりつゝこゑおかしうてあれいもせのやまかさばれとうたひたるさまどもはをの〳〵ほこりかにおもふことなげなるはなをわればかりもの

つかいもみすつましきことゝいは《ひ》てなんよるにいてさふらひにけるいきところはわさと人とはねはしらぬよしをなん申つるといふをきゝ給くちをしともよのつねなりよへなとよひはなちてとはさりけんあかつきにめせなんといひしかはおこなひにもまきらはしく人めも物さはかしくや思ひけんたゆ〳〵しさくやしくわりなきにいとゝおほしみたれてみやこのかたへかへらん事もいみしく物うけれともいてさせ給てのちとのなとは御たいもめさすよるなとはゆはかりも御とのこもらておほつかなかり申させ給ふなとさま〳〵きこゑさせつゝつく〳〵とのみいそかしきにきこゑさすれはこゝろにもあらすたなゝしおふねとかやにやこきかへり給もなをむねのせきひめなし（2オ～3オ）

〔一七三〕

ふゑなともたせ給へる殿上人ありけれはおりにあひたるねにそふきならしたるもをかしく又てつからこきかへりかひのしつくのみほとけさもしらすかほにあそひしほたれつゝこゑはをかしくてあれはいもせのやまかそはされとうたひみたるゝさまともおの〳〵ほこりかに思ふ事なけなるはなをわれはかり物思はし

《な》はのちのよのあつかひも又みゆつる人なきをいかゝすへからんよろしけならはやかてかへりなんと申てよ中にまかりいてられけるそのゆきところはしりたる人さふらはすと申にくちをしなともよのつねなりやよへなといますこしとはすなりにけんあか月にめせといひしかは心やすくてをこなひもまきれかまし人めもいかゝなとのとかに思しもくやしういみしともよのつねなりいとゝみやこのかたものうさもわりなけれといてさせ給しのち殿もすへてものも御らんしいれすつゆはかりもまとろまておほつかなかりあかさせ給けるとくち〳〵申つゝとく〳〵といそかせは心にもあらすたなゝし舩にこきかへり給程むねのせきちはひまなし（2ウ～4オ）

〔一七三〕

ふゑなともたせたるわかき人々をりにあひたるねふきならしたる水の上にてはいとゝおもしろうおかし又かひのしつくのしほとけさもしらすかほにてつからこきかへりつ（▲て）ゝこゑはおかしうてあはれいもせやまさはれとうたひたはふるゝさまもをの〳〵ほこりかに思事なけなるはわれはかり物思はしきはなきなめり

おもはしきはなきなめりとうらやましく思ひわたされ給ふ

行かへりこゝろまどはすいもせ山思ひはなるゝ道をしらばや〈79〉

よぐかたのなかりけるも契りこゝろうくながめいりて舟のはたによりかゝりつゝねふり給へる御まみ（見）のけしきなまめかしうみえ（見）給ふをものごのましき若きんたちなどはめでたうのみ（見）み奉り給ひてもの心ほそげなる御けしきを猶いかなる御心のうちにかとやすのかはらのちとりにもとはまほしかりける

（上3オ〜4オ）

〔一七四〕

殿にはゆゝしきまでこひ聞えさせ給ひければうちみ（見）つけ奉らせたまへるうれしさのかきりなきにもとゞめがたげなるなみだのけしきもみ（見）奉らせ給ふにたはふれにもわが思ひよるすちはあるまじきかなとおぼししるべし雪やけにあしもはれてなやましうおぼさるればゆでつくろひなどしてあるきなどもしたまはずけざやかなりし仏の御ちぎりのおもかけこひしく思ひ出られ給ふにもなをいかで此世をさまあしからぬやうにていとひはなれなんと心の

きはなきなめりかしとうらやましくみたれ給て

こきかへりこゝろまとはすいもせやま思ひはか《な》るゝみちをしらはや〈79〉

とのみなかめいり給てことに物もの給はすあないみしやいみしくこそねふたけれとてふねのはたによりかゝりてうちねふり給へるけしきのいひしらすなまめかしうみゑ給ふをひとつになまめかしきなまきむたちはめてたうのみそみたてまつるにことすくなにしつまり給て物こゝろほそけなる御けしきをいかなる御こゝろにかやすかゝはらのちとりにとはまほしかりけり

（3オ〜4オ）

〔一七四〕

とのにはゆゝしきまてこひきこゑ給ひけるにまいり給けれはうれしさもとゝめかたけなる御なみたのけしきともをみたてまつり給になをたはふれにてもわかおほしよるすちにはあさましき事かなとおほしよらるゆきけに御あしもはれてまことになやましうおほさるれはゆきつくろひなとしてありきもし給はすけさやかなるほとけの御かほのみこひしう思かけに思ひいてられ給ふになをいかにこのよをありしよりけにこゝろはかりはあくかれまさり

とうらやましう思わたされ給ふ

ゆきかへり心まとはすいもせやまおもひはなるゝみちをしら廿《は》や〈79〉

よるかたのなかりけるもちきり心うくなかめいりてふねのはたによりかゝりてねふり給へる御まみのなまめかしうめてたうみえ給をものこのましけなるわかゝむたちめなとはめてたうのみゝたてまつるにことすくなにしつまり給てもの心ほそけなる御けしきを猶いかなる御心のうちにかとやすのかはらのちとりにもとはまほしかりける

（4オ〜ウ）

〔一七四〕

殿にはゆゝしきまてこひきこえさせ給へるにまいり給へれはうちみつけさせ給へるうれしさのかきりにもとゝめかたけなる御なみたのけしきもみたてまつらせ給にはたはふれても我思ふこゝろのすちはあさましきことかなとおほししるへしゆきけに御あしもはれてなやましうおほさるれは御ゆにつくろひなとし給てありきなともし給はすけさやかなりし仏の御ちきりのみこひしうて思いてられ給○《に》も猶いかて（▲か）このよをさまあしからぬさまにて

うちばかりはありしよりけにあくがれまさりておこなひにこゝろをいれ給へれど斎院ばかりにはえおぼつかなきほどにもなしたまはずさるはへだてなくみ(見)奉る事さへありがたくなりにたれはこの世のいとはしさももよほされ給ふなるべし

おもひわびつゐにこの世はすてつともあはぬなけきは身をもはなれし〈80〉

あな心うや此心ながらはのちの世もいかゝとうしろめたし

（上4オ〜ウ）

〔一七五〕

さてもあはれなりしあしせんをさへまどはしてしくちおしさもおもひやるかたなきまゝにかへりきてやあると粉かはに人たび〳〵つかはせどなしとのみいひつゝかへりまいればいもうとのはかなくなりにけるにやとおぼすも中々なるいなぶちのたきなり

ありなしのたまの行ゑにまどはさで夢にもつげよありしまぼろし〈81〉

いけのたまもとみ(見)なし給ひけんみかどの思ひも中々めのまへにいふかひなくてわすれ草もやう〳〵しげさまさりけんをされぱさま〴〵夢うつゝともさためかたうこゝろをのみうご

つゝおこなひに御こゝろいれ給へれとさいゐんにはおほつかなきほとにはなし給はすさるはみたてまつる事ありかたくなりにけるいとゝこのよをもいとふこゝろもよをされつゝ

思ひわひつ*い(▲このよをもいとふこゝろ)にわかみはすてつれとたえ(もよをされ)ぬなけきはみをもはなれし〈80〉

（4オ〜ウ）

*「ひ」を墨で塗りつぶし、その上に「い」を書く。その右に「ゐ」を書き、さらにこれも墨で塗りつぶす。そのうえで、「ひ」左側に「い」と墨書する。

〔一七五〕

又うきにてもたよりいてきぬへきこゝちし給ひしあしせんをさへまとはし給てんしくちをしさもわすれかたくもしかへりてやあるとてらに人つかはせとなくなりにけるにや中々のいなふちのたきはなくさめかたくおほさるゝまゝに

ありなしのたまのゆくゑにまとはさてゆめにもつけよありしまほろし〈81〉

いけのたまもとみない給てけ(▲ん)ん思ひもなか〳〵めのまへにいふかひなくわすれくさもつみ給てけんをこれはさま〳〵ゆめうつゝともさためかたくて御心のみそこかし給ふれはい

いとひはなれなんと御心のうちはかりはありしよりけにあくかれまさりてをこなひに心はいり給へれとさい院にはえおほつかなき程にもなし給はすさるはへたてなくみたてまつることさえありかたくなりにたるにこのよのいとはしさももよをされ給へし

おもひわひつゐにこの世はすてつともあはぬなけきは身をもはなれし〈80〉

あな心うやこのころならはのちのよもいかゝとうしろめたし

（4ウ〜5ウ）

〔一七五〕

さてもあはれなりしあしせんをさへまとはし給てしくちをしさもおもひやるかたなきまゝには返てやあるとこかはに人々たひ〳〵つかはせとなしとのみいひつゝ返まいれはいもせのさはなくなりにけるこそはとおほすに中々なるいなふちのたき也

ありなしのたまのゆくゑもまとはさてゆめにもみはやありしまほろし〈81〉

いけのたまもとみなし給けんみかとの御心も中々めのまへにいふかひなくてわすれくさもしけりけむこれはさま〳〵ゆめうつゝともさためかたう御心のみうこかし給けにいかなり

かし給ふげにいかなる昔の契りにかとぞおぼししらるゝさらばありし暁その夕べにやきえはてにけんとおぼせばたれともなけれど其程よりむつましうおぼすそうどもにいひつけ給ひて七日〱までとぶらひをぞいみじうしのびてせさせ給ひけるいかなるにてもこの忍草のありなしをだにきくわざもがなと御心にはなるゝおりもなし

（上4ウ～5ウ）

〔一七六〕

まこと斎宮はつかさへわたり給ひしかばわか宮はいとゞ人すくなに物さびしうてものし給ふを大将は心ぐるしく思ひ聞え給へど前さいゐんのひとりずみの心ほそきによりさがの院の猶さながら思ひうしろみ給へとの給はすれば大殿へもえわたし聞え給はでつねにみづからわたり給ふよるなどもとまり給ふ夜な〱おほかり若宮もみつき聞させ給ひていみじうまとはし聞え給ふをいかでかはをろかには思ひ聞えさせ給はんやう〱すみよしの里にもなりぬべかめりいつれもこの女宮たちをばいもうとのやうにあつかひ聞させ給ふにも入道

かなるちきりにかとそおほししらるゝさらはもしありしあ《か》つきのそのゆふへにやきえいりにけんとつねよりも御こゝろにかゝりておほさるゝ御なくさめにはたれともなけれともやかてかのほとよりむつましうおほさるゝそうとものまことなるともにいひつけ給てなゝなぬかまてのとふらひをそいみしうしのひてせさせ給けるいかなるにてもたゝいまはいかてかしのひくさのありなしをたにきくわさもかなと御こゝろにはなるゝをりなし

（4ウ～5ウ）

〔一七六〕

まことやさいゐんはゐんへわたり給ひしかはわかみやはいとゝ人すくなにて物さひしくて物し給ふを大将とのはこゝろくるしう思ひきこゑさせ給へとさいゐんの御ひとりすみのこゝろくるしさにさかのゐんのなをさなから思ひうしろみきこゑさせ給へくの給はすれは大将とのへもわたしきこゑさせ給はてよるもとまり給ふよな〱おほくてひるもゐくらし給つゝなれきこゑさせ給まゝにやう〱すみよしのさとにもなりぬへき御うつくしさなりいつれともなくこの女宮たちをはまことの御いもうとのやうにあつかひきこゑさせ給にも

けるむかしのちきりにかとおほしゝらるさはありしあか月のそのゆふへにやきえはてにけんとおほせはたれともなけれとその程よりむつましうおほすそうともにいひつけ給てまた〱の日までのとふらひを（◀に）そいみしうしのひてし給けるいかなるにてもこのしのふくさのありなしをきくわさもかなと御心にはなるゝをりもなし

（5ウ～6ウ）

〔一七六〕

まこと斎宮はつかさえわたらせ給にしかはわか宮はいとゝ人すくなに物さひしくてものし給を大将殿は心くるしう思きこへ給へと前斎院の御一人すみの心ほそさによりさかのゐんの猶さなから思うしろみ給へとの給はすれは大とのへもえわたし給はてつねに身つからまいり給よるなともとゝまり給おほかりわか宮もみつききこえ給ていみしうまとはしきこえ給をいかてかはおろかにも思ひきこえ給はんやう〱すみよしのさとにもなりぬへかんめりいつれをもこの女宮たちをはいもせのやうにあつかりきこえさせ給にも入道の宮のいと

の宮のいとひすて給ひしつらさもあかずくちおしうおぼしけりありし雪の夜の枕のしづくはわすれがたうかなしう思ひいで給へるいまはいかやうにかおぼしめしなりたるともいかさまにしてかいま一たびけちかき程の御けはひをきくわざもがなと思ひわびては中納言のすけをのみぞうらみ給へどかひなきよしのみきこゆればいとこゝろうし夢のやうなりしよな〳〵なきたまふより外の御けはひはきかてやみき一くだりの御返なとはたみすべきものとも思ひたらざりしもわがこゝろのあながちにつくしそめてしかたよりほかにはなげきのもとに枝さしそへじとせちに思ひはなれしおりこそこれをしゐてうらめしかるべきものとも思はざりしかよろづにとり所なくくやしき事のみつきせぬまゝに今さらに日に二たひ三たひもしほ草かきつめつゝうらみきこえ給ふさまあまのはまやにあまりぬべしされどみ（見）るべきものともおぼしたらずとのみきくはすきぬるかたのむくひにやとつらく心うしかぎりなき御身の程といひながらも我身はなどてさばかりのあはれをもかけられ奉るまじきぞとあさからぬ御契りの程もおぼししるまじくやはと心うければおがみわたすにてもやみぬべけれど月日のすぐるまゝにめづらしきさまに

このみやのいとひすて給てしくちをしさはゆきのよのまくらのしつくはわすれかたくかなしく思いて給へはいまはかやうにかおほしなりたるといかさまにしていまひとたひけちかきほとの御けはひをもきくほとのわさもかなと思ひわひ給て中納言のすけをうらみ給へとひとつ御こゝろならぬはいとありかたき事とのみきこゆるもいとかなしくゆめのやうなりしよな〳〵もなくよりほかの御けはひもきかせ給はすひとくたりの御かへりもみすへきともおほいたらさりしもわか心のあなかちにつくしそめてしひとゝひよりほかのなけきのもとにはえたさしそへかしとおほしおといしをりこれをうらみきこゐゆへきものともおほさゝりしかよろつにとりところなくゝやしき事のみおほしつゝけらるゝまゝにはいまさらにふたたひ三たひとかきつめつゝうらみきこゐさせ給ふさまあまのはやまにもまさりぬへしされとも御覧すへき物ともおほしたらすときゝ給はすきにしかたむくひにやとつらくかきりなき御みのほとゝいひなからわかみにはなにことにつけてもさはかりのあはれはかけられたてまつるましうやこゝろうけれはおかはにわたすへけれとおほろけならさりけるちきりのほとのみへてよにたくひなきわかみや

ひすてさせ給てしつらさもあかすくちをしうおほしけりありし夢のよのまくらのしつくはわすれかたうかなしく思ひて給へるいまはいかやうにかおほしなりぬるともいかさまにしてかいま一たひけちかきほとの御けはひをきくわさもかなと思わひては中納言佐をのみうらみ給へとかひなきよしをのみきこゆれは心うしやゆめのやうなりしよな〳〵もなき給よりほかの御けわひはきかてやみにきひとくたりの御返はみすへき物ともおほしたらさりしもわか心のあなかちにつくしそめてしひとかたよりほかにはなけきのもりにえたさしそえしとせちに思はなれし心にてこれをしゐてうらめしかるへきものとも思はさりしかよろつにとりところなく〳〵やしき事のみつきせぬまゝにはいまさらにひに二たひみ（三）たひかきつめつゝうらみきこえ給さまあまのはやまにも見へきものともおほしたらすときくはすきぬるかたのむくゐにやとつらく心うしかきりなき御身の程といひなからも我身はなとてあはれもかけられたてまつるましきそあさからぬちきりのほともおほしゝるましうや○《は》と心うけれはをかはにわたすにてもやみぬへきを月日のすくるまゝによにめつらしきさまにおよすけ給わか宮の御さまをさすかによそ

をよすけたまふわか宮の御さまをさすがによそのものとみ（見）なし給はずかく契りふかくて我物にあつかりたまへるをなとはいかでかはよのつねにおぼしなさん是より外のうき世のなぐさめはあるまじかりける身にこそと思ひしられたまふあはれもくやしさもよのつねならす大殿もつねにわたり給ひつゝみ（見）奉りうつくしみきこえ給ふさまはをろかならぬにつけてもありのまゝに聞えたまはゞいかにとやおぼさるゝ宮のあれたる所々つくろはせなどせさせ給ひてさるべきけいしなどわかちなさせ給ひつゝ古宮にさふらひし人々かたへはさがの院の斎宮などにわかれにしのこりはさながらさびしからぬさまにしてさふらはせ給ふ

（上5ウ～7ウ）

〔一七七〕

雪ふりて物心ぼそげなる夕つかた大将殿内より出給ふまゝにいかにもの心ぼそげなるふるさとにおさなきひとなに心なくまぎれ給ふらんと思ひやらせ給へはそなたさまに物したまへるにおぼしやりつるもしるく山里の心ちして人めもまれなるにわか宮の御めのとたちばかりはしつかたにうちながめける程なり今ぞひきかへされたるおましどもなをしなどして

の御ありさまもさらによをへてあはれあさからすおほえなり給つゝいまはさらにこれよりほかのうきのなくさめはあるましく思きこゑさせ給つるをおほとのゝむかしのちきりこそはおろかならすきこゑ給てつねにわたり給つゝもてあそひうつくしみ給けりみやのうちのあれたるところ〳〵をこたちみつのなかれもみところふかくつくろはせ給てさるへきけいしきしなともわかちおかせ給えりこみやにさふらひし人々かたへはさかのゐむさいゐんなとにまいりのゝなともさひしからてさふらふへきやうにおきておかせ給へり

（5ウ～7ウ）

〔一七七〕

ゆきかきくらし物こゝろほそけなるひるつかたに大将とのうちにさふらひつるもいかに人すくなにてと思ひやりてふみわけてわたり給つるにおほしやり給つるもしるく人めまれなるこゝちしてわかみや御めのとたちはかりしてうちなかめけるとみえたりいまはこゝろひきかへしたる御ましともひきなをしなとしたれともなをちりかましき心ちしたりたゝいま

の物とみなし給はすかくちきりふかくてわかものにあつかり給へるをはいかてかよのつねにおほしなさんこれよりほかのうきかなくさめはあるましかりけるにこそと思しられ給あはれもくやしさもよのつね（▲5）ならす大とのもつねにわたり給つゝみたてまつりうつくしみ給さまおろかならぬにつけてもありしまゝにきこえ給は[ゝ]いかにもとそおほさるゝ宮のうちのあれたるところ〳〵つくろはせなとせさせ給てさるへきけいしなとわかちなさせ給てこ宮に候し人々かたえはさかの院なとにわかれにしのこりはさなからさひしからぬさまにとてさふらはせ給

（6ウ～9オ）

〔一七七〕

ゆきふりて心ほそけなるゆふつかた大将殿うちよりまかて給まゝにいかにもの心ほそけなるふるさとにおさなき人なに心もなくまきれ給らんと思やられ給へはそなたさまにものし給へるにおほしやりつるもしるく山さとの心にしてひとめもまれなるにわかみやの御めのとたちはかりはしつかたになかめける程也いまそひき返しなとしてゝはましともなをしな

うちとけたるすがたどもをかたはらいたげに
思ひたるもおかしわか宮はねおきてむつかり
給ひけるにかくわたり給ひければよろこびて
むつれ聞え給ふいみじうあはれにてまいらざ
らましかばいかにくちおしからましとてうち
なみだぐみ給へるけしきなどなをさりの心ざ
しとはみ(見)えずいみじうあはれと思ひ給へるを
み(見)奉るめのとたちなどはかゝる人物し給はざ
らましかはかぎりなきみやづかへといふとも
此ごろはいかに心ぼそくよるかたなき心ちせ
ましと殿の御心ざしをうれしと思ひけりみ(見)え
させ給はぬ程はつれ〳〵げにおぼしていみじ
うこひ聞え給へるこそ心ぐるしう院のさばか
りおろかならず思ひきこえさせ給ふをばをぢ
奉らせ給ひてなどきこゆれば院の御心さしに
をとるべくも侍らぬものを猶おさなき人は
中々おとなひさせ給ふまゝにおぼしめししる
にこそなどの給ひてはしつかたなるおましに
うちふしたまへればわか宮も御ふところにい
り給ひて何とはか〴〵しうも聞えぬ事をきこ
えたはふれたまふ御あはひいとかゝらぬちご
ならばかたはらいたくやあらましとみ(見)えさせ
給へりしろきからの御ぞとものなべてならぬ
におなじさまなるくれなゐのかさなりたるつ
ねのことぞかしされと夕はへにやなべてなら

御とのこもりをきてこひきこゑさせ給てなき
むつからせ給へはいとわりなき事なときこゆ
けにみつけ給てはよろこひむつれ給にさまの
あはれなるをかくまたせ給ふをまいらさらま
しかはとてなみたくみ給ふけしきおろかなら
ぬをみたてまつるにそめのとたちもかゝる人
ものし給はさらましかはとこよなきなくさめ
なりけるみえさせ給はぬ[illegible]ほとはかくのみこ
ひきこゑさせ給こそあやしけれゐんのさはか
りおろかならす思ひきこゑさせ給へるにはお
ちはちまいらせ給てなときこゆれはゐんの御
おもひにおとるへき心ちもし侍らぬものを
こゝろうくもの給ふかなとておくのおましに
もろともにうちふさせ給へるにあはれさへお
とろ〳〵しきおとなひとこゝろからいとこゝ
ろほそししろきふくさはりとものなへてなら
ぬにくれなゐのからの御そともをれいの事な
れとつねのとにはみゑぬにわかみやさへもて
はやし給へる御ふところのあはひそいとかは
らぬちこともはかたはなりぬへかりけるこひ
しくやおはしましつるおとゝなともつねにく
して侍つるところにいさらせ給へよとの給へ
はおとゝはよしなさかのゐんこそかしらはき
ら〳〵としておそろしけれとおとしめきこゑ
させ給ふはおかしきやひめみやもかみはみし

としつゝうちとけたるすかたともをかたはら
いたけにまきらはしたるさまもをかしわか宮
はねをきてむつかり給へるにかくわたり給へ
れはよろこひむつれきこえさせ給ふいみしう
あはれにてまいらさらましかはいかにくちを
しからましとてうちなみたくみ給けしきなと
猶さりの御心さしとはみえすいみしうあはれ
と思きこえ給へるをみたてまつる御めのとた
ちなとはかゝる人ものし給はさらましかはか
きりなき宮つかへといふともこのころなとは
いかはかり心ほそくよるかたなき心ちせまし
との、御心さしをうれしう思ひけりみえさせ
給はぬ程はつれ〳〵に心くるしう院のさしも
おろかならす思申させ給をはをちたてまつら
せ給てなときこゆれは院の御心さしにおとる
へきにもあらぬものを猶おさなき御身にもお
となひさせ給まゝにおほしゝるにこそなとの
給てはしつかたなるおましにうちふし給へれ
はわかみやも御ふところにいり給てなにとは
か〳〵しうもきこえぬことをきこえたはふれ
給御あはひいとかゝらぬちこともならはかた
はらいたうやとみ給へりしろきからの御そと
ものなへてならぬにおなしさまなるくれなゐ
のかさなりたるつねのことそかしゆふはへに
やなへてならすめてたうみゆあられのいとお

ずめでたくみ(見)ゆあられのいとおどろ〳〵しう
ふりたるにをぢ給ひてきぬをひきかづきて身
にかひつき給へるいみじうらうたくおぼえた
まへばまいらざらましかばたがふところにか
いらせたまはましかくおそろしき雨もふらぬ
おとゞなどぐしてつねにもろともに侍る所に
いて給ひねとの給へば打うなづきておとゞは
よしなさがの院こそかしらはきら〳〵として
おそろしげなれと先おとしめ聞えさせ給ふぞ
おかしきやひめ君もかみはみじかくてにくげ
にぞおはしますらんなどのたまへはかしらう
ちふりていなされどそれはよきぞとの給ふお
さなき御めにもさぞみ(見)え給ふらんかし中々さ
まかはりていとゞいかにうつくしげにおはす
らんかしとをしはからるゝもつみふかうおぼ
えながら猶ゆかしきにそむねうちさはぎても
のあはれなればまくらがみなるふえをとりて
ふきすさひつゝみやのとくをよすけさせたま
へかしをしへ奉らんいかにうつくしうふき給
はんとの給へばふとおき出給ひてさかさまに
とりてうつくしき御くちにあてゝ笛のねのや
うにこゑをほそく出してさてをのがふくにに
たるはとの給へばいひしらずうつくしうおぼ
え給ふにもつれなく思ひすてゝしらぬかほに
み(見)はなち給へる御心のうちはなをわがあやま

かくてにくさけにそおはする覧なとの給へは
されともよきそなとの給ふもけにゐ給へるほ
とはかはるけちめもみえ給はしかしとゆかし
く思ひやられ給ふも物のみあはれにてまくら
かみなるふゑをふきすさみ給つゝいつしかみ
やにおしへたてまつらはやいかにうつくしく
ふき給はんとの給へはふところよりおきい
てゝさかさまにうつくしきくちにふゑをあ
てゝふゑのねよりもたかくいたし給ふ御こゑ
はよになくうつくしくおほえ給ふにつれなく
思ひすてゝしらすかほに思ひはなち給へる御
こゝろのうらめしさはわかあやまちといひな
からなみたそこほれぬる

　うき事《ふし》をさこそはみえめねにたてるこの
　ふゑたけはかなしからしや〈82〉

さてもいかにおほしたらむとゆかしさのわり
なさになくさめにはふところにひきいれ給へ
るにいとつめたきみなりなとのゆかしけさは
けにおろかならすおほさるへきかたみにもあ
らさりけりめさしなるかみをせちにかきやり
給つゝめあらひ給ふかととひ給ふにも御すゝ
りひきよせ給ててならひくらし給ふに御との
あふらまいるまてふところよりいて給はねは
ひちかくとりよせてゐなむとかき給ふにひる
のそらのけしきよりはしめしつらひなとたか

とろ〳〵しうふりたるにをち給て御そをひき
かつきて身にかきつき給へるいみしうらうた
くおほえ給へはまいらさらましかはたかふと
ころにいらせ給はましかくおそろしきあめも
ふらぬをとゝなとももろともに侍ところにい
て給ねよと申給へはおとゝはよしなさかの院
こそかみはきろ〳〵としておそろしけれとま
つをとしきこえ給そをかしきやひめみやもか
みはみしかくてにくけにそおはすらんなとの
給へはかしらうちふりていなされとよきそと
の給おさなき御めにもさそみ給ふらんかし
中々さまかはりてはいと〻いかにうつくしう
おはすらんとをしはかられたまふかくおほえ
なから猶ゆかしきにもむねうちさはきてもの
あはれなれはまくらかみなるふゑをとりてふ
きすさみつゝ宮のとくおよすけさせ給へかし
をしへたてまつらんいかにうつくしうふき給
はんとの給へはふところよりをきいて給てさ
かさまにとり給てうつくしき御くちにあて、
ふえのねのやうにこゑをほそくいたしてさて
そこにふくににたるはとの給かいひしらすう
つくしうおほえ給にもつれなく思すてゝしら
すかほにみはなち給へる御心のうちは猶わか
あやまちといひなからなみたこほれ給ぬ
　うきふしはさもこそあらめねにたつるこ

ちといひながらなみだこぼれぬ
　うきふしはさもこそあらめねにたつるこ
　　のふえ竹はかなしからずや〈82〉
さてもいかやうにかおぼしたらんと御心のうちもゆかしくかなしきなぐさめにはふところに引いれ奉りたるもいとつめたき御身なりのうつくしさなどのたゞかやうにこそと思ひいてられていみじうかなしきにもげにをろかなるべきかたみにはあらざりけりめさしなる御ぐしをせちにかきやりつゝあそびむつれ給ふにぞうきなみたはこぼれながらうちわらはれなどし給ふすゞりひきよせて手ならひなどし給ふに御とのあぶらまいるまでふところよりもいでたまはで火ちかくとりよせ奉り給ふにやがてひるの空のけしきよりはじめてしつらひありさまなどもたかはで我一日ながめ暮したるさまなどをおもふ所なくゐにかき給ひてわかみやのふえふきたまへるかたはらにありつる御ひとりごともかきつけ給ひて
　ちりつもりふるき枕をかたみとてみ(見)るも
　　かなしき床のうへかな〈83〉
とてなき給へる所もありさがの院へたてまつり給ふ内侍さぶらふ比なればなるべし
（上7ウ～11ウ）

ふところなくゐにかき給てわかみやのふゑふき給へるにひとり事なとかきつけ給て
　ちりつもるふるきまくらをかたみにてみ
　　るもかなしきとこのうゑかな〈83〉
とてなき給ふ所もあめりさかのゐんにたてまつり給へりないしさふらふころなれはなるへし
（7ウ～10ウ）

　　のふえたけはかなしからすや〈82〉
さてもいかやうにかおほさるらんと御心のうちもこひしうゆかしきなくさめにふところにいれたてまつりていとうつくしき御身なりのめてたきをたゝかやうにこそはなと思ひいてられていみしうかなしきにけにおろかなるへきかたみにはあらさりけりめさしなる御くしをせちにかきやりつゝあそひむつれ給にそなみたこほれなからうちわらはれなとし給すゝりひきよせててならひなとし給に御となあふらまいるまてふところよりもいて給はてめちかくとりよせてさま〳〵のえをかきつゝみせたてまつり給にやかてひるのそらのけしきよりはしめてしつらひありさまなとたかはてわか日々とひなかめくらしたるさまなとたかふところなくゐにかき給て宮のふえふき給へるかたはらにありつる御ひとりことかきつけ給てまた
　ちりつもるふるきまくらをかたみにてみ
　　るもかなしきとこのうゑ[か]《うらイ本》な〈83〉
とかき給へるところもありさかの院にたてまつり給内し候ころなれはなるへし
（9オ～13オ）

〔一七八〕

若宮の御方さまにつけて今はいづかたにもうと〳〵しからす聞えかはし給へと中々入道の宮にはなをえ聞えたまはぬを院は御返など時々は人づてならでの給はせよかゝるかたざまにつけてもこの人をなんたが御ためにも頼むなどつねに聞えさせ給ひけり宮は念ずだうにおはしますに例のもて参りてひろげてまいらせたるを誰ぞとて目とゝめさせ給へるに御心えさせ給へるにや御かほの色うつろひまさらせ給ひて御経にまぎらかさせ給へるさまなと明暮ゆかしがり聞えさせ給ふめる人にみ（見）せ奉らまほしきにいでやすぎぬるかたのあやしくおもはすなりしぞかしなにごとのさはあるべきぞと思ひつゞくるかうのみつもる御文のかずもさだかに御覧しつゝけねば中々なにともしらせたまはぬに床の上のかたみなどは残りなう聞あらはしたまひてけりとおぼすになべての人もみなかくのみこそはあらめされどよその人はなにしにかはかうもいひきかせん中納言などをもそのおりはしらぬとこそは思ひしかなどおぼすに其おりの御心まどひにをとらずはづかしういみじきにも身ひとつにだにあらずあながちなりし御心がまへのほどを院もきかせ給ふやうもあらんかしとこと人よ

〔一七八〕

わかみやの御かたさまにいまはいつかたにつけてもこと〳〵しからすきこゑかはし給へと中々にうたうのみやの御かたにはなをうちとけきこゑ給はぬを御かへりなともなをとき〳〵は人すてならてとそつねにきこゑ給けるみやは御ねんすたうにおはしますにれいのもてまいりてひろけてまいらせたるをたかそとて御めとゝめさせ給ふにやう〳〵御心えさせ給ふにや御かほのいろもうつろいまさりてきやうにまきらはさせ給へるけしきのらうたけさをかくてしもみところまさらせ給へるをんけしきをあけくれゆかしかりきこゑさせ給へる人にみせたてまつらまほしきにいてやすきぬるかたもあやしく思はすなることそかしと思ひつゝかゝるひをへてつもる御ふみかすもさたかに御らんしつゝけぬは中々なにともしらせ給はぬこのそらのかたみはのこりなくきこゑあらはし給ひてはやとおほすになへての人にもみなかうのみこそはあらめされとよそへはなにしにかはかうともいひきかせんないしなともそのおりはしらぬ事とこそ思ひしかなとおほしつゝくるはそのおりのこゝろまとひにもおとらすひとへにたにもあらすあなかちなりし御こゝろかたへのほとなとゐんもき

〔一七八〕

わか宮の御かたさまにつけていまはいつかたもうと〳〵しからすきこえかはし給へと中々入道の宮にはえきこえたまはぬを院は御返なとも時々は人つてならての給はせよかゝるにつけてもたか御ためもたのむなと常にきこえさせ給けり宮はねんすたうにおはしますにれいのもてまいりてひきときてみせまいらするをたかそとて御めとゝめさせ給へるに御心えさせ給へるにや御かほのいろうつろひまさらせ給て御經にまきらはさせ給へるさまなとあけくれゆかしかりきこえさせ給めるにみせたてまつらまほしきにいてやすきぬるかたのあやしうおもはすなりしそかしなに事のさはあるへきそと思つゝくるかうのみつもる御文のかすさたかに御らんしつゝけねは中々なにともしらせ給はぬにやとこのうらのかたみなとはのこりなくきゝ給てけりとおほすになへての人にてこそあらさめれとよその人はなにかはかくもいひきかせん中納言なともそのをりはしらぬとこそ思しかなとおほすにそのをりの御こゝろまとひにもをとらす一えにもあらすあなかちなりし御心かまへを院もきかせ給やうもあらんかしとこと人よりも御心のうちいとをしうこのよもかのよもたゝうき身ひと

りも御心のうちはいと〳〵をしう此世もかのよもたゝうき身ひとつのゆかりにやつれ給ひぬるぞかしとおほしやらるゝ御こゝろのうちなどはながらふるもあさましくのみぞおほししられながらげにかうしにせぬためしもありけるをこよなかりける御こゝろのふかさかなとうらやましうなきかけのみ(見)給ふらんもつきせずはづかしうそおぼされける

　うきこともたえぬ命もありし世にまだな
　　がらふる身をいかにせん〈84〉

などおぼしつゞくれば今はいみじきことをつくし給ふともつらきをあらぬにはなしがたけなりいまはなをかやうの事もいとゞかたはなるをみぬわざもがなとあらぬ所のなきもわれしうおぼしみだれながらもことに出てこその給はせねどいとくるしき御けしきをみ(見)ればいかゞは聞えん常よりは御覧しつと斗なる返事をうきものにおぼししめられにける我心のうらめしさを今はいかゞはせんともえおほししづめずわか宮の御うつくしさのなのめならずをよすけ給ふ事くやしうかなしうおぼさるべし　（上11ウ〜13ウ）

〔一七九〕

誠かのおほい殿の御方にかしづかれ給ふいま

かせ給へらんやうのあらはかしなとことゐよりも御こゝろのうちはいとをしくこのよのたゝうきみひとつかためにやつれ給ひぬるそかしと思ひつゝくるこゝろのうちはなからふへくもおほされねとけにかなはぬやうもありける御心のふかさなとなき御かけもみ給ふらんもつきせすはつかしくおほえ給ふ

　うき事もたえぬいのちのありし時よにな
　　からふるみそはちにしにせぬ〈84〉

なとおほしつゝくれはいまはいみしきことをつくし給ともつらきをあはぬにはなちかたけなりいまはなをかやうのこともわひしくおほしみたれなからもことにいてゝこその給はねといとくるしき御けしきいかゝはきこゑんつねよりは御らんしつとはかりみ給ふもいまはしめたることにはあらねともいとかくうきものにおもひつめられ侍にけるわかみのうらめしさもいまはいかゝせんなとゝておほしゝつめさりける　（10ウ〜12ウ）

〔一七九〕

まことやかのおほきおとゝの御かたにかしつ

つのゆえにやふれ給にしそかしとおほしやらるゝ御心のうちなとはなか《ら》ふるもあさましうおほししられなからけにかくし~~も~~にせぬたくゐもありけるにこよなかりける御心のふかさかなとうらやましうなきか廿《け》のみ給ふらんをつきせすはつかしうおほさる

　うきこともたえぬいのちもありしよにな
　　からふる身そはちにしにせぬ〈84〉

なとおほしつゝくれはいまはいみしきことをつくし給ともつらさをあらぬにはなしかかたけなりいまは猶かやうの事もみぬわさもかなとあらぬところのなきもわひしうおほしみたれなからことにいてゝこその給はせね○《いと》心くるしき御けしきをはいかてかきこえさせんつねよりは御らんしつとはかりの~~かり~~返事をみ給にもいまはしめたることにもあらねといとかくうきものにおほしめされにける我御心のうらめしさもいまはいかゝはせんとおほしゝつめられすわか宮の御うつくしさもなのめならすをよすけまさらせ給事やちたひのくひにそなり給　（13オ〜15オ）

〔一七九〕

まことやいまひめきみは廿にもやゝあまりた

姫君は廿にもや丶あまり給ふま丶にいとおかしげにねびまさり給ふを母うへいとはなやかにものごのみし給ふ御本性にて斎宮の御ありさまをみ（見）奉り給ふもうらやましう行末の心ぼそさもとし月にそへておぼししらるればこの君をかうまでとりよせつとならばおなじくは人なみ〳〵にもてなしてかくさま〳〵にもてかしづき給ふ御方々のくさはひにもせんかしなどせちに人にをとらじの御心をきてにて内まいりの事などおぼしよりにけり殿にもかくなと聞給へは誠の御子ともおぼされねとげにこの御ためにはさあらずともおなじ事なればなどかはさもありぬへうはあしかるべき事ならねどは丶は内にも御らんぜしものをいでや御こ丶ろのうちもいとをしうやあらんあながちなる事とや世の人もいひもどかんなどおぼすをばさる物にてとき〳〵み（見）たまふにいかにそやさやうの御まじらひまではおぼしかくべうこそあらざめれ
（上13ウ〜14ウ）

〔一八〇〕
なか〳〵なる事などもあらばた丶なるよりはかたはらいたうこそは侍らめた丶大将だにたひらかにて侍らばをのづからたが御行すゐに

かれたまふいまひめきみは廿にもあまり給ふらんいとねひまさり給は丶うゐいとはなやかにものこのみし給ふ御こ丶ろにてとうくうの御ありさまみたてまつり給ふをいとうらやましくすゐのこ丶ろほそさもおほししられてこのきみをかくまてとりよせつとならはおなしくはわか丶た丶のも（▲し）しきものにせんなとおほしなりてうちまいりのことをとのにきこゐさせ給へとまことのわか御ことおほさる丶よりはことはなけれとけに御ためにはさらすとをなし事なれはなとかはさもありぬへき事ならはあしかるましき事なれとは丶はつねにうゐも御覧せし物をいてや御こ丶ろのうちもいとをしくあなかちなるつくりむすめつくりいてゝよの人もやすからすこそいひ思ふらめとおほすよりもとき〳〵けしきみるにさやうのましらひまてはおほしかくへくこそあらさめれ
（12ウ〜13オ）

〔一八〇〕
大将たにたいらかにて侍らはたか御ゆくすゐもよにうしろめたなうはつかうまつらしおなしこ丶ろにおほしめせときこゐ給へはいとう

まふはとはま丶にいとおかしけにねひまさり給さまのうつくしきをは丶うへはなやかにものこのみし給御本上にてさい院の御ありさまみたてまつり給もうらやましふすゐの心ほそさもなつきにそえてはおほし丶らるれはこの君をかくまてとりよせつとならはおなしうは人なみ〳〵にもてなしてこそとさま〳〵かしつき給御かた〳〵のくさはひにもせんかしなとせちに人におとらしの御心をきてにてうちまいりの事おほしよりにけり殿にもかくなときこえさせ給へはまことの御子ともおほされねとけにこの御ためにもさらすともおなしことなれはなとかはさもありぬへうはあしかるへきにもあらねとは丶は内にも（▲て）御らんせしものをいてや心のうちもいとをしうやあらんあなかちなるつくりむすめとりいて丶よの人もめやすからすこそいひおもはめなとおほすよりも又時々けしきみるにさやうのましらひまてはおほしかくへうこそあらさんめれ
（15オ〜16オ）

〔一八〇〕
中々なに事もあらはた丶なるよりかたはらいたくやなとまておほす大将たにもたいらかにてものし給はゞたか御ためもすゐまてつかう

もつかうまつりてんおなじ御心におぼしたのみてを物し給へと聞え給へばたゞひとりの御ゆかりより外におぼしあつかはじとにこそはあらめなどうらめしうおぼされてきさいのみやと聞えさせしはあまにならせ給て女ゐんとこそ聞えさすれ御はらからといふ中にもいとねんごろなる御中なればいかなることなりとも御心にまかせぬやうはあるまじければこの人の事をかくなん思ひ侍るおとゞのゆかりには中々かうしも思ひあつかふまじけれどもとしのつもるまゝには世中も心ぼそきをおなじうはとなん思ひたまふるたちまちのつれ〲のまぎれにもさま〲うら山しきなぐさめになど聞えさせ給ひければ内のわたらせ給へるつゐでにしか〲なんとそうせさせ給ひける斎ゐんの御ことのいとくちおしうなりにしをかごとばかりも其ゆかりはうれしかるべけれどかのおとゞのさも思ひよらざらんはいかなるにかなどばかりぞ聞えさせ給ひける御心の中にはおとゞのおぼしやりしもしるくねぢけがましきおひ出などをいとめやすき事ともいそぎおぼしめされざりけり　（上14ウ～15ウ）

〔一八二〕
かやうの御けしきと御らんじしるもいとをし

らめしくたゞひとりの御ゆかりならてものうき御こゝろにこそはとおほしてきさいのみやときこゑさせしはあまにならせ給ひていまはねうゐんとそきこゑさすれはおなし御はらからときこゑさする中にもいとねんころなる御こゝろならひなれはいかなりともきこゑさせん事はいなひ給はしとおほしてこの御ことをかくなん思ひはへるおとゝのこゝろうくいひはなつをたゝこなたさまにもまいらせんとたひ〲きこゑ給へはうゐわたらせ給つるにしか〲なとそうせさせ給ふをさいゐんの事くちをしくおほゆる御かへりにかことはかりもこのゆかりはうれしかるへけれともこのおとゝのさ思ひよらさらんははかることのあるにやときこゑさせ給へはいとねちけたる思ひいてなとをめやすき事ともおほしめされさりけり　（13オ～14オ）

〔一八二〕
御心のゆかぬ御けしき御覧するもいとおしけ

まつりなんおなし御心におほしたのみてときこえ給へはたゝ一人の御ゆかりよりほかにはおほしあつかはしとにこそあらめなとうらめしけにきこえ給てきさいの宮ときこえさせ給しもあまになり給ていまは女院とこそはきこえさすれ御はらからといふ中にもいとねんころなる御中〓《(▲を)な》れはいかなる事も御心にはまかせぬやうにはあるましけれはこの人のことをかくなん思侍おとゝのゆかりには中々かくしも思あつかひ侍ましけれとゝしのつもるまゝには世中も心ほそきをおなしうはとなん思たまふるたちまちのつれ〲のまきれにもさま〲うらやましきなくさめになときこえさせ給けれはうちわたらせ給けるついてにさなんとそうせさせ給けり斎院の御事のくちをしうなりにしをかことはかりもそのゆかりはうれしかるへけれとおとゝのさも思ひよらさらんはいかなるにかなとはかりそきこえさせ給ける御心のうちにはおほしやりしもしるくねちけかましき思やりなとをいとゝいそきおほしめされさりけり　（16オ～17オ）

〔一八二〕
かやうの御けしきと御らんするもいとをしけ

ければ故院の御事ののちはよろづ物をのみおほしめしてかやうの事をたゞ今はものうげになんなをおとゞのそうし給はんぞよかるべきなどぞの給はせけるをことさらにおとゞのかたざまならでもと思ひ侍るなる御こゝろにこそ侍らめなどたび〳〵聞えさせ給ひけれどいとくるしうおぼえさせ給ひて例のわたらせ給ふるに今おとゞのけしきみ《見》てこそはおもふかたことにもあらんをすゝみ出てはしたなうやなどの給はせて御心にもいらぬ事と御らんずれどかくうらみ聞え給へばたゞおぼしたつべきさまにぞきこえさせ給ひけるいたうをしたち物はなやかなる御心にてすこしは御心ゆかぬ事なり共女院もかくおぼしはなたぬゆかりにもありわがもてなしかしづきてさぶらはせはえをろかにもおぼさじをおとゞもさの給ふ共いづれの御事にもえおぼしおとさじとおもひたち給ひて殿にもいたうも聞えあはせ給はず御心ひとつにいそぎたちて二月はかりにとおぼしけり　（上15ウ～16オ）

〔一八二〕

つれ〳〵なるひるつかた大将殿わたり給ふべく聞え給へればまいり給へりおさなくよりいづれの御かたにもへだてなう殿のならはし聞

れとこのゐんの御こゝちのゝちは物をのみおほしめしてさやうの事たゝいまは物うけなる御けしきになんいまこのほとすくしてをとなんきこゐさせ給けれはたゝ御こゝろにこそあらめとうらみきこゐさせ給ふもくるしうおほしめされてれいのわたらせ給へるにきこゐ給へれはいまおとゝにいひ侍覧思かたことに侍らん物をおしまれた覧こそ人わろけれとろさましけにいひなさせ給へはおとゝのゆかりに侍らすとんみつからのまいらん人をはいとわせ給へくやはとてよろしからぬ御けしきなれはいとおしくゝるしくおほえさせ給へとけにいなひかたき御ことにやたゝまいり給へき事にこそまた〳〵もおとゝしてもそうせさせ給へとこゝろゆかすや思はんとなんおほしたるとの給はせたれはいてされはこそすこしこゝろゆかぬ事なりともかたちを御覧してはおろかにはおほしめさしなとさため給て二月はかりとそさため給ふそのほとになりぬれはとのにはかくともきこゐさせ給はす　（14オ～15オ）

〔一八二〕

ひるつかた大将とのをわたらせ給へときこゐさせ給へれはまいり給へりおさなくよりいつれの御ことにもとのゝならはしきこゐさせ給

れはこ院の御事ののちはものをのみおほしめしてさやうのこともたゝいまはものうけになん猶おとゝのそうし給はんなんよかるへきなとの給はするをことさらにをとかたならねといとくるしうてたひ〳〵そうせさせ給けれといまおとゝのけしきみてこそ思ふかたことにもあらんをすゝみいてゝはしたなくやとて御心にもいらせ給はすと御らんしなからもかくわさとうらみきこえさせ給へはたゝおほしたつへきさまにそきこえさせ給けるいたうをしたちはなやかなる御心にてすこし御心ゆかぬゆかりにもありわれもてかしつきてあらせはえをろかにはおほさしおとゝもさの給ともいつれの御ことにもえ思ひおとし給はしなと思たちて殿にもいたうきこえあはせ給はてこゝろひとつにいそきたちて二月はかりにとおほしたちけり　（17オ～18オ）

〔一八二〕

つれ〳〵なるひるつかたさ大将殿わたらせ給*へとこきえさせ給へれはまいり給へりおさなくよりいつれの御かたにもへたてなくとのゝ

え給ひつれば女ばうなどもみ(見)え奉らぬはなき中にもこの御かたはみづからもわら、かにあひ行づき給へる御心ざまにてわざとへだて奉り給ふともなかりけりくれなゐのきぬどもあまたが上にさくらのかたもんなるをき給へる御かたちはな〳〵ときよげにてみ(見)るかひある御もてなしありさま也としのつもり侍るま、にはよの中もいと心ぼそくのみ侍るにも後の世のためまでもたのみ聞えさせてこそ中宮の御かたには明暮へだてなくものせさせ給ふなれどこなたにはいとこひしき程にのみなさせ給へば思ひわびて聞えさせつる也此世はげにかうても過侍ぬべし後のよのためをおもひ侍るにもいと口おしうのみ侍れば此姫君の御ありさまをもいかでなと思ふ事侍りしかどおなじ心に思ひあつかふ人なき事はかなふまじげに侍りしを女院に内のたび〳〵聞えさせ給ひければいかにもかの御ことをいなひ聞えさせんがかたじけなさにいかにせまじと思ひ侍めれどいさや今はいとぼけ〴〵しうなり給ひにける人ばかりたのみてはいかゞなど心一なるやうに侍るを聞えさせんとてなん内わたりの御ありさまなどはさりともえ御らんじはなたじとなんたのみきこえてなどの給へばいづれの御事をも思ひわき聞えさせ侍らねどなにと

へれはみすのうちねうはうの中なとはこと〳〵しからぬにましてこの御かたはほこりかにあひきやうつきたる御こゝろさまにてわさとへたてたる事なかりけりはりくれなゐのあまたきよけにてさかりはまゝてみるかいある御さまなりけんとみゑ給ひけるとうくうの御かたなとにはあけくれへたてなきものにせさせ給へれとこなたにはいとこひしきほとにのみならせ給へは思ひわひてきこゑさせつるなりとしのつもるまゝにはいとこゝろほそくよの中思ひなりにて侍へれはさるはのちのよまてたのみきこゑさせてこそこのひめきみの御ありさまもすこし心やすくみおかまほしくとておとゝにもきこゆる事ありしかとおなし心にもあらさりしかは思ひたゝて侍つるをねうゐんにうゑのまめやかにうらみきこゑさせければいなひ申さんもかたしけなくていとほけしうなり給たる人はかりをたのもし人にてけふあすと思ひたちて侍なりさりと(▲口)もうちわたりの御ありさまなとはみはなたせ給はしとたのみきこゑさせてなとの給へはかゝりける御いそきをもえうけ給はらていつれの御ことをも思ひわきゝこゑさせ給はねとあけくれひとつにみたてまつる中にちうくうの御ことはうちわたりにておのつからおほつかなからぬ心

ならはしきこえ給へれは女房なともみえたてまつらぬ中にもこの御かたには身つからわら、かにあいきやうつき給へる御心さまにてわさとへたて給ふことなかりけりくれなゐのきぬあまたか上にさくらのかたもんなるき給へるかたちはな〳〵ときよけにてさかりはましていかはかりみるかいある御ありさまなりけんとそみえ給ける中宮の御かたなとにはあけくれへたてなきさまにものせさせ給なれとこなたにはいとひさしき程になさせ給へは思ひわひきこえさせ侍也としのつもり侍ま、に世中もいと心ほそくはへりておこかましきまてたのみきこえさせたれとこ、はいとしもおほつかなきほとにのみなさせ給うらめしさよこのよはけにかくても侍ぬへしのちのよのためくちをしく侍れはこのひめきみの御ありさまをもいか、と思侍しかとおなし心に思ひあつかふ人のなきにはかなひけも侍らさ(▲ら)りしを女院にうへのたひ〳〵きこえさせけれはいかにもこの御事をいなひきこえんかたしけなさにいかにせましなと思侍れといさやいまはほけ〳〵しうなり給にたる人はかりをたのみてやなとあやしき心ひとつなるやうに侍をりもきこえさせんとてなん内わたりの御ありさまなとはさりともえ御らんしはなたしとのみき

なう身のいそがしう侍る程にをこたり侍るにこそ中宮の御かたなどにはおなじ百敷にてをのづからおぼつかなからぬ心ちし侍るをげにさやうにておはしまさばおなじことにこそはかゝりける御いそぎをもうけたまはらざりける事などきこえ給ふいまやうの人はおさなうよりあるべかしうこそあれ是はいかなるにかあまり心もとなき御ありさまなめるぞさやうの御まじらひにはかひなきさまにやとみ（見）え侍るをさるべき事などをしへ聞えん人もがなといひしをきゝて此御うしろみのびわをおかしうひく人ありとてこのごろならはしきこゆるをおなじくはいかでまことしく人のきかせ給ふばかりもとこそ思ひ侍れ此比ばかり御いとまのひま〱に此ひがこと共もなをさせたまひてんやと聞え給へは人の師などすばかりにてはなをさるばかりのひがことにはよも侍らじものをとてうちわらひ給へるあひ行こぼるなどは是をいふにやとみ（見）えたるをうちまもり給ひて何事も御ありさまはかりはいとありがたうこそなどてたゞよの常のさまにてもかやうの人をひとりまうけ侍らずなりにけんわかかりし程はかうしもおぼえ侍らざりしに今こそいとこゝろうく侍ればかくあながちなることをも思ひたち侍るぞやなどの給ふあさみど

ちし侍をこの御かたにはけにさておはしまさはおなしことにこそなきこゑ給ふいまやうの人々おさなくよりあるへかしくこそあむなれこれはいかなるにかなにことにもあまりこゝろもとなき心さまにてすこし給ぬるをいかてさうのことをかしくひく人ありとてならはしきこゆるをおなしくはいかてまことしう人もきかせ給ふはかりとそ思ひ侍をこのころはかり御いとまのひまにこのひかことなをさせ給ひなんやとの給ふ人の師なとすはかりにてはなをすはかりも侍らし物をとてうちわらひ給へるあいきやうこほるとはこれをいふにやとみへたれはなにことん御ありさまはかりはいとかたくやなとてよのつねはかりにてもかやうの人をまうけさりけんすきにしかたよりもいみしくゝちをしくおほゆれはかくあなかちなることをも思ひたち侍そやものゝねはえぬへうも侍そのけしきに侍をすこしきゝならひ給へかしとの給ふをかはかりまておほしたちけるはとゝめやすき御ありさまにこそはさま〱の物思ひに心もつきはてゝにくからさりしかせのたよりのゝちもやかてこの御かたにまいり侍らんとてたち給ひぬ　（15オ～17オ）

こえさせてなとの給へはいつれの御かたをも思つきたてまつらねとなにとなくあはたゝしきよにをこたり侍にこそ中宮の御かたなとにはおなしもゝしきにてをのつからおほつかなからぬこゝちし侍をけにさやうにておはしまさはおなし御事にてこそかゝりける御事をえうけ給はらさりけるこそなときこえたまふいまやうの人はおさなくよりあるへかしうこそ侍れこれはいかなるにかあまり心もとなきさまなめるそさやうの御ましらひはいかゝとみはへるさるへきこともをしへきこえん人もかなといひしをきゝてこの御うしろみのひわおかしうひく人ありとてこの日ころならはしきこゆるをおなしうはいかてまことしう人もきかせ給はかりとこそ思侍れこのころはかり御いとまのひま〱にこのひか事（▲を）なをさせ給てんやときこえ給へは人のしなとすはかりにては侍らしものをとてうちはらひ給へるあいきやうこほるとはこれをいふにやとみえ給へるをうちみをこせ給て何事も御ありさまはかりはいとありかたしとてたゝよの常のさまにてもかやうの人一人まうけすなりにけんわかかりしほとはいとかうしも侍らさりし物をいまさらにいと心うく侍れはかくあなかちなることをしも思たち侍そやなとの給あさみとりな

りなる空のけしきいといみじうかすみわたりたるにこぼれてにほふ御まへの花桜つねよりもおもしろふみ(見)わたさるゝにいとゞもよほされて物のねもはへぬべきほどなめるをわたり給ひてすこしもきゝならし給へかしと聞えよとの給ふに《をイ》かばかりまでおぼしたちにけるはげにめやすきほどの御ありさまにこそはなり給ひけれげにさま〴〵のもの思ひに心もつきはてゝにくからざりしかぜのまよひの後もえけしきみぬぞかしとなまゆかしければやかてかの御かたにまいり侍らんとてたちたまひぬ

（上16オ～18ウ）

〔一八三〕

例のみすのもとにて人やさふらひ給ふとをとなひ給へばかの聲ばかりにてうちにこそといふまゝにはしりてかくるゝをとすうへの御をきてなめりと聞給へばみすをひきあげてのぞき給へるに人々あまたありけるがはしりかさなりてきぬのすそをの〳〵ふまへつゝすぎ〳〵にたふれふしたるはまきの馬の心ちぞしたるきちやうなともたふれなどしていとゞものさはがしければつく〳〵とみ(見)いれてとみにもいり給はぬに姫君もはしつかたにおはしけるなるべし今ぞたちて入給ふ色々のきぬ共に

〔一八三〕

れいのみすのもとにひとやさふらひ給ふとおとなひ給へはかのこゑはかりにてうちにこそといふまゝにはしりまとひかくるゝおとすうゑの御をきてなんめりときゝ給ひてみすをすこしひきあけてのそき給へるに人々あまたひとつにかさなりてきぬのすそおの〳〵ふまへてすま〳〵にたふれあつまりていと物さはかしきをつく〳〵とみいれてとみにもいり給はぬひめきみもはしつかたにおほしけるなるへしいまそたちていり給ふいろ〳〵のきぬともにこきうちたるむめのこうちきき給へるうし

るそらのけしきのいみしうかすみわたりたるにこほれてにほふはなさかりのめてたきにもよをされてものゝねもはえぬへき程なるをわたり給てすこしもきゝならし給へかしときこえ給へはかはかりおほしたちにけるはけにめやすきほとの御ありさまにこそはなり給にけれさま〳〵のものおもひに心もつきはてゝにくからさりしかせのまよひののちはけしきみぬそかしとなまゆかしけれはいかてかの御かたにとてたち給ぬ

（18オ～21オ）

＊「こき」に上下逆転を指示する記号がある。

〔一八三〕

れいのすのもとにてあないし給へはかのやうにてかり《本マ、》こくにこそはといふきゝにくるをとすうへのをしへなめりときゝ給へはみすひきあけてのそき給へるに人々あまたありけるかきりかさなりてきぬのすそをの〳〵ふみつゝすみ〳〵に(▲た)たうれふしたるはたんきのむまの心ちしたりけるき丁ともゝたうれなとしてものさはかしけれはつく〳〵とみいれてとみにいり給はぬにひめきみもはしつかたにおはしけるなるへしいまそたちていり給いろ〳〵とものこきうちたるさくらのこうちきゝ給へる

こきうちたるさくらのこうちききたまへるうしろでいとおかしげ也かみはすこしいろにてこちたうはあらずさばらかなるさがりはなどあてやかになまめかしきさまにてこうちきとひとしうぞみ（見）ゆる打み（見）かへりてかほいとあかうなりながらとみにもゐずあきれたるかほさるかたにうつくしげなるさまぞし給へるさはいへどをもりかならぬならひのたちはしりやすなるにこそはとこの身の程にてはそれをつみともみなされたまはさりけりからうしてもやのはしらのつらに居給ひぬれどあふぎなどの行ゑもしり給はずたゝうちふし給へるかみのかゝりつらつきなどすこしけちかくては今すこしめとゞまらぬにしもあらずうと〳〵しくのみおぼしたるがつゝましさにつねにもえまいらぬを又をろかなるにやおぼしなすらんと心ときめきばかりはたえ侍らずなど聞え給ふをいふべきこともおほえずはづかしげにあせのみながれてわびしきにはじめおはしそめたりしに人々いらへをそく聞えたりとてはゝしろがはらだちのゝしりて人々をはしたなくいひしをおぼしいづるに又いかにいはれんとおぼすに身をわなゝかれていとゞさらに物もいひいづべうもなければかのはゝよみかけたりし哥をこそは母うへ聞てほめ給ひしかとま

ろていとおかしけなりかみはすこしいろにてこちたくもあらすあてやかにさはらかはけなるほとにてこうちきとひとしくうちみかへりてかほはいとあかなからとみにものもの給はすあきれ給へるはさるかたにうつくしきさまそし給へるさはいへとおもりかにしもあらぬたちはしりのやすけさこそされと御みのほとにはいたくつみにしもみへすからうしてもやのはしらのつらにゐ給ぬれはあふきのゆくゑもしり給はすこと〳〵しくのみおほしたるかつゝましさにつねにもまいり給はぬをまたおろかにやおほしなすらんとこゝろときめきたえすなとの給ふをはしりたりし人々いらへおそくきこゆとてはゝしろかはらたちのゝしりて人々をはしたなくいひしをおほしいつるに又いかにいはむとおそろしきにみもわなゝかれていとさらに物いひいつへきやうもなけれとかのはくとよみかけたりしうたをこそはのちにうゑもきゝ給てよくよみたりとの給しかは思ひいて給ていたくおひれしとけなきこゑにてよしのかはわたると人もたかへすいひいて給へるをけにほんたいわすれぬもしやよみ給たりけんきゝ給へりともこれよりのちによきもあしきもみきくうたはさしもこゝろとまり給はぬをいつそやかゝる事ありしよとおほ

うしろてをかしく（▲う）かみはすこしいろにてさはらかなるさかりはなとあてやかにてこうちきとひとしうそみゆるうちみ返てかほはあかうなりなからとみにゐすあきれたれとさるかたにてうつくしけなるさまそし給へるさはいへとおもりかならぬなら（▲し）ひのたちはしりやすなるにてこそはこの御身にてはあれをつみともみなされ給はすからうしてもやのはしらのもとにゐ給ぬれはあふきなとゆくゑもしらすたゝうちうつふしたるかみのかゝりつらつきなとすこしまちかくてめとまらぬにもあらすうと〳〵しくのみおほしたるつゝましさにつねにもまいらぬを又おろかにやおほしめしなすらんと心ときめきはかりはたえ侍（▲候）らすなときこえ給をいらふへきこともおほえねははつかしさにあせのみなかれてわひしきにはしめおはしたりしに人々いらへをそくきこえたりとては、しろかはらたちのゝしりて人々をはしたなくいひしを思ひいて給にまたいかにいはれんとおほすに身もわなゝかれていとさらにいひつゝくへくもなけれはかのはくとよみかけしうたをこそはゝうへきゝ給てよしとの給ひしかとまれ〳〵思ひいてゝをほれしとけなきこゑにてよしの河なにかはわたるとひともしもたかへすいひいて給へるをわすれぬは

れ〳〵思ひ出ていたうをびれしどけなきこゑ
にてよしの川なにかはわたるとひともじもた
がへずいひ出たまへるをげに人のわすれぬふ
しやよみ出たりけんとき丶給ふも是《それイ》より後よ
きもあしきもあまたみ(見)きくをさしも御心にも
み丶にもとゞまらぬをいつぞやか丶る事の
聞《ありイ》えしとおぼしいでたるはおかしきに其おり
のいらへは又いかゞありけんとわすれにける
ぞいと口おしきやほ丶ゑみ給へるけしきはい
ひしらずはづかしげにて

　吉野川返々もわたれとやわたるより又わ
　たれとやせに〈85b〉

いりたつもことにとがめがほならざめるは心
やすけれど一わたりも心をとりぞし給ひぬる
（上18ウ～21オ）

〔一八四〕

は丶しろつぼねなるにかくなんと人のつげけ
ればいそぎのぼりてひめぎみのゐ給へるうし
ろの方のきちやうおろしたる所にゐたりさな
めりとみ(見)給ひていづらびわうけ給はれとうへ
の丶給はせつるはとのたまへばいでや人のな
べて聞しらせたまふべくも侍らぬすぢことに
こそ侍めれといみじうしたりがほなるけしき
ことにてびわをとりよせて姫君に奉るま丶に

しいてたるはあやしくやなきのはんさうとい
ひけん人の心ちしていとをかしきにまたその
おりのいらへはいか丶ありけんとわすれけん
われもくちをしくてほ丶ゑみ給へるけしきそ
いひしらすはつかしけなる

　よしのかはかへす〳〵もわたれとやわた
　るよりほかまたわたれとや〈85b〉

けにいひたつことになかめかはこ丶ろやすけ
れとひとわたりもこ丶ろをとりそし給ぬる
（17オ～19オ）

〔一八四〕

は丶しろつほねなるにかくなんとつけたれは
いそきのほりてひめきみのゐ給へるうしろの
かたのおろしたるみすのつらにゐたりいつら
は丶うゑの(▲□□)うけ給はれとの給はせつるはとの
給へはは丶しろとりてたてまつるとてまつさ
るをつなけとさためてもれいのたかくそきこ
ゆるおしへられてとりよせていとしとけなく
ゆる〳〵とそつない給ふ又さしよりてかなて

しやありけんき丶給もこれよりのちよきもあ
しきもあまたみきくをさしも御心にもみ丶に
もとまらねといつそやか丶ることのありしと
おほしいてたるはいとあやしうや丶なきのは
んさうといひけんむかしものかたりにおさな
かりしをりなまをい人のかたりし心ちしてい
みしうおかしきにそのをりのいらへは又い
か丶きこえけんわすれにけるそくちをしきや
すこしほをえみ給へるけしきにいひしらすは
つかしけにて

　よしのかはわたるよりまたわたれとやか
　へす〳〵も猶わたれとや〈85〉

せきゐるたつもことにとかめかほならさめる
は心やすけれと心をとりそむけにし給ける
（21オ～23ウ）

〔一八四〕

は丶しろつほねなるにかくと人つけ丶れはい
そきのほりてひめきみのゐたまへるうしろの
かたの御丁おろしたるところにゐたりさなめ
りとみ給ていつらひわうけ給はれとうへの丶
給はせつるはとの給へはは丶しろいてやなへ
てのき丶しり給へうもはへらす道ことにこそ
侍めれといみしうしたりかほなるけしきこと
にてひわをとりよせてひめきみにたてまつる

先さるをつなげとさゝめくしも例のあらはにぞきこゆるをしへられていとしどけなうゆる〳〵とぞつなぎ給ふ又さしよりて其つぎにはかなでを〳〵とひぢしてつくめればいたちふえふくさるかなづとひき給ふをはゝしろいとおもしろうめでたう思ふにえたえず心もすみたちてすゑにまちとりてあふぎ打ならしていなごまろはひやうしうつきり〳〵すはなどほそめあけてくびすぢひきたてゝた《をイ》れかへり〳〵引そばがほのみすにすきてみ《（見）》ゆるはおかしなどもよのつねの事をこそいへあけくれものむつかしき心の中けふぞみな忘れぬるに思ふまゝにもふしまろびえわらはずねんずるぞいとわびしかりけるふたかへりばかりひき給ふにいとわりなきこゑをおとしあげしやうがするにはやされてかきかへし〳〵おなじいなごまろにて時もやゝかはるはいとすべなきまでおぼえ給ふ　（上21オ〜22オ）

〔一八五〕

御うしろみのいとさかしくかたはらいたきさましたるもてなしによからずあやしきわかきものどものあつまりて人にうちはやりありつかぬなめりみづからの御ありさまもたゞをびれてうちさとび給へるにこそはなどよのつね

をくとひさしうつくめれはいたちふゑふくさるかなつとひき給をはゝしろいとおもしろくめてたくおほゆるにえたえす心のすみたちてすゑにまちとりあふきうちならしていなこまろはひやうしつくとほめあけてくひすちひきたてゝおれかへりかひろくそはかほこそすみすきてみゆるはをかしなとはよのつねのことをこそいゐけれあけくれもののむつかしき心ちもけふそみなわすれぬるこゝちし給ふに思ふさまにもえわらひ給はすねんするそくるしかりけるふたかへりはかりひき給ふいとわりなきにこゑをおとしあけさうかするにいとゝはやされてかきこゑおなしいなこまろにてときもやゝにいろはいとすへなくておほえ給　（19オ〜20オ）

〔一八五〕

さてもみつからの御こゝろはよのつねにもやとこそ思ひつれいとことのほかにもおはしけるかな又これをうちにまいらせんとまておほしよりつらんうゑの御こゝろそいますこしあさましきやとしころもいかにそやとのもすこ

とてまつさるをつなけとさゝめくしもれいのあらはにをしへられてとりよせていとしとけなくゆる〳〵とつなき給またさしよりてそのつきはかなてう〳〵とひちしてつくめれはいたちふえふくさるかなつとひき給をはゝしろいとめてたくおほゆるをたえす心もすみたちてすゑにまちとりてあふきうちならしつゝいなこまろひやうしうちきり〳〵すはなとほそめつゝくひすちひきたてゝをれ返かひろくそはかほみすにすきてみゆるはをかしなとはよのつねなりあけくれものむつかしき心のうちもの思けふそみなわすれぬるに思まゝにふしまろひもえわらはすねんするそいとわひしかりけるふた返はかりひき給にいとわりなきこゑおとしあけさうかするにいとゝはやされてひきかへし〳〵おなしいなこまろめきてともやう〳〵かはるはいとすへなく思給　（23ウ〜25オ）

〔一八五〕

御うしろみのいとかたはらいたきさましたるもてなしによからぬあやしきけて《（◆し）》らうとものわかういふかひなきをあつめてひとへにもの、ゆへしらすはやりありつかぬなめりとこそ思つれ身つからの御ありさまもひとへにう

に思ひつるをいとことのほかにおはしけるかな又是を内にまいらせんなどまでおぼしよりつらんうへの御こゝろぞいますこしあさましきや年ごろもいかにそやある御心とはみ《(見)》つれどあまりかど過てなに事もて出てこのましき所などはすゝみ給へるとみつるはそらごとにこそありけれかうまで心をくれおもひやりなきわざしいで給ふべしとはおもはざりける我こゝろさへくちおしきまでぞ思ひしられ給ひぬるあなはづかしやみ《(見)》るにたゞ國王とてあざやかにそば〳〵しうもおはしまさずさばかりなまめかしうはづかしけなる御ありさまにこのわたりよりとて御らんぜられたまへんよげにひとへにはおぼしめすべきにもあらねどおとゞなとのみ《(見)》る〳〵いだしたてけんよとおぼしめされたまはんいと名たしううき事にこそはあらめなどおぼすにいかさまにてか此ことけふあすの程にとゞむるわざもかなとあぢきなき物なげきさへそひぬる心ちし給ひてけり誠にうへの御心もとよりこまやかに人のありさまなどしり給ふ事もなくたゞひとへに人にをとらじの御心はなやかにおはして女院の御かたざまもたのもしきを中宮の御ありさまにやゝたちまさりてもてなしかしづきて我もいでいりみ《(見)》あつかはんとおぼしたちてしかば

し思ひきこゑ給めれとあまりわひしさすきてやとこそみたてまつれかやうにこゝろおくれ給へることはしいて給はしと思ひけるわかこゝろさへそこゝろほそかりけるあなはつかしやみかとはたゝあさやかにのみもおはしまさすさはかりなまかしけにおはしますにかことはかりにもこのわたりよりなたゝしとわひしうもいかにとせんとていたしたてけんをとのゝ御こゝろもいかはかりあさましくおほしめされけんいかさまにしてこのことをさまたけきこゑんとあいなき物思さへそい給へりけるまことにうへの御こゝろももとより人のありさまなとこまやかにみ給ふへくもあらすたゝ人におとらしの御こゝろのふかきにねうゐん御こゝろよせなとをたのもしうおほしたるへしこはたかに物はなやかになともみへ給はゝたはふれになともおほしたつへきならすかしもとよりゆふかひなくこゝろおくれ給へりしをはゝにもわかれ給てにはかにむかへられきこゑ給てありつかすはれ〳〵ともてかしつかれ給ふにわれかのこゝろもせすほれまとい給へるにこのうしろみのこゝろにまかせてあら〳〵しうきこえおとせはいみしうおちしたかひていとうつ⋈しこゝろえをさなきやうにておはするなりけり　(20オ〜21ウ)

ちをくれて心をくれにまとひ給へるをありつかすもてなさ廿れ給て心よりほかにほれ給にけるにやとこそよのつねに思つれいとことのほかにもおはしけるかなまたこれをうちにまいらせんとまておほしつらんうへの御心そあさましきやとしころもいかにそやある御心とはみつれとたゝあまりかひ〳〵しさやすくれて何事もゝていてゝこのましきところすき給へりと思つるはひかことにこそありけれかくまて心をくれ思やりなきことしいて給へしとは思はさりけるよめてたきとのゝ御心はえにたれもゝてかくされてなめりかしわか御はゝ宮はかやうにはさりともよもおはせしかしと思へとまたいさやわかめもわろかりけりかゝる御心はへをさしもみさりけるよあなはつかしやみかとはたゝこくわうとてあさやかにらう〳〵しうもおはしまさすさはかりなまめかしうはつかしけなる御ありさまにかことはかりにてもこのわたりよりとて御らんせられ給へらんよけにひとつには《(▲の)》おほしめすへきにもあらねとおとゝなとの身にていいたしたてたらんよとおほしめされ給はんいとなたゝしううきことにこそあらめなとこの事けふあすのうちにさまたけきこえんとあちきなくものなけきにさえそなりぬる心ちし給まことに上の御

せう〳〵のかたはなる事もみ《（見）》とがめられ給はぬなるべしとき〴〵うちわたりみ《（見）》奉り給ふにはたゞいとおれ〳〵しうものつゝましげなるさまにてゐ給へるかたちなどはうつくしけれどうち〳〵のかたくなしき御ありさまなどみ《（見）》とがめ給はぬなるべしけしからずこはだかになどやうにみ《（見）》え給はゞかうしもえおぼしたゝしをもとよりいといふかひなきやうにおはせしをいとゞはゝうへにをくれ給ひてほどもなくしらぬ人の御あたりにありつかずひきわかれてはな〴〵ともてかしづかれ給ふにわれかの心ちもせずほれまどひ給へるに此御うしろみ《（見）》さへ心にまかせていとあら〳〵しうせめをどしきこゆればいみじうおぢまさりてうつし心もなきやうに月日にそへてなり給ふなめり（上22ウ～24オ）

心ももとよりこまかに人の御ありさまなとしり給事もなくたゝひとへに人にをとらしの御心ははなやかにおはして女院の御かたさまのたのもしきを中宮の御ありさまうらやましきにこれはいますこしうちまさりてもてなして我もいていりあつかはんに心もとなきことあらしかたちなとはいとをかしけなめりはゝしろかうちすきさかしきも一人にまかせたらはこそみくるしきこともあらめわかあさゆふにあつかはゝなとおほしたちにけれはうゐわたらせ給へなとあるをりはたゝうちはちらひてたれもあるをわさとみとかめなともし給はぬなるへしひわのねもわかさやうのかたことにうと〳〵しうおはしてみなともし給はすはゝしろか上すとてよひもてきてならはせはさにこそはとおほして大将殿にまかせんとさすかにおほしけるなるへしいとかくまてかたくなはしきうち〳〵の御ありさま心はへなともことにえしり給はぬなるへしけしからすこはたかにはしちかくいろめかしきさまになとみ給はましかはいみしうともえおほしたゝしをもとよりいといふかいなくかたくなしきやうなりし人さまをはゝめのとにもてかしつかれ給しをしらぬ國にむまれたらん心ちして我かの心ちもし給はぬにいとゝ御うしろみの心にま

〔一八六〕
もちたまへりけるあふぎのうちをかれたるが
てならひせられたるは手づからのしわざにや
とゆかしうて取み《(見)》給へはまだはか〳〵しうも
つゞかぬもしどものいとおさなくあさましき
さまなるはなにとみ《(見)》とくべうもあらぬをせち
にまもればあめつちをふくろにぬひてとある
はは、しろがならはし聞えたるいはひことな
めりとみ《(見)》ゆるにゑになはしろしあらたうちな
どしたる所に母もなくめのともなくて春のあ
らたをうち返し〳〵返々も物をこそ思へとあ
めり又やなぎ桜をよりあはせうせざめればみ
だれぬめりとあるは哥にやとてせちによみ
つゞくれどひとつにはあまり二にはよらぬを
あやしくとおぼせばさすがにゑの心どもなめ
りとみ《(見)》ゆるにぞさはわがよみ出給へる也けり
三十一字とだにしり給はでなにしにかは扇の

〔一八六〕
もち給へるあふのうちおかれたるにてならひ
したるとみゆるをかやうのこともいか、との
こりなくみあらはしきこゑまほしきにとりて
み給へはまたはか〳〵しくもえつかぬもしと
物あさましけにはたかりまといたるはなにと
たにみをかるへくもあらねはせちにまほり給
へはあめつちをふくろにぬいてとあるはは、
しろのならはしきこへたるいはひの事なめり
とみゆるになはしろあらたなとうへたるとこ
ろにはるのあらたをうちかへし〳〵物をこそ
思へまたかなきはまたやなきにさくらなとの
おもしろきしたにたれも〳〵やなきのいとゆ
をよりわさ、わせはみたれぬめり〳〵とある
はうたにやとてよみつ、くれはひとつにはあ
まりふたつにはこよなくたらすいとあやしく
こ、ろえねとさすかにゑのこ、ろのみゆるに

かせていとあら〳〵しうせためきこえをとし
きこゆれはものもおほえすほれまとひてうつ
し心もなく月日にそえてなり給ふひわもしと
てあやしきものよひもてきてならはせはた、
これかいふま、にをつ〳〵ひき給へはいと、
うつし心共《(▲も)》はおさ〳〵なきやうにおはする
はか《(▲か)》なかりけり　(25オ〜28オ)

〔一八六〕
もち給へるあふきのうちをかれたりけるにて
ならひしたるとみゆるをかやうのこともまた
いか、とみあらはしたまはまほしさにとりて
み給へはてつからのてならひなるへしまたは
か〳〵しうもつ、けぬもしやうなとのあさま
しけなるはなにとみとかめられねはにやあめ
つちをふくろにぬいてなとあるはは、しろか
ならはしきこえたるいはひ事なめりとみるに
ゑになはしろしたるあらたうちなとしたるに
　は、もなくめのともなくてうちかへしは
　るのあらたにものをこそ思へ〈86〉
又やなきさくらなとあるところにて
　あらくのみは、しろかせにみたれつ、む
　めもさくらもわれもうせぬへし〈87〉
なとあるはは、しろにせためられ給けるをり
よみ給たるなめりとみるかあはれにもをかし

ゑのうたよまんとはおぼしよるらんとおかしきにかきざまさへうらうへかみしもひとしうて一にたらぬ哥をやがてあふぎのひまもなくかきなされたるもじやうえりふかうわけをかれたるなどすべてかゝるはまだみ《（見）》ざりつるをさまかはりてうちをきがたふぞおぼされけるはゝしろうちみをこせてきら〳〵しくあそばしつべう侍めりいまやうのてはさうがちにこくうすきすみつきまぎらはしてうちよろぼひて侍りつるこれはつよきもじづかひむかしやうに侍るさはみ《（見）》しらせ給へりやといふにぞえたへでうちわらはせ給ひぬる　（上24オ～25ウ）

〔一八七〕

さやうの事もはか〴〵しうみ《（見）》しり侍らねどげにかくこそはと我御心の程み《（見）》えてならはし聞えさせ給ひければ琵琶もなをせなどうへのの給はせつるを中々ゆがみぬべうぞ侍りけるとのたまへばいでやさまでこと〳〵しうはいかでかとて打わらふけしきいとしたりがほに心つきなしともよのつねなりと思ふに誠やおもひかけぬ人の御ふみをもちて侍しかなどいへばおぼろけにてはちらさぬものをよに侍らじ

そさはわれをよみ侍けるなめりとおほしなりぬるあふきうらうへにかみしもとすみくろにひろこりさまにてまれ〳〵つきたるところはえりふかくわけをかれたるもしやういとめつらかにかゝるやうにてありけりなか〳〵めとまりてうちをかんともおほされすこの御こゝろにてはやなきのいともおほしよりけるそいとこゝろにくきやはゝしろみをこせていときらゝかなる所はかゝせ給つへくみへ給へるはそらめにやといふにそわらひぬへき

（21ウ～22ウ）

〔一八七〕

なにことにも御こゝろのほとみへてならはしきこゑ給めれはひはもうへはさまてこと〳〵しうはいかゝとてわらふけしきいとしたりかをなり思ひかけぬてをもて侍りしなといへはおほろけにてちらぬものをもたりけりとの給へはけによのつねの御けしきとはみへ侍らさりきとこゝろたちなせはましてさはかりのはおほえすこそあれそらめし侍けるならんことのほかにいひなし給ふをいとたからかにわひ

うもよのつねならすあふきのうらうへにかみしもつゆはかりところもなくすみくろくひろこりさわきてまれ〳〵つゝきたるところはえりふかくわけをかれたるもしやういとめつらかにかゝるやうもありけりとめとまりてうちをかんともおほされすいとかはかりのてしてあふきのてならひせんとまて思より給えらんそあさましきやはゝしろうちみをこせてきら〳〵しうあらはしつへかんめるいまやうのてはさうかちにてこくうすくすみつきまきらはしてうちたゝよひて侍にこれはよにもしつかひなともむかしやうに侍さはみしらせ給たりやといふにそえたえてうちわらひ給ぬる

（28オ～29ウ）

〔一八七〕

さやうの事もはか〳〵しうみしりはへらねとけにかくこそはわか御こゝろのほとみえてならはしきこえ給けれひわも猶なをせとうへのゝた[ま]はつれと中々ゆかみぬへ卄《（▲う）》侍けるとの給へはいてやさまてまことしうはいかてかとてうちわらふけしきいとしたりかほにこゝろつきなしともよのつねなりと思にまこと卄や思かけぬひとの御ふみもちて侍しといへはおほろけにてはちらさぬものをよに侍

とのたまへばけによのつねの御事とはみ(見)え侍
らざりきとおもはせて心だつがにくければそ
らことしける人なゝりさやうの事はまだなら
はずなとことのほかにの給ふをいとたからか
にうちわらひてけふのひるまはなをそ恋しき
などやさしだちたる心つきなきぞたへがたけ
れどまいてさまではいつならひにける恋の道
にかは猶たしかにの給へとあるにぞ大宮のわ
たりにてみまくさがくれせさせ給はざりきや
よろづをしはからるゝ御くちぎよさかないと
ようしりて侍るものをといふにぞみゝとゞま
りてなにとなうむねさはぎてさらにおぼえぬ
ぞとよたしかにたゞのたまへなにのたよりぞ
といますこしちかづき給へばいでさらばこそ
ことの外にのたまはせつれどもとてこの御前
の御はゝ故平中納言のいもうとにはおはせず
やその御あねは女院に中納言とてさふらひ給
ひしをながとのぜんじなにがしのあそんにぬ
すまれ給へりしぞかしかみうせ侍にし後あま
になりてときはといふ所にぞ侍る中納言のむ
すめはめのとのもとに心ぼそげにてなんとき
かせ給ひてめししかどめのと心かしこきさま
にもてなさんとてまいらせざりしほどに御ら
んするやうも侍りけるとかや前の別当左兵衛
督の少将となんなのらせ給ひけるをさやうの

てけふのひるまはなをそこひしきとやさした
つ事なれといつくにやりたりしそやおほえ給
はねはさらにこそおほえねなをの給へとある
におほみやのわたりにみかさかくれせさせ給
はさりきやあなくちきよやといふにまつむね
さはき給(▲て)てさてその人はなにのたよりにしり
給へるそよにはまたあるかと思給へはこの御
まへのはゝは故平中納言のいもうとにおはせ
すや女院に中納言のきみとて候給ひしはなか
とのせんしなにかしの朝臣にはぬすまれ給ひ
しそかしかみうせ侍にしかはあまになりてと
きはといふところにそ侍中納言のむすめはめ
のとのもとにこゝろほそけにてなんときかせ
給て一品のみやにめしゝかとこゝろかしこき
さまにおもてなさんとてたれにもまかせすと
りはなちて侍りしほとに御覧するやうもあり
きとかやさきの別当のうひやうゑのかみのこ
となのらせ給けれはさやうのなまきむたちの
めつよきやうなしとや思ひけんめのとのみか
はのせんしなにかしにくたしけるとかやされ
と思かけぬさまにてかのときはのあまうへと
りかへし侍けれとも物をのみ思ひてさいつこ
ろにてついにあたになり侍りしかかたちなん
とは御らんしけんなさはかりのはありかたく
こそ侍らめいさことにこそ思ひいてねと、ふ

らしとの給へはけによのつねの御こと、はみ
えはへらさりきと思はせて心したるかにくけ
れはそらことをしける人なゝりとことのほか
にいひなし給へはいとたかやかにうちはらひ
てけふのひるまは猶そこひしきなとやさした
ちたるさま心つきなきそたえかたけれとまい
てさまてはいつならひけるこひのみちにかは
なをたしかにの給へとあるにそ大宮のわたり
にてみかさかくれ○《させ》給はさりきやよ
ろつをしはからるゝ御くちつよさかないとよ
くしりて侍ものをといふにみゝとまりてなに
となくむねさはきてさらにおほえぬそやたし
かにの給へなにのたよりそとの給へはいてさ
れはこそことのほかにの給はせつれとこの御
まへの御はゝは《は》こへい中納言の御いもとそか
しその御あねは女院に中納言の君とてさふら
ひ給しをちくせんのせんしなにかしのあそん
にぬすまれてとをき程まておはしたりしかか
みうせてのちあまになりてときはといふとこ
ろにおはする中納言のむすめはめのとのもと
に心ほそけにてなときかせ給てつねにめし、
かとめのと心かしこくてものした、かなるさ
まにしなさんとてまいらせさりし程に御らん
するやうも侍とかやさきの別當さゑもんのか
みのこの小将となのらせ給けるをいてやさや

なまきんだちのかけめにてやくなしとてみかはのかみなにがしにつけてつくしへいだしたてゝ侍りける女はほいなきものにおもひなげきてうみのそこにもいりなんとてにげて侍りけるをかのながとのあま君のふいにたつねとりてときはにをきたり明暮物を思ひなけきてあまになりて侍りけれどさいつごろつゐになくこそはなり侍りにけれかたちなどは御らんじけんなさばかりなるはをのづからもや侍らんたゞ人ざまなどこそあやしきまでありがたうおかしきまでみ（見）え給ひしかなどいふはいかなるゆめがたりぞと心もことにさはげといまさらにこそおほえね聞たがへ給ひつる事ならんとてこまやかにかたらふべき人さまにもあらねばたゞかのときはといふところをたつねんとおぼしてたち給ひぬ　（上25ウ～27ウ）

〳〵とはまほしくわりなきをこまやかにかたらふへき人さまならねは思ひかへしていかにも〳〵このときはといふらんところにたつねて　（22ウ～24オ）

うのなまきんたちのかけめにてやくなしとてみかはのかみなにかしか殿にしたしくさふらふらんをしらせさりけるとかやあさましきことなりかし女にはしらせてぬすませてつくしへくし侍けるみちにて女なきこかれて身をなけてんとてせかいにいてゝ侍けるをせうとのせんしのきみめあしき法師いみしきひしりにて侍けるをはにつきてちくせんよりのほりけるにみつけてときはにをきたりけるよにしらすうつくしきこをうみたりけるはいかにとかやそのあないは申さしあけくれものを思てさいつころあまになりてこそうせ侍にけれかたちなと御らんしけんさはかりなる侍なんやたゝ人さまなとこそあやしうをしなへての人にはにはへらさりしかなといふはまたこはいかなるゆめかたりそと心もさはけとこまかにもよろつかたらふへき人さまにもあらねはなとかゝる人をしもしゐてきゝつるならんかのあしせんまとはしたりしやうにはあらねととひあはすへき人ならねは中々おほつかなうわりなけれはたゝかのときはといふらん所をたつねんとおほしていさえこそおほえねひかことをきゝ給へるならんとはかりにてたち給ぬさてもあさましうよにしらすこゝろつきなき人とおもひつるにあはれなることをこまかに

〔一八八〕

世にありときくとも今はその人をとかくおもひたづねんもいとねぢけがましきをひたすらなくなりにけんは中々心やすくめやすきにたゞかのしのぶ草の行ゑのいみじうきかまほしきによりいとゞ御心ちもしづかならでみちすゑをよび給ひてよろづにぞかたらひ給ふ所のほどなどはいとしるかりければたそかれ時の程にいと忍びて京をいで給ふてならびのおかのわたりにてぞ馬にのり給ひてかばかりの程ながらこゝらの年ごろおぼつかなくてすごしけるもあさましくいみしきにあり〳〵てなき跡をしも誰にあひみるべきにかとおぼすはくちおしうかなしともよのつねなり月もをそく出て空もかすみわたりたれば雲のたゝずまひだにはか〴〵しうもみ《(見)》えず道のそらもたど〳〵しうならはぬ御心ちにいとゞこゝろぼそくわりなし

なき人のけふりはそれとみえねどもなへ
て雲ゐ《(井)》のむつましきかな〈88〉

かすまんそらをみ《(見)》るべきものとはおもはす程

〔一八八〕

ありさまもきかむとおほせはれいのみちすゑとよろつにいひあはせていとしのひてたそかれときのほとにそいて給ひぬるきやうのうちは御くるまにてならひのおかのほとにてそむまにうつり給ふかはかりのほとなからとしころしらてのみすくしつらんもあさましくいみしきにあり〳〵てなきあとをしもたれにあい給へきにかとくちをしくかなしともおろかなり月もおそくいてゝそらもかすみわたりたれはそらのたゝすまひたにはか〳〵しくもみへすみちのそらもたと〳〵しからぬ御こゝろにいとこゝろほそくわりなきに

なき人のけふりはそれとみへねとも雲井
のそらのむつましきかな〈88〉

かすまむそらはみゆへくもあらすあり〳〵てたちのほりけむなしきあとをうらめしさもかなしさもさま〳〵にありぬへき心ちし給ぬへければあとのしらなみをたにゆかしかり給しかはまきはしらのよすかもいかてかはたつね給はさらんちかくなるまゝにねんふつのこ

きこえつるかなとおほすにひわのさうかしてかひろきつるすかたもうれしくあはれにそなり給ける
（29ウ～32ウ）

〔一八八〕

よにありときくともいまはその人をとかく思た[つ]ねんはいとねちけかましきをひたすらになくなりにけんは心やすくめやすきにたゝかのしのふくさのつゆのかことにてよにいてさすらはんか心うけれはいと御心もしつまらてみちすゑをめしてよろつにかたらひ給てところのほとなといとしるきなれはたそかれときの程に京をいて給てならひのをかの程にてむまにのり給てかはかりのほとなか《(▲く)》らあまたとしおほつかなくてすこしけるもあさましきにあり〳〵てなきあとをたつねてもたれをみへきにかとおほすは猶くちをしうかなしなともよのつねなり月もをそういてゝそらはすみわたりたれは雲のたゝすまゐもはか〳〵しう《(▲ら)》もみえすみちのそらもたと〳〵しうてならはぬこゝちに心ほそうわひし

なき人のけふりはそれとみえねともなへ
てくも井のむつましきかな〈88〉

かすまんそらはみるへきものとも思はすをとなくあり〳〵てたちのほりけんなしきそら

なくあり〱てたちのぼりけんむなしきそらはうらめしさもかなしさもさま〱に中々なる心ちしぬべけれどあとのしら波をだにゆかしかり給ひしかばましてまき柱のよすがもいかでかはととおぼすなるべしちかうなるまゝに風につきて念仏のこゑ〱ほのかにきこゆるはその人の名残にこそはときゝつけたまへるかのそこのみくづとかきつけたりしあふぎみ（見）つけ給へりしにつきはてぬとおぼされし涙ものこりあるこゝちぞしたまふや
（上27ウ～28ウ）

〔一八九〕
おはしつきたればかどなどもなくてたゞくぎぬきといふ物をぞしたりける道すゐをいれてもしありし山ぶしやあるとたづねさせ給へばしばしありてとくたゞいらせ給へとあればしるべするまゝに入給へりすこしはなれたる所のかみさうじなどばかりにてあら〱しきかりそめのゐどころとみ（見）えたりおましきなどけいめいしさはぐすがたみ（見）たまひしよりはすこしれいの人ににたりゆめのやうなりしたいめんの後よろづにたづねきこえしかば行ゑなうまどはしたまひてしかどおぼろけならぬ心ざしのほどにはげにこそは山のしげりもさは

ゐもきこゆれはその人のなこりにこそはときゝつけたるはかのそこのみくつとかきつけたりしあふきみ給しにつきはてぬとおほしゝあはれさもけにたくひありける御心ちし給ける
（24オ～25オ）

〔一八九〕
おはしつき給へれはそこはかともなくてたゝくきぬきといふものをそいゐのかたにはしたりけるみちすゐいり給てありしやまふしやあるとたつね給へはしはしありてそまいりたるたゝとくいらせ給へとてしるへするまゝにまいらせ給へははなれたるらうに御さうしなとあた〱にしつらひにてかりそめのところとみへたりおましなとけいめいしてさはくすかたみ給ひし人にてありけるゆめのやうなりしたいめんののちたつねきこゐしかとゆくゐなくまとはし給て思給ひなけきつるにけさ思ひかけすこのわたりにかよひ給らんといひ侍

はうらめしさもかなしさもさま〱に中々なる心ちすへけれは跡のしらなみをたにゆかしかりたまひしかはまいてまきゆはしらのかすにもいかてかとおほすなるへし山ちかくなるまゝにかせにつきて念仏のこゑ〱ほのかにきこゆるにやその人のなこりにこそはときゝつれ給へるかのそこのもくつとかきつけたりしあふきみつけ給へりしかはつきはてぬとおほされしなみたものこりある心ちしてそおほえけるや
（32ウ～34オ）

〔一八九〕
おはしつきたれはこゝらかともなくてくきぬきといふものをそかたおもてにはしたり《わた》したりけるみちすゐいりてもしありし山ふしやとたつねさせ給にとくたゝいりおはしませとあれはしるへするまゝにいり給へりすこしはなれたるところのかみさうしはかりにてあら〱しきかりそめのゐところとみえたるよりそ山ふしいてきてけいめいしさはくすかたみ給しよりはすこし人にゝたるゆめのやうなりしたいめんのゝちよろつにたつねさせきこえしかとゆくへなくまとはし給ことおほろけならぬ心さしにはけにこそはやまのしけりさは

る所なきわざに侍けれ今朝おもひかけずこのわたりにやかよひ給ふらんといふ人の侍りつればよろこびながらなんこの世とのみは契り聞えざりしを心うくなどうらみ給へば聞えさせしいもうとのわづらひ侍けるかぎりになりて侍ける今ひとたびあひみ（見）んとせうそくせさせてさぶらひしをかならずあひとぶらはんと思ひ給ひてまかり出しほどにあないもとり申さでなんつゐになくなり侍しかばねんぶつもまご丶ろにつかうまつりて後の世のとぶらひをだにと思ひ給ふてかくこもり侍るもあすなん四十九日になり侍るといふをき丶給ふに涙とりあへすこほれ給ひぬ　（上28ウ～29ウ）

〔一九〇〕

こかはにて思ひかけざりし御物かたりののこりをこまかにうけ給はらまほしかりしかどよからぬことどもをなべての人にもきかせじと思ふ給ひし程にあさましう中々なりつる心のうちを又こよひつゐにかひなく聞なし侍るもたゞさばかりにてこそやみ侍りぬべかりけれとてをしあて給つる袖のしづくをろかならずみ（見）奉るに思ひかけぬ心ちするさるやうこそは

けれはよろこひなからなんこのよのみにもあらすたのみきこゑんとこそ思ひしほ（本）いなくゆくすゑしらせ給はさりつるとうらみ給へはきこゑさせ侍りしいもうとのわつらひ侍つるかかきりになりてなんいまひとたひあひみんとせうそくせさせて侍りしをさいこにはかならすとふらはむとちきり思侍りしをほ（本）いとけさらんも如何丶と思給へてえあむないをもとり申さていそきまうてきにしをそのすなはちうせ侍りしかはよからねとほとけにもましろにつかうまつりてのちのよとふらはんと思給へれはこのひころもこ丶ろもとなくねんしすくしつるなりあすなん四十九日になり侍といふをき丶給ふもなみたとりあえすそこほれ給ぬる　（25オ～26オ）

〔一九〇〕

かはかりにて思ひかけさりし御物かたりの丶こりをこまかにうけ給はらまほしく又きこゑまほしかりしかともよからぬ事とも丶なへての人にはきかせしと思給へしほとにあさましくなか〳〵なりつるこ丶ろのうちを又こよひかくき丶なし侍ぬるもさはかりにてやみぬへく侍けれとおしあはせ給へるそてのしつくもおろかならすみたてまつるに思ひかけぬこ丶

りところなきわさに侍けれけさ思かけすこのわたりにやかよひ給らんといふ人侍つれはよろこひなからなんこのよとのみはちきりきこえさりしを心うくなとうらみ給へはきこえさせしいもうとのわつらひ侍しなんいま一たひみんとせうそくせさせてはんへりしをかならすとふらはんとちきり思給へしほ（本）いとけてもいか丶と思給《へ》てあないもえとり申◯《さ》てなんつゐになくなり侍りにしかはねんすけたいなくつかうまつりてのちのよのとふらひをたにとてかくこもり候也とてあすなん四十九日になり侍といふをき丶給になみたとりあえすこほれ給ぬ　（34オ～35ウ）

〔一九〇〕

こかはにて思はさりし御ものかたりののこりをこまかにうけ給はらまほしく侍りしかとよからぬ事ともをなへて人々にきかせしと思給へし程にあさましう中々なりつる心のうちを又こよひはひとへにかひなくき丶なし侍もた丶さはかりにてやみぬへかりけるとをしあて給へる御袖のけしきもをろかならすみたてまつるに思かけぬ心ちしてかくまてたつねた

あらめと思ふにかうまでたづねられ奉るべかりけるにてはげにくちおしうもありける命のほどかなとさるやまぶしの心ちにもいまぞいとくちおしくかなしかりけるみやこのうちは又かへりみ（見）るべきものとも思ひ給へざりしにこの人のおはりにあふべき契りや侍りけんこなにがしのあそんの女房のまかりのぼりしにせちにいざなひ侍りてしかばかゝるついでにひえの山おがみ奉らんの心ざしにてまかりのぼりしみちにおもひかけすみ（見）つけて侍りしありさまなどとり申すもいとけうとき心ばへの程ときかせ給ひぬべけれどひたすら身をなきものになし侍らんと思ひ入侍しうみのそこをもさまたげて此山里にあまになりてすごさせ侍りつるをこゝかしこす行のほどにくはしきありさまもえうけ給はらざりしいみしう物をのみ思ひ侍りつればやまひのつきてつゐにかくなりぬといふさまいとすく〳〵しうてくはしきありさまなどとふべきさまにもあらねばさて其ちくぜんのあま君はこゝにかととひ給へはしか侍る明暮恋なけぎていとゞほれ〳〵しきさまにぞなりて侍れどかれに何事もおほせ給へとてかくとあないつたへ侍らんとてたちぬ　（上29ウ～30ウ）

ちすれとさるやうこそはありけめと思へはみやこのうちにはこの人のおはりにあふへきちきりの侍けれは故なにかしの朝臣のまかりのほりしにひえのやまおかみたてまつらんのこゝろにてのほり侍りしをいまのたいにのくたり侍りしにまかりあひてとみにもえすき侍らさりしほとにかくときゝていもうとのめのとに侍しものゝふみをおこして侍りしをよろこひなから人なとしつめてかのふねにまかりたりしにしきふのたいふも侍らさりけるほとにて人々みなねて侍しかはみそかに侍りしにおきのかたのせかいに人のあるやうにみへ侍りしをよりてせうそくいはむとし侍りしになく〳〵うみにいり候しかはいといみしくみなからさはかりのうみのそこにしつみ侍なんはいみしく思給へられてひきとゝめてみ侍りしにとしころゆくゑなく思給へしいもうとにてさふらひしかはいとかなしく思給てそのふねの人にともかくも申さてやかてなかとのふねにゐてまかりてよろつにいひなくさめつゝこゝまてもまうてきつきたりしかとよにあらしとなん思ふほ（本）いなんふかきにあまになせと申しかはおほろけにこのよをいとふこゝろにこそはさはかりのこゝろをもつかひけめと思給へしかとはらみて侍けれはえなし侍らてお

てまつるはかりにてはけにくちをしうもありけるいのちかなとさるやまふしの心にもいまそくちをしうかなしかりける宮このかたは又かへりみるへくも思はさりしにこの人のをはりにあふへくもや侍けんこなにかしのあそんのきたのかたのほり卄しにせちにいさなはれ侍りしかはかゝるついてにひえのやまおかみ申侍らんと思たちたりし道にいまの大貳くたり侍りしにまかりあひてとみにもえすき侍らさりし程に思かけすみつけて侍りしありさま申もいとけうとき心さまにそおほしめされぬへきされとひたすらによになくなり侍りなんと思侍りけれはよにあらしと思ほ（本）いふかきをなんあまになせと申ゝかはけにおほろけならすこのよをいとふこゝろにこそはさはかりの心はつかひけめと思給へりしかとたゝにもあらすみえ侍りしかはえなし侍らてをのれはや□□□さのむろふとにこもり侍りにきさてのち□しり侍らさりしをこの山さとにあまになりてすこし侍けるとてこゝかしこのすきやうの程にくはしきありさまはしり侍らすもの思ひにやまひつきてなくなりぬるとなんうけ給はるなといふさまいとゝことすくなにてくはしきありさまいひあはすへうもなけれはさてそのちくせんのあまきみはこゝにかととひ給

〔一九一〕

佛すへ奉りたるかたにおましなどひきつくろひてぞたいめんしたるけに年へにけるけはひしるけれどゆへなきさまにはあらで思ひ給へかけぬまぼろしにやといとゞみだり心ちにもしづめがたうとうちわなゝくたまのありかはこゝにこそたづね参りきつれこまかならん御物かたりにすこしもやなぐさむとこゝろみまほしうなどうちはしめ此年ころさま〳〵におもひなぐさむ世なうなげきすごしつるありさまなどをおびたゝしからぬ物からすこしづゝ

のれかやかてとさのむろにこもりさふらひにきさてそのゝちはしり候はさりしをついにあまになりにきとうけ給はりしとてそのゝちほんたいの事よくつとめ侍けりさいこの十念いとよくこそたもち侍りしかおなしこゝろにあはれかなしなともいふへくもあらすことすくなに申せは思ふまゝにこまかにもとひ給はすおさなきものゝありなしもくはしくきかまほしけれとさてそのなかとのあまきみはこゝにかとゝひ給へはしか候あけくれこひなきてほれしきさまにそなりて候へとかれになにこともとはせ給へとてかくとあむないつたへ候はんとていりぬ

（26オ～28オ）

〔一九一〕

ほとけすゑたてまつりたるかたにおましなとひきつくろいてそたいめんしたるけにとしへにけるけはしたれとゆく〳〵しきさましたり思ひかけぬまほろしにやといとゝみたれこゝちしつめかたくうちわなゝきてたまのありかはこゝろにこそたつねまいりつれこまかならん御ものかたりにすこしもやなくさみ侍とこゝろみまほしく侍てなんとの給てはかなくみそめしありさまなとよりうちはしめこのとしころさま〳〵に思ひなけきつゝわするゝよ

へはしかさふらふあけくれこひなきはへりていとほれ〳〵しきさまにそなりてはへれとかれになに事もとふらひおほせたへとてたちぬ

（35ウ～37ウ）

〔一九一〕

佛すえたてまつりたるかたにおましなとつくろひてたいめ○《は》したりけにとしへにけるけはひなれとゆえ〳〵しうて思ひたまへかけぬま○《ほ》ろしにやといとみたれ心ちもしつめかたくてとてうちわなゝくたまのありかことにこそたつねまいりぬれとてこまかならん御ものかたりにすこしもなくさむやと心みまほしうとの給てはかなうみそめしありさま○《より》うちはしめこのとしころ□ま〳〵にうちわするゝをりなくなけきつ□[あ]り

もらしいで給へるけしきなどいとしのびがたげにせきやり給はぬをさらば此御心にいとかうこそおぼされ給へりけれげにうみのそこに思ひ入ても猶あまりあるわざかなと聞まゝにみじかゝりけるいのちの程いましもぞいとゞかなしく口おしかりけるましてきく人はしほるばかりになりにけり　（上30ウ～31ウ）

〔一九二〕

さてもそのおさなかりけん人は侍るやとの給ふにさま〴〵にかひなくきこえんもいといとをしければあが君やすべて聞えさせんかたこそ侍らねかゝりける御事を露はかり知侍らましかばかぎりあるいのちをこそえとゞめ侍らざらめ此の給はする御事をさへかく跡はかなくはしなし侍らざらましいかなる事ぞなどつねにおびたゞしかりし心をきてをもとひ侍しかどかけてかやうなる事とはほのめかし侍らざりしよいとこゝろはかなくいふかひなかりける心の程かなとこよひこそうけ給はりあきらめ侍りぬれ兵衛のかみのしるべきゆかりとばかりぞほの聞侍りしかどかのみづからはさらにことの外に思ひてかずならぬ身の程にた

もなきこゝろのうちなとはおひたゝしからぬほとにもらしいて給へるそてのしつくもやう〳〵ところせけになりゆくをみたてまつるにはこの御こゝろにさはかりまてこそはこゝろとゝめ給けるけにうみのそこにいりけんことはりにこそはとつく〳〵ときくまゝにみしかかりけるいのちのほといとくちをしくかなしともよのつねなれはましてきく人は　（28オ～29オ）

〔一九二〕

その侍けんおさなき人は侍やとの給へはさま〳〵にかいなく申さむいとをしけれとあかきみかゝりける御事ともかけてもうけ給はさりけりいかなるにてさまておひたゝしきこゝろつかい給ひしそとつねにとひ侍りしにもかすならぬみのいとをしさをほのめかし侍りしをけにさるへきつき〳〵にもおくれてかやうなるありさまを思はすに思ひけるとこそ思侍りしかよろつことはりとこよひこそうけ給はれおさなき人のかたの侍りしはひやうゑのかみのしるへきとほのめき侍りしかとこのみつからは事のほかにおり〳〵こゝろくるしき物に思て侍りしもいまこそこゝろみ侍れあさましくはかなくも侍ける心ちかなよにしらぬうつ

さまもおとろ〳〵しからぬものからすこしつゝもうちいて給へる御けしきいとしのひかたけにせきやり給はぬをさはこの御心にかはかりこそはおほされ給へかりけれけにうみのそこにいりてもあまりけるわさかなときくまゝにみしかゝりけるいのちの程いましもそいとゝをしうくちをしかりけるましてきく人はしほるはかりになりにけり　（37ウ～38オ）

〔一九二〕

さてもそのおさなき人は侍やとの給ふにさま〳〵かひなくおほされんもいとくちをしけれはわか君やきこえさせんかたこそなけれかゝりける御事をなとかつゆしらせ給はさりけんかきりあらんいのち○《こそ》えとゝめはへらさらめこのゝたまはする事をさへかくあとかたなくはしなし侍らさらましいかなることそなとつねにさまて思たち侍けんことをとひ侍しかとかけてもかやうにほのめかし侍さりきいと心はかなういふかひなくも侍けるかな心のとかとこそうけ給はりつれ兵衛督のしるへきゆかりとほのきゝ侍りし□□この身つからは[さ]らにことのほかに思てかすな[ら]ぬ身のほとにたくひ給はんもいとかたしけなきこと

ぐひ給はんもいとかたじけなきものになん思ひ給へりしかばさらばかうにこそ侍りけれ世にしらぬ御うつくしさをきかせ給ひて一品の宮のいみじうゆかしがらせ給ひしかばも、かの折に参らせ奉りたりしをやがてとゞめ給ひてめのとたちなとあまたしておぼしかしづくさまなどはいまをのづからきかせ給ひてんいとあはれこひしきものに思ひ聞え給ひながらもか、る山がつのかきねにおひいで給はんもいと口おしきをいか、はせんなどぞおぼひたりしか宮にもなか〳〵なるしる人などやいできて知がほにいはんもしのばせ給ふ《めイ》なりなどいふをきくにもさらに思ひなぐさむかたなくよろづいとかひなき中にも猶此忍ぶの露はかうてやむべき心ちもし給はず御まへわたりにこそうつくしさにつみゆるしてもおぼすらめさふらふ人々なとはいかにあなづらはしく思ふらんおさなき程こそさいふ〳〵もあらめもの、心しりをとなひゆかんま、にそのあまたさぶらふめる中納言宰相の君などのつらまでこそあらめさりとて今はかうこそありけれなときこえいでんも人のまどふなる道といひながらなをいかにそやおぼゆればとを山どりにてやみぬへき事にこそはとおぼしつゞくるになき物におぼしつる年比より今すこし御心の

くしさときかせ給て一品のみやはおかしからせ給しかはも、かのおりまいらせたりしを御覧してやかてと、めさせ給てめのとたちさま〳〵むかへさせ給てやかて給はすなりにしをいとあはれにこひしとは思ひなからもはか〳〵しからぬみにくしてもなに、かはせんと思ひつ、すき侍りしをおさなくよりはか〳〵しからすあやしきめのとにのみまかせられ侍てついにいたつらになり侍ぬるそかしあひ侍りしありさまなとはきかせ給つらんなき人もなき物にき、思ひ侍けれはなにかはおさなき人をなか〳〵たつぬる人もそあるとてかのみやにもいたくしのひさせ給に侍めれはこのとしころのありさまこま〳〵とかたりきこえさするになみたのいとまそなかりけるおまへわたりにうつくしさにゆるしておほしめすらんさふらふ人々はあなつらはしく思ふらんと思ひやるもいとをしくいとくちをしいまはさそなんといゐてとりかへさむもわかため、やすからぬ事なれはかなしいみしといゐなからもとをやまとりのにてやみぬへきにこそとひたすらになき物とおほしつるとしころよりもほ(本)いなうあはれなる御心のうちなりいさやきこゑんかたこそなけれひとよにあかすなくさむかたなくもしなし給けるかなとてうちなき給

になん侍りしかはかくにこそ侍りけれよにしらぬうつくしさときかせ給て一品の宮のいみしうゆかしからせ給しかはも、かのをりにまいらせ給へりしをやかてと、めきこえさせ給てめのとなとあまたしておほしめしかしつくさまなとはいまをのつからきかせ給てんいとあはれにこひしうは思ひきこえなからか、るやまかつのかきをにをい、て給はんもくちしきをいか、はせんするなとそおほしたりし宮にも中々なるしる人(▲し)なとやいてきてしりかほにいはんなとそしのひさせ給めりなといふをきくにもさらに思ひなくさむかたなういとかひなき中にも猶このしのふはかくてやむへきこ、ちもし給はす御前にこそうつくしさにもつみゆるしてもおほすらめさふらふ人々はあなつらはしうこそ思ふらめおさなき程こそさてもあらめもの、心しりおとなひなはあまた候める中納言宰相のきみなとのつら[に]□こそはあらめ又さりとていまはかくにこそ[あ]りけれなとうちいてんも人のまとふなる道といひなから猶いかにそやおほゆれはとを山とりにてやみぬへきにこそはとおほしつ、くるになきものとおほしつるとし月よりも御心のうちいますこしあはれ也いさやさま〳〵きこえんかたこそなけれとてうちなき給にまことにわ

うちいとあはれなりいさやさま〳〵聞えん方こそなけれとてうちなき給ふに誠に我あやまちの心ちしていとくちおしうなげかしければいまをのづからさるべき御中にはおぼつかなからぬさまにもならせたまはなんなへてのさまにもてなさせたまはざんなれば行すゑたのもしう侍るみづからもいまはまいらでひさしうなり侍りぬれど此御ありさまによりてぞとき〳〵もたち出ぬべく侍るなどいふ程に後夜の念仏もはしめつなりあまぎみにはかひなきよのかたみにもたれかはと今よりはたのみ聞えてなん宮のへんにかくなんとゆめ〳〵な聞え給ふそかまへて猶み（見）せ給へなとぞかたらひをき給ひける（上31ウ〜33ウ）

〔一九三〕

明ぬさきにといそぎいで給ふとてやりどををしあけ給へれば暁かけて出る月影ほのかにかすみわたりてよものやまべ心ぼそげにみ（見）わたされたるにちかきてら〳〵のかねのこゑ〳〵も聞えつゝいづくによむにか経のこゑもほの

へるけしきあはれかなしなとなきくたき給はんよりもいみしうこゝろくるしくわりなければいまをのつからさるへき御中はみたてまつり給ふやうも侍なんいみしう思ひかしつかせ給ましをそ人々かたり侍みつからはいまはまいる事もし侍らすなくさめきこゆれはいてやいつとしりてかはなかくあるましき心ちのみし給ふにもさき〳〵物思ふへかりけるさきのよのちきりかなと思ひしられ給ふあか月にもなりぬこやのねんふつもはしめつ也やまふしのよりきていまやいてさせ給ふさらすはねんふつはてゝまいらんときこゆれはいまさらはまちきこゑんとていて給ふにもあまきみはこまやかにかたらひ給ふみやのへむにゆめかくともきこゑ給はすたゝしのひてもみはやとのみそ思ひ給へるをさやうにおほしたはかれとのみきこへてなんおなしこゝろにおほせなんとその給て（29オ〜31オ）

〔一九三〕

いて給とてやりとおしあけ給へれはあか月にいつる月のかけにみわたされたるにてら〳〵のかねのこゑきこゑつゝいつくによむにかきやうのこゑほのかにきこゆ也ところのさまもおかしく心ほそけなりけるをもの思はしけに

かあやまちの心ちしてくちをしくなけかしければいまをのつからさるへき御中はおほつかなからぬさまにもならせ給なんなへての人さまにもてなさせ給はさんなれはゆくすゑもたのもしうはへり身つからはまいらていとひさしうなり侍ぬれとこの御ありさまによりてこそとき〳〵もたちいてぬへうおほえ侍れなといふ程にこやの念仏もはしめつ也山ふしよりきていまやいてさせ給はんするさらは念仏はてゝまいらんときこゆれはいまさらはまちきこえんとていて給ふにもあまきみにはかひなくともかたみにはいまはたれをかはなとたのみこきこえてなん宮のへんにあなかしこかくとな□□給そゆめ〳〵猶かまへてみせ給へとかたらひ給（38オ〜41オ）

〔一九三〕

あけぬさきにといそきいて給とてやりとをしあけ給へはあか月かけていつる月かけほのかにてかすみわたりつゝよもの山へも心ほそくみえわたりたりちかきてら〳〵のかねのこゑ〳〵きこえつゝきやうのこゑほのかにきこゆ

かにきこゆなりところのさまもおかしう心ほ
そくなりけるを物おもはしくて詠すぐしける
こゝろのうちおほしやるにいといみしうあは
れなればとばかりながめ入てとみにもいでや
られ給はぬにたゝこのほとけの御うしろのし
やうしのつらにわかき人々物がたりするを聞
給へばいて給ひぬと思ふなるべしあな口おし
いますこしとくたづねておはせでおかしの御
にほひや猶とまりて枕にもうつりにたりかゝ
る人をこのわたりにとき〳〵にても待つけ侍
りておはせばいかにめでたからましいみしか
りける御心まどひはげに身をなげ給ひけんも
ことはりぞかしやんごとなき人々だにいかで
〳〵と思はれ給ふに露ばかり心とゞめ給はで
心つくしたまふ人々おほかりとか姫君のうつ
くしさになべてのちごともおほえ給はざりし
はかくにこそおはしけれとしへにける名残を
だにさばかりしのびがたげなりつる御けはひ
を此あかつき迄の命だにおはせざりつらんい
みじかりけるさいはひをくちおしき事なりや
といへば今ひとりいできてみかはのかみのめ
にておはせましよりは是こそめでたけれまろ
はかくてしなばやなどもいふ也いとわかきこ
ゑにていまこそ思ひあはせらるれあすくだり
給はんとてよさりまかりたりしかばめのとの

てあまたとしころすくしつるこゝろのうち思
ひやるそあはれなるとちかへりなかめいり給
へるをいて給ぬと思ふなるへしほとけの御う
しろのしやうしのかたにわかき人々のこゑ物
いゐて大将とのはいて給ぬるにやおなしくは
いますこしとくたつねおはせよなとしころへ
にけるなこりたにいとあはれけなる御けしき
をこのあか月までの御いのちならましかはこ
のとのいかはかりおほしまとはましいみしか
りける御さいはいをひきたち給けんこゝろま
といけにみもなけ給けん事はりなりといへは
ひとりかやうならん人にしのはれてしなはや
いきてもかはかりもなく思はれてはなにゝか
はせんといふなりいとわかきこゑにていまこ
そ思ひあはすれあすわたり給はんとてのよさ
りまかりたりしかはめのとのおとこのさゝめ
きかちにていひし事なとかのときはのもりに
との給ひし又あか月にくるまにものりあへ給
はすゆふつけとりにとありしもみける事とも
をかたるいとあはれのみまさりて
　あきのいろはさもこそみへめたのめしを
　またぬいのちのつらくもあるかな〈89〉
とおほしつゝくるにゐかうのはてつかたは
たゝきく人たにあはれなりまいていかてかは
おろかにはおほさむすこしはなこゑにてこむ

也ところのさまもおかしけなるにもの思はし
くてあまたとしすくしけん心のうちおほしや
るにいみしうあはれなれはとはかりなかめい
りてとみにもいて給はぬにたゝこの仏のさう
しのつらにわかきけわひにてものいふをきゝ
給へはいて給ぬると思なるへしおかしの御に
ほひや猶とまりてまくらにもうつりたりかゝ
る人をこのわたりにとき〳〵にてもまちつけ
たてまつりておはせないみしかりける御さい
わいをやんことなき人々たにいかて〳〵と思
はれ給たれとつゆはかりも心もとゝめ給はて
心つくし給人々おほかれとひめきみのうつく
しさよなへてのちこともおほえさりしはかく
にこそおはしけれとし[へ]にけるなけきさへし
のひかたけにおほしたりつるよこのあか月ま
てのいのちなとたにおはせさりけんあなくち
をしやといえはまたある人いかてかはみかは
のかみのめにておはせましもとよりさておは
せましかはいとよしこの御心さしのかはらぬ
をみる〳〵ぬすまれてけにいかなる心ちしけ
ん丸はたゝかくてしなはやなといふ又わかき
こゑにていまこそ思あはせらるれあすくたり
給はんとてのよさりなりけりまかりたりしか
はめのとのおとゝかさはめきかちにていひし
ことなとかたるかのときはのもりになとの給

おとゞがささめきがちにていひしをなどかたるかのときはの森にとの給ひしあかつきに車にもえのりやり給はでゆふつけどりもとありしさまなとみ《（見）》ける事共をかたるにいと、あはれのみまさりたまへどよろづいとかひなし

秋のいろはさもこそあらめたのめしをまたぬいのちのつらくもあるかな〈89〉

などおぼしつゞくるに念仏のゐかうはてつかたはたゞうちきく人だにあはれなるをまいて御袖もえひきはなち給はさるべし云何女身即得成佛なといふわたりをいとみそかに口すさひ給へるがはなごゐなりしも今すこしあはれにめでたきをこゐしつる人々いまだいでたまはざりける物をきゝやし給ひつらんといふ（上33ウ〜35ウ）

〔一九四〕

明ぬるよし申せばいて給ふとても山ぶしにあひ給ひて人しれす思ひたつかたの心ぶかきをほとけの道ひき給ふにやとたのみ聞えてなんなどかたらひ給ふさまいとかなしければ我もうちなかれてさのみおぼしとりてげるをいかでか御心にたがふ事は侍らんさるべくこそ釋迦佛も三づをも出給《てイ》ひにけれさきのよの契りおはしますらんとく明行ひかりにめもあやに

かによしんとくしやうしゆふつといとしのひてわさとならてすさひ給へるけしきあはれなるに物いひつる人々いまたおはしけるものをあさましきうちとけこともをいかにきゝ給つらんといひあへりあけすきぬと人々申せととみにもいてやり給はす（31オ〜32ウ）

〔一九四〕

山ふしにはよにあらしのこゝろつきてひさしくなりぬるをかくみそめたてまつるにもほとけの御みちひきにやこよなくつきぬるこゝちするをかならすそのしるし給へとちきり給へはさのみおほしよりてけにもさるへきにてこそはなとてかさまたけ申さむとこゝろほそけにいふも思ふさまにうれしくてさらはいつくにかおはすへきとの給へはいつことさたむる

しあか月車にすかしのせきこえしさまのりもやらすなく〳〵ゆふつけとりのとの給しなとみけることともをこま〳〵とかたるにきゝ給いかてかかなしからさらん

秋のいろはさもこそあらめたのめしをまたぬいのちのつらくもあるかな〈89〉

とおほすに念仏のえかうもはてつかたにたゝうちきく人たになにとなくあはれなるをましていかてかはをろかにおほされんうむか女しんそくとくしやう仏としのひやかにわさとならすすさみ給へる御けしきいとあはれなるにまして御袖はひきはなち給はさりけりかゝる御けはひをきゝてものいひつる人々またおはしけるものをかゝるけはひきゝ給つらんとわひあひたり（41オ〜43オ）

〔一九四〕

山ふしにあひ給ては人しれすよにもあらしのこゝろつきてほとへぬるをかくみたてまつりそめつるも仏のみちひき給にやとたのみきこえてなとかたらひ給さまいとかなしけれはわれもうちなかれてさのみおほしとりてけるをいかてか御心にたかふこと侍らんさるへくてこそ尺迦ほとけもこゝのへをいて給けれさきのちきりおはしますらんとてあけゆくそらの

めでたき御かたちを打まほりつゝげにこの五ちよく悪せにはあまらせ給ひけりいかにしてかりにもやどらせ給ひにけんとうちなげくめりとぞ聞えさするさて此後はいつくにかおはすべきとの給へばこのあま君のさいごにあひ侍らんずればとをきす行などえつかうまつるまじければいづみのだけちくぶしまなどにぞことし明年はさふらふべきなどいふもうらやましくうちそひぬべうぞおほさるゝされどあかうなりぬべしといそがしたてられ給ひてかへり給ひぬかの人しれずをきて給ひし七日〱のはてにも成ぬれば忍びたれと又々そへさせ給ふ事どもをろかならずときはへもさるべき人々にの給はせて僧共のふせかづけ物ずきやうのれうなどなべてならぬさまにてぞあまたつかはしける其後はあま君にまめやかなるさまにおぼしやりつゝたえずとはせ給へばかたじけなき御心ざしをみ（見）るまゝにみじかゝりける命をいとゞかなしう姫君をかく思はぬかたにしなし聞えたるもいとくやしう思へと今は引かくしまきらはし聞ゆべきひまもたちまちにはありがたくもてかしつかれ給へばすべきかたなきなるべし　（上35ウ〜36ウ）

ところも候はすいつみのたけちくふしまなとにそことしらいねんは候へきこのあまきみのしにゝあひ候はんすれはとをきほとにはえまかるましなときこゆるにうらやましくやかてたちそひぬへくそおほさるゝされとあけはなれぬといそかれていて給ひぬかの人しれすおきいて給ひし七日もすきぬれはしのひ給へとてくわへさせ給事ともおろかならすこのときはにもさるへき人々の給はせてそうとものふせかつけものすきやうのれうの物ともなへてならすおかしきさまにてそあまたつかはしけるそのゝちはあまきみをそまめやかなるさまにおほしやりつゝたえすとふらひ給かたしけなき御心をみるまゝにみしかゝりけるいのちもおしうひめきみさへ思はすなるかたさまに思ひきこゑたるもくやしけれとの給ふきやうにひきまきらはしきこゆへき人にもたちまちにはかるへきなるへし　（32ウ〜33ウ）

ひかりのめもあやにめてたき御かたちをうちまもりつゝけにこの五ちよくあくせにはあまらせ給けるいかにしてかりにもやとり給けむとうちなきぬめりさてこのゝちに廿《は》いつくにかおはすへきとと[ひ]給へはこのあまきみのしにゝはかならすあえ□ちきりて侍れはとをきすきやうもえつかうまつるましけれはいつみのたきちくふしまなとにことしらいねんはさふらふへきといふもうらやましうてやかてもたちもそひぬへくおほさるあかうなりぬへしといそかしきこゆれはいて給ぬ人しれすをきて給ひし七日〱のはてにもあはれにしの《（▲ら）の》ひたれとまたそへさせ給事ともおほろ○《け》ならすときはへもさるへき人にの給はせて僧のふせかつけ物すきやうなとなへてならぬさまにてあまたつかはしけるそのゝちあまきみにもまめやかなるさまにおほしやりつゝたえすとふらひ給へはかたしけなき御心をみるまゝにみしかゝりけるいのちの程をいとかなしうひめきみもかく思はぬかたにしなしきこえたるくやしさ返々思けりさりとていまはひきかくしまきらはしきこゆへきにもあらねはいとかなし　（43オ〜44ウ）

〔一九五〕

二月にはいま姫君のうち参りあるへければおほき大殿こしいたきまていでいりいそぎたまふをとの、うちの人もさいはひおはしけるきみかな今こそ其人の御むすめなどもいはれ給へいと物げなきは、の局よりおひたちしさまなどめでたきにつけても世の人の物いひは聞にくきものにて此ごろのあつかひぐさにこそいひの、しりけれ大殿のみぞさらにいとみ（見）ぐるしき事におぼしてことにくちいれ給はでよるひるいひくねられ給ふ大将殿もかのよし野川の後は浅ましく御かどのわたらせ給はんたびごとによみかけ奉り給はんずらんとかたはらいたうわびしき事かぎりなしびはの音もは、しろがしやうがしてはやし聞えさせんさま思ひやられ給ひてひとりゑみせられ給ひていみじきもの思ひになりにける

（上36ウ～37オ）

〔一九六〕

いかなるわざをしてこの事思ひとゞめさせ奉らんとまめやかにわりなくおぼしなげくしるしにや母上の御（見）せうと宰相の中将はなれぬ中にてをのづからみ給ひてなつかしき御かたち

〔一九五〕

二月にはいまひめきみの御うちまいりあるへけれはおほきおと、のこしのいたきまていていりいそき給ふをとの、うちの人なへてのよにもさいわいおはしける人かなとめてぬ人なした、おほとの、みそいとふさはしからすかたはらいたき物におほしてさらにくちいれ給はさりける大将とのもありしよしのかはの、ちはいとあさましくみかとのわたらせ給はんことにいくかへりたてまつり給はむすらんかのひはのねもいか、きかせ給はんすらんと思ひやるにあさましきことにひとり事せられ給おりもあり

（33ウ～34オ）

〔一九六〕

いかなるわさをしてしはし思ひと、めさするわさもかなと思わたり給ふにあさてはかりにもなりぬは、うゑの御せうとにさいしやうの中将ははなれぬ御中にておのつからみたてま

〔一九五〕

二月には大○《い》殿ひめきみの内まいりあるへけれはおほちとの、さたもしらすいていりいそき給ふをとの、うちにもいみしかりける御さいわひかないまこそ、の人の御むすめにもいはれ給へいとものけなきは、のつほねよりおいたちしさまなとめてたきにつけてもよの人のものいひはき、にくきまてこのころのあつかひくさにそいひの、しりける大殿のみそさらにみくるしきことにおほしてくちいり《れ》給はねはよるひるうらみたてまつり給ける大将殿もかのよしの何ののちはみかとのわたらせ給はんたひことによみかけたてまつり給はんすらんとかたはらいたうわひしき事を人しれすおほすひわのねも内わたりにては、しろさうかしてはやしきこえんなと思いつることにひとりえみせられ給ていみしきものおもひのなくさめ也

（44ウ～45ウ）

〔一九六〕

いかなることをしてこのことなたらかにて思と、めさせたてまつらんとまめやかにおほしなけくしるしにや宰相中将いかてかみきこえさせけんいとなつかしけなる御かたちをみけ

に思ふこゝろつきてほのめかし給ひけるをうへもきゝたまひながらかくおぼしたちぬるもいとねたう心やましきを御かども大とのもいとしもうけひき給はぬけしきなどをみ（見）しれば後のつみもあへらじとや思ふらんあさてばかりになりてね給へる所にいりふし給ひにけりたゞちごなどのやうにておはするさまかはりて中々うつくしうおぼえ給ふにかねて思ひしよりもしのびかくさんほどもくるしかりぬべきをいかにせましとおもひなりぬるけはひなどやしるかりけんちかうふしたるは、しろおどろきあひてふと聞つけていなやこゝにおとこのけはひこそすれそらみゝかいで〳〵けふあす御門の君のうつくしみあひし給ふべきあがほとけをいかなるぬす人のいかにしつるぞやといひて火もきえにければさぐりよりたるにゐぼしも手にあたりぬさればこそと心ちもまどひて人々しそくさして参り給へこゝにいとあやしきしれものありとたかやかにいふにねたる人おどろきさはぎぬさて〳〵先うへの御まへに申さんとてたちはしりてあしをといとおどろ〳〵しちかうだによらず道中よりものけ給はるひめ君の御前に男いりふして侍りいかゝつかうまつらんとするといふよごゐのいとたかきにうちきゝたまへるぞげにあさま

つらせ給おりもありけり人しれぬ御こゝろのうちをとき〳〵もらしいつるもそれもしらすかほにていそきたちぬるもうらめしけれはひとつに思ひたちぬるにやね給へるところにいりふしにけりたゝちこのやうにてうちふし給へるもさまかはりてうつくしうおほえ給又みたてまつることかたくやとなきいりたるけしきのしのひあえぬにはゝしろそおとろきにけりふときゝつけていなやこゝにおとこのこゐのするはひかみゝかけふあす御かとのきみのうつくしみ給へきあかほとけをいかにしつるそやといひてひもきへにけれはえほうしもてにあたりぬされはこ（▲よ）そとこゝちもまといて人々しそくさしてまいり給へこゝにいとあやしきしれものありといとたかやかにいふにねたる人々もみなをきぬさて〳〵うゐの御かたにきこゐさせんとてたちはしりいてあしをともいとおとろ〳〵しちかくもたちよらすみちなから物けたましうひめきみの御かたにおとこいりふして侍いかにつかまつらんといふよこゐいとたかしいてやあやしの事ともやしのひやかにたにいゐかしとけにそあさましくおほさるゝいかなることそといそきわたり給ふわたりてみ給へはきちやうのかたひらをかゝけてあるかきりの人々てことにしそくをさし

るより思つきてほのめかし給けりうえもきゝ給なからかくおほしたちぬるもねたかりけれはみかとも大とのもかくうけひき給はぬけしきをみれはのちのつみもあえなんとや思ふらんあさてはかりになりてねたまへるところにいりふしにけりたゝちこのやうにておはするもさまかはりて中々うつくしうおほゆるにねたうおほゆこよひわれしのひすくさんくるしかりぬへきをいかにせましと思なりぬるけはひやしるかりけむちかくふしたるはゝしろおとろきあひてきゝつけてけりいなやこゝにおとこのけはひこそすれいてそらみゝかまことみゝかけふあすみかとの君のあひしうつくしみ給へきあかほとけをいかなるしれ物ゝやつのいかにしつるそやといひてひもきえにけれはさくりよりたるにされはこそといとたからかにうちあさわらひて人々しそくさしてまいり給へこゝにいとあさましきぬす人のやつのいりたるそとたかういふにねたる人々もおとろきさわきぬしはしにかしやり給な人々まつ上の御まへに申さんとてたちはしりいくあしをとおとろ〳〵しちかくたによらす道なかよりひめ御せんにおとこいりふしにて侍いかゝつかうまつらんするといふこゐいとたかきをうちきゝ給そけにあさましきやちかくよりて

しきやちかうよりきて忍ひやかにだにいへかしといみじければいそぎおき給ひてあなかま〳〵といふ〳〵いかなる事ぞとわたりてみ《見》給へばきえたる火どもまだともしつけぬなるべしちやうのかたびらをかゝげつゝしそく手ごとにさしてまづ〳〵このごろ参りあつまりたる女房のかぎり二十よ人はかりかさなりてゐてみ《見》あさみたり　（上37オ～38ウ）

〔一九七〕

あなものぐるをし忍びやかにてこそいだしやりてめなどかくみ《見》くるしうあつまりたるぞとの給ふも聞いるゝ人もなければ御ともに参りたる宰相の君といふ人して人々のけしそくどもけたせなどし給ふまぎれにぞ男ぎみ丁の内よりいとしのびて出るをはゝしろをひつきて袖をひかへてたそ名のりせよさらずは天下にいだしやらでからきめをみせんとしかりかゝるけしきいとをしければ

うらかよふみるめはつねにかはらじをあ
まのかるてふなのりせずとも〈90〉

といふこゑをも心まどひてきゝしらずうらかよふとあるがほの〴〵きこゆるにぞにしの國のずりやうにやとこゝろえていとゞかなしう心うければつゐゐてあなかなしのずりやうず

てかさなりいてみあいたり　（34オ～35ウ）

〔一九七〕

あなものくちをししのひやかにもいたしやりてゝいとみくるしきわさかなとの給はせて御ともにまいりたるさいしやうのきみといふ人してしそくなんとけたせ給ふまきれにそきちやうのうちよりおとこきみいつるをはゝしろおいつゝきてたそなのりせよさらすは天子といふともいたしやらてからきめみせんとしかりかゝりたるけしきおそろしけれは

うらかよふみるめはいつもかはらしをあ
まのかるてふなのりせすとも〈90〉

との給ふこゑをもこゝろさはきてえきゝしらすうらかよふとあるかほの〳〵きこゆるににしくにのすりやうかとこゝろうるそいとお《▲か》かしき《く》ゆゝしきやあなこゝろうのすりやうすくせやあしすりをするにうゐいとあさま

しのひやかにもいえかしといみしけれはいそきいて給てあなかま〳〵といふ〳〵いかなることそとおはしてみ給へはきえいりけるところのひもいまたともしつけす丁のかたひらをかゝけてこのころまいりあつまりたる女房あるかきり廿よ人われも〳〵とかさなりゐてみるなりけり　（45ウ～47オ）

〔一九七〕

あなものくるをしやしのひてこそいたし給はめなとかくけしからすあつまりたるそとの給もきゝいれすはゝしろよりておとこのひきかつきてふしたるきぬをひきあけんとさはくいとものくる《は》しけれは御をくりにまいりたる宰相の君といふして人々のしそくけたせなとし給まきれにそおとこきみしのひて丁のうちよりいつるをはゝしろをいつきて袖をひかへつゝたそなのりせよ〳〵さらすは○《い》てけにいふともいたしやらてからきめみせんとしたりかゝるけ《気》しきをいとおそろしけれは

うらかよふみるめはかりはかはらしをあ
□のかるてふなのりせすとも〈90〉

といふこゑをも心さわきしてえきゝしらすうらかよふとほの〳〵きこえけるをにし國のす

くせやとあしずりといふ事をしてなくこゐい
みじければうへいとあさましうおぼされて今
ぞちかうよりおはしたるあなかまたまへいか
なるにてもかゝる事はしのびやかにもてなし
てこそあらめ世のをと聞のいみしきをだにも
てかくし給へかしといみしうせいし給へばは
しりきて又君のふし給へる所によりきてゆか
よりあらゝかに引おとしつゝこゝらのたから
をつくして上のおぼしいそくさいはひを心と
してやきうしなひほろぼし給ふにこそあんめ
れな今いくばくの日数のこゝろもとなさにず
りやうおとこはいそぎし給ふぞや下らうの身
の物のようなきだに名のおしければわかうよ
りひたすらものしたゝかなるおとこはまうけ
侍らぬものをいづちも〳〵はやうせ給へはぢ
しりたまはぬかなとかほにあてゝつまはじき
をしかくるさまいとおどろ〳〵しげなるにか
みをふりかけてなき給へるほかげいと心ぐる
しければうへいでやさばれさるべきにこそお
はすらめたゞまろがせちにかゝるかたざまの
すくせのなかりけるをあながちに思ひたちて
人わらへになりぬるのみこそは心うけれ殿の
うけひき給はざりつる事をいかにきゝ給はん
とおもふこそよろづよりはねたうはづかしけ
れとていとものしとおぼしたるもことはり也

しうなりていとちかうよりおはしてあなかま
へ給へといみしうせいし給へときみのふし給
へるかたはらにはしりきてゆかよりあららか
にひきおとしつこゝらのたからをつくしてう
ゐのおほしいそくにみかとのきみをすてたて
まつりていくはくのひかすこゝろもとなさに
すりやうおとこはし給そものゝはちはしり給
はぬかはやいつちも〳〵きえうせ給ねとつま
はしきをしかくれはかみをふりかけてなきゐ
給へるさまいとこゝろくるしけれはうゐのさ
るへきにこそはなにこともあらぬなへての人
にたにきかせしとおほせはおとゝの給はさ
りつることをあなかちにいかにきゝ給はんす
らんとこ(▲う)思ふそはつかしけれとて　(35ウ～36ウ)

~~れ~~画にやと心えていとかなしくおほえけれはあ
な心うの~~せれ~~すくせ(世)やくやつをいかにせん
〳〵とあしすりとかやをしてなくこゐのいみ
しけれはうへいとあさましくおほされてより
つゝあなかま給へいかなるにてもかゝる事は
しのひもてなしてこそあらめよのをときゝの
いみしきをたにもてかくし給へ○《との給へ
は》たちはしり又君のふし給へるかたはらに
きてゆかよりひきおろしつゝこゝらのたから
をつくしてうへのおほしいそくさいはいを心
としてやきうしなひほろほし給へる○《に》
こそあめれないまいくはくの日かすの心もと
なさにかゝるおとこをいそきし給そやけらう
なる身の物のえうをほかるたになのをしけれ
はわかうよりものしたゝかなるおとこはまう
け侍らぬものをいつちも〳〵はやうゆきうせ
給ねとつまはしきをしかくるさまのいとおと
ろ〳〵しけなるを*にかみをふりかけてなきゐ
給へるほかけの心くるしけなれはうへいてや
さはれさるへきにこそおはすらめ○《たゝ》
まろかせちにかゝるさまのすくせ(世)のなかりけ
るをあなかちに思たちて人わらはれになりぬ
るのみこそ心うけれとのゝうけ給はさりつる
事をいかにきゝ給はんと思こそよろつ
よりもねたうはつかしけれとていとみしと

（上38ウ～41オ）

〔一九八〕

ずりやうとさへみ（見）あらはしてさはやかにいひつゞけたるをかゝる人とはいかてかはしり給はんまことにかくゆゝしくおぼさるればことにものもの給はてかへり給ひぬる御けしきをみ（見）るにいとゞはらだちまさりてはやう〳〵あまほうしになり給ひねたれ〳〵にもいかでかはみ（見）あはせ奉り給はん其ずりやうの北の方にてゐ給ふらんうしろみさらに〳〵えし侍らじおなじさまにて又殿のうちにもえおはせじ扨も〳〵などかいりきたりつらんおりにこゑたからかにうちなきたまはざりし心やすくひれふしたまひたりつらん事よとてひたひがみをひきあげていで〳〵とにかみかゝるかほけしきやゝもせばくひかきぬべしせちに心ちのおぼゆべかめれば又たちはしりきたおもてに行てたれも〳〵むげにしる人なくていりくる人あらじいみじきぬす人といへどもたよりをたづねてこそいるなれたれぞとよとあるかぎりの人々をいひせむればをの〳〵えもいはぬちかごとたてつゝいひちかひなきはらだつさま共もきゝにくゝゆゝし　（上41オ～42オ）

〔一九八〕

すりやうとさへみあらはしてけるかゝるひか事はいかてかはおほしよらんまことにこゝろうけれはことすくなにてわたり給ひぬる御けしきをみるにもいとゝはらたちまさりてはや〳〵たゝいまもあまほうしにもなり給ひねたれも〳〵いかてかみあはせたてまつり給はんなとかいりきたりつ覧よりたにこゑたかにうちなき給ましきこゝろやすくひれふし給ふらんとかをにあてゝしかくるつまはしきおといとおとろ〳〵しきたおもてにゆきてさりともたれにもしるへなくてはいりくる人あらしいゐおはせよたれそ〳〵とあるかきりの人をせむれはたれも〳〵いゐはらたちちかいあいたるいときゝにくゝみくるしく　（36ウ～37オ）

おほしたるもことはり也　（47オ～49オ）

＊虫損があるが「を」に見せ消ちがあるか。

〔一九八〕

することさへいとさはやかにいひつけつるをかゝるひか事とはいかてかおほさんまことに心うくおほさるれは事にものもの給はす返給ぬるけしきをみるにいとゝはらたゝしさまさりてはやう〳〵あまほうしになり給ねそのす両のきたのかたにてゐ給たらんうしろみさらに〳〵えし侍ましおなしさまにて又とのゝうちにてえおはしまさしさても〳〵なとかいりきたりつらんをりこゑたかやかにうちなき給はさらまし心やすくひれふし給つらんよあな心うあなはつかしとひたゐかみもひきあけてやゝもせはくひかきつへしせちにこゝちのおほえて又たちはしりきたおもてにゆきてたれも〳〵むけにけしきしる人なくていりくる人あらしいみし□ぬす人といふともちう□□人ありてこそいるなれたれそ〳〵たゝいひおはさうせよとあるかきりの人々をいひせたむれはえもいはぬちかことゝもをたてゝいひちかひなきのゝしるさまともとよみあひていときゝにくゝゆゝし　（49オ～50オ）

〔一九九〕
かくいひあへるをひめぎみ聞給ふにいける心ちもせずいみじきにこゝろより外の事だにあるにあまになれといふをだにきかずはつゐにいかゞしなされんとおぼせばおそろしきに人の思らん事のはづかしさなどにはあらであまに成なんと思ひ給ひてくしのはこなるはさみをとり出てかみかひこしてみ《(見)》給ふにつねよりもこのころつくろはれておかしげなるがさすがにおしうかなしけれどむかし物がたりにもうき事あるにはさこそはしたりけれなどほの聞しも思ひ出らるればなく〳〵こゝかしこしとけなくそぎおとしてなきゐ給へるにはゝしろ又せためによりきたるにみつけて跡まくらもしらずかきふしいかにせん〳〵とまとひしにいりてなきいりてふせり　（上42オ〜ウ）

〔二〇〇〕
うへ聞給ひてあまになれ〳〵とせむればこそはあらめとてもかくてもよからぬ人とみ《(見)》る〳〵かゝる事を思ひはじめけるまろこそ返々はづかしけれとの給ふをおとゝ聞給ひていでさればこそはか〳〵しき事はあらじと思ひ侍し世のをとぎゝもたゞならんよりはたがためもはづかしうもあるかなうちにいかにきかせ

〔一九九〕
いゐのゝしるをひめきみきゝ給ふにいけるこゝちもせすいといみしきにこゝろよりほかのことたにありあまになれといふをさへきかすはついにはいかゝなされんとおほすたゝおそろしけれはくしのはこなるはさみをとりいてゝかみかいこしていとをしうかなしけれとうきことにあへるにはむかし物かたりにもさこそすなれなとおほしいてゝなく〳〵こゝかしこしとけなけにそきおとしてなきゐ給へるにはゝしろうちみつけてあとまくらもしらすなきまといてそふせる　（37オ〜ウ）

〔二〇〇〕
うゑもきゝ給てあまになれ〳〵とせめきこゑ給てかくしなしつるそかしすへてよからぬ御うしろみのあるけにてやとなきさはき給をおとゝのきゝ給ていてされはこそはか〳〵しき事あらしとみし物をかうまてもゝてさはき給ふもよのおとゝきゝたゝなるよりはうたてあるかなうちにもいかにきかせ給はんよくこそ

〔一九九〕
かくいひあひたるをひめきみきゝ給にいける心ちもせすいみしきに心よりほかの事にてたにありあまになれといふをとくきかすはつゐにいかゝしなされんとおそ《(▲う)そ》ろしけれは人の思ふらん事のはつかしさなとにえあらてあまになりなんと思ひたまひてくしのはこなるはさみをとりゐて給てかみかきこしてみるに常よりもこのころつくろはれておかしけなるかさすかにをしうかなしけれとむかしものかたりにうき事のあるにはさこそしけれとほのきゝし思いてらるれはなく〳〵こゝかしこしとけなくそきおとしたるにはゝしろせためにきたるにかくなるをみつけてあとまくらもしらすいつくとなくなけされてなきいりてふせり　（50オ〜ウ）

〔二〇〇〕
うへき□給てあまになりねとせためつれはにこそあらめとてもかくてもよからぬ人とみる〳〵かゝることを思はしめける丸こそいとはつかしけれ大とのきゝ給ていてされはこそはか〳〵しき事あらしとは思へりしかよのをときゝのたゝならんよりはたかためもはつかしくなたゝしうもあるかな内のきかせ給らんよ

給はんとすらんよくぞこの事に一ことも我くちいれそめざりけるは、しろがあしずりことはりな也とてわらひ給ふをうへはけにねたうはらだゝしうもはづかしうもかた〴〵におぼしなげく事かぎりなし大将殿はいでさればこそとからうして思ふ事かなひぬる心ちしたまふものからあまりいとしなさだまりたるむこの君ぞいとなたゝしくおぼさるゝにくからざりしかほつきはさすがに哀にもおぼされけりうちにはさらに御心もゆかざりし事なれば何とも御みゝにもとまらせ給はざりけり
（上42ウ〜43オ）

〔二〇一〕
月日をすぐれど故院に浅ましくおぼつかながらわかれ聞えさせ給ひにしことをあかすおぼしめさるれば其御かはりには女院のひめ宮などをめがれすみ(見)奉らんとの給はせて藤つぼに御しつらひせさせ給ひてつねにおはしまさせたまひけり姫宮をも一品になし奉らせ給ふ
（中1オ）

〔二〇二〕
大将かく御うちずみにもかの忍ふ草はぐして

くちいれさりけれちかきもとをきもこゝらのよにおほかる人をすてゝいとしなさたまりたる御むこなりやは、しろかあしすりもことはりにわらふ給ふ大将もうちまいりのとまりたるを人しれすからうして思ふ事なりにたる心ちし給へといとなたゝしきなさしそゆゝしくおほさるゝににくからさりし御かほつきもさすかにあはれに思ひいてられ給ふうちにはさらに御こゝろゆかさりけることなれはいかにもこゝろまとはさりけり
（37ウ〜38ウ）

〔二〇一〕
月ひすくれとこのこゝろにあさましくおほつかなゝからわかれきこゐさせ給にし御ことのみわすれかたくあはれにおほしめさるれはその御かへりには女院ひめみやなとをそめかれすみたてまつらんなとの給はせてふちつほに御しつらいをせさせ給てうちかちにのみおほしまさせ給ふ女三のみやをも一品のみやになしたてまつらせ給へり
（38ウ）

〔二〇二〕
大将とのかゝる御うちすみにもかのしのふく

くそこの事くちをもかりけるは、しろかあしすりことはりなりとてわらひ給もうへはねたくはつかしうおほしむつかる事かきりなかりけり大将とのされはこそからうして思ふ事かなひぬる心ちし給ふものからあまり名さたまりたるらんむこの君そいとなたゝしうおほさるゝにくからさりしかほつきはさすかにいとをしくおほされけり内にはさらに御心もゆかさりけるなれはなにとも御みゝとまらせ給はさりけり
（50ウ〜51ウ）

〔二〇一〕
月日すくれはこ院にあさましくおほつかなながらわかれきこえ給にし事をわすれかたくおほしめさ《る》れは御かはりには女院ひめ宮なとをつねにみたてまつらんとの給てふちつほに御つほねしつらはせ給ておほつかなからぬ程にまいらせ給けりひめ君《宮》は一品にな~~りせ~~したてまつらせ給へり
（51ウ）

〔二〇二〕
大将殿は□ゝるうちすみにもこ□しのふくさ

やおはすらんとゆかしければ人しれずさるべきおり〳〵はそのわたりをたゝすみより給ひつゝけしきをみ《(見)》給ひけりはやうも少将のみやうぶとてしたしうさふらふをかたらひ給ひて御文をとき〴〵奉らせ給ふ御けはひもほのかにきゝ給ひしをかもの川波にたちわかれ給ひにし程にわざと聞え給ふ事はたえにしそかしいまはおなし百敷に成給ひておぼつかならぬ程に事とひより給ひつゝ猶其御心たえぬさまにぞほのめかし給ひけるさとにおはしますおりもわか宮のおはする一条の宮はたゝはひわたるほどなればつれ〳〵におぼさるゝおり〳〵は御ふみも聞え給ふなるべしみつからもさるべきよひ〳〵はわたり給ひつゝ命婦とかたらひ給ふおりもありけり其つゐでにもさる人やなと只おほかたなるやうにてとひ給ふに誰とたしかにはいはねど世にしらずうつくしきよしをかたりきこゆるにいとゆかしうあはれにて此御あたりのたちぎゝかひまみ《(見)》も心にいりたりもしみ《(見)》つくる人もあらは宮の御ためあぢきなき事やいでこんとわづらはしきかたもなきにしもあらずときはのあま君のむすめこさいしやうとてさぶらふを思ふ事もかたらはまほしけれどさすがになにとなくていひよらんもさやうのけしやうなどをしなへてはな

さはくしてやとゆかしけれはさるへきおりはそのわたりをたゝすみ給つゝかいはみもたえすし給なりさやうにもちうしやうのみやうふとしたしくかたらひ給ひて御ふみもとき〳〵ほのかにきゝ給しをかものかはなみたちわかれ給ひしほとにわさときこゑ給ひしことんたえにしそかしいまはおなしもゝしきになり給ひておほつかなからぬほとに事とひより給てなをそのこゝろえぬさまにほのめかし給けりさとにおはしますをりもわかみやのおはする一条のみやはたゝはいわたるほとなれはつれ〳〵におほさるゝおり〳〵は御ふみもきこゑさせ給けりみつからもさるへきよひ〳〵なとはわたり給ひつゝみやうふとかたらひ給ふよな〳〵もありけりそのついてにもさる人やとおほかたなるやうにてとひ給ふにたれとたしかにいはねとよにしらすうつくしきさまをかたりきこゆるにもあはれにおほされてあなかちなるたちきゝもとらしきをみつくる人もあらはたゝみやの御ためにそ思ふへきときはのあまきみのむすめはこさいしやうとて候を思ふことをもかたらまほしけれとさすかになにとなくていゐよらんもさすかにおしなへてのけさうはならはぬ御こゝろに人もあやしと思ふへけれはしらすかほにてすくし給

はくしたてまつりてやとゆかしけれは人しれすさるへきおり〳〵はこのわたりをたゝすみつゝけしきをみ給けりはやうも小将の命婦とてしたしき人をかたらひ給て御文時々たてまつらせ給ふ御けはひもほのかにきゝ給しをかものかはなみにたちわかれ給にし程にわさときこえ給事もたえにしそかしいまはおなしもゝしきになり給ておほつかなからぬ程にことゝひよりてなみの心たえぬほとにそほのめかし給けるさとにおはしますをりもわか宮のものし給一条の宮はたゝはひわたるほとなれはつれ〳〵なるをり〳〵は御文もきこえ給なるへし身つからもさるへきよひ〳〵なとにはわたり給つゝ命婦とかたらひ給ふをりもありけりそのつゐてにもさる人やた《と》ゝおほかたなるやうにてとひ給にたれとさたかにはいはねとたゝよにしらすうつくしきよしをかたりきこゆるにゆかしくあはれにてこの御あたりのたちきゝかいはみなと心にいりたるもしみつくる[人]あらは宮の御ためにあ□きなき事やいてこんわつら□しきかたもな[き]にもあらすときはのあまきみのむすめにさい相とて候思ことかたらはまほしけれとさすかなにとなくていひよらんもさやうのけさうはならはぬ事にて人いかゝとつゝましけれはえのたまひいて

らひ給はぬ心ちに人もあやしと思はんとつゝ
ましくてえいひよりたまはざりけり
（中1オ～2オ）

〔二〇三〕
しのびたる所より夜ふかくかへり給ふつゐで
にやがて一条の宮へおはするにこの宮のみか
どいとゝくあきていづれの殿上人の車にかよ
もすがらたち明しけるとみ《(見)》ゆるはいかなる人
のつぼねより出る人ならんとみ《(見)》いれ給ふ院は
よべうちにいらせ給ひにしを宮もや参り給ひ
にけんさらばしのぶ草も人ずくなにてやとお
ぼしやるにいとすぎがたくて例のやをら入給
ひぬつねにたちきゝ給ふ戸ぐちに入給へれは
つほねにいそぎおりける女房のをしもたてず
なりにけるにやいとひろふあきたるを人おき
にけりとみ《(見)》給ふにわづらはしけれどみやなと
おはせぬほどにて人ずくなゝらばかきいだき
てや出ぬべきとおぼしていり給ひぬ御前のか
たをみ《(見)》いれ給へれば御とのあぶらきえがてに
まだたきておくはくらうて物もみ《(見)》えずこゝか
しこに人々あまたねたりとみ《(見)》ゆれどおさなき
人はいづれともみ《(見)》えずふしたらん所もしらね
ばたどりよらんかたもなくてたゞつく〴〵と
み《(見)》いれらるゝにもこうきてんのみなみのとぐ

（38ウ～39ウ）

〔二〇三〕
しのひたるところよりよふかくかへり給ふあ
か月にやかて一条のみやえおはするにこのみ
やのみかといとゝふあきていつれのてんしや
う人のくるまにてかよもすからたちあかした
るとみゆるにいかなる人のつほねよりいつへ
きにかとみいれ給ふ院はよへそうちにいらせ
給ひしをみやもやまいり給ひにけんさらはし
のふくさはひとりやのこり給覧とおほしやる
にいとすきかたくてれいのやをらいり給ひぬ
つねのたちきゝのくちにより給へれはつほね
えいそきおりけるねうはうのおしもたてすな
りにけるにやいとひろくあきにたるを人おき
にけりとみゆるもわつらはしけれともしみや
なともおはせぬほとにて人すくなゝらはかき
いたきていてぬへくやとおほせはやをらいり
て御まへのかたをみいれ給へはおとなあふら
きへかたにまたゝきておくはくらけれは物も
みへすこゝかしこには人あまたねたるとみれ
とおさなき人のおともせすふしたらんところ
をもしらねはたとりよらんかたもなくてたゝ

さりけり
（52オ～53オ）

〔二〇三〕
しのひたるところより夜ふかくかへり給てや
かて一条の宮えおはするにこの宮のみかとい
とゝくあきていつれの殿上人のくるまにかよ
もすからたちあかしけるとみゆるはいかなる
つほねよりいつへきならんとみいれ給に院は
よへうちへいらせ給にしを宮もやいり給にけ
んさらはおさなき人は人すくなにてやとおほ
しやるもすきかたうてれいのやをらいり給ぬ
つねのたちきゝのくちによりゐ給へれはつほ
ねへとてをりける女房のをしもたてすなりに
けるにいとひろうあきたるを人おきにけりと
みるはつゝましけれと宮のおはせぬ程に人す
くなゝらはやをらたきてやいてぬへきとおほ
して御まへのかたをみいれ給へは御となあふ
らきえかたにまたゝきてをくはくらうてもの
もみえすこゝかしこ人あまたねたりとみゆ
れ[と]おさなき人はいつれともみえすふしたら
んところもしらねはたとりよらんかたもなく
てつく〴〵とみいれらるゝもこうきてんのみ
なみのとくちはまつそ思いてられた~~まふ~~まひ

ちは先ぞ思ひいてられ給ふ　（中2オ～3オ）

〔二〇四〕

おもふまゝなるはわがためにも人の御ためにもあぢきなういとをしくくやしくもあるわざぞかしといくらのとしのつもりならねど思ひしられ給ふ事おほかればわづらはしくやをらいで給ふにありつるくるまの人にやゑぼうしなをしなる人のふとさしあひたるにいでどころのびんなければ袖してかほをかくしてめんだうのくちにかくれ給ひぬれどやみはあやなき御にほひよりはじめてなべての人にまかふべき御ありさまならねばかうにこそありけれとみ《（見）》はてゝみ《（見）》ぬかほにてすぎぬるもおほきおとゝの御子の権大納言也けりはやうより思ふ心ありて御めのとごの中納言の君といふにこゝろざしありがほにみ《（見）》せつゝかよひけるに今となりてはほのめかしいでつゝせめわたるをいとめづらかにあさましきこゝちして今はおさ〲たいめんする事も物うくのみ思ふによべ院もうちにいらせ給ひて宮はとまらせ給ひて母の内侍のめのとも風にわづらひてまうのぼらず成にしかばかはりには御かたはらに

つく〲とそみいれらるゝにもこうきてむのみなみのとくちはまつ思ひいてられ給ふは　（39ウ～40ウ）

〔二〇四〕

思ふまゝならぬはわかため人のためあちきなくもいとをしくもくやしくもあるわさかないくらのとしつもるならねとおしはからるゝそとちかなれはわつらはしくてやをらあゆみいて給にありつるくるまの人にやゐほうしなをしなる人のふとさしあゐたるにところひんなけれはそてしてかほをかくしてめんたうのとくちにかくれ給ぬれとやみはあやなき御にほひよりはしめてなへての人にまきるへき御さまならねはかうにこそとみはてゝみぬかほにてすきぬるもおほきおとゝの御子の権大納言なりけりむかしより思ふこゝろはありて御めのとこのちうしやうのきみといふこゝろさしありかほみせつゝかよひけるをいまとなりてはほのめかしいてつゝせめわたるをいとめつらかにあさましき心ちするをいまは物うくのみおほゆるにいとゝみやはとゝまらせ給て院も思まいらせ給へはないしのめのとはかせにわつらひてまたのほらすなりにしかはかはりには御かたはらにはとくまいり給へといひ

ける　（53オ～54オ）

〔二〇四〕

思まゝなるはわかためも人のためもあちきなくもいとをしくもくやしうもあるわさそかしといくらのとしのつもりならねと思しられ給事なれはわつらはしくてやをらいて給にありつる車の人に野えほしなをしなる人のふとさしあひたるにいらへところのひんなけれは袖してかほかくしてめんたうのとくちにたちかへり給ぬれとやみはあやなき御にほひよりはしめ人にまかふへくもなき御ありさまなれはかくこそはありけれとみいてゝみぬかほにて御めのとこの中納言のきみといふ人に心さしありかほをみせつゝかよひけるをいまとなりてはほのめかしいてつゝせめわたるをいとめつらかにあさましき心ちしていまはをさ〲たいめんする事もせぬによへはいと宮はとまらせ給て院も内にいらせ給てかゝのないしのめのともかせにわつ《（▲つら）つ》らひてえのほらすなりにしかはかはりに御かたはらにとてまいり給へといひしをかゝる人すてなゝる程にてちかきわたりにしるへせよとよきをりに[と]う

とてまいり給へといひしをかく人ずくなゝるほどにてちかきわたりにしるべせよとよきおりとうかゝひてあやにくにとりこめてせめあかしつれば御かたはらにもえまいらす成にしなりけり世の中思ふまゝにほこりかにもてなしてものいひなどもすこしはゞかりなき人ざまなるをみ《見》やしられぬらんさらばあぢきなくいとをしかるべきわざかなと大将はくるしうおぼしたり
（中3オ〜4オ）

〔二〇五〕

其後中納言の君に大納言あひてしか〳〵たしかにみ《見》し事とありし暁のありさまをかたりていでやかゝればさしも事の外にもの給ふなりけりさはありともみこたちをもなにとも思ひ聞えぬ人にこそあめれあなおこかましやみ《見》んかし内や院なときかせ給ひてはさらによもまめやかに御らんぜられじいかにくちきよくあらがひのがれんとすらんものを御うしろみたちのかたちけはひにはかられ給ひてかゝるわざはし給ふにこそあめれなどの給ふにいと浅ましくなりぬはやうこそさやうの御けしきみ《見》えしかどあるべき事にもあらずとて聞えはなたせ給ひしかばさてやみ給ひし事をましてうちの御けしきにしたがひてけふあすにても世

しをかく人すくなゝるほとにちかきわたりにしるへせよとせめわたらひてあやにくにとりこめられてこゝろよりほかにて物いひなんともすこしはゝかるところもなきやうにてしられぬらんさらはあいなくいとをかしかるへきわさかな大将とのは
（40ウ〜41ウ）

〔二〇五〕

そのゝちゝうしやうのきみに大納言あいてしか〳〵とみしあか月のことをかたりてかゝりけることのありけれはことありかほなるけしきにこそありけれいてことはりやされとみこたちもなにとも思ひきこゑぬ人にこそあめれよしみむうちやゐむやきかせ給てはよもまめやかなるこゝろはあらしかしなとの給ふにいとあさましくなりぬはやうこそさやうなる御けしきになときゝしかとあるへき事もおほしたる人もなかりしかはおとつれまいらせすなりにしをまいてうちの御ゆるしあらはけふあすにてもあまにならんとこそおほしめしたれゆゝしきことかなといふをわれもえしり候はぬとこそあらめさゆ《や》はおほしへたられ給へき

かゝひてあやにくにとりこめてせめあかし給つれは御かたはらにもまいらすなりにし也けり世中を思ふさまにほこりかにもてなしてものいひなともすこしはゝかりなきさまなるをみやしられぬらんといとをしうそ大将はおほしける
（54オ〜55オ）

〔二〇五〕

そのゝち中納言の君にあひて中納言のありしあか月のことかたりいてゝやかゝれはさしもことのほかにの給なりけりさはありともみこたちをもなにとも思ひきこえぬ人をあなおこかましやよしきかんかしうちや院なとにきかせ給てはさらにくもまめやかにこらんせられしいかにくちきよくあらかひのかれんとすらんものを御うしろみたちのめてまとひてかくし給へるなめりかしなとあるにいとあさましくなりぬはやうこそさやうのけしきみえしかとあるへき事にもあらすとてきこえはなたせ給にしかはさてやみ給にしことをましていまはうちの御けしきにしたかひてけふあすにてもよをそむきなんとこそおほしめしたれ

をそむきなんとこそおぼしめしたれいとゆゝしき事かなかけてもかゝる事なの給ひそまことしういひなす人もこそあれなどけざやかにいふをさらば我はしり給はぬなり今をのづからきゝ給ひてん世にある事はしばしこそかくれはあれすこしにぶ〳〵しき事をみ（見）たらばこそあらめくちきよくもの給ふものかななといふさまのたはふれごとのけしきにはあらねばげに人もなからん事をかくのみの給はんやは只一よまではかくはいはざりしをいかなりける事ならんとあやしう思ひて母の内侍のめのとにかくこその給ひしかと忍びていへば少将の命婦のいつぞやいかなるにか此ころたちかへりの給ふ事どもこそあれといひしかどあなくるしさがの院の宮たちをうちかはりあづけさせたまへどきゝいれ給はぬにまいてさかりすぎさせ給ひぬあなはづかしおぼろけの人み（見）え給ひぬべくやはとてやみにしを少将の命婦のつぼねになんとき〳〵たちより給ふと聞しを人のいひなすらんすべてたかきもみじかきもさぶらふ人々につけてかゝる事も出くる也又まねびをだになし給ふそとむつかられてやみぬるに大将のおぼしやりしもしるく大納言はいとけざやかに出ておはせしをみてしかばことにはゞかりもなくこゝろやましきかた

よしいまみきゝたてまつらんとていとほ（本）いなけにうらみつゝけ給ふにけにいかてとまてあやしう思なりぬむかしの御こゝろさしたえぬさまになんとこせうしやうのみやうふのかたりつゝ御ふみなとはとき〳〵みゆめれとかけてもおほしめしよらぬすちなれは人のこゝろとり給ふへきやうもなけにこそみゆめれけになからんことをかくいひつゝけ給はん人もあらしをいかなりけることそとむねふたかりてはゝにしか〳〵こその給ひしかとかたるあなまか〳〵しかゝることはまたまねひすれはま事しういひなさるゝ物そこのみやうふのきみのもとにとき〳〵おとつれちかきほとにおはするをりのあるをたゝならしとていひなし給ならんすへてかゝることのあるましきそなとむつかりてやみぬるに大将とのおほしやりつるもしるくいとはゝかりなくきら〳〵しきところつき給へるなまこゝろやすからぬかたさへそいてたゝならすおほゆるまゝにいひなやむをきゝつゝ人のおほくなりつゝうちわたりにはきこゑ女院のへむにもいひいてけれはさふらふ人々あさましくあるましきことかなないひそなとくち〳〵にいゑはさるへき人々こそいはねまことならぬこともたゝかたはしたにいてくれはまことゝいひなすことのみよの

ゆゝしき事をかけてものたまふまとしういひなす人もこそあれとけさやかにいふをされはわれはしり給はぬなゝりいまをのつからきゝ給てんよにある事はしはしそかくるゝすこしにふ〳〵しきことをみたらはこそあらめくちきよくもの給かなとのたまふさまのたはふれけしきにはあらねはけにも天かにみさらん事をはかくはいかてかいはんたゝ一夜まてはかくもいはさりしをとあやしけれはかゝのないしのめのとにかくこその給しかとしのひていへは少将の命婦のいつそやかくこのころたちかへりたまひてなとかたりしにあなくるしさかの院の宮たちをうちかはりあつけさせ給へときゝいれたまはぬにまいてさかりすきさせ給ぬあなはつかしおほろけの人みえ給へくや○《は》とてやみにしを少将の命婦のつほねになとき〳〵より給とそあなりしを人のいひなす○《な》らんすへて候人のすむにつけてなとかゝる事はいてくるなめりまたまねひをたになし給そとむつかられてやみぬるに大将のおほしやりしもしるく大納言はいとけさやかにいてゝおはせしをみてしかはことにはゝかりもなくいふをきゝつゝく人のあまたになりつゝうちわたり院のへんなとにてもやう〳〵いひいてけれはちかう候人々はあさましき事

さへそひていふをきゝつぐ人は《もイ》あまたになりつゝ内わたりにも聞え院のへんにもやう〳〵いひいでければちかうさぶらふ人々はあさましきことかなかゝるものまねびなせそとかたみにいひいさめけれど誠ならぬこともたゝかたはしいでくれば誠しうのみいひなす人おほかる世のさがにて其よのあかつきにさていで給ひし事御車そこ〳〵にこそたてたりしか夜ふかうそのまのみかうしつまどのあきたりしはさにこそありけれなどおり〳〵のたちぎゝかひまみのほどをほのみ（見）ける人々もそのおりはなにとめもとゞめ給はざりしをかゝることいできてのちは忍びつゝをの〳〵いひいだしなどしてさゝめくもあるべし（中4オ〜6ウ）

〔二〇八〕
ましてなべての世には年へにけるさまをつき〳〵しういひなすを女院もきかせ給ひて内侍のめのとをめしてかくいとあさましき事を世の中にいふなるはいかなる事ぞむげになき事をば人のいふことにもあらぬをとの給はするにいと浅ましくなりてこの権大納言の、給ひける事をぞかたり聞ゆるにいでさればこそ少将の命婦のしわざにやとおぼしよせ給ふにいと心うくむねふたがりておぼしなげくに其後

さかにてそのあか月にさはいて給ひしくるまのそこにたちたりしそこもとのみかうしつまとよりいて給ひしなとたちきゝのよな〳〵をほのかにみける人々もいとしのひていひいたしなとしてうちさゝめく人もあるへし（41ウ〜43ウ）

〔二〇八〕
なへてのよにはとしへにけるさまにさへつき〳〵しくいひなす女院にもまかせ給てないしのめのとをめしてかくあさましきことをよくいふなるはいかなることそみたてまつらぬをりはすくなくこそあれむけになにことを人のいふにもあらぬをとの給はするにいますこしめつらかに思ひはなれて権大納言のの給けることをそかたりきこゑさするいてされはこそせうしやうのみやうふのしれさにこそとおほ

かなかゝる物まねひなせそとかたみにいひさゝめけとかたはしたにいてそめぬれはそのよそのあか月にいて給し御車そこ〳〵にたてりしことよふかくその事みかうしつまとのあきたりしはさにこそありけれとおり〳〵のたちきゝかいはみのほとをもほのみける人々そのをりはなにともめとゝむるもなかりけれとかゝることいてきてのちはしのひつゝをの〳〵いひあはせなとしけり（55オ〜57ウ）

〔二〇八〕
まいてなへてのよにはとしへにけるさまをさへつき〳〵しういひなすも院きかせ給て内しのめのとにかくよの人のことにいふなるいかなることそむけになき事は人のいふにもあらぬをさりともしらぬやうあらしとの給はするにいとあさましうなりてこの権大納言のの給けるそかたりきこゆるにいてされはよ少将の命婦のしわさにこそとおほすにいと心うくてむねふたかりつゝおほしなけくにそのゝ

とてもいちしるき御けしきもなきはいかばかりなめげなる心のほとぞなどさへさま〴〵やすからぬ御心のうちなり少将の命婦かゝる事をきくにあやまちはなけれどはかなき御文のつたへもさすかにとしへぬればいとくるしうておさ〳〵御まへわたりにもさしいでぬにうちにもきかせ給ひてなまわづらはしきに其人しらぬやうはあらしなどおほせられければいとあさましくおもひなげきてこもりゐたり宮もいとわかき御ほとにもおはしまさねはかゝる事をきかせ給ふにいかゝをろかにおぼしなげかせ給はざらんたゞすの神も引かけてさだ〳〵とあきらめさせ給ふべきならねばゐんにもさやかにみ（見）あはせ奉り給はずおぼしみだれたるをもたゞひとへに思はすに心うくのみ奉らせ給ふのみぞわりなきや　（中6ウ〜7ウ）

〔二〇七〕

大将はかくなんときゝたまふにされぱよすべてよからぬ我心の何事にも後くやしきぞかしといと〳〵をしうおぼされて少将の命婦のもとへこまかやかにかき給ひて御前わたりにはいとゞいかにはしたなう侍らんとつゝましうおもひ給へとこのたびばかりはあへなんとて

しよらせ給ふもこゝろうくむねふたかりていみしくおほしめしなけくさまやすけならす御こゝろのうちなりせうしやうのみやうふかゝることをきくにあやまちなけれとはかなき御ふみのへたてもさすかにいかゝおほしめさむとわつらはしきにまことしくうきなとまてきかせ給てその人のしらぬやうあらしなとおほせられけりとて御けしきひんなけれは御まへにもまいらすこもりゐてなけく事かきりなしみやもいとわかきほとにしあらねはかゝる事をきかせ給ふまゝにいみしくあさましくのみおほしめしなけかるゝたゝすのかみもひきかけられてさは〳〵とあきらめ給へきならねはゐんにもさたかにもみあはせたてまつらせ給はすおほしみたれたるをたゝひとつに思はすにこゝろうくみたてまつらせ給ける　（43ウ〜44ウ）

〔二〇七〕

大しやうのかくときゝ給てされはこそすへてわかこゝろのなにことにもくやしきそかしいと〳〵をしくおほされてせうしやうのみやうふのかきこもりたらんとふらひにこまやかにかき給ひて御まへわたりにはいとゝいかにはしたなく侍らんとつゝましく思ひ給ふれとこ

ちとてもいちしるきけしきもなきはいかなりける心の程そなとさへさま〳〵にやすからす命婦かゝる事をきくにあやまちはなけれとはかなき御文のつたえもさすかとしへぬれはいとくちをしくてをさ〳〵御まへにもさしいてぬに内にもきかせ給て少将かしわさなりとおほしめされけれはいとあさましく思なけきてこもりゐたり宮もいとわかき人にもおはしまさねはかゝる事をきかせ給ていかておろかにおほしなけかさらんたゝすの神もひきかけてさた〳〵とあかめさせ給はねは院にもはなやかにあはせたてまつらせ給はすなとあるをもたゝひとへに思はすに心うくのみゝたてまつらせ給そわりなきや　（57ウ〜58ウ）

〔二〇七〕

大将殿かゝる事をきかせ給にされはよすへてよからぬわか心のくやしさをいと〳〵をしくおほして少将の命婦のもとへこまやかにかき給てこせんわたりにはいかにいとゝはしたなくはへらんと思ふ給らるれとこのたひはかりはなとあるをわかもとなるもとりくしてない

とあるをわがもとなるもとりぐして内侍のめのとに忍びてみ（見）せてなく〳〵ちかひきかすれば女院の御まへにもてまいりて少将のいふ事けいすれどいかなるとてもかくかる〳〵しうよろしからぬ御名のながれぬるをおぼしめしみたれてものもの給はす文はさすがにゆかしうやおぼさるらんとりて御らんずれは

　思ひやる我がたましゐやかよふらん身は
　　よそながらきたるぬれ衣〈91〉

とあるかきざま手などはしもげにみこたちなどの御あたりならではちらさんはくちおしかりぬべかめりと御らんずるにもいかなるこゝろにてかくぬれぎぬにしもなしたらんとさへ猶涙のみこぼれさせ給ふ程いと〳〵をしう聞えさせやらんかたなし
（中7ウ〜8ウ）

〔二〇八〕

大殿にもこま〴〵と聞えさする人ありければとしごろもこの御事をふかう思ひていとひが〳〵しきまでおぼしはなるゝ事もある也けりとおぼすにいとゞらうたうつくしと思ひ聞えさせ給ひて大将にかく世の中にはのこりなく聞ゆるまでしらせ給はざりけることとうちゑみての給ふ御かほのけしきいとうれしとお

のたひはかりはそへ侍なんとてあるをわかもとなるをもとりくしてないしのめのとにしのひてなく〳〵ちかひきこゆれは院の御まへにもまいりて御らんせさせてせうしやうかいふ事なときこゑさすれはいかなるにてもかる〳〵しき御なのよになかれぬるをおほしめしみたれてものもの給はすふみはさすかにゆかしくやおほしめさるらん御覧すれは

　思ひやるわかたましゐやか（▲ら）よふらんみは
　　よそなからきたるぬれきぬ〈91〉

なとあるかきさまなとけによのつねのわたりにちらさむはくちをしけなるをいかなるこゝろにてかくいちしるきぬれきぬもなしたらんとなを御なみたこほれさせ給ぬる御けしきいとわりなくきこゑさせんかたなし
（44ウ〜45ウ）

〔二〇八〕

おほいとのもきこゑさする人ありけれはたゝこの御ことをとしころもふかく思給ひていとひか〳〵しきまておほしめしはなるゝ事とも ゝあるなりけりおほしけむこそおこかましけれさて思ふさまにいとうつくしく思ひきこゑ給ひて大将とのにはかくよの中にはのこりなくきこゆるまてしらせ給はさりける事とう

しのめのとにしのひてみせてなく〳〵ちかひきかすれは御せんにもてまいりて御らんせさせて小将なけくことゝもけいすれはいかなるにてもかくかろ〳〵しき御なのなかれぬるをおほしみたれてものもの給はすふみはさすかにゆかしくやおほすらんとりて御らんす

　おもひやるわかたましゐやかよふらん身
　はよそなからきたるぬれきぬ〈91〉

とあるかきさまてなとはしもけにみこたちにおはすともいかてかとみえたりいかなる心にてかくぬれきぬにしもなしたらんと猶なみたのみこほれさせ給ふさもそいと〳〵をしうみたてまつる
（58ウ〜59ウ）

〔二〇八〕

大殿にもこまかにきこえさする人ありけれはとしころもこの御事をおほしていとひか〳〵しきまておほしはなるゝ事もあるなりけりとおほすさすかにいとをしく思きこえ給て大将とのにかく世中にのこりなくきこゆるまてしらせ給はさりけるとうちゑみてきこえさせ給けしきいとうれしけにおほしたるをみ給に

ぼしたるをみ(見)給ふに宮の御ためいと〳〵をしうみづからのためにはまことしくも取なさればいとわづらはしくびんなかるべき事なればいたうまめだちて少将の命婦といふ人ははやうよりしりて侍りつるをうちわたりにてとき〴〵たちより侍るをいひなす人の侍るにやかけてもあるまじき事をうちなどにもきかせ給はゞびんなうかたはらいたき事にこそとていとまめやかにくるしとおぼいたればなにかはさまでびんなかるべき事かはみかどの御むすめ今もむかしもえ奉る事世のつねの事也われらよりおとりたる人だにたうだいの御門の御むこになりたるためしいとおほかりまいてさらによもびんなき事ともおぼしめさじかくのみよるべなくてすぐし給ふいと心ぐるしきに誠にさやうにも物し給はゝうちにもゐんにもそうしてんあるまじき事とおぼしめすともわが申さん事さらにいなひさせ給はしとの給ふを故院もすへてさやうに思ひ聞えさせ給はざりければ女院も今さらによき事ともおぼしめさじいとおとなしきほどにもならせ給ひにたればなにごとにかさやうにあながちなる心などつかひ侍らんすべてあるまじきことに侍る今をのづからすくせなどいふものある人も侍らんかくても世に侍らじなどいとわびしき

ちゐみての給はするけしきいとうれしくおほしたるもみやの御ためいと〳〵をしくみつからのためもとりなさはやわつらはしきこともやあらむと思ふにものむつかしけれはせうしやうのみやうふといふ人ははやうよりしる人にて侍をうちわたりにてはおほつかなからぬほとにたちよるをりも侍をいひなす人の候にやかけてもあるましきことをうちなとにもきかせ給はゝといとかたはらいたく候へけれはとていとくるしとおほしたれはなとさまてはひんなかるへき事かはかくのみわらはけてすこし給ぬるもみくるしかむめるをまことやさやうにも思ひ給はゝうちにもゐんにもけいせんといみしき事ありともえいなひさせ給はしとの給はすれはゐんにもすへてさやうの~~せは~~《に》は思ひきこへさせ給はさりけれはいまさらによもねうゐんにもよき事ともおほしめさしいとおとなしきほとにもならせ給たらはかたしけなくなにことにかは思ひより侍らんいまをのつからよもつねにはかくてのみもさふらはしときこゐまきらはしてやみ給ぬるをねうゐんはいみしうなんうち〳〵にはおほしなけくなるとこまかにきこゐさする人のありけれはされはこそかはかりの御ことをさへ又かはかりにうちまきらはしてやみなんと思給ぬるを

宮の御ためもいと〳〵をしく身つからのためにはまとしうもとりなされはいとわつらはしくひんなかるへきことなれはいたうまめたち給て少将の命婦といふはやうよりしる人にし侍を内わたりにて時々ものかたりなとし侍をりもあるをいひなす人の侍にやかくてもあるましきことをうちなとにもきかせ給はゝいとかたはらいたきことのさまかなとていとまめやかにくるしとおほしたれはなとさまてひんなかるへき事かはいまもむかしもさのみこそはそこにをとりたる人たにためしおほかる事そかしまいてさらによもひんなしとおほしめさしかくのみよるへなくてすくし給かいとみくるしきにまことにさやうにもものし給はゝ内にも院にもそうしてんあるましき事とおほしめすともわかさ申さむ事をさらにいなひさせ給はしこ院すへてさやうには思きこえさせ給はさりけれは女(▲め)ゐんも今さらによものたまはせし御としもねひ給にたれはなにしにかやうのあなかちなる心つかひ侍らんすへてあるましき事に侍りこのいまひめ君のうちまいりのやうにもなり侍なはあなかちにすくせ(世)なき事は人の~~せ~~《世に》も侍へき事也いまをのつからさきのよのちきり侍らんかくてしもよに侍らしなといとわひしとおほしてけさやかにきこ

まゝにけさやかに聞えさせ給ひてやみぬるをかくてもいみじう忍びて御ふみだにおぼろけならではかたければたゞ人しれぬさまにてやみなんとおぼしたるなめりと女院はいみじくおほしなげかせ給ふとこま〱と申す人のありければさればこそこの御ことをさへたゞかやうにまきらはしてやみなんと思ふたまへるいとあさましき御心のほどなめりといとをしがりなげき給ふ事かぎりなし　（中8ウ～10オ）

〔二〇九〕

わがすゝみ申さゞらんにあれよりいかでかかゝりけりさはともの給はせんなき事にてもかばかり人に名をたて奉りてをとなくてやまんはいとゞふびんなること也うけひき給はぬまでもわれ此事を女院に申さんさのみこゝろにまかせてみ（見）るべきことならずなど誡しうむつかり給ひて参り給ひてさるへき人していと忍びてたゞあつかり聞えんとたび〱けいしたまへばされはこそみづからは人めをせちにつゝみ給ふておとゞしてかく申させ給ふなりけりと心えはてさせたまひぬれといかゞはせんさらばなどはいかでかはの給はせんもとよりかやうのすぢには思ひ聞えざりしをいまはいとゞさかりもすぎさせ給ひにたりみづから

いとものくるはしくかたしけなきことなりや
（45ウ～47オ）

〔二〇九〕

われすゝみ申さむにいかてかはかゝりけりとはなにもの給はせんさのみこゝろにまかせてある事とこそあれかゝる御なをたてゝやみなんはいとあさましき事なりせう〱はこゝろにあはすともさのみいかてかみむなとこの御かたのいとをしさにこのたひはえしたひ給はすおほしたてゝねうゐんにまいり給ひてさるへき人していとしのひてたゝあつかりきこゑんとねむころにたひ〱せいし給へはされはこそ人めをせちにみつからはつゝみていまはおとゝしていはむするなりけりとこゝろえさせ給ぬれはいまはいかゝはせんさはなるともいかてかはふともの給はせんもとよりかやうのすちは思ひきこゑさせすなりにしをいまは

えさせ給つゝやみぬるをかくてしもいみしう御せうそくたにおほろけならてはかたかんめれはたゝ人しれぬさまにてやみなんとおほしたるなめりとて院はいみしうなけかせ給へとこま〱と申給人々ありけれはされはよこの御事をたゝかやうにてまきらはしてやみなんと思給へるいとあさましき事也いと〱かなしかりなけかせ給ことかきりなし
（59ウ～61オ）

〔二〇九〕

わかすゝみ申さゝらんにあれよりいかて〇《か》かゝりけりさはともの給はせんなき事にてもかはかりの人に名をたて〱まつりてをとなくてやまんはいと〱ふひんなる事也うけひき給はぬまてもわれこの事女院に申さんさのみ心にまかせてみるへき事ならすとまれ〱むつかり給てまいり給へうはたゝあつかりまいらせんとたひ〱申給にさはされはこそ身つからは人めをつゝ（▲み）み給てをとゝしてかく申させ給なりけりと心えはてさせ給ぬれとさらはなともいかてかふとの給はせんもとよりかやう（▲ら）のすちには思きこえさせ給はさりしをいまは（本）いとゝさかりもすき給にたり身つからの御ほいふかきさまにけふあすにてもと

の御ほひふかきさまにけふあすにてもとおぼしたためるをかゝる御名のかくれなく成ぬるをいみじくおほしなげかるさりとても又たしかならぬことによりてわれさへうちまかせきこえんも猶つゝましく心くるし又かく人のあながちにいふ程をすぐしてもさばかりこそはやみ給ひにしかなと世のためしにいひながされ給はんさまなどをさま〳〵につりするあまにもをとらずしほたれすぐし給ひにけり
（中10オ～11オ）

〔二一〇〕

内にもおとゞつゐでつくり出てほのめかしそうし給ひければ人のものいひはまことなりけりとおぼして遠山とりにてはとり所なきをげにさもなどかはとおぼしめすにさばかりわかくめてたきありさまをおとなしき程のおとろへもはづかしうやあらんかぎりなき御事といふともこゝろゆかす思はれてうちまもられ給はんこそいと〳〵をしかりぬべけれさがの入道の宮又なくめでたきこえしをだに斎院にはをとり給ひてあらんかしこの御ありさまにをとらざらんをわがめにみ（見）さだめてこそとて今までかくはあるとこそはあなかたはらいたとおぼしめされながらさはいかゞはの給はん

いと〳〵さかりもすき給てたゝけふあすにてもかたちことになりなんとのみおほしの給はすめれはわかみたてまつらんかきりはときこえとゝめたるにあり〳〵てたしかならぬことによりいとかろ〳〵しうめてなしきこゑんもいとつゝましう又たゝかはかりにてやみ給にけりといひなされ給はんなんいみしうくるしかるへけれはつりするあまにてしほたれすくし給はん
（47オ～48オ）

〔二一〇〕

うちにもおほしめせはいなやすなやかにてはたとりところあるへけれはさもやとおほしめすにわかうめてたきありさまにはおとなしき御ほともはつかしうさたなきものに思ひきこゑさせんこともかたくやとつゝましけれとこのけしきにしたかひてこそはねんころにもいふらめとおしはからせ給へは女院にもさやうにきこゑさせ給けるをよろつにおほしつゝまるれとさるへき御すくせ（世）にやとねんころにものいふをりにまくらさまにてやみなんとおほしなりぬるをおほとのはいとうれしくこゝろゆきはてにけり
（48オ～ウ）

おほしさためたるをかゝる御なのかくれなくなりぬるもいみしうおほしなけかるさりとてもたしかならぬ事によりてわれさへうちまかせきこえんも猶つゝましく心くるしきをいかて人のあなかちにいふ程をきゝすこして思思てこそやみにしかなとよのためしにいひなかされたまはんさまなとをさま〳〵につりするあまにもおとるましうしほれすくし給けり
（61オ～62オ）

〔二一〇〕

内にもおとゝつゐてつくりいてゝそうし給けれは人のものいひはまことなりけりとおほしめしてゐなやますりにてはとりところなきをけにさもなとかはとおほしめすをとなしき程のおとろへもはつかしとやあらんかきりなき御身といふとも心ゆかすおもはれてうちまもり給はんこそいと〳〵をしくうかるへけれさかの入道の宮のまたなくめでたうきゝしをさい院にはをとり給てあらんかしたゝこの御ありさまにおとらさらんをわかめ（女）にみさためてこそとていまゝてかくてはあるとこそきけあなかたわらいたとおほしめされなからさはたいか（▲て）かかはの給はん又さき〳〵の事をきかせ給

又さき〳〵の事をきかせ給へはかのこゝろにすこしも物うからん事をは更にすゝみいはざなるものをおとゞのかくかた〴〵にねんごろにいふはかのみづからのけしきにしたかふにこそあらめとをしはかられ給ふそたのもしうおぼしめされける女院にもかくなんと聞えあはせ給ひてのがれぬ御すくせやありけんたれもいとつゝましうおぼされながら人のかくねんころにいふおりに思ひよはりぬるさまにもてなしてんとおぼしなりぬる大殿はかぎりなくうれしと年ころのほ《本》ひはかなひにたりとおぼしよろこびたるを　（中11オ～12オ）

〔二一一〕
大将のおぼしなげくさまぞいみじかりけるさがのゐんのむかしより殿の御心ざしにをとらずあはれにかたじけなかりしをだに此かたざまにはみ《見》しらぬやうにてやみにしものをげにそのおりはおもふ心ひとつによりてぞかし今はさりとてもこゝろより外に世にながらへてんかぎりかゝるひとりずみにてもありはてぬやうもありなんをされとかくこゝろより外になげのあはれもかくる人のあらんおりにやその心もたがはんこんよのあまと成てもさらにかつかくはやむまじき御ありさまにすこしも

〔二一一〕
大しやうのおほしなけくさまれいのいみしかりけりさかのゐむむかしよりとのゝ御こゝろさしにもおとらすあはれなりし御こゝろはへをたにありかたくみしらぬさまにやみにしをけにそのおりは思ふ事もひとつによりてそかしいまさりともこゝろよりほかになけきのあらはれもかゝるひとのあらむをりにやあの御こゝろもたかはむこのよのあまとなりてもみつからはあるましき御こゝろさまにすこしもかよはさらんとゆめにたにみまうけれとかはかりはかなきとはおのつからなけくもまたか

へはかの心にすこしものうからん事をはさらにすゝみいはさなるをとゝのかくかた〳〵にねんころにいはるゝはかの身つからのけしきにしたかふにこそはとをしはかられ給にそたのもしうおほしめされける女院もかくなときこえあはせ給て御すくせやありけんたれもつゝましうおほしなからかくねんころにいふをりに思よはりたるさまにてとおほしなりたるを大殿はうれしうとしころの御ほ《本》ひかなひにたりとおほしよろこひたり　（62オ～63オ）

〔二一一〕
大将殿はおほしなけくさまいみしさかの院のむかしよりとのゝ御心さしにもおとらすあはれにかたしけなかりしをたにこなたさまにはみしらぬやうにてやみにしものをけにそのをりは思こゝろひとつによりそかしいまはさりとても心よりほかになからへんかきりいとかゝる一人すみにてもえありはてぬやうもありなんされと心よりほかになけのあはれをたにかけん人のあらんをりやそのこゝろもたかはんこんよのあまとなりてもかつきてはやむましき御ありさまにすこしもかよはさらん人

よからざらん人をば夢にもみまうければさばかりはかなき世にをのづからなげく〳〵も過なまほしくあるまじかりける事とかたつかたの御契りをみ（見）はてゝのちはかく心よりほかに世にながらふるにてはさてこそあらましかされと今はかた〳〵世になありそと仏などのしめし給ふなめりとみ（見）えつればひとへに思ひたつ事ひとつより外の心なきものをかのつらきものとおぼしはてゝそむきすて給にし御心にもいかなる心にてかくよづかぬひとりすみにて過たるぞとだに聞れ奉らんとすべてなに事も露ばかりこゝろにあかぬ所ありて此人々にすこしもをとり聞えたらんはみずきかじかくなげく〳〵もはかなき世のもとのしづくのほどはをのづからすきなんとのみ思ひとり給へるにかく芹つみしよの人にもとはまほしき御こゝろのうちいふかたなかりけりこゝろにかゝりてゆかしくあはれにおぼされし忍ふ草もつゆしらまほしからずうらめしく成給ひてそのわたりかきたえあながちなりし夜な〳〵のたちぎゝもれいのくせなればくやしくわりなし

（中12オ〜13ウ）

うてはすくさまほしくかのつらき人とおほしかけて御こゝろにもいかなれはかくよつかもひとりすみそとたにきかれたてまつらんもこゝろふかくおほしとりつるにせりつみしこゝちし給てこゝろにかゝりてゆかしくおほされししのふくさのゆかりはしらまほしからすなり給てそのわたりをかきたえ給へりあなかちなりしよな〳〵のたちきゝもくせなれはくやしくわりなし

（48ウ〜49ウ）

をはゆめにもみまうけれはさはかりはかなき世におのつからすきなま＊くあるましきかりけることゝかたつかたの御ちきりをもみはゝてのちはかく心よりほかによになからふるにてはさてこそはあらましかされといまはかた〳〵よになありそと仏なとのしめし給めりとみえつれはひとへに思たつ事ひとつよりほかの心なきものをかのつらきものとおほしいてゝそむき給にし御心にもいかなれはかくよつかぬ一人すみにてすきぬとたにきこえたてまつらんすへてなに事もつゆはかり心あかぬ心ありてこの人々にすこしもおとりたてまつりたらん人をはみすきかしなけく〳〵もはかなきもとのしつくのほとのをのつからすきなんとのみ思とりつるにいとかくせりつみしよの人にもとはまほしき御心のうちいふかたなかりけり心にかゝりてあはれにおほされししのふ草も露しらまほしからすくやしうなり給てそのわたりかきたへあなかちなりしよな〳〵のたちきゝもれいの御くせなれはくやしうわりなし

（63オ〜64ウ）

＊「ま」と「く」の間に小字あるようにも見えるものの、虫損がかかり判読できない。

〔二一二〕
六月十日よひのいとあつきひるつかた一条のみやにてわか宮ぐし奉りてはしつかたにすゞみ給ふに俄にかき曇りてむら雨のおどろ〳〵しきにかしは木の下風涼しく吹いれたればみす少しあげてみ《(見)》出し給へるにならがしははけにいたくもりわづらふもめとゞまりて

　かしはぎの葉もりの神になどてわが雨も
　　らさじとちぎらざりけん〈92〉

雨風につきてもくやしき事がちなるなぐさめに若宮をみ《(見)》奉るたひごとにさておはしまさましかはとおぼされぬ折はなかりつるをいと、此比は御こゝろにかけぬひまなくあはれにくやしき御こゝろのうちなりいとあつかはしげなりつるせんさいどもの雨に心ちよげに思へる中にやまとなでしこのしほれたるけしき中にもらうたげなるを一枝おらせたまふてさがのゐんにまいらせたまふ

　恋わびて涙にぬるゝふる里の草葉にまし
　　るやまとなでしこ〈93〉

とあるを御らんぜさすれど例のかひあらんや
（中13ウ～15オ）

〔二一三〕
一品宮の御事は八月十日のほどゝさだまりぬ

〔二一二〕
六月の十余日のいとあつきひるつかたわかみやくしたてまつりてはしつかたにすゝみ給ににはかにかきくもりてむらさめのおとろ〳〵しきかしはきのこのしたかせもすゝしくふきいてたれはみすゝこし《(▲ま)》まきあけて給てみいたし給へるになかめからはけにいたくもふりはらふめとまり給て

　かしわきのはもりのかみになとてわれあ
　　めもらさしとちきらさりけん〈92〉

あめかせにつけてもさておはせましかはと思はぬことなかりつるにいと、みやわたりの事き、給てのちはあけぬひなき御こゝちなりいとあつかはしけなりつるせんさいのいとこゝちよけに思たるにすこしおやみぬれはさるへき人々めして御くしつくろはせ給ふになてしこのこしおれたるをひとえたおらせてさかのゐんにまいらせ給ふ

　こひわふるなみたにぬるゝふるさとのく
　　さはにましるやまとなてしこ〈93〉

とあるを御覧せさすれはれいのかいあらんやは
（49ウ～50オ）

〔二一三〕
一品のみやの御ことは八月十よ日とさたまり

〔二一二〕
六月十日いとあつきひ《(日)》るつかた一条の宮にてわか宮くしたてまつりてはしつかたにすゝみ給にはかにかきくもりむらさめのおとろ〳〵しきにかしはきのした風すゝしくふきいれたれはみすすこしあけてみいたし給なかにかしはゝけにいたうもりわつらふ

　かしはきのはもりの神になとてわれあめ
　　もらさしとちかはさりけん〈92〉

雨かせにつけてもくやしき事かちなるなかめにはわか宮をみたてまつるたひことにさておはせましかはとおほされぬをりはなかりつるをいと、この程はかけぬひまなく《(▲て)》あはれにくやしき御心のうちいとあつかはしけなりせんさいともあめにこゝちよけに思たる中に山となてしこのいたうぬれてかたふきたるををらせ給てさかの院へまいらせ給

　こひわひてなみたにぬるゝふるさとのく
　　さはにましる山となてしこ〈93〉

とあるを御らんせさすれとれいのあらんやは
（64ウ～65ウ）

〔二一三〕
一品の宮の御事は八月十日のほと、さたまり

さばかりの御ほどにおぼしいそかせ給へば世中ゆすりていとめでたくあらまほしき御事に世の人さへ思ひたりか丶る御事によりて今まであやしかりつる御ひとりずみなりなどうときもしたしきもおもひあはせつき〱しうそいひなしけるみづからの御心にはいといみじうのみおぼしなげかれて一条の宮にのみこもりゐ給ひてわか宮とおきふしかたらひ聞え給ひてかなはざりけるよの中をうらめしくおぼすま丶にたゞいましばしかはらぬさまにておはせましかはか丶る事を人もおぼしよらましやなどおぼすにわがあやまちともおぼされずつらさのかずもおほくまいてか丶る事をき丶給ひていかやうにかおぼしたるらんたゞ今もさしむかひきこえさせていひなやましつ丶み（見）奉るわざもがなとあくがれまさりてわりなければいひあはせてだになぐさまんとにや中納言のすけたづねさせ給へば斎宮にぞさぶらひけるくるまつかはしてかならず聞えさすべき事あるとの給ひたりけれは若宮も久しくみ（見）奉らぬにとおもひて参りたり　（中15ウ～16オ）

〔二一四〕
まち給ふとてはしつかたにぞよりふし給ひたりけるやよやいかにと思ひわびて聞えつるな

ぬかはかりなる御中におほしいそかせ給ふよの中ゆつりていとあらまほしくめてたき事と思ひたれはわれはわれとときく〱まいらせ給ひし御ふみをたにかきたえてまいらせ給はてた丶一条のみやにこもりゐてわかみやとおきふしかたらひきこゑ給てかなはさりけるよの中をのみこそうらめしくかはらぬさまにていましはしたにおはしませしかはまたか丶ることを思ひた丶ましかはわれもみはいたつらになるともあらさらましと思ひつ丶け給ふはつらさのかすもおほくまさりておほへ給か丶る事ともをみ丶と丶め給ふもいかやうにかおほしたるにた丶いまもみたてまつるわさもかなとゆかしけれはいゐあはせてたになくさめんとおほして中納言のすけたつね給へとみやにそさふらひ給けるくるまつかはしてかならすきこゑさすへきことなんあるとの給へはわかみやもひさしうみたてまつらぬをと思てまいりたり　（50オ～51オ）

〔二一四〕
まち給とてはしつかたにそより給へるにいかにとてきこゐ給へるなりとてわかみやいたき

ぬさはかりの御中におほしいそかせ給へは世中ゆすりてあらまほしき御事によの人さえ思たりか丶る御事によりかくいま丶てあやしかりつる御一人すみなりとうときもしたしきも思あはせつき〱しういひな□しける身つからの御心にはいといみしうのみおほしなけかれて一条の宮にのみこもりい給つ丶をきふしかたらひ給てかなはさりける世中をうらめしうおほすま丶にた丶いましはしかはらぬさまにておはせましかはか丶ることを人おほしよらましやなとおほすにわかあやまちともおほされすつらさのかすおほくまさりてか丶る事をき丶給ていかやうにかおほしたらんた丶いまさしむかひきこえさせていひなやましもしつ丶みたてまつるわさもかなと思ふに心もあくかれまさりてわりなけれはいひあはせてたになくさまんとにや中（▲少）納言のすけたつねさせ給へはさい宮にそさふらひける車つかはしてかならすきこえさすへきことなんあるとの給けれはわか宮もひさしうみたてまつらぬと思てまいりたり　（65ウ～66ウ）

〔二一四〕
まち給とてはしつかたにそよりふしたりけるやよふかきと思わひてきこえつる也との給て

りとの給ひてわかみやをいだき奉りて明暮の御ありさま物いひのうつくしさなどをなきみわらひみかたり給ふか丶る人おはせざらましかばなに事によりて今まで侍らましなからへてもげに心より外に物むつかしき事もありぬべければいまぞ誠に世にあらじと思ひはてぬるを只この御ありさまにこそ思ひわづらひぬれとてなき給ふさまいと心ぐるしげ也すぎぬるかたこそ侍らめ今はよろづ此御ありさまにはうきもうからずこそおぼしなぐさめいとゆ丶しくあるまじき御事かな又此ごろは思ふさまなる事と世の人も聞えさせ侍るはいとうれしうこそ侍れげに又か丶る事の侍るべかりければすぎにしかたはあやしう心くるしき事も侍しにこそときこゆるをこと人よりはさりともおなじ心にやとてこそ聞えつれ心うくもの給ふかないでや今はきこえじ藻にすむ虫なればとて思ひみだれたまへるけしき今すこしいとをしげになりまさり給ふとみ（見）るも例の御くせぞかしとなまにくかりけり

（中16オ〜17オ）

〔二一五〕

さてもかやうの事どもきかせ給ふらんないつ

たてまつりてあけくれの御ありさまものいゐうつくしさなとなきみわらひみかたり給ひつ丶か丶る人のものし給はさらましかはなにことになくさめていま丶てよに侍らましなからへてもけにこ丶ろよりほかに物むつかしき事もありぬへけれはいまそまことによにもあらしと思ひはて侍ぬるをた丶この御ありさまにこそ思ひわつらひ侍めれとてうちなき給ふもいとこ丶ろくるしけなりすきぬるかたこそ侍らめいまはよろつこの御ありさまにはうきもならすこそおほしめさめといとゆ丶しきことかな又このころはいと思ふさまなる御こと丶よの人もきこゑさすれはいと丶めやすくこそうけ給はれけにか丶ることも侍れはすきにしかたはこ丶ろくるしき事ともの侍にこそときこゆるをこと人のいはんやうにいとゆ丶しき御物いひかなおなしこ丶ろにやとこそわさときこゑつれいてやいまはなにともきこゑしもにすむ丶しなれはとておほしみたれたるけしきをいますこしいとをしけになりまさりにけるをれいの御すくせ（世）そかしとなまにく丶おほゆ

（51オ〜52オ）

〔二一五〕

さてかやうのことをきかせ給らんやいかにか

わか宮いたきたてまつりてあけくれの御ありさまものいひのうつくしさなとなきみわらひみかたらせ給てかかる人おはしまさ丶らましかはなに事にか丶りていま□てよになからへん心よ□ほかにものむつかしきこともありぬへけれはいまそまことによにあらしとおもひはてぬるをた丶この御ありさまにこそ思わつらひぬれとてなき給さまいと心くるしけ也すきぬるかたこそ侍らめいまはよろつこの御ありさまにうきもうからすこそおほしさめせ丶いと丶ゆ丶（▲かし）しうあるまじき御事かな又このころはいと思さまなる御事とうけ給はれはけにか丶る事のはんへるへけれはすきにしかたは心くるしき事はいと丶はへりけるにこそときこゆるにこと人よりはさりともおなし心にやとてこそきこえつれ心うくもの給かないてやいまはきこえしもにすむ丶しなれはとて思みたれ給へるけ（気）しきいますこしいとをしけになりまさり給にけりとみるもれいの心くせそかしとなまうくおほえけり

（66ウ〜67ウ）

〔二一五〕

さてもこの事ともはきかせ給らんないつかさ

かさがへ参り給へりしとの給へばさいつ比まいりて侍りきなに事も〳〵すべてき、やせさせ給ふらめどさらにしるきことも侍らばこそあらめよき人と申なかにもあさましくおはしますなりされどはかなき御手ならひにこそは御心のうちをもみ(見)奉りあきらめ侍しかば今はたゞ仏にむかひ奉らせ給ふてのみくらさせ給へば世中のよしなし物がたりも御まへにて申す人も侍らずなどかたるもげにかのみ(見)奉りそめし夜のことゞもなどおもひ出られ給ひてことのねより外のさしいらへもなかりしぞかしあるべきかぎりうつくしうめでたかりし御ありさまけはひなど只いまの心ちしていふかひなくかなしくおぼさる　（中17オ〜ウ）

〔二一六〕

いとかくのみ物のおぼゆればよしみ(見)給へつゐにはかくてもえ侍るまじきをたゞいま一たびみづから聞えまほしきことのあるをそのあけくれむかひゐさせ給ふらん佛の御前にしるべし給へそれをだに此世の思ひでにし侍らんとかたらひ給ふをげにあるまじき事とせちにはらふべき御なかのちぎりとはみ(見)たてまつらねどむかし物がたりの姫君のやうに中だちの人

おほしたるとの給へはすへていか、おほしめすらんき、やせさせ給覧とさらにしるきことの侍れはこそあらめさやうのことには御くちすさひ御てならひをたにせさせ給はすた、ほとけにむかいきこへさせ給てひをなんくらさせ給いとよの中のよしなし物かたりなと御まへにてする人も侍らすなとかたるも　（52オ〜ウ）

〔二一六〕

いといふかいなくのみもの、おほゆれはいまよしみ給へついにはこのよにもえあるましきをた、いまひとことみつからきこゑさすへきことのあるをそのあけくれむかはせ給たらんほとけの御まへにしるへし給へそれをたにこのよの思ひいてにてやみなんとの給ふもけにあさましき御こと、思ひきこゆへき御中のちきりとおほえねはむかし物かたりのひめきみ

かへはまいり給へりしとの給へはさいつころまいりて侍りしなに事も〳〵すへてき、やせさせ給らんいか、おほしめすらんと御けしきのみえ侍ぬ也よき人と申中にもあさましうお[は]します也されとはかな[き]御てならひにこそは御心のうちもみたてまつりあきらめ侍りし[に]いまはた、仏にむかひきこえさせ給てあかしくらし給へは世中のよしなしものかたり御前にて申人も侍らすなとかたるもけにかのみたてまつり○《そめ》しよのこと、もなと思いてられ○《給》てことのねよりほかにさしいらへもなかりしそかしあるへきかきりうつくしうめてたかりし御ありさまけはひなとた、いまの心にしていふかひなくかなしうおぼさる　（67ウ〜68オ）

〔二一六〕

いとかくのみもの、おほゆれはよしみ給へつゐにはかくてもえ侍ましきをた、いま一たひ身つからきこえまほしき事のあるをそのあけくれむかひたてまつり給らん仏の御まへにしるへし給へこれをたにこのよの思ひてにし侍らんとかたらひ給をけにあさましき事としゐてはふききこえん御中のちきりとはみたてまつらねと昔物かたりのひめきみなとのやう

のいふにしたかひてしぶ〳〵にゐざりいてさせ給ふべきにもあらず其ほとけの御まへにもゆくりなくはいかてかとおそろしうぞ侍るや中々み《（見）》奉りまいらせ給はゞ御こゝろこそみだれまさらせ給はめありがたくみはなたせ聞えたるとおほえ侍し過にしかたに侍れば今はなにか返事もかひ侍らしものからとみ《（見）》るまゝの事を聞ゆればあなこゝろうの御ものいひやかた〳〵にむけにいふかひなき心の程とこそおもひ侍れそれもけにことはりなりやけにさこそおぼしはゞかるゝ御さまなれどいとさまでおさめやらぬ心の程とみ《（見）》給ふらんこそはづかしけれをろかにてみ《（見）》はなちきこゆへくもおもはざりしかどもいとかくいける我身といひがほなりけるすくせにてありける事もみづからのつみにわれさへつねになし給ふは心うきなりとていとつらしとおぼしたればいてやことの外にたと〳〵しげに聞え侍しせきの戸ざしもしるへなくてたどらぬ人も侍りければいとうしろめたうまめやかにすきにしかたいとかばかりなる御こゝろならましかばいかにめやすく侍らましといへばいたくまめだちてかくなつねにいひむかへなし給ふそとき〴〵はわれだにあはれとの給へむかしも心にはつみありきともおぼえざりきたゞ物を思ふべかりけ

のやうになかたちの人のいふにしたかいてこゝろやすくゝさりいてさせ給へきやうもあらすそのほとけの御まへもゆくりなくはいとおそろしく侍りやなか〳〵みたてまつらせ給はゝこゝろこそみたれまさらめみるまゝのことをきこゑさすれはいとさまておさめやらぬこゝろのほとゝみ給らんこゝろのほとこそことのほかなれとわつらはしとおほしたれはいてやことのほかにたと〳〵しけにきゝしせきのとさしもしるへなくてはたとらぬ人も侍らさりしかはいとうしろめたくそすきぬるかたいとかはかりなるこゝろならましかはいかにめやすくとてうちわらへはいとつれなくてかくつねにいひむかへ給そむかしもこゝろはへみありき思はさるにたゝ物思ふへかりけるちきりのみこそはみつからのあやまちけれとよもすからなけきあかし給てやかてさかのゐんへおくり給とて御ふみかき給ふまたくらけれはみすをすこしまきあけ給へるにまへちかきおきのうはゝもつゆにみたれて御《おれ》かへりたるをふきこすこからしにはら〳〵とおつるつゆはそてにたまらぬなみたにことならすなかめいたし給ひてかきもやらすのこひつゝこまやかなるはしつかたにきかせ給らんことも侍らんものをなと

に中の人のいふにしたかひてしふ〳〵にいさりいてさせ給へきにもあらす仏の御まへにもゆくりなくはいかてかはとおそろしう侍や中々みたてまつらせ給はゝ御こゝろこそみたれまさらせ給□めありかたくみはなちきこえさせ給たるとおほえ侍りしすきにしかたに□んへれはいまはなにかはおほしかへしてもよひはんへらしものからと○《き》こゆれはあな心うの御物いひやかた〳〵むけにいふかひなき心のほとゝこそ思侍○《つ》れそれもけにことはりなれ《（▲なから）》とけにさこそはおほしはからるゝ御さまなれといとさまておさめやらぬ心の程とみ給ふらんこそはつかしけれをろかにてみはなちきこゆへうもおはせさりしかといとかくいけるわか身といひかほなりけるすくせ《（世）》にてありける事も身つからのつみにのみ我さへつねになし給か心うきなりとていとつらしとおほしたれはいさやことのほかにきゝ侍しせきのとさしもしるへなくてたとらぬ人も侍りけれはいとうしろめたくまめやかにはすきにしかたかやうなる御心ならましかはいかにいつくもめやすき御事に侍らましとてうちわらへはまめたちてかくつねにむかへ給そとよそこにたに時々はあはれとの給へなとよもすからなけきあかしてやかてこれよりさかの

る契りのみこそはみづからのあやまちなりけれなどよもすがらうちもまとろますなげきあかし給ひてやがてさがの院へをくり給ふとて御文かき給ふにまだいとくらければみすをすこしまきあげ給へるに御まへちかきすいかいのつらなるおぎの葉の露のいたうみだれておれかへりたるを吹こすこがらしにはら〳〵とみだれおつるつゆのしらたまげにそてにはたまらぬとおぼされてとばかりなかめ入てをしのごひつゝえぞかきもやり給はぬこまやかなるはしつかたにこのこゝろはきかせたまふ事も侍らんものをなどか

　おれかへりおきふしわぶる下おぎの末こす風を人のとへかし〈94〉

などやうにて此御返つゆもみ《（見）》せ給はずはくるしうおぼさずとも又たいめんせしたゞこればかりをなん御心ざしにみ《（見）》るべきなとの給ふをいとわひしきわざかなさらは是やかぎりに侍るべからんとわぶ〳〵くるまにのりぬ

（中17ウ～20オ）

〔二一七〕

さがにはいととく参りたれどごやおきの御おこなひのまゝにみだうにおはしませばかひなきまでもえ御らんせさせぬにひるつかたにな

おきかへりおきふし《（◆す）》わふるしたをきのすゐこすかせを人のとへかし〈94〉

とておしつゝみてこの御かへりみせ給はすはまたはたいめんせしとの給ふをいとわひしきわさかなこれやかきりならんとわふ〳〵くるまにのりぬ

（52ウ～54オ）

〔二一七〕

さかにはまたとくまいりつきたれとこやをきのおこなひのまゝに御たうにおはしませは御らんせさせぬにひるつかたにさいわうよりた

院へをくり給とてまたいとくらければみすゝこしあけ給へるにまへちかきすいかいのつらなるおきのしたはの露にいたうみたれておれかへりたるふきこすこからしにはら〳〵とおつる露のしらたまけに袖にたまらぬとおほされてをしのこひつゝかきもやり給はすこまやかなるはしつかたにこのころはきゝ給事も侍らんものをなとか

　をれかへりおきふしわふるしたおきのすゐこすかせを人のとへかし〈94〉

この御返つゆもみせ給はすはくるしとおほさすともいまはたいめんせしたゝこれはかりなんこゝろさしみるへきなとの給をいとわひしきわさかなさはこれやかきりに侍らんとわふ〳〵車にのりぬ

（68オ～70ウ）

〔二一七〕

さかにはいとゝくまいりたれとこやの御をこなひのまゝにてまたみたうにおはしませはかひなきまでもこらんせさせぬにひるつかたに

りて斎宮より奉らせ給へる御かへり聞えさせ給ふとて御硯めしよせたるつゐでにとり出てひろげてうちをきたり今さらにか丶る物のつねにみ《(見)》ゆるを人もあらばいかにといみじうおぼしめさるれどさはやかにものもえのたまはせねば只御かほの色いとをしげにて御覧するやうもなけれどよもすがらの給ひつる事共おぼしたりつるさまなど所々をすこしづ丶きこえさせて若宮の御うつくしさによろづを思ひなくさめ給ふさまあはれもあさからす聞えさせて御返事みずは世にもあらじなと侍りつるをさき〳〵も聞えさせいて丶かやうにもつたへほのめかし申すもあるましきさまにかたはらいたくかへす〳〵もおもひ給へしりなから院の御前にもさすがに此御事をば行すゑ迄さしはなちてはあるましきさまにおほしめしの給はすめれはわか宮の御かたさまにことよせてはなどかはことの外にと思ひ給へ侍りてなんいまはいかさまにもそれによるへき御事ならねはこ丶ろやすくなと申せばいと丶御かほのいろうつろひまさりてよりふさせ給ひぬればこの御かへりなをと聞えさせんもかたはらいたくてたちぬ　（中20オ～21オ）

てまつらせ給へる御かへりきこへさせ給へとて御す丶りめすついてにありつる御ふみひきひろけていまさらにちりありかむはいといみしうおほさるれといかにもいとさはやかにの給はせねはいとくるしとおほしたるけしきにて御らんするやうにもなけれはよもすからの給おほしみたれつる事とも丶ところ〳〵すこしつ丶きこゑさせてわかみやのうつくしさによろつをおほしめしなくさみつるやうなとあはれにあさからすきこゑさせてこの御かへりみせすはまたみしと侍をさすかにゆくすゑまてもさしはなちかたくいとをしき御ありさまにこそ侍めれときこゑさするにいと御かほのあかみまさりてよりふさせ給ぬれはせんかたなくてゐんの御かたにまいりぬ　（54オ～55オ）

なりて斎宮よりたてまつらせ給御返きこえさせ給とて御す丶りめしよせたるつゐてにひきときてうちをきたりいまさらにか丶るもの丶常にみゆるをみつくる人もあらはいかにとくるしうおほさるれと《(▲は)》さはやかにものもの給はねはた丶れいの御かほのいろいとをしけにて御らんするやうにもなけれはよもすからの給へること丶もおほしたるさまなとところ〳〵すこしつ丶きこえさせてわか宮のうつくしさによろつを思なくさめ給へるさまなとあはれもあさからすきこえさせてこの御返事みすはよにもあらしなと侍つるをさき〳〵きこへさせいて丶かやうにもつたえほのめかし申もあるましきさまにかたわらいたく返々思給へはしりなから院の御前にもさすかにこの御事をはゆくすゑまてさしはなれてあるましき事におほしの給はさめれはわか宮の御方さまにことよせてはなにかはことのほかにとみ給侍てなといまはいかさまにてもそれによるへき御ありさまならねは心やすくと申せはいと丶御かほの色うつろひまさりてよりふさせ給ぬれはこれ猶々ともえ申さてたちぬ　（70ウ～71ウ）

〔二一八〕
宮つく〳〵とおぼしつゞくる事おほかるなる中にもこのすゐこす風のけしきはすぎにし其比もかやうにこそはとすこし御めのとまらぬにしもあらで筆のつゐてのすさひに此御文のかたはらに
　ゆめかとよみ（見）しにもにたるつらさかなうきはためしもあらじとおもふに〈95〉
おきふしわぶるとあるところに
　したおぎの《にイ》露きえわびし夜な〳〵もとふべきものとまたれやはせし〈97〉
　うき身には秋も《とイ》しらるゝおぎはらやすゐこす風のをとならねども〈96〉
なとおなじうへにかきけがし給ひてこまやかにやりてすけの参りたるにすてよとて給はせたるをかくれにもてゆきてみ（見）れは物かゝせ給ひたりけりとみ（見）るにうしろめたきやうにはありともいとをしくの給へるにこれをおもがくしにせんと思ひてかゝる物をなん思ひかけぬ所にてみ（見）つけて侍つるを奉るもおぼろけならぬ御心ざしに侍るさばいまはおぼしなくさめよなどきこえさせたり　（中21オ～22オ）

〔二一九〕
一条の宮には殿よりけふよき日なり一品の宮

〔二一八〕
みやつく〳〵とおほしいつる事おほかるにすきにしその、ちにほひかうやとみゆるふみのけしき御めとまらぬにしもあらぬにこのみやわたりのことをまことゝこそはよにはきこゆれあいなうあはれに思ひやられ給てふてのすさみの御ついてにやかてこの御ふみに
　ゆめかとよみしにもにたるつらさかなうきはため（▲し）しもあらしとそ思ふ〈95〉
おきふしわふるとあるかたはらに
　したをきのつゆきえわひしよな〳〵もとふへきものとまたれやはせし〈97〉
　うきみにはあきそしられしおきはらやすゐこすかせのおとならねとも〈96〉
おなしうへにかきけかし給てこまかにひきやり給てすけのまいりたるにすてよとて給はらせたるをかくれにもてゆきてみれは物かゝせ給えりとみ（見）るをよろこひなからうしろめたなきやうにはあれといとをかしかりつる御けはひのまめやかにもこゝろくるしくおほゆるにきこゐんかたなきなくさみにこのほんくをひきつゝみてたてまりつ　（55オ～56オ）

〔二一九〕
一条のゐんにはけふよきと一品のみやに御ふ

〔二一八〕
宮つく〳〵とおほしいつる事おほかる中にこのすゐこす風のけしきはすきにしそのころもかやうにやとすこし御めとまらぬにしもあらてふてのついてのすさみにこの御文のかたはしに
　ゆめ□とよみしにもにたるつら□かなうきはためしもあらしとおもふに〈95〉
をきふしわふるなとあるかたはらに
　したおきの露きえわひしよな〳〵もとふへきものとまたれやはせし〈97〉
　みにしみて秋はしりにきおきはらやすゐこすかせのをとならねとも〈96〉
なとおなしうゐにかきけかさせ給てこまやかにやりてすけのまいりたるにすてよとて給はせたるをかくれにもて行てみれはものかゝせ給たりけるとみるにうしろめたきやうにはありともいとをしくの給つるにこれをおもかくしにせんと思とりてかゝるものをなん思かけぬ所にてみつけて侍つるをまいらするはおほろけのには侍らすいまはおほしめしなくさめよなときこへたり　（71ウ～72ウ）

〔二一九〕
一条の宮にはとのよりけふよきひなり御文ま

に御ふみ奉り給へとの給へとけさのまゝにながめいり給ひてすけのもとよりいかゞいはんと待給ふにからうじてかくやりほぐをえ給ひてせちにつぎつゝみ(見)つゞけ給へる心ちけに今すこし御心のうちみだれまさりて引かづきてぞなきふし給ひける此のちはいとゞいかさまにしてのがるゝわざもがなとおほくの願をさへぞ人しれず立させ給へどしるしもなくて其ほどゝきく日もちかうなれどさりとて此事により山はやしに入にけりといひながされん世のをときゞもいとものぐるをし人の御ためもむげにいとをしかりぬべければひたすら思ふまゝにもえ成たまはで誠にうつし心もなきやうにぞおぼされける　（中22ウ〜23オ）

〔二三〇〕

その夜になりて大とのはゝ宮などたちゐおぼしいとなみていだし奉らせ給ふさまおもひやるべしつねの御にほひも人にゝたまはぬをひるよりさま〴〵のかうどもとりいでゝこれはかれはとふせごあまたしてたきしめらるゝおどろ〳〵しき迄くゆりみちたるをいづらこれをやかれをや奉るべきとてあまたとり出てときなりぬとあれどたましゐも誠にあくがれ出にけるにや心もほれまどひてとみにもえおき

みまいらせ給へときこゑさせ給へきとこの御かへりもしやとまちくらし給ふにいとかいなきをまことにうらめしくこゝろうきにこのやりほんくをせちにつきあつめつゝみ給へる心ちすきぬるかたよりもくやしわひしくてたゝいまをきはしりそりてすて(▲て)ゝはやと思ひ給(▲へ)へはよろつもしり給はてひきかつきてなきくらし給ふかくわふ〳〵もこのことにやまはやしにいりにけるといひさはかれんもよのおとき、いと物くるをしくみやの御ためにもいと、をしかりぬへけれはまことにうつしこゝろもなきまてこゝろはそらにあくかれなからけふにもなりにけり　（56オ〜ウ）

〔二三〇〕

いたしたてきこゑさせ給さまよのつねならんやは御そなとさま〳〵くゆらかしていつら〳〵ときこゑさせ給へとあまりのもの思ひにはたましゐもあくかれにけるにやこゝろもほれまといてとみにもおきあかり給はねはとのわたり給ていかにおほさるゝそなをすこしよろしくはいてたち給へまかるにやまひ申し給はんもまことゝ思にもあらしとなけき給もことわりにいとをしうあるましきことなれはか

いらせ給へときこえさせ給つれとけさのまゝになかめいりてすけのもとよりいかゝいはんとまち給にからうしてかゝるやりほくをみ給てせちにつきつゝみつゝけ給へるこゝちけにいますこしみたれまさり給てひきかつきてな[き]ふし給へりけにこのゝちはいかさまにしてのかるゝわさもかなとおほくのくわんをさえたてさせ給かゝれとしるしもなくそのほとゝきくひもちかくなりぬさりとてもこの事によりて山はやしになんいりにけるといひさはかれんよのをときゝもものくるをしう人の御ためむけにいとをしかりぬへけれはひたすらに思まゝにもえなり給はてまことにうつし心なきやうにそおほされける　（72ウ〜73オ）

〔二三〇〕

そのよになりてとのはゝ宮ゐたちつゝいたしたてまいらせ給さま思やるへしつねの御にほひも人ゝに給はぬをひるよりさま〳〵のかうともとりいてゝこれはかれはとふせこにあまたしてたきしめらるゝいとあたりくゆりみちたりいつらこれをやたてまつるとあまたとりいてゝ時なりぬるとあれとたましゐもまことにあくかれにけるにやこゝちもほれ〳〵しくとみにもをきあかり給はねはとのわたり給て

あがり給はねば殿わたり給ひていかにおぼさるゝぞいといみじきわざかなとけいめいし給ふさまのわりなきにげにいと浅ましきわざかないかでかくしも思はじと萬に思ひねんじてさうぞくなどかたのやうにして御前に参り給へるをいとうれしとおぼしてよろづにつくろひたてゝ出し奉らせ給へど心ちもまことになやましきかなたび所にてかうくるしくはいかゞせんとてまみなどもいたうなき給へりと（見）みゆるを母宮はいと心くるしうかうまでおぼしたる事をわれさへなにしにあながちに聞えつらんとむねふたがりておぼさるれどこよひに成てはげにすへきかたもなければなげく〳〵いで給ひぬる跡に火をつく〴〵と詠て人やりならずうしろめたうおぼしやりたり御前なりつる人人もいとしかりつる御けしきかなおとこの御身もえ心にまかせ給はぬもの也けりかうのみおぼしたらば女宮の御ためこそ心くるしけれ何の物語ぞやかゝる事のあるよといへばそれのみぞおほかるあし火たくやのおやのこゝろこそにくけれ少将もあまりなれ共おとこ親にしたがひたるぞとよなどいふをはゝ宮聞給て物語にてだにさばかりこゝろつきなき事を今はさばかりに成ぬる御ありさまをいとかくせちに思ひなげかするも人はいか

たのやうにひきさうそきてうゐの御まへにまいり給へるをいとうれしとおほしよろつにつくろいきこゑさせ給へとみたれ心ちのあしくていみしうたえかたくてまきらはし給へるをとみへてこゝろくるしき御けしきをはゝみやはいとかはかりまて物うくおほされける事をきこへそめ給てけることゝむねふたかり給ひておほしみたれたれとけにこよひはいかなる事ありといふともさてあるへき事ならねはうちなけかせ給ひつゝ御そたてまつりかへさせ給なとよろつをもちこなとのやうにそあつかひきこゑさせ給こゝろにもあらすつくろはれいて給ふさまも御まへなる人々はいとおしはかりきこゑさせ給おとこの御みにもまかせたきことにこそありけれかくのみあらはいとをしき事ありぬへきよにこそといひあはせけり

（56ウ～57ウ）

いかにおほさるゝそいみしきわさかなとけいめいし給さまわりなきにいとあさましきことかないかてかくしも思はしとよろつに思ねんしてさうそ□あるにもあらすなからして御まへにまいり給へるをいとうれしとおほしてよろつにつくろひいたしたてまつらせ給心ちのまことになやましき[か]なたひ所にてかくゝるしくはいかゝとて御まみなともなき給けるとみゆるをはゝ宮いと心くるしうかくまておほしたる事をわれさへなにしにあなかちにきこえつらんとむねふたかりておほさるれとこよひになりてすへきやうもなけれはなく〳〵いて給ぬるあとに火をつく〴〵となかめてひとやりならすうしろめたくいみしとおほしやりたり御前なる人々いとをしかりつる御けしきかなおとこの御身も心にまかせぬわさなりけりかくのみおほしたらは女宮の御ためも心くるしかるへきわさかなにものかたりそやかゝる事のあるよといへはそれのみそおほかるあしひたくやのおやの心こそよにゝくけれ小将もあまりなれともをとこ〳〵をやにしたかひたるそとよなといふを○《はゝ》宮きゝ給てものかたりにてたにさはかり心つきなき事をいまはかきりになりぬる御ありさまをいとかくせちに思なけかせらるゝ□人はいかに

に思ふらんなとおぼしけり　（中23オ〜24ウ）

〔二一〕

まち聞え給へる宮の御ありさまよのつねならんやはみそぢにもあまらせ給ひぬればおとなしうあかぬ所なくねびとゝのほらせ給てはづかしげにけたかうこゝろにくき御ありさまなど只ほのみ（見）きゝ奉り思ひやりしにたがはすいかさまにしてあかし暮さんとひとりねの明しがたかりつるのみ恋しくてうきはためしもとありし御手ならひのこゝろにかゝりて思ひいでられ給ふて枕のぬれぬるぞゆゝしきやよはいとありがたうこそありけれ思ふ事ひとつによりて何事をあかずと思ひ聞えてつらき物に思ひはてられ奉りてすき給ひけん其むくひはかならず我身にありなんと思ひつゝ只こよひの内にむかはりぬる心ちしたまふなやましきにことつけていと夜ふかく出給ふ一条の宮におはしぬまだ夜ふかうておきたる人もなければかうしを一ま手づからあけ給ひてやがてながめふし給へるにかりのあまたつらねてなき渡るはたがたまづさをとひとりごちてせいたいのかみのしきしとずんじ給へる御こゑなどけに御かどの御いもうとゝいふとも世のつねならんはあかずおぼされんもことはりなる御

〔二一〕

まちつけきこゑさせてみやの（▲の）ありさまなとてよのつねならんみやはみそちにもあまらせ給ぬへけれはおとなしうあかめところなくはつかしけにこゝろにくき御ありさまもおほしやりしにたかはすいかさまにしてあけくらさむとひとりあかしわつらひ給へる秋のよな〳〵のみこひしくてかのうきはためしもとありし御てならひのみ心にかゝりてまくらぬれぬるそ物くるをしきやよはいとありかたくこそありける思事ひとつによりてなにこともあかすと思ひきこゑさせてつらき物におほし侍へられにけんとたゝこよひはかりにちゝやくさにおほしやりてよふかく一条のみやにとまり給ぬとけてもねらるへくもあらねはやかてはしつかたになかめあかし給けるにかりのいとおほくつらねてなきわたるいとめつらしくみいたし給てせさいのかみといとゆるらかにすむし給へる御こゑはなをよのつねならすきこゑけり

　きかはやなとこよかれにしかりかねの思
　ひのほかにしゐてなくねを〈98〉

なとおほすにもあかねはすゝりひきよせて御

思ふらんなとおほしけり　（73オ〜75オ）

〔二一〕

まちきこえ給宮のありさまよのつねならんやは女宮はみそちにもあまらせ給ひぬれはおとなしうあかぬところなくねひとゝのをらせ給てはつかしけにけたかき御ありさまなとたゝほのみたてまつりきゝしにたかはすいかさまにしてあかしくらさんすらんと一人ねのあかしかねつるのみこひしくてうきはためしもとありし御てならひも思ひいてられたまふにまくらのぬれぬるにそゆゝしきやよはいとありかたくこそありけれ思ふ事ひとつによりてなにこともをあかすと思きこえてつらき物と思はてられたてまつりつゝすきにけんそのむくゐはかならすありなんと思つるたゝこよひの心のうちにむかはり給ぬる心ちし給なやましきにことつけてよふかくいて給一条の宮におはしぬまたよふかくておきたる人なけれはてつからかうし一まあけ給てやかてなかめふし給へるにかりのあまたつらねてなきわたるをとひとりこち給てせいたいのいろのかみとすんし給御けはひみかとの御いもうとゝいふともよのつねならんはことはりなる御ありさまなり

さまなり
きかせばやとこ世はなれしかりがねの思
ひの外にこひてなくねを〈98〉
などひとりごち給ふを聞人だになきぞいとか
ひなきすゞり引よせて御ふみかき給ふをけさ
のにやとみ《(見)》れどさがの院へなるべし
（中24ウ〜25ウ）

〔二二二〕
入道の宮は御持仏だうのつま戸をしあけさせ給ひてみねの朝霧のはれまなきをながめやらせ給ひておこなはせ給ふに院もごやの御念仏のつゐてにはかならず渡らせ給へば阿弥陀の大じゅよませたまへるいとたうとく聞ゆる御前の花とも露にみだれあひたるなとを人もとくおきてつくろひなとするに中門のかたに人のけはひのするをみやればなにのぜうなどにやあらんたちはきたる人のこゝかしこさしのぞきつゝ人あないするとみ《(見)》ゆればみすなどおろしてとはすれば大将との御つかひ内侍のすけの御つぼねにあないし侍るといふをゐんもきかせ給ひて思ひかけずおかしき程のつかひかなよべは一品の宮に参るときゝしを先いそがれつらんもおかしうこそとてやかてめし入るをすけいまぞ聞つけてこまかなる事もや

ふみかき給ふをけさのにやとみゆれとさかの
ゐんへなりけり
（57ウ〜58ウ）

〔二二二〕
にうたうのみやのちふつたうおしあけさせ給てみねのあさきりはれまなきをなかめさせ給つゝおこなはせ給ふにゐんのこやの御ねんふつのついてにこなたあなたきかせ給つゝあみたの大咒よませ給ふはあはれにきこゆ人々もおきておまへのはなとものつゆにいたくおもけにくるしけなるをおりてつくろいなとする中にかとのかたに人けはひのするをみ《(見)》やり給へはなにの少将といふにやたちはきたるをとこのきたけなきかこゝかしこさしのそきつゝあないすとみれはみないそきのほりてとはすれは大将との丶御つかひにさふらひけりないしのすけの御つほねあむないすといふにゐむも思ひもよらすおかしきつかひかなよへは一品のみやにまいるときゝしはまついそかれつらんにいとゆかしくこそとてやかてめしい

きかせはやとこよはなれしかりかねのお
もひのほかにこひてなくねを〈98〉
とひとりこち給もきく人なかりけるそかひな
かりける硯ひきよせて御文かき給けさの宮へ
かとみゆれとさかの院へなるへし
（75オ〜76オ）

〔二二二〕
入道の宮はち仏の御まへのつまとをしあけてみねのあさきりのはれまなきをなかめ給てをこなひ給に院もこやの御念仏のついてにかならすわたらせ給へはあみ《(▲た)み(▲ら)》たの大すよませ給へはこの御まへのはなとも露にみたれあひたるを人もとくおきてつくろひなとするに中門のかたに人のけわひのするをみやれはなにのせうなとにやたちはきたるもの丶こゝかしこにさしのそきつゝ人のあなひするとみゆれは大将殿丶御つかひ内しのすけのつほねへあなひせさするに院もきかせ給て思ひかけすをかしき程のつか《か》ひかなよへは一品の宮にまいりたるときゝしをまついそかれつらんもゆかしうこそとてやかてめしいるゝをすけいまそきゝつけてこまやかなること丶もやとくるしけれはつほねのかたよりたつぬれとはやこせ

とわびしければまどひいで丶つほねのかたよりたづぬればはやく御前にめしつれはまいらせつといふをむねつぶれてき丶居たるにゐんの御手づから引あけさせ給ひてみ《（見）》るたびごとさもめでたう成ゆくてかなあやしう此世の人とはおぼえずのみ何事もねひゆくこそあまりゆ丶しけれとめでさせたまひてよませ給ふをきけば

思ひきやむくらのかどを行すきて草の枕にたびねせんとは〈99〉

とはかりありけるはかやうにもとり出よとおぼしけるにやときくもなをこ丶ろある人の御しわざはか丶るぞかしとむねおちゐぬけさはこと事おもひまぎらはしたりつらんものをいか斗とくいそぎおきてかきつるならんとみ《（見）》ゆる心のた丶なるよりはおかしうおぼされてはかなき事につけても人になさけをみ《（見）》せあはれをかけられんと成たる人なりけりやかくいそき物しつらんものをともてはやさせ給ひてこの御返事はめづらしげなき内侍かいひたらんよりはいますこし心をうごかすばかり御手づからの給はせよなに事もおりからになん侍るとて御す丶りなどまかなひ聞えさせ給へど今朝しも《物イ》おもひ知かほにみ《（見）》せんもはづかしうおぼしやらる院はさもおぼしたどらてこ丶ろご

る丶をすけとのいまそき丶つけていかはかりこまかならんとわひしけれはまことにてつほねのかたよりよはするにはや御まへよりめしつれはまいらせつといふむねふたかりてなきゐたるにゐんの御てつからひきあけさせ給てみるま丶にめてたきてかなねひゆくま丶にな に事もこのよにはあまりたるにこそあまりゆ丶しけれとめてさせ給てなかめさせ給ふをきけは

思ひきやむくらのやとをゆきすきてくさのまくらにたひねせんとは〈99〉

とはかりそありけるかやうにとりもいてよとおほしけるにやときくもすこしむねおちゐぬけさはこと〳〵思ひまきらはしたるらんものをいかはかりいそきかき給つらんとみゆるこ丶ちのほとおかしくおほしめされてはかなきことにつけても人になさけをみせ人にあはれをかけんとなりたる人なりやかていそきものしつ覧よともてはやさせ給てこの御かへりことはすこしこ丶ろもうこかすはかり御みつからの給はせよとてす丶りなととりまかなひてきこゑさせ給へはけさしも物思ひしりかほにせんもはつかしくやおほしやらるらんさまも思ひいてられ給てこ丶ろこはきやうにおほしたれと物もの給はせすきこゑわつらひ給て

んにめしつれはまいらせつといふむねつふれてき丶ゐたるに院の御てつからひきあけさせ給てみるたひことにさもめてたうなるてかなあまりゆ丶しうそあるなさるはいたくまめたちて思事ありけにこそた丶みるに心くるしうもはつかしけさもめてたけれとの給はせて御らんするをきけは

おもひきやむくらのやとをゆきすきて草のまくらにたひねせんとは〈99〉

とはかりありけるかやうにもとりいてよかしとおほしけるにやときくも猶心ある人の御しわさはこと〳〵思まきらはしつらんものをいつしかおきていそきかきけるならんとみゆる道の程た丶なるよりはをかしくおほしめ《（▲ま）》されてはかなき事につけても人になさけをみせあはれをかけんとなりたる人なりやかくいそき物しつらんものをともてはやさせ給てこの御返事はめつらしけなき内しかいひたらんよりはいますこしの心もうこくはかり御てつからの給はせよなに事もをりからになん侍とて御硯なとまかなひてきこえさせ給へとけさしももの思しりかほみせんもはつかしくおほしやる人はさもおほしたとらて心こはきやうにおほしたれとかやうにをかしき人のことはみくるしうやとてきかせ給はねはきこへわつらは

はきやうにおぼしめしたれどかやうにおかしき程の事はみくるしうやとてきかせ給はねば聞えわづらはせ給ふて御みづからかゝせ給ふ

　ふる里はあさぢか原と成はてゝ虫の音し
　げき秋にやあらまし〈100〉

いまこそうれしうとあるをみ(見)給ひて誠にありしながらの御身にはなさまほしう思ひこがれ給ふ程に秋の日もはかなうくれにけり殿よりけふの御つかひはいかなれば今迄は奉り給はぬぞと聞えさせ給ふもきゝにくければわたり給ひぬ　（中25ウ〜27ウ）

〔一二三〕

御つかひはうちへも殿上人の数にてさふらふさへもんのごんのすけといふをぞ奉り給ひける

　またしらぬ暁露におきわひて八重たつ霧
　にまよひぬるかな〈101〉

なとやうにことなしひならんかしゐんはめてたきかきさまなとを御覧ずるにも思ひかけざりし事かなと猶御むねつぶるべし此御かへりはかばかり聞えさせ給はんにさだ過たらんはかたはなるべければなんことさらばかりと聞え給へば中々いはけなからぬ御程はよろづいとつゝましげにいとをしき御けしきなれど筆

御てつからにかゝせ給ふ

　ふるさとはあさちかはらとあれはてゝむ
　しのねしけきあきにやあらまし〈100〉

いまこそうれしくとあるをまことにありしなからのわかみになさまほしう思ひこかれ給ふほとにあきの日もはかなくくれにけりとのよりけふの御つかひはいかなれはいまゝてははとかへす〳〵きこゑさせ給ふもきゝにくけれはわたり給ひぬ　（58ウ〜60ウ）

〔一二三〕

御つかひはうちにも殿上人のかすにてさふらふゑもんのすけをそまいらせ給ひける御ふみには

　またしらぬあか月つゆにおきわひてやえ
　たつきりにまとひぬるかな〈101〉

なとやうにことなしひならんかしゐんにはめてたきかきさまかなと御らんするにつけても思ひかけさりしわさかなとなを御むねやすからさるへしこの御かへりもかはかりきこゑさせ給はんにいとさたすきたらんはかたへなるへけれはことさらはかりきこへさせ給へかし中々いはけなからんほとはつゝましけにいと

せ給て御身つから

　ふるさとはあさちかはらとなしはてゝむ
　しのねしけき秋にやあらまし〈100〉

いまこそうれしくとあるをみ給てもまことにありしなからの身にはなさまほしく思こかれ給ほとに秋日はかなうくれにけれはとのよりいかなれは今日の御使いまゝてと返々きこえさせ給もいときゝにくけれはわたり給ぬ　（76オ〜78ウ）

〔一二三〕

内にも殿上人のかすにては左衛門権佐といふ人そまいらせ給ける

　またしらぬあか月露におきわひてやへた
　つきりにまとひぬるかな〈101〉

なとやうにことなしひならんかし院はめてたきかきさまなとを御らんするに思かけさりしわさかなと猶御むねつふるへしこの御返にもかははかりきこえさせ給はんにさたすきたらんはかたはなるへけれはことさらはかりときこへさせ給へと中々いはけなからぬほとはよろついとつゝましけにいとをしき御けしきなれとふてかみなとなへてならぬをみ丁のうち

かみなとなべてならぬを御き丁のうちにさし入給ひてなを〳〵と聞えさせたまへばおぼしわびてた丶引むすびてをかせ給へるをつ丶みていたさせ給ひぬ御つかひには例の事なればよのつねならぬ女のさうぞくにほそながなどにこそはあらめしがらみかくるさをしかの心ちして御前に参りたるもいとおかしくて思ふさまなる御心どもなり御かへりいかならんと是さへみ（見）をとりせんと侘しかりぬべければとみにもあけ給はぬをいと心もとなしとは丶宮おぼしたればひろげ給へるに物もか丶れざりけりこだいのけさうぶみのかへり事は伊勢がか丶る事をしけるげに中々ならんよりはいとよしかしと是にてぞ思ひまし聞えさせ給ひけるされとあなおぼつかなとて打をき給へるを宮はいみもこそすれことになきわざもし給へるかなとてものしげにおぼしたり

（中27ウ〜29オ）

〔二二四〕

三日の夜の事れいの事なれば思ひやるべしさばかりの御中におぼしいそかんことのなに事もなのめならんやは四日のつとめては心のとかにて物し給ふをおとこの御ありさまぞいとまばゆかりけるた丶みすのとにてみ（見）奉るだに

をしけなれはとふてかみなとんなへてならぬみちやうのうちへさしいれさせ給てなを〳〵と申させ給へはおほしわひてた丶ひきむすひてうちをかせ給へるをつ丶みていたさせ給ひぬ御つかひにはれいのことなれはよのつねならぬねうはうの御さうそくにほふなるなんとこそはありけれしからみか丶るさをしかの心ちして御まへ丶まいりたるをいと（▲も）おかしう思ふま丶なりとのなとはおほいたり御かへりいかならんこれさへみをとしたらはわひしかるへけれはふとあけにく丶つ丶ましけれはこ丶ろもとなけには丶~~しかるへけれはふとあけはく丶つ丶ましけれは~~みやおほしたれはひきひろけたるものもかくれさりけれはこれにてそすこし思ひまし給けるされとあなおほつかなとそおほしたる

（60ウ〜61ウ）

〔二二四〕

三日のよの事なとれいの事なれは思ひやるへしさはかりの御なからひにおほしいそかむことのなのめならんやはよかのつとめてはこ丶ろのとかにものし給ふおとこきみの御ありさまそた丶みすのとにてもみたてまつるよりも

にさしいれさせ給へはおほしわひてた丶ひきむすひてをかせ給たるをつ丶みていたさせ給つ御使例の事なれはよのつねならぬ女房のさうそくにほそなかなとにこそあらめしからみかくるさをしかの心ちして御せんにまいりたるもいとをかしう思さまにおほさる丶御心とも也御返いかならんとこれさへみをとさんもわひしかるへけれはとみにもあけ給はぬをいと心もとなしと宮おほしたれはひろけ給へるにものもか丶〇《れ》さりけるこたいのけさうふみの返事はかくそしけるけに中々ならんよりはいとよしかしとこれにそ思まし給けるされとあなおほつかなとてうちおき給へるを宮はいみもこそすれことになきわさをもし給へるかなとて物しけにおほしたり

（78ウ〜79ウ）

〔二二四〕

三日の夜の事なと例のことなれは思やるへしさはかりの御なからひにおほしいそく事のなに事もなのめならんやは四日のつとめてはこ（▲う）丶ろのとかにものし給おとこの御ありさまそいとまはゆかりけるた丶みすのとにてみた

はづかしくいかなる人かれにみ(見)え奉らんとお
ぼえつるをあたりくるしき迄ひかりかゝやく
やうにみ(見)え給へばさふらふ人々はいとわりな
くかほのをかん方なき心ちするにまいて宮は
こよなき御おとろへのほどをおぼししれは
たゞ御ぞにまとはれてふしくらさせ給ふをい
たうもあらはし聞え給はず夜な〳〵の御手あ
たりにはたがはずやとはづかしげなるしりめ
にとき〳〵み(見)奉り給ひつゝかねてはされどい
かゞはせんしのふ草をちかくてみ(見)んをとり所
にて思はすなる世をもすぐす斗と思ひそのな
ぐさめも又み(見)給はぬ程なればにやかなはさり
ける世中をつらふ心うくぞおぼえ給ふさばか
りあかぬところなくらうたげにうつくしかり
し御色さまをだに猶むろのやしまにはたちな
らひ給はざらんとせちにおとしめおもひやり
聞え給ひし御めのならひにことはりぞかしと
先うち思ひ出られさせ給ふもいとわびしうて
かきほにおふるとそいはれ給ひぬべきいとさ
ばかりのすくせこそかたらめなど此さがのゝ
花はよその物になしはて聞えけん何事かはな
のめにいでややと思ふ事のありしとおもひ出
られ給ふにもさはいへどけちかきほとのあは
れはこよなくしのびどころおほかるにや涙も
こほれぬるをみ(見)とがむる人もやとくるしきに

ちかくてはあまりくるしうひかりかゝやくや
うにみへ給ふをさふらふ人々もいとわりなく
かをもおかむかたなきにましてみやはこよな
き御おとろえのほとをおほしゝるにやたゝ御
そにまとはれてふしくらさせ給ふをいたくも
あらはしきこゑ給はすよな〳〵のてさくりに
たかはすそはつかしけなるしりめにとき〳〵
みやり給へはかねてはされといかゝはせんし
のふくさをちかくてみむをとり所にて思はす
なるよをすこしはかりとせちに○《思ひ》な
くさめ給へかしとそのなくさめくさをもまた
み(見)給はぬにやかなはさりけるよのつらうおほ
え給ふも(▲を)ことはりなりやさはかりらうたけに
うつくしかりし御ありさまたにむろのやしま
にえたちかはらさりけりと思おとしきこゑ給(▲ひ)
ひし御めならひ御めならひなれはなるへしま
つうち思ひいてられ給にもかきほにおふると
そいはれ給ひぬへきすくせ(世)こそかたからめな
とさかのはなのよその物になしきこへけんな
とはいてやみまうきことは物し給ひし思いて
給ふにもさはいはと○《け》ちかきなかのあ
はれさはこよなくしのひところもまさるにや
なみたこほれぬるをみとむる人もやとせちに
しのひてかくするもこゝろやす~~き~~くうちなき
すくし給へはきしかたはこひしくていつまて

てまつるたにはつかしくいかなる人かれにみ
えたてまつるらんとおほえつるをあたりくる
しきまて光かゝやくやうにてみえ給へはさふ
らふ人々いとわりなくかほゝかん方なき心ち
ともしてすくるをまいて宮はこよなき御とし
の程をおとろへおほしめせはたゝ御そにまと
はれてふしくらさせ給をいたうもあらはしき
こえさせ給はすよるの御てさはりにはたかは
すやとはつかしけなる御しりめにみまいせ給
つゝいてやかねてはされといかゝはせんしの
ふ草をちかくてみんをとりところに思しかと
もそのなくさめもまたみ給はさりけるにやか
なはぬ世中まめやかにおほさるさしもあかぬ
所なくらうたけにうつくしかりし御ありさま
をたに猶むろのやしまにはえたちならひ給は
さらんとせちにおとしめ思やりきこえ給しも
御めならひにはことはりそかしまつうち思い
てられ給をもいとゝこひしうてかきをにおふ
るとそいはれ給ぬへきいとさはかりのすくせ(世)
そかたからめな□□のさかの□花はよそのも
のになしてけになにことかはなのめにいてや
とおほゆる事のありしと思いて給もさはいへ
とけちかき程のあはれはこよなしのへところ
おほかるにやなみたもこほれぬるをみとかむ
る人もやとくるしきにも心やすくてなきすく

こゝろやすくなきくくらしつるきしかたいとこひしくいつまでいとかうのみ思ひてすぐさんとすらんとさすかに行末とをき心ち(地)ぞし給ひける返々もいとわびしうおぼされける年ころの(本)ほいとげつべきなめりとけさのまにおほくの事を思ひつゞけてかたはらにふしたまへるもいとすさまじげなり　（中29オ～30ウ）

〔二二五〕

日比の過るまゝには人めもえつゝみあふましくありふへき心ち(地)もし給はねば殿の御しつらひもなをさながらをかせ給ひてさふらふ人々もおなじさまにてよるもつねにとまりなどし給ふを殿はいとあるましき事なりたとひ心にあはずともむげにいはけなく心のまゝなるへき心つかふべき程にもおはせずなとむつからせ給へはいでやさは思ひし事ぞかしいつ迄かくさいなまれんとすらんくやしとおぼすおりもありなんかしとせめてむつかしき折々はうちむつかり給ひていとちかき一条の宮にかくれゐてなぐさめ給ひにけるまれ〳〵のどかにおはするおりもことの外に若くめてたき御さまのはづかしさにおぼしつゝみて女宮はさらにひるはわたり給はずはぢ聞え給ふをなをとも聞えたまはずたゞかしこまりしたがひ聞え

かくは思ひすくへからんとさすかにゆくすゑとをく思ひつゝけらるゝもいとわひしきもとしころの(本)ほいとけつへきになめりとたゝけさのまに思ひつゝけられてかたはらにふし給へるもいとすさまし　（61ウ～63オ）

〔二二五〕

ひころすくるまゝに人めもえつゝみあふましくありつくへき心ちもし給はねはとのゝ御しつらひもさなからおき給てさふらふ人々もおなしこゝろにてよろつうちしきりとゝまり給はぬおりもあるをとのはあるましき事なりたといこゝろにあらすいはけなく思ひのまゝなるこゝろつかうへきほとにもあらすかくおはするなるこゝろありけりとうちむつかり給へはいてやさは思ひし事そかしいつまてかくさいなまんとすらんとせめてものむつかしきおり〳〵もうつむつかりていとちかき一条のみやにかくれゐてそなくさめゐたりけるまれ〳〵とのにおはするおりもことのほかにわかうめてたき御ありさまのなつかしきにおほしつゝみてひるはさらにわたり給はすねうゐんの御かたにのみおはしますをたゝしたかひか

しつるきしかたいとこひしく《う》いつまていとかく思すくさんすらんとさすかにゆくすゑとをき心ちするいとわひしきをとし月の(本)ほいとけつへきなめりとたゝけさのまにおほくの事を思つゝけ給てかたわらふし給へるもいとすさましけなり　（79ウ～81オ）

〔二二五〕

日ころすくるまゝにいと人めもつゝみあふましくありつくへき心ちもせねはとのゝしつらひもさなからをかせ給て候人々もおなしさまにてよるも常にとまりなとし給をとのゝいとあさましき事也たとひ心にあはすともいはけなく心のまゝなるへきくらゐの程にもおはせすなとむつかりつゝの給へはいてやさは思しことそかしいつまてかくいさめられんとすらんくやしとおほすをりもありなんかしとせめてむつかしきをりは一条の宮にかくれゐ給てそなくさめ給けるまれ〳〵のとかにおはするをりもことのほかにわかうめてたき御さまのにけなくはつかしさにおほしつゝみて宮さらにひるはわたり給はすせちにはちきこえさせ給を猶なともきこえ給はすたゝかしこまりしたかひきこえたるさまにてつれ〳〵なるを

たるさまにてつれ〳〵なるおり〳〵はおかしき人々のあまたさふらふをめし出てことびは引あはせてあそび給ふさてやがてよるなどあかし給ふをかたはらいたくわりなしと思ふ人もあるべし女みやもかぎりなくあてなる御こゝろといへ共さきの世よりむすふの神のしをき給へる御契りなればにやかる〴〵しき御なをながし給へるはしめよりみ(見)まうくつらき人とおぼしむすぼゝるゝほどにいとゞ中のうとくのみ成まさらせ給へどみ(見)しりがほにもうらみ聞え給はずこゝろつくろひもあまりくるしきおりはけふ〳〵とのみ山のあなたの家ゐもいでたち給へど明暮こと〳〵なき御いのりのしるしにやこゝろはそらながらもながらへ給ふまゝにたゞよすればなびくあしのねとのみことくさになり給へるをはゝ宮は御めにかけていとゆゝしくうしろめたくおぼさるれば殿のひとつ心にあなかちに聞え給はざりけりありしあめわかみこにをくれ給ひけんくやしさも此比ぞ思ひ出給ふげんの御光もわすれかたきをいかでとくかのすきやうを人しれずおほしけり

（中30ウ〜32オ）

〔二二八〕

ひるつかたうちよりまかで給へるに一品の宮

しこまりてあるさまにてなをわたらせ給へなとんあなかちにきこへさせ給はすあまりつれ〳〵におほさるゝおり〳〵はゆへなからすおかしきねうはうたちあまた候けれはさやうの人々もこすくろくうちことひはかきあはせてあそひねにやかてあかし給ふをかたわらいたくわりなしと思ふ人々もあるへし女みやもかきりなくあてなる御こゝろといへともさきのよゝりむすふのかみのおきてけるすちなれはにやかる〳〵しき御中をなかし給へるよりはしめつらき人とおほしむすほるゝほとにいとゝ中のうすさのみまさらせ給へとみしりかほにもうらみきこゐさせ給はすこゝろつくろいもあまりくるしきおり〳〵はけふとのみやまのあなたのいゐゐを(◆も)いてたち給へとあけくれ事々なき御いのりのこゝろはそらなからへやり給ふまゝによもすからなひくあしのねのとのみことくさになり給へるをはゝみやは御めをつけてゆゝしうしろめたくおほさるれはとのゝ御ひとへこゝろにあなかちにもえきこへ給はさりけり

（63オ〜64ウ）

〔二二八〕

ひるつかた一品のみやにまいり給へれは女み

りはおかしき人々あまたさふらふめしいてゝことひきなとそあそはせてみ給さてやかてよるなともあかし給をかたわらいたうわりなしと思ふ人もあるへし女宮かきりなくあてなる御心といへともさきの世よりむすふの神のしをき給へるちきりなれはにやかろ〳〵しき御名をなかし給へるはしめよりみまうくつらき人とおほしむすほをるゝまゝに御なかのうとくのみなりまさり給へとみしりかほにうらみきこえ給はすこゝろつくろひあまりくるしきをり〳〵は山のあなたのいゐゐもけふといてたち給へとこと〳〵なき御いのりのしるしにや心はそらなからすくされ給まゝにたゝよすれはなひくとのみことすくなになり給へるをはゝ宮は御めをかけていとゆゝしうゝしろめたうおほさるれはとのと一つ心□□きこえ給はさりけりありし□□わかみこにをくれ給けんくやしさもこのころそ思ひいて給ありしやうにてこゝろみましともおほえ給ふけんの御ひかりわすれかたきをいかてとてかの修行者を人しれすおほしたちけり

（81ウ〜83オ）

〔二二八〕

うちよりまかて給て一品の宮にまいりたまへ

に参りたまへれはからうじて女宮こなたにおはしましけり打そばみてふし給へるを先さしよりてあなめづらしをのがつまと聞えさせんぞなめげにやとてうちゑみ給へるにほひもあいきやうもあたりくるしければにやいとゞかほをかくしてそむかせ給へばあないぶせのわざや時々はないげはゆるさせたまへとてれいならずひきあらはし聞えたまへばげに御年もさばかりにこそとみ(見)えてやせ〳〵にあてやかにてまみいとはづかしげにらう〳〵じくきよけにぞおはしける御くしのかゝりたるほどさばらかにきよらにてたけ三尺斗にやあまり給ひつらんとみ(見)ゆるすそなどほそらせ給へりかうぞめの御ぞどもにあをきこきうすきわれもかうのおり物奉りたるもいとゝにほひなくすさましき心ち(地)したるにもありし雪のあしたに斎院のかれのがさね奉りし御ねぐたれすがたぞ思ひ出られ給ふはなやかなる色あひよりもめづらしうもみ(見)えしかなと先おもひいてられ給ふ

むさし野の霜がれにみ(見)しわれもかう秋しもをとるにほひなりけり〈102〉

おなじ色ともみ(見)えぬはくちおしき事かなと心のうちにおぼしつゞくるをも人きかざりし所にてこゝろにまかせたりしひとりごとさへく

やからうしてこの御かたにおはしましけりうちそはみてふさせ給へるにもまつさしよりておのつまときこへさせんはなめけにやとてうちゑみ給へるにほゐはけにあたりくるしけれはにやいとゝにほいをかくしてそむかせ給へはあないふせのわさやないけはゆるされなからうと〳〵しくのみおほしめされたるこそわひしけれとてれいならすひきあらはしきこゑ給へはけに御としのほとさはかりこそはとみへてやせ〳〵とあてやかにてまみいとらう〳〵しうはつかしけにてきよけにそおはしけるおんくしのうちやられたるほとたけにゝしやくはかりはあまりてやとみゆるすちいとさはらかになり給けるかうほ《そ》めの御そともにあをきかこきうすきわれもかうのおりものたてまつりたるかいとゝにほひすくなくすさましき心ちするにもありしゆきのあしたさいゐんのたてまつりたりしくれないのかさねのめてたかりしすかたはいろ〳〵さま〳〵にめつらしくたてまつりかさねたるよりもなまめかしくめてたくそみへさせ給ひしまつ思ひいてられ給て

むさしのゝしもかれにみしわれもかうあきしもおとるにほいなりけり〈102〉

おなしはなとみへぬはいとくちをしかり

れは女みやからうしてこの御かたにおはしましけりうちそはみてふし給へるをまつさしよりてあなめつらしをのかつまときこえんはなめけにやとてうちえみ給へるあい行あたりさへにほふ心ちそし給ふいとゝかほかくしてそむき給へれはあないふせのわさや時々はたいめんゆるさせ給へとてれいならすひきあらはしきこえ給へはけに御としのさはかりとこそみえさせ給へとみえてやせ〳〵にあてやかにまみいとはつかしけにらう〳〵しうきよけにをはしけり御くしさはらかにきよけにてたけに二尺はかりやあまらせ給つらんとみゆるすそほそらき給へりかうそめの御そともにあをきかこきうすきわれもかうのをり物たてまつりたるもいと□□ほひなくすさましき心ちし給へるもゆきの□□□にありし斎院かれの□□ねき給へりし御ねくたれすかためてたしと御心にしみにしけにやまつ思いてられさせ給はなやかなるいろよりもなまめかしうもめてたくもみえしかなと思いつるにも

むさしのゝしもかれにみしわれもかう秋しもおとるにほひなりけり〈102〉

おなし花ともみえねはくちをしきわさかなとこゝろのうちに思つゝけられ給にも人きかさりし所にてこゝろにまかせられたりしひとり

ちふたがりぬるを猶いとわひしう思ひあまり給ひて冬ふかき霜かれの雪のあしたこそこの色はおかしけれ此ころはあまりおとなしくこそありけれとの給ふをあなあぢきなの事共やとみゝとまり給ひて引かづかせ給ひぬるもいとをしく心とげなる御けしきに何しに聞えつらんとなをわづらはしければいとゞことすくなにてつく〴〵と詠ふし給へる御心のうちいと物すさまじ　（中32オ～33ウ）

〔二二七〕

女ゐんのおはしますかたにおさなき人々のけはひどもしてはしりあそひなとするをさにやとみゝとゞまりて聞給ふもゆかしければ宮におさなき人の物し給ふときゝ侍しはなどみ（見）え給はぬ此あしをとはそれにやつれ〳〵なるにこなたにわたし給へとの給へばいつのほどにかさまではといらへ給ふおさなき人はかならす程ある事かは御心ならひにうと〳〵しくもてなさせ給ふめりいかなるもおさなき人の床しく侍るをたゞみ（見）せたまへと聞えたまへはいさやなれぬるはくやしきとかやきけばとてあふぎのそはよりまれ〳〵ほのかにみ（見）をこせ給へるまじりらう〳〵しげにわづらはしあなう

し心のうちをきく人なかりしひとりことさへたえてねをたになかぬはふゆふかきしもかれのゆきのあしたにこそこのいろはおかしけれこのこゝろはあまりおとなしうそありけるとの給ふもあなあちきなのことやとみゝとゝまり給てひきかへさせ給ぬるもいと〳〵をししうこゝろとけなる御けしきになにしにきこゑつらんとなまわつらはしけれはつく〳〵となかめせし給へは　（64ウ～66オ）

〔二二七〕

女みやのおはしますかたにおさなき人々のこゑしてはしるあしをとゝものしてきこゆるをみゝとゝまりいつれならんとゆかしけれはみやとおさなき人のものし給ふとかやうけ給はりしはなとみへ給はぬこのあしをとはそれにやこなたへわたらせ給へと申給へはいつのまにさまてはとまれ〳〵ほのかにいひいたさせ給へは御こゝろならひにおさなき人をさへへたておほくもてなさせ給へるかないかにもおさなき人をみならひ侍らねはいとゆかしう侍也御こゝろもなか〳〵まさり侍なんものをとうらみきこゑさせ給ふいさやなれぬにはくやしきとかやきけはとてまれ〳〵あふきのそは

ことさへくちふたかりぬるを猶いとあさましう思あまり給て冬（▲冬）ふかきしもかれのゆきのあしたこのいろはおかしけれこのころはあまりをとなしくそありけるとの給をあなあちきなのことやとみゝとまり給てひきかつき給ぬるをいとをしくて心とけたらぬ御けしきになにゝきこえつらんとなまわつらはしけれはことすくなにてつく〳〵となかめいたさせ給てふし給へる御心のうちいとものすさまし　（83オ～84ウ）

〔二二七〕

女院のをはします御かたにおさなき人々のけ［　］してはしりあそふをさ[に]や□みゝとまりていとゆかしけれは宮にお□なき人ののし給ときこえ侍はなとみえ給はぬこのあしをとはもしそれにやつれ〳〵なるにこなたにわたし給へときこえ給へはいつのほとにかさまてはとまれ〳〵ほのかにいらへ給をおさなき人はかならす程あるかは御こゝろならひにうと〳〵しくもてなさせ給なめりないかなるもおさなきはゆかしく侍をみせさせ給へときこえ給へはいさやなれぬるはくやしきとかやきけはとてあふきのそはよりみをこせ給へるましりらう〳〵しけにわつらはしあなうたて

たてやいとかろ〴〵しき事をもしらせ給へるかなやへたつ山のなどこそいひ侍なれあな心うなどうちなよひたまへるかたちけはひなどは心あらん女高きもみじかきもいかゞはみ《見》しり聞え給はざらん例の姫宮はゐんの御方におはしますつれ〴〵なるひるつかたおさなき人々のをとのせしさうしのもとにより給ひてほのかなるあなよりのぞき給へば八九十ばかりなる又それよりもおさなきなどつぎ〴〵にていとあまたが中にすはうのおりものゝほそながきてかみはかたのほとよりもすぎてわか宮の御ほどなるやそれならんとみ《見》ゆるに物いひてうちゑみなどしたる口つきのあいきやういとかほりうつくしけれどわか宮の御けたかさにはをとりたるまみのいとわらゝかにてらうたげなるはたゞかの夜な〳〵の月かげにかはらざりけりとみ《見》るに涙もこほれてほそきあなよりいとゞみ《見》えずなりぬまろは宮の御前にまいらばやなでうしらぬ人のあるぞとよと打むつかり給へば十はかりなるちごのたゞおはせませかしみかどにはみ《見》え奉らずやありしましてこれはいますこしげすにてこそあなれといへば又みやのおまへの御おとこぞされば姫君の御でゞにこそあなれとさかしくいひていざ行てのぞかんかたちのめでたくおはするぞ

よりみをこさせ給へるまみりやう〳〵しくわつらはしけなりあなうたてやいと〳〵きえ〳〵しきことをもしらせ給へりけるかなおちにもとこそいひ侍めれなをこなたにもときこへさせ給へときゝいれさせ給はぬいとこゝろもとなしまたのつとめてゐんの御かたにみやおはしますまにつれ〳〵なれはおさなき人のこゑせしなるさうしのもとにほのかなるあなよりのそき給へはやつこゝのつとをはかりのちこともあまたあそふなかにすわうのほそなかのおりものゝほそなかきてかみはかたのほ《▲な》とよりもすきておほきさはわかみやの御ほとなるやそれならんとみへ給ふにくちつきかほはいとうつくしけれとわかみやの御うつくしさにはすこしおとりてまみのわらゝかにらうたけなるはよな〳〵の月かけにみ給ひしみちしはのつゆにいとように給へるをいかてかあはれとおほさゝらんみやの御かたにまいらはやなてうしらぬ人のあるそとようちむつかり給へはとをはかりなるおさなきものゝたゝおはしませ御やとにはさてまいり給てやありしまいてこれはいますこしけすとこそいふなれ又おなしやうなるみやの御まへのおとこそこれはひめきみの御てゝそかしなといひていさいきてのそかむかたちのめてたきそされは

いとかろ〳〵しき事をもしらせ給たりけるかなやえたつやまのなとこそいひけれこゝろうなとうちなよひ給へるかたちけはひなとは心あらん女たかきもみしかきもいかゝみしりきこえ給はさらん例の女宮をはしまさぬひるつかたおさなき人々のをとせしさうしのもとによりてほのかなるひまよりみ給へはこゝのつはかりなるまたそれよりおさなきすかひ〳〵なるあまたあり中にすわうのをり物ゝほそなかきてかみすかた程よりもすきてわか宮の御ほとなるやそれならんとみゆるにものいひてゑみなとしたるくちつ□あい行いみしうかをりうつくしけれ《▲は》とわか宮の御けたかさにはすこしおとりさまにやまみのいとわらゝかにてらうたけなるたゝかのよはの月かけかはらさりけりとみゆるに《▲は》なみたにをほれてほそきあなにていとゝみえすなりぬまろは宮の御かたにまいらはやなてうしらぬ人のあるそとよとてうちむつかり給へは十はかりなるかたゝおはしませかしみかとにはみえたてまつらすやあるまいてこれはいますこしけすとこそいふなれまたおなしほとなる宮のおまへの御をとこそされはひめきみの御てゝにこそあなれとさかしういひていさいきてのそかんかたちのめてたうおはするそされはあねはみえたて

さればあねはみえ奉るこそしぬはかりはづかしけれといふやなどいひてぬきあしによりきてしやうじをはなちていさゝかあくるをこなたよりひろくあけてさし出たまへるにあるかぎりあきれてたてるけしきどもいとおかし
（中33ウ～35ウ）

〔二二八〕
ひめ君をかきいだきてこなたに入給ひぬちかくてみ《（見）》給ふはたゞその人とみ《（見）》給ふに涙こぼれぬ

　忍ぶ草み《（見）》るに心はなぐさまでわすれがたみにもるなみだかな〈103〉

とてかほに袖をゝしあてゝいみじうなき給ふをいとあやしうはづかしと思ひたる物からうちなきなどもし給はずかほもあかうなりあせも打あへていかにそや思ひ給へるけはひなどか斗のほとながらいとかう似たるものなりけりとあはれなる事かぎりなしはなち給はでおぼすべき人ぞこなたにつねにわたり給へおかしきあそび物共奉らんとの給へばうちうなづき給へるなどもいまよりさまことにらうたげなる事などはたゞ其人とおぼゆべきなめりとゆゝしき迄み《（見）》え給ふを思はすにおぼさるゝ御あたりもいかゝはせん年ころ行ゐもなくおも

あねきみもみへたてまつるそしぬはかりはつかしけれはなといふやなといゐあはせてぬけあしにみそかによりきていさゝかあくるをわれもあけてさしのそき給へるにあるかきりあきれまといてたてるけしきともいとをし
（66オ～68オ）

〔二二八〕
ひめきみをかきいたきてこなたにいり給ひぬちかくてみ給はゝたゝはゝきみとみ給ふになみたそほろ〳〵とこほれ給ふ

　しのふくさみるにこゝろはなくさまてわすれかたみにもるなみたかな〈103〉

とてかほにそてをおしあて給へるにいとあやしうはつかしとおほしたる物からうちなきなともし給はすかほもいとあかくなりみもあせうちあえていかにそやおほいたるけはひなとのかはかりのほとなからもなつかしうらうたけなるさまはなへてならすみへ給ふもたかふ所なくそみへ給ふな《▲し》はち給ふそよおほすへき人そなんとさすかにうちうなつき給ふもあはれなるにそよとゝもに思はすにおほさるゝあたりもいかゝはせんとしころゆくゐなく思ひいつる人をかはかりまさりたることはなにことかはあらんかゝらましかはいかてかはみま

まつるこそしぬは《▲る》かりはつかしけれといふやなといひてぬきあしによりてさうしをはなちていさゝかあくるをこなたよりひきあけてさしのそき給へるにあるかきりあきれまとひてたてるけしきもいとをかし
（84ウ～86ウ）

〔二二八〕
ひめきみをかきいたきてこなたにいれ給ぬ

　しのふくさみるに心はな［　　］まてわすれかたみ《（見）》にもるなみた□な〈103〉

をしあてゝいみしうなき給をあやしうはつかしと思たるものからうちなきなともせすかほうちあかみあせうちあえていかにそや思へるけしきなとかはかりの程なからいとかくにたりけりとあはれさかきりなしなはち給そよいみしう思ふ《▲と》へき人そこなたにつねにわたり給へをかしきあそひ物とりてまいらんとの給へはうちうな《▲け》つき給もあはれなるにそ思はすにおほさるゝ御あたりもいかゝはせんとし月ゆくゐもなくなしつる人をかはかりみるにまさる事はなに事かはあらんかゝらさらましかはいかてかみましいまはたゝこの人になくさめてなからふへきにこそはとこよなくなくさめられ給けりもろともにそひふしてひゐなやも

ひなしつる人をかばかりみ《(見)》るにまさる事は何
事かはあらんかゝらざらましかばいかでかは
み《(見)》まし今はたゞ此人になぐさめてながらふべ
きにやとこよなく思ひなぐさめられ給ひけり
諸ともにそひふし給ひてひいなもち給へりや
はぢ給はでこなたにあそびたまはゞいみじく
つくりて奉りてんかしわか宮のおほく持給へ
るあそび物共取て奉らんなどの給ひてさま
〴〵おかしきゐなどかきちらし給ひて奉り給
へるもとよりいとなつかしき御心にてうちわ
らひものなとのたまへるもあさましきまでう
つしとりたまへるは中々なる心まどひ也人の
あなづらはしく思らんにかくとや宮に聞えて
ましとおぼせど物語もうちとけては聞えにく
げなる御ありさまなれば何かはさらずともい
まはわがかくてあればいとよくもてなしてん
とおぼす女なるしもかく物げなきさまなるこ
そ口おしけれなどか今すこし人もりきかん
に人々しきわたりにかゝる事なかりけんなに
ばかりすぐれたる事もみ《(見)》えざりしかけのこ草
のたねをしもとゞめけんよなどかずならずお
ぼし出るにしもいとゝむかしの秋のみ恋しく
なり給ふよろづにたゞかやうのかたに思ふ事
かなはさりけるすくせかなとぞ口おしきや
（中35ウ～38オ）

したゝこの人になくさめてならふへきにこそ
はと思ひなくさめられ給ひけるもろともにそ
ひふし給ひてひゐなやはもたせ給へりやはち
給はてこれたにあそひ給はゝしもいみしうつ
くりてたてまつりてんかしわかみやのおほく
もち給へるあそひものをいまとりてたてまつ
らんとの給てさま〳〵おかしきゑともかきち
らしてみせたてまつらせ給へはもとよりいと
なつかしき御こゝろにてうちわらひものなと
の給ふもあさましきまてうつしとり給へるも
中々こゝろまとはしなりたれもみなあなつら
はしくのみ思ふこゝろにかうとやみにもきこ
ゑてましとおほせとうちとけふとものかたり
きこゑにくけなる御けしきなれはなにかはい
まはわかもてなしにこそはとおほしかへさ
るゝなとかいますこしもの〳〵しう人もきゝ
思ふはかりのあたりにかやうのことなりにけ
んなをかゝるかたにつけてもめやすきことは
あるましきみにやなにはかりすくれてめてた
しとみさりしかとかけのこくさのたねをしも
とりをきけんよかならすおほしいつるにしも
い《(▲□)》とゝむかしのあきはこひしくなりまさり給
ふ
（68オ～69ウ）

ち給へりやはち給はてこなたにあそひ給はゝ
いみしうつくりてたてまつりてんかしわか宮
のおほくもち給へるあそひ物ともとりてたて
まつらんなとの給てさま〳〵をかしきゑなと
かきつゝたてまつり給へはもとよりいとなつ
かしき御心にてうちわらひものなとの給へる
もあさまし□まてうつ[illegible]しとり給へるは中々
なる御心まとは□也たれも〳〵いとあなつら
はしう思へらんにかくとやみやにきこえてま
しとおほせとものかたりもうちとけてふとは
えきこえ綸にくけなる御ありさまなれはなに
かはいまさらすともかくてあらはいとよくも
てなしてんとおほすを女なるしもかくものけ
なきさまにありそめけんくちをしけれいます
こし人もきかんにさるへきわたりになかりけ
んかけのこくさにしもをいそめけんよなとか
すならすおほしいつるにもいとゝむかしの秋
こひしうなり給よろつたゝかやうのかたに思
ことかなはさりけるすくせ《(世)》かなとおほすにく
ちをしかりけり
（86ウ～88ウ）

〔二二九〕

涙のごひかくして宮の御かたになどか渡らせ給はぬつれ〳〵にわびておさなき人をかたらひてなんなぐさめ侍ると聞えさせ給へどわれもかうのはづかしかりしにいとゞむかひにくゝおぼされてわたり給はずありつるおさなき人々参りてかう〳〵とかたり申せはさはかり心のくまおほげなる人におさなき人をしもみ《(見)》せつらんよいかにしてたがゐていきつるぞとて物しげにの給はすればたれかゐて奉らんこの子どものさはがしうてみしやうじをあけたるなとめのとかやときこゆる人ぞ参りていまはわたらせ給へ人にしられぬ御ありきこそあやしうなどをとなふなれば聞つけていなまほしげに思ひたればいだき給ひてこゑするかたのさうじのもとにより給ひていみじううと〳〵しう誰もてなし給へど此心はいとうつくしうあひおぼしつべかめればはしたなうありつかぬ心ち《(地)》し侍れどいまよりはなぐさみぬべうこそとてさし出給へるさまのいとまばゆければあふぎをさしかくしてゐたるさまなどめやすければなにとかめすとの給へば母とこそはいらへ給へるがいとうつくしうて今よりはさらば母をこそ頼み聞えめ猶あひおぼせとをしへ奉りて引たてゝのき給ひぬ

〔二二九〕

なみたのこひ給てつれなくわたらせ給へとたひ〳〵きこゑさせ給へとあちきなかりしわれもかうのいさめをいとはつかしうおほせはこゝろやすくうこかせ給はんやはありつるをさなき人々まいりてかくと申せはこゝろくまおほかりけなる人にまたしきにいたくめならさてもありぬへきものをなとかいとさまてまさなうはとものしけにおほいたれは人々もあやしくいかにしておはしつるならんこのこともものもてないたてまつるそかしとむつかりつゝめのとにやとみゆる人そまいりていまはわたらせ給へ人しれぬ御あるきこそあやしうとおとなうなれはきゝつけ給ていなまほしけにおほいたりいたき給てこゑするさうしのもとにより給ていみしうこと〳〵しうあひ思ひぬへかめれははしたなくありつかぬ心ちし給へるもなくさみぬへくこそとてさしいて給へるにはつかしくてあふきをさしかくしたるさまめやすけれはなにとかめすとの給へははゝとこそはとの給もいとうつくしうていまよりははゝをこそたのみきこゆへけれなをあいおほせとおしへたてまつり給へとてひきたて給ひつ

（69ウ〜70ウ）

〔二二九〕

なみたのこひかくしてなとかわたらせ給はぬつれ〳〵にわひておさなき人をかたらひつゝなんなくさめ侍ときこえさせ給へれはわれもかうのはつかしかりしにいとゝむかひにくゝおほされてわたり給はすありつるおさなこたちまいりてかう〳〵とかたり申せはさはかり心のくまおほかりけなるにまたしきにおさなき人をみせつらんよたかゐて行つるそとてものしけにの給はすれはたれかゐてたてまつりつらんこの［　］ものものさはかしくてさうしをあけたるそなとめのとたちたつねまいりて人しれぬ御ありさまこそあやしうなといへはきゝつけ給ていなまほしけに思たれはいたきてさうしのもとによりてたと〳〵しうたれもゝてなさせ給へとこの御こゝろはうつくしうそあひ思給ぬへかんめれははしたなくえありつかぬこゝちのみし侍なくさめにとてさしいて給へる御さまのまはゆ○《け》れはあふきをまきらはしつゝゐたるさまなとのめやすけれはなにとかめ《(▲は)》すとゝひ給へははゝとこそはとの給へるさまもうつくしうていまよりははゝをこそはたのみきこえめ猶あひおほせとをしへきこえさせたてまつり給へとてひきたてゝのき給

（88ウ〜89ウ）

（中38オ～39オ）

〔一三〇〕

わすれかたみにとありし御ひとりごとを宮の御めのとごの中将といふ人みさうしのつらにていとよくきゝけり宮の御前にこま〳〵と語聞えさすればさらば此ちごはなにがしの少将のと聞しはあらさりけるにこそはと是によりてこのわたりにはたつねよりにけるにやいみしう物思ひたるさまなるも此事にこそあなれなど心得させ給ふにもいとあなつらはしくおぼしつるゆかりなれとたゞうつくしかりつる人によりてこそつれ〳〵なるにおかしきさまにおほしたてゝもたらんとおぼしかしづきつれかく斗み《（見）》えまうくつらき人とおもひつるにいとゞこれがゆかりばかりにて心はそらながらみ《（見）》えすぐさんこそなどおぼすに人わろくいとくちおしき身のすくせかなといとゞおぼしなげきけり其のちはひめ君をもせいせさせ給はずつねにわたらせ給ひてわか御身はありしよりもけにうと〳〵しくなりまさり給ふまれ〳〵み《（見）》え奉り給ふよひ〳〵も又いとげとをくもてなしていとわりなき事のみまさりゆけとうちなどの聞おぼしめさん事をおぼすにより宮のおぼしよるもしるく只此忍ぶの露にかゝ

〔一三〇〕

わすれかたみとありし事ともをみやの御めのとこのちうしやうといふ人みさうしのうしろにていとよくきゝけりみやの御まへにいとようこまかにみきこゑさすれはこのせうしやうのといひしはあらさりけるにこそこれによりてこのわたりをもあなかちにたつねよりけるいみしう物思ひたるさまなるもこのことによりてこそありけれとこゝろえさせ給へるにもいとあなつらはしとおほしつる人のゆかりなれとたゝうつくしき人のあはれにうつくしきにこそいかてか人なみ〳〵にしなさはやとまておほしかしつきつれわれもこのゆかりにてこゝろはそらなからみへさせ給はんもいとわろくゝちをしきすくせ《（世）》とおほしなけきけりそのゝちはひめきみをもせいし給はてわたしきこゑ給はてわか御みはありしよりけにこそありにくけにうとくもてなさせ給へはまことにものむつかしうわひしけれとみやのおほしやるもしるくたゝしのふくさつゆにかゝりてみしらぬさまにてそすこし給けるひめきみはいみしうむつれ給てたゝこの御かたにのみおはすれはいたきうつくしみ給つゝとしもつもる

〔一三〇〕

わすれかたみにとありし御一人ことを宮の御めのとこの中将といふさうしのつらにていとよくきゝけり宮の御まへにかたり申せはさはこのちこはなにかしの少将のときゝしはあらさりけるにこそこれによりてこのわたりにはあなかちにたつねよりにけるにこそいみしうもの思ひたるさまなるもこのことにこそと心え給へはいとあなつらはしくおほしつるひとのゆかりなれとたゝうつくし□りつるによりてさう〳〵しきにおかしきさまにをゝしいてゝもたらんとおほしかしつきつるにかはかりみえまうくつらき人をおほしいつるにはこれかゆかりはかりに心はそらなからみえすこすよといとものしうおほしなりにけりそのゝちはひめきみもせいしきこえ給はてわか御身はありしよりもまさりてはちきこえ給へりまれ〳〵みえたてまつり給よる〳〵もまたいとけうとくもてなしていとわりなき事のみまさりゆくめれとたゝこのしのふの○《つ》ゆにかゝりてそすこし給けるひめ君はいみしうなれむつれきこえ給てたゝこの御方にのみおはすれはいたきうつくしみ給としのつもるまゝ

りてみ《(見)》しらぬさまにてぞすごし給ひけるひめ君はいみじうなれむつび聞え給ひてたゞこの御かたにのみおはすればいだきうつくしみ給ふ年のつもるまゝにかゝる人のなきこそつれ〳〵なるべけれ心にまかする事なとのやうに殿などの今までみ《(見)》せぬ事とさいなみ給ふこそわりなけれ誠にもたるましきにやこゝかしこ例の人のやうならましかばをのづからかこち出る人もやあらまし今はいかゝせん姫君をこそたのみきこゆへかめれとつれなくの給ふをあながちにかくすべき事かはきかまほしきにはあらねとよろづにくまありげなる心の程かなまいていかになどおぼしやらるゝ心のうちもはづかしういつまでとかりそめにのみおぼされていかさまにしてなを思ひたちにしありさまにもなりにしかなとおぼしけり　（中39オ～40ウ）

〔二三二〕
霜月ばかりにはわか宮の御はかまぎの事おぼしたちて大とのにもいそがせ給ふに此ひめ君もおなし程にこそあるらめとおぼせば此つゐでにきせばやとおぼして宮にこの君はいくつぞはかまぎはまだしきかさらば若宮の御事殿のおぼしたつがうらやましきにわたくしのい

まゝにかゝる人こそなくてはつれ〳〵なりぬへけれこゝろにまかするやうにとのやうへのいまゝてみせしとさいなむこそわりなけれまことにもたるましきにやあらんこゝかしこさためなきこゝろなとをさ思はましかはおのつからかこちいふわたりなともありなまし物をいまはいかゝせんひめきみこそはたのみきこゆへかむなれつれなくの給ふをあなかちにこのことのきかまほしさにはあらねとよろつひまおほかありけるこゝろもはつかしうおほしやらるゝにいとありのまゝに思へはこそはと御覧すれはいみしうゝちとけにくゝうらめしうのみおほさる　（70ウ～72オ）

〔二三二〕
十一月わかみやの御はかまきの事あるへうおほとのいそかせ給ふにこの○《ひ》めきみもおなしほとにこそなり給はめこのついてにやかてきせたてまつらはやとおほしてみやにこのひめきみをはまたしりきこゆへき人はなきにやさらはわかみやの御事おとゝのいそき給

にかゝる人のなきこそさう〳〵しかんへけれ心にまかすることのやうにとのなとのみせぬことゝつねにいさめ給こそわりなけれまことにあるまじき事にやあらんこゝかしこれいの人のやうならましかはをのつからうちいつる山かつのかきをにもあらましいまはいかゝはせんひめきみをこそたのみきこゆへかめれとつれなくの給をあなかちにかくすへきことかはさるましきことをさへもへたつる心の程かなまいていかになとおほしやる心のうちはつかしう心うしいつまてかはかりかりそめにのみおほされていかさまにして猶思たちしさまにもなりにしかなとおほしけり　（89ウ～91オ）

〔二三二〕
十一月にはわか宮の御はかまきの事おほしたちて大殿にもいそかせ給にこのひめ君もおなし程にこそなるらめとおほせはこのついてにきせはやとおほして宮にこの君はいくつそはかまきはまたしきかさらはわか宮の御事をとのゝおほしたつかうらやましきにわたくしの

そぎし侍らばやと思ふをさかしらにや又しるべき人は侍らぬかとの給ふいとこゝろつきなしとおぼして

おもふより又思ふべき人やあると心に
こゝろとはゞしりなん〈104〉

とてすこしほゝゑみ給へるはきゝ給へるにこそはあらめ《めれイ》ときはのあま君が聞えてげるなめりかしとおぼせどやがてこれにかきつく

思ふより又はこゝろのあらばこそとひも
とはずもしりてまどはめ〈105〉

心得ぬ事どもかなとてや《やゝイ》み給ひぬるけしきのこりおほげにはづかしげなるもいとみ(見)まうくおぼさるればけにおなじこゝろにてかゝるつゐてにいかにきせまほしからんたゞうちまかせてさやうに渡したらんつゐでにさてもあれかし是がゆかりにてあながちにねんじすぐさんもいと人わろくおぼゆるをはふきあまたになりぬれば中々思ひしほいのまゝになりていかにうれしからん年月にそへてはつみのみこそつもらめかくてみ(見)すぐしても何ばかりのめやすかるべきぞなどおぼしなりてゐんにもかうにこそ有けれとも聞えさせ給はずたゞわか宮のつゐでにおなし所にてもと聞えさせ給へばつゐでならずともさばかりの事はこゝにてもかたくやはたちまちにしらぬ人になにかは

ふかうらやましきにわたくしのいそきにし侍らはやと思給ふるをさかしくや侍へきときこゑ給ふをいとこゝろつきなくおほされて

思ふより又思ふへき人やあるとこゝろに
こゝろとはゝしりなん〈104〉

とてすこしほゝゑませ給へるはきかせ給へるにこそときはのあまきみのきこゑさせてけるにやとおほしてこれにつくすへきにあらねは

思ふより又はこゝろのあらはこそといも
とはすもしりてまとはめ〈105〉

こゝろえぬ事ともかなとてのこりおほけにはつかしけなるもみまうくおほさるゝにおなしところにてかゝるついてにいかせまほしからんをたゝうちまかせてさやうにわたしたらんついてにさてもやかてあれかしそのゆかりにこそかうまてもみゆるはふきあまたになりぬれはなか〳〵思ひしほ(本)ゐのまゝになりていかにうれしからんかくてありともなにはかりのめやすきみにかはこゝろのうちのものむつかしさもいかにつみふかゝらんとむつかしくてゐんもかくこそありけれなともきこゑさせ給はてたゝわかみやのついてにおなしところにてとあむめるをけにいまゝて思ひたゝてすきにけるをさやうのついてにさもとなん思ふときこゑさせ給へはついてならすともかはかり

いそきにし侍らはやとおもふをさかしらにやまたしるへき人は侍らぬにやとの給いと心つきなうおほされて

おもふよりまたおもふへき人やあるとこゝ
ろにこゝろとはゝしりなん〈104〉

とてすこしほをえみ給へるはきゝ給へるにこそあらめときはのあまなとかきこえさせてけるにこそとおほせ(▲し)とやかてかきつくすへきならねは

思ふよりまたはこゝろのあらはこそとひ
もとはすもしりてまとはめ〈105〉

心えぬ事ともかなとてやみ給ぬるけ(気)しきののこりおほかるははつかしけにてみまうくおほさるれはけにおなしところにていかにせまほしからんそのついてなとにてさてもあれかしこれかゆかりにてあなかちにねんしすくすらんも人わろふおほゆるをはふきあまたになりなは中々おもひしほ(本)いのまゝになりていみしううれしからんとし月にそえてつみのみこそつもらめかくてみすくしてもなにはかりめやすかるへきみそなとおほして院にもかくにこそありけれなときこえ給はすたゝわか宮のついてにおなし所にてとあるをけにいまゝてえ思たらぬをさもやとなん思なときこえ給へはついてならすともさはかりの事はかたくやは

まかせ給はんとの給へばされどわざとはこと
〳〵しうおもひたつべきにあらぬをなにかは
たゞにてだにいみしうゆかしがり給ふをかゝ
るつゐでにと思ふにこそあらめとて猶わたさ
んとおぼしたればさるやうこそはとて其御心
まうけせさせ給ひけり大将殿はありしのちは
わづらはしければ又もえ聞え給はす人しれず
口おしくおぼしけるにあすに成てぞひめ君は
こよひやわたし給はんと聞え給ふに日ごろさ
もの給はせざりつれば俄にはいかでかとの給
へばこゝにみな思ひまうけたれどこゝにては
わざと思ひたゝんもうるさきにげにつゐでよ
く侍りなんとこそ院もの給はすれとからうじ
てことつゞけての給はするもきゝ給へるなり
けりとおぼせばあまえてつゐでならすとも年
かへりて二月斗にて侍なんかうしもみ(見)聞ゆれ
ばみづからひとりこそおなじ心に聞えさすれ
ほかへはたちまちにさらず共侍りなんと聞え
給ふを又いかに思ひ給ふにかとおぼせば返々
もえの給はでこゝろもとなげに思ひたるもの
をゐんの御かたにても忍びやかにてもありな
んとひとりごたせ給へばさもなどかわざとだ
にこそゐんの御前にて女ごは手ふれさぶらひ
奉らまほしけれかしこにてはたれかはとこそ
ことなしひにといひなし給ふにげにおぼし立

のことはこゝにもかくやはたちまちにしらぬ
ほとにもなきにはみえ給はんとの給はすれは
わさとはこと〳〵しう思ひたつへきにはあら
ぬをなにかはたゝにてたにいみしうゆかしか
り給ふをみせんとあれはかゝるついてにわた
さむと思ふことこそはとてなをわたさむとお
ほいたれはさるやうこそはとてその御こゝろ
まうけせさせ給けり大将殿はありしのちはわ
つらはしけれはまたもきこゑ給はすくちをし
うのみおほしけりあすはかりになりてそひめ
きみはこよひはわたし給はんするかとの給は
するにひ(日)ころさとの給はさりつれはにはかに
ていつくにもいかゝはときこゑ給ふをみな思
ひまうけたれはあしこにもなにをかはこゝに
てもわさと思ひたらむもうるさきにけについ
てはあへなんとこそゐんもの給はすれからう
して事つゝけての給はするもきかせ給へるな
めりとおほせはいてさらすともとしかへりて
二月はかりもあえ侍なんかくみきこゑさすれ
はみつからひとりのみこそおなしこゝろに思
ひきこゑさすれほかへたちまちにはさらすと
も侍なんを又いかにこゝろえ給けるにかとお
ほせはかへす〳〵もえの給はせていとこゝろ
もとなけに思ひたるものをゐんの御かたにも
しのひやかにあへなとひとりこち給へはさて

たちまちにしらぬ所になにかわたし給はんと
の給はすれとわさとはこと〳〵しう思たつへ
きことにもあらぬをきくもゆかしかり給をみ
せんなとあめれはかゝるついてにこそと思に
こそとて猶わ(▲た)たさんとおほしたれはさるや
うにこそとて心まうけせさせ給けり大将殿あ
りしのちはわつらはしけれはまたもきこえ給
はす人しれすくちをしくおほしけるにあすに
なりてそのひめ君はけふやわたし給ときこえ
給に日ころさもの給はさりつるにはかにい
かにとのたまふみな思まうけたれはなにこと
かはこゝにてはわさと思たたんもうるさきに
あえなんとこそ院もの給はすれとの給ふもか
らうしてことつゝけてもとききゝ給にみなきゝ
給にけるにこそと思ふにあま(▲い)へいたくてつい
てならすともとしかへりてもかくみきこゆれ
は身つから一人こそおなし心に思給ふれほか
えはたちまちにさらすともと申給をまたはい
かに心え給にかとおほせは返々もえの給はせ
ていと心もとなけに思たるものを院の御方に
しのひやかに○《て》もあえなんとひとりこ
とにの給はするをもなとかはわさとたに院の
おまへに女子はてふれさせたてまつらまほし
け(▲□)れかしこにはたれかはとことなしみにいひ
なし給けるにおほしたちたる事はかひなかる

たる事共もかひなかるべきを打つけのたよりならず共かたかるべきならねば今はわれしも思ひあつかふべきにあらずさこそことなしひにいひなすともいかばかりもてなさまほしからん物を引忍ひたらんもなをあぢきなからんなどおぼせばゐんにうち〳〵の事は聞えさせ給はねばかくまでおもひ立ぬとならばなどのたまはせて御こしゆひにみつからのかはりにとて大殿に聞えさせ給へばわたり給ひてぞきせ奉り給ひける大将もわか宮の御むかへにひるより御いとまなけれどあまりみ(見)いれざらんも人めあやしければおなじさまにぞあつかひもてなし給ひけるそのほとのありさま思ひやるべしおとなしうしたてられ給へるうつくしさをみ(見)給ふにも人しれずあはれなる御心のうちなり　（中40ウ～43ウ）

〔二三一〕

若宮はやがてそのつとめてぞわたし奉り給ひ

もなとかはわさとたにこそゐんの御まへにねうこはてふれさせたてまつらまほしけれかしこにやとことなしひにいひなし給ふけにおほしたてたる事ともとかいなかるへきをうちつけのたよりならすともかたかるましけれともいまはわれしも思ひあつかふこゝろにしもあらすさこそことなしひにいひなすともなに事もいかはかりもてなさまほしからすものをひきしのひたらんもあちきなくやとおほせはゐんにも又かやうになときこへさせ給へあむないもしらせ給はぬ御こゝろならはかうまて思ひたちぬとならはなにはかりのことかはなとの給はせてみつからのかたちことに侍かはかりにか大将とのにきこゐさせ給へはわたらせ給てそ御こしはゆいたてまつらせ給ける大将とのはわかみやの御むかへなとにひるよりいとまなけれとあまりみいれきこゑさらんも人めあやしけれはおやさまにそあつかひきこへさせけるそのほとのありさま思ひやるへしおなしうしたてられさせ給へるありさまのうつくしさをみ給ふにも大将とのは人しれすあはれなる御こゝろのうちなり　（72オ～75ウ）

〔二三一〕

わかみやはやかてそのつとめてそわたり給け

へきをうちつけの(▲て)たよりならすともかたかるへきならねといまはわれしもあつかふへきにもあらすさそことなしみにいひなすともいかはかりもてなさまほしからんものをひきしのひたるも猶あちきなくやはとおほせは院にもうち〳〵の事はきこえ給はねはかくまておもひたちぬとならはとの給はせて御こしゆかに身つからのかはりにとて大とのにきこえさせ給へれはわたり給てそきせたてまつり給ける大将(▲と)将○《と》のもひるよりわか宮の御むかえに御いとまなけれとあまりめみいれさらんもまた人めあやしけれはおなしさまにてそもてなし給けるその程の事思やるへしをとなしくしたてられ給へるうつくしさ人しれすあはれなる御心のうち也　（91オ～94オ）

〔二三一〕

わか宮はやかてそのつとめてそわたしたてま

ける御ともにはめのとたち二人女房廿人ぞ参
りけるくれなゐどもにりんだうのうはぎ菊の
からきぬをしわたしてきたり御しつらひなど
なべてならずめでたきことさら也やよろづよ
りも若宮の御うつくしさをうへはよそにきゝ
給ひしよりもうつくしうありがたうみ《（見）》奉り給
にたくひなき物におもひ聞え給ふ大将の御ち
ごおひにたがふ所なく似させたまへるぞげに
さきの世より契りありける御中にやとうつく
しうかたじけなくあはれにおぼさる大将のい
でいり給ふに御さしぬきのすそにまとはれて
いだかれんとのみし給ふをいとかなしげに思
ひ聞えたまへるけしきなどもちかくて御らん
ずれば猶いかなりし事ぞとまておぼされけり
暮ぬれはみこたち左右の大臣をはじめ奉りて
世にある人たかきもくだれるも参らぬ人たれ
かはあらん御前の御しつらひありさまなどは
思ひやるべしたちあかしのひるよりもあかき
にわか宮の御なをしなどあざやかにしたてら
れ給へるおとなしき御さまのゆゝしさを誰も
〳〵涙をながしてみ《（見）》奉るに大将の御心の内は
いとゝかきくらされ給ふもいま〳〵しくせき
わび給ひぬそのよの事もかきつゞけまほしけ
れど中々にもやとてもらしつ
（中43ウ～45オ）

る御ともにはめのとたち二人たゝのねうはう
二十人そまいりたるくれなゐともにりんたう
のうはきゝくのからきぬをそみなきたりける
うゑはわかみやの御うつくしさをよそにきゝ
給つよりもうつくしなとはよのつねにみたて
まつらせ給はさりけりたくひなき物にそ思ひ
給ひきこゑける大将とのゝ御かほにたかう所
なくなにこゝろなくむつひきこゑ給ふをいか
てかはなのめに思ひきこゑ給はん大将とのゝ
いり給御さしぬきのすそにまとわれいたかれ
んとのみしたひさはき給ふをいとかなしと思
ひきこゑさせ給へるもちかくて御覧するには
いかなることそまておほえさせ給ふくれぬれ
はこたちひたりみきりの大しんをはしめたて
まつりてよにある人のたかきいやしきもまい
らぬはなし御まへのしつらひありさまなとは
思ひやるへしたちあかしのひよりもさやかな
るにわかみやのなをしなとうるはしくき給ひ
ておとなしき御すかたをたれもゆゝしきまて
みたてまつるを大将とのはましてくやしきと
たえぬ御こゝろのうちなれはまつかきくらさ
れ給ふをいま〳〵しさにせきわひ給ぬそのよ
の事ともめてたくかきつゝけまほしけれとそ
こなはれもやせんとてとゝめつ　（75ウ～77オ）

つらせ給ける御めのゆ《と》たち三人女房廿人そま
いりけるくれなゐともにりんたうのうはきゝ
くのからきぬをしわたしてきたり御しつらひ
なとめてたき事さら也よろつよりもわか宮の
うつくしさをよそにきゝ給よりもめつらしう
ありかたうみ給にたく《（▲い）》ひなきものに思きこへ
給大将殿ゝ御ちこをいにゝほはせ給へるをけ
にさきのよゝりちきりある御中にやとうつく
しうかたしけなくあはれにおほさる大将と
のゝいていりし給御うしろしたひつゝむつれ
まとはしきこえ給をいとかなしけに思きこえ
させ給へるけしきなとこゝゆ《ら》かうて御らんす
るにいかなりし事そとまておほされけりくれ
ぬれは左右をはしめてたかきもくたれるもま
いらぬ人たれかはあらん御そのしつらひあり
さまなとは思やるへしたちあかしのひるより
もあかきにわか宮のなをしなとあさやかにう
つくしけにしたてられさせ給へるありさまの
ゆゝしきまてみえさせ給をたれも〳〵なみた
をとさぬなしまいて大将殿ゝ御心のうちはか
きくらされていと〳〵いま〳〵しうそせきか
ねられさせ給けるそのよのことゝもかきつゝ
けまほしけれと中々なれは
（94オ～95オ）

〔一三三三〕

其後は若宮をば母宮み（見）奉らではかた時もいかでかはとさまあしきまて御めはなちかたうおもひ聞え給ふてさらにかへしわたし奉り給はず前斎院の御つれ〴〵も心くるしう大将はをしはかり聞えさせ給へばいかでかなとおほしの給へど大殿もおとなひさせ給ふまゝによそ〳〵にてはをのづから心よりほかにをろかにもありぬべし又いとつれ〴〵なるなくさめにもなどの給ひてゆるし給はねばいとをしさにかくてのちぞいとねんころに参りつかうまつり給へば御うしろみたちもまめやかにありかたかりける御こゝろかなとうれしうきこゆるにつけてもなどかいますこし思ひなきなからひにてもみ（見）あつかひ聞え給ふまじきと思ひけり大将の御こゝろにもおなじうき世のありさまならばさてこそあるべかりけれこまやかなる御かたちなとやいかならんおほかたの御ありさまはいとあてにけたかきものからすぢことなる御ありさまともをなと今ぞおぼしよりけるたそかれ時のたと〳〵しきほとに参り給ひて若宮さへうつろはし奉りていとゞまぎれかたからん御つれ〴〵をもしはかりたてまつりなから御とのゐも心よりほかにこそをこたり侍れなと聞え給ふを今はまいてかくさた

〔一三三三〕

そのゝちはわかみやをかたときもみたてまつらてはえあらしとはゝうゑの給はせてわたしきこゑ給はす大将とのはせんさいゐんのつれ〴〵をこゝろくるしくおしはかり給ひつゝおこたることなくまいりつかうまつり給ふさまかくてしもこそまことの御はらからなとは中々えかくしもはあらしとありかたくみへける御うしろみたちはさりともと思ひしをつれなくみなはなちきこゑ給てうちつゝきさたまりゐ給ぬるもたゝならすねんころなる御こゝろをさすかにえおしはなちきこゑ給はす大将とのゝ御こゝちにもおなしよのなかのありうさとならはさてありぬへかりけるこまやかなる御かたちなとやおほかたのありさまなとはいとあてにけたかくおはすへき物をといそおほしよるこゝろもつきけるたそかれときのたと〳〵にまいり給ひてわかみやさへうつろい給てのちいかに御つれ〴〵にとおしはかりまいらせなからとのにもこゝろよりほかにこそおこたらせ侍れなときこゑさせ給ふをいまはましてうらさたまり給ひぬるをなにのわつらはしくわれしもこゝろときめきかほにやとこれかれそゝのかしきこゆるをいかにおほしゝりてかはあらねとたゝよのつねならすはつか

〔一三三三〕

そのゝちはかたときいかてかとあさましきまてめはなちかたく思きこえさせ給てさらにうつしわたしたてまつりたまはす前斎宮の御つれ〴〵を心くるしく大将殿はをしはかりきこえさせ給へとおとなひさせ給まゝによそ〳〵にてをのつからほか〳〵にをろかにもなりぬへしまたいとつれ〳〵なるなくさめになとの給てゆるしたてまつり給はねはいとをしきにかくてのちもねんころにまいりつかふまつり給へは御うしろみたちまめやかにありかたくいかてかくとよろこひきこえさするにつけてもおなしくはなとかいますこし思なきさまにてもあつかひきこえさせ給ましきと思けり大将とのゝ御心にもおなしうき[よと]ならはさてこそあるへかりけれこまかなる御かたちなとやいかゝあらんおほかたの御ありさまけたかきものからすちことなる御ありさまともなるをなといまそおほしよりけるたそかれのたと〳〵しき程にまいり給ていとゝまきれなからん御つれ〳〵をしはかりまいらせなからとのゐも心よりほかにこそをこたりはんへりぬれなときこえさせ給をいまはまいてかくさたまりゐたまひぬるをなにのわつらはしう我しも心ときめきしかほにやはかくありかたき御心

まり給ひぬるをなにのわづらはしくわれしも
心ときめきしがほにやはありがたき御こゝろ
ばへをあまりわか〳〵しうおぼししらぬさま
なるもかへりてさまにあはぬやうにやさがの
ゐんもさこそいづれをも聞えさせ給ふめれと
あつまりて聞えさすれどいかにもおぼしわく
にはあらで《ねどイ》たゞ世にしらずはづかしげなる人
にいかでかといとつゝましうおぼされてわざ
とはのたまはせねどけちかきほとに参り給ひ
つるおり〳〵はげにあまりならんもいかゞと
いとをしき御こゝろさまも御らんじしらるれ
ばほのかなれどさにやともり聞ゆる御けはひ
たゞ入道の宮のおなしさまにやと覚ゆるにも
のあはれにおぼし出られ給ふさこそはあなが
ちなる心もつかはざらめもてはなれたりける
御すくせともがな心ゆかすなからもけふまて
み（見）奉る人はなくやはありけるのがれがたかり
ければこそ思ひかけざりしぬれきぬさへほし
わびて誰も〳〵かくおぼし成にしか過にしか
たのかくれみのをみ（見）あらはす人のなかりしこ
そさるはかのこゝろをくれたりしふところが
みのつゐではもてさはがれぬべかりけるもの
をよしやそはさるべきながき世の物思ひとな
りぬへかりけるすくせにてやみぬともこの御
あひずみのほどになどかはそらごとなどいふ

しけなる御いらへはいかてかはとつきせすは
つかしうつゝましくおほされてわさとはえの
給はせてちかきほとにまいり給へるおり〳〵
はけにあまりならんといかゝはといとをしき
御こゝろともゝ御覧しゝらるれはほのかなれ
とさもともりきこゆる御けはひをたゝにうた
うのみやの御さまにやとおほゆるもあはれに
思ひいてられ給ふさこそあなかちなる御こゝ
ろもつかはさらめもてはなれたる御すくせと
もこそこゝろゆかすなからもけふまてもみた
てまつる人はなくやはありけるのかれかたけ
に思ひかけぬゝれきぬをさへほしわひ給ひて
たれも〳〵かくはおほしなりにしかたのかく
れみのをあらはす人もなかりしそさるはかの
こゝろおくれにしふところかみのついてには
もてさはかれぬへかりけるものをよしやそれ
はなかきもの思ひとなりぬへきすくせ（世）にてや
みぬへかりけるこの御あいすみのそら事なと
いふ人はなかりけるそとすきぬるかたくやし
き御すくせはさしもあるましき御ことにさへ
そなけかしくおほさるゝ
　おなしくはきせよなあまのぬれころもよ
　そふるからにゝくからすとや〈106〉
なけきかちになにとなくいひけち給へるは人
しもかうもあらねとすこしもこゝろみさせ給

をあまりわか〳〵しうおほししらぬさまなと
をかつは御さまにあはぬやうにやさかの院に
もさこそいつれをもきこえさせ給めれとあつ
まりてきこえさすれといかにもおほしわくに
はあらねとたゝよにしらすはつかしけなる人
にいかにかはきこえんとつゝましうおほされ
てわさとはえの給はせねとけちかき程にまい
り給へるをり〳〵はけにあまりなるもいかゝ
といとをしき御こゝろを御らんししらるれは
ほのかなれとさにやともりきこゆ□御けはひ
の入道の宮のおなしさまにやとおほゆ□もあ
はれにておほしいてられ給さまこそはあなか
ちなる御心もつかはさらめもてはなれたりけ
る御すくせ（世）*もとかな心ゆかすなからものかれ
かたけれはこそはおもひかけさりしぬれきぬ
もほしわひてわれもかくまておほしなりにし
かなとすきにしかたのかくれみのをみあらは
す人のなかりしこそさるはかのこゝろをくれ
たりしふところかみのついてにはもてさはか
れぬへかりけるものをよしやそははかなきよ
のものおもひになるへかりけるすくせ（世）にてや
みぬともこの御あひすみの程にてはなとかは
そら事うちする人はなかりけるそすきぬるか
たくやしき○《御》すくせ（世）はさしもあるまし
き事をさはとりかへしうちなけかれて

人はなかりけるそと過ぬるかたくやしき御くせはさしもあるまじき事さへとり返しうちなげかれて

　おなじくはきせよなあまのぬれごろもよ
　　そふるからににくからすやと〈106〉

何となく云けち給へるは人きゝしるへうもあらねどゐんはすこし心得させたまふらんされときゝしりがほならんもつゝましければいとゞおくふかうならせ給ひぬるもあかずおぼさるべし　（中45オ～47ウ）

〔二三四〕

まことかのときはのあま君のむすめはながとのにはあらさりければにやこざいしやうとてこゝろばへかたちなどもなべてのわかき人よりはめやすかりければむかしのともとおほしむつぶるかたもこよなくて事にふれつゝよそひみ（見）せつゝなつかしうかたらひ給ふを姫君を思ひ聞ゆるかたさまにはいかゞはをろかに思ひきこえん過にし人の事などもいとゞみゝとまり給ふはかり聞えさするおり〳〵などのあるを忍ひあへぬけしきにておなじ心にかたらひたまふをのづからけしきみ（見）る人はやすからすいひさゝめくをいづかたざまにつけても同し心也けりと宮はこゝろつきなくおぼしめ

ふらんこそされともきゝわきにをならんもつゝましけれはいとゝおくふかくならせ給ぬるにもあかすおほさるゝ　（77オ～79オ）

〔二三四〕

まことかのときはのあまきみのむすめなとにはあらさりけれはにや小さいしやうとてそ候けるこゝろはへかたちなとはなへての人よりめやすかりけれはむかしともとこよなうおほしむつまるゝかたもことにふれつゝ御ようゐいとことにてひまにはなつかしうかたらひ給ふをひめきみを思ひきこゆるかたさまにはいかてかは人しれすおろかには思ひきこゑんすきにし人の事なともいとゝみゝとまり給はかりかた（◆と）りきこゆるをしのひあえぬ御けしきにてをなしこゝろにてかたらひ給ふおり〳〵おのつからけしきみる人もありてうち〳〵のことはしる人もなけれはたゝならぬ御こゝろと

　おなしくはきせよなあまのぬれ衣よそふ
　　るかたににくからすとや〈106〉

なにとなくいひけち給へる人きく〇《へう》もあらねと宮はすこし心え給へらんされときゝしりかほならんもつゝましけれはいとゝをくふかにならせ給ぬるもあかすおほさるへし　（95オ～97ウ）

＊「もと」に上下逆転を指示する記号がある。

〔二三四〕

まことかのときはのあまきみのむすめはちくせんのにはあらさりけれは宰相とてなへてのわか人よりはめやすかりけれはむかしのともとおほしむつふるかたもこよなくてことにふれようゐし給つゝなつかしうかたらひ給をひめきみを思きこゆるかたさまにはいかて（◆に）かはをろかには思きこえんすきにし人のことなともいとゝみゝとまり給はかりきこえさするおり〳〵なとのあるを、のつからけしきみる人々なとはやすからすいまさらめくをいつかたにつけてもおなし心なるなりけりと宮はこゝろつきなくおほしめさるれとかゝるかたのものにくみしてみえんもいとはつかしくわ

さるれどかゝるかたの物にくみしてみ（見）えんもいとはづかしく我心の中にはことたがひたるべしたゞけふあすにても女院のみ（見）奉らせ給はずなりなんのちにこそは身をもいかにもなしてめとおぼし取ていかにもみ（見）いれさせ給ふ事なくてたゞ明暮おこなひよりほかの事なしよるもわたらせ給ふ事なければたゞ山鳥のやうにてぞあかしくらし給ひける　（中47ウ～48オ）

〔二三五〕

あらぬ所とおぼしなぐさみ給ひし一条の宮にも若宮のおはしまさねばかくれ所なくてわか宮にことつけ給ひて殿がちにのみなり給ふを内にきかせ給はん事いみじうびんなき事に大殿の聞えさせ給へばおほかた世になありそとおぼしたるとむつかしければ斎ゐんに参りてかくれゐ給へりつねの冬よりも雪あられがちにてはれまなきそらのけしきもいとゝ所からはしめやかに物心ぼそくて参り給ひぬれば又何事よりもしのぶもぢずりはさまことにみだ

のみそものゝうしろにてうちさゝやきなとする人もあるをみやはきかせ給てさらはこゝろあはせてしたるなりけりあさましうもへたてけるかなとおほすもたゝならねは人のこゝろえたるかたさまにてのみひんなく思ふとかのこゝろともにこゝろなかくうたてくおほされてたゝしらぬかほにてそすこさせ給けるたゝけふあすとみへさせ給ふゐんの御ありさまなれはそのほとこそはうきをしらぬにてもなからへめとおほしとりてたゝおこなひよりほかのことなくてよひ〳〵たにわたらせ給ふ事かたきまゝに御このみのひとりゐにてあかさせ給　（79オ～80オ）

〔二三五〕

とき〳〵のなくさめところにもせさせ給し一条殿もわかみやのおはせぬおりはさすかにてこもりゐ給はねはわかみやに事つけ給ひつゝいとゝ殿かちにすみつき給ふをうちにきかせ給事もありゆるさすいさめきこゑ給へはおほかたよになありそとおほしめすなめりとむつかる〳〵もさいゐんへまいり給ひぬみそれなともかきくもりむつかしけなるそらのけしきにもほかよりはしつかこゝちすれはものゝあはれもいますこしまさるこゝちしたまふみき

か心のうちにことたかひたるなるへしたゝけにあすにても院のみたてまつらすなり給なんのちこそいかにも〳〵なさめとおほしとりてすへてなに事もみいれきゝいれさせ給こともなくたゝあけくれはをこなひよりほかのことなしよるもわたらせ給事かたけれはたゝやまとりのやうにてそなかめくらさせ給ける　（97ウ～98ウ）

〔二三五〕

あらぬ[と]ころ□おほしなくさめさせ給し一条□宮に［　　］宮のおはせねはかくれと□ろなくてとのかちにおはするもひんなき事との給はすれはおほかたよになありそとなめりとむつかしけれは斎院にまいりてかくれゐ給へりつねの冬よりもゆきあられかちにてはれまなきそらのけしきもいとゝところからはしめやかにもの心ほそくてまいり給ぬれは又なに事よりもしのふもちすりはさまことにみたれまさり給ぬへし御せんをみいれ給へ

れまさり給ひぬべし御まへのかたをみ（見）やり給へばちいさきき丁を引よせ給へればはかぐ〵しくもみ（見）えねと御ぞの袖ぐちなとはかくれもなしすはうの御ぞとものいとこきよりうすくにほひたるうへにからのふせんれうのしろきやうなるまがきの菊の枝さしよりはじめうつろひたるにも色々におりうかされたるも例の事ぞかしされど人がらにはげになへてならずあなめでたとみ（見）え御ぐしのかたのほとよりこぼれ出たる御ひたひがみの袖くちまでゆる〳〵とひかれいでたるもさまことにみ（見）ゆるに御ぞのすそにもたまりゆきたるすそのそぎすゑなどゑにかきたるやうなるもかうしもなきをよろづに口おしきめうつりのいとゞしきなめりしかしいとゞ外さまにもみ（見）やられ給はずつく〴〵とまもり聞え給ふ御心のうちいとくちおしくうき身のすくせおぼししるへし残りなくさしむかひ聞えし折なに事思ひけんと過にし方さへこひしく思ひいで給ふに

（下1オ～2オ）

〔二三六〕 御ふところにねたりけるねこのおき出てはし

ちかうをへたてさせ給ひつれははか〳〵しくもみへさせたまはすりんたうかさねの御そにすわうのいとうすきこうちきのかさなりたる御そてくちはかりそすそになよ〳〵とたまりゐたる御くしのすそゝきすゐいとはなやかにてめつらしう、つくしけにみえさせ給ふ《を》のこりなくみたてまつりしをりもいとこひしうおもひいてられたまふ

（80オ～81オ）

〔二三六〕 御ふところにねたるねこのをきいつるまゝに

れはちゐさき御き丁より御その袖くちすそなとはかくれなしすわうの御そともにほひたるにふせんれうのしろきやうなるまかきのきくのえたよりはしめてうつろひたるいろのけさやかにみえたるれいの人のきたるにもあらすあなめてたとみえ給御くしかたのほとよりこほれひたひかみの袖くちまてなよ〳〵とひかれいてたるさまことにみゆ御そのすそにたまりいりたるほといくらなかさかとみゆるにすゐのかたすそのしろきにあなうつくしとつねよりもみゆるはよろついとくちをしき[め]う[つ]しの［ ］、しきなめり□しと［　　　　　］んしにける□も心も［ ］[れ]なりやうちさふらふ人とてもめやすきをのみみならひ給へるにこの御ありさまのいとかくしもみえさせ給もたゝあな心うのすくせ（世）やかやうならさらん人をはみしと思し物をのこりなくさしむかひてすこしきこえけんをりなに事思けんめのすくせ（世）さへつきにけるかなと思給にはむねもせき（▲□）あくるまておほされていひてすくし、いにしへは猶いとこひしかりけり

（98ウ～100オ）

〔二三六〕 御そはにねいりたるねこなきいて、はしさま

ざまに出るつなにひかれて御き丁のかたびら
の引あげられたるよりみ《(見)》あはせ給ふに御かほ
いとあかうなりながらわざとひきいりなども
し給はす御扇にまぎらはしてすこしかたぶき
給へる御かんざし御ぐしのかゝりよりはじめ
久しうみ《(見)》奉らざりつるけにや猶さまことにめ
でたき御ありさまかなと思ふに心うの身の有
さまやなどかいとかばかりの事こそかたから
めすこしもなずらふばかりのよせみ《(見)》るまじき
ものおもひしらずいはけなかりし其かみより
何事もなのめならん人をばみ《(見)》じたゞ此御あり
さまにをとるすくせあらば世にもあらじとや
すきそらなく思ひくだけし心のうちはなど露
ばかりもかなふ事のなかりけんいでや我心の
よろづにいふかひなくおゝしき心のなくてお
やにもひとへにまかせられ奉りてこころづか
らいとかうゝき世にもなからふるぞかしと思
ひつゞくる身より外につらき人なくてれいの
もろき涙のみぞことはりしらぬ物なりけるま
ぎらはしに扇をうちならして猫をこち〳〵と
の給ふによりきてらうたけなる聲にて打なき
つゝなづそふうつり香も身にそへまほしくな
つかしければ袖よりへだてなくいれ給へるを
よろこびてむつるゝいとうつくしうらうたし
くね〳〵しくわびしきめをみ《(見)》るよりはかくて

はしさまへくるなるに御きちやうのかたびら
のひかされてあきたれはみあはせたまひて御
かほのいといろつきわたるはいまはつねにみ
たてまつらぬけにやひかるとはこれをいふへ
きにやとそみえさせたまふわさとならす御あ
ふきをまきらはしてやう〳〵そむかせ給ひぬ
るもあかすわひしくて人のきくはかりむねも
なりまさるあなこゝろうのみのすくせ《(世)》やなと
この御ありさまにすこしもなつらふはかりの
み《(見)》るましき物思ひしられにしこなたよりやす
きそらなくおもひくたけしこゝろのくるしさ
はなとかつゆはかりもなかりけんとおほし
つゝくるにれいのもろきなみたこほれぬるま
きらはしさにあふきをうちならしてこち〳〵
とねこをの給ふによりきてらうたけなるなき
なつさふ御うつりかもみにそへまほしうなつ
かしけれはかきよせ給てひきくつろけ給てへ
たてなくいれさせ給をよろこふけしきもうつ
くしきに中々あけくれくね〳〵しうおほされ
てこのねこしはしあつけさせ給へかく人はた
へけるきをのみもとむるよりはとの給ふをせ
んしといふ人うちわらひていまはなてうひと
りたつねさせ給はんといとおとなしく侍なれ
はねこはところもなくそ侍らんかしときこゆ
れはさらなりいはまをくゝる水たにもるまし

へいつるつなにみき丁のかたひらのひきあけ
られてみあはせ給へは御かほいとあかくなり
なからわさとひき入なとはせさせ給はす御あ
ふきにまきらはしてすこしかたふかせ給まみ
つらつきかむさし御くしのかゝりけにひかり
とはこれをいふにやとみえさせ給にもあな心
うの身のさまやいとかはかりなる事こそかな
はさらめすこしもなそらへなるよをはみるま
しきもの○《と》思しられしよりこれにをと
りたらん人をはみしきかしと思そめにしこそ
いてや［　　　　　　］かひなく[て]おやに
［　］とへにまかせられたてまつりて心つ
からいとうき世にもなからふるそかしと思に
も身よりほかにつらき人なくてなみたのみそ
ことはりしらぬものなりけれはねこをこちや
との給へはらうたけなるこゑにうちなきてち
かくよりき《(▲く)》た《(▲ゝ)》る御そのうつりかうらやましう
てかきよせ給へれは御そてよりいらんとむつ
るゝいとうつくしいとたえかたくてくね〳〵
しうわひしきめをみつゝなからふるよりはか
くこそあるへか《(▲し)か》りけれとおほされてこの御ね
こしはしあつけさせ給へかしひとはたつける
はるをもとむるよりはとの給をせんしといふ
人うちわらひていまさらはなとてかひとはた
れをかはもとめ《(▲ゝ)と》させ給はんいとをとなしき御

こそあるべけれとおぼされて此ねこはしばし
あづけさせたまへかし人はだにつくるよりは
との給ふをせんじといふ人うちわらひて今さ
へはなでう人はたをばたづねさせ給ふはとお
となしき御あつかひをさへこそせさせたまふ
なるに猫は所せうこそはおぼえ侍らめと聞ゆ
ればさらなりや岩間をくゞる水たにももるま
しければとてうちわらひ給ふものからいと
かゝるこゝろのうちも今はしらせたまはねば
おもひなをりていつしかとあるべかしきゆか
りむつびをさへしてもてあつかふとおぼしめ
すらんかしおなじさまながらだにみ《（見）》え奉らじ
と聞えしらせ奉らしものをとはづかしういみ
じともよのつねなり御まへなる人々のゐなど
かきちらしたる筆ともみ《（見）》ゆるをとり給ひてか
みのはしに

　かつみれどあるはあるにもあらぬ身を人
　のひととや思ひなすらん〈107〉

手ずさひのやうにかたかなにかき給ひてふと
ころなるねこのくびづなにむすびつけて人す
こしたちのきたるにあないぎたなや今はおき
て参りねとをしいで給へれば聞知がほに外ざ
まへもいかず参りてむつれまいらするぞいと
うらやましきや
（下2オ～4ウ）

けれはとてうちわらひ給ふものからいまはい
とかゝるこゝろのうちもいまはいかゝはせん
と思ひなをりていつしかとあるへかはしくゆ
かり思ふをさへしてかくしてあつかふとかや
きかせ給ふ覧このよにおなしさまなからたに
みへたてまつらしときこゐしらせ思ひをきて
し物をとはつかしうおほせられてゐかきちら
されたるいろ〳〵のはなのちりたるをとりて

　かつみれとあるはあるにもあらぬみを人
　のひとゝや思ひなすらん〈107〉

人めにはてすさひのやうにかきなし給てふと
ころなるねこのくひつなにむすひつけ給ふ
人々すこしのきぬるにいまはまいりねとてお
こし給てまいりねとの給へはきゝしりかほに
ほかさまへもゆかて御ふところにいりぬるも
いとうらやましうみまいらせ給ふ
（81オ～83オ）

あつかひをさえせさせ給なるにねこはところ
せうおほされめときこゆれはさらなりやいは
まをくゝる水たにもるましけれはとてうち
わらひ給ものからいとかゝる心のうちもいま
はしらせ給はねは思なをりていつしかゆかり
思をさへして思あつかふらんときかせ給らん
かしおなしさまなからたにみえきこえさせし
ものをとはつ［　］くおほえ給をまへなる
人々のゐかきちらしたるふてとものちりたる
をとり給てかみのはしに

　かつみるもあるはあるにもあらぬ身を人
　はひとゝや思なすらん〈107〉

てすさみのやうにかたかなにかきてこのねこ
のくひにむすひつけてあないきたないまはお
きてまいりねとをしいて給へれはきゝしりか
ほにほかさまにもゆかすまいりてむつれまい
らするそうらやましきや
（100オ～102オ）

〔二三七〕

としのはてに成てはかのときはのことのはてせさせ給ひけり御心さしのしるしにはいまはなに事をかはとおぼせば經佛の御かざりなべてならすまことに日の中に仏道なりぬべきさまにおぼしをきてたりその日はいみじう忍びてみづからもおはしぬかうじは山のざすなりけりしやう僧は六十人七そうなどもなべてならぬをぞせさせ給ひけるつねののりのこと葉といへ共おぼしをきてつる人がらにて一ぜうの法文すぐる、わざにやぐはんもんのこ、ろばへなく〲よみ給へるも涙ながさぬ人なきにいとゞ大将殿はなをしのそでもえ引はなち給はずさるは人めもあまり心よはくやとつ、み給へどたゞうちきく物がたりふるきうたなどだにわがおもふすぢなるはこよなくめとまりてあはれなるわざなればなるへしみ(見)奉るかぎりの人々そうなどもたれならんいとか斗おぼされたりけるはげにいとくちおしかりけるいのちのほどかなとみ(見)おどろかぬ人なしさま〲いとたうとき事共はおほかれど中々えまねはねばいとかひなし事はててそうどもなども皆まかでぬれどみづからはとまり給ひてあま君にあひ給ひてひめ君の御有さまなどかたり給ひてつきせずあはれとおぼしたりいりあ

〔二三七〕

としのはてにかのときはの事せさせけりこ、ろさしのしるしとはおなしきやうほとけとはなへてならすまことにひのうちにほとけたうもなりぬへきやうにおほしおきてけりそのひ*はいみしうしのひてみつからもおはしけりかうしはやまのさすなりけりことなりて七僧六十僧なとならひゐていみしうたうときにもめてたかりける人かなこのこ、ろにかくまておほされけるよとみる人おほかりけりさはかりすくれたる御さへになく〲よみ給御くわんもんのかなしけさはそてぬらさぬ人もなかりけりまして大将はそてもひきはなさせ給はすさるは人めもあまりこ、ろよはくやとつ、み給へとた、うちなくこそ物かたりふかくき、たるわか思ふすちになるはこよなうめとまりてあはれにおほゆれはなるへしことはてぬれはそうともみなまかてぬれともみつからはとまり給ひぬあまきみにあひ給てもひめきみの御ありさまなとかたり給ひてつきせすあはれとおほしたりいりあひのかねのこゑのほのかにきこへたるゆふくれのそらのけしきもところのさまもいゐしらすこ、ろほそけなるにすたれまきあけてつく〲となかめ給つ、おこなひすまし給へるけはひはいみしくあはれけ

〔二三七〕

としのはてにかの人のことせさせ給けり心さしのしるしにはなに事をかはとおほせは経仏の御かさりをなへてならすせさせ給なに事もまことに日のうちに仏にもなるはかりにおほしをきてたりそのひいたうしのひて身つからもおはしぬかうしは山のさすなりけりさうそう六十人廿僧なともならひゐたりいみしうたうときにつけてもめてたかりける人かなこの御心にかくまておほされけるよとみる人おほかりさしもすくれ給へる御［　］〲よみ給へるくわんもんのかなしさはそてぬらさぬ人もありかたけなるをまいて大将の御なをしの袖はしほるはかりにもなりぬへしさるは人めも心よは〲(▲い)は(▲て)くやとおほし、のはぬにはあらねとた、うちきく集ものかたりふるうたなともわか思すちなるはこよなうめとまりてあはれにおほゆるわさなれはなるへしみたてまつる人なともたれならんいとかはかりおほされたりけるはけにくちをしかりけるいのちの程かなとみおとろかぬはなしさま〲たうときこと、もはおほかれとえまねはぬは中々かひなしことはて、僧も人々もまかてぬれと身つからはとまり給てあまきみにあひ給てつきせぬあはれとおほしたりいりあひのかねのをとほ

ひのかねのをとほのかに聞えたる夕暮のそらの気色も所のさまいひしらず心ぼそげなるをすだれまきあげてつく〴〵とながめ給ひつゝおこなひすまし給へるけはひいみじうあはれ也

（下4ウ～5ウ）

〔一三八〕

晩ちかく成ぬらんとおぼゆるまでゐあかし給ひてあまりくるしければやかてはしつかたにうちまどろみ給へるにたゞありしながらのさまにてかたはらにゐてかくいふ

　くらきよりくらきにまよふしでの山とふ
　にぞかゝる光をもみ《(見)》る〈108〉

といふさまのらうたげさもめづらしうてものいはんと思ふほどにふとさめてみ《(見)》あけたればはる〴〵とみ《(見)》えわたされて月のみぞほのかにうつりける雲のはたてまで残りなくさやかにすみわたりたる空のけしきたゞのねさめだにもの心ぼそかりぬべき程なるをありつる面かげはたゞうつゝにおほえ給ひてみ《(見)》まはされ給ふを人々はみなとをくのきつゝいとよくねたりひとりつく〴〵とそらをなかめ給ひつゝなく〳〵こゆらんしての山路までおぼしやらるゝにかのよしのゝやまもとうらめしげなりしさまなどのなにとなくなつかしうおかしか

なり

（83オ～84オ）

＊「は」で改行し、次行行頭から「い」を書く。

〔一三八〕

あか月ちかくなるらんとおほすまてゐあかし給てあまりくるしけれはやかてはしつかたにうちまとろみ給へるにたゝありしなからのさまにてかたはらにてかくいふ

　くらきよりくらきにまよふしての山とふ
　にそかゝるひかり《を》もみる〈108〉

といふさまのらうたけさもめつらしくあはれにて物いはむとおほすほとにふとさめ給てみあけ給へはそらはかすみわたりて月のみそ（▲て）かほにうつりたりける雲のはたてまてのこりなくさやかなるそらのけしきはたゝねさめにこゝろほそけなるをましてありつるおもかけはたゝみにそひたるこゝちしてみまはさるれと人々はみなとをくのきてい《と》よくねたりつく〳〵とそらをなかめ給てなく〳〵このゆくらんしてのやまちまておほしやらるゝにかのよしのゝやまをおくらかさむことゝうらめしけに思ひたりしけしきのなにとなくなつ

のかにきこえたるゆふへのそらのけしきところからいひしらす心ほそけなるをすたれかきあけてつく〳〵となかめ給ておこなひ給へるけしきいみしうたうとくあはれけなり

（102オ～103ウ）

〔一三八〕

あか月にもなりぬらんとおはゆるまてゐあかし給てあまりくるしけれはやかてはしにうちやすみてまとろみ給へるにたゝありしさまにてかたはらにゐて□くいふ

　くらきよりくらきにまとふしての山とふ
　にそかゝる光をもみる〈108〉

といふさまのらうたけさもめつらしうてものいはんとおほすにふとめさめてみあけ給へれはすみのほりて月のみそかほにうつりたりけるくものはてまてさやかにすみわたりたるそらのけしきをたゝのねさめにたに心ほそかりぬへきそらのけしきなれはかたはらにまたある心ちしてみわたさるれと人は（▲わ）れ《み》なとをくのきつゝいとよくねたり一人つく〳〵とそらをなかめ給てなく〳〵こゆらんしてのやまちまておほしやらるゝにたゝかのよしのゝ山をもをくらかさん事をうらめしけに思たりしけしきなとなつかしかりしもたゝいまむかひたる

りしもたゞそのおりの心ち（地）したまひて
　をくれじとちぎりし物をしでの山みつせ
　川にや待わたるらん〈109〉
とおほしやるにも枕はうきぬべければおき給
ひて經をぞよみ給ふかいによこんじきずあび
ごくといふわたりを心ぼそげによみながし給
へるいひしらずかなしきにねたりける人もお
どろきけるにやこゝかしこにはなうちかむも
のありほとけだにあらはれ給へりし御こゑな
れば人はまして忍ひがたかりけり
（下5ウ～6ウ）

〔二三九〕
あけぬれば所々にずきやうなどしにつかはし
てけふは返なんとし給ふきのふのしつらひに
萬とりはらはれたるをみ（見）給へばつねにゐたり
ける柱にものぞかゝれたりける
　たのめこしいづらときはのもりやこれ人
　たのめなる名にこそありけれ〈110〉
　言の葉を猶や頼まんはしたかのとかへる
　山はもみぢしぬとも〈111〉
などぞあるはかのしゐしばとありしをわすれ
ざりけるとみ（見）給ふはいかゞはあはれにおぼ
さゞらん心ち（地）などくるしうおぼえけるおりの

かしかりしにたゝいまもむかひゐたるやうに
思ひいてられて
　おくれしとちきりし物をしての山みつせ
　かはにやたちわたるらん〈109〉
とおほしやるもまくらはうきはてぬへけれは
おきゐ給てきやうをそよみ給皆如金色従阿鼻
獄といふわたりをこゝろほそけによみ給ふは
いふかたなくかなしきにねたる人々もおとろ
きにけるにやこゝかしこにはなうちかむ也ほ
とけたにあらはれ給ひし御こゑなれは人々も
こゝろおさめんかたなかりけり（84オ～85オ）

〔二三九〕
あけぬれは所々にすきやうしにつかはしなと
してけふはかへりなんとし給ふにきのふのし
つらひによろつのところとりはらはれたるに
つねにゐたりける所とみゆるはしらにもの
かゝれたるをみ給ふに
　たのめこしいつれときはのやとにくる人
　たのめなるなにこそありけれ〈110〉
また
　ことのはをなをやたのまんはしたかのと
　かへるやはもみちしぬとも〈111〉
なとそあるはかのしゐしはとあるをわすれさ

やうに思いてられ給て
　をくれしとちきりしものをしての山みつ
　せかはにやまちわたるらん〈109〉
とおほしやるもまくらうき給ぬへき心ちし給
て経をよみ給ふかい女こんしき修あひこくな
とものゝいみしう心ほそくおほさるゝまゝに
うちあけつゝよみ給はいひしらすかなしきに
ねたりつる人々もみなおとろきてはなうちか
みつゝ仏もあらはれ給し御こゑなれはみちす
ゐなとはいかなる事かあらんもの心ほそくお
ほしたるよなとおそろしうて人々にいひあは
せけり（103ウ～105オ）

〔二三九〕
ところ／＼にすきやうせさせてけふはかりな
とし給きのふのしつらひによろつとりはらは
れたるにみわたし給へはつねにゐ給けるとこ
ろのはしらにものゝかゝれたりける
　たのめこしいつらときはのもりやこれ人
　たのめなるなにこそありけれ〈110〉
　ことのはをなをやたのまんはしたかのと
　かへるやまはもみちしぬらん〈111〉
とあるはかのしゐしはとありしはわすれさり
けりとみ（見）給ふもいかはかりかはおほされけん
こゝち（地）くるしうおほされけるをりのてまさく

手まさぐりにやふしながら書たるとみ《見》えてしものかたに其もじともはか〴〵しうみ《見》えぬさまにて

なをたのむときはのもりのまきばしらわすれなはてそくちはしぬとも〈112〉

とあるにも夢のおもかげさへ立そひてさらにえぞおぼしすまされざりける

より居けん跡もかなしきまきばしらなみだうき、になりぞしぬべき〈113〉

とてとみにもえ立ものき給はぬに殿より尋て奉らせたまへる人々参りてきのふこよひなどおはしましどころしらせ給はで夜もすがらおぼしさはがせ給へる事なと申せばあへなんさてこりさせ給へかしあまりむつましうの給はするにとはつぶやき給ひながらけふさへをとなくてくらし給ふべきならねば出給ふにもまきばしらはいとかへりみ《見》がちにおぼされけり

（下6ウ～8オ）

〔二四〇〕

年かへりぬればことしは斎院わたらせ給ふへしとて本ゐんつくりみが、せ給ふに大宮わたりのしづがかきねまでこ、ろことに思ひまう

りけりとみ給ふはいか、あはれならさらん心ちわつらひてかきけるとみえてしものかたにそのもしとはか〴〵しくみえぬさまにて

なをたのむときはのもりのまきはしらわすれなはてそくちはしぬとも〈112〉

あなかちにみとき給へる心ちは如何、ありけんいひしらぬものをなみたおとされぬはあるましきにゆめのおもかけさへたちそひて

よりゐけんあともかなしきまきはしらなみたうき、になりそしぬへき〈113〉

とてとみにもたちのき給はぬにとのよりたつねたてまつらせ給ひけるまいりてきのふこよひなとおはしますところをしらせ給はてよもすからたつねきこゑさせ給ひておほしまとはせ給へるさまなとかたり申せはあへなんさてもこりさせ給へかしあまりむつかしうの給はするなにとひとりこちなからけふさへおとなくてくらし給へきならねはいてさせ給ふにもまきはしらはいとかへりみかちにてそおほされける

（85オ～86ウ）

〔二四〇〕

としかへりぬれはさいゐんにわたらせ給へしとて本院いまよりつくりみか、せ給ふにおほみやわたりしつのかきねまて心ちことにめて

りにやふしなからかきけりとみえてしものかたにはか〴〵しうもみえぬさまにて

猶たのむときはのもりのまきはしらわすれなはてそくちはしぬとも〈112〉

とあるにもゆめのおもかけさへたちそひたる心ちしてさらにえそおほしさまさ、りける

よりゐけんあともかなしきまきはしらなみたうき、になりそしぬへき〈113〉

とてとみにえたちのき給はぬにとのより人々まいらせ給へり昨日今日なとおはしましところえしらせさせ給はてよもすからおほしさはかせ給へるさまなと申せはをろかになんさてこり給へかしあまりむつかしくの給にとはつふやきなからけふさへくらし給へきならねはいて給にもまきはしらはかへりみかちにおほされけり

（105オ～106ウ）

〔二四〇〕

としかへりぬれはことしは斎院わたらせ給へしとて本院つくりみか、せ給大宮のわたりしつのかきねまて心ことに思まうけてようゐく

けて同じいたひがきなどいへどほど〳〵につ
けてよういくはへたるはげになさけこよなし
ことしの賀茂のまつりは今よりさまことに世
中ゆすりて思ひいとなむはいかなるべきにか
その日は一条のおほちわたり給ふべききはの
たかきいやしき家々のうち思ひいそぎたるう
し車すいじんことねりざうしきのすがたも馬
くらうす大くちむまぞひのさうぞくかざりを
いかで世にめづらしく人にすぐれてとおほし
いとなむをばさるものにてさるへき宮々又人
かずにすこしも我はと思ひたまふ所にはたち
あかる人々はものみ（見）給ふべき出しぐるまの袖
ぐちわらはべのすがたけいしあふひのかさり
をさへめづらしうと心をつくし給ふさまども
中のしなのほどだに一条のおほ路にさしいづ
べきところもなくやと聞ゆるにとをきゐ中の
たみ共もなはしろ水の行末もしらずさなへ引
こふる田子のもすそ共もみな川上にさらすを
やくにして物み（見）ん事をいとなみけりまして都
のうちのしづのおは道おほちの行かひにも明
暮の身のいとなみのくるしげさにそへていひ
なげき思ひまうくるなりすかたはいかならん
とすらんと心もとなし　（下8オ～9オ）

たからんするゐんの御事かねておなしいたひ
かきこしはかきといへと人々につけつゝよう
ゐくわへたるなさけこよなくいまよりゆすり
てかものまつりみむことをいとなみさわくへ（▲つ）
しわらはのすかたくるまのそてくちもなへて
ならすめつらしきことをとこゝろをつくし給
所々のみおほくてなかのしなのほとたゝ二条
のおほちさしいつへき所もなくやときこゆる
にとをきゐ中のたみともゝなはしろ水のゆく
ゑもしらすなへひきにそふるたこのもすそと
もゝみなかはかみにさゝれいとなむをやく○
《し》たりみやこのうちのしつのをのおほち
のゆきかひにもあけくれのいとなみのくるし
さけにうちそへていひなけくなりいかならん
すらんとけに心もとなし　（86ウ～87オ）

はへたるはけにこよなしことしのまいりはい
まよりさまことによの中ゆすりて思いとなむ
すいしんことねりさうしきのすかたむまくら
とねりそのよのかさりをいかてめてたうめつ
らしきさまに人にすくれんとおほしいとなむ
をはさるものにてさるへき宮々とのたち又す
こしも人かすにたちあかりたるところ〳〵も
のみ給へきいたし車の袖くちわらはへのなり
すかたけいしあふひのかさりめつらしうと心
をつくし給中のしなの程たに一条のおほちさ
しいつへきところなうやときこゆるにとをき
ところのたみともゝなはしろ水のゆくゑもし
らすなえひきうふるたこのもすそともかはか
みにさらしいとなんをやくにしてものみん事
をいとなみたりまいて宮このうちのしつのを
はみちおほちのゆきかひにもあけくれの身の
いとなみのくるしけさにもうちそひていひな
けき思まうくるなりけりすかたはいかならん
と心もとなし　（106ウ～107ウ）

〔二四一〕

とのの中にもいつしかと此御いとなみをこそはおぼしまうけしにかぎりあればはへなき御ありさまさう〳〵しき事をば人々もつれ〴〵に思ひたるに此おりにこそは物のきよらをつくして神さびにけるさまにはあらずめづらしう人のみ思ひつべからんさまにとおぼしをきつれど何事もかぎりある事なれば白かねこがねを打かさねこまもろこしのにしきをたちかさぬともめなれぬやうはあるまじきぞくちおしかりける世の人のいとこと〳〵しういひ思ふらんしるしには出しぐるまのかずなどれいにはまさりたらむをみ（見）よかしとてやがて女房のさぶらふかぎりを引つゞくべうぞおぼしをきてげるやんごとなき人々十人ばかりは女べたうなどの同しいとげにて今四十人わらは八人のるべきくるまは所々にすきとをりてかくれなうめでたうしてまいらすべきよしずりやうどものあたりてわれも〳〵とこゝろをつくしたるげにいかにめでたかりけん近衛づかさのつかひに年にひとつしいでたるをたにその日のみ（見）物にはそれにまさる事やはあるか斗いどみかはしてしいでたらんすきぐるまになまよろしからんかしらつきさまかたちにてのりたらんはまばゆかりぬべきわざかなと今より

〔二四一〕

とのゝうちもとし月にそ《へ》てもいつしかとこの御いとなみこそはおほしゝほいなくはえなきやうなる御ありさまをつれ〳〵におほしめさるゝまゝにこのおりにこそいかならん物ゝきよきもかみさひにけるさまにはあらてめつらしく人のみるはかりおほせとなにこともかきりあることなれはしろかねこかねをうちかさねこまろかさねのにしきをたちかさぬともめなれぬやうはあるましき杜そくちをしかりけるよの人のめつらしくのみ思いふ覧しるしにはいたしくるまのかすをまさるをみよかしとおほせはねうはうの候かきりやかてひきつゝくへうまてそせさせ給ふやむことなき人々十人はいちゝやうせんしなとのおなし事いとけにていま四十人はわらは四人のるへきくるま十二はたゝ心々にかくれなくすきとをりてすへきしうらうともに給はせてひとつこゝろをつくしてそしける近衛つかさのとしにひとつわつかにしいてたるをたにめつらしくみさはくめるをかはかりいとみかはしてしいてらんかしらつきなとはいとをしかるへきわさかなと大将とのはあけくれいゐはやし給たひことにわかき人々もまことにたはふれにくゝわひまとふもことはりなりさりぬへき

〔二四一〕

殿の中にもいつしかとこの御事をこそいと年ころおほしまうけしにかきりあれははえなき御ありさまのさう〳〵しき事とも候人々も思たるにこのをりこそはとものゝけうらをつくし神さひにけるさまにはあらすめつらしう人の思ひぬへからんありさまにとおほしをきつれとなに事もかきりある事なれはしろかねこかねをうちかさねこまもろこしのにしきをたちかさぬともめなれぬやうのあるましきそくちをしかりけるさすか又れいなき事はひんなかるへけれはおもしろうおほしつゝみてそのかみの事をためしにひかせ給へりよの人のこと〳〵しきありさまに思ふらんしるしにいたしくるまのかさりなとれいにはまさりたらんをみよかしとてやかて候人々かすをひきつゝくへくもおほしをきてけるやむことなき人は女別当せんしなと人々おなしといま四十人わらは八人のるへきくるまはすきとをりてかくれなくあるへきよしすたれもあ汁《かり》てわれも〳〵と心をつくしたるにいかはかりめてたからんすらん近衛つかさのとしにひとつしゐてたるをこそはそのひのみものにしためれかはかりいとみかはしてよろしからんかしらつきかたちともにのらんはまはゆかるへきわさか

大将殿の明暮いひはやし給ふに若き人々はまめやかにわびまどふぞことはりなるやさるべき人々のむすめ共の心のまゝにかしづきたて、親せうとなとにだにたえ〴〵にさしむかふ事もせず丁の内もやにだにちいさきちやうを身はなたずなとならひたるはたゞすだれあげてひる中に一条のおほ路わたらんだにいとわびしかりぬべきわざなるをましてあふぎなどさへかくれなくのみしなされたればまめやかになきぬばかりなるけしきどもぞおほかりける　（下9オ〜10オ）

〔二四二〕

みそきの日にも成ぬればつとめてより大とのたちゐいそがせ給ひて人のうへにてみ（見）るだに日のいたうくるゝは心もとなきをそし〳〵とのゝしり給へばけふつねよりことに事どもとくなりて出し車ともよせてのせさせたまふわりなしと思ふ〳〵いざりいでたる人々のかたちありさまげに年比みそぢあまりぐしたらんをたづねさせ給へるしるしはこよなくみ（見）ゆれば心ことに世にきこゆるすきぐるまのすきかげ心やすく御らんじわたすきぬの色ぞことにめづらしからねどながき世のためしとおぼしめすにや松のふかみどりをいくつともなく

人々のむすめとものこゝろのほしきまゝにかしつきたてられておやせうとなとにさしむかふ事たにせてならひたるにすたれまきあけてひるなかに一条のおほちわたらんはいとはしたなきにあふきたにかくれなくしなさせ給へるはなきぬへうそみな思ひたる　（87ウ〜88ウ）

〔二四二〕

かくいふほとにみそきのひにもなりぬれはそのよのことたにひ（日）のいたくくるゝはこゝろもとなきに物ゝいろあはひなんとみゆはかりとてつとめてのゝしらせ給へはけになにことかはおそなはらんする事ともいとゝうとのゝいたしくるまなとよせさせ給ておそし〳〵と御こゑたかけれはわれにもあらぬ心ちしなからいさりいてたるかしらつきやうたいいとけにとしころみそちあまりくしたらんおとえらせ給へるにいつれとなくおかしけれはくるまとものかくれなさにもいとうしろやすく御覧しわたさるきぬのいろなとそいとめつらしくこ

なといまより大将殿はいひはちしめ給にわかき人々はまめやかにわひまとふこそことはりなれさるへき人々のむすめとも心のかきりかしつきたて、おやせうとなとにたにさしむ（◆わ）かふ事せす丁のうちのもやのきはにちゐさききで丁はなたすなとならひたるはた、すたれあけてひ（日）るなかに一て（◆□）うのおほちわたらんたにいとわひしかるへきにまいてあふきをたにかくれなくしなされたらはまめやかになきぬはかりのけしきとも也　（107ウ〜109オ）

〔二四二〕

そのひにもなりぬれはつとめてより大将たちゐそかせ給てひとの上にてみるたに日のくるゝは心もとなきにをそし〳〵といそかし給へはけに常よりことにこと、もとくなりていたし車ともよせて人々のせさせ給わ朴りなしとわふ〳〵ゐさりいてたる人々のかたちけにとしころみそちあまりくしたらんをとたつねさせ給しるしにやならみゆ心ことによにきこゆるすき車のすきかけともうしろやすくこらんしわたすきぬのいろそことにめつらしからねとちよのためしとにやちとせの松のふかみとりをいくへともなくかさねたるおほさは

うちかさねたるおほさはこちたしおなじ色のさうかのうはぎ藤のふせんれうのからきぬに松にとのみもとぬひものにしたりもはあをきかいふのふせんれうにぢんのいは立てこがねのいさごに白かねの波よせてひたれる松のふかみどりの心ばへをぞぬひ物にしたりけりわらはゝおなじ色にてうへのはかまかざみなど女房のもからきぬなどの同し心にてぞありけること葉に書つゞけたるはいとみ《(見)》どころなうこれやいみじかりけるとてもどきわらはれぬべけれど其おりくるま引つゞけられたりしは猶つねよりはみ《(見)》所こよなしとぞありし何いろもいひつゞけたるよりはそめからきよげにあるそかしおなじきあやをりものうちものなどいへどきよらはことの外に同し物のしわざとも み《(見)》えずとこそはあればかくかきつゞけたるよりはみ《(見)》るはめでたくこそはありけめとおもひやるべし御車はからのかれいよりはちいさくてめづらしううつくしきさまこよなし殿大将殿御き丁の左右をおさへてたち給へるにうへのよろつにつくろひつゝのせ奉り給ふにも猶やゝましげにおぼしめしてとみにもえ奉りやらぬを大将とのちやうのそばよりすこしのそき給へれはからなでしこのみへの織物に同し色のみへのこうちきゝさせ給ひてさいし

のとたゝなかきためしをちとせのまつのふかみとりにていくつとなくたちかさねられたるおほさこちたしおなしいろのさうかんのうはきふちのふせんれうからきぬまつにとのみもとめぬひものしたりはあをきかいふのふせんれうにちんのいはたてゝこかねのいさこにしろかねのなみよせてひたれるまつのふかみとりなるこゝろはへをそぬいものにしたりけるわらはゝおなしことにてかさみうへのはかまなともねうはうのもからきぬのおなしいろにそありけることきかすかきつゝけたるはいとみところなくこれやいみしかりけるとてもときわらふ人もありぬへけれともそのおりはくるまひきつゝけたりしはなをつねのことよりもみところなしとそありしなにいろもそめからにそことのほかにようもあしくも又おなしあやおりものゝうちもはりものといへとおなし物とみえす心ちはあれともおとにきくよりはみるはめてたうこそありけめと思ひやるへしくるまはれいよりもちゐさくてめつらしうゝつくしきさまになさせ給へりこの大将とのなとひやうふのこなたあなたをおさへてたち給へるにうゑのよろつにつくろいのせたてまつり給へるになをやましけにおほしてとみにもたてまつりやらぬを大将とのひやうふの

こちたくおなしいろのさくらのうはきふちのふせんれうのからきぬまつにとのみぬいものにしたりもはあをきかいふのふせんれうにちんのいはたてこかねのいさこにしろかねのなみよせてひたれるまつのふかみとりの心をそぬい物にしたりけるわらはもおなしいろにてうへのはかまかさみ女房のもからきぬおなしこと也かきつゝけたるはみところなくこやいみしかりけるとてもときわらはれぬへかりけれとそのをり車ひきつゝけたりしはつねよりもみところおほかりけりなにのいろもいひつゝけたる○《より》はそめはりからにきよけにもあるそかしおなしあやをりものうちものなといへとことのほかにおなし人のしわさともみえすこそはあれかくかきつけたるよりはみるはめてたくこそありけめと思やるへし御車はからのかれいよりもちゐさくめつらしうゝつくしきさまにこよなし大将とのみき丁の左右にたち給へるにつくろひのせたてまつり給ふにも猶やゝましけにとみにもえたてまつりやらぬを大将き丁のそはよりすこしのそき給へれはからなてしこのみへのをりものにこうちきたてまつりてさ‖《かき》さゝせ給へるもとゆき□御ひたいかみのうちそひてなよ〱とひかれいてたるはいとゝもてはやされてな

さゝせ給へるもとゆひに御ひたひがみの打そひてなよ〳〵と引れ行たるはいとゞもてはやされてなまめかしうめでたうみ《(見)》えさせ給ふにも心まどひは先してなをかくまてみなしたてまつりつるよあなくちおしと覚ゆるを神もいかに御らんすらんいてやかうのみさすがに立はなれずおほえばさらにはか〴〵しからじとぞみづからだにことはられ給ふ御くるま引いづれば上も物御らんじてやかて本ゐんへわたらせたまへば又御車よせて奉りぬかねてきゝしにたがはず一条のおほ路つゆひまなくかはらまでたちかさなりたりくるまさじきのおほきなどすべてかちの人かしらさしいづべうもなきにかしこく身のならんやうもしらずおなじうへにかさなりたるさまいとわびしげなりさるへき所々のさしきのありさまものみ《(見)》ぐるまの袖口など迄けにかねてきゝしにたがはずめもかゝやく事のみおほかりまして御とも人々例のかすよりもおほかりをの〳〵出したていそぎつらん家の中けにいかなりつらんとみえてめでたき年のみそぎのありさまなりかはらにおはしましつきたるありさまなどれいのさほうにもことそひてながき世のためしにもと何事もめでたうみ《(見)》どころおほかり宮づかさまいりて御はらへつかふまつるはいとかう

つらよりすこしのそき給へはからなてしこのみへのおりものともにおなしいろのこうちきたてまつりてさいしさせ給へるひたひかみのもとゆいのなよ〳〵とうちそいてわかれゆきたるはいとゝもてはやされてなまめかしくめてたくみゑさせ給ふになか〳〵かくまてみなしたてまつりつるはやちたひのふるとりなつひ給へり大将にもやゝまさり給へるをかみもすきしとは御らんしゝそかしかくのみおほえはついにははか〳〵しからすやとそみつからたにおほししられ給ひける御くるまひきいつれはうゐの御まへも物御覧して本ゐんへわたらせ給へは御くるまよせたてまつりつ一条のおほちかねてきゝしにたかはすかはらまてつゝきたるさんしきくるまなとのすへてかち人のみるへきくもなきにかしらみのなんやうもしらすおなしうへにかさなりわたるいとわひしけなりさらぬときたにそのときの人々のつゆはかりもおほしさはき給へるはときのはなのたとひになへてならす人のいひ思ふ事なれはまして御まへの殿上人のむまくるまをみるなとをはしめむまそいとねりさうしきなとことのりわらはまてさうそくかちもいかさまにめつらしきことをしいてむとおの〳〵いゐのうちの大事にこゝろをつくしけるさまとも

まめかしうみえさせ給にも猶々かくまてみたてまつりなしつるくやしさはやちたひのくゐとかなにつきたりし大将にはやゝまさりたるを神もいかに御らんすらんいてやかくのみさすかにはなれすおほえはさらにはか〳〵しからしと身つからの心にたにことはられ給御車ひきいてつれはうへもとのも御らんしてやかて本院にとまらせ給にけれは又御車よせてたてまつりぬかねてきゝし一条のおほち露のひまなくたちかさなれる車さしきのおほさなとつき〳〵ならん人かしらさしいつへくもなきにかしこう身のならんやうもしらすおなしうへにかさなりゐたるさまともいとくるしけなりさるへきところ〳〵さしきのおほさものみ車の袖くちともけにかねてきゝしにたかはすめもかゝやくことのみおほかりほの〳〵いそきい○《て》つらんいゐ〳〵の人もいかなりつらんとみえてよろつめてたきとしのみそきなりかはらにをはしましたる御ありさまなと例の事にもことそひてなかきよのためしにもよろつをせさせ給へり宮(▲□)しまいりて御はらへつかうまつるはいと神々しくきこゆれと大将殿はひるの御ありさまのみ心にかゝり給て

みそきするやをよろつよの神もきけもとよりたれかおもひそめしと〈114〉

〳〵しう物おそろしうきこゆれど大将はひるの御ありさまのみ心にかゝりて
みそぎするやをよろづ代の神もきけ我こそしたに思ひそめしか〈114〉
などおぼすはうしろめたき御せうとの心はへなりかし
（下10オ〜13ウ）

〔二四三〕
帰らせ給ひてはいとくるしきに誰もみなやすみ過して又の日とくおきさせ給ひてめづらしきゐんのありさまを御らんじわたすにいとせはうてはるゝかたなき心ち(地)せさせたまふもみ(見)ならはぬやうにいぶせうぞ御らんせらるゝ今はかうてこそはと行すゑとをくおぼえさせ給ふにもひろうおもしろかりつる殿のうちの池

あまりなるまでかゝるためしはいかゝとうちかたふく人もあるへしすはさるもあるものにてさるへきみや〳〵ねうこみやすところもいたしくるまとものわれも〳〵としたてさせ給へるはめのみかゝやきてめてたくそありけるかはらにおはしつきたるさまなとれいの御ほうにことそへて何事もいまより廿のためしになりぬへくそせさせ給ひつるをまたならはぬ女なとはいとをしくのみそ思ふみや人まいりて御はらへつかうまつるをいとかほとものおそろしくそきこゆれと大将はひるの御ありさまのこゝろにかゝりて
みそきするやをよろつよの神もきけもとよりたれか思ひそめてし〈114〉
なとおほすはいとうしろめたなき御せうとなりかし
（88ウ〜92オ）

〔二四三〕
かへらせ給てたれもみなくるしさにうちやすみつゝあかして又のひはときおきせさせ給ひてめつらしき院のありさまを御覧しわたすにいとせはくてはるゝかたなきにはならはせ給はぬ御こゝろにいといふせくおほしめさるゝいまよりはかくてこそはとゆくすゑとをくおほえさせ給ふにもひろうおもしろかりしとのゝ

とおほすはうしろめたき御せうとの心はえなり
（109オ〜112オ）

〔二四三〕
*かへらせ給てはいとくるしうてたれもみなやすませ給てまたのひそめつらしう院のありさま御らんしわたすにいとせはくてはるゝまなくおほしめさるゝはとのゝうちの御めうつりなるへしかくてこそといとゆくすゑとをくおほしめさるゝにひろくおもしろかりつるいけ山こたちなとのおもしろさを又はみるましき

山木だちのけしき又はみ(見)るへきやうもなきぞ
かしとこひしうおぼしいでらる丶におまへに
ながれたるはありす川となんいふときかせ給
ふにも
　をのれのみながれやはせんありす川いは
　　もるあるし今はたえせじ〈115〉
などちぎりふかく御らんじやりてひんがしお
もてのもやの中はしらにゐさせ給へるやうた
い御くしのか丶りなとはゐにすこしかき似せ
ても人にみ(見)せまほしきおりしも大将殿うへの
おはします北のたいのみなみの戸ぐちよりす
みのまのつまどのみすを引あげて参らせ給へ
るにみさうしのあきたるよりみ(見)とをしまいら
せ給へるなをいと忍びがたくてさかきをい
さ丶か折給ひてすこしをよびてまいらせ給ふ
　さかき葉にか丶るこ丶ろをいかにせんを
　　よはぬ枝に思ひたゆれど〈116〉
み(見)だにかへらせ給はぬぞいみじううらめしき
や　（下13ウ～14ウ）

〔二四四〕
まつりの日の事共など例のさほうなり近衛つ
かさのつかひは大き大殿の御むまこの少将ぞ
かしごん大納言の御子よいとわかうつくし

うちのいけやまこたちも又はみるへきやうも
なきにもこひしくおほしめしいてらる丶に御
まへになかれたるありすかはをみ(見)やらせ給て
　おのれのみなかれやはするありすかはい
　　はもるあるしいまはたえしな〈115〉
とちきりふかく御覧しやられてひかしおもて
の中のはしらによりゐさせ給へるやうたい御
くしのか丶りゐにすこしかきても人にみせま
ほしきをしも大将とのうゐおはしますきたの
かたたいのみなみのとくちよりすみのまのと
くちよりみすをひきあけてみまいらせ給ふ御
しやうしのあきとほりたるよりみ(見)ゐさせ給ふ
はなをいとしのひかたくてさかきをいさ丶か
おりてすこしおよひてまいらせ給ま丶に
　さかきはにか丶るこ丶ろをいかにせんお
　　よはぬえたに思ひたゆれと〈116〉
ときこゐさせ給へとみたにかへらせ給はぬも
いみしう丶つくし　（92オ～93オ）

〔二四四〕
まつりのひの事ともなとはれいのさほうにこ
のゐつかさのつかひは左大臣殿の御まこの少
将そかし権大納言ときこゆるか御こよ人わか

とおほしいつるにこのをまへになかれたるや
り水はありすかはとなん申と人のきこえさせ
けれは
　をのれのみなかれやはせんありす河いま《わか》
　　もるあるしわれとしらすや〈115〉
ちきりふかく御らんしやりてひんかしおもて
の中のはしらによりゐさせ給へる御やうたい
かしらつき御くしのか丶りなとの□にも猶す
こしはかきにせて人にみせまほしき御さまな
るをりしも大将とのうへのおはしますみなみ
のとくちよりまいり給てすみのまのみすひき
あけてみまいらせ給へるにさうしのあけたり
けるよりみとをし給へる猶いとしのひかたく
てさかきをいさ丶かをり給てすこしをよひて
まいらせ給ふ
　さかきはにか丶る心をいかにせんをよは
　　ぬえたと思たゆれと〈116〉
みたにかへらせ給はぬそくちをしきや　（112オ～113ウ）

＊「かへら」の下に「し」を擦り消ちにする。

〔二四四〕
まつりの日のこともれいの事なり近衛つかさ
の使はおほきをと丶の御まこの少将そかし権
大納言の御子よいとわかうつくしきさまに

き御さまにて参り給へるにやがてうちの文つけさせ給へりければみなみのすみのまの戸くちより取いる、袖口思ひやるべしうへ御らんずれは

我身にぞあふひはよそになりにける神のしなしに人はかざせど〈117〉

葵がさねのかみのなべてならぬ色はだへなどさらなる事也けふは御かへりあるべきならねば御つかひもたち給ひぬ出し車ともけふは春夏秋冬の花の色々霜がれの雪のした草までのかずをつくして十二月までいろをつくさせ給へるうはぎもからきぬなどまでその色にしたかひつ、こまもろこしの錦をつくしるりをのべしろかねこかねのおき口をしまきゐらてんをしゐをかきなどすべてまねびつくすべきやうもなかりけり此世の人のきるべきものにもあらずぞしなさせ給へりけるみこしのかよちやうのなりすがた迄世のためしにもまことにかきをかまほしげ也わたらせ給ふほとはそこらひろきおほ路世にもしらずかうばしきに我はと思ひたるあまたのくるま共のしぢおろさせて過たまふはなをいとけたかしみやしろに参りつかせ給ふありさまなとれいの事にて思ひやるべし殿もやがてとまらせたまひぬればいづれのかんたちめ殿上人かはおぼろけの身

くてうつくしきさまにてまいり給へるにやかてうちの御つかひにて御ふみつけさせ給へれはみなみのすみのまのとくちよりめてたきそてくちしてとりいるうへ御らんすれは

わかみこそあふひはよそになりにけれ神のしるしに人はさせとも〈117〉

あふひかさねのなへてならぬそありけるけふは御かへりあるへきならねは御つかひもたちぬいたしくるまけふは春なつあきふゆのいろ〳〵ひとくるまつ、十二月のいろをつくさせ給へりうはきもからきぬもそのいろにしたかひてるりをのへしろかねこかねのおきくちをしゐをかきいろえりなとすへて〳〵まねふへくもあらすこのよの人のきるへくもみへすそしなさせ給へりける御こしのかよ丁のさうそくまてよのためしにもまことにかきおかまほしけなり御こしのわたらせ給へるほとはそこらひろきおほちもくゆりみちてめてたくかうはしきにわれはと思ひたるあまたのくるまのしちをわたさせてすきさせ給へるをいとかたしけなしみやしろにまいりつかせ給へるありさまれいのことにて思ひやるへしとのもやかてとまらせ給ぬれはいつれのかむたちめ殿上人かはおほろけのみの大しならすはかへり給はさるへきわか、むたちめなとはつちのうへ

てまいり給へるにやかて内の御文つけさせ給へれはみなみのとくちにめてたき袖くちしてとりいるうへ御らんすれは

わか身こそあふひはよそになりにけれ神のしるしに人はかさせと〈117〉

あふひかさねのかみやうのいろはなへてならんやはけふはしきの花のいろ〳〵霜かれのゆきのしたくさまてかすをつくしてとしのくれまてのいろをつくりこえうもからきぬなとやかてそのいろ〳〵にてつかひつ、こまもろこしのにしきともをつくしけりをの〳〵しろかねのをきくちまきえらてんをしゐかきなとすへてまねひつくすへきかたもなかりけりみこしのかよ丁也すかたまてよのためしにもかきをかんとせさせ給けりくちもふてもをよはていとくちをしわたらせ給程にそこらひろきおほちゆすりみちてえもいはすかうはしきにわれはと思たる車とものしちおろさせてすきさせ給は猶いとけたかし宮しろにまいりつかせ給ありさまなとれいさほうの事にことをそへさせ給へりとのもやかてと、まらせ給ぬれはいつれの殿上人かんたちめかはかへらんわか、んたちめなとはつちのうゐにかたのやうなるおましはかりにてよもすから女房たちとものかたりしつ、あくるもしらぬさまなるに京に

の大事なからんはかへりたまふべきわかかんだちめなどはつちのうへにかたのやうなるおましばかりにてよもすがら女房たちとも物語しつゝ明るもしらぬさまなるに京にはをともなかりつるほとゝぎすもいがきのわたりには聲なれにけりわかき人々のみゝとゝめぬはいかでかはあらん内にも外にもいひかはす事共あるべしされどひとりふたりが事ならばこそかきもとゞめ、みなながらはうるさければとゞめつ　（下14ウ～16オ）

〔二四五〕

吹わたしたる川風のをとなひも今すこし物心ほそく草の枕はいとゞつゆはかりもまどろまれぬにたゞこゝもとにねたる聲してうちしはぶくなり大将どの御まへちかくさふらひたまひければ

　思ふことなるともなしにほとゝぎす賀茂
　のみつかき尋きにけり〈118〉

とひとりこち給ふを女べたう

　かたらはゞ神もきゝてんほとゝぎす思は
　んかぎり聲なをしみそ〈119〉

あけはなるゝ山ぎはなども外には似すおかしきをわかき人々はおかしう思ふ事かぎりなしよろづはさすがに例なからん事はいかゞとお

にかたのやうなる御ましともはかりにてねうはうたちもよもすからものかたりしつゝあくるもしらぬに京にはまたおとなかりつるほとゝきすもみかきのわたりにはこゑなれにてわかき人々のみゝとゝめぬはいかてかあらんうちにもとにもいひかはすこともあるへしみなはうるさけれはとゝめつ　（93オ～94ウ）

〔二四五〕

ふきわたさるゝかはかせのおとないもいますこしこゝろほそくゝさのまくらはいとゝつゆはかりもまとろまぬにたゝこのもとにねたるこゑしてうちしはふくなり大将御まへちかくさふらひ給けれは

　思ふ事なすともなしにほとゝきすたつね
　にきけりかものやしろに〈118〉

といひすさみ給ふを女へたういとちかくゐて

　かたらはゝ神もきゝてんほとゝきす思は
　んかきりこゑなおしみそ〈119〉

なにとなくおほかたにいゐなしたるあけはなるゝやまにはなともほかにはにすおかしきをわかき人々はならはぬこゝろともにみなあか

はいまたをとせさりつるほとゝきすもみかきのうちにはこゑなれにけりうちもとものみゝとゝめぬはいかてか□□らんいとをかしう哥ともおほかりけれとえかきとゝめすなりにけり　（113ウ～115オ）

〔二四五〕

ふきわたしたる河風のをとあはれにもをかしくもきゝなす人からは露はかりまとろまれぬにほとゝきすをちかへりうちはへなくこゑいとちかきを大将殿おまへちかくさふらひ給て

　思ふことなす《る》ともなき《し》にほとゝきすたつ
　ねきにけりかものやしろに〈118〉

とひとりこち給を女別當

　かたらはゝ神もきくらんほとゝきすおも
　はんかきりこゑなをしみそ〈119〉

あけはなるゝやまきは春ならねとをかしよろつさすかにふるき跡をたつねさせ給へはおはしまし所なとのかりそめにものはかなき御屛風なと許にてあらはなるに風さえよにもにす

そろしさにふるき跡をたつねさせ給へばおは
しまし所のたゞかりそめに物はかなき御べう
風などばかりをおはします御あたりにてあら
はなるに風さへほかにも似ず物さはがしうて
たふれさはぐをおこしあつかふを大将殿はの
ぞき給ひつゝいとあらはなるわざかなおはし
まし所斗は猶れいにもたがへばや斎院こそな
まよろしうおはしまさんはあしかりぬへけれ
とてつくろひありき給へばおとなしき人々か
やうのさだ過たるさまなどにてはさし出に
くゝ侍りけりよろつの人にたゞむかひたるや
うなれば此わかき人々だに何しにくるまおり
つらんとわびまどひけりと聞ゆればそはくる
まにても同し事かくれなかめりされどいと打
つけにわびうらみかゝ《イ》る人々もあんめれば
たゞ心やすくおぼせもりの下草こそからきわ
ざなめれとほゝゑみてみ《(見)》をこせ給へる御まみ
のはづかしげさにはなに事かはまさらんとぞ
み《(見)》えたる
（下16オ～17ウ）

〔二四六〕
例ならずはな〳〵しきところにてはいとゞけ
ざ〳〵とひかるやうにみ《(見)》えさせ給へるにいと

すめつらしくみいたしたりよろつはつねの事
とみへす事かはりてめてたけれとおはします
ところのしつらひなとはさすかにれいならん
とはいかゝはおそろしうおほしてたゝかりそ
めのみひやうふはかりをおはしましところに
たてさせ給へるもほかよりもかせさへあは
たゝしくてしつかならすたふれさはくを中々
さもあやしくもあるへきかなと人々をはしあ
つかふを大将殿かさしのそき給ていとあらは
なるわさかなおはしまし所はかりかくてもあ
らはやなとかくしもしそめられけんさいゐむ
こそなまよろしくおはしまさむはあしかるへ
きわさなりけりとてつくろいありき給へはお
となしき人々さて侍よよろつの人々にさしむ
かひたるやうなれはこのわかき人々はなにし
にたとりつらんとそわひ給ふときこゆれはく
るまにてもかくれなくこそはあれはおなしこ
とにこそされといとうちつけにわひかゝる人
おほかりこゝろし給へとてみをこせ給へるま
みのはつかしさになにとかは申さむとそみえ
たる
（94ウ～96オ）

〔二四六〕
れいならすはれ〳〵しき所にてはいとゝけさ
〳〵しとひるやうにみへさせ給へるにいとち

さはかしくて屏風たうれさはくをおこしあつ
かふを大将とのみ給つゝまことにいとあらは
なるわさかなおはしましところ許はれいにも
たかへはやさい院こそなまよろしくおはしま
さんはあしかりぬへけれかりけれとてよろ
つゝくろひありき給へはおとなし□人々はか
やうのさた□きたる㋚まにてはさしいてに
くゝ侍りけりよろつの人にむかひたるやうに
おほえてこのわかき人々たになにしに車よ
りをりつらんとわひ給ふめるときこゆれはそ
れは車にてもおなしことそかくれなかめりさ
れとこれはいとうとき人やはみきこゆるかく
めつらしけなきめはかりにこそみえ給ふめれ
それはたゝいつくにてもおほしあなつられに
たれはきうしはてゝものもみえすなりにたり
や身つからのこゝろにたれもまかせられ給た
らんやうによへよりうちつけにうらみかゝる
人々おほかるこそまことにもりのしたくさこ
そからきわさなめれとほをえみてみをこせ給
へる御まみのはつかしけさにはなに事をかは
申《(▲□)》さんとそみえたる
（115オ～116ウ）

〔二四六〕
れいならすはれ〳〵しき御しつらひにまき
るゝものなくけさ〳〵とひかるやうにみえさ

ちいさきあふひを御ぐしにつけさせたまへる
いひしらすうつくしう（見）みえさせ給ふにれいの
過しかたうて御き丁なと引つくろひ給ふまゝ
に
（見）みるたびに心まどはすかざしかな名をだ
　に今はかけじとぞおもふ〈120〉
とて御ぞのすそをたゞすこし引うごかし給へ
ればおほしもかけずすこし（見）みかへらせ給ひつ
る御かほのくまなきところにてはいとゞ（千）ちと
せをへてまもる共あく世あるまじうなのめな
るところだになき心そいとかなしかりけるも
の（見）みるとて人々もみなはしつかたなる程なる
べしけちかきもさすがに物おそろしければ立
のき給ふぞいと口おしきやいでやかくぞと（見）み
さだめ奉りし折なと身をあらぬさまになして
きえうせましかばかうのみこゝろづくしにわ
びしからで今はやう〳〵おもひわすれもしな
ましものを猶かくてもありはつまじかりけり
とぞおぼしなりぬる事はてぬればかのありし
御かへり聞ゑさせ給へとぞゝのかし聞えさせ
給へどいみじくくるしければとてやがてふさ
せ給へればおぼつかなからんやはとてうへぞ
聞えさせ給ふ
　よそにやはおもひなるべきもろかづら同
　しかざしはかけもはなれず〈121〉

ゐさきあふひを御くしにつけさせ給へるかす
へりをちたるいひしらすうつくしくみへさせ
給ふもれいのみすくしかたくてみきちやうつ
くろい給ふやうにて
　みるたひにこゝろさはかすかさしかなな
　をたにいまはかけしとそ思ふ〈120〉
との給ふまゝに御そのすそをひきこからかさ
せ給へはおほしもかけすすこし（見）みおこせ給へ
る御かほのくまなきはちとせをへてまもると
もあく〳〵もおほえぬ心ちし給物みるとて
人々もはしつかたにあるほとにてあるへしけ
ちかきもあまりおそろしけれはたちのき給ふ
もあかすわひしきにいてやかうそとみへたて
まつりしにみをあらぬさまになしてきえうせ
なましかはかくのみこゝろつくしにはわひし
からていまはやう〳〵このよのことも思ひわ
すれなまし物をなをかくてえありはつましか
りけりとておほしはてぬれはいとゝくかへり
給ひぬそのひはみなあふちたんのむらこにそ
めわけてそありける御せんのかへりあそひも
はてかたになりぬれはかのありし御かへりき
こゑ給へとそゝのかしきこゑさせ給へといみ
しうくるしけれはとてやかてふさせ給へはお
ほつかなからんやとてうゐそきこゐさせ給ふ
かつらにつけて

せ給にいとちゐさきあふひを御くしにかけさ
せ給をれいのみすくされ給はて御車なとひき
つくろはせ給とて
　みるたひに心まとはすかさし哉名をたに
　□まはかけしと思に〈120〉
とて御そのすそをたゝすこしひきうこかし給
へれはおほしもかけすみかへらせ給へる御か
ほのくまなきところにてはいとゝちとせまほ
るともあく〳〵うもあらすまはゆきまてみえさ
せ給ものみるとて人々のみなはしつかたにあ
る斗程なるへしけちかきもあまりおそろしけ
れはたちのき給もあかすわひしきにいてやか
くそかしとみたてまつりしを身をあらぬさ
まになしてましかはかうのみ心つくしにわひ
しからてやう〳〵今日《いま》はこのよの事もわすれ
なましものを猶かくてはありはつまし斗かめ
りといとゝおほしそたちぬることはてぬれは
返らせ給ぬあふち（▲ら）むらこにやかてそめわけ
つゝそありけるをまへのかへりあそひはてぬ
れはありしうちの御返きこえさせ給へとの給
へといみしう（▲と）くるしとてやかてふさせ給ぬれ
はおほつかなからんやはとて上そきこへさせ
給
　よそにやは思なすへきもろかつらおなし
　かさしはさしもはなれす〈121〉

かつらにつけさせ給へり御らんずるにもなを
くちおしき御心のうちたえず（下17ウ〜18ウ）

〔二四七〕

女御宮すどころあまたさふらひ給へどいづれ
もすぐれて時めき給ふもなしなをふるくより
さふらひ給ひてせんようでんそとりわき給へ
るさまにものし給へどみこのいかにも〳〵お
はしまさねば今迄后にもゐ給はぬなるべし御
年もやう〳〵三十にあまらせたまふに女宮た
ちだにおはしまさぬをあけくれの御なげきに
てさがのゐんの若宮をなどかあづかり聞えざ
りけんさり共大将の我ものに思ひ聞えたるも
うらやましくげに中々の國王よりはめでたき
人のよすがと成給へるげにいとあらまほしけ
れとみづからのありさまもたゞ人にてみる《見》は
いと心くるしうあたらしき心ち《地》するに又同し
さまにてたちそひ給へらんよりはなどの給は
せけるをさがの院にもきかせ給ひて斎ゐんの
御あつかひにとおほしてこそゆづりきこえし
かそのほいたがひにしかば今はげにさらでも
ありぬべかりしかどいづれの御ためにもあり
がたき心のほどをいまはとあらためんもかろ

よそにやは思ひなすへきほろかつらおな
しかさしはかけもはなれす〈121〉
なとあるを御らんするにもなをくちをし御
こゝろはたえす（96オ〜97ウ）

〔二四七〕

ねうこみやすところあまたさふらひ給へとそ
れもすくれてときめき給ふもなしむかしより
さふらひ給ひしせんえうてんそとりわき給へ
る御おほえなめりとみこのいかにも〳〵おは
しまさねはいまゝてさいわいもなり給はぬな
るへし御としもやう〳〵三十よにそなり給ぬ
るを女宮たにおはしまさぬをあけくれの給ひ
なけきにてさかのゐんのわかきみやをなとて
あつかりきこゑさりけんゆくすゑもさりとも
あしくもあらさらまし大将のわか物と思ひき
こゑたるこそうらやましけれけにめてたき人
のよすかとなりたらんは中々こくわうはつか
しけれとみつからのありさまもくちをしく
こゝろくるしくこそみゆめるにみきこゑ給は
んかとの給はするにかのさかのゐんにもつた
へまかせ給てこそはものとしかおほかたい
つれの御ためもかろ〳〵しきやうにてそあり
ぬへかりしいてさはれなにともさるへきにこ
そありさしのみかとに申の給ふへきにてはと

かつらにさゝせ給へり御らんするにもくちを
しき御心のうち猶たへさりけり（116ウ〜117ウ）

〔二四七〕

女御宮す所あまた候給へとすくれてとき○
《（「　」）》給もなし猶このむかしよりさふ
らひ給ひしせんえう殿そとりわきたるさまに
ものし給へとみこのいかにも〳〵おはしまさ
ねは今まてきさいにもたち給はぬなるへし御
としもやう〳〵卅にもあまらせ給ぬるに女宮
たにおはしまさぬをあけくれなけきにてさか
の院のわか宮をなとてあつかりきこえさりけ
ん大将をたのみ給たらんよりはさりともなと
かはあらん中々のこくわうよりはめてたき人
のよすかになり給へるもけにいとめやすき事
なれとをのつからのありさまもたゝ人にてみ
るはいと心くるしうあたらしき心ちなるに又
をなしさまにてそひ給へらんよりはなとの給
はせけるをさかの院きかせ給てさい宮の御あ
つかりにとおほしてこそゆつりきこえしかそ
のほ《本》いたかひにしかは今はけにさらてもあり
ぬへかりしかとおほかたいつれの御ためにも
ありかたき御心の程を今はとあらためんもか

〳〵しきやうにぞありぬべきいでさればなに
事もたゞさるべきにこそあらめましてみかど
にゐ給ふべきにては人のもてなしにより給ふ
べきにもあらずさらでなまみやばらにてうし
ろむる人なからんよりは大将にまかせたらん
にあしうもあらじなどぞの給はせける
（下18ウ～19ウ）

〔二四八〕
男みこのおはしまさぬ事をよの人ども心もと
なき事にいひ思ひてむすめ共もち給へる人な
どは参らせあつめ給ふを大殿はいとうらやま
しう今さらにかゝる人のすくなうおはしける
事となげき給へば大将は前斎ゐんの御事を聞
え出給ひて昔よりさがのゐんの御心ざしあり
がたうおほえ給ひしかどさま〳〵かひなきや
うに御らんぜられてやみ侍りぬるかはりに同
じうはさやうにてもかひなかりける心の程を
み(見)え奉らまほしうなと聞えさせ給ふをげに若
宮の御ありさまなどをみ(見)奉り給ふにもありが
たき御こゝろばへぞかしとかゝる御おとな心
をうつくしう思ひ聞え給へば我もいとつれ
〳〵なるに斎院のさておはしましゝと思ひな
してあつかひきこえんとの給ひてさがのゐん
にもかやうになん大将のすゝめ侍るなど聞え

りなすへきにもあらすなまみやはらはうしろ
むる人なからんちやうにてはなか〳〵大将に
まかせたらんにはあしくもあらしとそおほし
の給はせける
（97ウ～98ウ）

〔二四八〕
おとこみこのいまゝておはしまさぬことをよ
の人もこゝろもとなきやうに思ひゐつゝむ
すめもち給へるかむためなとはさりとも〳〵
とまいらせあえり給ふを大将はうらやましく
いまさらにかゝる人の○《すく》なかりける
ことをくちをしからせ給ふを大将のせんさい
ゐんの御ことをきこゑいて給てむかしよりさ
かのゐんの御こゝろさしありかたく思給へり
しかさま〳〵にかいなきやうに御らんせられ
てやみ侍ぬるかはかりにおなしくはさやうに
てもかいなからさりけるこゝろのほとを御ら
んせられまほしうなときこゑ給ふをけにわか
みやの御ありさまなとをみたてまつり給ふに
ありかたき御こゝろをおほしゝるにこそはと
かゝる御○《おとな》こゝろをうつくしうみ
たてまつり給へはいかにもこの御こゝろにお

ろ〳〵しきやうにそなりぬへきいてさはなに
事もたゝさるへきにこそあらめみかとにゐ給
へきにては人のもてなしにより給へきならす
さらてなま宮はらにてうしろみ人なからんよ
りはおほとのにまかせたらんにあしくもあら
しなとそおほしける
（117ウ～119オ）

〔二四八〕
おとこみこのおはしまさぬ事を世人心もとな
きやうに思てむすめもち給へる人々まいらせ
あつめ給を大殿はいとうらやましういまさら
にかゝる人のいとすくなうおはしま卅しける
事をなけかせ給卄けれは大将との前さい宮の
御事をきこえいて給て昔よりさかの院の御心
さしありかたくおほえさせ給しかとさま〳〵
かひなきやうに御らんせられてやみぬるかは
りにはおなしくはさやうにてもかひなからさ
りける御心の程をみえたてまつらまほしくな
ときこえさせ給へはけにわか宮の御ありさま
なとをみたてまつり給にもありかたき御心さ
しそかしかゝる御をとな心をうつくしう思き
こえ給へはいかにも心にこそわれもいとつれ
〳〵なるにさい院の御かはりにあつかひきこ
えさせんとの給てさかの院にかやうになん大

させ給ふをいかでかをろかにおぼしよろこばん御うしろみ（見）なくてはさやうの御まじらひあるべきならねばよろづ心ぐるしくみ（見）をききこえさせ給へるをかうまで思ひより給はん大将の御心ぞ行ゑまでいとたのもしくおぼしめさるゝこゝろゆかさりつる御うしろみ（見）共もかゝる心にてけざやかにて過し給ふにこそ入道の宮思はずにならせ給ひしによりつきよろこびがほに同し枝のゆかりに木づたひてはみ（見）え奉らじと心ぶかうおぼすにこそありけれとこゝろゆきたる人おほかりみづからの御こゝろにこそ年比つみふかきさまなりつるをいかでとおぼしつるほ（本）いふかけれどよき人の御身は中々よろづまかせかたかりければ心より外にて参りたまひぬ御つぼねはやがて昔のこうき殿也みかどもかねては大将の思ひはなち給へる親こゝろもいかなるにかと人わろくおぼしめされしかとさはいへどなべてならず心にくき御ありさまなどはことにすぐれ給へればいとやんことなくあらまほしき御おぼえなりさがのゐんにもたゞ大殿にまかせ聞え給へれば誠の御むすめのやうにあつかひ聞え給へり

（下19ウ～21オ）

ほしよらんことをたかふへきやうもなきにわれもいとつれ〴〵なるをせんさいゐんのさておはせしと思ひてあつかひきこゑんとの給てさかのゐんにもかやうになん大将のすゝめ給へれはときこゑ給ふをいかてかおろかにおほしめされん御うしろみなくてはさやうの御ましらひはあるへきならねはよろつこゝろくるしくみをききこゑさせ給へるをかくまておほしよらん大将の御こゝろをそゆくすゑまてたのもしくおほしめさるゝこゝろゆかさりつる御うしろみともゝかゝる御すくせ（世）にてけさやかにすくし給ににうたうのみやのおもはすにならせ給にしにとりつゝきよろこひかほにおなしころいとゆかりにこつたひてみゑたてまつらしとこゝろふかくおほすにそありけるなとこゝろゆきたる人（▲ふ）おほかりみつからの御こゝろにもこそとしのつみふかきかたにさたまり給てこみやにもわかれ給ひしをやかてさまかへてんとおほしゝに二のみやのおはするにやかてたひてしかはうちつゝきやらさらんもいかゝとおほされしをさすかにすか〴〵と御こゝろひとつにてまかせたき御ことなれは御こゝろよりほかにまいり給ぬ御つほねはやかてむかしのこうきてんなりみかともかねては大将の思ひはなち給へるおやこゝろもいか

将ものし侍ときこえさせ給へれはいかてかおろかにおほされん心ゆかさりつる御うしろみともゝかゝる御心にてけさやきすくし給にこそ入道宮の思はすにならせ給にしにとりつきよろこひかほにおなしえたのゆかりにつたひてみえたてまつらしと心ふかくおほすにこそありけれと心ゆきたる人々おほかり身つからの御心にそとしころつみふかき御ありさまなりつるにこ宮にわかれたてまつり給にしよりやかてさまかえんとおほしゝも二宮思はすにやつし給て（▲□）しかはうちつゝかんもいかゝとおほされしをそのゝちもさすかにすか〴〵と御心ひとつにはまかせかたかりつれはいまさらにとおほしなけきてよき人の御身はよろつ中々まかせかたけれは心よりほかにてまい（▲つ）り給ぬ御つほねむかしのこうきてんなり内もかねては大将の思はなち給へるをや心もいかなるにか人わろうおほしめされつれとさはいへとなへてならすけたかく心にくき御ありさまなとこと人にすくれ給へれはいとやんことなくあらまほしき御おほえなりさかの院もたゝ大殿にまかせきこえ給へれはまことの御むすめのやうに（▲と）あつかひきこえ給へり

（119オ～120ウ）

〔二四九〕
大将どのなどにもみづからひとりこそこよなうけどをき御もてなしなれ女房などはえはぢ聞えずひとつなるやうにてかのやすらひにこそとくやしがり給ひしまきの戸もつゝましからす出入給ふもあはれにおぼし出らるゝに御まへのしつらひも夢路にまどひ給ひしおまし所もかはらで御き丁斗へだてゝゐ給へる御ぞのすそなどのほの〱み《見》えたるもあやしうなべてならずけたかうなまめかしき心ち《地》ぞし給へるをみ《見》るにも思ひいでらるゝ事おほくてこのおまし所をみ《見》侍るにこそ誠に夢の心ち《地》し侍るましておぼし出る事も侍らんかしとて

あかざりし跡やかよふといそのかみふる
野のみちをたつねてぞみる《見》〈122〉

人聞つくへうもあらずまぎらはし給ひてあはれと思ひ給へるけしきなをいかなりし事ぞや

なるにかとなま人わろくおほしめされしかともさはいへとなへてならすけたかくこゝろにくき御ありさまなとはかたちやことに物し給へはいとやむことなくあらまほしきをほえなりさかのゐんもたゝおほとのになにこともまかせきこゑ給へれはまことの御むすめのやうにあつかひきこゑ給へり　（98ウ～100ウ）

〔二四九〕
大将とのなともみつからひとゝころこそこゝろをおき給ありさまなれはねうはうなとははちきこゑさせ給はすかのやすらひにとくるしかり給ひしまきのともつゝましからすいていり給ひしもあはれにおほしいてらるゝに御まへのしつらひもゆめちまとはしたてまつり給ひし御ましところもかはらておろされたるもやのみすにかへしろ御きちやうなとはかりなとひきよせてねさせ給へり御そのすそなとのほの〱みへたるあやしくなへてならすけたかくなまめかしきこゝちし給へるこのおましところみへつるこそまことにゆめのよの心ちし侍れましておほしめいつることおほく侍らんかしとて

あかさりしことやかよふといそのかみふ
るのゝみちをたつねてそみる〈122〉

〔二四九〕
大将とのも身つからひとゝころこそこよなうけとをうもてなさせ給へれ女房なとはえはちきこえすひとつなるやうにてかのやすらひ○《に》とくやしかり給しまきのともつゝましからすいてい給事にあはれにおほえて御しつらひもゆめちにまとひ給しをまし所かはらてき丁はかりたて給へる御そのすそなとのほの〱みえたるもあやしうなへてならすけたかくなまめかしき心ちし給けるとみるたひことに思いつる事のみおほくてこのおはしまし所み侍こそまことにゆめの心ちし侍れましておほしいつる事おほく侍らんかし

あかさりし跡やかよふといその神ふる
のゝみちをたつねてそみる〈122〉

人きくへうもあらすまきらはしていとあはれと思給へるけしき猶いかなりしそとおほさる

とおぼさるれど
　いそのかみふるのゝ道をたづねてもみ（見）し
　にもあらぬあとそかなしき〈123〉
とて打なき給ふにやと聞ゆる御けはひほのかなれどたゞ入道の宮とおほえ給へり一品宮の御同じ程ときゝしかど是はこよなくわかうたをやかにもやとをしはかられたまふにもくやしき事おほかれど今はかひなきものからすこしもおぼしへだてられじと思ひ給へはまめやかにねんごろなる御心はへをのみぞみ（見）え奉りたまへばありがたうあはれなる物にぞ思ひ聞え給ひける　（下21オ〜22オ）

〔二五〇〕
程なくたゞならぬさまになやみ給ふをもしさにやと人々もみ（見）奉れどあまりうれしき事はいひたにこそいでられざりけれ殿にも申す人もなきにうへの御まへぞつねにさにやとあないしたづねさせ給ふを御うしろみなどけざやかにえ申やらずさのみもいかゞとて殿にかくなんと聞えさすればおどろき給ひて三つきもやゝ過にければそうせさせ給ふうへの御心ち（地）うれし共をろか也のちのおとこ女にておはし

と人きゝしるへくもあらすいひまきらはしていとあはれとおほしたるけしきをなをいかなることそとおほさるれは
　いそのかみふるのゝみちをたつねてもみ
　しにもあらぬあとそかなしき〈123〉
とうちなき給ふにやときこゆる御けはいのほのかなれとたゝにうたうのみやとおほえ給へり一品のみやの御をなしほとゝきけとこれはこよなくたをやかなるやとおしはかられ給ふ御ありさまなとのくやしさもおろかならねといまはかいなき物からすこしもやすめ給けしきなくさめやかにねんころなる御こゝろはへなとおろかならす御らんししられける　（100ウ〜101ウ）

〔二五〇〕
ほとなくいつしかとたゝならぬさまの御こゝちなやみ給ふをさふらふ人々もさるにやと思ひよれとあまりうれしきことはいひたにいてられてとのなとにもさにやときこゆる人もなきうゑの御まへそいかなる御心そいとをしかりけるよそへてつねにたつねさせ給ふにもさはやかにえいらへ申さてさのみいかゝとてと（▲か）のにかくなんときこゑさすれはおとろき給ひて三月もやゝすきぬれはそうせさせ給ふをき

れ（▲は）と
　いその神ふるのゝみちをたつねてもみし
　にもあらぬ跡そかなしき〈123〉
とてうちなき給にやときこゆる御けわひほのかなれと入道の宮におほえ給へり一品の宮おなしほとにやときゝしをこれはこよなうふかくたをやかにさすかあひきやうつき給へるをとくやしきこと例のつきせすわか身のすくせ（世）のみあさましうおほさる今はかいなきものからすこしもおほしへたてられしと思給へれはまめやかなる御心はへをのみみえたてまつり給へはありかたくあはれなることにそ思たのみきこえ給へる　（120ウ〜122オ）

〔二五〇〕
程なくたゝならぬ御けしきにみゆれはあまりにうれしき事にはいひたにそいてゝれ《ら》さりけるとのに申人なけれと上の御せんそさにやなとたつねさせ給に御うしろみなとさやうにもそうしやらすさのみやはとてとのにそかくなときこえさすれはおとろき給て三月もやゝすきけれはそうせさせ給をきかせ給御けしきうれしなともよのつねなりおとこみやの御さためのちにやいかゝおほしめされけんたゝいま

まさんはしらずいかにも〳〵まだ御らんじしらぬ事なればめづらしうおぼしめす事かきりなしおと丶大将なとかひ〳〵しき御ありさまをうれしくおぼしけり
（下22オ〜ウ）

〔二五一〕

大かたの世にも今よりさまことにいひ思ひ聞えたるにつけても大将はわか宮のたゞ人にてまじらひ給はんをこゝろぐるしうぞ人しれずおぼしける入道の宮をゐんのとりわき思ひかしづき聞えさせ給ひしものをかやうのまじらひにもさはいふともいますこしかひ〳〵しき御おぼえなどはおはしなましものをとおぼすにも猶我ながらつみさりどころなき心（地）ちするに我はつれなうよのつねのありさまにさへさだまりゐてきゝ奉るはいかでなをくちおしうあるまじき心ちするを猶いかでいみじうむねいたきこゝろのうちをすこし聞えしらせて思ふ（本）ほいとげてやみなんとおもひつゞくるに又なをしのぶもちずりはかこちきこえさせつべくおもひいてられ給ふもわりなしや
（下22ウ〜23オ）

かせ給うゑの御心ちうれしともおろかなりおとこ女のさためなとはのちはいかゝおほされんいかにも〳〵いまた御覧しゝらぬ事なれはめつらしくおほしめす事かきりなしおと丶大将なとはいか〳〵しき御ありさまをうれしくおほしけり
（101ウ〜102オ）

〔二五一〕

おほかたのよにもいまよりさまことにいひ思ひきこゑたるにうたうのみやをゐんのとりわき思ひかしつきゝこゑさせ給へりしものをかやうの御ましらひにもさはいふともいますこしかい〳〵しき御おほえなとはおはしなまし物をなとおほすにもなをわれなからもつみふかき心ちするにわれはつれなうよのつねのありさまにさへさたまりいてきこゑたてまつるはいてなをくちをしくあさましき心ちするをなをいかてむせひたきこゝろのうちをすこしきこゑしらせて思ふ（本）ほいとけてやみなんなとは思ひつゝくれは又なをしのふもちすりはかこちきこへさせつへうつよく思ひいてられさせ給ふわりなしや
（102オ〜103オ）

いかにも御らんせられぬ事なれはおほしめしよろこふことかきりなしおと丶大将とのもかひ〳〵しき御ありさまをうれしとおほしけり
（122オ〜ウ）

〔二五一〕

おほかたのよにもいまよりさまことに思きこえたるにつけても大将とのはわか宮のたゝ人にてましらひ給へらんを心くるしさはゆくすゑまておほしやられてものあはれ也まいてをとは（こ）宮はにものし給はゝいかに思さまにめてたからむかゝりける御さいはいなれはこそかひ〳〵しき御心はわれなからあるにこそありけれとあはれ猶入道の宮は院のとりわきて思かしつききこえさせ給へりしものをいたつらになしきこえたるかやうの御ましらひにもさいふともいますこしかひ〳〵しきおほんおほえなとはおはしなましとおほすにも猶われなからつみおもき心ちのみしてつれなくかきりなきありさまと思かほにてきこえたてまつるは猶くちをしうあさましき心ちするを猶いかてたゝ一たひ心のうちをはるくはかり身つからきこえあきらめてほ（本）いとけてんとおほす事

〔二五二〕

あくがる丶わがたましゐもかへりなんお
もふあたりにむすびとゞめば《よイ》〈124〉
なと手ならひにかきすさひてそひふし給へる
に宮の中将参りたまへるにしをん色の御ぞの
なよゝかなるに草のかうのをり物のさしぬき
ばかりをき給ひて物あはれとおぼしたるけし
きにて詠ふしたまへるさまのいふかたなうめ
でたうみ《(見)》え給ふにも人しれず思ひあつかは
る丶人の御事まづ思ひ出られてこの人の御あ
たりのちりともなさまほしう此御手ならひを
み《(見)》るまゝに

玉しゐのかよふあたりにあらず共むすび
やせまししたがへのつま〈125〉

とかきつけたれば人のまねびし事を筆のすさ
ひにとまぎらはし給ひて何やかやと世の物か
たりをしたまふついでにもあやなながかるま
じき心ち《(地)》のみするを心より外にしらずがほに
て過すさまなどげにもの心ぼそげにおぼした
るけしきなどのすゞろになつかしういみじう

〔二五二〕

あくかる丶わかたましゐもかへりなん思
ふあたりにむすひと丶めは〈124〉
なとてならひにかきすさみてそひふし給へる
にみやの中将まいり給へるにしおんいろの御
そとものなへやかなるにくさのかうのおりも
の丶さしぬきはかりをき給て物あはれとおほ
したるけしきにてなかめふし給へるさまのい
ふかたなうみ《(見)》ゑ給ふも人しれす思ひあつかは
る丶人の御事まつ思いてられてこのほとの御
あたりのちりともなさまはしうこの御てなら
ひをみるま丶に

たましゐのかよふあたりにあらすともむ
すひやせまし丶たひほのつま〈125〉

とかきつけたれは人のまねひしことをふての
すさみにとまきらはし給てなにやかやとよの
ものかたりをし給ふついてにもあやしうなか
うましき心ちのみするをこ丶ろよりほかにし
らすかほにてすこすさまなとけにこ丶ろほそ
けにおほいたるけしきなとす丶ろになつかし

よりほかになきをなけきのもとをかれはてな
ん事もの心ほそきにも又猶しのふもちすりは
かこちきこえぬへう思いてられさせ給もわり
なしや
〈122ウ～123オ〉

〔二五二〕

あくかる丶わかたましゐもかへりなん思
あたりにむすひと丶めは〈124〉
なとてならひすさむ《み》てそひふし給へるに宮の
中将まいり給てしをんいろの御そとものなよ
よかなるに草のかうのをりもの丶さしぬきは
かりをき給てものあはれとおほしたるけしき
にてなかめふし給へるさまのいふかたなくめ
てたくみえ給に人しれす思ひあつかはる丶人
の御事まつ思いてられてこの御あたりのちり
ともならまほしくこの御てならひをみるま丶
に

たましゐのかよふあたりにあらすともむ
すひやせまししたかえのつま〈125〉

とかきつけたれは人かたりしことをふてのす
さみにとまきらはし給てなにやかやとよのも
のかたりし給へる○《つ》てにあやしうな
か丶るましき心ちのみするを心よりほかにて
すこすさまなとけに心ほそけにおほしたるさ
まなとのす丶ろに心くるしうおほえ給へはを

のみおほえ給へばをばすてならぬ月の光はありがたうこそ侍れおぼしめしだにへだてずはなぐさめ参らせてんかしいふとも人になといふさまもなべての人よりはおかしきにかの身によそへられたりけんいもうとのひめぎみもいかやうにやと思ひやられ給ひてゆかしき御心たえずいみじう事ありがほに[も]いひなし給へるかなこの心得給へるかたさまにはあらで(見)み給ふやうにことにふれて世のいとはしきくせのつきけるがわれながらもあはれなるぞやげにほだしなとのあながちなるなどがあらばすこしもや思ひなくさまれまし身にそふかげより外にことゝふ人のなければにやと心みまほしうも侍れどいさやながゝらざらんものゆへ中々ならんほだしなとのあらんこそいとをしかるべけれあまりこと〳〵しうわづらはしき事などはなくてうちたのみこゝろぐるしけならん人などをみばまことにすこしは命もおしかりぬべきわざぞかしなとの給ふ気色もすこし心うる事あれどいでやめでたきにつけてもおぼしかずまへられではいかなるもの思ひのたねとかはならんとおもへばくちおしかりけり

（下23オ～25オ）

ういみしくのみおほえ給へはおはすてならぬ月のひかりはありかたくこそはあれともおほしめしたにへたてす侍らはなくさめまいらせてむかしといふとも人になといふさまもなへての人よりはおかしきにかのみにそへられ給けんいもうとのひめきみもかやうにやと思ひやられ給ていみしう事ありかほにもいひなし給へるかなこのこゝろえ給ふかたさまにはあらてみ給ふやうにことにふれてよのいとはしきくせのつきにけるかわれなからもあはれなるぞやけにそもほたしなとのあなかちなるなとかあらはすこしもや思ひなくさまれましみにそふかけよりほかにことゝふ人のなけれはにやとこゝろみまほしうも侍へれといさやなからさらんものゆへなか〳〵ならんほたしなとのあらんこそいとをしかるへけれあたりこと〳〵しくわつらはしきかことはなうてうちたのみくるしけなる人なとみはまことにすこしはいのちもおしかりぬへきわさそかしとの給ふけしきもすこしこゝろくるしとあれといてやめてたきにつけてもおほしかすまへられてはいかなる物思ひのたねとかはならんと思へはくちをしかりけり

（103オ～104ウ）

はすてならぬ月の光はありかたけなる御心にこそはんへるめれとへたてなくたにうけ給はりなはしもたけの中もたつね侍なましいふとも人になとうらむるさまも人よりはをかしきをかみのよそへられ給けんいもとのひめきみかやうにやと思やられていみしうことありかほにいひなし給かなこの御心え給さまにはあらてみ給やうにことにふれてよのいとはしきくせのつきたるか我なからもあはれなるそやけにそもほたしなともあなかちならましかはすこしもとゝこほられまし身にそふかけよりほかにことゝふ人もなきをその竹の中も御心にはまかせ給つらんものを昔より人よりはこよなうたのみきこえたるかひなくのみいひなし給こそまめやかに心うけれとうらみ給もけしきも心えたれ(▲は)といてやめてたきにつけてもおほしかそまえられてはいかなるもの思のたねとかならんと思へはくちをしかりけり

（123ウ～125オ）

〔二五三〕

中将の扇に秋の野をかきて風いたうふかせたるにもとあらの小はぎの露おもげなるをしがらみふするさをしかのけしきもおかしうかきなしたるをみ《（見）》給ひて聲のあき風は月のみつことしきりなりとかきたまへるはさまことにちいさくて

　我かたになびけよあきのはなずゝきこゝろをよするかぜはなくとも〈126〉

　心にはしめゆひをきしはきの枝をしからみふするしかやなくらん〈127〉

いつしかいもがと書すさひ給ひてさま〱の御ざへといへどめもをよばぬにこれはすこしものみ《（見）》しらん女などのめとゞめぬはあらじかしとみ《（見）》えたり

　まねくともなびくなよ夢しのずゝきあきかせふかぬのへもみ《（見）》えぬに〈128〉

をしなへてしめゆひわたす秋のゝにこには
ぎの露もかけじとぞおもふ〈129〉

なと書てみ《（見）》せ奉ればあぢきなきさかしらかなとわらひ給ひて色どる風はとくちずさひ給へるあいぎやうなを〱此御あたりのちりともならまほしけなりまめやかにはむかしより頼み聞えたるをみ《（見）》もしり給はぬこそこゝろうけれ竹のなかもたづねて世にしばしかけとゞめ

〔二五三〕

中将のあふきにあきのゝをかきてかせいたくふかせたるにもとあらのこはきのつゆおもたけなるをしからみふするさをしかのけしきもおかしくかきないたるをみ給ひてこゑのあきかせは月のみことしきなしとかき給へるはさまにちゐさくて

　わかゝたになひけよあきの花すゝきこゝろをよするかせはなくとも〈126〉

　こゝろにはしめゆいおきしはきのはをしからみふするしかやなからん〈127〉

いつしかいもかとかきすさみ給へるさま〱の御さへといへとんめもおよはぬにこれはすこし物みしらん女なとのめとゝめぬはあらしとみへたり

　まねくともなひくなよゆめしのすゝきあきかせふかぬのへはみへぬに〈128〉

おしなへてしめゆいわたすあきのゝにこ
はきはつゆもかけしとそ思ふ〈129〉

なとかきてみせたてまつれはあちきなきさかしらかなとわらひ給ひていろとるかせはとうちすさみ給へるあいきやう中々このあたりのちりともならまほしけなりまめやかにはむかしよりたのみきこえたるをみもしり給はぬこそこゝろうけれたけの中にもたつねてよにし

〔二五三〕

中将あふきに秋のゝをかきてかせいたうふきたるにもとあらのはきに露をもけなるしからみかくるさをしかのけしきをかしくかきないたるをみ給てこゑの秋のかせは月みつことしきりなりとかき給へるはさまにちゐさくて

　我かたになひけよ秋の野ゝおはなこゝろをよするかせはなくとも〈126〉

　こゝろにはしめゆひをきしはきのえをしからみかくるしかやなく《か》らん〈127〉

いつしかいもにとかきすさみ給へるさま〱の御さへともめもをよはぬにこれすこしものおほえん女なとのめとゝめぬはあらしかしとみえたり

　まねくともなひくなよ夢しのすゝき秋風ふかぬ野へもみえぬに〈128〉

をしなへてしめゆいわたす秋のゝにこには
きか露をかけしとそ思ふ〈129〉

なとかきてみせたてまつれはあちきなきさかしらかなとわらひ給ていろとる風はとうちすさみ給へるあい行猶々このあたりにあらまほしけなりまめやかには昔よりたのみきこえたるをみしり給はぬさまなるこそ心うけれ竹中にもたつねてよにしはしかけとゝめさせんとおほしたらぬよとうらみ給へはいてそのおき

させんなどもおぼさぬなめりかしとうらみ給へばいでそのおきなもこのさだめにてはいとむとくにこそは侍らめなどいふほどにさるべき人々あまた参り給へれば物むつかしきまぎらはしにとてふみつくりなどして夜もすがらあそびあかし給ひけり　（下25オ～26オ）

〔二五四〕

二三日斗ありてかの中将のもとにうちつけなるさまにおぼすべけれとかの聞えしたけとりのおきなをかたらひ給ひてんや野べの小はぎも扨いかゞたのみ聞えてなん是もさかしらまぜ給はでとて中にあるには

　ひとかたにおもひみたるゝしのずゝき風
　のたよりにほのめかしきや〈130〉

とある返事はなくてたけとりにはほのめかし侍しかどいとありがたげにこそ中なるには思ひおとされさせたまへるにやあふぎもちらし侍しかど

　吹まよふ風のけしきもしらぬかなはぎの
　したなるかけのこ草は〈131〉

くちおしけなるさまにこそこれもひとつかたにつゝみ侍りてとあるをげにすこしいはけなきほどにやとおぼしやる　（下26オ～ウ）

はしかきとゝめさせんなともおほさぬなめりかしとうらみ給へはいてそのおきなもこのちやうにてはいとむとくにこそは候はめなといふほとにさるへき人々あまたまいり給へれは物むつかしきまきらはしくとてふみつくりなとしてよもすからあそひあかし給ける　（104ウ～106オ）

〔二五四〕

二三日はかりありてかの中将のもとにうちつけなるさまにおほすへけれとかのきこゑしたけとりのおきなをかたらひ給てんやのへもこはきもさていかゝたのみきこゑてなむこれもさかしらせさせ給はてなかにあるは

　ひとかたに思ひみたるゝのゝよしをかせ
　のたよりにほのめかしきや〈130〉

とあるかへりことはなくてたけとりにはほのめかし侍りしかといとありかたけにそなかたゝには思ひおとされ給ふにやあふきもちらし侍りしかと

　ふきまよふかせのけしきもしらぬかなお
　きのしたなるかけのこくさは〈131〉

くちをしけなるさまにそこれもひとつにかきてみへ侍てとあるをけにすこしいはけなきほとにやとおほしやらる　（106オ～ウ）

なもこの定にてはいとむとくにこそ侍めなといふ程にさるへき人々あまたまいり給へはものむつかしきまき○《ら》はしにて夜もすからあそひあかし給へり　（125オ～126オ）

〔二五四〕

二三日ありてこの中将のもとにうちつけなるやうにおほすへけれとかのきこえし竹とりのおきな猶かたらひ給てんやのへのこはきもさていかにたのみきこえてなんこれさかしらませ給へとてなかにあり

　ひとかたに思みたるゝ野のよしをかせの
　たよりにほのめかしきや〈130〉

とある御返事にやかて竹とりにほのめかし侍しかといとありかたけにこそなかたゝには思おとされさせ給へるにやあふきもちらし侍しかは

　ふきまよふ風のけしきもしらぬかなおふ
　のしたなるかけのこくさは〈131〉

と思たるけしきもくちをしうみ侍しこれもひとつかたにつみ侍にやとそみ給るなとあるをねさすときゝし程ちかくはなに心なき程にや

〔二五五〕

九月にはさがのゐんの入道宮のつくらせたまへる法花のまんだらくやうせさせ給ひてやがてはかうおこなはせ給ふその程は殿も日々に参らせ給へばましてさらぬかんだちめ殿上人などまいらぬなし朝夕にかはるかうじ共のえりすぐらせ給へるをの〳〵年比こゝろをつくしける窓のがくもんの程み（見）ゆべきたびなれば心をつくしたるしるしありてたうとくめでたきに問答共のおとらじとあらそふ口ごはさどもゝおもしろくきゝ所ある事かぎりなしよひあかつきのせんぼうなとにも聲すぐれたるをえらせ給へればあはれにたうとし西方念仏のおりははちすの花の色々ちりまがひたるに名香のくゆりあひたるはごくらくもかくやとをしはからるみやいとゞまぼろしの世をそむきすてさせたまへるのみうれしくおぼしめされて御心のうち涼しう一心におこなはせ給ふに大将日々に参り給ひて人よりげにぬらしそへ給ひつゝ忍ひあへ給はぬ袖のけしきぞすみがたうおぼしわびけるわか宮も此ころは渡し聞えさせたまへれば内外まぎれありかせ給ふは

〔二五五〕

九月にはさかのゐんのにうたうのみやのつくらせ給へるほとけまんたらくやうせさせ給てやかて八かうおこなはせ給ふそのほとはとのもひゝにまいらせ給へはまいてさらぬかむたちめなとまいらぬなしあさゆふにかはるたうしとものえりすくらせ給へるおの〳〵としころをつくしけるまことのかくもんのほとみゆへきたひなれはこゝろをつくしたるしるしありてたうとくめてたきにもんさとものおとらしまけしとあらそひてちこわさともゝおもしろきところある事かきりなしよいあかつきのせほうなとにもこゑすくれたるをえらはせ給へれはあはれにたうとし十方くのおりははちすのはなのいろ〳〵ちりまかひたるにせうかうのくゆりあいたるはこくらくもかくやとおしはからひみやいとゝまほろしのよをそむかてすくさせ給へるのみうれしくおほしめされて御こゝろのうちすゝしう一心におこなはせ給ふに大将ひゝにまいり給て人よりけにぬらしそめ給つゝしのひあへ給はすそてのけしきにそすみかたくおほしわひけるわかみやもこ

あらんとゆかしうおほしやらるゝもあやしきひしり心ちなりかし　（126オ～127オ）

〔二五五〕

九月にはさかの院に入道の宮のつくらせ給へる法花のまんたらくやうせさせ給てやかて八かうをこなはせ給その程はとのもひゝにまいせ給へはまいてさらぬ人かんたちめ殿上人まいりつゝあさゆふにゐかはるかうしとものえりすくらせ給へるをの〳〵としころ心をつくしけるまとのうちのかくもんの本みゆへきたひなれは心つくしたるしるしありてたうとくめてたきにもおもしろき所おほかりよひあか月のせんほうなとにもこゑすくれたるをえらせ給へれはあはれにたうとし十方くのをりははちすの花いろ〳〵ちりまかひたるに名かうのかほりあひたるは極楽もかくこそはとをしはからる宮いとゝまほろしのよをそむきすてさせ給へるうれしくおほしめされて御心のうちすゝしく心をそえをこなはせ給に大将の日々にまいり給て人よりはけにぬらしそえ給つゝしのひあえ給（▲ぬ）はぬ袖のけしきにそすみかたうくるしうおほしめされけるわか宮このころはわたしきこえ給たれはうちまきれありかせ給もいとゝしき心のもよをし也この程のあ

げにいと、しき心のもよほしなり此程のありさまおかしきもたうときもこまかならは夢のしるべのまねしたるになりぬべければみなもらしつ

（下26ウ～27ウ）

〔二五六〕

はての日は十三日なれは月のひかりさへくまなくて兜率天までいとやすくすみのほり給ひぬべかめりさがの、はなやう〳〵にさかり過てをみなへし色かはりお花の袖もしろみわたりつ、心ぼそげにうちまねきたるに露はおもげにきら〳〵とをきわたりたるはによいほうしゆかとみえ（見）わたされたるにむしの聲々さま〳〵にてせんぼう阿弥陁經に打そへたるはかれうひんがの聲にもおとらずたうとくあはれに聞ゆことはてて僧共も人々もみなまかり出てのこりなく人めかれぬる心ち（地）するに大将はえまかでたまはす川霧さへふもとをこめてみちさまたげにたちわたりたるにゐせきにもりわづらふ水のをとなひもいとゞむせかへり物のみかなしければやがて川のうへにつくりかけたるつり殿につく〴〵とながめいりたまひて

のころはわたしきこゐさせ給へれはうちとまきれあるかせ給はけにいと、しきこ、ろのもよをしなりこのほとはありさまおかしきもたうときもこまかならはゆめのしるへのまねしたるになりぬへけれはみなもらし

（106ウ～107ウ）

〔二五六〕

はてのひは十三日なれは月のひかりさへくまなくてとそてんしやうまてはいとやすくすみのほり給ぬへかめりさかの、はなやう〳〵さかりすきておみなへしいろかはりおはなのそてもしらみわたりつ、こ、ろほそけにうちなひきたるにつゆはおもけにきら〳〵とおきわたりたるにねういほうすかとみえわたされたるにむしのこゑ〳〵さま〳〵にてせんほうあみたきやうにうちそへたるかれうひんのこゑ〳〵にもおとらぬたうとくあはれにきこゆことはて、そうとも、人もみなまかりいて、なこりなく人めかれぬる心ちするに大将はえまかりいて給はすかはきりさへふもとをこめてみちさまたけにみちわたりたるにゐせきにもりわつらふ水のおとないもいと、むせかへりもの、みかなしけれはやかてかはのうへにつくりかけたるつりとのにつく〳〵となかめい

りさまをかしきもたうときもゆめのしるへのまねしたるになりぬへけれはもらしつ

（127オ～128オ）

〔二五六〕

はての日十三日なれは月の光さえくまなくてとそ天までもやすくのほりぬへかめりさかの、花やう〳〵すきて女《を》みなへしいろかはりおはなの袖もしらみわたりつ（▲て）、心ほそけにうちなひきたるに露はをもけにきら〳〵とをきわたしたるは女いほうすといふたまかとみゆむしのこゑ〳〵さま〳〵なきあひたるもせんほうあみたきやうにうちそひ廿くしやくあうむかれうひんかのこゑにおとらすやとたうとくあはれにきこゆ事はて、僧とも人々もみなまかりいて、なこりなう人めかれぬる心ちするに大将はえまかて給はすかはきりさえふもとをこめてみちさまたけにたちわたりゐせきにもりわつらふ水のをとなひいと、むせ返つ、物のみかなしけれはやかてかはかみにつくりかけられたるつり殿に一人つく〳〵となかめ給て

大ゐ河ゐせきはさこそ年へぬれわすれず
ながらかはりける世に〈132〉
なとひとりこち給ひて我所有福業今世若過世
及見佛功徳盡廻向佛道と打あげてよみたまへ
る日ころ聞給へるさま〳〵のたうとさにも似
ず身にしむ心《（地）》ちぞしける　（下27ウ〜28ウ）

〔二五七〕
此御こゑをききて若宮のいでんとさはぎ給へ
ば宰相のめのといだき奉りてそなたのわたど
のに参りたり今は御とのごもりねと聞ゆれど
御聲をきかせ給ひてくらう侍るにもさはらせ
たまはさめりといへばたちよりてこよひはま
かて侍るぞ宮の御前に御とのごもれよあすま
いらんとの給ふを宮はほとけの御まへにて経
よみたまふなりれいもいだき給はぬぞたゞい
ざふたりねんとの給ふをいとかなしうあはれ
にてあなこゝろうの事やとかたらひ給ふつゐ
でにみそかに宮のおはする御だうのつま戸は
なち給へ仏の御まへのゆかしきにのぞかんと
の給へば何のゆかしきぞとよふどうそんのお
そろしげなるにくはれんとやとおどしたまふ
けしきわがおそろしとおほしけるとみ《（見）》ゆるぞ
いとおかしきやされぱみそかにしらせでのぞ

り給て
大井河ゐくいはさこそとしへけれわすれ
すなからかはりけるよゝ〈132〉
なとひとりこち給ひて及見佛功徳とうちあけ
てよみ給へるひころきゝ給へるさま〳〵のた
うとさにもにすみにしむ心ちそしける
（107ウ〜108ウ）

〔二五七〕
この御こゑをきゝてわかみやのいてむさはき
給へはさいしやうのめのといたきたてまつり
てそなたのわたとのにまいりたりいまは御と
のこもりねときこゆれと御こゑをきかせ給て
くらう侍にもさはらせ給はさめりといへはた
ちより給てこよひはまかて侍そみやの御まへ
に御とのこもれよあすまいらんとの給ふをみ
やはほとけの御まへにてきやうよみ給ふやれ
いもいたき給はぬそたゝいさふたりねむとの
給いとかなしうあはれにてあなこゝろうのこ
とやなとかたらひ給ついてにみそかにみやの
おはするみたうのつまとはなち給へほとけの
御まへのゆかしきにのそかむとの給へはなに
のゆかしきそとよふとうそんのおそろしけな
るにくはれんとやとおとし給けしきわかおそ
ろしとおほしたるとみゆるそいとわひしきや

大井かはゐくひはさこそとらへけれわす
れすなからかはりけるよゝ〈132〉
なと一人□ち給て及見佛功徳とよみ給へるは
日ころききつるたうとさにもすくれて身に
し《（▲ほ）》む心ちそしける　（128オ〜129オ）

〔二五七〕
この御こゑをきゝてわか宮いてなんとさはき
給へは宰相のめのといたきたてまつりてそな
たのわた殿にまいりたり今は御殿~~のゝ~~《こも》りねと
きこえさすれ~~は~~《と》御こゑをきかせ給てくらう侍
にもさはらせ給は~~は~~さんめりときこゆれはた
ちより給てこよひはまかて侍ぬるそ時々は宮
のをまへに御とのこもれよあすまいらんと申
給を宮は仏の御まへに経よみ給やれいもいた
き給はぬそたゝいさふたりねなんとの給かい
とあはれにかなしうてあな心うの御事やされ
ともこよひはみるへきこと侍ておとゝのもと
へまかるなりなといひきかせたてまつり給へ
はさ○《ら》はつとめてはこよなとかたらひ
給ふ月かけをあまりゆゝしうみたてまつり給
ていらせ給へときこえ給へととみにもえたち
給はぬにいとみそかにいて君やみやのおはし

かんと思ふぞとの給へばかうしもをろさでこそありつれいざみ《(見)》せんとさゝめき給ふうつくしさぞよのつねならぬそれは猶ふどうそんみ《(見)》つけ給ひてんにしのつまどをはなたせたまへさて人にかうとなの給ひそとおとなしうかたらはれて入給ひぬるもいかなる事し給はんとあやうけれとにしおもては月もくらければやをら入てとのもとにたち給へり

（下28ウ～29ウ）

〔二五八〕

宮このほとは仏の御前にのみさふらひ給ひて百萬返みて給ふなりけりみかうしもいまだまいらでみあかしのほのかなるかたに御き丁をしやりてさうじよりすこしのぞきてけうそくにをしかゝりてをぐらの山も残りなき月の光をながめやりておこなはせ給ふ御すがたかたつきなど人よりはほそくちいさやかにて御ぐしのゆら〳〵とこぼれかゝりたるすそのけぢめみ《(見)》えぬ程の月かげはいひしらずうつくしうらうたげにみ《(見)》えさせたまへるにすゞのけうそ

されはみそかにしらせてのそかむと思ふそと申給へはかうしもおろさてこそありつれいさみせんとさゝめき給うつくしさそよのつねならぬそれはなをふとうそむみ給てんかしにしのつまとをはなち給へとて人にかくれとなの給そとおとなしうかたらはれていり給ひぬるもいかなる事し給はんとあやうけれはやはらよりて

（108ウ～109ウ）

〔二五八〕

こたいきこゑさせ給てまたえ御とのこもらぬに侍めりといへはあなこゝろくるしのことやなとかはとまり給はすはなりぬらんといたきたてまつれはこよひはみやの御まへに御とのこもれつとめてむかへきこゑんといひつるやとかたり給へはさてれいならすちかつきたてまつらせ給なりけりとわらへとみやはみもおこせさせ給はす

（109ウ～110オ）

ますみたうのつまとやをらはなち給へ仏の御前のゆかしきにのそかんとの給へはなにゆかしきそふとうそむのおそろしけなるにくはれなんとやとをし給けしきおそろしとおほしけるときくそ□□をしきやしのひてみそかにしらせてのそかんとの給へはかうしもおろさてこそありつれいさみせんとさゝめき給ふうつくしさそよのつねならぬそれは猶ふとうもみつけ給てんにしのつまとをはなち給へさて人にかくとなの給そよとおとなしうかたらひ給ていり給ぬるもいかなる事かとあやうけれとにしをもては月もくらけれはやをらよりてとの本にたち給へり

（129オ～130オ）

〔二五八〕

宮この程は百万へんゆみてさせ給けり仏の御前はかりはみかうしもいまたまいらてみあかしのあかきかたにはみき丁さしやりてさうしよりすこしいさりいてゝけうそくにをしかゝりていりかたの月のくまなきにをくらの山ものこりなくみゆるをなかめさせ給ておはします御すかたやうたい御くしのゆら〳〵とこほれかゝれるよりはしめひたいかみのたゝすこしみしかくみえたる御つらつきあこたうりにかきたるやうなるたゝことさらにかくてみま

くに時々引ならされたるなどこよひはじめた
る事ならねどなをあかすくちおしうみ《(見)》えさせ
たまへるをまして明暮ゆかしかり給ふ人にみ《(見)》
せ奉らばやと中納言すけはみ《(見)》奉るほどなりけ
り人々もいで給ひぬるとおぼしめしつるにあ
りつる御経の聲にぞ例のむねつふれてみかう
しも参らせ給ひてげりいつもわざとめさぬか
ぎりはちかふまいる人もなければ御しやうじ
のうしろに中納言のすけのみぞさふらふに若
宮おはしてそゝきありき給ふをまだ御とのご
もらぬなりけり《ざりけりなイ本》大将殿は出させ給ぬるかと聞
ゆればしたひ聞えさせ給ひてまだえ御殿こも
らぬに侍めりといへばあな心くるしの事やな
どかはとまりたまはず成ぬらんとていだき奉
ればこよひはみやの御まへに御とのごもれつ
とめてむかへにこんといひつるやとかたり給
へばさて例ならずなつき参らせたまへるなり
けりとてわらへどみやはみ《(見)》もおこせ給はす

（下29ウ～31ウ）

ほしきさまのせさせ給へる月かけを中納言の
すけつく〳〵とみまいらせて猶々あかすくち
をし□□□ゆるもみたてまつらまほしけにあ
けくれせめ給人にみせたてまつりたらはい
とゝいかにと思つゝけらるゝをりしもこの御
経のこゑに人々おとろきてまたいて給はさり
けるよといふにそみかうしもまいらせ給てけ
る御あかしの光ほのかなる方にき丁をしやり
てさうしよりすこしいりてけうそくにをし
かゝらせ給へるすゝのすかりのひきならされ
たるなともけふはしめたることにはあらねと
人々はみなうちやすみ経のこゑにつきて御前
にはことに人も候はねは中納言のすけのみそ
みさうしのつらに候にわかみやおはしまして
そゝきありかせ給をまた御とのこもらせ給は
ぬなりけりな大将とのはいてさせ給ぬるかと
きこゆれはしたひきこえさせ給てまたえ御と
のこもらぬにはへめりと宰相のめのときこゆ
あな心くるしの事やなとかはとまり給はすな
りぬるとていたきたてまつらんとすれはこよ
ひは宮の御ふところに御とのこもれつとめて
むかえにこんといひつるやとかたらひ給へは
さてれいならすちか□□いらせ給也けりとて
わらへと宮はみたにをこ□給はす

（130オ～132オ）

〔二五九〕
こゝかしこまぎれありき給ひて心やすきかけかねにやはなちをき給ひてげるをたれかはしらん戸のやをらあくをとしてざとにほひ入たるをひ風もまぎるべうもあらぬにたゞ何とも思ひあへずみ（見）やり給へればかうふりのかげふとみ（見）ゆるに物もおぼえさせ給はす仏のさうじ口にいりて引たてさせ給ひぬるも手のみわなゝかれてとみにぞたてられぬかのありしね覚の床にぬらしそへ給ひしぬれ衣おぼし出られてこよひさへさだにあらばやがてかくながらふせごの少将のやうにも成なんとこゝろまどひもよのつねならぬに御ぞのすそも残りなうひき入させ給ひてげる御心のとさも限なくうらめしうかなしきにこのさうじもひきやりつべうおぼゆれどもむねのみさはぎてとみにぞうごかれぬ宮はかしこういりはてゝたてさせ給へるにわだ〳〵とふるはれてとをくもえのがれ給はずやがてうつぶさせ給へりかけられぬるにやと思ひ給ふにすくせ心うくいとゞおぼゆれどあなたはぬりごめとみ（見）ればこゝろやすくてへだてなどもやふり給はずたゞさながらよりゐ給ひてと斗物ものたまはず涙のみせきやるかたなければをさへてためらひ侘給へり
（下31ウ〜32オ）

〔二五九〕
こゝかしこまきれありき給てこゝろやすきかきかねにやはなちおき給てけるをたれかはしらんとのやをらあくおとしてさとにほいゝるおいかせもまきるへくもあらぬにたゝなにことも思ひあえすみやり給へれはかうふりのかけふとみゆるにものもおほえさせ給はすほとけのさうしくちにいりてひきたてさせ給もてのみわなゝかれてとみにもたてられぬかのありしねさめのとこにぬらしそめ給ひしぬれころもおほしいてられ給てこよひさへさたにあらはやかてなかうふせこのせうしやうのやうにもなりなんと心まといにもよのつねならぬ御そのすそものこりなくひきいれさせ給てける御こゝろともかきりなくうらめしくかなしきにこのさうしもひきやふりつへくおほゆれとむねのみさはかれてとみにそうこかれぬみやはかしこういりはてゝたてさせ給へるにわた（▲さ）〳〵とふるわれ給てとをくものかれ給はすやかてうつふしふさせ給へりかけられぬるにやと思ふにすくせこゝろうくいとゝおほゆれとあなたはぬりこめとみれはこゝろやすくてたちまちにへたてなくやふり給はすたゝさふからよりゐ給てとはかりものもいはれ給はすなみたのみせきやるかたなけれはおさへて

〔二五九〕
こ□かしこまきれありき給て心やすきかけかねにやありけんはなちをき給けるをしる人もなしとのつゆ許あくをとしてさとにほひいるおいかせのまきるへくもあらぬになにとも思あへすみやらせ給へれはかうふりのかけのふとみゆるにものもおほえさせ給はす仏のをまへのさうしのうちにいりてひきたてさせ給もわなゝかれてとみにそたてられぬかのありしねさめのとこにぬらしそへ給しすてころもおほしいてられ給てこよひさへさあらはやかてふせこの中将のやうになりなんかしと御心まとひもよのつねならぬに御そのすそものこりなうひきいれさせ給てけりつらさもかきりなうかなしきにむねのみさわきてとみにそえうこかれぬ宮はかしこういりはてゝたてさせ給へるにわた〳〵とふるわれてえとをくものかれ給はすやかてうつふさせ給へりかけられぬるにやと思にすくせ（世）も心うくおほゆれとあなたはぬりこめとみゆれは心やす○《く》てたちまちにへたてなくとやふり給はすなみたのせきやるかたなくなかるれはをさえてためらひわひ給へり
（132オ〜ウ）

〔二六〇〕

是よりへだてなうと迄も思ひ給へかけずなんたゞかばかりにても今一たひ聞えさせてこそはとうきをしらぬさまにて過し侍りつるをたゞ心やすくおぼしめせ身にしたがはぬこゝろのくやしさもこゝらの年比みな思ふたまへしりわたれば又おぼしめしうとまるばかりの心の程はよもつかひ侍らじとてかの思ひかけざりしまきのとのこゝろはへより打はしめこよひまで思ひなげく心の中をなく〳〵しめ〴〵といひつゞけ給へるまねびつくすべうもあらずかばかりものおもふ人のいけるためしにはげにしつべう聞ゆる中にも古宮の嶺のわか松と人しれずおぼしいはひけんとほのきゝてつたふる人のありしを聞つけたりしこゝろの中をえもいひやり給はぬぞかくれはとは誠にやはづかしさもおなし涙にながれ出ぬべし又おもひわひてかしこうたづね参りたりし雪の夜の枕の下のつりぶねに思ひこがれて立かへりしに聞つけたりし田靏の一聲の後はいかさまにして雲ゐ《(井)》のよそにはなさじと思ひししるしにや今はうき《はぐゝみたてゝイ》世のほだしにてかくかけとゝめられ侍るほどにこゝろより外なる事も

ためらひわひ給へり　（110オ〜111オ）

〔二六〇〕

これよりへたてなうとまても思給かけすなんたゝかはかりにてもいまひとたひきこゑさせてこそはとうきをしらぬさまにてすくし侍つるをたゝこゝろやすくおほしめせみにしたかはぬこゝろのくやしさもこゝらのとしころにて思給へりしにたれはまたおほしめしうとまるはかりのこゝろのほとはよろかいはへらしとてかの思ひかけさりしまきのとのこゝろはへよりうちはしめこよひまて思ひなけく心のうちをなく〳〵しめ〳〵といひつゝけ給へるまねひつくすへくもあらすさはかり物思ふ人のいけるためしにはけにしつへくきこゆる中にもこみやのみねのわかまつと人しれすおほしいはひけんをほのきゝてつたふる人のありしをきゝつけたりしこゝろのうちをえいひやり給はぬそかくれはとはまことにやはつかしさもおなしなみたになかれいてぬへし又思わひてかしこうたつねまいりたりしゆきのよのまくらのしたのつりふねに思ひこかれてたちかへりしにきゝつけたりしたつのひとこゑののちはいかさまにして雲ゐにはなさしと思ひしゝるしにやいまはうきよのほたしにてかく

〔二六〇〕

これよりへたてなくとまては思給へすなんたゝかはかりにてもいま一たひきこえさせてこそはと身にしたかはぬ心のくやしさはこゝらのとしころみなこりにたれはまたよにおほしうとまれまいせしとてかのまきのとの心はえよりはしめ人しれぬ心に思しありさまのさま〳〵にたかひつゝこよひまてなけき思こゝろのうちをなく〳〵しめ〳〵といひつゝけ給へるまねひつゝくへうもあらすかはかり物思人のいけるためしにはけにしつへ⧓《う》そきこゆる中にもこ宮のみねのわかまつと人しれすおほしいはゝれけんをほのかにきゝつけたりし心のうちのあさましさにそへてもわさともたのもしきかたも侍らしをそむきすてさせ給てしそのをりの心まとひはいひつゝけ給へるはけにいはねのまつのすゑもまた思わひてかしこくたつねまいりたりしゆきの夜の御心つらさにまくらのしたのつりふねに思こかれてたちいてしにきゝつけたりしたつのひとこゑのゝちはいかさまにして雲のよそにはなさしと思しゝるしにやいまは又はくゝみたてゝかけとゝめられ侍程に心よりほか卝なる事にて

侍りてみ《(見)》しにも似たるとありしほぐをみ《(見)》侍し
は人やりならすいける心ち《(地)》もし侍らねどそ
の丶ちにもたゞかやうにもやとまつにこ丶ろ
をかけ侍りつれば今そこ丶ろのうちすこし涼
しうなりて年ころのほいもとげ侍りぬべかめ
るなどすべてまねびやるべくもあらぬ事とも
をいひもやらずむせかへり給ふには過にしか
たのうきもつらさも忘られて千世ふるすゑも
かたぶきぬべしされど宮はゆめにだにかばか
りのけちかきほどにては又きかじとおぼされ
しにいと物おそろしうていかにも〳〵えうこ
かれさせ給はぬを男君是よりへだてなきほど
などまではおぼしもよらざりつればこれを此
世の思ひ出にてやみぬべけれとうちみじろき
給ふけしきだになきはあさましうおぼつかな
きに思ひ侘給ひてさうじをさぐり給へばかけ
られにけり
（下32オ～34オ）

〔二六一〕
いとゞうらめしう心うきに思ひわびてたゞう
がみをさしいれてさうじのかけがねをさぐり
給ふにはなれぬるやうなればたゞすこしあけ
て聞えさする事共はきかせ給はぬにやいかに

こ丶ろよりほかなることもみしにもにたると
ありしほんくをみ侍りしかは人やりならすい
ける心ちもし侍らねとその丶ちもた丶かやう
にもやとまつにいのちをかけ侍へれはいまそ
すこしす丶しうなりてとしころのほ《(本)》いともと
け侍ぬへかめるなとすへてまねひやるへくも
あらぬ事ともをいひもやらすむせかへり給ふ
にはすきにしかたのうさもつらさもわすれて
ちよふるすゑもかたふきぬへしされとみやは
ゆめにたにかはかりのけちかきほとにては又
きかれしとおほされしにいとものおそろしう
て何も〳〵えうこかれ給はぬをおとこきこれ
よりへたてなきほとにてなとた《ま》てはおほしも
よらさりつれはこれをこのよの思ひいてにて
やみぬへけれとうちみしろき給けはひたにな
し思ひわひ給てさうしさくりはめはかけられ
にけりいと丶うらめしくこ丶ろうきに思わひ
てたたうかみをさしいれてはなち給ひつ
（111オ～112ウ）

〔二六一〕
た丶すこしをあけさせ給へきこゑさするこ
と丶もはきかせ給はぬかいかにも〳〵御けは
ひをき丶侍らはすこしもなくさみぬへきをあ
さましくも侍ものかないとかくまては中々

みしにもにたるとありしほくのやれ《(▲と)》をみ侍し
を人やりならすいける心ちもし侍らねとそ
の丶ちももしかやうにてもやとまつに心をか
け侍つる今そ心のうちはれてとし月の程ほ《(本)》い
とけ侍ぬへうとてすへてまねふへうもあら廿
ぬ事をいひもやらすむせかへり給にはすきに
しかたのつらさもわすゝ《ら》れてちよふるすゑも
かたふきぬへけれと宮はゆめにてたにかはか
りのけちかさはまたはきかしとおほされしに
いとものおそろしうていかにも〳〵えうこか
れ給はぬをこれよりへたてなき程はおほしも
よらさりつれはた丶かはかりをこのよのおも
ひいてにと返々おほさるれとうちみしろき給
けはひたになきかおほつかなくうらめしきに
思わひ給てさうしをさくり給へはかけられさ
りけり
（132ウ～134ウ）

〔二六一〕
すこしあけ給てこ丶らきこえさすることゝも
はきかせ給はぬかいかにも御けはひをき丶侍
らはすこしもなくさみぬへきをあさましうも
侍かないとかくては中々心あやまりもし侍ぬ

もく〳〵御けはひをきゝ侍らばすこしもなくさみぬへきをあさましうも侍るかないとかくては中々あやまりもしつべうもこそ

　藻かり舟なをにごり江にこき帰りうらみ
　まほしき里のあまかな〈133〉

いかにも〳〵の給はせよとて御手を引よせたまへるにいかにしにせぬなげきし給ひつるこよひぞいかゞとおほえぬる袖ぬらすといふ物語のせうかう殿の女御もあはれなる心ばへをみつけ給ひたりければにやねにさはるともいひいて給ひけん是はたゝ

　のこりなくうきめかづきし里のあまを今
　くり返しなにうらむらん〈134〉

とぞはつかにおもひつゞけられ給へどたゝ一こと葉もいらへざらんさきにとくしなばやとおぼすにまことにきえ入給ひぬべき御けはひのあるかなきかなるなどたたむかしながらにていひしらずこゝろぐるしげにらうたげなる御ありさまのなのめならす過にしかたは心にふかくおぼししみたるかたのありしかばこそよろづおぼしはゞかるかたおほくてやみにしか今と成てはあふはかきりなき御心の中をかくあながちにちかつきより給へる中々に心まどひもよのつねならねどあながちにこゝろづようおぼしかへしてとかうも聞えなやまし給

こゝろあまりもしぬへくこそ

　もかりふねなをにこりえにこきかへりう
　らみまほしきさとのあまかな〈133〉

いかにも〳〵の給はせよとて御てをひきよせ給へるをしにせぬなけきし給ひつるこよひそ如何ゝとおほえぬるそてぬらすといふものかたりそ承香殿のねうこもあはれなるこゝろはへをみつめ給ひたりけれはこやねにさけるともいひはて給けんこれはたゝ

　のこりなくうきめかつきしさとのあまを
　はまくりかへしなにうらむらん〈134〉

とそわつかに思ひつゝけられ給へとたゝひとことはもいらへさらんさきにしなはやとおほすにまことにきへいりぬへき御けはひのあるかなきかなるなとたゝむかしなからにていひしらすこゝろしらすらうたけなる御ありさまなのめならすゝきにしかたはこゝろにふかうおほしゝみたるかたのありしかはこそよろつ人《ひと》へにおほしはゝかるかたおほくてやみにしかいまとなりてはあふはかきりなき御こゝろのうちをかくあなかちにこゝろつようおほしかへしてとかうもきこゑなやまし給はぬにたゝおんくしのかきりところせかりしをいとふさやかにてゝにさはり(▲るそな)たるそなをいみしき心こゝろさはきなりける　（112ウ～114オ）

へしたゝ一つにつみをもきものにおほしいてられにたれとつらさのかすはこよなうのみみえさせ給こそ猶いかゝし侍らんとて御袖をひきよせ給て

　たかせふね猶にこりえにこき返りうらみ
　まほしきさとのあまかな〈133〉

いかにも〳〵の給はせよとあれと袖ぬらすといふものかたりのしよきやうてんの女こはあはれなる心はえをみつめ給けれはにやねにさはるともいひいて給けんこれはよをおほろけならすおほしすてゝしかはいまはかた〳〵にたゝ

　のこりなくうきめかつきしさとのあまを
　いまくりかへしなにかうらみん〈134〉

とのみわつかに思つゝけられ給へとかゝるめをみてしぬるわさもかなとのみおほさるれはまことにきえいりぬへき御けはひのあるかなきかなとたゝ昔なからにていひしらす心くるしうらうたけなるもすきにしかたは心ふかうおほすことしよりてこなたさまをはとおほしゝおりこそしはしはさてもなとものうくむつかしくてひとへにしもおほされさりしか今はかくこの世は□きりにしなしたてまつりてあふはかりなきなけかしさにかくあなかちにてちかつきより給へるいと中々なる心まとひ

はぬにたゞ御ぐしのかぎり所せかりしをいと
ふさやかに手にさはりたるぞ猶いみじき心さ
はきなりける　（下34オ～35オ）

〔二六二〕
萬さかりおしげなる御身のありさまをやつし
すてさせ奉りて我はしらずがほに今はと思ひ
さだめたるさまをさへきかれ奉りたるよなを
同しさまにて世にありと聞え奉るはうき事か
なとおほしつゞくるによそにてこゝら思ひな
げきつるは数にもあらさりけりわれこの御身
の程にて思はんに猶々いひしらずうかるべき
わざかなとわがこゝろにだに思ひしらるゝに
くやしうかなしうて聲もたてつへし
　八ち《たちィ》かへりくゐ《岩イ》まの水もかひなきによし
　みよおなじかげやみ（見）ゆると〈135〉
たゞこよひはかりこそはかうまても聞えさせ
めとてなき給ふさま人の御袖さへしほるはか
りに成ぬるにこの御けしきもいといみじげに
て御ぞのうへ迄とをりいであせもこちたきに
何事もみなことはりに思ひ給へしりたる身の
あやまちとはいひながら又かうむげにおぼし
すてらるべきちぎりの程には侍らぬをといひ

〔二六二〕
よろつかはかりおしけなる御みのありさまを
やつしすてさせたてまつりてわれはしらすか
ほにいまはと思ひさためたるさまをさへきか
れたてまつりたるよなをおなしさまにてよに
ありときこゑ給へるはうきことかなとおほし
つゝくるによそにてこゝち思ひなけきつるは
かすにもあらさりけりわれこの御ふみのほと
にても思はんになを〳〵いひしらすうかるへ
きわさかなとわか御こゝろにたに思ひしら
るゝにくやしうかなしくてこゑもたて給ふ
御返事
　やちかへりくゐまのみつもかいなきによ
　しみよおなしかけやみゆると〈135〉
たゝこよひはかりこそはかうまてもきこゆさ
せめとてなき給ふさま人の御そてさへしほる
はかりになりぬるをこの御けしきもいといみ
しけにて御そのうへまてとをりゆくをありさ
まもこちたきになにこともみなことはりと思

よのつねならねとおほろけならす心つよくお
ほしかへしとかくもきこえなやまし給はす
たゝ御くしのかきりところせくおほえてさく
りのいとふさやかにさはりたるそ猶々いみし
うかなしかりける　（134ウ～136オ）

〔二六二〕
よろつかはかりをしけなれる御ありさまをや
つしすてさせたてまつりたる猶々我身のみや
はつみはあるときこえしらせたてまつり給へ
と我あけくれしらすゝくすありさまをよのつ
ねにそおほしやるらんかしおなしさまにてた
にきかれたてまつらしと思しものを思はすに
みまうき世中をぬるよはなしになけきあかす
とはしり給はぬそとおはすにふしまろひしぬ
へし
　やちかへりくるまの水もかひなきによし
　みよおなしかけやみゆると〈135〉
たゝこよひはかりこそかくまてもきこえさせ
めとなき給さま人の御袖さへしほるはかりに
なりぬるをこの御けしきもいみしけにて□
袖のうゐまてとをりゆくあせのこちたさ□□
に事もみなことはりと思給へりしりたるを身
のあやまちといひなから又いとかくむけにお
ほしすてらるへきちきりの程には侍らぬをい

いで給ふも中々つらきふししけき心ち(地)し給ふにたゞいひやらんかたなくくやしうかなしければ心やすきまゝには涙のみこそあまもつりするばかりに成ゆく中納言のすけいとかゝる御けしきを心くるしう思ひあかすに　（下35オ～36オ）

〔二六三〕

院のごやおきの程にもなりにけり打おこなはせ給ひつゝ例のこなたざまにぞたゝずませ給ふなる宮あるかなきかなる御心にもいとゞいみじけにおほしまとひたりけに今さらにびんなき事とおもへば立出ぬべきにしもいとゞいまは世にあるべき心ち(地)もし給はぬに是やかぎりとおもひとぢめ給ふにぞなをよのつねならぬ御こゝろまどひなりける

　のちの世のあふせをまたんわたり川わかるゝほどはかきりなりとも〈136〉

とて御袖はとみにもゆるし給はずさくりもよゝとはこれをいふにやとみ(見)ゆるにゐんもいとちかくおはしませばこゝろにもあらず引すべしてたち出給ふ玉しゐはやがてあくがれい

給へりしりたるみのあやまちとはいゐなからまたかうむけにおほしすてらるへきちきりのほとには侍らぬをといひいて給にもなか〳〵つらきけしきなりぬへき心ちし給ふにもたゝいひや覧かたなくくやしうかなしけれはやすきまゝにはなみたのみあまのさをさすはかりになりゆくを中納言のすけいとかゝる御けしきを心くるしう思ひあかすに　（114オ～115オ）

〔二六三〕

ゐんの御こやおきのほとにもなりにけりかうおこなはせ給へしれいのこなたさまにそたゝすませ給なるみやあるかなきかの御心ちにもいとゝいみしけにおほしけりいまさらにひんなきことゝ思へはたちいてぬへきにもしもいとゝいまはよにあるへき心ちもし給はぬにこれやかきりとおもひとちめ給にそなをよのつねならぬ御心ちまといなりけり

　のちのよのあふせは又もわたりかはわかるゝほとはかきりなりとも〈136〉

とて御そてはとみにもゆるし給はすさくりもよゝとはこれをいふにやとみゆるにゐんもいとちかくおはしませは心にもあらすひきすへしてたちのき給たましゐはやかてあくかれい

まはさるかたにさりかたきものにおほしめせかしときこえつゝけては中々つらきふしゝけりぬへき心ちし給へはたゝいひやらんかたなくくやしくてやすきまゝにはあまのさほさすはかりになみたのみなりゆく御けはひを中納言佐そほの〳〵きゝつけて心くるしういみしときゝなからも宮はわかあやまちにやおほしめすらんとかた〳〵におもひあかす　（136オ～137ウ）

〔二六三〕

院の御こやをきの程にもなりにけりうちをこなはせ給つゝ例のこなたさまにたゝすませ給なる宮のあるかなきかなる御けはひにもいとゝいみしけにおほしまとひたるけにいまさらにひんなきことゝおほせはたちいてぬへきしもいとゝいまよりはあるへき心ちもし給はぬにこれやかきりと思とちめ給猶よのつねならぬ御心まとひなり

　のちのよはあふせをまたんわたりかはわかるゝほとはかきりなりとも〈136〉

とて御袖をとみにえゆるし給はすさくりもよゝとはこれをいふにやとみゆ院もちかくおはしませは心にもあらすひきすへしてのき給ふたましゐはやかてあくかれぬる心ちし給て

でぬるこゝち（地）してよべ入しつま戸をゝし明給へれは入がたの月くまなくさし入て一かたにありかさだめたる雲のたゝずまゐいひしらすこゝろぼそけなるに誠にこゝろはそらになりはてぬ

まてしばし山の端わくる月だにもうき世にしばしとゝめざらなん〈137〉

さそはゞなどながめ入てとみにもえたちのきたまはぬ程に月もいりはてゝ霧のまよひたど〳〵しきほどにぞからうじていて給ひぬる世にあるべきほとはげにこゝろより外にすぐさるゝわざにや引かへさるゝ心ち（地）はしなから殿にぞ帰り給ひぬる

（下36オ〜37オ）

〔二六四〕

年比は心つからの物おもひにこそやすからさりつれ誠しう人うらめし共あながちにあはれかなしともおぼししらんことはなに事にかはあらんこよひはあはれなりつる御ぐしの手あたりのみ心にかゝり給へりたゝ思ふかたひとつのくちおしういみじきのみにもあらずなさけなきものにおぼしいでられてやみぬるを今ははるけやらん方なきかはりには又わが身も誰ゆへかばかりそむきがたき身をそむきすてんとたに我心ひとつ思ひなぐさめかの御心に

てぬる心ちしてよへいりしつまとをおしあけ給へれはいりかたの月くまなくさしいりてひとかたにありかさためたる雲のたゝすまひもいひしらすこゝろほそけなるまてもやとこゝろはそらになりはて給ひぬ

まてしはしやまのはめくる月たにもうきよにしはしとゝめさらなん〈137〉

さそはなとなかめいりてとみにもえたちのき給はぬほとに月もいりはてゝきりのまよひたと〳〵しきほとにそからうしていて給ぬるよにあるへきほとはけにこゝろよりほかにすこさるゝわさにやひきかへさるゝ心ちはしなからとのにそかへり給ぬる

（115オ〜116オ）

〔二六四〕

としころはみつからの物思ひにこそやすからさりつれまことしう人をうらめしともあなかちにかなしとおほしゝむことはなにことにかはあらんこよひはあはれありつる御くしの（▲み）てあたりのみこゝろにかゝり給へりたゝ思ふかたひとつのくちをしういみしきにのみもあらすなさけなき物におほしはてられてやみぬるをいまははるけやらんかたもなきかはかりにはまたわかみもたれゆへかはかはかりそむきかたきみをそむきすてしとたにわかこゝろひ

よへいりしつまとをあけ給へれはきりふかきあか月のそらのけしきにいふかたなくもの心ほそけなるにあくかれてやかてこれより月のひかりあふところまてもやと心もそらになりはて給ぬ

まてしはしやまの葉めくる月たにもうきよにしはしと、けめさらなん〈137〉

さそはなんとたにかたらはてそらをなかめて心ほそきことたくひなくかなしよにあるへきほとはけに心よりほかにすくさるへきにやからうしていて給ぬれは又心よりほかに殿にそかへらせ給ぬる

（137ウ〜138ウ）

〔二六四〕

としころは心つからのもの思こそやすからさりつれまことしう人をうらめしかなしとまておほししらん事はあらさりつるをこよひはあはれなりつる御けわひなとのおもかけに心くるしうこひしきは一かたにしもあらすつらくなさけなき物に思はてられたてまつりてやみぬるを□まはとりかへすへきかたもなきかはかりには又わかみ□たれゆへかは休《ふ》りすてかたき身をそむきにしとたに心ひとつに思なくさまんかの御心（▲心）はあはれとおほしかへすへ

はいみしう聞えしらすともそれをまこと共お
ぼさじかゝりける心をあはれと今は思ひかへ
し給ふべきにもあらずたゞやつしかたき身を
たちまちにそりすてて佛はあはれとおぼしめ
してかの一きはうしつらしと思ひいり給ひに
けん人のあくごうのはなれ給ふべきしるべと
はかならず成なんかしとひとへにそ思ひ立給
ひぬるにもいひしらず物のみかなしければな
ぐさめにかたはらなる琵琶を引よせてわざと
ならずひきすさひつゝあさんづのはしとうた
ひ給へる聲なと我ながらもげにおぼろけなら
ずやつしがたうおぼししらるべし殿も御めさ
まし給ひて大将はこゝにこそありけれよべは
さがのゐんにとまるべしと聞しをなどかかう
ともいはざりけるならんいとをしき宮の御事
をいへは忍びかくるゝこそあやしけれ世を
こゝろにあかず思ひたるもおもへばあぢきな
しやとて人やりならずうちなけきつゝ涙おと
し給ふをうへもなをいたうなのたまひそかう
のみあらば世にもえありはつまじとうち〳〵
にもいふ也事の外なるこゝろづかひなどはよ
も物せじなど二所していひなけかせたまふ
（下37オ～38ウ）

とつに思ひなくさめかの御こゝろにはいみし
うきこゑしらす(▲せ)ともそれをまことともおほさ
しかゝりけるこゝろをあはれといまは思ひか
へり給へきにもあらすたゝやつしかたきみを
たちまちにそりすてゝはほとけはあはれとお
ほしめしてかの人きゝうしつらしと思ひいり
給ふにけんほとの御あくこうのはなれ給へき
こゝろへとはかならすなりなんかしとそひと
つに思ひたち給ぬるにもいひしらすものゝみ
かなしけれはなくさめにかたはらなるひはを
ひきよせてわさとならすひきすさみつゝあさ
むつのはらとうたひ給へるこゑなとわれなか
らもけにおほろけならすはやつしかたくおほ
しゝらるへしとのも御めさまして大将はこゝ
にこそありけれよへはさかのゐんへまいるへ
しとききゝしをなとかくとはいはさりけるなら
んいとをしきみやの御ことをいへはしのひか
くさるゝこそあやしけれよをこゝろにあはす
思ひたるも思へはあちきなしやとて人やりな
らすうちなけきてなみたおとし給ふをうゑも
なをいたうなの給ひそかうのみあらはよにも
えありはつましとうち〳〵にもいふなりこと
のほかなるこゝろつかいなとはよも物せしな
とふたところしていひなけかせ給
（116オ～117ウ）

きにはあらねといとかくあらまほしからぬあ
りさまをみつゝこの御身をいたつらになしつ
るはまた仏あはれとおほしなんこの人にうし
つらしと思いり給にけん人の御あくこうはな
れ給へきしるへとなりなんかしとひとつにそ
思たち給ぬるにもわか宮のおほさん事そこ
よなきほたしなれともとの御心さしなとを
み給へはわれなくていかゝなとひとかたには
あらすとさはり所なくおほしたつもいかてか
あはれならさらんかたわらなるひわをとりよ
せ給てわさとならすすさみにあさむつのはし
とうたひ給へる御こゑなとわれなからけにお
ほろけならすはやつしかたくおほししらると
のもきゝ給て大将はこゝにこそおはしけれよ
へはさかの院にとまりぬとおもひしは(▲て)なとか
くともいはさりけるならんいとをしき宮の御
事をいつ□しのひかくるゝこそいとをしけれ
よをこゝろにあはすのみ思たるも思へはあち
きなしとて人やり□らすうちなけきつゝなみ
たおとし給をうへも猶いたくなの給そかくの
みあらはよにも○《え》ありはつましなとこ
そうち〳〵にもいふなれことのほかなる心つ
かひなとはよもゝのせしなとふた所していひ
なけかせ給
（138ウ～140オ）

〔二六五〕
つとめてはいとゝくさがの院に人奉り給ふ
中々なりし心まどひのゝちやかて出たち侍り
つるみ《(見)》えぬ山路もなをいつしかとかたらひ侍
し人にいひをくべき事ども侍りければ心よは
くとまり侍りて今朝はくやしき事いとゞかず
そひ侍りにけりなどやうにこまかにて
　命さへつきせすものを思ふかなわかれし
　　ほどにたえもはてなで〈138〉
とあるを例のひろげて人まにまいらすれど今
さらにあま衣のつま斗も手なれ給はじいとあ
さましうき身のいままでながらへてける事
とおぼしめすにほとけもつらうかなしうおぼ
されてたゞとくむかへたまへかゝるめなみ《(見)》せ
給ふそと一心におぼし入て外ざまにもむかせ
たまはねばいとかひなし大将殿も一かたに思
ひ立給ひぬればよろづいとかりそめにのみお
ぼされて常はさしもめとまらさりし木草につ
けてもあはれのみまさり給ふましてとのうへ
なとのおぼしまどはんありさまなどはをろか
におぼしをかるべきにもあらねどもとのしづ
くはいつとてもおなじ事なれば五ぢよくあく
せをとくまぬかれてかの契りたまひしあし仙
人につかへん事をのみ人しれずおぼしたちな
がらも
（下38ウ～39ウ）

〔二六五〕
つとめてはいと、くさかのゐんに人まいらせ
給なか〳〵なりしこゝろまといにやかてとい
てたち侍つるみへぬやまちにもなをつとめて
はいつしかとかたらひ侍りし人にいひおくへ
きことゝも侍けれはこゝろよはくとまり侍り
てけさはくやしきこといと、かすそい侍にけ
りなとやうにこまやかにて
　いのちさへつきせす物を思ふかなわかれ
　　しほとにたえもはてなて〈138〉
とあるをれいのひろけてひとまにまいらすれ
といまさらにあまころものつまはかりもてな
し給ひしいとあさましうゝきみのいままてな
からへけるとおほしめすにほとけもつらふか
なしくおほされてたゝとくむかへ給へかゝる
めなみせ給ひそと一心におほしいりてほかさ
まにもむかせ給はねはいとかいなし大将との
もひとかたにおもひたち給ぬれはよろついと
かりそめにのみおほされてつねはさしもめと
まらさりしきくさにつけてもあはれのみまさ
り給てとのうへなとのおほしまとはんありさ
まなとはおろかにおほしおかるへきにはあら
ねともとのしつらひにいつとてもおなし事な
れは五ちよくあくせのみそ人しれすおほした
ちなからも
（117ウ～118ウ）

〔二六五〕
つとめていと、くさかの院に人たてまつり給
中々なりし心まとひのゝちやかてといてたち
侍つるみえぬやまちも猶つとめてはかたらひ
侍りし人にいひをくへき事もいと、かすそふ
わさになとやうにこまかにて
　いのちたにつきせすものをおもふかなわ
　　かれしほとにたえもはてなて〈138〉
とあるをわれは例のひろけて人まにまいらす
れといまさらにあまの衣のつまはかりもてな
らし《(▲し)》給しあさましさにうき身のいまゝてなか
らへけるもとおほすに仏もつらくおほされて
たゝとくむかえさせ給へと一心におほしいり
てほかさまにもむかせ給はねはいとかひなし
大将とのも一かたに思たち給ぬれはよろつい
とかりそめにのみおほされてつねはさしもめ
とまらさりしくさ木につけてもあはれのみま
さり給まいて殿上の御心のうちともはをろか
におほされねともとのしつくはいつとてもお
なしことなれは五ちよくあくせ《(世)》をなと、くま
ぬかれて卄《か》のちきり給しあしせんにつかえん
事をのみ人しれすおほしつゝけゝり
（140オ～141オ）

〔二六八〕

霜月にも成ぬれば斎ゐんのあやへの程いとゞみ《(見)》すてがたくて御かぐらの夜にも成ぬれいのかんだちめ殿上人なと参りつどひて御前の庭火おどろ〳〵しうてひるよりもさやかなり御き丁のかたびらども菊のふたへをり物の色々うつろひたる枝さしも誠にさけるまがきとみ《(見)》えたり女房の袖口どもは紅葉がさねのうちたるどもに同し色のふたへ織もののうはぎりんだうのからきぬの地はうすきにもんはいとこくをりうかされたる夜めおどろ〳〵しうきよらにみ《(見)》えたりさま〳〵のものゝねどもふきあはせてしやくのをともこなたかなたうちならしたるなど外のあそびには似ずそゞろさむく聞ゆるにひちりきのすぐれてひゞき出たるは猶いとおもしろし人ぢやうそのこまひてぬぎかけたるほかげいとまばゆげなるをつれなうざえのをのこどもめしいつればわかき殿上人などはいとまばゆげに思ひていとうるはしうてかへるもあり又うちすがひてあいぎやうづきもてなすなどもありつゝさま〳〵おかしうもありけるふけ行まゝにゆきおり〳〵ふりつゝこがらしあら〳〵しう吹しきたる庭火もいたうまよひてふきかけらるゝをはらひわびつゝ煙の中よりにかみいでたるとのもりづか

〔二六八〕

しも月までなかれぬれはさいゐんのあへへのほといとゝみすてかたくてみつからのよにもなりぬれはれいのかむたちめてんしやう人なとまいりつといて御まへのにはひおとろ〳〵しうてひるよりもさやかなり御きちやうのかたひらともきくのふたへおりものゝいろ〳〵うつろいたるえたさしまことにさけるまかきとみへたるにねうはうのそてくちともはもみちのうちたるともおなしいろのうちたるこはきりんたうのちはうすきにもんはいとこうおりうかされたるさまもおとろ〳〵しうきよけにみへたりさま〳〵のものゝねともふきあはせてのおともこなたかなたにうちならしたるなとほかのあそひにはにすそゝろさむくきこゆるにひちりきのすくれてふきいてたるねはなをいとおもしろしひとちやうのそのこまゝいてぬきたるほかけかほいとゝはやけなるをいとつれなうさへのおのこともめしいつれはわかき殿上人なとはいとはゆけに思ひていとうるはしうてかへるもあり又うちさるかひあいきやうつきもてなすなともありつゝさま〳〵おかしうそありけるふけゆくまゝにゆき〳〵折り〳〵ふりつゝふりつゝこからしあら〳〵しくふきしきたるにはもいたうまよひ

〔二六八〕

かゝれと猶しも月にもなりぬれは斎院のあいんへのほとはれいのかんたちめ殿上人なとまいりつとひ給てをまへのにはひおとろ〳〵しうひ《(日)》るよりもさやかなりみき丁のかたひらともきくのをりものにてさけるまかきとみえたるに女はうの袖くちとも紅葉《もみち》かさねのうちたるともにおなしいろの○《ふ》たへをりものゝいはきりんたうのからきぬのちはうすきにもんはいとこくをりうかされたる夜めはほかのいろにもにすなへてならすきよらなりものゝねともかきあはせこなたかなたのかくのをともほかのあそひにはにすひちりきのすくれてひゝきいてたるはいとあはれにおもしろし人定のそのこまゝいてぬきかけたるほかけまはゆけなるをいとつれなくさえのをのこともめしいつれはわかき殿上人なといとまはゆけに思ていとわかくてかへるもありまたうちさ○《る》かいてかをひきゆかめなとするもありあゆみつゝけたるもあめりさま〳〵にをかしうそありけるふけゆくにをろ〳〵うちゝりてこからしあら〳〵しうふきたるにはの火いたうまよひてふきかけらるゝをはらひわひつゝけふりのなか《うち》よりにかみはかりいてたるとのもりつかさのものゝかほともいとをか

さのもの、かほ共いとおかしうみ（見）やられ給ふ
にもれいの
　おぼろけにけつともきゆる思ひかはけふ
　りのしたにくゆりわびつゝ〈139〉
など思ひつゝけられ給ふにけふあすと思ひ立
たる心の中にはいと、あるまじき事と思ひは
なれ給へどそれにつけてしも猶やすからずお
ぼえ給ふもわれながら心うし暁になりて事と
もみなはてぬるさるべきかんだちめなどうけ
ばりてあそび給ふさまはさはいへどなまめか
しうおかしきに大将のあかほしうたひたまへ
るあふぎのをとなひもなべてならずおもしろ
きを神もみみと、め給ふらんときこゆるに打
そふる聲々ぞ心をくれたるやうなりけるあく
るまであそひてまかてたまふにとりあへたる
にしたかひつゝほそながこうちきどもをし出
させ給へるみなかづけ渡させ給ひけり
（下39ウ～41ウ）

〔二六七〕
かやうなるよのまぎれどもさへ過ぬれば忍び
てちくぶしまに参りたまはん事を人れずおぼ
しまふくるにもわかみやの日をへてまつはし

てふきかけらるゝはらひわひつゝけふりのな
かよりにかみいてたるとゆ（▲も）のもりつかさのも
の、かほともいとおかしくみやられ給ふにも
れいの
　おほろけにけてともきえぬ思ひかなけふ
　りのしたにくゆりわひつゝ〈139〉
なと思ひつゝけられ給ふもけふあすと思たち
たるこゝろのうちにはいとあさましきこと、
思ひはなれ給へとそれにつけてもなをやすか
らすおほえ給ふもわれなからこゝろうしあか
月になりてこと、もみなはてぬるにさるへき
かむたちめなとあそひ給ふさまはいとなまめ
かしくおかしきに大将のあかほしうたひ給へ
るあふきのおとないになへてならすおもしろ
きを神もみゝと、め給ふらんかしときこゆる
にうちそへるこゑ〳〵そこゝろおくれたるや
うなりけるあくるまてあそひてまかて給ふに
とりあえたるにしたかいてほそなかこうちき
ともおしいたさせ給へるをみなかつけわたら
せ給ひけり
（118ウ～120ウ）

〔二六七〕
かやうなるよのまきれともさへすきぬれはし
のひてちくふしまへまいり給事を人しれすお
ほしまうくるにもわかみやのひをへてまとは

しうみやられ給にも大将との御心には
　おほろけにけつともきえんおもひかはけ
　ふりのしたにくゆりわふれと〈139〉
なとおもひつゝけられ給にもけふあすとお
も（▲も）ひ（▲ふ）ひたちたるこゝろのうちにはいと、ある
ましきこと、思はなれ給へとそれにつけてし
もそ猶やすからすおほえ給ふあか月になりて
ことはてぬるにさるへきかんたちめなとうけ
とりてうたひあそひ給へるはいますこしなま
めかしうおかしきに大将との、あかほしうた
ひ給へるあふきのをともなへてならすおもし
ろきに神もみゝと、め給らんかしときこゆる
にうちそふるこゑそ心をくれたるやうなるあ
くるまてあそひてまかて給にさま〳〵の女房
のさうそくほそなかこうちきなとをしいてさ
せ給へり
（141オ～143オ）

〔二六七〕
かやうの事とも、すきて春のひかりまつ程は
ことなるまきれなかりけれはちくふしまにま
いり給はん事をおほしまうくるもわか宮の日

まさりたまへるぞいといみじきほだしにおぼされけれど殿もうへも我よりをろかに思ひ給ふべくもあらざんめればさり共とぞ心やすきをさすがなるしのぶ草ぞ中々尋よりたまひてしも宮おぼしへたてたるさまにみ(見)奉り給へばいとゞ跡たえなん後はいかなるさまにてかなと心ぐるしきをおぼしあまりて母宮にぞそこ〳〵にありしなどくはしくはあらねどかゝるよすがのかぎりにはあらすおぼしめすべきさまをほのめかし申したまひけるうへいみじう聞おどろきたまひてかくへたて過し給ひける事とうらみの給はすれどかならずさるやう侍りてたちまちにかのわたりにも何かはと思ひ給へればなど聞えさせ給へど取もあへず涙をさへおとしてゆかしういみじとおぼしたればいまさりぬべからんつゐでになどぞ申し給ひける一品宮にはこのごろれいならず心のどかに居たまひて思ふさまになりはてなばいかに思ひ出なくあさましかりし心のほどゝおぼしいでんとさすがにかたしけなき御身のほどを心くるしうおぼされながらもこまのつまづく斗はあらねばたゞかずならぬ身ながらもながらへてだに御覧せられまほしきに命さへありがたう思ひ給へるこそなど心ぼそげにおぼしたるをつねのことくさになりにたるかぜのま

しまさり給へるそいみしきほたしにおほされけれとゝのもうゑもわれよりおろかに思ひ給へくもあらさめれはさりともところやすきをさすかなるしのふくさそ中々へたてたるさまにてかなと心くるしきをおほしあまりてはゝみやこそそこ〳〵にありしなとくはしうはあらねとかゝるよすかにはあらすおほしめすへきさまをほのめかし申給けるうゐいみしくきゝおとろき給てかくへたてすこし給けることゝうらみの給はすれとかなはすさるやう侍てたちまちにこのわたりにもなにかはと思給ふれはなときこゑさせ給へととりもあえすなみたをさへおとしてゆかしういみしとおほしたれはいまさりぬへからんついてになとそ申給ける一品のみやにはれいならすこのうゐこゝろのとかにゐ給てしも思ふさまになりはてなはいかにおもひいてなくあさましかりしこゝろのほとゝおほしいてんさすかにかたしけなきこゝろのほとをこゝろくるしうおほされなからもこまのつまつくはかりはあらねはたゝかすならぬみなからもなからへてたに御らんせられまほしきにいのちさへありかたく思給へらるゝこそなとこゝろほそけにおほしたるをつねのことくさになりたるかせのまへなるこのはゝみすつましきこゝろさまなれは

をへてまとはし給そいといみしきほたしにおほされけれとゝのもはゝうゑもわれにおほしをとされたるもなかめれはうしろやすきにさすかなるしのふ草そ中々とひより給て宮にもかれをにくしとにはあらねとこよなうおほしはなち給へるさまにみえ給へはいとゝあとたえなんのちはいかなるさまにてかと心くるしきをおほしあまりてはゝ宮にそこ〳〵にありしなとくはしうはあらねとたゝひとのよすかのかきりにはあらすおほしめすへきさまをほのめかし申給けれはうへいみしうきゝおとろき給てかくへたて給けることゝうらみ給へとさるやう侍りてたちまちにやはかのわたりにもなにかはと思給◯《へ》てなときこえ給へととりあえすなみたをとしていみしうゆかしとおほしたれはいまさりぬへからんついてになとそ申給ふ一品の宮にはこのころれいならす心のとかにゐ給ても思ふさまになりはてなはいか(▲□)かに思いてなきあさましき心の程とおはしいてんすらんとさすかにかたしけなう御身のほとを心くるしうおほさるれとさりとてもこまのつまつくはかりにはあらねはた(▲□)ゝ(▲□)かすならぬ身なからもなからへてたに御らんせられまほしきをいのちさへありかたくおほえ侍こそなと心ほそけにおほしたる常のことくさ

への木葉はみ《（見）》はつまじき心ざまなればかやう
にみゝならさするにこそはとこゝろえさせ給
へばみゝもとゝめさせ給はず　（下41ウ～43オ）

〔二六八〕

暁にいで給はんとての暮つかた斎院に参り給
へればうへも此御かたにてきんの御琴ひかせ
奉りてきかせたまふなりけり御らんしつけて
ひきやませ給ふを久しうけたまはらぬに猶
と申し給へどこと〴〵よりもいどませ給ふこ
となればきゝ給ふにはれいもひかせ給はねば
いとくちおしうおぼさる神のこのごろゆめに
うちはへてみ《（見）》え給へばいとおそろしうて常よ
りもいのりどもせさせなどするをかゝる程は
さうじにて物し給へなにがしそうづのことし
までは京にもいづまじかなるを山に七日ばか
りこもり給ひてこゝろのどかにごしんせさせ
たまへなどの給はせていとゞゆゝしうおぼし
たるをみ《（見）》奉り給ふにこよひ斗とはしり給はぬ
ぞかしあすのたゞ今などはいかばかりおぼし
まどはんと思ひつゞけられ給ふに御いらへも
聞え給はず涙こぼれぬべきもこゝろよはく口
おしきこゝろかなとつれなくもてなしていと
よき事にこそさふらふなれいつをかぎりにか

かやうにみゝならさするにこそはと○《こゝ
ろ》えさせ給へはみゝとゝめさせ給はす
（120ウ～121ウ）

〔二六八〕

あか月にいて給はんとてくれつかたにてさい
ゐんにまいり給へれはうゐもこの御かたにて
きむのことをひかせたてまつりてきかせ給な
りけりはしつけてひきやらせ給もひさしくう
け給はらぬになをと申給へはこと〴〵よりは
いとませ給ことなれはきゝ給にはれいもひか
せ給はねはいとくちをしくおほさるうゐこの
ころゆめにうちはへみえ給へはいとおそろし
くていのりともそつねよりもせさせ給なとす
るをほとゝはさうしにて物し給へなにかしそ
うつのことしまてはきやうにもいつましかむ
なるをやまに七日はかりこもり給てこゝろの
とかにこしんもせさせ給へなとの給はせてい
とゆゝしういみしとおほいたるをみたてまつ
り給ふにこよひはかりとはしり給はぬそかし
あそのたゝいまなとはいかはかりおほしまと
はんと思ひつゝけられ給ふに御いらへもえき
こゑ給はすなみたのみこほれぬへきもこゝろ
よはくくちをしきこゝろかなとつれなくもて

になりにたる風のまへのこのはゝみえはつま
しき心さまなれはかやうにみゝならさするに
こそと心えさせ給へは御みゝもとゝめさせ給
はす　（143オ～144ウ）

〔二六八〕

あか月にいて給はんとてのくれつかたさい院
にまい《（◀つ）ぃ》り給へれはうへもこの御かたにてきん
の御ことひかせたてまつりてきかせ給なりけ
りこらんしつけてひ○《き》やませ給をひさ
しううけ給はらぬに猶と申給へとこと〴〵よ
りもいとませ給事なれはきゝ給にはれいもひ
かせたまはねはくちをしうおほさるうへこの
ころゆめにうちはへみえ給へはいとむつかし
うていのりともそへさせなとするかゝるほと
はさうしんにてものし給へなにかし僧都のこ
としまては京にもいつましかんなるを山に七
日はかりこもり給て心のとかにかちせさせ給
へかしなとの給はするみたてまつり給にこよ
ひあすなとはいかはかりおほしまとはれんと
おほさるゝに御いらへもえし給はすなみたの
こほれぬへき心よはうくちをしうもあるか
なとつれなうもてなしていとよきことにこそ
候なれいつをかきりにをしませ給へからん仏
のせ《（世）》かいふらうことすゝめ給へるものをとの

はおしみと丶めさせ給はん世皆不牢固とす丶め給へるものをとの給ふをまろが侍らずなりなんのちの事はしらずみ《(見)》奉らん程ばかりか丶る事なたはふれにても給ひそおほゐの物語のやうならばかぎりのみちにもえみ《(見)》すてたまはじとこそおぼゆれとて打なみだぐみ給へるまみのおやともおぼえたまはずわかううつくしげにていとかうおぼしたるをみ《(見)》奉らずなりなんずるぞかしとけふはつねよりもめとまり給ふ（下43オ〜44オ）

〔二六九〕

暮ぬればたいへわたらせ給ひぬ御をくりにさるべき人々もまいりてちかうはことに人もなきにひとり居給ひてつぶ〳〵と聞えをかまほしき事共もあれど中々にいみじうのみおぼされてたゞよやちか《つきぬイ》ゝらんとのみくちずさひてなけしによりゐ給へりおとなしのたきはもりいでそめなばせきとめんかたあるまじけれどなをいとむねいたき心ちすれば世をいとふこゝろはほどへ侍りぬれどたれもかうのみたはふれ事をさへいま〳〵しきものにおぼしの給はすれば心より外ならん命たにかけとゞめ

なしていとよきことにこそ候なれいつをかきりにかおしみと丶めさせ給はんせかいふらうことす丶め給へるものをとの給ふをまろか侍らすなりなんのちの事はしらすみたてまつらんほとはかりはか丶ることなたはふれにてもの給そおほいの物かたりのやうならはかきりのみちにもえみすて給はしとこそおほゆれとうちなみたくみ給へるまみのおやともおほえさせ給はすわかう丶つくしけにていとかうおほしたるをみたてまつらすなりなんするそかしとてひはつねよりもめとまらせ給ひ（122オ〜123オ）

〔二六九〕

くれぬれはうゑはたいへわたらせ給ひぬ御おくりにさるへき人々もまいりてちかくはことに人もなきにひとりゐ給てつふ〳〵ときこゑおこかましきこと丶も丶あれとなか〳〵にいみしうのみもの丶おほされてた丶よちかにとのみうちすさみてなけしによりゐ給へりおとなしのたきはもりいてなはせきと丶めんかたもあるましけれとなをいとあまりむねいたけれはよをいとふこ丶ろはほとへ侍ぬれとたれもかうのみたはふれことをさへいた〳〵しき物におほしの給はすれはこ丶ろよりほかなら

給へはまろか侍らさらんのちの事はしらすみきこえんほとはかりか丶る事なの給そ大井のものかたりのやうならすはかきりのこ丶《こ(▲ら)、》ちにもみすて給はしとうちなみたくみ給ぬるまみなとのをやともおほえ給はすわかううつくしうていとかくおほしたるをみえたてまつらすなりなんとするそかしとけふはつねよりもめと丶めさせ給（144ウ〜145ウ）

〔二六九〕

日くれぬれはうへはたいへわたらせ給ぬ御をくりにさるへき人々まいりなとしてちかふはことに人もさふらはねはつふ〳〵ときこえさせまほしき事おほかれとなか〳〵いみしうのみもの丶おほされてよやちか丶らんとのみくちすさみてなけしによりゐ給へりをとなしの朴きもり《(▲す)り》いてそめなはこ丶ろ□はくせきかたかりぬへけれとあまりなるも□ね□たけれはよをいとひはなる丶心は程へ侍ぬれとたれもかくのみたはふれ事をさへいま〳〵しきものにおほし給はすれは心よりほかならんいのち

まほしくおもひつゝうきをしらぬさまにてと
のみ忍ひ過し侍るをげにこそあまたとしもつ
もり侍ぬれきのふけふとなりてこそつゐにい
かにと心ぼそう思ひ給へらるゝを心よりほか
におほしめされんとすらん御前にこそ今はか
ぎりの川瀬もたつねさせたまふまじう侍れな
言の葉にとまるいのちも侍るとかやつらきは
道のしるべにてつゐの世のためにはあしうも
侍らざりけりなどことなしひにはいひなし給
へどつねよりもいかにげにおぼし成たるぞと
み(見)ゆる御けしきをゐんも思はすにあさましき
御心ばへ御らんぜしおりこそいかてみえ聞え
じとうとましうゆゝしうおぼしめされしかか
くならせたまひてのちは思ふまゝのこゝろの
うちをだにもらし出給ふ事はありがたうなら
せ給へればむかしへだてなうおもひ聞えさせ
給し名残もかはるべきならねば大形につけて
はをろかにも思ひ聞えさせ給はぬにいとゝま
ことにさやうにもおぼしならば殿うへなどの
おぼしまどはんありさまかぎりあらん御命ど
もいかゞとあらましごとにだにいといみし
うゆゝしかるべきにわれも御なみだおちぬべ
けれどいかにもいらへ聞えさせ給ふべきやう
もなければ
　いはずともわか心にもかゝらすやほだし

んいのちなとならてはうきをしらぬさまにて
とのみしのひすこし侍へるにけにこそあまた
としもつもり侍ぬれきのふけふになりてこそ
ついにいかにこゝろほそく思給へらるゝを
こゝろよりほかにいかにおほされんすらんと
御まへにこそかりのはかせも給はましく侍れ
なことのはにとまるいのちも侍とかやつらき
はみちのしるにてついのよのためにはあしう
も侍らさりけりなとことなしひにいひなし給
へとつねよりもいかにけにおほしなりたるそ
とみゆる御けしきをゐんも思はすにあさまし
き御こゝろはへ御らんせしおりこそいかてみ
きこゑしとうとましくゆゝしくおほしめされ
しかかくならせ給てのち思ふさまのこゝろの
うちをもらしいて給ことはありかたくならせ
給へれはむかしへたてなくみかはしきこゑさ
せ給へりしなこりもかはるへきならねはおほ
かたにつけてはおろかにも思ひきこゑさせ給
はぬにいとゝま事にさやうにもおほすならは
とのうへなとのおほしまとはんありさまかき
りあらん御いのちともゝいかゝとあらましこ
とにてたにいといみしうゆゝしかるへきにわ
れも御なみたおちぬへけれといかにもいらへ
きこゑさせ給へきやうもなけれはたゝ
　いはすともわかこゝろにもかゝらすやほ

たにかけとゝめまほしう思つゝうきよをしら
ぬさまにてすくし侍にけにこそあまたとしも
つもり侍ぬれ昨日けふになりてはつゐにいか
にと心ほそく思給へらるゝを心よりほかにい
かにおほしめされんとすらん御せんにこそい
まはかきりのはかせもたつねさせ給まて侍れ
なことのはにはとまるいのちも侍りと(▲こと)かやつ
らさはみちのしるへにてつゐのよのためはあ
しうも侍らさりけりなとことなしひにはいひ
なし給へとつねよりもけにいかに思なり給へ
るそとみゆる御けしきを院も思はすにあさま
しき御心はへを御らんせしをりこそいかてみ
えきこえしとうとましうおほえ給しかかくな
らせ給てのちは思こゝろのうちをたにもらし
いて給事かたくなり給へれはむかしへたてな(▲て)
く思きこえ給しなこりもかはるへきならねは
まことにさやう□し給はゝとのうへなとのお
ほしまとはんあり□まかきりあらん御いの□
と「　」いか[ゝ]とあらましことにてたにい
とゆゝしういみしかるへきに我もなみたをち
ぬへけれといらへきこえさせ給へうもなけれ
はたゝ
　いはすとも我こゝろにも(▲は)かゝらすやほた
　しはかりはおもはさりけり〈140〉
わさとなういひけたせ給へるはけにかうそり

斗に思はましかば〈140〉
わざとなういひけたせたまへるげにやくしの
ほうおこなはずとも四十九日ありてもいきか
へりぬべくぞおぼさるゝたれによりてかは
かゝるこゝろもつきそめ侍りし
　行かへりたゞひたみちにまとひつゝ身は
　中空になりねとやさば〈141〉
忍ふもぢずりは猶かこちまいらすへうこそ
てほろ〳〵とこぼしそめ給へる御涙はかこと
かましういみじきに御をくりに参りつる人人
かへり参りぬればさりげなくもてかくして詠
出し給へり
（下44オ〜46オ）

〔二七〇〕
月いでにけれどなげきのかけも外よりはこよ
なく枝さししげければこゝろもとなけに所々
よりもりたるかげこゝろぐるしげなるにはら
〳〵とふきはらふ木の下風の音なひなどもれ
いの所には似ず神さび物心ほそげにて心あら
ん人々にみ《（見）》せまほしき御前の庭のけしきをい
とゞなべてならずなかめ入給へるけしきいひ
しらずあはれげ也御まへなるきんを引よせ給

たしはかりは思はさりけり〈140〉
わさとなくいゐけたせ給へるけにかうそりも
すて給つへきさまなりたれによりてかゝる
こゝろのつきそめ侍りし
　ゆきかへりたゝひとみちにまとひつゝみ
　はなかそらになりねとやさは〈141〉
しのふもちすりはなをかこちまいらせつへく
こそとてほろ〳〵とこほしそめ給へる御なみ
たはかこちかましくいみしきに御おくりにま
いりつる人々かへりまいりたれはさりけなう
もてかくしてなかめいたし給えり
（123オ〜125オ）

〔二七〇〕
月はいてにけれとなけきのかけもほかよりは
こよなうえたさしゝけゝれはにやこゝろもと
なけにところ〳〵よりもりたるかけこゝろく
るしけなるにはら〳〵とふきはらふこのした
かせはおとないもれいのところにはにすかみ
さひものこゝろほそけにてこゝろあらん人に
みせまほしき御まへのにはのけしきをいとゝ
なへてならすなかめいり給へるけしきいひし

もすてぬへきさま也たれによりてかはかゝる
心もつきそめにしゆくもとまるもなにゆへと
かおほしめすたくひなく思きこえしみ給にし
よりこそかくあたらしき御身をやつさんまて
はおほしそめしかよには猶あれとこそおほし
けれときゝ給にまことにしてのやまちもこへ
やるましうやくしの法はをこなはすとも四十
九日のうちにかへさまほしくおほしなさるゝ
　ゆきかへりたゝひたみちにまとひつゝ身
　はなかそらになりねとやさは〈141〉
しのふもちすりは猶かこちきこへさせつへくこ
そとてほろ〳〵とこほしそめ給へるなみたはか
こち□ましういみしきに御をくりの[人]々かへり
ま[ひ]りぬ［　　］さりけ[な]くてなか□い□し
給へり
（145ウ〜148オ）

〔二七〇〕
月はいてにけれとなけきのかけもほかよりは
ことしけゝれはにやこゝろもとなけにところ
〳〵よりもりたるかけ心つくしなるにはら
〳〵とふきはらふこのしたかせのをとも例の
ところにはにす神さひ心ほそけにて心あらん
人にみせまほしきをいとゝなかめいり給へる
人からはいひしらすけ也御まへなるきんをひ
きよせ給てわうしきてうにしらへてせんゆう

ひてわうしきでうにしらへて仙遊霞をひき給
へる空にすみのぼりて世にしらずあはれにお
もしろしゐん何よりも御心と丶めさせ給へる
事にてつねに聞えさせ給へどあやにくに御
み丶ならさせ給はぬをかく例ならす御心とゞ
め給へるさまなるもうれしくめでたしとおぼ
しめす事かぎりなしみづからの御こ丶ろにも
又しもやはとおぼせば二かへりばかり引給へ
るは誠に昔ありけんやうにあらはれいづるも
のやあらんときくかぎりの人々は涙もとゞま
らす
（下46オ〜ウ）

〔二七一〕
母うへ聞給ふにありし文のおりをおほし出る
にいと丶ゆ丶しければまどひわたらせ給へり
さすかになどもえ聞えさせ給はずいとゆ丶し
うおそろしうおぼされてなみだをながしつ丶
ちかう居よらせ給ふけしきいみじげなるにげ
にかぜにはかにあら〳〵しう吹てむら雨おど
ろ〳〵しうふりたるそらのけしきいかなるぞ
とものむつかしきに神殿のうち三たび斗いと
たかうなりていひしらずかうばしきにほひよ
のつねのかぎりにはあらずさとくゆり出たる

らすあはれけなり御まへなるきむをひきよせ
給(▲て)てわうしきてうにしらへて仙ゆりをひき給
へるそらにすみのほりてよにしらすあはれに
おもしろしゐんなにことよりも御心とめさせ
給へることにてつねにきこゑさせ給へとあや
にくに御み丶ならさせ給はぬをかくれいなら
すこ丶ろとめ給へるさまなるもうれしくめて
たしとおほしめす事かきりなしみつからの御
こ丶ろにもまたしもやとおほせはふたかへり
はかりひき給へるはまことにむかしありけん
やうにあらはれはつるものやあらんときくか
きりの人々はなみたもと丶まらす
（125オ〜126オ）

〔二七一〕
は丶うゑき丶給ふにありしふゑのおりをおほ
しいつるにいとゆかしけれはまといわたらせ
給へりさすかにまな丶ともえきこゑすいと
ゆ丶しうおそろしくおほされてなみたなかし
つ丶ちかうゐよらせ給けしきいみしけなるに
けにかせにはかにあら〳〵しくふきてむらさ
めおそろしうふりたるそらのけしきいかなる
そと物むつかししきにかうとの丶うみ丶たる
はかりいとたかうなりていひしらすかうはし
きにほひのつねのかほりにはあらすさとくゆ

かひき給へるそらにすみのほりてよにしらす
あはれにおもしろし院なに事よりも御心と丶
めさせ給ことにてつねにきこえさせ給へとあ
やにくにうちとけてはきかせたてまつり給は
ぬをかうれいならす心と丶め給へるはうれし
うおほしめさる身つからの御心又しもやはと
おほせは二かへりはかりひき給へれはまこと
にむかしありけんやうにあらはれいつるもの
やあらんときくかきりの人なみたもと丶まら
す
（148オ〜ウ）

〔二七一〕
○《はゝ》宮き丶給にありしふえのをりおほ
しいてゝられ□いとゆ□しけれはま□ひわ
た□□給へりさすか□あなともえきこ□給
はすゆ□しうおほされてなみたをなかしつ丶
ちかくよらせ給けしきいとおそろしとおほし
たりけに丶わかに風あら〳〵しうふきてむら
さめおとろ〳〵しうふりたるそらのけしきい
かなるそとみえたるに神殿のうち二たひ三た
ひはかりいとたかうなりていひしらすかうは
しきにほひよのつねのかほりにあらすさとく

にまことにかしらのかみさかさまになるこゝち（地）してものおそろしき事かぎりなしおもしろうめてたかりつる物のねみなさめて聞かぎりの人々めをみ（見）かはして物もいはれずあきれたりわかき女房などはうごきだにえせすしに入たるやうにてみなうつぶしふしたりてん上にもさるべきかんだちめなとあまたさぶらひ給ひければかゝるものゝをとに聞あさみさはがぬ人なしさらはまことに天てるかみも世におはするわさにこそありけれなべてならずありかたき人の御ゆかりにはさま〳〵めつらかなる事をみ（見）る人もおほくこそありけれときゝあざむくに御前にはたさらぬだにわりなき御ものをちにいとゞ御心ちもたがふまでおぼしめしたればうへも渡らせたまひてさま〴〵おぼしあはてたりかくのみはかなき事につけてもきはことにおどろ〳〵しうかみ仏もおとろかせ給ふけしきしるき御ありさまをたひことに殿うへは御こゝろをうごかし給ふさまなのめならずいといとをしげなりわが御こゝち（地）にもかゝるまゝに此世はかりそめにもの心ぼそうのみおほしはなるゝなめりかし

（下46ウ～48オ）

りいてたるにまことにかしらかみさかさまになる心ちして物おそろしき事かきりなしおもしろくめてたかりつる物ゝねともみなさめてめてきくかきりの人々めをみかはして物もいはれすあきれたりわかきねうはうなとはうこきをたにもせすしにいりたるやうにてうつふしたり殿上にもさるへきかむためなとあまたさふらひ給けれはかゝる物ゝおとにきゝあさみさはかぬ人なしさらはまことにあまてるかみもよにおはするわさにこそありけれなへてならぬありかたき人のゆかりにはさま〳〵めつらかなることをみる人もおほくこそありけれときゝあさむに御まへにはさらぬおりたにわりなき御物をちにいと、御こゝちもたかふまておほしめしたれはうゑもわたらせ給てさま〳〵おほしあはてたりかくのみはかなきことにつけてきはことにおとろ〳〵しくかみもほとけもきゝおとろかせ給ことしるき御ありさまをたひことにとのうゑは御こゝろをうこかさせ給さまなのめならすいと〳〵をしけなりわか御こゝろにもかゝるまゝにこのよはかりそめに物こゝろほそふのみおほしはなるゝまゝはなんめりかし

（126オ～127ウ）

ゆりいてたるにまことにかみさかさまになる心ちしてものおそろしきことかきりなしめてたかりつるものゝねもみなさめて人々めをかはしつゝものもいはすあきれたりわかき人々はうこきたにせすしにいりたるやうなり殿上にもさるへきかんたちめなとあまた候給けれはかゝる神殿のをとをきゝてあさみて御前におそろしうおほしめすらんとたちさわきたりまことにあまてる神もおとろかせ給はぬやうはあらしとおほえつるきんのねをかものみやしろもいかゝきゝめてさせ給はさらんといひさはくよにめつらしき人の御とく□はさま〳〵めつらか□る御事をみる人おほ□□よかなといひあさ〔　　　〕御前に□さらぬをりたにかたはなる御ものをちなれは御心ちもなやましきまておほしめしたれはうへわたらせ給てさま〳〵におほしあはてたりかくのみはかなきことにふれておとろ〳〵しう神仏もきゝおとろかせ給けしきなるをつゐにはいかな○《る》へき人にかあらんうれしうめてたうおほされてたゝゆゝしいま〳〵しうこのよはかりゆそめなるへきとたひことにおほしをきてたれは○《我》御心ち○《に》もこゝろはうきたちていとしもなきうち〳〵の御ありさまにつけても心にかなはさりけるす

〔二七二〕
大殿も神殿に参り給ひてたび〳〵ふしおかみて宮司めして御はらへなとせさせたまふてぞたいへわたらせたまひぬるすべて〳〵今よりは此御手ずさひあが君〳〵とゞめ給へかくのみこゝろをまどはし給ふはかへりてふけうの中になり給ふらんいといま〳〵しうおそろしとてゆゝしういみじとおぼしたる御けしきどももげにいとことはりなりあやしう此ころ夢のさはがしうもしづかならさりつるはかゝる事のあるべかりければなりけり法楽しやうごんのためとさへなりたまへるもいとあまりにもあるかなとてそらをあふぎ給へる御けしきなどをみ（見）給ふにも思ひ立給ふ心の中をみ（見）たまはゞいかにとおぼすに涙のおちぬべければかしこまり給ふさまにてさふらひ給ふ山へのぼりたまはん御ともの人々の事などさだめ聞え給ふにもはか〳〵しう御いらへも聞え給はすこゝろさはぎのみせられ給ふべし暁に出たち給ふべければ夜ふけぬさきにまかり出てつとめてまいらん今朝女ゐんのかせおこらせ給ひ

〔二七二〕
おほとのもしんてんにまいりてたひ〳〵ふしおかみて宮司めして御はらへなとせさせ給てそたいえはわたらせ給ぬるすへていまよりもこの御てすさみあかきみ〳〵とゝめ給へかくのみこゝろをまとはし給はかへりてはふけうのうちになり給ふらんいと〳〵いた〳〵しとていとゆゝしういみしとおほしたる御けしきにもけにいとことはりなりあやしうこのころゆめのさはかしうしつかならさりつるはかゝることのあるへかりけれはなりけりほうらくしやうこんのためとさへなり給へるもいとあまりにもあるかなとてそらをあふき給けしきなとみ給みや思ひたち給こゝろのうちをみ給はゝいかゝとおほすになみたのおちぬへけれはかしこまり給さまにてさふらひ給ふ山へのほり給はん御ともの人々ことなとさためきこゑ給ふにもはか〳〵しくいらへもきこゑ給はすこゝろさはきのみせられてこゝろはそらなりあか月にいてたち給へけれはよふけぬさきにまかりいて〳〵つとめてまいらん女院のかせ

くせ（世）うらめしうなそやとのみおほされていさゝかのこのよにとまる御心なきなめりかし
（148ウ～150ウ）

〔二七二〕
とのもまいらせ給て神殿にて御はらへたひ〳〵ありてかものみやしろにさま〳〵の御す行なとこちたかりけりいまよりのちも猶この御てすさみあかきみ〳〵とゝめ給へかくのみ心をさはかせ給いみしきふけうのうちにいり給はんとていみしうおほしをちたる御けしきとも、ことはりなりあやし［　］のころ□めのさは［　］り□るはかゝること［　］へかり□るなりほうらく［　］こんのためとさへなり給へるもいとあまりなるわさかなとてそらをあふき給へるけしきをみたてまつり給に思たつ心のうちをみ給はゝいかにとおほすになみたはをちぬへけれとかしこまりたるさまにてさふらひ給山にのほり給はん人々の事さためきこえ給にはか〳〵しき御いらへきこえ給はすこゝろさはきのみせられ給てそらなりあか月にいてたち給けれはよふけぬさきにまかて〳〵つとめてまいらんけさ女院御かせをこらせ給てれいならすおはしますとうけ給はりつるとふらひ

で例ならずおはしますとさぶらひつるもとふらひ申さんとてたち給へは道の程もとをきにこよひはなにかは参り給ふと思ひつれど院のさ物し給ふなればけに参りたまはざらんもひんなかりなんとまれ〳〵いそぎ給へるをめやすくおほされてえとゞめきこえ給はずこゝにもさらはつとめていとゝくまいらんえうけ給はらでけふもまいらざりけるよしかつ〳〵けいし給へとの給へばわざとの心ち（地）には侍らぬなめりなにか内にもそうするなどこそさふらふなりつれとて出給へは御前は誰々かさふらふそれかれも参れなどいとうしろめたうおぼしめしたるをみ（見）たまふにもいかてかはかなしからざらん　（下48オ～49ウ）

〔二七三〕

涙のみさきだちたまへど立かへり給ひてわか宮は御とのごもりぬるかと聞えたまへばねふたけなる御けしきながらいそぎいて給ひて宮の姫君をのみ思ひてつねにまろをはいだかぬなめりとうらみ給へる御かほのうつくしさなどもかぎりなしあなゆゝしや宮をこそまさりては思ひ聞ゆれとていだき給へるにもかくなどもいひしらせ奉るへきやうもなければいとかひなしいますこし物の心しり給ふまでえみ

おこらせ給てれいならすおはしますと候つるもとふらひ申さむとてたち給へはみちのほともとをきにこよひはなとかはまいり給ふと思ひつれとゐんのさものし給なれはけにまいり給はさらんもひんなかりなんとまれ〳〵いそき給へるもめやすくおほされてえきこゑ給はすこゝにもさらはつとめていとゝくまいらんえうけ給はらてけふもえまいらさりけるよしかつ〳〵けいし給へとの給へはわさとの御てには侍らぬなんめりなにかうちにもそうするなとこそ候なりつれとていて給へは御せんはたれ〳〵か候それかしもまいれなといとうしろめたうおほしたるをみ給ふにもいかてかはかなしからさらん　（127ウ～129オ）

〔二七三〕

なみたのみさきたち給へとたちかへり給てわかみやは御とのこもりぬるかときこゑ給へはねふたけなるけしきなからいそきいて給てみやのひめきみをのみ思てつねにまろをはいたかぬなめりとうらみ給へるけしきのうつくしさなともかきりなしあなゆゝしやみやをこそまさりては思ひきこゆれとていたき給へるにもかくなといひしらせたてまつるへきやうもなけれはいとかいなしいますこしものゝ

まいらせんとてたち給ぬれはみちのとをきにこよひはなにかいてさせ給と思つれと院のさものし給なれはめやすくおほされてえとゝめきこえ給はすこゝにもさらはつとめてとくまいらんえうけ給らてけふもまいらさりけるよしかつ〳〵けいし給へわさとの御心ちには侍らぬなめり内にもなにかそうするとこそ侍つれとていて給へはこせんにはたれ〳〵かさふらふかれもまいれなとうしろめたうお［　］たるを[い]かてかか[な]しからさ［　］　（150ウ～151ウ）

〔二七三〕

わか宮は御と[の]□もり□[る]かとたつね給[へ]□ねふた□なる御こゑなからめをしすりていそきいて給て宮のひめきみをのみ思てまろをはつねにいたかぬなめりとうらみ給へる御かほのうつくしさかきりなしあなゆゝしや宮をこそ思まいらすれとていたきゝこえさせ給へるにもかくなといひきかせたてまつるへきやうもなけれはいとかひなしいますこしものゝ心しり給まてえみたてまつらすなりぬるよかく

ずなりぬるよかくともたれかはいひきかせ奉らんとするかほなどもはか〳〵しうえおほえたまはじかし夢はかりもおぼしいつともよのつねのあはれはかりをこそはかけ給はめと思ふにいみじうかなしうて袖もえ引はなたずなき給へばあやしとおぼして例のやうにもたはふれたまはずまめだちていたうしづまり給へるをみ（見）すてゝえいてたまふましけれど大白牛車をおぼしかへすまじうおもひとり給ひてしかばよろづになぐさめをき給ひて立いて給ふこゝち（地）おぼろけならずそむきはてにける心の程かなと我ながらありがたうおぼししらるゝになみだのみそ猶よはうこほれける

　涙のみよどまぬ川とながれつゝわかるゝ
　　道ぞゆきもやられぬ〈142〉

何こゝろなううらみ給へる面かげは此世の外になるとも身をはなるゝおりあるましうひきかへさるゝ心ち（地）し給ひけりとそ

（下49ウ～50ウ）

こゝろしり給まてえみすなりぬるよかうともたれかいひきかせたてまつらんとするかほなともはか〳〵しくもえおほえ給はしかしゆめはかりおほしいつるともよのつねのあはれはかりをこそ（▲こと）はかけ給はめとおほすにそてもひきはなたすなき給へはあやしとおほしてれいのやうにもたはふれ給はすまめたちていとしつまり給へるをみすてゝはえいて給ましけれとたいひやくこのくるまをもおほしかへすましく思とり給てしかはよろつになくさめおき給てたちいて給こゝちをほろけならすそむきはてにけるこゝろのほとかなとわれなから（▲から）ありかたくおほしゝらるゝになみたのみそなをこゝろよはふはおほされける

　なみたのみよまぬかはとこほれつゝわか
　　るゝみちそゆきもやられぬ〈192〉

なにとなくうらみ給へるおもかけはこのよのほかになるともみをはなるゝ事もあるましくひきかへさるゝ心ちし給ひけり（129オ～130オ）

ともたれかはいひきかせたて（▲□）まつらんするかほなともはか〳〵しうおほえ給はしかしゆめはかりおほしいつともよのつねのあはれはかりをこそかけ給はめといみしうかなしくてなき給へはあやしとおほしていたうしつまり給へるをみすてゝえいて給ましけれは大日こさをえおほしかへすましう思とり給てしかはよろつになくさめをきたてまつり給てたちいて給ふこゝちをろかならすそむき[は]てぬへかんめる心の程[か]なとわれなからありかたく思しらるゝにな□[た]のみ□猶心よはくこほれける

　なみたのみよとまぬかはとなかれつ□わ
　　かるゝみちのゆきもやられぬ〈142〉

なに心なくうらみ給へるをもかけはこのよのほかになりぬとも身をはなるゝをりあるましく猶ひきかへさるゝ心ちし給ふ

（151オ～153オ）

巻四（承応板本・慈鎮本）

承応板本

〔二七四〕

ひかりうする心ちこそせめてる月の雲かくれゆくほどをしらずは〈143〉

さるはめづらしきすくせ（世）もありておもふ事なくもありなんものをとくこそたづねめきのふのきんのねのあはれなりしかばかくもつげしらする也とひのさうぞくうるはしくしていとやんごとなきけしきしたる人のいふとみ（見）給ひてうちおどろきたまへる殿の御こゝちゆめうつゝともおぼしわかれずいかなるさまの事ぞとおもひつゞけ給ふにきのふのきんのねとあるはたゝ大将の御事ぞとこゝろえたまふまゝに物もおぼえずおそはれ給ふは御けしきのいみじきをうへもいかなる御事ぞとおぼしさはぐにとみにえぞきこえ給はぬとばかりありてからうじてしか〳〵夢ともなくみ（見）えつるいかなる事ぞとかたり聞え給ふうへの御心ちまいてよのつねならんやはつねの事といひながらきのふのけしきなど猶あやしくめとまりしをなどてよべもとゞめ聞えず成にけんときはにてれいもせさせ給ふことゞものれうとて法ぶくあまたまうけさせ給ふと比日ころきゝつるもさらばいかに思ひをきつる事のありけるぞとふた所しておぼしまどふさまかた時だにいみじげなるとのはせちに思ひつより給ひておき出たまへれどさらばいかなる野山にかゆきまじり給ひぬらんとおぼしやるにたちうごくべき心ちもしたまはねどとくたづねよとかもの明神のをしへ給ひつるになぐさめてさうぞくなどし給ひて先堀川の院へぞおはしけるかの御かたの御門より入給ふに馬共にくらをきてたゞいま人の出べきにやとみ（見）えたり大将殿もいと夜ふかくといそぎたまひていで給ふ程なりけり

慈鎮本

〔二七四〕

ひかりうするこゝちこそせめてる月の雲かくれゆくほとをしらすは〈143〉

さるはめつらしきすくせ（世）もありて思ことなくもなりなん物をとふこそたつね給はめきのふのきむのねのあはれなりしかはかくもつけしらするなりとひのさうすくうるはしくしていとやむなけなるけしきしたる人のいふとみ給てうちおとろき給へるとのゝ御心ちゆめうつゝともおほしわかれすいかなるかたさまのことゝもえこゝろえ給はすたゝ大将とのゝことなめりとゆめのうちにおほされつれはむねやかてかしけて物もおほえすおさへ給へる御けしきのあやしきにうゐおとろき給てにはかなる御心ちのいかにおほさるゝにかとなけき給へとゝみにものもの給はすとはかりありてそからうしておほしのとめてしかなんみゑつるをいかなることにかとかたりきこゑ給ふをきゝ給うゐの御心ちましてよのつねならんやはつねのことゝいひなからもきのふの御けしきはなをあやしくめとゝまりしをなとかよへもとゝめきこゑさりけんときはにてれいのせさせ給ふことゝものれうにほうふくともいとあまたせさせ給もこのひころきゝつるもかくおほしけるにやといまこそこゝろゆれとなけき給ふに殿もせちにおほしつよりておき給てもいかなるやまの中にかくれ給ぬらんとおほしやるにいたくそこかれ給ふされともたつねよと神のつけ給へるに御心なくさめて御さうそくともかたのやうにてまつほりかはのゐんへそおはしけるかの御かたの御かとよりいり給ふに馬三四はかりくらをきてたゝいま人のいつへきにやとそみえたる大将とのもいまそ馬にのり給ふほとな

〔二七五〕

（上1オ～2オ）

殿の御車を俄に引入たるにおどろき給ひてさしいで給へるをうちみ《(見)》つけ給へるに中々いまぞ涙もとりあへずこぼれ給ひてかものみやしろの御かたをふしおがみ給ひてなをしの袖を、しあて給へる御けしきなどあやしきをいかなる事聞給ひてかく夜中にまどひわたり給へらんとおぼすにいでやいと心うかりける御心かなあまたあらんにてだにすこしもとりわけたらんこゝろざしのほどをみ《(見)》んにはいとかゝるこゝろのほどはつかはじをまいていかばかり思ひまぎらはすべきたぐひだになく一日かた時も聞えぬ程は戀しくかなしき物におもひ聞えたるをみつゝ《(見)みる〳〵》いかなるかたにおぼし立て世をそむきすてんとはいでたち給ひけるぞいとよしをのれをこそおぼしすてめめにて又なくおぼしまぎるゝ方なくならひ給へる御心にみ《(見)》給はずなり給ひなばかた時ながらへ給ふべしとやみ《(見)》給ふかきりあらんいのちのほどをたにかのみ《(見)》給はん程はかけとゞめんとはおぼすまじうやはあるへき仏もけうやうをこそおもき事にはのたまふめれかくふけうの御こゝろにてはおぼしすてつらん道のさまたげにもこそ成たまへ何事もみなさるべきむかしのちぎりにこそあらめかくなん思ふと心うつくしうの給はゞあながちにせいしきこゆべきにもあらずたゞ我身はのこりなきよはひに成たるにふりすてられ聞えたらんも心ひとつのかなしさはさるものにて人のみ《(見)》きかん事もはづかしく仏のおぼさん事もつみさりどころなくかなしかるべきをたゞもろともにいかにもし給へほとけのすゝめたまへるにもあらんいかなるかたざまにもみづからはをくれきこゆまじければいとよしいまひと所の御ありさまこそ後の世にもいとかゝる御心のみだれながらはおなじところにあひみ《(見)》奉らん事かたかるべかめりとい

りける

（1オ～2オ）

〔二七五〕

中のみかとより御くるまをにはかにひきいれたるにおとろきており給ぬるに殿いまたおはしけりとみ給ふにいまそなか〳〵御なみたほろ〳〵とこほれてくるまよりおり給まゝにかものやしろのかたをふしおかみ給御けしきのあやしさもいとたしかなるかみの御《を》しへとはしり給はねはたゝいかなりつることゝそとおほすにとのもたゝなをしのそてをおさへなきいり給いてやいとこゝろうかりける御こゝろかなあまたあらんにてたにすこしとりわきたるこゝろさしのほとをみしり給はゝいとかくまとはし給は《て》もありなん物をましていさゝか思ひまきらかすへきたくひもなくて一日かたときもみきこゑぬをはこひしくかなしき物に思ひきこゆるふたりのおやをとしたかくなりぬるをみをき給てはかきりあらんいのちをたにかけとゝめてみむとやおほすへくやあらんあかすうれしくおほさるへき御みにもやつしかたき御みをせめてあらぬさまになしてこのよなかくみきこゑすわかれうせなんとおほしつらんはいかなる御こゝろならすなにこともおほろけには思ひとり給はしとおしはかりきこゆれはいまはうしろみきこゑんにしたかひ給はさらんものゆへなにかあなかちにせいしきこゑんたゝわかみにのこりなきよはひにて思ひすてられきこゑたらんもこゝろひとつのかなしさはさるものにて人のみきかむことのはつかしくほとけのおほさん事もつみさりところなしたゝもろともにい《(▲も)》かにもなし給へさるへきにてほとけのすゝめ給はんにもあらんいかなるかたさまにもおくれきこゑてはいかてかこのよにも侍らんいみしうありかたうおほしつるやうなりともこゝろをみたし給はゝねかひ給はんつみのさまたけともなり給なんけうやうのくとくをこそはよろつよりもす

みじき事共をなく〳〵いひつゞけ給ふをつく〳〵ときゝたまふに人しれぬ心の中をいかにしてみ《(見)》あらはし給ひけるぞとおぼずにもげにこゝらの年ころこのよもかの世も露ばかりおもひのこす事なくおぼしすてつれどたゞ今いとかゝる御心まどひをみ《(見)》奉り給ふにはいとかばかりまで思ひあくかれにけん心の程ぞわれながらつらくいふかひなくおぼししられける

（上2オ～4オ）

〔二七六〕

げにまいてうへの御こゝろの中おぼしやるは今すこしこゝろぐるしくて人やりならず袖もぬらし給ふものからかくまできゝ給ふてげれば先今しばしはふようなめりと思ひ給ふに猶思ふ事かなふまじき身にやと中々たちまちにおぼしたゝざりつる過ぬるかたよりもいみじく口おしともかなしともよのつねならねどたゞこゝろえぬさまにもてなしたまひて女ゐんの御心ち《(地)》ことにもおはしまさずうけ給はりしかばときはと申す所にねんごろにかたらひ侍るべきあまのわづらふよしうけたまはりしとぶらひ侍らんとてけさまかり出るをもしいかなるかたざまにきこしめしたるにか何事によりてかたちまちにさまでは思ひ給へならんとつれなう聞え給ふもいとつらく心うくて袖をえ《もイ》引はなちたまはぬをかつはいでやむげに後の世もかへりみずつれなき心の程とみ《(見)》給ふらんかし浄蔵浄眼の往反遊行し給ひけんをみ《(見)》給ひてよりこそ妙荘厳王もこゝろぎよき三まいどもをつとめ給ひて花徳菩薩とも成給ひけれまことにかゝるつゐでに我や先なりなましかばかりにおもひたち給ひにければつゐにはえさまたげ聞えじな

くれたることにほとけもの給ふめれみつからはとてもかくてもおくれたてまつるましけれはみたてまつらん事もたえしと思ひなくさむるをこのいまひとりの御ありさまこそのちのよにもいとかゝるこゝろのみたれなからはおなしところにあひ給はん事もかたかるへけれなとなく〳〵いひつゝけ給ふをつく〳〵ときゝ給ふに人しれぬこゝろのうちをいかにして見あらはし給にけるなとおほすにもこゝらのとしころ○《こ》のよもつきのよも思のこすことなくおほしすてつれとたゝいまはいとかゝる御こゝろのほとをみたてまつり給ふにいとかはかりにおほしあくかれんこゝろのほとはつらくいふかひなくおほししらるゝに

（2オ～4ウ）

〔二七六〕

けにましてうゑの御こゝろのうちおほしやるはいますこしこゝろくるしくて人やりならすそてもぬらし給ふものからかくまてきゝ給てけれはしはしはふようなめりと思ふになをこのよにも思ふ事かなふましきにやとたちまちにおほしたゝさりつるすきぬるかたよりもいみしうかなしけれとたゝこゝろえぬさまにもてなし給つゝ御こゝろみちとにおはしますにうけ給はりにしかはとしころねんころにあひかたらひ侍りしそうのひへさかもとにわつらふことありてまうてきたるとふらひ侍らんとてけさもいてたち侍つるをもしいかなるさまにきかせ給へるにやとなにことによりてかたちまちに思ひたゝむとつれなくきこゑ給もいとつらくこゝろうくてそてもひきはなち給はぬをかつはのちのよをかへりみすつたなきこゝろのほとゝみ給らんかし上さう上けんのりんわうのゆきやうし給ひけんもみ《(見)》給ひてよりこそはめうしやうこむわうきよきさんまいともつとめ給てしやかほとけともなり給ひけめまつかゝるついてにわれやなりなましかはかり思ひたち*給にけれはついにはとおほしなりぬれとれいなら

どはおぼしなりぬれど例ならぬかりさうぞくにやつれたまひていかにぞや思ひみだれ給へる御さまのほのかなる空の光にゆゝしくみえ給ふをあさましき四方のあらしにたぐへこけの衣にやつし聞えてはさらに皆成仏道にも心ぎよからずやとうちまもり給ふもなをげに刧濁乱時諸佛方便もかひなくありけるかなと返々もかなしくもはづかしくもおぼししられけり夜も明ぬるまでうちもやすみたまはずなをおぼしむせびたる御気色のいとこゝろぐるしくつみうらんかしと誠におぼえ給へば思ひかけぬさまをのみ返々聞え給ひなぐさめ給ふてれいの御かたにわたし聞えなどさりげなくもてなし給へど御こゝろのうちはいとゞみだれまさりてむねもつとふたがり給へり　（上4オ～5ウ）

〔二七七〕

あかう成ぬれば殿とうへの御もとに出立給ひにけるさまなどこまかにかきて奉り給ひけるを御覧するにはいかでかは神の御こゝろをろかには思ひ聞えさせ給はん院の御前ばかりには此御夢をかたり申させたまひけりかんどのにいらせ給ひていよ〳〵かゝる心思ひなをるべきさまに申させたまへなど聞えさせたまふさらばかくおぼしてやきんの音も例ならず心とゞめ給ひけんさもなり給ひなましかばいかにあさましからましとおぼしめす殿には思ひかけざりつる御夜中ありきよりはじめれいならぬ御けしきなどを心得ずいかなるにかと人々は思ふにうへなどもわたらせ給ひてやがて其日よりかもの御やしろにてはじめさせ給ふ御いのりどもいとこちたしまいらせ給ふべき日などさだめさせ給ふさまなと何事のいかなりける事そとよの人も聞おどろきけり大かたの御いのりどもいつとてもこの御れうとおぼしいたらぬ事なき中にも取わきおぼしたのませ給へる

ぬ御かりさうぞくにやつし給ひていかにせ《そ》や思みたれてよりゐ給へるいとほの〳〵しきそらのけしきにもかたしけなくゆゝしくみへ給ふをあら〳〵しきよものあらしにたえはてゝこけのころもにやつしきこゑてはかせうほさつのきはにもこゝろよからすやとうちまもりきこゑ給ふにもなをけにかいなくもありけるかなとかへす〳〵もかなしくむつかしくもおほしゝられけりよもあけぬるまてうちもふし給はすなをおほしむせひたるけしきのいとこゝろくるしくみへ給へは思ひかけぬさまをのみかへす〳〵きこゑなくさめ給てれいの御かたにわたしきこゑ給ふなをさりけなくもてなしきこゑ給へと御心のうちはなをみたれまさりてむねもいとふたかり給ふ　（4ウ～6オ）

＊上字「た」からの連綿を見せ消ちにして記す。

〔二七七〕

とのうゑの御もとへいてたち給けるさまともをこまかにかきてたてまつり給けるを御らんしてもいかてかは神の御こゝろおろかにも思ひきこゑさせ給はんゐんの御まへはかりはこの御ゆめをもこまかにきこゑさせ給ひてかもにとのまいらせ給ていとゝもかゝるこゝろを思ひやむへく申させ給へなときこゑさらはかくおほしてやれいならぬにもおしみ給はさりけんけにさもなり給はましかはいかにあさましからましとそおほしけるとのにはれいならさりける御よの中ありきをはしめれいならぬ御けしきをこゝろえすいかなることにやと人々思ふうゑなとへわたらせ給てやかてそのひよりかもにてはしめさせ給ふ御いのりやまいらせ給へきひなとさためさせ給ふさまなとことのほかなりけるそとよの人もきゝおとろくはかりこちたくおほゆるおほしいたらぬ事なき御いのりともいつとてもおこたることなきになかにもとりわきてたのませ給へるそうともにこと

御いのりの師共にくはしくのたまはせつゝ一心にいのり申すべきよしなく〳〵の給へばみなおどろきつゝ心をいたしいのり給ひながらも又かつはさるべきにてこそはかはかりめでたき御身ながらいとさしもおほさるらめ佛はいかゞ御らんすらんとあはれにそおぼしける
（上5ウ～6ウ）

〔二七八〕

そのゝちはいとゞかた時の程もうしろめたくあやうき物におもひ聞え給ひてありきなどもせさせ奉り給はずたゞいましばし待給へあなかしこをくらかし給ふなとの給ふまゝに涙をながし給へばいと心ぐるしく又世の人の聞つたふらんことのかへりてはこゝろあさう物くるおしかりぬへけれはおもひかけざりしさまをのみかへす〳〵うへにも聞え給ひていかてか物思ひ《入ぬイ》のさまをみ（見）え奉らん*じとよろづにもてなし給へばげに中々過にしかたよりもうはべばかりははれ〴〵しく成給へれど心のうちの口おしさは猶えおぼしなをされずいみじくおぼしなけかるゝなぐさめには入道の宮にそ後の世にさへすてられ奉るべきすくせ（世）にやあさましうほ（本）いなきこゝろのうちなどすこしもらし給ふて

いそげども行もやられぬうき嶋をいかでかあまのこぎはなれけん〈144〉

いひしにかはる心のほどをいとゞいかにとはづかしきまでなどかきつくし給へるを例のほのみ（見）給ふて

いか斗思ひこがれしあまならでこのうきしまをたれかはなれん〈145〉

などおぼしつゞけらるれとはかなかりし筆のすさひもみ（見）しやうに聞え給ひしのちはうしろめたうて御こゝろのうちよりももらし給はざりけり
（上6ウ～7ウ）

のありさまなとしのひての給はせてこのよをあくかるゝこゝろをなをし給へとのみなく〳〵の給へはけにいとあさましきことゝきゝおとろきてこゝろをいたしておの〳〵いのりきこゑさせ給てもかつはさるへきにこそさしもおほさるらめほとけはいかゝおほさるらんとそあはれにおほえける
（6オ～7オ）

〔二七八〕

そのゝちはひるまのほともうしろめたくめはなちにくゝ思ひきこゑさせ給ひてたゝいましはしまち給へあなかしこおくらかし給ふなとのみの給ひてはとりあえすなみたをのみこほし給へはいとこゝろくるしよの人のみきゝてはこゝろあさく物くるはしけれ（◆は）かるへけれは思ひかけさりしさまをのみうゑなとにもきこゑさせ給ていかにして物を思はれぬさまにみえたてまつらんとよろつにもてなし給へはすきぬるかたよりもうへはかりもれ〳〵しくなり給へれと心のうちのなをくちをしさはさらにおほしもなをされすこゝろひとつにおほしなけかれ給ふなくさめに入道のみやにこそのちのよにさへすてられたてまつるへきすくせ（世）にやあさましくほ（本）いなきことなとすこしもらして

いそけともゆきも《や》られぬうきしまを如何てかあまのこきはなれけん〈144〉

いひたえたるこゝろのほとはほかにもはつかしきまてかきつくし給へるをれいのものみ給て

いかはかり思ひうかれしあまならてこのうきしまをたれかはなれん〈145〉

とおほしめさるれとはかなきてならひもみしやうにきこゑさせ給てしよりのちはうしろめたくて御こゝろひとつにこめてやませ給にける
（7オ～8オ）

＊「ん」字の左に「イ」と記す。

〔二七九〕

一品の宮に参り給はぬ事をば誰もいみじくきこえ給ひしかどこののちはさやうの事をくるしくおぼしけるにやとかけてもえきこえ出たまはずひるの程をだにいで給ふをばいとうしろめたげに思ひきこえさせ給へれどさのみこもりゐ給ひたらんもをと聞み《（見）》ぐるしかるべければ一品宮ばかりには参り給ひてまぎらはしきありきもし給はざりけりされど世の中かくれなくてをのづからきく人々もありてまことしくそりやつし給へらんやうにおしみかなしがりきこゆればみやもきかせ給ひていとゞ心うくおぼしめす事かぎりなし思ふすぢことなりける人をおとゞなどのあながちにいひつゝかばかりもあらすれば思ひわびてさまでも思ひなるにこそはあらめといとゞはづかしくみえにくゝおぼさるればわたらせ給ふ事もいとまれなるをとやかくやとなつかしく聞えあきらむべきかたもなければたゞ心えずみ《（見）》しらぬやうにて過し給ふにあまりうちしきるひとりねはいとゞめもあはす思ひつゞけられ給ふ事おほかる中にもあし仙のまちどをにおもひをこすらんぞ猶いとほ《（本）》いなき心ちし給ひて枕もうきぬべき

　この比はこけのさむしろかたしきて岩ねのまくら臥よからまし〈146〉

などやすげなくおぼしやられけるひるはつれなしつくり給ふにこよなくまぎるゝをよる〳〵ぞかくてのみはながらへん事ありがたくおぼされける

（上7ウ〜9オ）

〔二七九〕

一品のみやにまいらせ給はぬことはたれもゆるしなくおほしけるにやとこゝろみ給へはかけてもきこゑ給はすめをのみつけてうしろめたくまもりきこゆ給もあからめもしにくゝくるしけれはさのみこもりゐたらんもおときゝもみくるしけれは一品のみやはかりにまいり給ひてまきらはしき御ありきなとし給はすこゝろのとかにてものし給へとなにことも〳〵よの中かくれなくてかやうにおほしたちけるをとのゝゆめにみ給てこもりきこゑさせ給ふことなとくはしからねとおのつからことしもそりやつし給へらんやうにおしみあたらしみきこゆれはかやうにきかせ給ひていかにかはうくこゝろうくおほさゝらん思ふかたことなるけしきしたる人をおとこなとのあなかちにいひつゝかはかりもあらぬをなをくるしく思てさやうにはにくくおほさるれはわたらせ給ことこよなくまれなるをとやかくやとなつかしくきこゑあきらむへきやうもなけれはたゝこゝろえすしらすかほにてすくし給ふにうちしきるひとりねはいとゝめもあはすおほしつゝらるゝかたおほかるにあしせんのまちとをに思ひおこすらんことのかなしさにまくらもうくはかりになりにけり

　このころはこけのさむしろかたしきていはとのまくらふしよからまし〈146〉

なとまくらもうきぬはかりおほしあかしけるひるはしあるき給ふにこよなくまきるゝをよるそかくて《は》ならへゆかむもかたくおほされけるを

（8オ〜9ウ）

〔二八〇〕

殿の御かもまうで近く成ぬれは舞人にさゝれたる殿上のわか君たちなどこゝろことに思ひいそぎたり大将殿にはありし御夢の事などうへぞくはしくかたり聞え給ひけるけにさしもたしかに御覧じけんよしづめがたき心の中をおぼしとがめすしゐてうき世にあらせまほしくおぼすらん神も御心のありがたきものからかた〳〵につらきかたにぞすゝみ給ひけるまいらせ給ふ日の事どもなどをしはかるべしいついかなりし御願ともはたさせ給ふにかとみやしろの神人ともおとろくにかみもいとど御心ことにまもりはぐゝませ給ひてゆめの中につげしらせたまひけん行ゐの御有さまもおぼしをきつるにたがはずと返々申あくるこは引のいとたのもしげなれどみづからの御こゝろのうちには

　かみもなをもとの心をかへりみよ（見）此世とのみは思はざらなん〈147〉

日くらしおもしろふめてたき事どもはまねびつくすへうもあらずかやうにいのり聞え給ふさま過ぬるかたよりもこちたし宮に参りそめたまひては此おはし所もわざともなきさまにもてなし聞え給ひてまれ〳〵たちとまり給ふ夜な〳〵をもいさめ聞えさせ給へれど今はいにしへのやうにみかきたてゝ明くれたゞ女の御身をおぼしかしづかんやうにていかなるわざをしてこの御心をおぼしなをさせんすこしもこゝろとゞめ給へらん人もがなかぎりあれば男はさてこそあくがるゝ心もとまらめいとかばかりおもひまどへどおやをばほだしとも思はざりけりといひあはせ給ひてふた所してたづねなげかせ給ふさまどもいとあはれにくるしげなり

（上9オ～10ウ）

〔二八〇〕

おとゝのかもにまいり給へきひちかくなりぬれはその御こゝろまうけいとこちたしかゝれと大将とのはいかなりし事ともくはしくしり給はぬにうゐそありし御ゆめかたりいて給てつきせすうらめしく思きこゑさせ給へるけにさしもたしかに御らんしけんよあやしくしつめかたきこゝろの中のなめけさはおほしとかめすしゐてよになからへよとおきて給ける神の御こゝろもありかたく思ひしられ給ふにもなをひたすらにすてかたかりけるわかみのほとなとおほしゝらるへし御かもまうての事もくはしからすともおしはかるへしいつしかなりける御事ともの春ともはたさせ給ふかもと御社の神人ともめをとろかす神もいとゝ御こゝろよせことにまもりはてきこゑさせ給てゆめの中につゆしらせさせ給てんゆくすゐの御よろこひもたかへさせ給はすなかくかなへさせ給へと申あけらるゝこはつきたのもしけれと大将の御こゝろのうちは

　神もなをもとのこゝろをかへりみよこのよとのみは思はさるらん〈147〉

ひくらしおもしろくめてたき事ともをまねひつくすへうもなかりけるかやうにひまなくまほりきこゑさせ給ふさますきぬるかたにもまさりたりみやにはまいり給ひてのちよりはこのとのにておはしましところにはわさとなきさまにもてなしきこゑ給ひつゝたちとまり給ふよはいさめきこゑ給ひしをいまいにしへのやうにみかきたてゝあけくれたゝこの御ことをおほしかしつきつゝいかなるわさをしてなをさやうにくからす人にとまるこゝろもあらぬかゝる御こゝろさしをみ給なからもわれらをはついのほたしに思給はさりけりとたゝふたところしてこの御ことをとやかうやといひならせ給ふさまともいと〳〵をしくるしけなり

（9ウ～11オ）

〔二八一〕

かゝる事をさがのゐんにもきかせ給ひていみじくうらみなげかせ給ふよし聞給ひてさればよいときゝにくき事さへ出きぬる事むつかしくおぼさるゝものからなげかせ給ふなるさまもかたじけなくあはれなれば殿に御いとま聞え給ひてわか宮ぐし奉り給ひて参り給へり御らんずるたびにめづらしきさまにのみねひまさり給ふをかゝればいとあやうきぞかしとまもらせ給ふに先御涙もこぼれさせ給ひぬいはけなくものせられしよりおとゞにもおとらすおもひそめてしをいまとなりてはいとさま〳〵のほだしをさへゆづりてしかば所せきよはひのほどをもいかにしてやかてとこそ思ふをいとほ（本）いなくいとひすてらるゝさまに聞もいとたうとき事にはあれどうらめしきかたになどの給はするもげにいとかたじけなければいかなりけるひが事共をきかせ給ひけるにかさらに思ふ給へかけさぶらはぬ事をかくもてさはがれて山かへるなどいふ名もとまりさぶらはゞはしたなきやうにや思ひなり侍らんとすこしうちわらひ給へるあいぎやうはこぼれ給へりわか宮の御ありさまをみ（見）奉りすてゝかぎりの道にもいかでかなど申し給ふ大やけわたくしの御物語れいのこまやかにて日もくれぬれば出たまふさまに入道の宮の御かたに参り給へりみやは御ねんずだうにおはしましければやがてそなたのみすのまへにちかくさふらひ給ふに中納言のすけもさぶらふほどにて御ありきもいとゞありかたげにうけ給はるを思ひかけぬ程にはいかでかと聞ゆれはなとてかつねよりもかたく侍らんいただのはしよいかにとかやとてみすをひきかづき給へは人々もみなすべり入ぬるにみ（見）木丁もをしやりてみ給へば御経ばこもあきたり法花経なるべしまき〳〵あまたぢくのもと迄まきよせられて御すゞはけうそくにうちかけられてしきみの香のかはなやかなるにさま〳〵のうつり香どもにはやされて哀になつかしきにもありし夜の手さぐり先思ひ出ら

〔二八一〕

この御ことをきかせ給ひてさかのゐんにもいみしうゝらみなけかせ給とききゝ給ひてかたはらいたきことさへいてきぬるよとむつかしくおほさるゝものからなけかせ給ふかたしけなくあはれなれはとのにいとま申給てわかみやくしたてまつり給てまいり給へるに御覧するにまことにめつらしくかたしけなくおほしめされてうちまもらせ給ふにもいかなる御こゝろにてなにことにもつけてもかはかりありかたきみをさしもいとはしくおほす覧とまつこゝろにはうちなけかせ給てむかしよりおとゝの思ふこゝろにも思ひそめてしをいまとなりてはいと〳〵さま〳〵のほたしをさへゆつりきこゑてしかはいかにしてもかきりあらんいのちのほともやかてとこそ思きこゆるをいとほ（本）いなき御こゝろのほとゝきくもみつからひとりのかなしさにてなとの給はするはいみしうあはれにていかなることゝものさそひけるにか思ひかけぬことゝもをかくまてもてさはかれてなをいとくるしう思給へらるゝかすならぬにてかくもわかみやの御ありさまもみたてまつらすすてゝは如何にかかきりのみちもときこゑさせ給ふれはい共のまいり給ぬれはこまやかにあはれなる御ものかたりにてひもくれぬいて給なんとて入道のみやの御かたにまいり給へれはみやはねんすたうにおはしましけれはやかてそなたにみすのまいとちかくゐ給ふをすけさふらふほとにて御ありきもいとゝありかたけにうけ給はるを思ひかけぬほかにいかてかときこゆれはなとかつねよりもありかたくも侍らんいたゝのはしゆにも給はすともいふなれとてみすをすこしひきあけ給へれはみやもおくふかくいらせ給ぬるにき丁おしやられて御きやうはこあきてちくもとまてまきよせられてすゝなともうちおかれたりしきみのかうのかはなやかにさま〳〵のうつりかとも、いとゝもてはやされてなつかしきもありしよのてあたりまつ思ひいてられてたゝいまさしむ

れてたゞ今さしむかひ奉らまほしきに例の涙こぼれぬべきけしきにてつ
く〳〵とみ《（見）》わたし給へるまみなとつきせずものあはれとおぼしたり年
比はよろつに思ひたちなからも思ふ事ひとつにせかれつゝすぐしをあ
りし夜ののちはいとゞすゝむる心ち《（地）》してひとへに思ひ成にしかどうきは
かきりも誠にあるまじきにやけふまても同しさまにてきかれ奉るこそは
づかしけれとてなき給へはいてやいと心うき御心にこそ侍りけれわか宮
を思ひ聞えさせたまはゞさりともいとさまでの事はえおぼしよらじとこ
そおもひ給へしか行すゑはをのづからかゝるかたざまにつけてもえさり
がたくのみ聞えさせ給へるさまにも侍りぬべかめる物をいとど思はすに
心うしとこそは人しれぬ御心にも思ひきこえさせ給はめときこゆれはい
でやかひなきかたざまをばさる物にてたゞさはかりだにおほしたるとお
もはましかはなとてかはたちまちにかうまでも思ひよらましいときゝに
くゝいひさだめらるゝもいかにほいなくきかせ給はんと思ふのみこそよ
ろづにすぐれて口おしく侍るべけれかゝるかたさまにさへ御心にたがふ
すくせ《（世）》よなどつきせぬ御なみだなりうすかうなる御あふぎのあるをせち
にをよびてとりよせ給へれはなつかしきうつりがばかりは昔にかはらぬ
心ちするに花やかならぬしたゐなどのさまかはりたるは猶いとあはれに
あかずかなしくおぼされけり
　手にな《ふイ》れしあふきはそれとみ《（見）》えながら涙にくもる色ぞことなる　〈148〉
とかたかなに書つけてもとのやうにをき給ひつ　（上10ウ～14オ）

かひてみたてまつるわさもかなとゆかしきにれいのなみたこほれぬ物も
の給はすうつみめくらし給へる御けしきとしへぬるうさもおほしめしい
らすつきせぬあはれも思きこゑ給へりとしころはよろつに思ひたちなか
らも思事ひとつにせかれてすくしゝをいとゝありしよのゝちよりはすゝ
むるこゝちしてひとつに思ひなりにしかとうきはかきりあるましきにや
けふまておなしさまにてときかせ給ふらんこそはつかしけれいてやいと
こゝろうき御こゝろにこそ侍れわかみやを思ひきこゑさせ給へはさりと
もさまてのことはえおほしめしよらしとこそ思給ひしかゆくすゑをはお
のつからかゝるかたさまにつけてもさりかたくとのみきこゑさせ給へき
物をいとゝも思はすに心うしとこそは人しれす思きこゑさせ給ふらめと
きこゆれはいかてかひんなきさまをはさる物にてたゝさはかりにたにお
ほしめされたる身と思はましかはなとてかゝくも思ひ侍らましかくいと
きゝにくゝいひさためらるゝなる事もいかにおほいなくきかせ給らんと思
ふのみこそよろつにすくれて御こゝろにくちをしく侍れかゝるかたさま
にてたかうこともつきせす御なみたなりうすにほひなる御あふきのうち
おかれたるもめとまり給てわかみやのたつねおはしたるしてとらせたて
まつらせ給てみ給へはなつかしきうつりかはかりむかしにかはらぬ心ち
するにみところあるこゑなともなくさまあはれなれはなをいとゝしきな
みたのもよをしなり御すゝりなるふてをとらせ給ひて御あふきのつまに
かたかむなにかきつけ給
　てなれにしあふきはそれとみえなからなみたにくもるいろそことな
　る　〈148〉
とてもとやうにおかせたてまつり給ひていて給ひぬ　（11オ～14オ）

〔二八二〕

まことゐんの女御は五せつの程に堀河のゐんに出給ひにきかし斎院のおはしまし丶かたにそおはしける大殿のもてなしかしつき聞え給ふさまをさがのゐんにもいかてかをろかには思ひ聞えさせ給はんまいて思ふさまにだにしいで給へらばといづくにも〳〵御いのりどもとり〳〵に御心をつくさせ給へるさまなど行末はしらずたゞ今はめやすく取はしめさせたまへる御すくせ(世)とみ(見)奉るにつけても入道宮をかくしなし奉りけん事と大将殿はなをこ丶ろくるしうもつらきかたにもこ丶ろにはなれす思ひ聞え給ふまゝにうぢの川おさにさへそなし奉り給へる斎ゐんは女御の御は丶宮の今はのきはまであはれなりし御せうそくなどもわすれがたう思ひ聞えさせ給へば若宮をかぎりなく思ひきこえさせ給へるをおさなき御こ丶ろにもとりわけまつはしまいらせ給へれどかぎりあれはいまは御あたりちかくもえまいりよりたまはぬくちおしうおほしたり此女御もかくうと〳〵しからぬ御中らひに成まさり給ふをうれしとおほして文なども時々はかよはせ給ひけり御手などのなへてならぬにつけてもいかならん世にへだてなくみ(見)奉らんと昔の友にはよそなからも思ひきこえかはさせ給へり

（上14オ〜15オ）

〔二八三〕

弥生のつゐたち比斎院の御前の桜いみじきさかりなるをつれ〳〵なるひるつかた御くしあげのまにいざり出させ給ひてみ(見)いださせ給へるに空の色浅みどりにてうら〳〵の(とイ)どかなるのべの霞はみかきのうちまでつゞくめれど猶こぼれたるにほひ所せげなるにこのたいの御まへなるさくらのにほひえならぬかたはらにさか木のあをやかにもてはやしたるなど外の木だちには似ずさまかはりておかしく御らんせらる丶につけても明くれ

〔二八二〕

まことに院の女御は五節のほとに堀河の院にいて給ふにむかし斎ゐんのおはしまし丶かたにそおはしましける大殿のかしつきもてなし給ふさまさかのゐんにもいかてかはおろかに思ひきこゑさせ給はんまして思ふさまにたにいて給つらんはいつくにも〳〵いのりともとり〳〵にこ丶ろつくさせ給へるなと(▲も)もゆくすゑはしらすた丶いまはめやすくとりはしめ給へる御すくせ(世)はみたてまつり給ふにつけても入道のみやをかくしなしたてまつり給けん大将とのはこ丶ろくるしうもつらくもさま〳〵御こ丶ろにはなれぬま丶にうちのかはをさへないたてまつり給へるかたしけなしさいゐんはねうことの丶は丶みやのいまはのときにあはれなりし御せうそくなとわすれかたく思ひきこへさせ給はねはわかみやをかきりなくのみ思きこゑさせ給へれはおさなき御心にもとりわき思ひきこゑさせ給へれともかきりあれはいまは御わたりちかくもまいり給はぬそをうれしくおほして御ふみなともとき〳〵かよはさせ給へり御てなとのなへてならぬにつけてもいかならんよにへたてなくみたてまつらんむかしのともにはよそなからかたみに思きこゑさせ給へり

（14オ〜15オ）

〔二八三〕

ついたちにさいゐんの御まへのさくらいといみしくさかりなるをつれ〳〵なるひるつかたみくしあけのまにいさりいてさせ給てみいたさせ給へるにそらのいろのあさみとりにてうら〳〵とのとかなるにのへのかすみはみかきのうちまてたちつめともなをおほれたるにほひところせけなるにしのたいのまへなるさくらのもとなるさ〳〵ゆ(▲こ)かきはあをやかにていろもてはやしなともほのかにかす御らんしわたさる丶にあけくれみな

御らんじなれしふる里の八重桜いかならんとおぼしめしやりてひとへを
だに今はみ《(見)》るまじきぞかしと花のうへにはなを口おしき御心のうちなり

ひとへつゝにほひをこせよ八重桜こち吹風のたよりすぐさず〈149〉

などおぼしめすもまちどをなれは女御殿に聞えさせ給ふ

時しらぬさか木のえだにおりかへてよそにも花を思ひやるかな〈150〉

さかきの枝につけさせ給へりおぼしやるもしるく殿の桜はみねつゞきも
かうやとみ《(見)たりィ》えてちるもさかりなるもさま〳〵めでたきを女御はなやまし
き御心ち《(地)》のまぎらはしにもながめいださせ給ひけるほどに此かはらぬ色
めづらしうおぼされて過にしかたいとゞこひしくおぼしいでさせ給ひけ
り

さか木葉になをおりかへよさくら花又そのかみのわが身とおもはん〈151〉

なべてならぬえだにさしかへてぞ奉らせ給ひける大との内よりいで給ふ
まゝに先こなたに参り給ひてちかき御木丁のもとにてうへの御せうそく
など聞えさせ給ふにありつるさか木の御前なるをみ《(見)》給ひてそのかみの心
ちし侍る枝さしはおぼしめし出る事も侍りけるにやときこえさせ給へば
斎ゐんより給はせたりつるとの給へばさていかやうにかとゆかしがり聞
え給へばありつる文をさし出させ給へるをとりてみ《(見)》給ふまゝにあなおか
しけの御手やとうちゑみつゝ打返し〳〵み《(見)》給へるけしきおぼろけならん
ははづかしけなるをめでたしとおぼしたるさまぞなのめならぬげにおも
ひかけさりし御すまゐ共なりかしあまたの中にたかきやえのをばおさな
くより我ことゝ取わかせ給ひてしづ心なげにおぼしあつかふめりしをい
かにゆかしくおぼしいづらん何事も世中ばかり思はずなる物は侍らざ
りけりまいてこれより年つもりぬる人いかなる事をみ《(見)》侍りぬらん何事も
み《(見)》る人なくて過給ひなんはかへりて口おしきさまに物したまひしかば思
ひたつ事侍しかどかく引かへしめの外に成給ひにしも是こそはあるべき

れさせ給ひし御まへのさくらやなきもおほしいてらるゝにひとえたに御
覧すへきやうなきそいまはくちをしかりける

ひとへつゝにほひおこせよやえさくらこちふくかせのたよりすくさ
す〈149〉

なとおほしめすにあかねは女御殿きこゑさせ給ふ

ときしらぬさかきのえだにおりかへてよそにもはなを思ひやるかな〈150〉

やかてあをきえたにつけさせ給へりおほしやるもしるくとのゝさくらは
みねつゝきもかくやとおほえてちるもおり〳〵なるもさま〳〵めてたき
をうらやましき御心ちのなくさめになかめふし給へるにこのかはらぬい
ろはめつらしくおほされてすきぬるかたこひしく思ひいてられさせ給

さかきはになを〻りかけよさくらはなまたわのかみのわかみ思はん〈151〉

えならぬえたにさしてたてまつらせ給ぬるうちよりいてさせ給けるまゝに
こなたにわたり給てちかき御き丁のもとにうゑのおほつかなからせ給こ
となときかせ給ふにありつるさかきの御まへなるをみ給ひてそのかみの
心ちし侍えたさしをおほしめしいつることも侍けるにやときこゑさせ給
へはさいゐんよりたゝいま侍つるとさてはいかやうにはけましきこゑさ
せけるにやとあつかる御ふみをさしいてさせ給へりとりてみ給ふまゝに
あなおかしけの御てやとうちゑみつゝみ給てけに思ひかけさりし御すさ
ひともなりしあまたのなかにこのやえさくらをはおさなくよりとりわき
てはなのさかりにしつこゝろなくおほしあつかふめりしかはいかにゆか
しくおほし侍らんなにことにつけてもみる人なくてすき給ひなんかへり
てはくちをしきさまのし給へりしかは思ひたつ事侍りしをひきたかへ思
はすなるさまになり給ひしもこれこそはあるへきことゝ思ひ給へなから
なをしはしはほ《(本)》いなき心ちも侍きかしされときのふけふとなりては思ふ
にいとめやきことゝおほえて侍る女はたかきもいやしきもたゝひとすち

事と思ひ給へながら猶しばしはほ（本）いなきこゝ（地）ちし侍きかしされどきのふけふ思ひ給ふるにはいとめやすき御すく（世）せとぞ思ひ給へる女はたかきもいやしきもたゞ一すぢによりてこそ心よりほかに人にもどかれいはれさるまじき心の程をも（見）みえしられ侍るかし我こゝろとあは〱しく身をほだす心なけれどをのづからそれにしたがひてあらす侍る人なく成ぬれば身を心にまかせぬやうにてはて〱は思ひなげきあつかふめるに命のかぎりはとかくみだるゝ（地）心ちなくて心のどかにてすぐし給ふべかめれば世に侍らすなりなん後もあながちにうしろめたき事も侍らさりけりたゞ仏の御かたさまをそむき給へるのみぞ後の世のため口おしき事に侍りそれも女の御身は斎宮斎院にさだまり給はずとも三千大千世かいをてらす玉の行ゐしらずは佛に成給はん事かたくこそ侍らめさるは三十二さうもいとよくそなはり給ひてほとけの御よういもくはへたまひつべきさまにぞ（見）みえ給へるなどの給ふほどに大将殿参り給へれば此ふみ（見）みせ奉り給ひてたゞいまこの御手ばかりかく人は誰かある式部【卩】卿宮のうへこそ名たかくものせらるれどもじやうのこまやかにおかしげなるさまなどはなをすぐれてこそ（見）みゆるはおもひなしにやいかゞとさゝめき給ふにまいて何事もたぐひなき物に思ひしめ聞え給へる御めにはめづらしくさまことにのみおほえ給へばうちもをかれずまもり給へり今も昔もかばかりなるはかたくやさふらふらんとばかり申させたまへどわが物とみずなりぬるくちおしさは先むねさはげばまいらせ給ひつ女御はわが御身の行末こゝろぼそくおほさるゝままに殿のゝ給ふ事どものみみゝにとまり給ひてこの御ありさまをうらやましくぞおぼされける此花奉らせ給ひつらんやいかやうにかとゆかしげに聞えさせ給へどかはらぬ色のあはれのみこゝろにかゝりて花の色はいかゝ聞えさせ侍らんとしどけなげにいひまぎらはし給へる御けはひのおかしさを昔の御名残かはらぬ御心にてなまゆかしきかた

によりて心よりほかに人にもいはれさるましき心のほとをもみへしられ侍かしわか心とありてもおほす心なけれとそれにしたかいてあらする人もなくなりぬれはおのつからみをやすからす思ひなけきあつかうかたも侍にいのちのかきりはとかくみたるゝ御心ちことなくてすくし給へかなれはよに侍らすなりなんのちもあなかちにうしろめたき事も侍らさりけり仏の御かたさまをもてたかへ給へるそのちのよのためうしろめたきことに侍かしそれも又女のみは斎宮斎ゐんにゐ給はすとも三千大千世かいをてらすたまのゆくゐをこそはほとけになり給はんことこそかたく侍なれさるは三十二さうもいとよくそなはり給てほとけも御ゐうはくわへ給へきさまにみへ給へる物をなとの給て大将まい給へるにたゝいまこの御てはかりある人はたれかあるとそしきふきやうのうゐそなたに物せらるなれ手もしやうもなれておかしけさはすくれてそみゆるをいまはしめてめつらしきにはあらすかはかりなることもたくひなく思ひしりきこゐ給へる御めにはなのめにたにみへ給はんやはいまもむかしもかはかりなることはかたくやとみ給けれとよのつねにきこゐなし給へとわかものにみてやみぬるすく（世）せのかなしさよとなみたさへおちぬへけれはかへしたてまつり給ぬ女御殿はわかみのゆくゐなくこゝろほそくおほさるゝまゝにとのゝの給ふことのみゝとまり給てこのありさまそうらやましくおほしけるこのはなはたてまつらせ給へらんはいかやうにかとゆかしけにきこゐ給へとかはらぬいろのあはれのみ心にかゝりて花のいろはいかにきこゐやしつらんとしとけなけにいひまきらはし給へる御けはひなとむかしのなこりにかはらぬ御こゝろにもなまめかしきかたさましり給へるわか御こゝろにそあるへき

（15オ〜19オ）

ざまにうちまじりたる御中にぞありける

（上15オ〜19ウ）

〔二八四〕

大将殿はすくれたる枝おらせて斎ゐんにもて参り給へり御前にはきんの御こと引すまいておはします御木丁よりことのつま斗さし出てさくらもえきのみえの御ぞどもにくれなゐのうちたるかば桜のふたへおりもの、こうちきなどかさなりたる御そでばかりぞみ《(見)》ゆる女御殿の御前にゆかしけに聞えさせ給へりつればとてまいらせ給ふをみ《(見)》ぐるしかりける事をみ《(見)》たまひけるにやと中々しらぬ人よりもはづかしくおぼしめすに御かほいとあかく成て御あふぎをさしやりてはなを入させ給ふとてすこしかたぶかせ給へるにはら〳〵とこぼれかゝれる御ひたひかみのかゝり御つらつきなどひさしくみ奉らざりつるけにやさまことなる御にほひにこそならせ給ひにけれととみに花もうちをかれずつく〳〵とまもられて涙のこぼれぬへきを人々のあやしくやみ《(見)》んと思ふにしゐてわびしければありつる女御殿の御かへりのすゝりのうへに打をかれたるをとりてみ給へどいとゝかくけちかきほどの心の中は猶さらにまぎれがたしもじやうなどわざと上手めかしくはなけれとすみつき筆のながれもあやしくなべてならずなまめかしきけしきにかきながし給へる入道宮のあくまでうつくしうらうたげなる物から上手めきもじやうなどはすくれ給へるものをと先ぞおもひ出られ給ふ何事も此御ありさまはこよなうおとり給へりしだにかやうになのめならぬさまにもてなさせ給ひけるものをとおぼすにわがあやまちの心ぐるしさもをろかならすおほししるべし斎宮の御手などいづれかすぐれて侍らんえこそみ《(見)》定め侍らねと申し給へばいづれもおかしげにこそみ《(見)》ゆめれとぞの給はするにもあぢきなくあはれとひとりごたれていづれもめやすかりける御ありさまにこそこの御中にも入道宮はゐんの

〔二八四〕

大将殿はすくれたるえたをおらせ給てさいゐんにもてまいらせ給へり御まへにはきむの御ことをひかせ給ひけるなめりし御き丁よりつまさしいてたる御くしもえきみへの御そともにくれなゐのうちたるふたへおりもの、こうちきなとかさなりたるそてはかりそみゆるちかくより給て女御殿の御かたにゆかしけにきこゑさせ給けれはとてまいらせ給へれはうちとけことをみ給けるにやと中々しらぬ人よりははつかしくおほしめすに御かほいとあかくなりなから御あふきにはなをかくさせ給てすこしかたふかせ給へるにひたいかみのゆら〳〵とこほれかゝらせ給へるもひころみたてまつらさりけにやけふにほひことにみへさせ給へりめもはなたすつく〳〵とまほらせ給ふ人々ちかく候へはあやしくやみむとわりなき御こゝろなくさめにありつる女御との、御ふみの御すゝりのうゑなるをとり給てまきらはし給へとなをかくみ給へるこゝろのうちはなにことにもまきれんかたなしもしやうなと上手めかしくなとはなけれとすみつきふてのなかれなとはなへてならすなまめかしうかきなし給へる入道のみやのあてになまかしうらうたけになつかしきすちにすくれ給へるものをとまつ思ひいてられ給もこの御ありさまのこよなくおとり給えりしよのおほえにてかやうになのめならすおしくてなんさいはいもめやすかりけるものをとおほすにこの御心のいとゝしかるへしさいくうなとの御てともいつれかすくれて侍らんえこそみさため侍らねときこゑ給へはいつれもとり〳〵におかしけにこそみゆれとその給はするいつれとなくめやすかりける御ありさまともかなその中に入道のみやをすくれてみ給へれとよの人ゐんにもきこゑ給へりしかそれしもいたつら事とかの人のいふめる

取わきてなべてならぬさまにかしづき聞えさせ給へりしものをそれしもこの世をかひなきさまに成給へるこそあはれなれ後の世はしもすくれ給ひぬへかめり心はさきだちながらもさきの世のつとめからにやすかやかに人の思ひたゝざんなるすぢを何ばかりふかくしもおぼしとるらん事ものし給はざりけんものをかぎりなくおこなひつとめ給へるさまこそうら山しげに侍るめれ山かへるとかやいと聞にくき名をさへとゞめ侍りぬるよさてもいかなりしゆめぞとだにこそうけ給はらね人こそものゝあはれしる事はかたく侍りけれなかぎりなしとかやいさむる道のつとめはいかでかは神のありがたくあはれと御らんししらぬやうの侍らんつゐにはおもふ事なかるべき身ぞと御らんしけるとかや御門にや院なとこそみなおぼしあはせたんめれをのづからみ《見》聞人あらはいかばかりをこかましくためしにもならせ給はんとあはれにぞさてもこゝろの中は思ふ事なくしも侍らしものをまことに神の御心よせことならばことさまにてそその御ゆめかなふには侍るへきとて

はかなしやゆめのわたりのうきはしをたのむ心の絶もはてぬよ〈152〉

うき木にあはん事よりもかたき事どもかなと忍びて聞えたまへどなやましきさまにもてなさせ給ひてよりふさせ給ひぬればはしたなくて出給へるにひんかしのすみのまに花み《見》るとて人々あまたゐたる所によりゐ給ひてきみたちさへあまりにつゝしみ給ひて今はめもみ《見》いれ給はねばいみしうつれ〳〵にこそなりにたれとの給へは新少将とておとなしき人ものにもがなやとこそみな思ひたるけしきども侍れはましてなにかはみ《見》入まいらする人も侍らんときこゆればこゝろうの事や物おそろしからですぐしゝすゑのなかごろくやしうこそ思ひいでらるれなどいつれとなくいひたはふれたまふて

みかきもる野への霞もひまなくてをらですぎゆくはな桜かな〈153〉

かたさまになり給へるこそほ《本》いなくあはれなれのちのよはしもすくれ給ぬへかめりしこゝろはさきにたちなからもさきのよのほとめからにやすか〳〵とも人の思たゝぬことにして侍をまきれなくおこなひつとめ給へるけしきほのみゐ侍こそうらやましけれやまかつなとゝかやいとき○《き》にくゝこゝろあさきなをさへなかしても思たゝぬ物をさていかなりし御ゆめそとたにはか〳〵しくえうけ給はらね人の物ゝあはれしる事はかたく侍けりかきりなしとかやいさむるみちのつとめはいかてかかみのありかたくあはれとも御らんしゝらさらんついには思ふことなかるへきみと御覧しけるにやみかとにやゐんにやとまてこそおほしめしあはせ給へかめれおのつからみすくす人あらはいかはかりおこかましきためしにならせ給はんとあはれに侍やさてもこゝろのうちは思ふことなく○《し》も侍らし物をまことに神の御こゝろよせことに侍らん事まてそその御ゆめたのむこゝろも侍へきとてなみたをうけなからすこしほゝゑみ給へり

はかなしやゆめのわたりのうきはしをたのむこゝろのたえもはてぬよ〈152〉

うきにあらんよりもかたきことにもとしのひやかにきこゑ給へはなやましくおほしめさるゝさまにもてなしてよりふし給ぬれははしたなくてたちいて給へるにひんかしのすみのまに花みるとて人々あまたゐたるにより給てきむたちもあまりつゝしみ給てめもみいれ給はねはいみしうつれ〳〵にこそなりにたれとの給へは少将とのとておとなしき人物にもてなとこそみな思たるけしきともみへ侍めれはまいてなにかはみいれまいらする人の侍らんときこゆれはこゝろうのことや物おそろしからすゝくしゝすゑの中ころくやしくこそ思いてらるれなといつれとなくいひたはふれ給て

わざとなくいひすさひ給へば少将
　花さくら野へのかすみのひま〱におらでは人のすくるものかは〈154〉
さまではなでういさめか侍らんと聞ゆれば打わらひ給ひてひとりしもおぼしとがむるこそいとをしけれさらばいかゞすべきかのひんかしのたいにむかしもさる事ありけるはとの給へばあふにしかへはましてかばかりの身は何かおしう侍らんこの世のめんほくにこそはなとわら、かにたはふれきこゆるをわかき人々はあへなくあせあへてそ聞ける
（上19ウ〜23オ）

〔二八五〕
さきの聲あまたきこゆればたれならんとおぼすにかの物いひあしかりし大納言は此院の別當ぞかしそのをと、の新中納言の中将といひしも今は宰相中将とぞいふかしそれよりしものわか君たちなどまりもたせて参りたる也けり花のためになさけをくれたる事なれと何となくこゝろゆきてみ(見)どころある事なりなどの給ひていづら〱との給へば色々のすがた共ぬぎこぼしてあしもとした、めつ、あまたうちつれてあゆみいでたりみすの中よりわざとなく所々もりいでたる袖口ども例の事なれと内わたりのこのもしくおぼしたる御かた〱よりも猶こよなう心にく、ゆへふかく(見)みえわたさるれは心ことなるよういどもにてはなのしたにさまよふすがたどもいづれとなくおかしき中に宰相中将を大将どの、しゐてす、めさせ給へばわか〱しきわざかなとはすまへどげに人よりはおかしくなまめかしきさまかたちにてかずもこよなうおほくあぐるを大将殿などもけうじ給ひてや、もすればおりたちぬべき心ち(地)こそすれなどて今しばしはわかくてあらざりけんとの給へばみすの内なる人々まめ人の大将はお

みやきもるのへのかすみのひまなくておらてすきぬる花さくらかな〈153〉
わさとならすいひすさみ給へれは少将
　花さくらのへのかすみのひま〱におらてはひとりすくるものかは〈154〉
さまてなてういさめか侍らんときこゆれはうちわらひ給ひて人のうゐにはあらてわかみのうゐをし給にこそあめれさらはいさたまへひんかしのたいにむかしもさることありけるはとの給へはあふにしたかへはかはかりのみはまいてなにかはおしく侍らんかのよのめいほくこそはとわら、かにたはふれきこゆれはわかき人々はあちきなくあせあえてき、ける
（19オ〜22ウ）

〔二八五〕
さきのこゑ〱あまたきこゆれはたれならんとおほすにかのものいひし○《いまは》さいしやうの中将といふそれよりしものわかきむたちなとまりもたせてまいりたりけりはなのためになさけおくれたる事なれとなにとなくこゝろゆきてみところある事なりとの給ひていつら〱との給へはいろ〱のすかたともぬきこほしてあしもとした、めてあまたうちむれてあゆみいてたりみすのうちよりわさとならねといろ〱もりいてたるそてくちともれいの事なれともうちわたりのこのもしうおほしめしたるかた〱よりもなか〱こよなくこゝろふかくゆへふかくみわたされてこゝろきよくいとへこゝろえて花のしたにたゝよふすかたともいつれともなくおかしきにさいしやうのちうしやうを大将しのひてすゝめ給へはわか〱しきわさかなとはすまへともけにひとりかけにおりしふなまめかしきさまかたちにてかすもこよなくまさるを大将とのなともいみしくけうし給てや、もせはおりたちぬへきこゝちこそすれいましはしはなとてわかくてあらさりけんとの給へはみすのうちの人々まめひとの大

はせずやは侍りけるさらばしも花のちるもおしからじかしなどくち〳〵いとたて奉らまほしげなるけはひどもなりそのいたうくしたる名ざしこそよそへつべかめれこよなくみ(見)くらべ給はんがねたければとてうちゐみ給へるあいぎやうは花のにほひよりもこよなうまさりたまへりはなのいたうちりかゝるをみ(見)たまひてかうりたまかへつ《りイ》てあとなる《くイ》はふかしと忍びやかにくちずさひ給ひてかうらんにをしかゝり給へるまみけしき御こゑなどはかの桜はよぎてとて花のしたにやすらひ給へりし御さまをそのおりはおかしとみ(見)しかどこの御ありさまたぐひなげにぞなに事の折にもみ(見)ゆる日くれぬればみなのぼりぬるにいつしかと夕月夜さし出て木末ともいとおもしろうみ(見)えわたされたりさま〳〵の御こと共みすの中よりいたさせ給へればとり〳〵にゆつり給ひつゝ大将は手もふれ給はぬを大納言あるまじき事なりとてきんをせめて奉り給へば御前にてはさらにめづらしげなく中々に侍りとの給ひてたゝ扇うちならしてさくら人うたひ給ふ御聲のおもしろさにまさる事なかりけるおかしきほどにしばしあそびて人々まかで給ふ《へるイ》に織物のほそながこうちきなどやうの物ども給はせけり

（上23オ～26オ）

〔二八六〕

大将もいで給ふに日ころかたらひ給ふ事ある人の参りあひてこよひなんさりぬべきときこゆれはさらばいかゞはせんいとかく物むつかしきこゝろもしなぐさめやするとそなたさまへやらせ給ふうす霞にくもりたる月影さやかにはあらぬしもいとゞ物心ぼそげなる空のけしきを道すがらなかめ給ひても思ひたちしほ(本)いはやがてたがひてやみぬべきにやかのあきらかなりし面かけはさりともとたのもしかりしをなぞやかくよしなしありきもかずつもればいとあるまじき事ぞかしとおぼしいづれはものす

将はおとせすやはありけるさらはしもはなのちるおしくも侍らしなととり〳〵にたてまつらまほしけにいふそのいたく〳〵したるなさしこそけによそへつへきなとこよなくみくらへられ給はんかねたけれはとてゐみ給へるはなのにほひよりもこよなくまさり給へりはなこよなくちるをみあけ給てらうふか給てあとなりけふかしとしのひやかにくちすさみてかうらんにおしかゝり給へるまみのけしき御こゑなとはこのさくらはよにくとてはなのしたにやすらひ給ひしさまよりもこよなくなつかしくいみしき事まされはみなのほりぬるにいつしかとゆふつくよはなやかにさしいてゝこすゑともゝおもしろくみわたされたりさま〳〵の御こともみすのうちよりいたさせ給へれはとり〳〵にゆつり給つゝ大将とのゝてふれさせ給はぬを大納言あるましき事とてきむをせめてたてまつり給へとこの御まへにはなにしにめつらしけなく中々にも侍との給へてたゝあふきうちならしてさくら人をうたひ給ふ御こゑのうつくしさにまさることもなかりけるおかしきほとにしはしあそひ給て人々まかて給ふおり殿ほそなかにうちきなと給はせけり

（22ウ～24ウ）

〔二八六〕

おの〳〵ころおいの十五日に一品の宮にものすさましくてなかめふし給へるにひころかたらひ給事ある人まいりてこよひなんさりぬへきおりと申けれは如何ゝせん物むつかしきこゝろもすこしなくさみやするとていてたち給ぬうすゝみにかすみわたりたるそらのけしきはれかならぬにしもいとゝこゝろほそけなるをすこしなかめ給ひつゝ思ひたちぬるほ(本)いはかけてたかいてやみぬへきにやあらたかなりし御かけはさりとももしかうにもたのもしかりしをなとかゝるありきによしなくかすえつもるはい

さまじうなりて引かへす心ちし給へばしばしをしとゞめさせたまへるにつゐぢ所々くつれれて花の木すゑどもおもしろうみ《(見)》入らるゝ所ありみちすゑめしていかなる人のすみかぞとひたまへば故式部卿宮にさふらふ宰相中将もここになんおはすると申せばいますこし御心とまりてちかくやりよせてみ《(見)》給へばかどはさしてけり風にしたがひてやなぎのいとおきふしみだるゝに花の木すゑもみ《(見)》るまゝに残りすくなげになるはいとみ《(見)》すてがたきにびはさうの琴などひきあはせてぞあそふなるありさまもゆかしきわたりなれはおり給ひてくづれよりやをらいりてきんの聲するかたにたつねより給へりしんてんのみなみおもてのはしがくしのまひとま斗をあけて人はあるなるへしちかきすひかひのつらによりてきゝ給へは琵琶はたゝこのみすのもとにてひく也けりさうのことはおくのかたにぞきこゆるこれやひめ君ならんとみゝとゞめ給へるに入道の宮の御ことをたぐひなき物に思ひきこゆるをこれは今すこしあいぎやうづきおもしろきかたはすぐれてやとまで聞ゆるにいとゞ御心とまりぬれど心とけてもひき給はでやみぬるは中々なるによろづいとゆかしうなりぬれどすこし物のけしきみ《(見)》ゆべきやうもなければかへりいで給ふにしおもてのかたにいとおさなき聲にて有漏無漏法とじゅする聲のいとうつくしうきこゆれは宰相のをとゝの法師になるべきありと聞しなるべしとおぼすかうしのひまより火のかけみ《(見)》ゆるところをなをもあらしにやをらたちよりてのぞき給へば木丁ともあまたみ《(見)》ゆれどをしやられなどしておくまでみ《(見)》とをされたり丁の前にけうそくにをしかゝりて経よむ人三十にはたらぬ程にやとみ《(見)》えていみじうけたかうあひぎやうつきみ《(見)》まほしきさまなとこゝらみ《(見)》つる人になずらふべくもなししろききぬ共にうす色などのいとあざやかにはあらぬをきてかほなどもつくろひたるとはみ《(見)》えぬにかみのかゝり色あひなどまことしくおかしけなるをこれやさはひめ君ならんとおぼすべ

とあさましき事そかしと思いてつれはすさましくなりてひきかへす心ちすれはおしとゝめさせ給へるについてところ〳〵こほれてはなのこすゑおもしろくみいれらるゝところありいかなる人のすみかそとゝひ給へは故しきふきやうのみやにさふらふさいしやうの中将もこゝになんおはすると申せはいますこしこゝろとまりてやりよせてみ給へとかとはさしてけりかせにたくひてやなきのいとのおきふしみたるゝにはなのこすゑもみるまゝにのこりすくなけになるはみすてかたきにひはしやうの事なとひきあはせてあそふにありさまもゆかしきわたりなれはおり給ひてくつれよりやはらいり給ひてことのこゑするところえたつねいり給ぬれはしんてんのみなみおもての御かうしひとまはかりをあけて人あるへしちかきすいかきのつらによりてきゝ給へはひはゝみすのもとにてひくなりしやうのことはおくのかたによりてそきこゆるこれやひめきみならんとみゝとゝめてきゝ給ふに入道のみやの御ことをたくひなき物に思ひきこゆるはいますこしあいきやうつきおもしろきことはすくれてやとまてきこゆるにいとゝ御こゝろもとまりはて給ぬれと心とけてもひき給はすあかすなか〳〵なるによろついとゆゝしけれといますこしものゝけしきみえつへきやうもなけれはかへりいて給ふひんかしおもてのかたにおさなきこゑにてうろむろほうなとすうするこゑいとうつくしくきこゆるはさいしやうのおとゝのほうしになるへきあるときくなるへしかうしのひまよりひのかけみゆるところあるをなをもあかすのそき給へはきちやうともあまたみゆれともおしやりなとしておくまてみとをされたり丁のまへにけうそくにおしかゝり給てきやうよむ人三十にはたらぬほとゝみゑたりいみしくけたかくあいきやうつきみまほしきさまなとこゝらみあつむる人なすらふへくもなししろきうすいろいとあさやかにはあらぬをきてかほなとつくろいたるとはみえぬにこゝろよりほかなるかみのかゝりいろ

けれどさすがに聞としの程とはいふべくもあらずもてなしなどもおとなしくやすらかにてこのずんするちごの七八はかりなるをきやうよみさしつゝいとうつくしとおもひてうちゑみ給へるけしきなどの中将のはゝにやとみ《（見）》ゆるにあまりわかくおかしげなるをいとあやしとみ《（見）》給ふわが御母うへをこそたくひなくめでたき御ありさまとみ《（見）》奉り給へるにさはかゝる人もある世にこそとおぼすにも是に似給ひていますこしきびはに若からん姫君の御ありさまはわがおもふ事のかなふべきにやとうれしきをばさるものにて此み《（見）》る人をもみ《（見）》さしていづべき心ちのし給はぬをあり〳〵ていとかたくなしきわざかな我としの程よりもおとなしき宰相中将のありさまをなどおもひあはせ給ふにぞいとにげなうあるまじき事かなとひとりゑみせられ給ひけり

　おりみ《（見）》ばやくち木のさくらゆきずりにあかぬにほひはさかりなりや
　と〈155〉

ひとりごちて出たまふも我ながら物ぐるをしくぞおぼししらるゝ　（上26オ～29オ）

〔二八七〕

こゝろざし給へる所はちしの大納言ときこゆる人たゞひとりかしづき給へる御むすめかぎりなくおかしけにて斎ゐんになんすこしに奉り給へるとうへの御方にふる人にてさふらふ右近君といふ人かたり聞えてかしこにもさるたよりありてしたしくかよへばほのかにみ《（見）》せよとかたらひ給ふをおやたちにしられてはさすがにありがたきにこよひはさりぬべくやありつらんあない聞えさせたる也けり中やとりに心とまり給ひていとゞ物うくおぼさるれど只こゝもとく申せはなを誠にやとみ《（見）》あらはさまほしきかたあれはえ過やり給はすつたへの人のもとにせうそこいひ入給へるに

あいなとまことしくおかしけなるをこれやさはひめきみとおほすへけれとさすかにきゝしとしのほとにはみえすもてなしなとおとなしやかにものすうするちは七八はかりなるをきやうよみさしつゝいとうつくしと思ひてうちゑみ給へるけしきも中将のはゝにやとみゆるにあまりわかくおかしけなるそわか御母うゑをかきりなき御ありさまと思ひきこゑ給へるにさはかゝることもあるよにこそとこれにゝ給ひていますこしねひわかゝらんひめきみの御ありさまはわか思ふ事かなふへきにやとうれしきをさるものにてこのみる人もみさしてたちいつへき心ちもし給はぬをあり〳〵ていとかたくなはしきことかなわかとしのほとよりもおとなしきさいしやうの中将のありさまなと思ひあはせ給にもいとにくけなるましきことのさまなとひとりゑみせられ給ひけり

　おりみはやくちきのさくらゆきすりにあかぬにほひはさかぬりなり
　やと〈155〉

ひとりこちていて給ふもわれなから物くるはしくおほしゝらるゝ　（24ウ～28オ）

〔二八七〕

こゝろさし給へるところはちゝの大納言ときこゆるたゝひとりかしつき給へる御むすめかきりなくおかしけにさいゐんになんすこしにさせ給へるうゑの御かたにかよふ人にて師のきみといふ人のかたりきこゑさせけるをきゝ給ひてかしこにもさるたよりありてしたしくかよへはみせよとせめ給ふおやたちしらてはさすかにありかたきをこよひはさりぬへくやありつらんあないきこゑさせつるなりけりなかやりとにこゝろとまりて物うくおほさるれとやかたこゝもとなりけれはなをま事やとみあらはさまほしきかたもありけれはえすきやり給はすつたえ人のもとにせうそく

たゞとくいらせたまへと聞えたればいり給ひぬ人めなきかたより丁のうしろにみち引入て火などおぼつかなき程にはあらずしなしたるにげにおかしけなりなどもいひつべかりけれどかけても思ひよそへ奉るべきかたはあるべくもなかりけれはいとすさましうていで給ひにけり

（上29オ〜30オ）

〔二八八〕

夜もすがら思はずにありかたかりつるおもかげはわすれ給はすかく世づかぬ心の中をもげにしらせめがくちおしけれはなぐさめがてられいの姫君の御かたに聞え給ふやうなれどことさまのこゝろもそひたるべし

ちりまがふ花に心をそへしよりひとかたならず物おもふかな〈156〉

ゝとそありけるおりしも宰相中将参り給へるをさま〳〵おぼしはなれがたきゆかりなつかしくてつねよりもこまやかにかたらひ給ふつゐてにも琴のね聞しさまはいはまほしけれとも思ひもかけぬ程のありきしけりときかれじいまよりのちもさるべきひまあらばみ《（見）》さだめてまことしく思ひさだめんなとおほせはいひもいで給はず中将のかたちのいときよげなれどほかげにはさすがににざりけりなとおぼし出られてうちまもり給ふもいかてかはしらんさてもきこゆる事は聞給はでやみぬべきかむすびとゝめんとかやありしひとことに今までなからふるをなとがおなじくはたすけはてたまはぬ先このせんじがき中々心やましうはらだゞしとよ人のゆるさぬあたりに身のほどしらぬふみなどのおちゝるはをこがましき事と思ひにしかど身のうへになり侍ればさりとてもえおもひやむましきわざなりけりとていとつゝましとおぼしたるけしきまことしうおぼしなりにけるにやとみ《（見）》るは人しれすうれしけれとこゝろひとつにはえまかせ侍らねばはゝに侍る人につねにかやうになと物し侍れどあさましくふるめか

いれ給ひつれはたゝとくいらせ給へときこゑたれはいり給ひぬ人もなきかたより丁のうしろよりみちひきいれたてまつりつれはひなとおほつかなきかたにはあらすしなしたりけにうれしけなりとはいひつへけれとかけても思ひよそへたてまつらんことはあるへくもあらさりけりいとすさましくていて給ひにけり

（28オ〜ウ）

〔二八八〕

けによもすからありかたかりけるほかけをわすれ給はすこゝろのうちにはむけにしもしらぬかいとゝくちをしけれはなくさめかたくてれいのひめきみのかたへきこゑさせ給ふやうなれとことさまのこゝろもそひ給へるなるへし

ちりまかふ花にこゝろをそめしよりひとにかたらぬ物をこそ思へ〈156〉

とそきこゑ給ふおりふしもさいしやうのちうしやうまいり給へりさま〳〵おほしはなつましき御ゆかりなつかしくしてつねよりもこまやかにかたらひ給ふついてにもことのねきゝしさまはほのめかさまほしけれと思ひかけぬほとにありきしけりときかれしいまよりのちもさるへきひまあらはみさためてまことしくも思ひさためんとおほせはいまもいて給はす中将のいときよけなれとほかけにはにさりけりとおほしいてられてうちまほり給ふも如何てかしらんさてきこゆることはきゝ給はてやみなんするかとよむすひとゝめんとかやありしひとことはいまゝてなからふるをなとおなしくはたすけはて給はぬこのせんしかき中々むやましはらたゝしとよ人のゆるさぬあたりにみのほとしらぬふみのおちたるはおこかましく思ひしかともみのうゑになりてさりとては思ひやむましきことなりけりとていとつらしとおほしたるけしきまことしうおほしなりけりとみゆるは人《（見）》しれすうれしけれとこゝろひとつにはえまかせ侍らぬはゝ

しきありさまを何事につけてかはおぼしかずまふ斗はあらんさる物からをのれらをもおぼしうとみかはらん御心もか丶るならひにくやしくこそはあらめ我心にもつらきかたに思ひなし聞えさせてんはほい(本)なくやなとつ丶ましけにのみ物し侍るめるをさしもあらじなどあながちにす丶め侍らん事もいさや御心のわづらはしければこそせんじがきはおほせられぬさきにもいみじくいなひ侍れどみづからはいとつ丶ましきことに思ひてさらにき丶侍らぬにおひ人もおこなひにいとまなしとてた丶やかて聞えさせよとのみゆつられ侍るそや今よりはさらに〳〵なと聞えてまめやかにをんなここそ人のもち侍るまじかりけれおやのこ丶ろをみだり侍る事もをのこはさしも侍るまじかりけり故宮のかくれ給ひしおりやかてかたちをかへて都の外のすみかにと思ひたち侍りしかどおさなく侍りしおりからか丶るかたちの人を世にしらずおぢてかくなんと聞えて後はたちもはなれずなきくらして侍りしかばする〳〵共えそむきやらず又いづくもおなじさびしさといひながらも山のあなたの家ゐにも心くるしきさまを引こめんもいか丶など思ひたゆたひ侍るを今は又春宮に故宮のけいしおき給ひける事もあり猶さやうなるたにの下水にはなさでをとのみ中宮よりせめの給はすれどうしろみ(見)なき人のまじらひは思ひたちがたかるべきよしを聞えさせなからもげにさのみいひてもつゐにはいか丶はなとやうにた丶此ありさまを明くれのなげきにてすか〳〵と此世もそむきやり侍らぬにこそいかにも〳〵み(見)さだめてはやがてこもり居なんと思ひ置たる所も侍るめりさりとてもましてかたのやうなるありさまにみ(見)をきてん心やすくふつとみ(見)はなつばかりの事はいとありかたかるべければ猶ながき世のほたしとはなるべきに侍るぞかし男こそやすく侍れつかさくらゐなといふ事もめやすきさまならねとも只大やけのおぼしすてぬ事ばかりをかしこきにてをのづからすぐし侍りぬべかりけり世中にすてられなばす

なる人につねにかやうになと申けれとあさましくふるめかしきさまをなにことにつけてもおほしかすまうはかりもあらんさる物からこ丶ろからの物思ひはいかはかりかくやしくわか心にもつらきかたに思ひなしきこゑて人もあいなくつ丶ましけにものし侍めるをあなかちにす丶め侍らんもれいの御こ丶ろのわつらはしけれはこそせんしかきはおほせられぬさきにいなひ侍れとみつからはいみしくつ丶ましきことに思ひてさらにき丶いれ侍らぬにおい人もおこなひにいとまなくてた丶やかてきこゑよとゆつられ侍をいまよりはさらになときこゑてまめやかには女ここそもち侍ましけれおやのこ丶ろみたる丶こともおのこ丶はさしも侍ましかりけりこみやのかくれ給ひしおりやかてかたちもかへみやこのほかのすみかへと思ひ侍りしをりよりか丶るかたちの人をよにしらすおさなくなときゝてたちもはなれすなきくらし給ひしかはすか〳〵ともえそむきやらすいつこもおなしさひしさとはいひなからもやまのあなたのすみかにもこ丶ろくるしきさまをひきと丶めんも如何丶なと思ひたゆみ給ふつ丶いまはまたとうくうにみやのけいしおき給ひし事もありなをさやうなるたにのしたれなとせめの給はすれとうしろみなき人のましろいは思ひたちかけぬへきよしきこゑ給ひつ丶けにさのみいひてんついにはすか〳〵とよをそむき侍らぬこそいかにもみさためてこもりゐなんと思ひたるところ侍りおのこはかたのやうなるありさまにみをきて心やすきありさまならねとおほやけのおほしすてぬをかしこきさまにておのつから侍りぬへかめりよの中をすてさせす出家をしてもこのよの中こそ思ひいてなからめほとけにならんよ思へはやすく侍かし女の思ひかしつく人なくてあるましきありさまをくらへんもいかはかりかはやすからす思ひ侍へきとてはてはなみたくみぬるけしきこ丶ろことに思ひおきてたるいもうとのさみとみへてあはれけなり

（28ウ～31ウ）

けをしてもこの世にこそ思ひいでなからめ仏にならん事おもへばやすく侍るかし女の思ひかしつく人なくさるまじきありさまをして身をおもひむすほゝれんはみ《(見)》侍らんもいかばかりかやすからさるべきとてはては涙ぐみぬるけしきこゝろことにおもひをきてたるいもうとの君とみ《(見)》えてあはれ也

（上30オ～33ウ）

〔二八九〕

春宮になとおぼしをきてんをかけてたにかく聞えさせせんはいとびんなき事にこそ侍るなれさはありともそのおぼしたゝん都の外にもさやうの御まじらひをみ《(見)》はなち聞えてはありがたくこそ侍らめかくまごゝろなるうしろみまうけ給ひては後の世のつとめ共まぎれなくこそは物し給はめかの御ためめやすしとまでこそおぼされざらめたゞさる方にうしろめやすくこゝろやすき方にはなとてかはとこそは思ひ侍れどそのおぼしうたがふらんのちのくやしさなどはいさや心をはかる物なればわれながらしりがたう侍れど人をも身をもかへりみ《(見)》ぬあた〳〵しさなとはならはぬ事なれはなどかさしもあらんとこそおもひ侍れひが〳〵しきまで世を思ひすてゝきゝにくきまでたれにもさはがれ奉るありさまなとは聞給ふらんなまれ〳〵かう心に入て聞えそめてん事を名残なき心の程などみ《(見)》え奉るやうはいかてかあらんみ《(見)》ゆづるかたなく心ぐるしからん御ありさまをみ《(見)》そめてはをしからぬ命もあやうくなどこそおぼえめとこまやかにかたらひ給へばいでやまいて宮へ参り給はん事は思ひかけ侍らさめりあまりこゝろやすげにの給はする御こゝろもかずならざらん人はまいていかゞはといみじうつゝましく思ひたまへらるゝなと宮の御ためをろかなるをためしにいひ出るぞあぢきなきや道しばのつゆはそでにかけ給はぬ日なくわすれたまはさりけるものをまことありつる御かへりもて参りたるを中将

〔二八九〕

春宮みまいらせんことおほしかけんをきこゑさせせんはひんなきことにこそ侍なれさはありともそのおほしかく覧みやこのほかにもさやうの御ましらひをみはなちきこゑ給ひてはのちのよの御つとめをまきれなくこそ物し給はめかの御ためめやすしとまておほされさらめたゝさるかたにうしろみやすきかたにはなとてとこそおほえ侍れ物おほしうたかふらんこゝろのくやしさはおほかるこゝろならはわれなからしりかたくて侍れと人の御みをもかへりみぬあた〳〵しさなとはならはぬことなれはなとかさしもあらんとこそは思ひ侍れひか〳〵しきとてよを思ひすてゝきゝにくゝたれにも〳〵もてさはかれたてまつるありさまなれはきゝ給覧なまれ〳〵かくこゝろにいれてきこゑそめてんことをなこりなき心のほとをみえたてまつるやうはなとてかあらんゆつりかたくこゝろくるしきありさまをみそめてはおしからぬいのちもあやうくこそは思はめとしめやかにの給へはいてや宮えまいり給はんことも思ひかけ侍らさめりあまり心やすけにの給はする御ありさまもかすならぬみなりともいみしうつゝましくなん思ひ給へらるゝ春宮の御ためおろかなるやうにいひなし給ふそあちきなきやみちしはのつゆはそてにかけぬひなくわすれ給はさめるもなをまことありつる御かへりもてまいりたるをみて中将やかく《(▲て)》のみひまなからんにはいかゝはとわつらはしかるもおかしくてひきそはみてみ

みてさりやかくのみひまなからんにはいかゞとわづらはしがるもおかしくて引そばめてみ給へば

ちる花にさのみ心をとゞめては春より後はいかゞたのまん〈157〉

とあるはよべのほかけなるべしいとつゝましげにかゝへなどはせでひとゆきにひきわたされたる筆のながれもじやうなどこれを上手とはいふへきそかしとみ《（見）》えていとめでたし何事も世にすぐれたる人のふるめきにけるぞいとくちおしくおぼさるゝ中将ほのみてすかさせ給ふにこそ侍りけれいとふるめかしきせんじかきは又むつからせ給ひぬべかめりといふもいとしたりかほなり（上33ウ～35オ）

〔二九〇〕

四月つゐたちに院の女御いたくもなやみ給はて女宮うみ奉り給へりおなじくはなどかとさがのゐんなどにはいとくちおしくきかせ給へど内にはまたならはせ給はぬ事なれは御はかせやなにやとあつかはせ給ふもめづらしううれしき事にぞおぼしめしたる御ゆどのゝぎしきありさま九日の夜までの御うぶやしなひどもかきつゞけずともおもひやるべしよろづ大殿大将殿なともてはやしかしづききこえさせ給へるありさまなのめならねば思ふさまならぬ御事ともみ《（見）》えずめでたき御すくせ《（世）》とのみみ《（見）》ゆうちにはこゝろもとなくゆかしくおぼしめしつゝとく〳〵とのみの給はすれば御いかのほどに参り給ひぬいつしかとめづらし人み《（見）》奉らせ給ふにめなれたらん人のめにだにかゝるたぐひはありがたくやとみ《（見）》ゆる御うつくしさなればまいてときのまも御めはなたせ給ふべくもおぼしめされず御ひざのうへにて日くらしまもり聞えさせ給ふ程にらうがはしき事共をさへもてあつかはせ給へる御けしきかたじけなくめでたきにまして思ふさまにてものし給はましかはと女御はあかず口おしくおぼしけりもとよりだに

給へは

ちる花にさのみこゝろをとゝめてははるよりのちは如何ゝたのまん〈157〉

よへのほかけのてなるへしいとゝつゝましけにかきなとはとてひとゆきにかきわたされたるふてのなかれもしやうなとこれを上すとはいふへきそかしとみえていとめてたしなとよにすくれて人のふるめきにけるそくちをしくおほさるゝ中将ほゝゑみてすかさせ給ひけるにこそ侍めれいとゝふるめかしきせんしかきはむつからせ給ひぬへかめれとはいふもいとめいたけなり（31ウ～33ウ）

〔二九〇〕

四月一日ゐんの女御いたくなやみ給ひて女みやうみたてまつらせ給えりおなしくはなとかさかのゐんにはくちをしくきかせ給へとうちにはいかにもまたならはせ給はぬ事なれは御はかせやなにやかやとめつらしくうれしきことにそおほしたるたゝ思ひやるへしおほとのなともてはやしきこゑ給ふありさまなとかきつゝけすともなのめならんやは思ふさまならん事ともみえすめつらしき御すくせ《（世）》とみゆうちにはいとゝこゝろもとなくゆかしからせ給てとく〳〵との給はすれは御いかのほとにまいり給ひぬいつしかめつらし人みたてまつらせめなれたらん人の御めにたにかゝることたくひありかたくやとみゆる御ありさまうつくしさなれはましてときのまもめはなたせ給ふへくもみへすおほしめしたり御ひさのうゑにてひくらしまほりきこゑさせ給ふらかはしきことをさへもてあつかはせ給御けしきかたしけなくめてたきにまして思ふさまに物し給はましかは女御はあかすくちをしくおほされけりもとよりたにとりわきたりし御おほえなれはたゝこの御かたにのみおはしますをかた〳〵やすからすおほ

とりわきたりし御おほえなれば只此かたにのみおはしますを御かた〱にはやすからぬ事におぼすべしいま迄后のゐたまはさりつるに女一宮の御めつらしさにいまはたれかはおぼしきしろはんとてつゐにゐんの女御ゐ給ひぬうちつゞきかすがの神もいかゞおぼさんと世の人々はなやめどそれによるべきならねばやがて堀川の院に出給ぬ御しつらひありさま引返し宮づかさ共さま〱になりなどしてめでたき御ありさまなどもつねの事なれどめちかくみ《(見)》るには猶をんなごをかやうにてみ《(見)》さらんはいけるかひなくもあるべきかなとぞ覚えける春宮の御母宮をは皇后宮と聞えさせける七月すまひのころそいまの中宮ぎしきことにて参り給ひける

（上35オ～37オ）

〔二九一〕

春宮には御げん服の夜参り給し右大将の御むすめれいけいでんの女御ひとりぞさふらひたまふもこよなうおとなひ給ひてあそびがたきにはあはずやおぼさるらん大将殿のいたうほめ聞え給ふひめ君の御事を今より御心に入させ給へどまだいとまちどをなる程ときかせ給ふに心もとなくおぼされける式部卿宮のひめ君を故宮のかならす御覧ぜさせんと申しをき給ひてしをおとなひさせたまふまゝにおぼしわすれずながら御心ひとつにはえおどろかさせたまはざりしにこのはゝみやもちごがほの世にしらずうつくしう物し給ひしをいかやうにおいなり給ひぬらんなとの給はせ出てみやにもそゝのかさせ給ひて御ふみなどはつねに奉らせ給ふなりけりかのみやにもかゝる御せうそくなどをことの外にもてたかへても又頼もしき御ゆかりなともなき御身なればいかやうにかはもてなしきこえんなどおほしながらもさてはわかほ《(本)》いのむけにたかひはてぬべきをいかさまにかはとおもひみだれたまひつゝをくりむかふるとし月のみ過しつゝ

すへしいまゝてきさきにゐ給はさりつるに女一のみやの御うしろめにいまはたれもおほしきしろはんもてついにゐんのねうこにゐ給はぬうちつゝきかすかのかみもいかゝおほさんとよの人はなやめとも思ひよるへき事ならねはやかてほりかはのゐんにいて給ひぬ御しつらひありさまともひきかへてみやつかさともさま〱なりあかりなとしてめてたきありさまともつねの事なれともめにちかくみるときはおんなここそかやうにてみさらんいけるかいなくもあるへきかなとそおほしける春宮のはゝみやをは大皇太后宮のみやきこゑさす七月七日のころのいま中宮のきしきことにてうちへゐ給ひける

（33ウ～35オ）

〔二九一〕

春宮には御けんふくのよまいり給ひし右のおほいとの、御むすめれいけいてんの女御ときこゑてさふらひ給へるもこよなくおとなひ給ひて御あそひかたきにはあはすやおほさるらん大将との、いまよりほしめきこゑさせ給ふひめきみの御ことをこゝろにいれさせ給へれはまたいとまちとをなるほとゝきかせ給ふそこゝろもとなくおほされけるしきふきやうのみやのひめきみを故みやのかならす御覧せさせんと申おき給ひしをおほしめしわすれすなからこゝろひとつにはえおとろかせ給はさりしをはゝみやもちこのかほのよにしらすうつくしかりしをいかやうにおいさたまり給ひぬらんとの給はせつゝそゝのかさせ給へは御ふみはつねにたてまつらせ給なりけりとかのみやにはかゝる御せうそくなとをことのほかにもてたかひてもまたのもしきゆかりなき御みなれはいかやうにかもてなしきこゑんとおほしなからもさてわか御ほ《(本)》いの人ともにたかひぬへきをいかさまにかはと思ひみたれ給ひつゝむかふるとし月のすきつゝやう〱

姫君もやう〳〵さかりになり給ふまゝに御門春宮と聞えさすともこの御ありさまになずらへなるべきやうもみ《(見)》え給はぬを大将殿ほのめかし給ふてほどへぬるにたゞみ《(見)》せ奉り給へその御さまばかりやにつかはしからんと宰相中将つねに聞え給へとさすかにわさとおりたちたる御心さしとはみ《(見)》えずともすればにしの山もとにこゝろかけたまひてよと共にあくがれ給へるを聞々猶いとあやうくつゝましき心ち《(地)》してすごし給ふに其としも過て夏のはじめにも成ぬ　（上37オ〜38オ）

〔二九二〕

またしきにさみだれかちにて物むつかしきひるつかた大将との春宮の御かたに参り給へれば御手ならひなどせさせたまひて色々のかみなるふみ共とりちらされたりなどか時々はかやうの物もみ《(見)》せさせたまはぬいとうるさき事ともにはめしまつはしてとえんし聞え給へはなまはづかしとおぼしたる御けしきにて中々ふともえとりかくさせ給はぬにむらさきのかみのなべてならぬさましたるむすびめなどもたゞいまのとみ《(見)》ゆるをゆかしかり申したまへばえおしませ給はで式部卿の宮の姫君に聞えよと大宮の、給ひしかはせんじがをしへつるまゝにかきてやりつるとてたまはせたりいかにはか〳〵しき事申しつらんとてみ《(見)》たまへは

　のどかにもたのまざらなん庭たつみかげみ《(見)》ゆべくもあらぬながめを　〈158〉

とかや所々ほのかなるすみつきたしかならねと母君のにいとよくおほえて思ひなしにや今すこしわかやかにらうたけなるすぢさへそひぬいま迄み《(見)》さりける事さへくちおしく打をきがたうおぼさるゝ事かぎりなしまだいとおさなげなる御手なども中々心やすきかたにてもことはりぞかしとおぼすものからかばかりみ《(見)》所おほかるを今までみせたまはざりけるぞうらめしき是はいとおかしげに侍るものかなむすめの手本にとらせまほし

わかさかりになり給ふまゝにみかと春宮なときこゑさすともこの御さまにならふへきやうはみえ給はぬを大将とのもほのめかさせ給てほとへぬるにみせたてまつり給へその御かたちはかりやはにつかはしからんとさいしやうの中将のつねにきこゑ給へはさすかにわさとおりたちたる御こゝろさしとはみへすともわれはにしのやまもとにこゝろをかけ給ひて雲とともにあくかれ給へるをいとあやふくつゝましき心ちしつゝすくし給ふこそのとしうすきてなつのはしめにもなりぬ　（35オ〜36ウ）

〔二九二〕

またしきにさみたれかちにて物さはかしきひるつかた大将との、春宮の御かたにまいり給へれは御てならひさせ給ていろ〳〵のふみともとりちらされたりかやうのものともはなとあいせさせ給はぬいとうるさきことかはめしつかはせ給へと申きこゑさせ給へはなまむつかしとおほしたるけしきにてなか〳〵ふともとりかへさせ給はぬにむらさきのかみになへてならぬかむすひめなともたゝいまとみゆるにえおしませ給はてしきふきやうのみやにきこゑよと大みやの給はせしかはせんしかきをしかつるまゝにかきてやりつるとて給はせたりいかにはか〳〵しきことをしてきこゑつらんとてわらひ給ひてみ給へは

　のとかにもたのまさらんなんにはたつみかけみるへくもあらぬなかれ《め》を　〈158〉

とかやところ〳〵ほのかなるすみつきさたかならねとは、うゑの御てにいとよくおほえたれと思ひなしにやいますこしわかやかにらうたきすちさへそひていままてみさりけりとくちをしくてうちおきかたくおほさるゝ事かきりなしまたいとおさなけなくてなともなか〳〵心やすきさまにてことはりそかしとおほすものからかはかりみところありけるをい

う侍れどあは〳〵しきやうに侍るとてまいらせ給へつかく何事もめでたき人を御覧しそめてはおぼしおとさんと思ひたまふるこそいとからかるべけれとけいし給へは御かほうちあかめてこれはまいらせん共なかんなるものをとてなまくるしとおぼしたるをあなおさなの御心さまやとおかしくみ《(見)》奉り給ふ御すゝりかみなと申し給て引そばみてかき給ふはやかて此宮へなるべし

いつまでとしらぬながめのにはたづみうたかたあはて我ぞけぬべき〈159〉

ことはりしらぬをなぐさめわびてなん

くちおしやをだえのはしはふみみねど雲ゐにかよふあとぞひまなき〈160〉

などかき給ふをいづくへぞたべみ《(見)》んとはのたまはすれどうちさくじり引ばいなどはし給はずいまよりいとうるはしくけたかき御心はへなるに此殿をはいと打とけがたくはつかしき物にぞ思ひ聞えさせ給へるいとすけなくて世中ありにくゝのみ思ふ給へらるればいかゞはせんとてなま女のあはれにしつべきあんないしえてかたらひ侍るぞとけいし給へばいみしくわらはせ給ふ

（上38オ～41オ）

〔二九二〕

かく参り給ふおり〳〵はさるへきふみ共とり出させたまひつゝ返しどもなどのしどけなくならはし聞えたる所々なをし給ふ心得ずおぼしたるもじなどこまかにしらせ奉りなどし給へはけふもあまたの文ども取ちらしつゝおもしろくうちずんしつゝならはし聞えさせ給ふに蔵人まいりてけしきだつはありつる返事にやとおぼしてたち給へるにそれなりければかくれのかたにてひきひろげ給へるを物いひさがなき権大納言ふとさしの

まゝてみせ給はさりけるそいとうらめしきこれはいとおかしけに侍ものかなむすめのてほんにとらせまほしく侍れとあら〳〵しきやうに侍とてまいらせ給はすかくなに事もめてたき人を御覧しそめてはあやしのむすめはおほしめしやおとらせ給ふと思ひ給へるそいとかたはらいたかるへけれとけいし給へは御かほうちあかめてこれはまいらせんとなかめるものをとてなまくるしとおほしたるをあなおさなの御さまやとおかしくみたてまつらせ給ふ御すゝりかみなと申給てひきそはみてかき給ひてやかてこのみやのなるへし

いつまてとしらぬなかめのにはたつみうたかたあはてわれとけぬへき〈159〉

ことはりしらすなくさめわひなん

くちをしやおたえのはしはふみゝすと雲井にかよふあとそひまなき〈160〉

なとかき給ふをいつこへそみるとうちさくしりひきはいなとはし給はていまよりいとうるはしくけたかけにおいなるもいとすちなくていとありにくゝ思ひ給られ如何ゝせんとてあはれにしつへからんあないし侍そとけいし給へはいみしくわらひ給ひて

（36ウ～38ウ）

〔二九二〕

かくまいり給ふおり〳〵はさるへきふみとももとりいて給ひつゝかうしともなとのしとけなくならせきこゑさせ給ふことゝもみなをし給ふこゝろえすおほしゝことなともこまやかにふかきこゝろもいひしらせたてまつりなとし給へはけにもあまたふみともとりちらしなとおもしろくうちすんしつゝならはしきこゑさせ給ふにくら人まいりてきしきこゑてありつる御かへりとおほしてかくれのかたにひろけてみ給ふにものいひさかなし

ぞき給へれば引かくし給ふを例のめのとさはみ《見》てげりいでや今さへかゝればぞかしとうめきかゝるをこれはあやめたまふべきにもあらずむすめのひとつがきなればちらさじとてとの給ふ

　水あさみかくれもはてぬにほ鳥のしたに通ひしそこもみ《見》しかは〈161〉

ものいひのうしろやすさはおぼし出る事もあらんをたゞやはみ《見》せさせたまはぬとむつれよりてせちにさがすをさていひいだしてわびしきめはたがみするぞといはまほしき

　取あつめ又もなき名をたてんとやうしろのおかにかりせしやきみ〈162〉

たゞすの神にもうれへ奉らまほしかりし物かなとて是はれいのせんじ書とみ《見》給へばあながちにもゆかしからでこま〳〵とひきやりてさしやり給へるをねたがりはらだつさまもひとへに花やかなるさまにてにくからず

（上41オ～42オ）

〔二九四〕

庭たづみみ《見》給ひて後はいとゝ外ざまにきゝなし給はん事くちおしきをむつましき御中にて后宮なと誠しくのたまはせばおもひつゝむかたおほからん我かたざまにはよも思ひならじとおぼすぞくちおしきをいかやうにおぼしたると御けしきもゆかしけれはきさいの宮の御かたに参り給ひて物語など聞え給ふつゐでにみこのおとなしき御心つかせ給ひて式部卿宮の姫君に聞えさせ給ふ事などけいし給へは故宮のたゞこの君の事をのみ返々いひをき給ひしかどよそながらは其こゝろざしのしるしもなきを同しくはさやうにてなど聞ゆれどかの母君いかにも〳〵うしろやすからん

の権大納言ふとさしのそきてみれはひきかくして給ふをれいのめのさとさはみてけりいまさはかゝれはそかしとうらみかゝれはあやめ給ふへきにもあらすむすめのひとつかきなれはちらさしと思ひての給ふをけにさならんかし

　あつさゆみかくれもはてしにほとりのしるきかよひしそこもみしかは〈161〉

物いひのうしろやすさはおほしいつることともゝあらんかしたゝやかてみせ給はぬとむつれよりてせちにかくすをさていひよりてわひしきめはたかみするそといはまほし

　とりあつめまたもなきなをたてんとやうしろのおかにかりせしやきみ〈162〉

たゝすのかみにもうれえまほしかりしものかなとてこれはれいのせんしかきみ給へはあなかちにもおかしからてこま〳〵とやりてさしやり給へるをねたかりうらむるさまもひとつにはなやかなる人さまにてにくからす

（38ウ～39ウ）

〔二九四〕

にはたつみゝ給てのちはいとゝほかさまにきゝなし給はん事くちをしうむつましき御中にて皇后宮なとまことしくの給はすれは思ひやるかたおほからんわかゝたさまにはよに思ひならしなとおほすもくちをしきをいかやうにかおほしたりつると御けしきゆかしけれはみやの御かたにまいり給ひてものかたりなときこゑ給ついてにみやのいとおとなしき御こゝろのつかせ給てしきふきやうのみやのひめきみにきこゑかはさせ給事なとけいし給へはこのみやのたゝこのきみのことのみかすかへす〳〵きこゑおき給ひしかとよそなからのこゝろさしのしるしもなきをおなしくは

人におやざまにあづけてわれは跡たえたる住家にこもりゐんとのたまふなれば大かたならんまじらひはと聞をこのふる人共のたぐひなかりしちござまをいかにおひなりてかなどかたり聞えさせたればわかき御心にはゆかしくおぼしたるにこそあめれげにこそさばかりのちごは世にあらしと思ひ出らるれいかでかたゞむかへとりてしがなとの給はするさまも思はぬかたになし聞えたらんは人聞もびんなくこの御こゝろどもにもいかゞおぼさんといとをしかりぬべけれどかくのみなのめならぬありさまを昔よりきゝそめてつゐにみ(見)ずなりなんは猶いとほ(本)いなかりぬべければかくねんごろにおぼしたる事とみてのちもえおぼしたへざりけり

（上42オ～43ウ）

〔二九五〕

ふみはわざとのつかひ奉り給はんもきしろひがほなるべければ宰相中将のもとにひまなくせめをこせ給ひつゝその中にぞ入給ひける春宮より御つかひ参りぬとみ(見)をき給ひて出給ふまゝに例のこまやかにうらみ給へる中にて

　くらべみよあさまの山の煙にも誰かおもひのこがれまさると〈163〉

さりともたぐひあらじとこそ思ひ給へらるゝをけふばかりは猶とりかへても給はせよかしとある御かきざまはしもげにたぐひなげなる聞えかはし給へらんもにげなかるまじけれどさしはなちがたき御かへりを先とすゝめつゝかゝせ奉り給ふにいかゞさま〳〵に聞えたまはんとて例のうへぞかきたまふ

　あさましやあさまの山のけふりには立ならふべき思ひともみ(見)ず〈164〉

とそありける宰相のきみはなをさはれいたづらになしきこえつるとおぼしなしてかくまことしくの給ふおりにゆるしきこえ給ひてよ春宮にもこ

さやうにてなときこゆれはこのはゝきみいかにも〳〵たゝうしろやすからん人にあつけてわれはたゝあとたへにたるさまにてこもりゐなんとの給ふなれはけにおほかたならんましらひはいかにかときくをこのふる人とものたくひなかりしちこさまのいかにおいなりてなときこゑさすれはわか御心にはゆかしくおほしたるにこそあめれけにこそさはかりのちこはよにあらしと思ひいてらるれいかにもたゝむかへとりてしかなとの給ふ思はぬかたになしきこゑたらんは人きゝもひんなくこの御こゝろも如何ゝおほさむとおほかたになしきこゑたらんはいとをしかりぬへけれはかくのみなのめならぬありさまをむかしよりきこゑそめてついにみすなりなんはほ(本)いなかるへけれは

（39ウ～41オ）

〔二九五〕

たゝさいしやうのもとへひんなくせめきこゑ給ひてそのなにそいれたてまつるたゝいまも春宮よりとてつかひまいり給ひぬとみをき給ひていて給ひしにれいのこまやかにうらみつゝけ給ふ中に

　くらへみよあさまの山のけふりにもたれかおもひのこかれまさると〈163〉

こゝろのうちはさりともたくひはあらしと思ひ給ひつゝすくるをけふはかりはとりたかへての給はせよかしとある御かたさまにしもけにたくひなけなるめるをきこゑかはし給はん人けもなからましけれとさしはなれかたき御かへりをまつすゝめつゝかゝせたてまつり給ふにまたいかゝさま〳〵にきこゑ給はんとれいのうゑきこゑ給ふ

　あさましやあさまの山のけふりにはたかならふへきおもひともみす〈164〉

とそありけるさいしやうのきみはなをさはれたゝいたつらになしつるにおほしてしかはまこと〳〵しくきこゑ給ふ中にゆるしきこゑ給ふこのとのゝむすめとて一品のみやにおいゝて給ふひめきみいまよりこゝろこと

の殿のむすめとて一品の宮においいで給ふ姫君いまよりことに思ひきこえ給ふめる今二三年過は参り給ひなんとすなりいみじくともきしろひきこえ給ひなんやさやうの御まじらひはあらぬまでもかみなきくらゐにやなりたまはんのたのみをかけてこそうち〳〵のくるしさをばなぐさめても過し給はめ思ひくまなうては何のかしこかるべきぞ又をのがやうならんかんだちめはすきまなきやうにてもなをくちおしき御ありさまにこそ侍らめこの殿は一品の宮おはするにてもうち〳〵の御心ざしなとをみ(見)侍るになどかはとこそはみ(見)侍れよその思ひやりたるほどよりは名残なき物わすれなどし給ふへくもなき御心をたゞ時々にてもうちかよひ給はんはいけるかひあるべきわさかなと聞え給ふをげにさもやなどおぼしよはる

（上43ウ〜45オ）

〔二九八〕

夏つかたより母うへなやましけにし給ふをれいもあつけにはさのみこそはとみ(見)奉る人もみづからもおほしたるにうらめづらしき風のけしきまちつけ給ひてしもいとゝくるしがりまさり給ひてもの心ほそくおぼさるゝまゝにたゞひめ君の御事をおぼすより外の事なしさるべきさまにみ(見)奉るをかくわれさへたちまちになくなりなばいかにしたまはん宰相もわが身ひとつだに人にまかせられたまへりいみじく思ひ聞えさせ給ふともいかゞはし給はんとおぼしつゞくるがいとかなしければ一日にてもわがみ(見)る世に大将にやゆるし聞えてましある人々の心もうしろめたきにとくるしきにそへてもおぼしいそく事共あるをしり給はて大将とのより御心ち(地)の事とふらひ聞えたまひて

　一かたに成なばさてもやむべきをなどふたみちに思ひなやます〈165〉

とあれどくるしうし給ふ程にて御かへりなし日にそへていとよはく成ま

に思ひきこゑ給めれはいま二三年すきはまいり給へかなり中将にはいみしうともさしろい給ひなんやさやうの御ましらひはあらぬまでもかみなきくらゐやあらんとたのみをかけてうち〳〵のくるしさをなくさめてもすくし給はぬそのかた思ひかくましきにてはなにことのかしこかるへきそなへてならんかむたちめのはしなとはすきまなきやうにてなをいとをしき御ありさまにこそ一品のみやにおはするやうなれうち〳〵の御こゝろさしなとみるになとかとこそみへつれよその思ひやりよりはなこりなき物わすれなとし給へくもなき御こゝろをたゝとき〳〵にてもうちかよひ給はんはいけるかいあるわさかなときこゑ給ふをけにさもやとおほえたり

（41オ〜42ウ）

〔二九八〕

夏のはしめよりはゝうゑなやましけにはさのみこそはみたてまつるに人もおほしとかめぬにうらめつらしきかせのけしきまちつけ給ひてしもいとゝくるしかり給ひ~~しもいとゝ~~てものこゝろほそくおほさるゝまゝにたゝひめきみの御ことをおほすよりほかのことなしさるへきさまにもみたてまつりおかてわれさへたちまちになくなりなんいかにしておはせんとすらんとさいしやうもわかみひとつたに人にまかせられ給へりいみしう思ひきこゑ給ふもいかゝはし給はんとおほしつゝくるにいとかなしければ人々しくてもわかみのみるよに大将にやゆるしきこゑてましある人のこゝろもうしろめたきをとくるしきにそえておほしいそくこともあるをへしり給はて大将とのより御こゝちの事なとゝふらひにきこゑ給ひて

　ひとかたになりなはさてもやむへきをなとふたゝひにおもひなやます〈165〉

さり給へどた丶この御事をみ《(見)》をかんとよろづまぎらはしてしのび給ひてこと〳〵しからねどおかしきさまにとおぼしをきつれど猶え待つけ給ふまじきにやとかぎりのさまにみ《(見)》え給へばあまに成給ひぬいと丶わかううつくしけなる御さまをさふちふ人々もさかりの御身をやつし給はんこ丶ちしてあかずかなしう思ふべし姫君はやかてわかれ迄もおぼしよらぬにやかなしさもたぐひなけにおぼしてなきしづみ給へるをみ《(見)》給ひてもまいて跡かたなくみない給ひてんのちの御ありさまおぼしやるにみ《(見)》すてがたき心ちし給ふ大将殿かくとき丶たまふにもやつしがたかりしかたちおぼし出られてかはらぬさまを又み《(見)》ずなりぬる事とくちおしうおぼしけり宰相の御もとにあはれなる御とふらひねんごろにきこえ給ひて例の御ふみもあればやがてとりぐしてうへの御かたに参り給へりいむ事のしるしにやけふはすこし物おぼえ給ふさまなれはかくなんとみ《(見)》せ奉り給ふけにあくまでなさけありぬへかりける御心さまを口おしくみ《(見)》奉りをかず成なん事なとよはげながらの給ふ今一つの御ふみには

　われのみぞうきをもしらず過しける思ふ人だにそむきける世に〈166〉

とぞありける

（上45オ〜46ウ）

〔二九七〕

かくつねにの給ふを聞えでのみあるも物思ひしらぬやうにおぼすらんかしとひめ君の御かたはらにおなじさまにてのみふししづみ給へるをこの御かへり聞え給へうしろやすくみ《(見)》をきたてまつりて後かたちをもかへかぎりの命もたえはてんとこそおもひ侍れどかなはぬわざなりけれはつゐにみ奉りをく事もなくてやみぬべきを思はすなるありさまにて人にもあ

とあれとくるしうし給ふほとにて御返もなしひをへていとよはけになりまさり給ひてた丶この御ことをみをかむとまきらはしの給ひてこと〳〵しからておかしきさまにおほしおきつれとさもえまちつけ給ふましきにかきりのさまにみゑ給へはあまになり給ひぬいと丶わかうおしけなりし御ありさまをさふらふ人々もさはかりの御みをやつし給ふらんあかすかなしきにひめきみはやかてのわかれまでもおほしよらぬにやかなしさもたくひなけにおほしまといてなきしつみ給ふをみ給ひてあとかたなくみなし給ひてんのちの御ありさまおほしやらる丶にそいとみすてかたき心ちし給ふ大将とのまてもきこゑ給にもやつしかたかりしかたちのおほしいてられかはらぬさまをまたみすなりぬるとくちをしくおほえ給ひけりさいしやうのきみの御もとあはれなりしとふらひにねんころにきこゑ給てれいの御ふみあれはやかてとりくし給ひてうゑの御かたにまいり給えりいのりのしるしにやけしきすこしおほえ給ふさまにてなとみせたてまつり給ふさるはあくまてなさけありぬへかりける御こ丶ろさまとくちをしくみたてまつりはてすなりなんことなとよはけなからの給ふいまひとつの御ふみには

　われのみそうきみをしらす丶くしける思ふ人たにそむきけるよに〈166〉

とそありける

（42ウ〜44ウ）

〔二九七〕

かくつねにの給ふをきこゑてのみあるも物思ひしらぬとおほすらんかしとてひめきみのおなしさまにてのみふし給へるをこの御返事きこゑ給へうしろやすくみをきたてまつりてのちにかたちをもかへかきりのいのちをもたえはてんとこそ思ひ侍つれとかなはぬわさなりけれはついにみたてまつりおくこともなくてやみぬるを思はすなるありさまにて人き丶あ

はく〳〵しきこゝろの程をしられ給はんよりは侍らすなりぬともこの人の御もてなしにしたかひ給へとぞ思ひ侍れはかくみ（見）侍るおりにうとく〳〵しからぬさまにも聞えならひ給へかしと思ふなりと御くしをかきやりつゝ聞えしらせ給ふにいとゝ涙のみなかれ出ておきもあがりたまはねどすゞりなどとりよせ給ひてかしらもたげつゝ猶など聞えたまへばなく〳〵おきあかりたまへるつらつきかみのかゝりなどをはじめたゞよその人にてだにみ（見）そめてはかぎりのみちのわかれもえゆきやるまじげなるさまをまいていかはかりかはうしろめたうかなしとおほえ給ひけん

　うきものといまそしりぬるかぎりあれば思ひながらもそむきぬる世を〈167〉

なとやうにかたのやうにて出し給へれとまちみ（見）給ふところにはめづらしきけにやいとゝみ（見）ではえやむましうしづ心なきまで御心にかゝりまさりけり又たちかへり聞え給へれどけさはすこしひまあるさまにみ（見）え侍りつれどなをさのみかたげにのみみ（見）え侍ればきこえさせし山寺にたゞ今渡し侍るなど宰相ぞきこえさせ給ふめる　（上46ウ～48オ）

〔二九八〕

かめ山のふもとにち（慈イ）心寺などいふわたりに故宮のいかめしきてらたて給ひてともすれはこもりつゝふだんの念仏などおこなひ給ふを此秋は御心ち（地）くるしうしてえわたり給はさりつれば九月にだにまぎれなく念仏もしてやがてきえもはてなんとおぼしてわたりたまふなりけりくずはいかゝる松かげの気色も久しうみ（見）給はざりつる程にいとゞさびしさまさりけりいとゞかれはてなんころほひいかやうにながめくらし給はんとみ（見）ず成なん世の事のみ心にかゝり給ひてうしろめたういみじくおぼさるゝにいかでかくしも思はじさりともむげにいたづらに成給ふべき御ありさまには

らく〳〵しきこゝろのほとをしられ給はんよりは侍らすなりぬともこの人のもてなしにしたかひ給ひてなとこそ思侍れかくのみ侍をりはうとく〳〵しからぬさまにもきこゑなし給へかしと思ひ侍るに御くしをかきやりつゝきこゑしらせたてまつり給ふにいとゝなみたのみなかれいてゝおきもあかり給はねとすゝりなととりよせさせ給ひてかしらもたけつゝなく〳〵おきあかり給へるかほつきかみのかゝりなとたゝよそ人たにみそめてはかきりのみちのわかれもゆきやるましけなるさまをまいていかはかりかはうしろめたうかなしくおほされけん

　うき物といまそしりぬるかきりあれは思ひなからもそむきけるよを〈167〉

なとかたのやうにていたし給ひつれとまちみ給ふところにはめつらしけにやいとゝみてはやむましうしつこゝろなきまてこゝろにかゝりまさりけり又たちかへりきこゑ給へとけさはすこしひまあるさまにみえ侍つれと又たのみかたけになりて侍れはきこゑさせしやまてらにいまわたし侍なりとさいしやうきこゑさせ給へる　（44ウ～45ウ）

〔二九八〕

かめやまのふもとゝいふわたりに故みやのいとめてたたうたてゝともすれはこもりゐておこなひ給ひしをうせ給てのちとしにふたゝひのひかんのをりはわたり給つゝふたんねふつおこなひ給ふをこのあきはこゝちくるしくえわたり給はさりけれは九月にたにもまきれなく念仏申てきゑもはてなんとおほしてわたり給ふなりくすはいかゝるさへかきのけしきもひさしくみ給はさりけるほとにいとゝさひしさまさりにけるをかれはてなんこゝろにほひいかやうになかめくらし給はんとみすなりなんよのことのみこゝろにかゝり給てうしろめたくおほさるゝをいかてかくしも思

あらぬものを我身のゆきまどはん道のほだしはいといみじかるべきをとかつはおぼしなぐさめつゝ四十九日はじめ給ひて日々にたうとくあはれなる事どもを聞給ふまゝになどてとし比もたゞとくかやうになりてつみをすこしうしなはざりつらんとくやしければくるしきもせちにねんじつゝおこなひ給へと露よりもさきにやとみ《見》ゆるおりがちになりまさり給ふ

（中1オ〜ウ）

〔二九九〕

大将は日ことにいとねんごろにとぶらひ聞えたまふをありがたくうれしき御心とよろこび聞えさせ給ふにみづからも忍ひてわたり給へりさいしやうもあからさまに京に出給給ひにけりはつかなれば月さへをそく出る比にてこそとふべきかきねもおぼつかなければこゝかしこたゝずみつゝみ《見》めぐり給ふにいと大きなるたうどもあまたありて三まいつとめおこなふけしきたうとげにて僧ばうどもあまたつゞきなどはせでこゝかしこ竹のはやしばかりをぐらうしなしつゝながきよの住家とおもひたるもめとまりてあはれにうらやましくおぼさる山よりわづかに落くる水をほの〴〵たけのひどもをくもでにまかせやりつゝ待うけたるさまもこほりのくさびかためたらんころほひはいかゞとこゝろぼそけなるさまかきりなしゐ給へる所とみ《見》ゆるは寺よりはすこしのきてぞありけるおびにせるほそ谷川の音さやかにながれて同しき岩のたゝずまゐも心あるけしきしるくときおりふしの花紅葉の木共もかずをつくしたるとみ《見》えてみ《見》所おほくぞしなされたりけるされどあさぢがはらもことに尋ぬる人もなかりけるとみ《見》えて心のまゝに色をつくしてみだれあひたる草せんざいどもに露の白玉と心えてむしの音も外よりはみゝのいとまなかりけり軒をあらそふ八重むぐらもげに人こそみえね秋のけしきはとくしられぬべかりけりい

はしさりともむけにいたつらになり給へき御ありさまにはあらぬものをみのゆきまとはんみちのほたしはいみしかるへきにおとかつはおほしなくさめつゝ四十九日はしめてひゝにたふときことゝもをきゝ給まゝになとてとしころもかやうになりてつみをもすこしうらなはさりけんとくやしけれはくるしきをせちにねんしつゝおとない給へとつゆよりもさきにやとみゆるおりかちになりまさり給ふ

（45ウ〜46ウ）

〔二九九〕

大将はひことにいとねんころにきこゑ給ふをありかたきうれしき御こゝろと思ひきこゑ給ふにみつからもしのひてわたり給えりさいしやうもあからさまに京にゐていて給にけり廿日の月さへおそくいつるころにて事とふへきかきねもおほつかなけれはこゝかしこにたゝすみつゝけしきみ給へはたうとけにてそうはうともあまたつゝきなとはせてこゝかしこにたけのはやしはかりこくらくしなしてなかきよのすゐかと思ひたるもめとゝまりてあはれにうらやましくさるはやまよりわつかにおちくる水をおの〳〵たけのひともを雲てにまかせやりてまちうけたるさまもこほりものくさひかためたらんころをいは如何ゝはこゝろほそけなるさまかきりなしすみ給へきところとみるはすこしのきてそありける思ひかけすほそたにかはのおとさやかにおなしいはのたゝすまひもこゝろあるけしきしたりときをりふしの花もみちの木もかすをつくしたるとみえて見とところおほくそしなされたりけるされとあさちかもともことにたえぬる人もなかりけりとみえてこゝろほそきいろをつくしみたれあいたるくさせんさいともつゆのしらたまのみところにてむしのねもほかよりはみゝのいとまもなかりけりのきをあらそふやえむくらもけに人こそみゑねあきのけしき花ともしられぬへかりけるいなはのかせもみゝちかくならひ給は

なばのかぜもみゝちかくはきゝならひ給はぬにいなおほせ鳥さへをとなふもさま〳〵にさまかはりたる心ちして物心ぼそげなりされとこゝには人ある気色もせで九たいのあ弥陀おはする御だうにやがておはする也けりだうのかざりなどごくらくもかくやとおもひやられていときらゝかにたうとかりけるをなど今までみ《(見)》ざりつらんとくちおしばうどもに小法師ばらのものずんじなどする聲はかりはほのかに聞えて例ならずわづらふ人のあたりともおぼえずしづかに心ぼそげなりせんぼうあみだ経などのこゑばかりぞきこゆる　（中1ウ～3ウ）

〔三〇〇〕

人の聲するところによりてみちすゑかくなんと聞えさすればおどろき給ひてやがてふし給へるもやのみすの前にしとね打しきて入奉り給へり月はなけれど星の光はかりさやかなるにのきちかくていたくたど〳〵しき程にもあらねば大かた御やうだいうちふるまひ給へるさまなどあなめでたとみ《(見)》え給へるに風にしたがひてくゆりいりたるにほひさへげにこそはなべての人にはまさりけれよろづ思ひやり聞ゆるよりも今すこしめでたくはづかしけなる御ありさまをさもやなと思ひよりけるにおほけなくいとつゝましくおぼえらるゝものから又かゝらん人をこそ年に一夜のわたりにても待つけてみ《(見)》るべかりけれみ《(見)》つる世になどてはか〳〵しき御ありさまにもてなし聞えず成ぬらんとくるしき御こゝちにもいとゝむねさはぎまさりてせちにかしらもたげてぞみ《(見)》やり給ふ日比いかでと思ふ給へながらさはる事侍りていま迄になし侍りぬるも心のうちよりはをろかなるさまにやとこよひも月もまたずいそぎ侍りてあさましくたど〳〵しうおもひ給へられつる道の空をなどの給ふ聲けはひもかぎりなき物に思ひ聞え給ふ宰相の御ありさまなどには似るべくもなかりけるかな人づてに聞

ぬにいなおほせとりさへおとなうもさま〳〵にさまかはりたるけいきして物こゝろほそけなりみる人ある心ちもせて九たいのあみたおはする御堂におはするなりけり御たうのかさりなともこくらくもかくやと思ひやられていとたうとかりけるをなとていまゝてみさりつらんとくちをしくはうともにほうしはらの物すゝるこゑはかりきこゑてれいならすわつらふ人のあたりともみへすしつかにこゝろほそけにせんほうあみたきやうのこゑのみきこゆれは　（46ウ～48オ）

〔三〇〇〕

人のこゑするかたにみちすゑよりてかくなんときこゑさすれはおとろき給ひてやかてふし給へるもやの丁のまへにしとねしきていれたてまつり給へり月はなけれとほしのひかりさやかなるにいるはこと〳〵しきほとにもあらねはおほかたの御やうたいうちゐさせ給へるさまなとふとあなめてたとみえさせ給ふかせにしたかひてにほひいてたるにほひさへけにこそなへての人にはに給はさりけれよそに思ひきこゑ侍つるよりもいますこしなつかしけなる御ありさまをみ給ふにもさもやと思よりけるにおほけなく思ひならるゝものからまたかやうのならん人をこそはこのわたりにまちつけてみるへかりけれとみるよになとてはか〳〵しきさまにもてなしきこゑすなりなんとくるしき御心ちもむねさはきまさりてせちにかしらもたけてみやり給ふこゝろもいかゝと思ひ給ひなからさはる事侍ていまゝてなく侍ぬるもおろかなるさまにやとこよひも月もまたすいそき侍てあさましくたと〳〵しく思ひ侍るみちのそらかなとの給ふ御こゑけはひかきりなきものに思ひきこゑ給ふさいしやうの御ありさまにはにるへくそなかりける人つてにきこゑ給ふにもいとかたしけなき心ちし給

え給はんもいとかたしけなき心ち(地)し給へばせちにためらひ給ひてすこしまろびよりてたび〳〵とはせたまふをだにをろかならす思ふ給ふるにわざとたつねいらせ給へるにこそけふ迄ながらへ侍りけるもうれしくとの給ふ御けはひいとよはけなるしもみ(見)し面かげにかはらずわかうおかしげなるをいとかゝらざりつらん程をきかずなりにけるもくやしきにつゐにむなしうきゝなしてんはをしかるべき人ざまなればうちつけにあはれもあさからずぞおぼさるゝ
（中3ウ〜5ウ）

〔三〇二〕

へにけるとしのしるべには是をはじめに思ひ給へらるべくも侍らざりつれどあり〳〵てかうたのもしげなる御けはひをしもうけ給はるこそすぎぬるかたのくちおしさもうらめしさもみづからのあやまちがほに思ふ給へらるれとてうちなき給へるけしきなどふしまろびなきまどはん人よりもあさからぬ心の程み(見)ゆるをかばかりまでの心の程としらましかはなとうしろめたうかなしき人の御事は先しのびがたうおぼえ給ひてあるはあるとも思ふ給へずながらもいとかうきのふけふとはおもひ侍らで過し侍りけるくやしさをさま〴〵思ひたまへる中にも露ばかりみゆつるかたなき人のうしろめたさにゆきもやられ侍らぬをかゝるとをちの里もたづねさせ給ひぬべかりけりとみ(見)をき侍ぬるこそ頼もしくさるはおなじけふりにたぐひなまほしげにぞ思ひこがれ侍るめればいかゞともつゞけやらずない給ふにやときこゆるけはひむげにたのもしげなきを聞人もかなしきにまいてかの御心の中おぼしやるぞさま〴〵いとしのびがたきことはりの御事といひながらあまりさおぼし入たるをみ(見)奉りたまへれば御心ち(地)もいとゞくるしうおぼさるらんものを猶おぼしなぐさむべうこそ人々もをしへ聞えさせ給はめなどおとなしうすくよかに聞えなし給へど

へはせちにためらいてたま〳〵とはせ給ふにわさとたつねいらせ給ふへるをみるこそけふまてなからへて侍けるをもうれしくの給ふ御けはひいとよはけなるもみしおもかけにかはらすわかくおかしけなるをいとかゝらさりけんほとをきかすなりけんもくやしきにひとへにむなしくきゝなしてんはおしかるへき人さまなれはけにあはれもあさからすおほさるゝかはりにける
（48オ〜49ウ）

〔三〇二〕

としのしるへはこれをはしめに思ひ侍らさりつれとあり〳〵てかくたのもしき御けはいともゝうけ給はるこそすきぬるかたのくちをしさもみつからのあやまちかほに思ひ給ふれとてうちなけき給ふけはいふしまろひなきまとはん人よりはあさからぬ御こゝろのほとゝみゆるをかはかりまて御こゝろのほとゝしらましかはなとうしろめたくあはれにかなしき人の御ことはまつしのひかたくおほえ給ひてあるはあるともおほえ侍らすなからいとかくきのふけふと思給へられてすくし侍けるもくやしさゝま〳〵思給へらるゝ中にもつゆのみ卄ゆつるへきありさまもうしろめたさゆきもやられ侍らぬをかゝるとほちのさとにたつねさせ給けりとみをき侍ぬるにそすこしたのもしくさるはをなしけふりにもたのひのこしけに侍めれは如何ゝともつゝけやらすなき給ふにやときこゆけにたのもしけなきうちきく人たにいとかなしきをまいてこの御こゝろのうちしのひかたきことはりの御ことゝはいひなからさのみあまりおほしいりたるをみたてまつり給へれは御こゝちもいとゝくるしくおほしめさるらんなをなくさむへくこそ人々きこゑ給ふおとなしくすくよかにきこゑ給へと
われも又ますたのいけのうきぬなはひとかたにやはくるしかりける〈168〉

われも又ますだの池のうきぬなはひとすぢにやはくるしかりける〈168〉
といひけち給ふけはひは猶きゝしらん人にきかせまほしきさまことなる
御こゝろの中をばいかてかしり給はん
たえぬべき心ち（地）のみするうきぬなはますたの池もかひなかりけり〈169〉
とにや絶々にていと心ぼそげなるは中々み（見）をきがたけれどながゐせんも
くるしくやおぼされんとおぼせばいまよりはたど〳〵しからぬ心ち（地）し侍
りぬべかめればつねにもなど聞えをき給て出給ふにやがてこのつゞきた
るわた殿に人のけはひのするを立とまりて聞たまへばいづら御とのあふ
ら参れなどぞいふなる　（中5ウ～7オ）

〔三〇二〕
ほかげにみ（見）しちごの聲にてまらうとはいて給ひぬ今はわたらせ給へひめ
君の御前こそといふまゝに此たち給へるつまどを引あけて入ぬるにいと
うれしくてやをらいりてみ（見）給へば仏の御まへのみあかしのひかりばかり
ほのかにてはか〳〵しう物もみ（見）えぬに今ぞちいさやかなるわらは火とぼ
してもてきたることにしつらひもなくて木丁ばかりある引よせてふした
るはひめきみならんすこしのきて人ふたり斗ぞいたるとみ（見）ゆるほどにこ
の戸のあきたるよりにはかに風あら〳〵しう吹たるに火のきえぬればし
そくもて参り給へなどいふこのわた殿は人々のうちやすむところにてあ
るにしらぬ人のけちかうものし給へるかつゝましさにしばしよりふし給
へるなるべし人出給ひぬときゝ給へばわたり給なんとてやをらおきあが
りてちご君をともにてさうしよりこなたさまにゐざりいで給ふにひき
とゞめ聞え給ふれば思ひもよらすうちみ（見）かへりたまへるにほしの光にゐ
ぼうしのふとみ（見）えたるにこゝろまどひし給ひてやがてうつぶしたまひて
音もしたまはぬをこのぐしたまへるちご君はとく〳〵といひわびてさし

いひけち給ふけはひきゝしらん人にきかせまほしきをさまことなる御
こゝろのうちをは如何ゝはきゝしり給はんとて
きえぬへき心ちのみするねぬなはゝますたのいけもかひなかりけり〈169〉
けにやいとたえ〳〵にてこゝろほそけなるはみをきかたけれとなかゐせ
んもくるしうやおほされんとおほせはいまよりはたと〳〵しからぬ心ち
し侍ぬれはつねになときこゐをきて給ふにやかてこのつゝきたるわたと
のに人のけはひのするをきゝ給へはいつら御とのあふらいれなとそいふ
める　（49ウ～51オ）

〔三〇二〕
ほかけにみし人のこゑにてまらうとはいてさせ給ひぬいまはわたらせ給
へひめきみの御まへこそといふまゝにこのたち給へるつまとをひきあけ
ていりぬるにいとうれしくてやはらいり給へはほとけの御まへの御あか
しのひかりほのかにてはけしく物もみへぬにいまそちゐさやかなるわら
はめともしてきたることしつらひもなくてき丁はかりひきよせてふした
るやひめきみならんすこしのきて二三人はかりゐたるとみるほとにこの
とのあきたるよりにはかにかせのあら〳〵しくふきいりたるにひのきゐ
たれはしそくもてまいり給へといふにこのわたとのは人のうちやすむと
ころにて人のちかくものし給へるつゝましさにしはしよりふし給ふなる
へし人いて給ひぬときゝ給へはわたり給なんとてやはらをきあかり給ひ
てちこきみをこなたにてやはらこなたさまに思ひよらすうちみかへり給
へれはほし月よのたと〳〵しきにゐほうしのふとみゑたるにこゝろまと
ひし給ひてやかてうちふし給ておともし給はぬをこのくし給へるちこき
みはとくといひわひてさしよりてみるにおとこのゐたれはこれもいみし

よりてみ(見)るに男のいたれば是もいみじくおとろきたるけしきにて立帰り入ぬればさうじもひきたて丶いますこしちかうひきよせ奉り給ふに月ころ物をおぼしてあるかなきかなるこ丶ち(地)にはいきもたえはてぬべきさまにみ(見)え給ふを佛におぢ奉るかたは人よりもまさりて侍れはなめげなる心はよもつかひ侍らじ心やすくおぼせたゞかばかりのうとましさはうへの御心もことの外には侍らずとうけ給はりぬればさしもなどかおぼさんなど聞え給ふ程にちご君のつけけるにやおとなしき人のけはひにてこのさうじをひきあけてこはたが物し給ふぞ仏の御前とは知給はぬかいとびんなきわざかなとてさぐりよれば打わらひ給ひて仏のみち引たまへればこそはかうねがひのま丶にはおもむき侍りぬれとてしやうじ口のた丶みにかりそめにぞよりふし給へりける此殿にておはしけりと思ふにむねはおちいぬれどおりあしく御心ちもいかにいとゞおぼしまどはるらんとわひしけれととかく聞えさすべきやうもなければひと所の御事をみ(見)奉りなげかせ給ふほとにおなしさまにのみしづませ給ひてさらに何事も聞わかせ給ふべくもおはしまさゞんめるものをなどなげくけはひ此御めのとやうのものにやとそ聞ゆるたゞかばかりにて侍らんは御心ちも何はかりかはくるしくおぼされん帰らんにはいたくふけぬれは月まつ程かうて侍らんとぞのたまふさらばこなたにこそいらせ給はめあまりなめげに侍りときこゆればしやうじよりこなたに女君を入たてまつり給ひつたうとくみつの心ち(地)してあせもこちたくながれ給へるけはひかたつきなどのうつくしさは世にたぐひなき物に思ひしめ聞え給へる御ありさまにおとり給ふまじかりけりと思ひあはせ給ふにいと丶のこりゆかしうわりなしとし比などて心のどかにのみ思ひてすぐしつらんあながちに思ひいれましかばなどかことの外にしも人の思ひ給はまし過にしかたもくやしきにこよひの中にこの仏の御前をゐて出給ひぬべけれとかた時の程だにおぼつかなく

うおとろきたるけしきにてたちかへりいぬれは御しやうしもたて丶いますこしひきよせ給ふに月ころものおほしみたれてあるかなきかの心ちはいまそたえ(▲て)はてぬへきさまにみゑ給ふをほとけにおちたてまつるかたは人よりもことにまさりて侍へれはなめけなるこ丶ろにもつかひ侍らした丶こ丶ろやすくおほすはかりのうとましさはうゑの御こ丶ろよせもことのほかには侍らすうけ給はれはさしもなとかおほしめさんなときこゑ給ふはちこきみのつけ丶るにやおとなしき人のけはひにてこのさうしをひきあけてこはたか物し給ふそほとけの御まへとはしり給はぬかいとひんなきわさかなとてさくりよれはうちわひてほとけのみちひかせ給へはこそかくねかひのま丶に思侍ぬれとてさうしくちのた丶みにそかりそめによりふし給ぬめるこのとのにおはしけりとむねあきぬれとをりあしき御こ丶ちにも如何におほしまとふらんとわひしけれととかく申へきやうもなけれは人こ丶ろの御ありさまをみたてまつりなけかせ給ふほとにおなしさまにのみしつませ給ふさらに何事もき丶わろくもおはしまさ丶めるものをなけくけしきこの御めのにやとそきこゆるた丶さはかりにて侍へらんとその給ふさらはこなたにこそいらせ給はめあまりなめけに侍ときこゆるにけにこれは人のかよひみちとみゆれはさうしよりこなたにひめきみをいれたてまつり給卄あせもこちたくなかれ給ふけはひはたつきのうつくしさはよにたくひなく思ひしめきこゑ給へる御ありさまにおとるましかりけりと思ひあはせられ給ふにいと丶のこりゆかしくわりなしとしころなとこ丶ろのとかに思ひつ丶すくしつらんあなかちに思いれましかはなとかことのほかにしも人の思ひ給ふましきした丶にゆかしきにこよひのうちにこのほとけの御まへをいてゐて給へきにはあらすかたときのほともおほつかなく思ひみたれ給はんありさまもことはりなれはこ丶ろくるしかるへきところなれはいかにも〱このこ丶ちみさためてこ

思ひみだれ給はん御ありさまもことはりに心くるしかるべきころなればいかにも此御こゝち(地)み(見)さだめてこそはなどよろづはおぼしのどめて只きしかたゆくすゑのこゝろの中などをなつかしく聞えしらせ給ふにぞ御心ちはのどまりてとりあへずこぼれ出る涙もせきとゞめ給へれど時のまもたちはなれ給はすみ(見)奉り給ふにぞあなかちなるさまにてゆなどもみ(見)入給へばいかに物し給ふらんかゝる事をもいかにあさましくきゝ給らんなどおぼしやらるゝより外に露斗みゝとゞまるべき事ぞなかりける

（中7オ〜10ウ）

〔三〇二〕

あり明の月も出にけりかうしのひま共より所々もりいりたるがいとゞこゝろづくしなるにおぼしわびてかうしのもとのかきがねをはなちてをしやり給へれば残りなうさし入たるを女君いとゞわびしくて引かづき給へるをとかくひきあらはしつゝみ(見)奉り給ふに斎院にぞいみじく似奉りたまへりけるたまのをのひめ君のやうのなるかはねの中にても彼御ありさまにすこしもおほえたる玉の光だにかよはゝそでにつゝみてもみ(見)まほしくおぼしねがひつるにかうをと聞も物むつかしかるまじき渡りにすこしのなぐさめ所のありけるもたゞあなかちなるこゝろのうちをあはれとみ(見)給ひてかゝるかたしろをかみのつくりいでたまへるにやとおぼしよるにもあぢきなくなみだそこぼるゝ

　なげきわびねぬよの空にゝたるかな心づくしのありあけの月〈170〉

と聞え給へどいらへ聞え給はぬぞいとくちおしかりけるいかにそかはかりまでみ(見)奉りそめてすくせ(世)なといふなる物のことさまになり給はゞいかゞすべきさてもやなを世にながらへんなどあすのふちせもうしろめたうおぼさるゝまゝにあらましごとを打返し〳〵きこえ給ふ程に誠にあけ

そなとよろつにおほしのとめてたゝきしかたゆくさきのこゝろのうちをなつかしくきこゑしらせ給ふに御こゝちはのとまりつゝとりあへすこほれ給へるなみたもせきとめかたふときのまもたちはなれたくもみたてまつらすみ給ふにあなかちなる御こゝろさまにて如何ゝ物し給ふらんかゝることをもいかにあさましくきゝ給ふらんなとおほしやらるゝよりほかにみゝとゝまることなかりける

（51オ〜54ウ）

〔三〇二〕

ありあけの月もいてにけれはかうしのひまよりところ〳〵もりたるかけいとゝこゝろつくしなるにおほしわひてかうしのもとのかきかねをはつしてをしあけ給へれはのこりなくさしいりたるをひめきみいとくるしくてひきかつき給へるをとかくひきあらはしてみたてまつり給へるにさいゐんにそいみしくにたてまつり給へりけるたまのをのひめきみのやうなるかはねの中にもかの御ありさにすこしたにおほえたるさまのひかりたにそてにつゝみてみまほしくねかひつるにかくおときゝものむつかしかるましきわたりにすこしもなくさめところありけるもたゝあなかちなるこゝろのうちをあはれとみ給ひてかゝるかたちをかみのつくりいて給へるにやとそおほしよる

　なけきわひねぬよのそらにゝたるかなこゝろつくしのありあけの月〈170〉

とひとりこち給へといらへきこゑ給はぬいとかひなかりけるいかにそかはかりまてみたてまつりそめてはすくせ(世)といふものゝことさまに物し給はゝ如何ゝすへきさてもやなをなからへんとあすのふちせもうしろめたくおほさるゝまゝにあらましことをうちかへし〳〵きこゑ給ふほとにあ

行けしきなれば御ともの人々たちやすらひつゝをとなふなれど今よりのちのおぼつかなさは中々わりなかるべきをいかゞすべきかばかりはいつもかたくしもあらじをへだておほくもてなしたまはんこそほ（本）いなくこゝろうかるべけれさらば霧のまよひたど〱しき程にもろともにとこそおもひ侍れいかに〱と聞え給へば誠にさもやと浅ましくわびしきにまいて何事かはいはれたまはんあなおぼつかなのわざやかはほりの宮にやなんと打わらひ給ふけはひもいときかまほしくめでたきをいつしかかやうにて見奉らばや此御心ち（地）のすこしよろしくたにならせ給へかしなどちかくうちふしたる御めのとなどはいひあはする　（中10ウ～12オ）

〔二〇四〕

あふぎをすこしならし給へれば参りたるによの程御こゝち（地）はいかゞ夜もすがら念じ明し侍つるしるしはさりともこよなう侍らんかしとの給へば御心ち（地）はおなじさまにぞこのおはしましところのみ（見）ぐるしさをぞくるしかりあかさせ給ひてときこゆれば人々のあしう聞えなしたるにこそあらめ物ぐるおしう思ひやりなきさまにきかせたまふらんこそはづかしけれとの給ひて夜の程もうしろめたげなりし御けはひの心くるしさに宰相の御かはりとて此みすのまへにて明し侍りつるに嶺のあらしもはげしくてみたり心ちもなやましければそなたにもえまいらでいそぎまかり出ぬと聞えさせたまへいまよりは入道もまめやかにつとめ侍るべければむりやうこうをへてもさり共ねがひはかなひ侍りなんとたのもしきをわたくしの御こゝろよせもなをたすけはて給へなどなつかしくかたらひたまへる御けはひよそにみ（見）ない奉らんはくちおしかりぬべかりけりうへはよべもきゝ給ひしかど何かはいとうしろめたうあはれなる御ありさまをすこしもけちかくてみ（見）給ひてはさりともあはれとは御心とゞめ給はざらんやは

けゆくけしきなれは御ともの人々もとかくたちやすらひ給ひつゝなんといまよりのちのおほつかなさはわりなかるへきをいかゝすへきいつもかたはしもあらしをへたておほくもてなし給ふにそこゝろうかりぬへかりけるさはかりのたと〱しきほともみとらんとこそ思給ふれいかにときこゑ給ふにまことにさもやとおほすにましてなにことかはいらへ給ふあなおほつかなのわさやかはほりのはなになとうちわらひ給ふ御けはひきかまほしうめてたきをいつしかかやうにてみたてまつらはやこの御こゝろさしをすこしよろしくたにならせ給へかしなとちかくふしたるねうはうともなといひあはするに　（54ウ～56オ）

〔二〇四〕

あふきをすこしうちならし給ふにまいりたれはよのほと御心ち如何ゝよも（▲る）すからねんしあかし侍つるしるしはさりともこよなくは侍らんかしとの給へはおなし御さまにそこのおはしましところのみくるしさをこそはくるしかりあかさせ給ひつれときこゆれは人々のあしうきこゑなしたるにこそあらめものくるはしく思ひやりなきさまにきかせ給ふらんこそはつかしけれとの給ひてよのほともうしろめたけなりし御けはひのこゝろくるしさにさいしやうのかはりにこの御ちやうのまへにてあかし侍つるにみねのあらしもはけしくてみたりこゝちなやましけれはそなたへもまいらて（▲まで）まかてぬときこゑさせ給へといまよりのちもまめやかにつとめ侍へけれはむりやうこうをへてねかひかなひ侍なんとこそたのもしきをわたくしの御こゝろもたすけ給へなとなつかしうかたらひ給へる御けはひなとよそにみ（見）なしたてまつらん事くちをしかりぬへかりけるうゐはよへもきゝ給ひしかとなにやうしろめたくあはれなるさまをすこしもちかくみ給ひてはさりともあはれとはみ給はさらんやはこゝろよりほかにあら

心より外にあは〱しきさまにてやなとおほしうたがふべきところならねばなどおぼしながら此月比明くれねをのみなきしづみていみしうやせそこなはれうちとけ給へるを程なき軒の月かけもいかゞありつらんすこしもなのめならんことはいみしうはづかしげなる御ありさまにこそとおぼしあかしつるにか、る御せうそくもちかをとりし給はぬにやとむね打さはぎてうれしくおぼさる、ぞあはれなるやよべはいたくふけ侍りにしをあら〱しきかぜのけしきにつけても道の程うしろめたなうおもひやりきこえさせしにとまらせ給ひにけるもしらず例よりもまどろみ入侍りにけるもげに御いのりのしるしにやと今よりはさらば草のまくらもこ、ろし侍りぬべうこそはと聞えさせたまへるを

とけてねぬまろかまろねのくさ枕一夜ばかりも露けきものを〈171〉

ほかにもあらぬならはしもとすこしほ、ゑみたる聲にてわざと御かへりともなくの給ふをひとりきくはあかずやおぼえけんまねび聞えければ

草まくらひと夜ばかりのまろねにて露のかごとをかけしとや思ふ〈172〉

とぞ聞え給へるまがきの霧のいとゞひまなく立わたりて月かけも中々くもらはしくなりぬればいと、たち出がたうおぼさる、にみちすゑ御くつもてまいりて霧はれ侍らば京中み（見）ぐるしくこそなりさふらひぬべかりけれ御車ゐてまいれとやおほせつかはすべきと心もとなげにおもひて申せはくはやいたうなにくみそとてたち出給ふまゝに

くずのはふまがきのきりもたちこめてこ、ろもゆかぬみちのうらかな〈173〉

とはやすらひ給へどつゆのいとしげき中をさしぬき気色はかり引あげてあゆみいで給ふを人々はのぞきてみ（見）奉りつゝめでまどふことはりにぞありける

（中12オ〜15オ）

〱しきさまにやとおほしうたかふへきかたさまにおほしかくへきかとこ、ろならねはなとおほしなからこの月ころあけくれねをのみなきしつみてやせほそう、ちとけ給へるをほとなきのちの月かけもいか、ありつらんとすこしもなのめならんことはいみしくはつかしけなる御ありさまにこそあめれなとよろつにおほしあかしつるにか、る御せうそくはちかをとりし給はぬにやとむねうちさはきてうれしくおほさる、せ（▲□）そあはれなるやよへはいたくふけ侍にしをあら〱しきかせのけしきにつけてものちのほとうしろめたく思ひやりきこゑさせしをと、まらせ給ふにけるもしり侍らさりけるれいよりもまとろみいり侍にたるも御いのりのしるしにやいまよりもくさのまくらもこ、ろし侍ぬへきにこそはときこゑさせ給へるを

とけてねぬまろかまろねのくさまくらひとよりはかりもつゆけきものを〈171〉

ほのかにあはぬならはしもとすこしほ、ゑみ給へるこゑにてわさと御かへりもなくの給ふをき、あかすやおほされけんまいりてきこゆれは

くさまくらひとよはかりのまろねにてつゆのかことをかけんとやおは《思ふ》〈172〉

とそきこゑ給へるまかきのきりいとひまなくたちわたりていたくおほさる、にみちすゑ御くつもてまいりてきりはれさふらは、京のうちみくるしくこそなり候ぬへけれ御くるまいてまいれとやおほせつかはすへきとこ、ろもとなけに思ひて申せはいたくなにくみそとてたちいて給ふま、に

くすのはにまかきのきりもたちこめてこ、ろをゆかぬみちのそらかな〈173〉

とはやすらひ給へとつゆいとしけき中をさしぬきのすそをけしきはかり

〔二〇五〕
殿におはしつきても面影山はまめやかに戀しう思ひいでられ給へは誠しうむつましきありさまになりてこのまゝの心ち《（地）》せば思ひはなるゝかひなうすてがたうもあるべき世かなとおぼしつゞくるにも殿うへなとの我らをはほたしにも思ひたらすこゝろにつく人いてきなばかゝる心ちはやみなんとつねにの給はするをあるましき事とのみ聞つれどげにさもありぬへき事なりけりとおぼししらるゝやがてねられたまはでつとめてもいとゝく御心ちのおぼつかなさなと聞え給ひてさてもけさは例ならぬ心ち《（地）》にまどひ侍りて

　おもかげは身をぞはなれぬ打とけてねぬ夜のゆめはみ《（見）》るとなけれど〈174〉

などやうに聞え給へる御つかひ帰り参りてたゞいまなんうせ給ひぬるとてのゝしり侍りつれば御かへりもえ聞えさせでまいりぬると申すをきゝ給ふ御こゝちいとあへなくあさましともよのつねなり　（中15ウ～16オ）

〔二〇六〕
げにわづらひてはほどへぬれどつゆのかごとをとあばめ給へりつるもたゞ今の事ぞかしなどあはれにはかなき世のありさまもいとゞおぼししられて又いともろきなみだかごとがましくもりいてぬいとたちまちに思ひいそぐひとかたにしもあらず此程はあまたゝびゆきかへるべきみちと思ひつるをいみの程などはふとしもえかよはずやとおぼすも誠にいとゞ

ひきあけてあゆみいて給ふを人々のそきてみたてまつりめてまとふこと〱はりにそありける　（56オ～58ウ）

〔二〇五〕
おほとのにはおはしつきてもおもかけまめやかにこひしく思ひいてられ給へとまことしくむつましきありさまになりてあまゝのこゝちをは思ひはなるゝかひなくすくしかたくもあるへきよなとおほしつゝくるにもわれらをはほたしにも思たらすこゝろにつく人いてよなはやとつねにの給はするをあるましきことゝのみつねにきゝつれとけにさもありけりなとそおほしゝらるゝやかてねられ給はてつとめてもいみしう御こゝちなとのおほつかなく思ひきこゑ給ひてさてもけさはれいならぬこゝちにまとひ侍て

　おもかけのみをそはなれぬうちとけてねぬよのゆめはみるとなけれと〈174〉

ときこゑ給へる御つかひまいりてたゝいまなんうせ給は《え》りぬるとてのゝしり侍つれは御返もきこゑさせてまいりぬると申をきゝ給ふ御心ちあえなしともよのつねなり　（58ウ～59オ）

〔二〇六〕
けにわつらひてはほとへ給ひぬれとつゆのかことをとあやめ給へるはたゝいまのことそかしとあはれにはかなきよのありさまもおほしいてられていとゝもろきなみたをことかましくもりいてぬたちまち事思ひいそく人かたにもあらすこのほとはあまたゝひゆきかへるへきみちとおほしつるをいみのほとはふみもえかよはすましとこゝろもとなくわりなくは

心もとなくわりなし花のたよりのほかげよりはじめよべのけはひのあはれなるなともおぼし出らる丶にさらによその事ともおほえ給はすあはれにて中将の君のもとにこまやかにとふらひ聞え給ふ事をろかならす御かへりは今はかひなき事をばさるものにてをくるまじきさまに侍る人をみ《見》給ひあつかひてなんうちつゞきいみじきめをみ《見》侍らん事の心うき事とあるをみ《見》給ふにか丶る中のかなしさはいづれもをろかなるべきにはあらぬ中にもおなじ煙にもとの給ひしけしきはなべての中とはみ《見》えざりしをげにいかにおほすらんとおもひやらる丶けしきもむげにおぼつかなからましかはいとさしもおぼえざらましをほのかなりし手あたりけはひのくまなかりし月かげもさしも心にとまりしはもの思ひの花の枝さしそふべかりけるすくせ《世》にやこれをさへかひなく聞なしていかなる心ちせんとこのごろはこと事なくぞおぼしなげきける

　こえもせぬせきのこなたにまとひしやあふ坂山のかぎりなるらん〈175〉

とおぼしつ丶くるもいとゆ丶しういかてさりとも神仏世におはせばさるめはみ《見》せ給はんとねんぜられ給ひて例のこまやかなるかたにおぼしたのむ御いのりのし共にかたらひ給ひていのりどもなどせさせ給ひけり後の御事など宰相のひとりあつかひ給ふに忍びたれど山邊のをくりの人々おほく奉り給へりそのほどの御あつかひおぼしいたらぬ事なくこまかにとぶらひ聞え給ふを宰相は誠にありかたくおもひしられ給ふ

（中16オ～17ウ）

〔三〇七〕

日かずのすぐるま丶にもあり明の月かげはおもかげに戀しくてしのびありきもことにしたまはずさすがにあやしうおぼさるれば

かなかりしはなのほかけよりはしめよへのけはひのあはれなりしなとおほしいてらる丶にさらによそのこと丶もおほえ給はすあはれにて中将のきみの御もとへこまかにとふらひ給ふことおろかならす御かへりにはいま丶てかいなきことはさるものにておくるましく侍人にみあつかひ侍てなんうちつ丶きいみしきめをもみるらんことのこ丶ろうきこと丶あるをみ給ふにもか丶ることさまのかなしさはいつれもおろかならす思ふ中にもおなしけふりにもとの給ふけしきもなへてのこ丶ろさしにはあらすみえしをけにいかに思給ふらんと思ひやらる丶けしきもおほつかなからましかはいとさしもおほさ丶らましほのかなりしてあたりけはひなとよりはしめくまなかれりし月かけもこ丶ろにとまりしことともにて物思ひのはなのさしそひたりけるすくせ《世》にやこれをさへかいなくき丶なしていかなるこ丶ちせんこのきみはこのころはこと〱なくおほしなけきける

　こゐもせぬせきのこなたにまとひしやあふさかやまのかきりなるらん〈175〉

とおほしつ丶くるもゆ丶しいかてさりともかみほとけよにおはせはさるめはみせ給はんとねんせられ給てれいのこまやかなるさまにおほしたのむ御いのりなとせさせ給えりしのちの御事なとた丶さいしやうひとりあつかひ給ふにしのひたれとも山をくりの人々もいとあまた丶てまつり給ふなその人の御あつかひをおほしいたらぬことなくこまやかにとふらひきこゐ給ふをさいしやうはまことにありかたく思ひきこゐ給ふ

（59オ～61オ）

〔三〇七〕

ひかすのすくるま丶にもありあけはおもかけにこひしく思ひいてられ給てしのひありきもし給はすよるのころも丶かへしわひ給ふよな〱もさ

かたしきにかさねぬ衣うち返しおもへは何を戀るこゝろぞ〈176〉

など聞えたまへとさらに日をまつさまにてなとのみ聞え給へばおぼしわびていみのほどもえ待給はず忍びてわたり給へるさいしやうの君たいめんし給ひてもつきせすあはれなるけしきにてかゝる中といひながらもよのつねにはあらざりつる心ざしのほどをかたりつゝ露ばかりはか〳〵しうかひあるさまをだにみ(見)えでをくれ侍りぬる事といひつゞけていと忍びがたげなりいまはのとぢめにしも參りてあはれなりし御けはひをさへ聞侍しかばそのおぼさるらんにもことにおとるまじき心ちし侍りてなんいとはしう思ひ侍し事も今はいかでながらへてなど思ひ給へきあらましごともみえ奉らてやみぬるこそいみしうほ(本)いなけれなき御かけにもかひなきものにはみ(見)え奉らじと思ひ侍るをいとたのもしけなくのみきゝ奉るこそなを世に侍るまじきにやと心ぼそくなんとうちなげき給へるけしきあさからずあながちにわか〳〵しきまで思ひまとひて侍るありさまのさらにながらふべくも侍らさめればはか〴〵しからぬ身しもかはらぬさまにそさて何にかはし侍らんなど思ふ給へなりてなんとていたく思ひなげきたるをみ(見)給ふにいとゞうしろめたうゆゝしけれど參りてみづからなとの給ふべきにもあらざめればかひなくてたちわづらひてぞかへり給ひける
（中17ウ〜19オ）

〔三〇八〕

三条わたりにいとひろくおもしろき所この御れうとて大殿心ことにつくりみかゝせたまふをいてや何にかはせんと御心にもいれ給はざりつるをありあけの月すませ給はんにかひありぬべくみ(見)なし給ひてのち我御心そへてなべてならぬさまにいそがせ給ひけり皇后宮などのきかせたまはん

すかにあやしくおほさるれは

かたしきにかさねぬころもうちかへし思へはなにをこふるこゝろそ〈176〉

なときこゑ給へはさらにひをまつさまにてときこゑ給へはおほしわひていみのほともえまちあえすしのひてわたり給えりさいしやうとのはたいめんしてつきせぬあはれなるけしきにてかゝる中といひなからよのつねにはあらさりつるこゝろさしのほとなとをかたりてつゆはかりはか〳〵しくかひなきさまをもみせておくれ侍ぬることゝいひつゝけていとしのひかたけなりいまはのとちめなりしをりもまいりてあはれなりし御けはひをさへきゝ侍しかはそのおほすにもおとるましきこゝちのみし侍てなんいたはしく思ひ給ひしみもいまにいかてかなからへてなともと思給へしあらましこともみえたてまつらてやみぬるこそいみしくほ(本)いなけれなき御かけにもかいなき物にみえたてまつらしと思侍をいとたのもしけなくのみきゝ侍こそなをよにも侍ましきにやとなけき給へるけしきあさからすあなかちにわか〳〵しきまてなこりなとうつしこゝろなきまて思ひなけきて侍るありさまさらになくさむはかりも侍らさめれははか〳〵しからぬみひとつしもかはらぬさまにてなにゝかはし侍らんなと思ひ給へなりてなといたふ思ひなけきたるけしきをみ給ふにいとうしろめたくゆゝしけれとまいてみつからなとはの給ふへくもあらさなれはたちわつらひてそかへり給ぬる
（61オ〜62オ）

〔三〇八〕

三条わたりにいとひろくおもしろきところをこの御れうに大殿こゝろことにつくりみかゝせ給ふをいてなにゝかせんと御こゝろにもいれ給はさりけるをありあけの月かけすまさせ給はんにかいありぬへくみなし給ひてのちわか御こゝろさしもそえてさまことにいそかせ給ひけりおほみや

事のいとおしさぞくるしくおぼさるれどさりとて今はゆづりきこえさせん事はあるまじければ四十九日など過なはわたしきこえ給はん事をおぼしいそぐに女院御ものゝけだちていとおもくわづらひ給へば行幸なとありておほかたの世の人だに心のいとまなき比なればまいて大将殿はあからさまにもえ立出給はぬまゝに山里のおぼつかなさをいかに〳〵としつ心なく思ひやり給ひて

うかりけるわか中山のちぎりかなこえすはなにゝあひみ（見）そめけん〈177〉

あまりおぼつかなきもこゝろうく昔の御事をおぼしいではかくやはもてなし給ふべきなどうらみ聞え給へるを宰相もげにいとあまり物おぼししるまじき御程にもあらずかばかりありかたき御こゝろをあながちにうと〳〵しうもてなし奉らん事もいとをしなど聞え給へどよろづとりまかなひつゝ聞えしらせ給ひし御ありさまのみおもかげにおぼえ給ひてひとくだりも引つゞくべき心ちもし給はねはいとゞ引かづきてなきふしたまへるをたれも聞えわづらひぬかういふ〳〵も名残とまれる心ちする日かずの程は日々にあらはれ出給ふきやう仏などをかたみにみ（見）奉りなぐさめたまふを其ほともすきぬれば御しつらひなども例のやうにあきらかにもてなさるゝにつけてもいまひとかへりかなしさのかずそふ心ち（地）し給ひていとゝあやうきまてなりまさり給ふを宰相は誰によそへてかとかなしくいみじくおもひほれ給へりせちに戀しくおぼえ給ふ夕くれにもしもやなぐさむとうつくしう心ことにつくりをき奉り給ひてつねにむかひ給ひつゝおこなひ給ひし十躰（齋イ）の佛たちみ（見）奉り給ふにもやく師には只御ことをのみ申すとつねにいひしらせ給ひしをおぼしいづるにかんろ法薬のくすりもいまは何にかはすべき身にもあらぬをたゞおはしにけんかたへをくり給へかしさばかりの事はかたくしもあらじ光明ふぜつとかやの給へるちかひぞかなひがたかりけるなど人しれずおぼしつゞく

なとのきかせ給はんことのいとをしさこそこひしくおほさるれとさりとてもいまはゆつりきこゑてさすへき心ちもせねは四十九日なとすきなはわたしきこゑ給はんことおほしいそくに女院ものゝけたちていとおもくわつらひ給へはおほかたのよの人たにこゝろのいとまなけれはまいて大将とのはあからさまにたちいて給はねはやまさとのおほつかなさをいかに〳〵としつこゝろなく思ひやり給ひて

うかりけるわかなかやまのちきりかなこすゑはなにゝあひみそめけん〈177〉

あまりおほつかなきもこゝろうくむかしの御こゝろをおほしえてはかくやはもてなしきこゑ給ふへきなとさいしやうもいとあまり物おほししるましきほとにもあらすかはかりありかたき御心ちをあなかちにうと〳〵しくもてなしたてまつらんもいとをしくなときこゑ給へはこゝろひと〳〵◯《つ》にとりまかなひつゝよろつにきこゑさせ給ひし御ありさまのみおほえ給てひとくたりもひきつゝくへき心ちもし給はぬはいとゝひきかつきてふし給へるをたれもきこゑわつらいぬかくいふ〳〵もなこりとまるこゝちするひかすのほとはひゝにあらはれいて給ふほとけをかたみにしたてまつりなくさめ給ふをそのほともすきぬれはさしつゝく人もあきらかにれいのやうにもてなさるゝにいまはとかなしさのかすそふ心ちし給ていとあやふきまてなりまさり給ふもさいしやうはたれによそへてかとかなしういみしう思ひほれ給えりせちにこひしく思ひきこゑ給ふゆふくれにもしもやなくさむとうつくしくこゝろことにつくりをき給てつねにおこなひ給ひし十さいのほとけたちをみたてまつり給ふにもやくしにはたゝつねに御ことをなん申といひしらせ給ひしをおほしいつるかさむろすやくのくすりもなにゝすへきみにもあらぬをたゝおはしにけんかたにおくり給へかしさはかりの事はかたくしもあらしをねうすいまくこ

ゆめさむるあかつきかたをまちしまにな、なぬかにもや、過にけり〈178〉
なとおぼしつゞけらる、日かずもあさましくて袖をかほにをしあて、なき給ふいとくろき御そにいとゞもてはやされたる御かしらつきかみのか、りなどもゐにかきとりて人にみ(見)せまほしかりけり　（中19オ～21ウ）

〔三〇九〕

大将殿は三条にわたし奉り給はん日などさだめたまひて今はたゞむかへ聞えてんとおぼすに女院つゐにうせさせ給ひぬれはいとゞたへこもり給ひぬるもいと口おしうわびしくおぼさる、事かきりなしかくのみおもふ日かずの過つ、たがふやうにのみあるはつゐにいかなるべきにかとおぼすもしづこ、ろなくうしろめたなきま、に文ばかりは日に二たび三たひも打しきり聞えさせ給へど御かへりは露なかりけるさいしやうにもほ(本)いなくてすぐる日かずを心もとながり給ひてこの御いみすぐしてむかへ聞えさせんなどのたまひたればげに何かは今はまかせきこえてこそはみ(見)めなとおほせば先けふあす例の所にわたり侍りてありさまにしたがひ侍てこそはさやうにもなどぞきこえ給ひけるひめ君はふる里にたち帰り給はん事も物うく猶今しばしなごりのところにだにおきふさまほしくおぼせとさいしやうもこの春つかたよりあぜち大納言の御あたりにかよひ給へるめづらしきさまの心ちになやましげにし給ふをかくたへこもりて過し給へるおぼつかなさもいつしかとおほせは今さへかうしづ心なくかよひ給はんもいづかたも心ぐるしかるべければ大納言殿の君をもおなし所にてこ、ろのどかにみ(見)んとおぼすなりけりとしのはてになりてぞわたり給ひける御しつらひなどもありしながらなるにひとりたちかへりたまへる

との給へる御ちかひこそかなひかたかりけれなとおほし人しれすおほしつ、くるに
ゆめさむるあか月かたをまちしまにな、なぬかにもや、すきにけり〈178〉
なとおほしつ、くるひかすもあさましくてそてをかほにおしあて、なき給ふいとくろき御そにもてはやして御かしらつきかみのか、りまみさしなともゐにかきとめてみまほしかりけり　（62オ～64ウ）

〔三〇九〕

大将とのは三条にわたし給へるなとさため給ひていまはた、むかへんとおほすに女院ついにうせさせ給ひぬいと、たちこもり給ひぬるもいとくちをしくおほさる、事かきりなしかくのみ思ひひかす、きてたかふやうなるはいかなることにかとおほすにもしつこ、ろなしうしろめたきま、に御ふみはかりひにふた、ひ三たひうちしきりてきこゆえさすれと御返たえて御覧せねはおほつかなくわりなしさいしやうにもほ(本)いなくすくるひかすをこ、ろもとなかりてこの御いみすきてむかへきこゐなんとの給へはなにかはいまはまかせきこゐてこそはみめなとおほせはまつけふあすゆれいのところにわたし侍てありさまにしたかひてこそはさやうにもなときこゐ給けるひめきみはふるさとにたちかへらん事も物うくなをしはしもなこりのとこをたにおきふさまほしくおほせともさいしやうもあせちの大納言のわたりにこの春つかたよりかよひ給へるめつらしき心ちになやましけにし給ふをかきたえこもりてすこし給へるいかてかとおほせといまさへかくしつこ、ろなくかよひ給はんもこ、ろくるしかるへければ大納言殿のきみをもおなしところにてこ、ろのとかにみむとおほすなりけりとしのはてになりてそわたし給ひける御しつらひもありしなからなるにひとりたちかへり給へる心ちのかなしさもよのつねならんやは

こゝちのかなしさもよのつねならんやは明くれさしむかひきこえ給へりし面かげばかりは身にそひたるやうなれどおきふしにつけて物のみおそろしくこゝろぼそき心ち（地）のみし給ひてさらにえながらふましくおぼひたるを宰相もいとことはりに心くるしけれと姫君まだわたり給はねはよるなどはとまり給ふ事かたかりけり

（中21ウ～23オ）

〔三一〇〕

日ころふる雪としのゝこりすくなうなるまゝにいとゞふりかさなりつゝきえやるべくもあらずしみわたるをみ（見）いだし給ひても

ことはりの年の暮とはみ（見）えながらつもるにきえぬ雪もありけり〈179〉

なとやうにはかなきことの葉をのみ昔のかたみにはおぼしなぐさめける日のくるゝままに風のをとなひもあらくてよこさまに吹入るあられの音もものおそろしう成ぬればみかうしどもいそぎ参りて女房どちさしつとひて物こゝろぼそく思ふにひめ君はまいてたゞひとりの御かけにてこそ雨かぜのをともふせぎ給ひしかいひしらすこゝろぼそうおぼひたるもことはりにて宰相のきみを誰もうらめしうおもひきこゆ大しやうはかくわたり給ひにけりと聞給へど日つゐでもあしくてあからさまにもえ物し給はず心もとなうおぼすにゐんの御いみもはてゝよろしき日なりければかぜのまよひにわたり給ひにけりとかくたちやすらひ給へど山里の御すみ家にもことはりかはる事なう人めまれにてとがむる人もなしゆきばかりあるしがほにふりつみたる庭のおもはる〳〵と心ぼそげなるをみ（見）渡し給ふにわかき人の思ひはなるゝかたなうながめつくし給ふらん心の中いかならんといとあはれにをしはかられ給ふみだうのあづかりだちたる僧の御あかしのきえたるともしつくとてわづかにいできたるをよひよせて宰相はおはせぬかととひ給へばきのふ出させ給ひしまゝにおはします大納

あけくれさしむかひ給へりしおもかけはかりはみにそひたるやうなれとをきふしにつけても物をそろしき心ちのし給てさらにえなからうましくおほし給ふをさいしやうもいとことはりにこゝろくるしけれと女きみまたわたり給はねはとまり給ことはかたかりけり

（64ウ～66オ）

〔三一〇〕

ひころふるゆきのとしのゝこりすくなくなりゆくまゝにいとふりまさりつゝきゑやるへくもあらすみいたし給ても

ことはりのとしのくれとは思へともつもるにきえぬゆきもありけり〈179〉

なとはかなきことのみそむかしかたみにはおほしなくさめけるひのくるゝまゝにかせのおとなふもあらまほしくてよこさまにふりいるゝあられのをとものおそろしくなりぬれは御かうしとも、いそきまいりて女はうともさしつとひて物こゝろほそく思ふにひめきみはまいてた、ひとりの御かけにてこそあめかせのおともふせき給ひしかいひしらすこゝろほそくおほしいる、もことはりにてさいしやうのきみたれもうらめしく思ひきこゆ大将かくわたり給ぬとはきゝ給へとひついてのみあしくあからさまにもえものし給はすこゝろもとなくおほしてゐんの御いみははてゝよろしきひなれはいとしのひてかせのまよひにわたり給ひにけりとかくやすらひ給けれとやまさとの御すみかにことにかはることなく人めまれにとかむる人なしゆきはかりあら〳〵しけにふりいりたるにはのおもはる〳〵とこゝろほそけなるにみわたさせ給へるにわかき人の思ひみるかたなくなかめいり給へるあはれにおしはかられ給ふ御たうのあつかりたるそうの御あかしのひのきえたるともしつくるとてわつかにいてきたるによひよせ給てさいしやうはおはせぬかととひ給へはきのふい

言殿のひめ君なやませ給ふとてまれにのみ此殿にはおはしますと申せば辨の君といふ人にたい面せんといふ人なんあるとものせよとの給へはひめ君の御めのとのおとゞにこそおはすなれとてたちぬるまゝにそうの出つるつま戸によりて引給へはかけざりけるにやあきぬ入てみ《見》給へばこゝにもねんずだういとたうとくしをかれておこなひつとめ給ひける人の跡とみ《見》ゆそれよりやがて火の光み《見》ゆるかたへすぐ〳〵とおはすれどことさらになよゝかにしなし給へる御その音なれば心あはたゝしき風のまぎれにてきゝつくる人もなしもやの中のとよりとをりて丁のそは成べう風よりのぞきたまへばこなたぐらにてよくみゆ火をつく〳〵とながめつゝそひふし給へるふとみ《見》つけたるにたゞそれかとまで思ひいてられさせ給ふみたらし川のおもかげさへ立そひて心さはぎするにやかてかのかたはらにたちいでなまほしきにおとゞといひつる人にや北おもてのかたよりきてかのにしのわた殿にやんことなき人のおはしておとゞにあはんとなんのたまふとこのせうしかたゞ今いふはたれにかあらんさるべき人こそおほえねもし大しやうどののおはしましたるにやとおもへどきのふの御文にもさもの給はせさりし物をいかにもたづね侍らんとてたてば又ある人もしさにもこそあれこの御とのあぶらあかゝりけるみか《やイ》うしにあなもあらん物をとてすこしとりのけつれば君もちいさき木丁引よせてふし給ひぬめり人々ちかうさふらひ給へなどいひをきてこなたざまにくるまゝに人もひさしうおはしまさぬこの御かたにしもおほえなきにほひこそすれあなむつかししそくやさゝましいとくらしとて立かへりたればわかき人々いみじうおぢさはぐをおとなしき人々はいとゞさばかり物おそろしけにおぼしめしたるになどかうものぐるをしうをはさうすらんおにはくさうこそあんなれ《〳〵イ》仏の御かほりもあらんといへば又かくれみのの中納言やおはすらんなと口々たはふれにいひなせどきみは誠に物おそろしくて

てさせ給ひしまゝにおはしまさす大納言殿のひめきみなやませ給ふとてまれにこのとのにはおはしますと申せは弁のきみと申人にたいめんせんといふ人なんあると物せよとの給へはひめきみの御めのとのおとゝにこそおはすなれとてたちぬるまゝにそうのいてつるつまとによりてひき給へはかけさりけるにやあきぬいりてみ給へはこゝもねんすたういとたうと《う》しおかれたりおこなひつとめ給ひける人のあとゝみゆこれよりやかてひのひかりみゆるかたさまへすく〳〵とおはすれとことさらになよらかにしなし給へる御そのおとなれはこゝろあはたゝしきかせのまきれにてきく人もなしもやの中よりとほりて丁のそはなる屏風よりのそき給へはこなたくらにていとよくひめきみはこなたさまにむきてかいなをまくらにてひをつく〳〵となかめふし給へるふとみつけ給へるもそれかと思いてられさせ給ふみたらしかはのおもかけさへたちそひてこゝろかはりするやかてそのかたはらにたちいてなまほしきにおとゝいひつる人にやきたおもてのかたよりきてこのにしのわたとのにやうことなき人のおはしておとゝになんあはむとの給ふとこのそうかたゝいまいふはたれにかあらんさるへき人こそおほえねもし大将とのゝおはしたるにやと思へときのふの御ふにはさもの給はさりしをいかにもまかりてたつね侍らんとてたてはある人もしさもこそあれこの御とのあふらあまりにあかくもあるかな御かうしにあなもこそあれとてすこしとりのけつれはきみもちゐさきゝ丁ひきよせてふし給ぬめり人々ちかくさふらひ給へといひおきてこなたさまにくるまゝに人もひさしくおはしまさぬかたにおほえなきにほひこそすれあなむつかししそくやさゝましいとくらしとてたちかへりたれはわかき人々いみしうゝちさはくおとなしき人々はさはかり物おそろしけにおほしめしたるになとかくものくるはしけにおはすらんおひはくさへこそあむなれほとけのかほりにもあらんといへはかくれみ

かほながら引かづきてふし給へりめのとしそくさしてくれは丁の内にやをらいり給ぬれどしる人もなしおとゞにしおもてにいきていづらなどたづぬれどいらへする人もなけれはかへりきてあやしきわざかなありつるそうもいにけり又人もすべてなしいかなる事ならんつま戸はいとひろくあきて雪のみぞふりいりたる月はなけれどとはいとあかくておかしきよのさまかな風はおこるともをとなもすぎぬへかりけるものをいかなるけさう人たつねきておとなうはたち帰りぬるならんくちおしきわさかなといひてみなわらふにちやうのかたひらをやをらかゝけていとひさしくまち聞えつるにをともしたまはでしそくのみ《(見)》えつればこちまいるべきかとてなんまことは身もみなしみ《(見)》はてゝこよひはかへり侍るましきをとくいらせ給ひねとていとなれがほに女君を引入給へは人々あさましくあきれたる心ち《(地)》して物をだにいはれず又とかくきこゆともかひあるべきならねばたゞみつからの心さかしらにや宰相どのよいかにおぼさんといとをしきわざかないとかく心あわたゝしく侍らずとも今はことさまにとは聞えさせたまはす侍るめる物をなとひとりごてば宰相のゆるさゞらんにはいかでかないげはし侍らんたゝこゝろやすく思ひ給へとつれなくのたまへば又聞えさせんかたなくてあさましくうちとけ給へりつるものをなどなげく〳〵のきてうちふしぬ

（中23オ～27ウ）

〔三一〕

ありしまろねのこゝろつくしなりしをこよひは心やすくときちらして打ふし給ふに女君はいとゝおぢまさり給ひて心ぐるしけなる御さまにおぼしわつらひぬされどこよひはこけのさむしろもおぼしやられずいととう明ぬるこゝち《(地)》して鳥の音のつらさもけさぞおぼししられける辨のめのと

のゝ中納言にやおはすらんなとくち〳〵たはふれにいひなせときみはまことにおそろしくてかほなからひきかつきてふし給へりめのとしそくさしてくれは丁のうちにやはらいり給ぬれとしる人もなけれはかへりてあやしきわさかなありつるそうもいにけりまたすへて人もなしいかなる事ならんつまとはいとほそくあきてゆきのみそふりいりたる月はなけれとゝはいとあかくておかしきよのさまかなかせはおこるとも女もすきぬへかりけるものをいかなるけさう人のたつねきておとなくてたちかへりぬらんくちをしきわさかなといひてみなわらふに丁のかたひらをかゝけていとひさしくまちきこゑつるにおともし給はてしそくのみゑつれはこちまいるへきかとてなむまことはみもみなしにはてゝこよひはえかへり侍ましきをとくいらせ給ねとていとなれかほにきみをもひきいれたてまつれは人々いとあさましくあきれたる心ちして物たにいはれすまたちかくきこゆともかいあるへきならねはたゝみつからのこゝろさかしらにやさいしやうとのはおほされすらんいとわひしきわさかなといとこゝろあはたゝしく侍らすともいまはことさまにとはきこゑさせ給はす侍ものをとひとりこち給さいしやうのおほされさらんにはいかてかないけし侍らんたゝこゝろやすく思給へとつれなくの給へはまたきこゑさせんかたなしあさましくうちとけ給えりつる物をなとなけく〳〵わひてうちふしぬ

（66オ～70オ）

〔三一〕

ありしまろねのこゝろつくしなりしをこよひはこゝろやすくてときちらしうちふし給ふに女きみはいとゝうちまさりてなきいりたるさまのなのめならすこゝろくるしきをおほしわひぬされとよるはこけのさむしろもおほしやられすいとゝくあけぬるこゝちしてとりのねのつらさけふそお

参りてあけ侍りぬとはしらせたまはぬにやいとはしたなきほどに成ぬとなげく聲し侍ると聞えさすれはまださはふか〻らんものをかつらきの神のさかしらにやとはの給へどからうじてをき給ひてさしぬきのこし引ゆひ給ふもへだておほく心ほそくおほえ給ふもいとかくさまあしき心の程はいつのほどにならひけるにかと我ながらもどかしきまでおぼさる

ときわびしわか下ひもをむすぶまはやがてたえぬる心《(地)》ちこそすれ〈180〉

あまりなるこ〻ろいられもいかならんとゆ〻しければいひけち給へどべんのめのとはめでたしとそ聞ける月比の御物思ひにいと〻しき御こ〻ろまどひさへたぐひなくてなきあかしたまへる涙のふちもげに身をながさぬわざにや〻いみじう心ぐるしうみ《(見)》をきかたきをくる〻まつまのおぼつかなさもわりなかるべく又さりとていつしかあらはれ出て人にもてあつかはれんもならはぬこ〻ちにはなをいかにそやつ〻ましくおほさるるをた〻さいしやうにもしらせで渡してん明暮さし向ひていひなぐさめまぎらはさばをのづからこ〻ろより外にわすれ草おふるやうもありなんとおぼして其車こ〻によせさせよ心《(地)》ちのいみじくなやましければはいでぬなりとの給へばみかうしひとまばかりあけて御くるまよせさす廿よ日の月なれは月もまだいとあかきに雪の光さへくまなくてひるのやうなるにおとこ君枕がみなる木丁ををしのけてみ《(見)》出したまへれはいつれをむめとわくべくもあらずふりか〻りたるえださし共かのありし行ずりのこすゐにいとよく似たるも思ひの外にめとまりしほかげおぼし出られていみじくあはれなれば女君に琴のねき〻しさまなと語聞え給ひて思はすにおかしかりしほかげはそれにやと思ひよそふるまてありがたく若く物し給ひしかなほど〳〵思ひうつりぬべかりしをおもひそめつる事かはらぬくせなればかしこくぞ思ひ忍ひてやみにしかあの木すゐともはそのよの心《(地)》ちしてあはれなるを猶み《(見)》給へとせちにおこし聞え給ふて

ほし〻られける弁のめのとまいりてあけ侍ぬときこゆれはまたよはふか〻らんものをかつらきのかみのさかしらにやとはの給へとからうしておき給ふさしぬきのこしひきゆひ給ふもへたておほくこ〻ろほそくおほし給ふもいとかくさまあしきこ〻ろのほともならひぬるにかとわれなからをかしきまておほさる

ときわひしわかしたひもをむすふまはやかてたえぬる心ちこそすれ〈180〉

あまりなるこ〻ろいら忄《れ》もすゐなからんとゆ〻しけれはいひけち給へと弁のめのとはめてたしとそき〻ける月ころの御ものおもひにいと〻しき御こ〻ろまとひさへたくひなくてなきあかし給へるふちもけにみをはなけぬといみしうこ〻ろくるしくみをきかたきくる〻まつまのおほつかなさもわりなかるへくまたさりとていかてかあらはれゐて人にもてあつかはれんもならはぬ心ちはなをいかにそつ〻ましくおほさる〻をた〻さいしやうにもしらせわたしてむあけくれさしむかひていひなくさめまきらはさはおのつからこ〻ろよりほかにわすれくさもおふるやうありなとおほしてそのくるまこ〻によせよ心ちのいみしうなやましけれはいてぬなりとの給へはみかうしひとまはかりあけて御くるまよせさす廿日なれは月いまたあかきにゆきのひかりさへくまなくてひるのやうなるをおとこきみまくらのき丁おしのけてみいたしたるにいつれをむめとわくへくもなくふりかかりたるえたさしとものかのゆきすりのこすゐによくにたるに思ひのほかにおほしいてられていみしうあはれなれはおんなきみにことのねき〻しさまなときこゐ給て思はすにおかしかりし御ほかけはそれにや思ひよそふるまてありかたく物し給ひしかなほとうと思かへりぬへかりしかと思ひそめつる事かはらぬくせなれはかしこくそ思ひしのひてやみにしかそのこすゐともはそのよのこ〻ちしてあはれなるをなをみ給へとせちにおこしきこゐ給て

行すりの花のおりかとみ（見）るからに過にし春そいと、戀しき〈181〉

との給ふにいとゞかごとかましくながしそへたまふ物からこの御事にはみ、とゞまり給ひてさま〳〵はづかしくもありける事かなとき、給ふに

よそながらちりけん花にたくひなでなと行とまるえだとなりけん〈182〉

なと心中に口おしうおぼさる御くるまもたげたればいとかろらかにかきいだき奉りてのせ奉り給へるを辨などいと俄にこそ侍るべけれしはしはかやうにてもおはしましなんものを宰相殿もいかにあやしくおぼさんときこえさすればならはぬ暁おきもくるしかるべければなり先たゞひとりばかりとくのり給へといそがし給へばいとゞ心あはた、しきこ、ちしてとまる人々によろづはいいひをきて引つくろひて参りぬ　（中27ウ〜30ウ）

〔三二一〕

殿におはして先我おり給ひて御木丁どもとり出などしてれいのおろしたてまつり給ひぬべんもおりぬればみちすゐにこの人ありつかず思ふらんつぼねなどあるべかしうしつらへなどの給はすればなにかと人なおぼしめしそ今いとよくありつかせ給ひなんといひてげにいと思ふさまなるつぼねし出てすゐなどあつかひありく君は心やすく思ふさまにおぼされて日たかくなるまで御とのごもりたるに殿の御かたよりたゞいまわたらせ給へときこえさせ給へるにぞからうじておきいで給へる大貳のめのと参りてよべもいづくにおはしますぞとはせ給ふにしり侍らぬよし申し侍しをろかなりとさいなみ給しこそわりなく侍りしか猶ありかせたまはん所しらせさせ給へと申せばわらひたまひていりと入ぬる人まどふなる

ゆきふりのはなのおりかとみるからにすきにしはるそいと、こひしき〈181〉

いと、かこちかましくなかしそへ給ふものはこの御ことにみ、とまり給ふさま〳〵はつかしうもありけるかなとおほされけり

よそながらちりなんはなにたくひなてなとゆきとまるえたになりけん〈182〉

なとこ、ろのうちくちをしうおほされける御くるまもたけたれはいとかろらかにかきいたきてのせたてまつり給へるを弁いとにはかにこそ侍りぬへけれしはしはかやうにてもおはしましなんものをさいしやうとのもいかにあやなくおほしめされんときこゑさすれはならはぬあか月をきもくるしかりぬへかりけれはなりまつた、ひとりはかりはとくのり給へといそかし給へはいと、こ、ろあはた、しき心ちしてとまる人によろつはいひをきてひきつくろいてまいりぬ　（70オ〜73オ）

〔三二一〕

とのにおはしてまつわれをり給ひてき丁ともとりいてなとしておろしたてまつり給ふ弁もおりぬれはみちすゐにこの人ありつかす思はんつほねなとさてあるへかしうしてなとの給へはなにかたひとなおほしめしそいまよくありつかせ給ひなんといひてけにいと思ふさまなるつほねしいて、すゐなとあつかひありくきみはこ、ろやすく思ふさまにおほされてひたかくなるまで御とのこもりたるにとの、御かたよりた、いまわたらせ給へときこゑさせたるにそこらふしておきいてさせ給へる大にのめのとのまいりてよへはいつくにおはしまし、そと、はせ給ふにしりさふらはぬよし申しかはおろかなりとさいなみ給しこそわりなく侍りしかありかせ給はんところはしらせさせ給へと申せはわらひ給ひていりといる人

山道なればしらせきこゆともたつね給はん事かたくこそあらめおなじくはずいじんしてをありき給へなどいひたはふれ給ふ御けはひのきかまほしうめてたければ辨のめのともひとりゑみせられて木てうのほころびよりのぞけばくれなゐの御ぞ共のわたすこしふくらかなるにうすいろのかたもんなるなどかさなりたるいろあひなべてならずきよらかにみ《(見)》ゆるによべの雪に所々かへりしぼみたるさへことさらにかくてこそきめとなまめかしくめてたしゑぼうしのひたひもすこしあがりびんぐきしどけなげにてまだいとねふたげなるまみ色のあはひなど雪にいとゞもてはやされ給ひてあたりまでこぼるゝ心ち《(地)》する御にほひあいきやうなどを大弐のめのとが内の御まかなひしてつゝましげならずさしむかひ奉りてうちゑみつゝみ《(見)》奉るけしきのめでたさこそはげにおもふ事なげにいけるかひある人とぞみ《(見)》ゆるや御てうづばかりをめして先めすにまいらんとてさうぞくしどけなげにして出給ふを大弐ぬり侍ぬまづなを〳〵と聞えさすれは今さへあまりねぢけがましくならはし給ふぞ心もとなくは先かはりしてよとのたまへばいでや何事もあしうならはし参らせたりともおもひ侍らぬものをなどうちわらひたるけしきもげにけたかうめでたし

（中30ウ～32ウ）

〔三一三〕

かの聞えし渡りのふる里にひとりたちかへりて心ぼそけなればけふやかてむかへたるぞとはせたまはざらんかぎりはうへなどにも何か申さるゝ宮のわたりにもいとおりあしき比なればよき事ともの給はせじ三条にわたるまではたゞしのびやかにてと思ふなりおひ人ひとりぞぐしたるをありつくべきやうにものせよとの給ふを聞ほどはたゝうちゑみて殿うへもなにしにか聞えさせ給はんいかにも〳〵御心とゞめさせ給はん人をばい

まとふ山ちなれはしらせきこゆらんたつねえ給はん事かたくこそあらめおなしくはすいしんしてあるき給へとたはふれ給ふ御けはひのきかまほしくめてたけれは弁のめのとひとりゑみせられてき丁のほころひよりのそけはくれなゐの御そわたふくらかなるにうすいろのかたもんなとかさなりたるいろあひなへてならすきよけにみゆるによへのゆきにところ〳〵しほみたるさへことさらにかくてこそみめなとなまめかしうめてたしゑほうしのひたひもすこしあかりひんくきもしとけなけにてまたいとねふたけなる御まみいろあひなとゆきにもてはやされていとゝあたりまてこほるゝ心ちする御にほひあいきやうなとを大にのめのとかゆの御まかなひしてつゝましけならすさしむかひたてまつりてうちゑみてみたてまつるけしきけにいけるかひある人とみゆるを御てうつはかりめしてまつめすにまいらんとて御さうそくしとけなけにしなしていて給ふを大にぬり侍ぬとく〳〵ときこゑつれはいまさへあまりねちかけまほしくならはし給ふこゝろもとなくはまつかはりにし給へとの給へはいてやなにこともあしくならはしまいらせたりとは思給へらぬものをとうちわらひたるけしきもけにたけふめてたけな井《る》ありさまなり

（73オ～74ウ）

〔三一三〕

かのきこゑしわたりのふるさとにひとりたちかへりてこゝろほそけなれはやかてむかへたるそとはせ給はさらんかきりはうゑなとにもなにか申さるゝみやわたりにもいとゝをりあしきころなれはよきことゝもの給はせし三条にわたり給てはかくてしのひやかにと思なりおい人ひとりそくしたるありぬへくは京にものせさせよとの給ふをきくほとはたゝうちゑみてとのうゑもなにことにかはきこゑさせ給はんいかにも〳〵御こゝろ

かでかとこその給はすれまいてあなかたじけなやいかにおぼしめしよろこはせたまはんものをあなうれしや思ふ事こそなくなり侍りぬれときこゆれはこゝろとゞまるなどたちまちにさだむべきならねど心ぼそげなめる人なれば何かは心やすからす物むつかしき世の中のなぐさめにもと思ふなりとかたらひをきてわたり給ひぬるまにぞ大貳ちかく参りよりて御木丁のかたびら引あげてみれば御ふすまの下にうつもれて人おはすともみ《(見)》えぬに御ぐしばかりそこちたげにたゝなはりゐていと所せけなりいてよもなに事もなのめにおはせん人をかくまでもてなし給はじとは思ひつれど打みるは猶おとろかるればよりて引のべてすそうちやりたるに誠にをくれたるすぢなしとは是をいふにやとみ《(見)》えて取てもすべるつやすぢのうつくしさなとの斎院の御ぐしにいとよく似給へりながさぞまだすこしをとりてやとみ《(見)》ゆるは御年のほどにしたかひたまへるにやとみ《(見)》るにかうおどろききこゆるけはひをきゝてべんのめのともよりたれは殿の御けしきまだみ《(見)》奉りしらぬさまにみ《(見)》えさせ給へるがめづらしさにおどろかれ侍りて近う参り侍るにことはりにこそと此御ぐしはかりに先思ひ給へなりぬよと共に世中をたゞよはせ給ひて明くれ殿うへの御まへよりはじめまいらせわたくしの心ぎもをまどはし侍りてたゞすこしのほたしにおほしとまりぬべからん人をみ《(見)》きゝいでばやとから國までもたづねまほしけにおぼしさはぐめる御いのりのしるしにやと返々むねやすまる心ち《(地)》し侍りてなんまいてうへの御前なときかせ給はゝいかばかりおぼしよろこばせ給はんものを一品の宮わたりにきかせ給はんに此ころはおりさへいとをしうなどこそのたまはせつれなと君の御心のうかれまどひて露ばかり心とゞめ給ふ人もなくてさはがれ給へる年比の御物がたりこまやかに語出てよろこぶにげにかばかりまでおぼしとゞむる事なかりつらんにあすの渕せはしらずけふばかりにてもいかなる御すくせ《(世)》にてかは人もかうみ《(見)》し

とめさせ給はん人をはいかにもとこその給はすれまいてあなかたしけなやいかにおほしめしよろこはせ給はん物をあなうれしや思ふ事こそなくなり侍ぬれときこゆれはこゝろとまるなとたちまちにさるへきならねと心ほそけなる人なれはなにかはこゝろやすからんものむつかしきよのなくさめにと思なりとかたらひおきてわたり給ひぬるに大にまいりて御丁のかたひらひきあけてみれは御ふすまのなかにそうつもれて人おはすともみゑぬに御くしはかりそこちたきにたゝなはりゆきてところせけなるよ(▲に)もなにこともなのめにおはせん人をかくまてもてなしきこゑ給はしとはおほえつれともうちみるはなををとろかるれはよりてひきのへすそうちやりたるにまことにおくれたるすちなしとはこれをいふへきにやととるてもすへるやうなるすちのくろくうつくしさなともさいゐんの御くしにいとよくに給へりなかさそまたおとりてやとみゆるは御としのほとにしたかひ給へるにやとみゆるかくうちおとろくけはいをきゝて弁のめのとよりきたれはとのゝ御けしきのまたみたてまつりしらぬさまにみゑさせ給へるかめつらしさにおとろかれけりちかくまいりよりて侍にことはりにこそとまつこの御くしはかりに思ひ給へなりぬるよとゝもによの中をかよはせ給てあけくれのとのうへの御まへよりはしめたてまつりてわたくしのこゝろきもをまとはしてたゝすこしのほたしにおほしとまりぬへからんことをきゝいてはやとからくにまてもおほしめしさはく御いのりのしるしにやとかつ〳〵むねもやすまる心ちしてなんまいてうゐの御まへなときかせ給はゝいかはかりおほしめしよろこはせ給はんものを一品のみやわたりにきかせ給はんこのころはひころさへいとをしくおほしめすにやたれにもしはしなとこその給はせつれこのきみのうかれまとい給て露はかりもこゝろとゝめ給ふ人もなくもてなされ給へるとしころのものかたりこまやかにかたりいてゝよろこふをみきくにけにかはかりま

り給ふはかりの御けしきにもとうれしさもをろかならねどいとさ斗なら
ん御心のうち名残なきやうはありがたくこそ侍るべかめれとし比もかや
うなる御けしきとはうけたまはりながらきしのまゝたづねとるらんあま
たのつらにてはほ(本)いなしやとのみおぼしつゝむめりし程にあさましくう
ちすて聞えさせ給ひてしのちいくらばかりの程をだにもへずあくがれ出
させ給ひぬるいかなる事にかとほれ〴〵しき心(地)ち侍りてなん皇后宮よ
りも聞えたまふやうも侍しをかうわかぬ御事にしも物せさせ給ひてつゐ
にいかなる事侍りてみづからのあさましうもてなし聞えたるにか成侍ら
んとやすきそら侍らぬにいとゞこの御ものがたりどもにしたくつれたる
心ちし侍るといふさまもいとめやすき人さま也あなまが〳〵しやおぼ
ろけにおぼしさだめたる御こゝろには侍らじよしみ(見)奉り給へ春宮にまい
らせ給ひつらんにおとりたる御ありさまによもてない奉り給はじなど
こゝろをやりていひちらしつゝ御ぐしを打もをかずめでゐたり
（中32ウ～35ウ）

〔三一四〕
まこと宰相はきのふはわたりたまはずなりにしをおぼつかなさにふみた
てまつれ給ふほどに大将殿より御ふみあるを先み(見)たまへば俄なるやうに
と思ひ給へしかどとみには日つゐでもよろしからず侍しかばよべなんこ
の侍る所に渡し聞えさせてし辨などさはがれ聞えなんとていみじうをぢ
侍しかど心やすくふみわけたまへる跡ともみ(見)え侍らざりし庭のけしきみ(見)
置がたく思ひ給へられしかばなんかんだう侍るまじうは夕つかた立より
給へみづからきこえんなどやうにぞの給ひけるさこそはと思ひつる事な
れどいと俄にかる〴〵しきさまにてわたり給ひにければくちおしくおぼ

ておほしつゝくることもなかりつるにあすのふちはしらすけにかはかり
もいかなる御すくせ(世)にかは人もかくみしり給ふ御けしきをうとましもお
ろかならすなからいとさはかりならん御こゝろのうち白《本まゝ》こりなからんや
うはありかたくこそ侍ぬへかめれとしころもかやうなるときのまもたつ
ねとるらんあまたのつらにてはいとほ(本)いなくおほしつゝめりしいとあさ
ましくうちすてきこゑさせ給てのちいくらはかりのほとをたにえたつね
すあくかれいてさせ給ぬるなんほれ〳〵しき心ちし侍ておほみやよりも
きこゑさせ給ふめりしをかくわかぬ中にしも物せさせ給てついにはいか
やうなることも侍りみつからのあさましくもてなしきこゑたるになり侍
らんとやすきそら侍らぬにいとゝこの御ものかたりにこそしたくれたる
心ちして侍れといふさまにもいとめやすき人さまなりあなさか〳〵しや
おほろけにおほしさためたることには侍らしよしみ給へ春宮にまいらせ
給ひたらんにおとりたる御ありさまにてはよもゝてなしたてまつり給は
しなとこゝろやりていひちらしつゝ御くしをうちもおかすとてゐたり
（74ウ～77ウ）

〔三一四〕
まことにさいしやうはきのふわたり給はさりしおほつかなさに御ふみた
てまつらせ給ほとに大将殿より御ふみありまつあけてみ給ふにはかな
るやうにやと思給ひしかともとみにひついてなとよろしく侍りしかはよ
へなんこの侍りしところにわたりきこゑさせてし弁なとはさいなまれき
こゑなむとていみしうおち侍りしかとたはやすくふみわけたるあとゝも
みへ侍らさりしにはのけしきみをきかたくこゝろくるしく思給へられし
かはかたう侍ましくはゆふかたたちよらせ給へみつからきこゐなとやう
にその給へるさここそはと思つることなれといかゝはかろ〳〵しきさまに

ゆれどいでさばれ中々まかせ奉りてんかし内などにきかせ給はん事もびんなかるべければことさらに忍びたるさまにもてなさんとし給ふならんとおぼせばかへりにも月比わづらふ事侍りつる人のこの五六日はいたうくるしかり侍れはみ《(見)》たまへあつかひて古郷もいと丶あらし侍りつるに立よらせ給ひけるをなんおとろき思ふ給ふるさてもなどか御ぜんにはめすまじきなど聞え給へりべんのめのとのもとにも俄にわたりたまひにけるあさましくなどのたまはせてふぢ衣なれどなべてならずきよらなるどもたてまつれ給へり姫君にもかうなんふみ侍るなと聞えさせていみじうなきしつみたまへるきかへさせ奉りなどす我はけさ取つくろひたりつれどみつばよつばにか丶やくやうなる殿づくりのしつらひありさまよりはじめさふらふ人々のなりかたちなどのおぼろけの人さしいづべくもあらずめでたければ我はた丶みづとりの汀に立出たる心ちしていとわりなし大とののおはしますかたよりはべちに五けん四めんなりしんでんたいらうわたどのなどみなこの御かたの女房さうじさぶらひ蔵人どころなどにせさせ給へるなるべし庭のまさごのしろかねかとみ《(見)》えたるに木草のた丶ずまゐまでもなべてならずみ《(見)》ゆるえださしに吹よる風の音なひもおもしろくいみじうてこの世とはおぼえぬ松の木立ありさまをみかとの外よりみ《(見)》いれても此中に明くれさぶらふ人の何事を思ふらんいかなるさまなる人か丶るありさますらんなど思ひやられしを身のうへに成てみ《(見)》出したるは身をかへたる心ち《(地)》のみぞするたかきもくだれるも天の下にすこし人なみ〳〵にかずへしらる丶きはのほうしぞくはあけくれたち丶がひつ丶いかなるわざをしていさ丶かも御らんじ入られんと心をつくしてあした夕のいとなみに参りつかふまつりても何ばかりのめでたき事なくた丶一ことと葉も物などいひふれ給ふをかしこくうれしき事にてやんごとなきかんだちめなどもうちわたりのみやづかへよりも先々と参り給ひつ丶日をく

てわたり給にけるはくちをしくおほゆれといてまいれまかせたてまつりてみむかしうちなとにきかせ給はんもひんなかるへけれはことさまにしのひたるさまにもてなさんと思へは御返事かき給ふうちわらふこと侍人のこの四五日はいたく丶るしかり侍れはみ給ひあつかひてふるさともいと丶あらして侍るほとにたちよらせ給へりけることをなんおとろき思ひ給へるさてもなとかはこせんにはめすましき弁かつけさりけるもまいりてなんうらみ侍へきなりときこゑ給たり弁のめのとかもとにはかにわたらせ給けるあさましさなとの給てふちのころもなれともなへてならすきよけなるともたてまつり侍女きみもかくなん御ふみに侍なときこゑさせ給ていみしうけになきしほめ給へるにかへりたてまつりなとすれはけさとりつとろいたりつれとみつはよつはにか丶やくとのつくりのしつらひありさまよりはしめおほろけの人のさしいつへきにもあらすまはゆくめてたけなるにわれらた丶みつとりのみきはにたちゐてたる心ちしてわりなし大とのおはしますかたよりはへちに五けんしめんなるかうしうてんたいともみなこの御かたの女はうのさうしくら人所なとにせさせ給へるなるへしにはもまさこもこかねかとみゑたるにはかなきく丶さのた丶すまひもなへてのえたさしともみへすふきよるかせのおとなひもおもしろくめてたくてこのよともみへぬ御まへのこたちありさまをみかとのありさまおほかよりみいれ《(▲と)》つるをこのうちにあけくれさふらひてなにことも思ひかなはさる人か丶るありさまをすくすらんなと思ひやられしをわかみのうゑになりてみいたしたるはみをかへたる心ちのみそするかた《か》きもくたれるも人なみ〳〵にかすへらる丶きはのほうしおとこもあけくれたちそひていかなるわさしていかさまにも御らんしいれられんと心をつくしてあしたゆふへのいとなみにまいりつかうまつりてもなにかはしりめてたきこともなくた丶ひとことはにても物なといひふれさせ給ふをかしこ

らし夜をあかしたまふにつけては又いますこし此御かたに参りようし給ふぞことはりなるやあそび給ふにつけても又誠しきかた物をならひをの〳〵身のうれへ思ひをかなへ給ふかたさまもあけくれむかひみ《(見)》奉らまほしきものに思はれ給ひてもてかしづかれいつかれ給へるありさまいつくしうめでたきをばさるものにてこゝらみ《(見)》る人の中にも此御かたほかたちけはひありさまに夢ばかりにてもうちなずらふべきがこの世になかりけるよとあけくれ過る日かずにそへつゝみ《(見)》奉るたびことにわか君の御すくせ《(世)》は人にはまさり給へりけりとのみ思ひしらるゝにみ《(見)》奉りて後はよるの程などだに立かくれ給ふおりもなくまれ〳〵一品宮ばかりにうちかよひ参り給ふもあかしもはてぬにひるまの程もくらしがたげなる御けしきみ《(見)》るに月草に聞奉りし御心のうしろめたさなれど思ひしよりも過たる心ち《(地)》のみするに人々の過にしかたの物語なとを聞にぞ猶いとあやうくも又たのもしくもありける

（中35ウ～38ウ）

〔三一五〕

殿うへは御けしきのすこしよのつねなるをたゞ御いのり共のかなふなめりとうれしうのみおぼさるれば宮によるむけにとまり給はぬ事もうち〳〵にはなげきたまひつゝえ申し給はぬに若宮大将の御かたには斎院に似奉りたる人ぞある宮のひめ君にやあらんさればまろをはふところにもよるはねさせずとうらめしげにおぼしてのたまふをあやし〳〵ときゝ給ひて大弐のまいりたるにうへまことかさる事やととひたまへははじめよりの事どもをきこえさせてとはせ給はざらんかぎりはなにか申すよからぬ事とこそさいなみ給はめとの給はすればえ聞えさせでなん宮にはいとゝものうけにおほしめしてよしなしありきなども今はせさせ給はずこ

くうれしきことにてやむことなきかたちめなともうちわたりみやはらよりはまつ〳〵とまいり給ひつゝひをくらしよをあかし給ふにつけてもまたまことしきかたの思をおの〳〵かなへ給ふかたさまもあけくれみたてまつらまほしきものから思はれ給てかしつかれ給ふありさまのめてたきことをさるものにてこゝらのみる人のなかにもこの御かたちけはひありさまにたゝつゆはかりうちすかう人このよにはなかりけるけはいよとあけくれすくるひかすへてみたてまつるたひにはきみの御すくせ《(世)》も人にまさり給へりけりと思ひしらるゝにみたてまつりてのちはよひのほとたにもたちはなれ給ふおりもなくてまれ〳〵も一品のみやはかりにうちかよひまいり給ふもあかしもはてすひるまのほとたにくらしかたけなる御けしきをうきくさもきゝたてまつりし御こゝろのうちうしろめたけれと思ひしほとよりはすきたる心ちのみするところ〳〵のすきにしかたの物かたりなとするをきくもなをあやうくまたこのもしくもありける

（77ウ～81オ）

〔三一五〕

とのうゑのこの御けしきのすこしよのつねなるをたゝ御いのりのかなふなりとうれしくのみおほさるれはみやにもけにとまり給はぬこともたゝにほいのみなけきつゝ申給はぬわかみやのひめきみにやあさらんされはまろはふところにもねさせ給はすとうらめしけにおほし給ふをあやしときき給ひて大にかまいりたるにまことにさることやとゝひ給へははしめよりのことゝもをきこゑさせてとはせ給はさらんかきりはなにか申よはぬこともさいなむとの給ふときこゑさせてなむみやにまいらせ給はんこともいとものうけにおほしめしてよしなしありきなともいまはせさせ給はすこよなくよつきたるさまにみゑさせ給へはうれしくみたてまつり侍な

よなう世づきたる御けしきにみえさせ給へばうれしくみ(見)奉り侍る也御かたちなどこそいとよき御あはひにみ(見)えさせ給へ斎ゐんにぞあやしきまでに奉らせたまへるなどかたりていとめでたしとおもひ聞えたるを聞給ふ御けしきもげにいとうれしげなるなどさの給ふともみづからひとりには今までのたまはざりける数ならさらん人のきはにてだにすこしもあはれとおぼしたらんはをろかにもえおもふまじきをまいていと心くるしき御ことにこそあなれ俄にわたり給ひていかにつゝましくのみおほさるらんと聞えあつかひ給ふほどに殿わたり給ひて何事との給へばしかくの事ありけるを今までしらざりけるがあやしさかの御こゝろひとつに思ひあつかひ給ふらんもほ(本)いなき事也やとの給へばいみじうきゝおとろき給ひてすべて大貳が心なんくちおしきなりみづからこそ内にきかせ給はん事なとによりてさもつゝみ給はめさりとてもそれにしたがひてそこにさへしらずがほつくりてあるべきかはそのともにあるらん人も宰相もいかにあやしく思ひの外なるやうに思ふらんとていみじうむつかり給ひてさるべき人々めしつゝ御しつらひ物のぐでうども引かへあらたむべきさまにの給はせなどしておぼしをきてもてかしづき聞えさせ給へるさまかきりなき物に思ひ聞えさせ給へる斎院の御心ざしにおとり給ふべくもなかりけりとまりし人々も又さらぬも心ことなるもかずしらずまいりつどひさいしやうも思ふさまに出入み(見)奉り給ふに宮おはしてかぎりなき内参りにおぼしたちたらましもえかうしもやと思ふさまにおぼさるゝにもうしろめたくいみじきものにみ(見)をきたてまつりて聞はて給ひにし人の御こゝろの中おぼし出るはいと口おしうおぼえたまひけり　（中38ウ〜40ウ）

〔三一六〕

大とのはかくもてかしづき給ひても一品の宮に参り給ふ事のかたきをい

りかたちなどもいとよきあはひそとみゐさせ給ふさいゐんにもいと、あやしきまてにたてまつらせ給へるなとかたりていとめてたしなときこゑたるをきゝ給ふ御けしきもけにいとうれしけなりなとその給ふみつからひとりにはいまゝての給はさりつらんかすならさらん人のきはにてたにすこしもあはれとおほしたらんはおろかにも思ふましきをまいていとこゝろくるしき御かたにこそあむなれにはかにわたり給ていかに大しになとおほさるらんなときこゑあつかひ給ふほとにとのまいり給ひてなにことそとゝひ給へはしかくのことのありけるをいまゝてしらさりけるあやしさかの御こゝろひとつに思あつかひ給はんほ(本)いなきことなりやとの給へはいみしうきゝおとろき給てすへて大にかこゝろのくちをしきなりみつからこそうらみきかせ給はんことによりてさもてはなれ給はめそれにしたかひてもわれさへしらすかほつくりてあるへきかはそのともにあらん人もさいしやうもいかにあやしく思のほか(▲に)なるやうに思はんといみしくむつかり給ふさるへき人々めしつゝ御しつらひのものゝくてうとなとひとへにあらたむへきさまにの給ひなとしておほしおきてもてかしつき給ふそかきりなきものと思ひきこゑさせ給へるさいゐんの御ありさまにおとり給へくもなかりけりときこゑし人もさらぬもこゝろことなることもかすしらすまいりつとひさいしやうも思ふさまにみたてまつり給ふにかのみやおはしてかきりなきうちまいりにおほしたち給ひしもかくしも思ふさまにおほさるゝにうしろめたくいみしきものにみをきたてまつり給てきえはて給ひし人の御こゝろのうちをおほしいつれはいとくちをしうおほえ給けり　（81オ〜83オ）

〔三一六〕

大とのはかうもてかしつき給ても一品のみやにまいり給ふことのかたき

とかたしげなふあるまじき事におぼさるればさるへきおり〳〵に御けしきとり給ひつゝ猶人めこよなかるましきさまにもてなし聞え給ふべくをしへ聞え給ふ人をみづからの御心にも心にまかせてはえあるまじき身そかしとみなおぼす事なれど打きくにはいでやとてもかくても身のくるしかるべきすくせ(世)ぞかしとおぼすに物も申したまはずかしこまりてまめだち給へるを又さぞおぼすらんかしとみ(見)たてまつり給ふにはあちきなやかうまてうつゝ人にてみ(見)るべかりし人かは是よりあるまじき心をつかふともつゆばかり心にものしく思はん事をいふべきならずなどおぼせばたゞすこし物おもひなぐさめたる御けしきなるをめでたくうれしとたれもおぼしてかけてだにきこえたまはざりけりされどもとよりかよひ参り給ひし夜かずはかくてのちとてもかはる事なうもてなし給へるをたゞつねの事にていまはたゞあてやかにてみ(見)しらぬさまにもてなしてものし給はゞ中々にこゝろくるしうかたしけなきかたにはおもひ聞えさせ給ふべきを浅ましうゆるふ夜もなくうとくはづかしうつらきものにのみおぼしてはかなきことのはのいらへもまれ〳〵は思ひの外にとりなしてことずくなにいらへない給ひつゝはづかしげにらう〳〵しけなる御ましりにこゝろよからずみ(見)をこせ給へば月日にそへてわつらはしさのみまさればかやうの事もとやかくやとうちかたらひいひもなぐさめ奉り給ふべうもなければたゞかたみにをしこめて谷のむもれ木にてぞ過したまひける女宮もとし比はあさましうみ(見)まうき心とおぼしながらさすがに其事ととりたてゝなめげにみえきこゆる事もなければたゞ心のくせにこそは身こそつらけれとおぼししりて人のつらさはとがむましきにおぼしめしつるをいとかうまだしらずめでたき御なからひのためしにいひたてらるゝかたつかたさへいできにたればいとゞいふかたなふのみおぼされてやがて此御はてのほどにあまに成てみ(見)えずなりなばやと人しれずおぼせどそれにつけて

はいとかたしけなくあさましきことにおほさるれはさるへきをり〳〵は御けしきとり給つゝ人めこよなかるましきさまにもてなしきこゑ給へきよしをきこゑ給ふをみつから御心ちにもこゝろにまかせてはえあるましきみそかしとみなおほすことなれとうちからにはいてやかくてもみのくるしかるへきすくせそかしとおほすに物も申給はすかしこまりてまめたち給へるをまたこそおほすらんかしとみたてまつり給ふにはあちきなやかくまてうつくし人にてみるへかりし人かはこれよりあるましきこゝろをつかふともつゆはかりこゝろにものしう思はんことをはいふへきならすなとおほせはたゝすこしものをおほしなくさめたる御けしき《き》なるをめてたうゝれしくきこゑいて給ふなりけりされともともとよりかよひまいり給ひし人かすはかくてのちとてもかはることなくめやすくもてなし給へるをたゝつねの事にていまはたゝあてやかにてみしられぬさまにもてなしものし給ふか中々こゝろくるしくかたしけなきかたには思ひきこゑさせ給ふへきをあさましくうちゆるふよもなくうとくはつかしくつらきものにのみおほしてはかなきことのはのいらへもまれ〳〵は思のほかにとりたいてことすくなにいらへなひ給ひつゝはつかしけにらう〳〵しけなる御ましりにこゝろよからすみをせ給えれはつきひにそへてはわつらはしさのみまさり給てかやうのこともとやかうやとうちかたるなくさめ給へくもなけれはたゝかたみにおしこめてたにのむもれきにてそすくし給ひけるひめみやもとしころはあさましうみまうきこゝろとおほしゝりなからさすかにその事ととりたてゝなめけにきこゆることゝもなきをはたゝこゝろのくせにこそはみこそつらけれとおほしゝりて人のつらさはとうらむましきにおほしつるをいとかうまたしらすめてたうよき御中らひのためしにいひつたへらるゝかたさへいてきにたれはいとゝいふかたなうのみおほされてやかてこの御はてのほとにあまになりてみえすな

も人をも身をもうらみ給ひて身をすてつるためしに今行末迄もいひなされんさまの人わらはれに心うかるべきを又さりとてつゐにはたえはてんありさまかはらぬさまにてみ《(見)》はてんもいますこしをこがましくわが心のうちもなぐさむ所なかるべしなどおぼしなりてうすゞみぞめをはやがて立かふまじくまうけさせ給ひてわたり給へるおりもすべてかくれつゝさらにみ《(見)》えたてまつり給はぬなりけり過にしかたはかやうなる夜な〳〵もさしてこゝろとまるかたのなかりしかばこそひめ君ふところにふさせ奉りたまふ又わかき人々とはかなき物語などうちし給ひつゝまぎらはしあかし給ひしかいまはよろづにおぼしつゝめどみ《(見)》まくほしさにはいざなはれたまひてさのみもえつくろひやり給はぬをいとゞあさましとのみ御心にあまるおりは二三日などもおきあがりたまはずなきしづみ給へり

（中40ウ～43ウ）

〔三一七〕

かやうにて年もかへりぬれば大将殿の御かたには女君の御すがたなどこそあらたまるしるしとても花やかならねど殿の御かたにもとよりさふらひし人々はきぬの色どもはるの錦をたちかさねたりさま〳〵いはひ過しつゝ《るイ》はての十五日にはわかき人々こゝかしこにむれゐつつおかしげなるかゆづえ引かくしつゝかたみにうかゞひ又うたれじとよういしたるすまひおもはくどもゝをの〳〵おかしうみ《(見)》ゆるを大将殿はみ《(見)》給ひてまろをあつまりてうてさらばぞたれも子はまうけん誠にしるしある事ならばいとふ共ねんじてあらんなどの給へばみな打わらひたるにいとゞいまはさやうなるあぶれものいでくまじげなる世にこそとうちさゝめくもありけりわか宮ぞちいさきかゆづえをいとうつくしき御ふところよりひき出てうち奉り給へばうちゑみ給ひてあなうれしや宮のあまりかたじけなくおぼ

りなはやと人しれすおほせとそれにつけても人をもみをも思ひうらみわひしくみをすてつるためしにいまゆくすゑもいひなされんさまの人はあはれにこゝろうかるへきをまたさりとてついにはたえはてんもありさまをかはらぬさまにてはなれんもいますこしなくさめところなかるへしなとおほしなりてうすゝみそめをはやかてたちかふましうまうけさせ給てわたり給へるをり〳〵もすてにかくれつゝさらにみえたてまつり給はぬなりけりすきにしかたはかやうなるよな〳〵さしてこゝろとまるかたのなかりしこそひめもふところにふせたてまつらせ給ふまたわかき人々とはかなきものかたりなとうちしつゝまきらはしあかし給ひしかいまはよろつにおほしつゝめとみまくほしさにさへいさなはれ給ひてさのみもえつくろいやり給はぬいとゝあさましとのみおほすにあるをりは二三日なともおきもあかりらせ給はすなきしつみ給へり

（83オ～85ウ）

〔三一七〕

かやうにてとしもかへりて十五日にもなりにけり大将とのゝ御かたはひめきみの御すかたなとこそあらたまるしるしとてさはなかりならねとのゝ御かたにもとよりさふらひし人々はきぬのいろとも春のにしきをたちかさねたりさき〳〵のいはひすくしつるはての十よ日はかりわかき人々とこかしこにむれゐつゝをかしけなるかいつえひきけ《かくし》てかたみにうかゝいまたうたれしとよういしたるすまいをもはてともゝおの〳〵おかしくみゆるを大将とのゝみ給てまろをあつまりてうてさらはそおのれしもこまうけんまことにしるしあることならはいたうともねんしてむなとの給へはみなうちはちしらひたるにいとゝいまはさやうなるあふれものいてくましきよにこそとうちさゝめくもありけりわかみやそいとうつくしき御ふところよりとりいてゝうちたてまつり給えれはうちゑみ給

え給ふにわたくしの子まうけつべかりけりとかひ〴〵しくよろこび申し
給ふもおかしやがて申しとり給ひて引かくして女君のおはする木丁のか
みよりやをらのぞき給ふをおかしとたれもみ（見）奉りつゝしのびてわらへば
あなかま〳〵と手かき給ふ辨のめのとはうれしきながらさすがにあやう
げにおほえてかほうちあかめたるぞおかしかりけるあたらしき年のいま
〳〵しさにやいとくろきなとはなくてあさぎのこきうすきなとめづらし
きさまにあまたうちかさねてうへにもおなし色のむもんのおり物などか
さなりたるもいとこは〳〵しくはへなかるべきをあくまてはなやかにな
を〳〵とにほひおほくきなし給ひて手ならひしてそひふし給へる御うし
ろでは吹よらむ風の心もうしろめたうこゝろぐるしかりぬべうおほさる
れば此つえもさしよせ是み（見）給へいままて子もたずとなげき給ひてまろが
こしうてとて若宮にとらせ給へりけれはわひしういたきめをこそみつれ
誠ならば御ためおそろしかなる事をむつかしきわざかなとの給へば御か
ほをいみじうあかくなしていとゞうつぶし給へるが世にしらずうつくし
げなるも猶あさましきまて思ふ人に似給へりけるかなとみ（見）給ふにいとゝ
浅からす心さしもまさるものからかばかりをなくさめにてやみねと神仏
のをきて給へりけるにこそはとかたつかたのむねはなをうちさはげば女
君のもち給へる筆をとりて
　たつねみ（見）るしるしのすぎもまがひつゝ猶かみ山に身やまとひなん〈183〉
なと人み（見）るべうもあらずかきけかし給ふ女君のまんなやかんなやさま
〳〵うちとけてかい給へるすみつきもじやうなとのまことしうすぐれて
おかしけなるをうち返し〳〵み（見）給ふにも思ひし事はかなはぬにはあらず
かしこのかみ山のまどひまめやかにはあるべかりし事かはとおぼしなす
（中43ウ～46ウ）

てあなうつくしやみやのあまりかたしけなくおほえ給ふにわたくしこま
うけつへかむめれかい〳〵しくよろこひ申給ふもをかしやかて申とり給
てひきかくしてひめみやのおはすき丁のうゑよりやはらのそき給ふをを
かしとたれもみたてまつりつゝしのひてわらへはあなかま〳〵とてかき
給ふを弁のめのとはさすかにあやうけに思ひてかほうちあかめたるをか
しかりけるあたらしきとしのいま〳〵しさこそいとくろきなとは（▲て）なうて
あさきのこきうすきなるをめつらしきさまにあまたうちかさねてうゑに
もおなしいろなるむもんのをりものなとかさなりたるもいとことはしく
はなけれともあくまてはなやかにたを〳〵とにほいおほくきなし給ひて
てならひし給てそひふし給へる御うしろてはふきよらんかせの心もうし
ろめたなくこゝろくるしかりぬへくおほゆれはこのきみもえさしいて給
はてこれみ給へいまゝてこもたすとなけい給てまろかこしうてとてわか
みやにとらせ給けれはわひしういたいめをこそみつれまことならは御た
めおろそかなることをむつかしきわきかなとの給へは御かほいみしうあ
かうなしていとゝうつふし給へるかよにしらすうつくしけなるもなをあ
さましきまて思ふ人にもにたてまつり給へるにかなとみ給ふにいとゝあ
さからすこゝろさしまさるものからかはかりをなくさめにてやみねとゝ
のみほとけもおきて給ふにこそはとかたつかたのむねはなをうちさはけ
はひめきみのもち給へるふてをとりて
　たつねみるしるしのすきもまかひつゝなをかみやまにみやまとひな
ん〈183〉
なと人みるへくもあらすかきけかし給ふひめきみまんなかんなゝとさま
〳〵うちとけてかきませ給へるすみつきもしやうなとのまことにすくれ
ておかしけなるをうちかへし〳〵み給ふにも思ひし事かなはぬにはあら
すかしこのかみやまのまといはまめやかにはあるへかりしことかはうち

〔三一八〕

御すゞりにむめがさねのかみのなべてならぬかさねてをしまかれたるがあるをとりてみ《見》給へは皇后宮の文也日比は行ゐなふおぼつかなき事を思ひ侍りつるにひとひちかき程にと宰相の物せしかば心やすくなりて侍れど川そひ柳はなをいかにそや侍りけるとて

おなしくは木たかき枝に木つたはでしづえの梅にきゐるうぐひす〈184〉

とあるをうちほゝゑみつゝみ《見》給ひて此しつえはこと人のいはんやうにいとからき事もの給はせたる物かな御返事はいかゞきこえ給ひつると聞えたまへどはか〳〵しういらへ給はねはまめやかに春宮いかにやすからずおぼすらん浅ましき事なりやあやまりてもゆづり奉らんこそほ《本》いにて侍るべけれ庭たつみみ《見》付たりし日なともわが物におぼいたりしものを又こよなう取わき給へりしも人しれず口おしきすくせ《世》の程とはおぼししるらんかしさはあり共今は何かはさもおほすさらて《らずともイ》もかひなからぬやうもありなんなどこまやかに打かたらひ聞え給へる御あはひみ《見》るかひありてめでたきためしにしつべし（中46ウ〜47ウ）

〔三一九〕

かやうになのめならずみるかひある人をあした夕にみなづさひ給ふには過にしかたのものなけかしさもわすれ給ひぬべけれど若宮のよるの御ふところあらそひのわか〳〵しさをなくさめ給ふたひことにも先かきくもりものあはれなる心の内は露ばかりありしにかはる事なかりけりとさま

かへしおほしなす（85ウ〜88オ）

〔三一八〕

御すゝりにむめかさねのかみのなへてならぬあまたかさねてをしまかれたるかあるをとりてみ給へは皇后宮の御ふみなりけりひころはゆくゐなくおほつかなきに思ひ侍をひといちかきほとになとさいしやうのものしゝかはこゝろやすくなりて侍れとかはそひやなきはいかにか侍と

おなしくはこたかきえたにこつたえてしつえのむめにきゐるうくひす〈184〉

とありけるをうちほゝゑみつゝみ給てこのうゐはことひとのいはんやうにいとからきことをものせたるにな御返事はいかゝきこゐさせ給つるときこゐ給へとはか〳〵しくもいらえ給はねはまめやかには故みやはいかにやすからすおほすらんあさましきことなりやあやまりてもゆつりたてまつらんこそほ《本》いにて侍へけれにはたつみつけたりし人なともわかものにおほいたりしものをまたこよなくとりわき給たりしも人しれすくちをしきすくせ《世》のほとゝはおほしゝるらんかしさはありともいまはなにかさもおほすさらてもかいなからぬやうもありけりとおほしゝらるゝをりもありなんとこまやかにうちかたらひきこゐ給へるあはいはいみるかいありめてたきためしにしつへし（88オ〜89オ）

〔三一九〕

かやうになのめならすみるかいある人をあしたゆふへにもみさせ給ふにはすきにしかたもこのなけかしさもみなかきくつしわすれ給ひぬへけれとわかみやのよるの御ふところあらそひのわひしさなくさめきこゐ給ふたひことにもまちかくも物あはれなるこゝろのうちはつゆはかりありし

かうさまにつけつゝ浅ましう思はずなる心の程をみ(見)え奉りてもやみぬるかな一品宮に参りそめしころほひは心のうちのこがれまどひし程をゆめのうちにもかよふ玉しゐあらばをのつからしり給なんとたのまれしをいとゝみ(見)しにも似たるとありし御手ならひはいとをしくかなしかりしものから又なべてよづかぬ心のくせともおほしやすらんとおもふかたもなぐさめられしを此ころはおばすて山の月にはあらぬわか心にもきこえやらんかたなくて久しくさへ聞えさせ給はぬも又いかやうにかおぼしならんと人やりならずなけかしくて御方にひとりなかめふし給へる夕くれの空のけしきとりあつめていと忍びがたきにおぼしあまりてれいの心ときめきにすこしほのめかし給へり

　ながむらん夕への空にたなびかでおもひの外にけふりたつころ〈185〉

と聞え給へりされどれいの中納言のすけのおほせがきばかりにてかひなきもつねの事にてめなれ給ひぬべけれどこはかゝるべき中のちきりかはなどかは我こゝろのつらきぞかしといひやるべきかたなうわりなき心ぐるしさなどはたゞきのふけふの事のやうにかきくらされたまふほどはかゝるひとりゐをしたまひつゝ身をこがし給ふ事たえさりけり

（中47ウ～48ウ）

〔三二〇〕

一品宮におひ出給ふ姫君おとなひたまふまゝにけになべての人のゆかりとはいふべくもあらず大将殿にもうちおぼえたてまつりたまひてなのめに人のおもひきこゆべくもおはせぬありさまなれど宮は心つきなきゆかりとおほせば心ひとつにまかせてあはれにおぼしあつかふべき事ともおぼさずかばかり迄ほのめき給ふもたゞ此ゆかりと心得給へば世をそむき

にかはることなかりけりとさまかうさまにつけつゝあさましく思はすなるこゝろのほとをみえたてまつりてもやみぬるかな一品のみやにまいりそめしころをいはこゝろのうちのこかれまとひしほとをゆめのなかにもかよふたましひあらはおのつからしり給ひなんとたのまれ給ひしをいとゝみしにもにたるとありし御てならいはいとをしくかなしかりし物からなへてよつかのこゝろのくせともおほしやすらんと思ふかたもなくさめられてこのころはおはすてやまの月にたにあはぬわかこゝろもきこゑやらんかたなくてひさしくさえきこへさせ給はぬもまたいかやうにかおほしなすらんなと人やりならすなけかしくてわか御かたにひとりなかめふし給へるゆふくれのそらのけしきとりあつめていとしのひかたきにおほしあまりてれいのこゝろときめきすこしほのめかし給えり

　なかむらんゆふへのくもにたなひかて思ひのほかにけふりたつころ〈185〉

なときこゑ給へりされはれいの中納言のすけのおほせかきはかりにてかいなきもつねのことにてめなれ給ひぬへけれとこはかゝるへきちきりかはなとかはわかこゝろのつらきそかしといひやるへきかたなくわりなきこゝろくるしさそかしとはたゝきのふけふのことのやうにくらされ給ふほとはかゝる人りゐし給つゝみをこかし給ふことたえさりけり

（89オ～90ウ）

〔三二〇〕

一品のみやにおいゝて給ふひめきみおとない給ふまゝにけになへての人のゆかりとはいふへきにもあらす大将とのにもおほえ給へりまたなのめに人の思ひきこゆへくもおはせぬありさまなれとみやはこゝろつきなきゆかりとおほせはわか御こゝろひとつにまかせてあはれにおほしあつかうへきことゝもおほさすかはかりまてほのめき給ふもたゝこのゆかりと

なん後まて名残もとゞめまうきをたゞあらはしてわたしやしてましとおぼすをもしり給はず何こゝろなきさまのうつくしさをさすがにあはれにも人しれすおぼしけりかやうなるうち〳〵の御けしきを御めのとたちなどはみ《（見）》しりたれど殿にも露聞えさすべき御さまにもあらずはつかしげなる御けしきなれはたゞあはれにこゝろぐるしき御事をの〳〵いひあはせつゝ過しける大将殿もすこしは心得そめ給ひにし御けしきなれはけにいかにせましとおぼすおり〳〵はありながらいまさらにいかにしてかは外ざまへももてなし聞え給はんおほかたのありさまなどはとかく聞えあらはし給はねとなのめならすもてなし思ひ聞えさせ給へれはかゝりとてもくちおしうあかぬ事ありぬべき御行末ならねどへだてなき御なからひにおなしこゝろにもてかしつかれ給ふやうにはいかでかはあらんかたみにこゝろの中共さはやかならす思ひなしこゝろくるしくおほさるゝたびことには又昔もおぼし出ぬおりなしかずならぬきはとあなづらはしかりしかどかゝる人のたくひもことになかりけれは行すゑはしゐてもえをとしめざらまし物をなど大形過にしかたをわすれぬ御くせの涙もろさはたゆべき世もなしあかぬ事なくめてたき人をみ《（見）》給ひながらもかやうなるこゝろのうちどもたえずならひにける忍ひかたさの物なけかしさなどはをのづからもりつゝなしはらとのみ思ひ聞えさせ給へるかひなく姫君も打とけにくゝへたておほかりぬべき御心と人しれすみ《（見）》しられ給ひけり大殿にもひめきみをゆかしくくちおしき事とつねに聞えさせ給へれど猶あるやう侍れはいまはつゐには御らんじてんなどのみ申しつゝぞ過し給ひける

（中48ウ～50ウ）

こゝろえ給へはよをそむきなむのちまてなこりもとゝめまうきをたゝあらはしてわたしかしてましとおほすをしり給はすなにこゝろもなき御こゝろさまのうつくしさをさすかにあはれにも人しれすおほしけりかやうなるうち〳〵の御けしきをめのとゝもなとはみしりたれともとのにもつゆはかりほのめかしきこゑさすへきさまにもあらすはつかしけなる御けしきなれはたゝあはれにこゝろくるしき御ことゝもをおの〳〵いひあはせつゝそすくしける大将とのはすこしはこゝろえそめ給ひし御けしきなれはけにいかにせましとおほすをり〳〵もありなからいまさらにいかにしてかはほかさまえもてなしきこゑ給はんおほかたのありさまなとはとかくきこゑあらはし給はねとなのめならすもてなしきこゑさせ給えれはかゝりとてもくちをしくあらぬとありぬへき御ゆくすゑならねとへだてなき御中らひにおなしこゝろにもてかしつかれ給ふましきやうにはいかてかあらんかたみにこゝろのうちともさはやかならす思へしこゝろくるしくおほさるゝことにはまたむつかしくもおほしいてぬをりなしかすならぬきはとあなつらはしかりしかとかゝる人のたくひもことになかりけれはゆくすゑはしゐてしもえおとしめさらましものをなとおほかたすきにしかたをわすれぬ心のくせのなみたもろさはたゆへきことなしあかぬことなくめてたき人をみ給なからもかやうなるこゝろのうちともたえすならひにけるしのひかたさのものなけかしけなるなとはおのつからもりつゝなしはらとのみ思ひきこゑさせ給へるかいなくひめきみもうちとけにくゝへたておほかりぬへきこゝろと人しれすみしられ給けり大将にもひめきみをいとゆかしうくちをしきことゝつねにきこゑさせ給へとなをあるやうは侍れはなりいまつゐには御らんしてんとのみ申給てそすくし給ける

（90ウ～92ウ）

〔三二一〕

あつきほどに成てはいとゞ思ふあたりの涼しきより外にはたちはなれがたくておきふしもろともにみだれすぐし給ふほどに斎院にも例ならずおぼつかなき日数へたゝりにけるをおぼし出てすゞしき夕かせまちつけて参り給へれば人ずくなにしづかなるこゝちして御前に二三人さふらひける人も皆打ふしてねいりたるにやをらちかく参りよりて御木丁のそばよりみ《(見)》入給へば御前にも御とのごもりたる也けり二あひのうす物を奉りて引かづかせたまへれば御かほも身も露かくれなきに御ぐしは行ゑもしらずつや〳〵とたゝなはりゆきてひたひがみのすこしかへりたるわけめかんざしなど中々いとかうこまかには久しうみ《(見)》たてまつり給はざりつればめづらしくうれしくてつく〳〵とまもりきこえさせ給ふにむかしよりなをおぼろけならすおもひしみ聞えさせてしけにやいとかはかりなるにほひはさらにならひきこえさすべき人こそなかりけれいでなをわがすくせ《(世)》のくちおしうもありけるかな是をわが物とみ奉らずなりにけるよあふにしかへばとかやいとかばかりなりけん人をしもいひをかざりけんかし此御身にかへむ命はさらにおしからさりけるものをこゝろぎようみ《(見)》ない奉りけるわがこゝろはおぼろけならすこゝろづよくもありけるかな今とても御身をもひたすらなきものに思ひなさばかたうしもやはあるべきなど月ごろすこしおぼしまきれつる心のうちもかきくづしおほしつゝけてなげしによりかゝり給てつく〳〵とゐ給へるにうちみじろきてみ《(見)》あはせ給へるもあさましきいぎたなさをいかにみ《(見)》給ひつらんとはづかしくおぼしめされて御かほもいとあかう成給ひてやう〳〵木丁にまぎれいらせ給ひぬるもいとくちおし人々今ぞおきつゝすこしいざりのきなどしつれば常よりもいとたへがたきみだり心ち《(地)》にまかりありきもえし侍らて久しく参り侍らでなんさるは一日もまいり御覧せられぬはいとくるしく思ひ給へ

〔三二一〕

あつきほとになりてはいとゝ思あたりすゝしきよりほかのいとゝたちはなれかたうておきふしもろともにはえたれすくし給ふほとにさいゐんにもれいならすおほつかなきひかすへたゝりにあるをとおほしいてゝすこしゆふかせまちかけてまいり給へるは人すくなにしつかなる心ちして御まへに二三人さふらひける人もみなうちふしてねいりたるにやをらちかうまいりよりて御丁のそはよりみいれ給へれは御よへにも御とのこもりたるなりけりふたあいのうすものをたてまつりてひきかつかせ給へれは御かほもみもつゆはかりかくれもなき御くしはゆくゑもしらすつや〳〵とたゝなはりゆきてひたひかみのすこしかへり《た》る御わけめかむさしなともなか〳〵いとかうこまかにはひさしうみたてまつらさりけれはめつらしくうれしくてつく〳〵とまほりきこゐさせ給ふにむかしよりなをおほろけならす思ひきこゐさせてしけにやいとかはかりなるにほいはさらにならひきこゐさすへき人こそなかりけれいてなをわかすくせ《(世)》のくちをしうもありけるかなこれをわかものとみたてまつらすなりにけるあふにしかへはとかやいふとはかりなる人にしもいひをかさりけんかしこの御みにかへむいのちにさらにおしけなかりけるものをこゝろきようみないたてまつりてけるわかこゝろはおほろけならすこゝろつようもありけるかないまとて人をもみ思たすらなきものに思ひなさはかたくしもやあるへきなとつきころすこしおほしまきれつるこゝろのうちもかきくつしおほしつゝけてなけしによりかゝり給てつく〳〵とゐ給へるにうちおとろきてみあはせ給へるもあさましういかにみ給つらんとはつかしうおほしめされて御かほいとゝあかくなりてやう〳〵丁にまきれいらせ給ぬるにもいとくちをしく人々もいまそおきてすこしいさりのきなとしぬれはつねよりもたえかたきみたり心ちにまかりありきもえし侍らてなんさるは

らる、にこそごせんにはさしもおぼしめいたらぬものをなと申し給へばれいよりはあやしうほどへつれど御こゝちはえしらざりけりなどか宮もひさしくはとの給はするを例よりは待とをにおぼしめしけるよかう心ことなる人のしるしとぞおぼしつらんかしとむね打さはぎ給ひてくるしうおほさる、ぞあぢきなき宮はいみしうまいらまほしうし給へとうへのやかてけふあすわたらせ給はんにもろともにとのみ聞えさせ給へればけふも内よりやがて参り侍ればなど申給ひて誠や人しれずこゝろひとつに思ふ給へあまる事こそ侍りつれあらふる神もことはりしり給ふわざに侍るなればにやとは思ふたまへなから中々なるかたしろをこそみ（見）給へしかいてやされとしばしわするゝこゝろは神もつきたまはぬわざにや今すこしあやかりやすにぞ成て侍る空めにやといかて御鏡のかげに御らんじくらべさせんとてうちほゝゑみたまへるけしき大貮がいふとてうへの、給ひし人の事にやときかせたまへと御いらへもなければうちなきつゝ

大かたは身をやなげましみ（見）るからになぐさのはまも袖ぬらしけり〈186〉

とてはては例の忍びかたげにもらしいで給ふ涙のけしきに又書つくしこゝろつきなふおぼしなられて猶ねぶたげなるけしきにもてなしてふさせ給ひぬるに中々何しにきこえさせ出つらんとくやしうおぼす

（中50ウ～53ウ）

〔三三二〕

其ころ世中いとさはがしうて道おほ路にゆゝしきものおほくやんことなき人もあまたなう成などし給へばあはれにはかなき事を誰もおぼさる御門もれいならずおぼされて心えぬさまの夢さはがしうみ（見）えさせ給へば我

ひとりもまいり御らんせられぬれはいとおほつかなうくるしく思給へらる、こそ御せんにはさしもおほしめしよらぬものをなと申給へはれいよりはあやしくほとへつれと御心ちはえしらさりけりなとかみやもひさしくはとの給はするをれいよりもまちとをにおほしけるをなそ心ことなる人のしるしとそおほしめすらんかしとむねにうちさはき給ひてくるしうおほさる、そあちきなきやみやいみしくまいらせまほしうし給へとうゐのやかてけふあすわたらせ給はんにもろともにをとのみきこゐさせ給めれはなんけふもうちよりやかてまいり侍れはなと申給てまことに人しれすこゝろひとつに思給へあまることこそ侍れあらふるかみもことはりしり給ふなれはにや思給なから中々なるかたしろをこそみ給ひしかいてやされとしはしわするゝこゝろはかみもつけ給はぬわさにやいますこしあやかりかせにこそなりはて侍そらめといかて御かゝみのかけに御らんしくらへさせんとてうちほゝゑみ給へるけしき大にかいふとてうゐの、給ひし人のことにやときかせ給へと御いらへもなけれはうちなけかれ給て

おはかたはみをやなけましみるからになくさのはまにそてぬらしけり〈186〉

とてはてはれいのしのひかたけにもらしいて給ふなみたのけしきにまたかきくつしこゝろつきなうおほしなられてなをねふたけなるけしきにてもてなひてふさせ給ふぬるにも中々なにしにきこゐさせいてつらんとくやしうおほす

（92ウ～95ウ）

〔三三二〕

そのころよの中いとさはかしうてみちおほちにゆゝしきものおほくやむことなき人もあまたなくなりなとし給へはあはれにはかなきことをたれもおほすに御かともなにとなくれいならすおほされてこゝろえぬさまの

世のつきぬるにやとこゝろほそくおぼしめさる、にもつぎのおはしまさぬこと我いかでか口おしうおぼさゞらん大殿参り給へるに御物語こまやかに聞えさせ給ひていのちもすくせ(世)もつきにたる心ち(地)するをしらずかほにてのみ過してこの世をわかれさらん事のつみふかうくちおしかるべきを大将のあづかりの若宮たゞ人になさんのほい(本)ふかしと聞しかどむつきにくゝまれ給へる女たいにゆづりをきもしは一世の源氏のくらゐにつくためしを尋て年たかう成給へるおほいもうち君の坊にゐんよりはあへなんとこそおもふはいかゝさのみいひつゝ位をおしむともかぎりの命のほどはこゝろにもかなふべきならぬをみ(見)るおりになをひとひにても心のどかなるさまにもなりなまほしくなんとの給はするをいかゝはふとよき事としもおぼされん世の中のしづかならぬ事はをのつからさのみこそ侍れをの〳〵さきのよのちぎりの程もきゝ入させ給ふべきにも侍らずおぼしめさるらんこそふひんにさふらふ事なれとぞは御いのりなどせさせ給ひて猶しづかに心み(見)させ給はんこそよく侍らめあまり物さはがしきやうにさぶらひなんとそうし給ひてもげに坊にゐたまふべきみこのおはせぬはいかなる事にかとおぼしなけきけりうち〳〵には若宮の御すくせ(世)のいとかたじけなかりける事ともてかしづき聞えさせ給ふを大将殿はあるましき事かなと聞給へどいかでかさも聞え給はん女たいもかゝるおりや昔もゐ給ひけんいかなるべき世にかと人しれずおぼすにもかのみねのわか松とかやいはひをき給ひけんをひさきの誠にかなふべきやうもあらばいかなる心ちしなんさる事のあらばしも誠にいけるかひありける身とはおぼえなんかしかのつれなき御心にもさりともいかでかいとむげにはおぼされんなどこゝろひとつにおぼすにつけてもさしむかひてとやかくやとかたみにこゝろの中をも聞えあはする世なくてすきなんは猶返々思ふにもいふにもあまりてくちおしうこゝろうくおぼされけり中納言のすけ大貮

ゆめさはかしくみえさせ給へはわかよのすきぬるにやとこゝろほそふならせ給ふにもうちのおはしまさぬことをいかてくちをしうおほしめさゝらん大将とのまいり給へるに御ものかたりこまやかにきこゑさせ給ていのちもすくせ(世)もつきにたる心ちするをしらぬかほにてのみすくしこのよをわかれさらんことのいとつみふかくくちをしかるへきを大将のわかみやのたゝ人になさむのほい(本)ふかきにきゝしりむつきにくゝまれ給へる女たいにゆつりをきもしはくせいのけんしのくらゐにつくためしをたつねてとしたかうなり給へるおほいまうちきみのはうにゐんよりはあへなんと《こ》そ思へいかゝさのみいひつゝくらゐをおしむともかきりのいのちのほとはこゝろにもかなふへきならぬをみるをりになを一日にてもこゝろのとかなるさまにもなりなまほしうなとの給はするをいかてかはふとよきことゝしもおほされんよの中しつかならぬことをはおのつからさのみこそ侍れさきのよのちきりのほともきゝいれ給へきにも侍らす御こゝちのれいならすおほしめさるらんこと《こ》そふみにさふらふとなれと御いのりなとせさせ給てなをしつかにこゝろみさせ給はんこそよく侍らめあまり物さはかしきやうに候なとそ申給ひてもけにはうにいて給へき御このおはせぬをいかなることにかとおほしなけきけりうち〳〵にはわかみやの御すくせ(世)のいとかたしけなかりけることゝももてかしつきゝこゑさせ給ふを大将とのはあさましきことかなときゝ給へといかてかはさもきこゑ給はんけに女たいもかゝるをりやむかしもゐ給ひけんいかなるへきよにかと人しれすおほすにもかのみねのわかまつとかやいひをき給ひけんをいさきのまことにかなひ給へるやうあらはいかなる心ちしなんさることのあらはしもまことにいけるかいありけるみとはおほえなんかしよのつねなき御心ちにもさりともいかてかいとむけにはおほされんなとこゝろひとつにおほすにつけてもさしたかひてとやかうやとか

のめのとおなじはらからといへど同し身をわけたるやうにかたみに思ひかはしたれは此人の露はかりももらしたる事をば心より外にちらすべきならねどなき御かけの御覧せん事もありさばかりかくし忍ばせ給給ひて過させ給しを心よりほかにわか心得しりそめしことたにかたはらいたかりけり又入道宮此御あたりにはのこりなくしり給ひたるらんとさ斗おぼしめしうたかひたるものをすゐの世にもをのづから聞あはせ給ひて思ひのほか也けりとおぼしめされめとてもかくても今は若宮の御ために誰もをろかに思ひ聞えさせ給ふべくはなかりけりとおもへば大貳にもこの御事をかけてもかたらざりけり　（下1オ～3ウ）

〔三二三〕

夏ふかくなるまゝに世のさはかしさもいやまさりにてたかきもいやしきも残る人すくなけになりつゝ月日天ほしの氣色雲のたゝすまゐもしづかならずあはたゝしきまゝに御門もいとゞなやましくのみなりまさらせ給へは猶わか代はつきぬるなめりとおぼしめして昔の一条院におりゐさせ給ふべきぢやうに成ぬ年比もつぎのおはしますまじきにやとくちおしき事に明暮おぼしめしつれどさり共あるやうあらんなとたのみ過させ給へるをきのふけふとなりてはなをいとほ（本）いなき事におぼしめす事かぎりなし世の人もまださかりの御よはひなりちゝ御門だにたゞ人になし聞えさせ給てし宮を又とり返し坊にすへ給ひて位をさらせ給ふ事はあるましき事となやめど大とのなとはさばかりやんことなくおはせし后ばらになのめにだにあらぬさまにてむまれ給ひしものをあるまじかりし事ぞかしなどのたまふをいとをこがましと大将はきゝ給ふさがのゐんにもおぼしは

たみにこゝろのうちともきこゐあはするよなとてすきなんはなをかへす〳〵も思にいふもあまりてくちをしくこゝろうくおほされけり中納言のすけ大にのめのとにおなしはらからといへとおなしみをわけたるかたみに思ひかはしたれはこの人のつゆはかりももらしたらんことをみのほかにちらすへきならねとなき御かけの御らんせんこともありさはかりかくしゝのはせ給てすきさせ給ひしことをこゝろよりほかにわかこゝろもしりそめしことたにかたはらいたかりけり又入道のみやもこの御あたりにはのこりなうしりたらんとさはかりおほしめしうたかひたる物をすゑのよにもおのつからきゝあはせ給て思ひのほかなりけるとこそおほしめされめとてもかくてもいまはわかみやの御ためにたれもおろかに思きこゐさせ給はなかりけりと思へは大にもこの事かたらさりけり　（95ウ～98オ）

〔三二三〕

なつふかくなるまゝによの中のさはかしさもいやまさりにてたかきもいやしきものこる人すくなけになりゆきつゝ月ひあめほしのけしきにも雲のたゝすまひもしつかならすこゝろあはたゝしきまゝにみかともいとゝなやましうなりまさり給へはなをわかよはつきぬるなめりとおほしめしてむかしの一条の院におりゐさせ給へきちやうになりぬとしころもうちのおはしますましきにやとくちをしきことにあけくれをほしめしつれとさりともあるやうあらんなとたのみすくさせ給へるをきのふけふとなりてはなをいとほ（本）いなきことにおほしめす事かきりなしよの人もまたさかりの御よはひなからちゝみかとたにたゝ人になしきこゐ給てしみやをまたとりかへしこくわうにすゐ給てくらゐをせさせ給ことはあるましきことゝなやめと大将なとはさはかりやむことなくおはせしきさいはらになのめにたにあらんさまにてむまれ給ひにしをあさましかりしことそかし

なれにしかたさまの事なれどなのめにもいかでかはおぼされんいのちのながゝりけるがうれしき事とよろこばせ給ふに斎宮もあやしうさとしかちにて宮もなやましげにし給ふよし聞ゆればさがのゐんなともおぼしなげくにあまてる神の御けはひいちじるくあらはれ出給ひてさた〳〵との給はする事ともありけり大将はかほかたち身のざえよりはじめこの世には過てたゞ人にはありがたしげなるすくせ《(世)》あるさまなめるを大やけのしり給はてあれば世はあぢきなきなりわか宮はそのつぎ〳〵にて行末こそしりたまはめおやをたゞ人にて御門にゐたまはん事はあるましきことなりさらではおほやけの御ためいとあしかりなんやがて一度にくらゐをゆつり給ては御命もながくなり給ひなん此よしをゆめの中にもたび〳〵しらせたてまつれど猶心得給はぬにやなどやうにさだ〳〵との給はする事おほかりけれどあまりうたてあれはもらしつかゝるよしを忍びてうちにも大殿にもそうせさせたまへるにきゝおとろかせ給ふ事かぎりなし若宮の御事をぞ誰も心えずあやしうおぼしける大殿うへなどの御心の中ぞいひつくすべきかたなきやあらたなる神の御心よせとはさだかにきゝながらもあまりにさるましき程の事は行すゑもいかゞとおそろしきかたもさま〳〵こゝろしづかならずおぼさるれどかう聞給ひて後は思ひねにやあらん御門の御夢にも殿の御ゆめにもとくかはりゐさせ給はすはあしかりなんとのみ打しきり御覧ずればいとこゝろあはたゝしくおぼしめされて先わが御子になさせ給ひて八月にそ御國ゆづりあるべきぢやうになりぬ

（下3ウ～5ウ）

なとの給ふをいとをこかましくきゝ給ふさかのゐんにもおほしはかれにしかたさまの御ことなれはなのめにも如何てかはおほされんいのちのなかゝりけるかうれしきことゝよろこはせ給ふにさいわうもあやしくさとしかちにてみやもなやましけにし給ふよしきこゆれはさかのゐんになとおほしなけくにあまてるかみの御けはひいちしるくあらはれいて給ひてつねの御けはひにもかはりてさた〳〵との給はすることもありけり大将はかほかたちみのさへよりはしめこのよにはすきてたゝ人にてあるかたしけなきすくせあるかたさまなめるをおほやけもしり給はてかくてあれはよはあしきなりわかみやはその御つきにてゆくすゑをこそおやをたゝ人にてみかとにゐ給はんことはあるましきことなりさてはおほやけの御ためにはいとあしかりなんやかていちとにくらゐをゆつり給ては御いのちもなかくなり給なんこのよしをゆめのうちにもたひ〳〵しらせたてまつれは御こゝろえ給はぬにやなとかやうにさた〳〵との給はする事おほかりけりあまりうたてあれはもらしつかゝるよしをしのひて大将にもうちにもそうせさせ給へるにきゝおとろかせ給へることかきりなしわかみやの御ことをそたれもこゝろえすあやしくおほしける大殿うゐなとの御こゝろのうちそいひつくすへきかたなきやあらたかなるかみの御こゝろよとはさたかにきゝなからもあまりあるましきほとのことはゆくすゑもいかゝとおそろしきかたもさま〳〵こゝろしつかならすおほさるれはかうきゝ給てのちは思ひねにやよをなからへてみかとの御ゆめにもとのゝ御ゆめにもとくかはりゐさせ給はすはあしかりなんとうちしきり御らんすれはいとこゝろあはたゝしくおほしめされてまつわかみ御こにならせ給て八月に御くにゆつりあるへきちやうになりぬ

（98オ～100ウ）

〔三二四〕

ちかき世にかゝるためしもことになき事也大やけをそしり奉るべきやうもなけれどなをいかなる事かあらんといひなやむ人おほかるにだうりをたどりしらぬ女などはたかきもみじかきもたゞ時々もみ(見)奉らんことのたえぬる事とおもひなげくさま世になく成給ひつらん人のやうにあまりゆゝしきまてぞありけるみづからの御心にもおぼしたちしかたさまいとかけはなれはてゝいまさらにいとあはたゝしくありつかぬ心ち(地)ぞし給ふべければふさはしからぬ身のすくせ(世)とおぼしなげかる、中にも斎院をみ(見)奉り給はん事の今はありがたう成ぬべきくちおしさは今さらにいひやるべきかたなければ此世にいひあつかふらんやうにげにえあるまじき事なればいとかうしも覚ゆるにやあらん又えたもつまじかりけるにやとさすがなるをこがましさをあらはしはてゝん事よなどかた〳〵にさへやすからずわりなき御心の中きしかたにもいやまさりに成たりされど御門の御心ち誠しうおもらせ給ひて一条のゐんに渡らせ給ひぬればのかれ給ふべきやうもなう成ぬるにおぼしわびて今は御ありきもあるまじけれど斎ゐんに夕さりつかた忍びて参り給へりつねよりもあつさ所せき年にて御まへにもなやましくおぼしめさるゝにからうじて夕風すゞしく吹出たれば人々はしに出ゐつゝ月の心もとなさをまちわたるほどのたど〳〵しさにまぎらはさせ給ひてすこしいざりいでさせ給へりけるなりけり思ひかけずをとなうて参らせたまへればふともえ入はてさせたまはぬ御けはひのつねよりはちかきこゝ地するにもいとゞこゝろの中はかきみだり忍びがたしかやうに参り侍らん事も今よりはあるまじきさまにうけ給はればこよひ斗も猶み(見)奉りてこそはとてなんいとあまりおもひかけぬありさまに侍ればすくせ(世)などもつきて世にえながゝらぬやうも侍りなん又さらずともみ(見)奉らん事こよひばかりこそはかぎりにも侍らめとえもいひやり給はずいと

〔三二四〕

ちかきよにかゝるためしもこと《に》なきことなりとおほやけそしりたてまつるへきやうもなけれとなをいかなることかあらんといひなやむ人おほかるにたちかをたらぬ女なとはいやしきもたゝとき〳〵みたてまつらんことのたえぬる事と思ひなけくさまよになくなり侍らん人のやうにあまりゆゝしきまてそありけるみつからの御こゝろにもおほしたちしかたさまいとゝかけはなれはてゝいまさらにことあたらしくありつかぬ心ちそし給ふへけれはふさはしからぬみのすくせ(世)とおほしなけかる、中にもさいゐんをみたてまつり給はんことのいまはありかたくなりぬへきことのくちをしさゝらにやるへきかたのなけれはこのよにいひあつかふらんやうにけにもあるましきやうなれはいとかうもおほゆるにやあらんまたえたもつましかりけるさすかなるおこかましさをあらはしはてゝんことよとかた〳〵にさへやすからすわりなき御こゝろのうちこしかたにもいやまさりにもなりまさりたりされとみかとの御心ちまことしうおもくならせ給て一条のゐんにわたらせ給ぬれはのかれ給ふへきやうもなくなりぬおほしわひていまは御あるきもよさりつかたいとしのひてまいり給へりつねよりもあつさこゝろなきとしにて御せんにはなやましきまておほしめさるゝにからうしてゆふかせすゝしうふきいてたれは人々は《し》つかたにいてゐつゝ月のこゝろさしなきをまちわたるほとのと〳〵しさにまきらはし給てまいり給へはふともえいり給はて御けはひのつねよりもちかき心ちのするにもいと心のうちはかきみたれていとしのひかたしかやうにまいり侍らんこともいまよりはあるましきとうけ給はれはこよひはかりもなをみたてまつりてこそはとてなんいとあまり思ひかけぬありさまに侍れはすくせ(世)なともつきてよにえなからんやうも侍なんまたさらすともみたてまつらん事こよひこそはかきりに侍らめなとえ

あまりなる御けしきをもかくのみかぎりなき御なからひ共とみ《(見)》奉り知たるにまいてこの御ありさまはおぼつかなくてはげに過しがたう思ひ聞えさせ給ふらんことはりぞかしなどあはれにぞみ《(見)》奉る御前にもみ《(見)》るをあふにてはやむべきものとおぼしめしつるを思ふさまにうれしき御ありさまながらおぼつかなさはげにとばかりはみゝとゞまらせ給へれどれいのごとつゞけてあるべかしき御いらへもなければわが御心の中ははるべきやうもなしあきらかならぬ空のけしきも猶心づくしにみ《(見)》まいらせたまへるをかつらおとこも同し心にあはれとやみ《(見)》たてまつるらんあつげにたちくもりたりつるむら雲はれて月影はなやかにさし出たるにみ木丁にはつれてけざやかにみ《(見)》えさせ給へる御ぐしのかゝりつらつきなとうがくのくらゐにさだまるともみ《(見)》奉らず成なん事はくちおしかるべきをましてもとより此世のえいようはことにこのまず成にし御心なればいかでかなのめにはおぼされんあさましき御こゝろの内のかけ〳〵しきかたざまをば今はいかなり共おぼしよるべきならねと水のしら浪なる御有さまを雲のよそにのみ思ひやり聞えさせ給はんにはながらへぬべからんいのちのほとなりともいかゝとおぼしつゞけて月のかほのみながめさせ給ひけり

　めぐりあはんかぎりだになきわかれかなそら行月のはてをしらねば〈187〉

とてをしあて給へる袖のけしきもかぎりある世の命ならぬはげにとやおぼしめさるらんあまりにまばゆければ御木丁を引よせさせ給ひてやをらいらせ給ふまぎらはしに

　月だにもよそのむら雲へだてずは夜な〳〵袖にやどしてもみ《(見)》ん〈188〉

となをさりにいひすてさせ給ふなぐさめ斗もげに中々なるを思ひはなれぬほだしともなりぬべしさふらふ人々などをも御らんずることの絶はてなんをあはれにおぼすにとみにも出給はずはかなし事もなつかしうきかまほしき御けはひにてあはれに心ぼそげなる事などをの給はすればみ《(見)》た

もいひやり給はすいとあまりなる御けしきのかくのみかきりなき御なからひともとみたてまつりしりたるにまいてこの御ありさまはおほつかなく一日二日もすくしかたう思きこゑさせ給はんことはりそかしなとあはれにそみたてまつる御せんにもみるをあふにてやむへきものとはおほしめしつるを思ふさまにうれしき御ありさまなからもおほつかなさはけにとはかりみゝとまらせ給へとれいの事つゝきてあるへかはしき御いらへなけれはわか御こゝろのうちははるへきやうもなしあきとをからぬそらのけしきもなをこゝろつくしにみまいらせ給へるをかつらおとこもおなしこゝろにあはれとやみたてまつらんあつけにたちくもりたるむら雲もはれて月のかけはなやかにさしいてたるに御き丁のはつれてけさやかにみゑさせ給ふを御くしのかゝりかほつきなとはとうかくのくらゐにさたまるともみたてまつらすなりなんことはくちをしかるへきをましてもとよりこのことはことに申なりにし御心なれはいかてかなのめにはおほされんあさましき心のうちのかけしくかたさまをはいまはいかなりともおほしよるへきならねはみつのしらなみなる御ありさまを雲のよそにのみ思ひやりきこゑさせ給はんにはなからへぬへからんいのちのほとなりとも如何ゝとおほしつゝけて月のかけのみなかめさせ給ひける

　めくりあはむかきりたになきわかれかなそらゆく月のはてをしらねは〈187〉

とておしあて給へるそてのけしきもかきりあるよのいのちならぬにはけにさおほしめさるらんあまりまはゆけれは御き丁をひきよせ給てやはらいらせ給ふまきらはしに

　月たにもよそのむら雲へたてすはよな〳〵そてにうつしてもみむ〈188〉

となをさりにいひすてさせ給ふなくさめはかりもけに中々思ひはなれぬほたしともなりぬへしさふらふ人々なとを御らんすることのたえはてな

てまつる人もかう世にめづらしき御よろこびともおぼえず袖もぬれわたりつゝ月も入かたになりにけり今はかうかる〳〵しき御ありきもいとあるまじき事なればさのみあかさせ給はんとびんなくて出させ給ふ御心猶せりつみしよの人にもとはまほしくおぼされけるまだ夜はふかゝ覧とおぼしつれとあけにけるなるべし道のほどに戀草つむべきれうにやとみ《(見)》ゆるちから車どももあまたをしやりつゞけつゝ行ちかふ御くるまなどもいたうやつし給ひて人ずくなゝればにやはゞかるけしきもなくちかきほどにのりながら過るもおそろしきまでにおぼさるれど思ふかたざまへと御らんすればめとまり給ひてなをみ《(見)》をくらるゝに何のすがたもみえず物ぐるをしげなるさまどもをさしも思ひしらぬにやすらかにのりなしてこの比わらはべのくちのはにかけたるあやしのいまやううたどもをいとしう〳〵しき聲にてうたひて過るけしき心をやりてないがしろにおもふ事なげなるにつけても

なゝ車つむともつきじ思ふにもいふにもあまるわがこひ草は〈189〉

とぞおぼしける（下5ウ～10ウ）

〔三二五〕

かくて八月廿日御國ゆづりありけるかねてよりめづらしかるべき事に天の下いひふるしつれどいまはとかはりゐさせ給ふほどのありさまなどは猶うつゝとぞおほえたりける何事もひとへ《つイ》におもひ聞えさする人はなかりつれどことかぎりあれはおなじさまにうちつれ給ひつゝいて入もしたまひつる人々はあさましくのみおぼさるゝにみ《(見)》なしにや御かたちありさ

んすることをあはれにおほすにとみにもいて給はすはかなきことゝもなつかしくきかまほしき御けはひにてあはれにこゝろほそけなることなとをの給はすれはみたてまつる人々もかくよにめつらしき御よろこひともおほえすそてもぬれわたりつゝ月もいりかたになりにけりいまはかくかろ〳〵しき御ありさまいとあるましきことなれはさのみあやさせ給ふもひんなくていてさせ給ふなをせりつみしよの人にもとはまほしくおほされけれとあけにけるなるへしこひくさえんれうにやとみゆるちかうくるまとも、あまたやりつゝけてゆきちかう御くるまなともいたうやつし給ひていと人すくなゝれはにやわかるけしきもなうけちかきほとにのりなからすくるもおそろしきまでにおほさるれと思ふかたさまへと御らんすれはめとまり給ひてみをくらるゝになにのすかたともみえすものくるはしけなるさまともを思ひしられぬにやゝすらかにのりなしてこのころわらうへのくちのはにかけたるあやしのいまやうゝたともをいとりやう〳〵しきこゑともにうたひてすくるけしきなひかしろに思ふけしきなけなるにつけても

なゝくるまつむともつきしと思ふにもいけるにもあまるわかこひくさは〈189〉

とそおはしける（100ウ～104ウ）

〔三二五〕

かくて八月廿日のひそ御くにゆつりありけるかねてよりよにめつらしかるへきあめのしたいひふるしつれといまはかはりゐさせ給ほとのありさまなとはなをうつゝとそおほさゝりけるなにこともひとつに思ひきこゑさする人はなかりつれとことかきりあれはおなしさまにうちつれ給ひつゝいていり物し給へる人々はあさましくのみおほさるゝにみなしにや

まかくては又やうかはりてめつらしきひかりさしそひ給ひてたゞ人にてすぐさせ給ひけん事かたじけなくぞみえ(見)給ひける大殿も関白をば左大臣にゆづり聞えさせ給ひておりゐの御門の位にさだまり給ひてほり川のゐんと聞えさす母宮は皇大后宮とぞ聞えさせ給ひけるかうおぼしかけざりし御ありさま共もさるべきとはいひなから一条院の御心さしをろかならすおぼししらるれば一品宮を猶をろかに思ひ聞えさせ給ふまじく堀川のゐんには聞えさせ給ひつゝとゞまらせ給ふべくきこえさせ給へど心より外に時々みえ(見)奉りしだにやすからざりしを今はなにしにかは雲のうへ迄るつゐでにこそはおもひはなれめなどの給はせてまいらせ給はん事はおぼしもかけたまはねば一条院きかせ給ひていとあるまじくなを〳〵しき御心なりとむつかりきこえさせたまひてたゞ出しに出したて奉らせ給へばいとむつかしくおぼしなげかれてその夜にも成ぬるにつらきところおほくはなさじとやおぼしけんひめ君をかはりにめのとたちなどぞへ奉らせ給ひてまいらせ奉りてけりさふらふ女房などもはか〳〵しくしらねばまいてとの人などはとまらせ給ひぬるもえしらざりけり御門はれいの御けしきのわつらはしげなるをいかにとおぼしながらさまかはりたるありさまをいかゞみ(見)給はんとはづかしきかたにもこゝろゆるひなう思ひ聞えさせ給ひつゝ心ことに引つくろひて待聞えさせ給へるに御心ち(地)例ならでとまらせ給ひにける御かはりに姫君なんひと所まいらせ給ひけるとそうするをきかせ給ふにいとあやしくほ(本)いなき心ち(地)せさせ給へどいでやいと思はずにかど〳〵しき御心はへはみ(見)まうくのみおぼえさせ給ひにけりをくりをかれ給ひつらん御ありさまあはれにゆかしうおぼしやらるればやかて渡らせたまへりひいなをしすへたるやうにちいさくうつくしげにて居給へるを御らんじつけたるまづかきくらさるゝこゝちせさせ給ふい

御かたちありさまもかうてはまたやうかはりてめつらしきひかりさしそひ給ひてたゝ人にてすくさせ給ひけんことかたしけなくそみえ給ける大殿も関白は大臣にゆつりきこゑ給ひておりゐのみかとのくらゐにさたまり給ひぬはゝみやをはおほみやなとにそきこゑさせ給けるうちおほしかけさりし御ありさまともゝさるへきとはいひなから一条のゐんのおろかならすおほしゝらるれは一品のみやをなをゝろかに思ひきこゑ給ふましくほりかはのゐんにはきこゑ給ひつゝとくまいり給ふへくきこゑさせ給へとこゝろよりほかにみへたてまつりしたにやすからさりしをいまはなにしにかくものうゑまて人わらわれにおこかましきありさまをあらはし侍らんうきよの中もかゝるついてにこそは思はなれねめとの給はせてまいらせ給はん(▲んに)にはおほしもかけたらねは一条のゐんきかせ給ふていとあさましくなをしき御こゝろなりとむつかりきこゑさせ給てたゝいたしたてゝまいらせ給へはいとむつかしくおほしなけきつゝそのよにもなりぬるになをくらきところおほくはなさしとはおほしけんひめきみの御かきりを御めのとたちなとそえたてまいらせ給ひてさふらふ女はうなともはか〳〵しくしらねはまいてとのゝ人なとはとゝまらせ給ひぬるもえしらさりけり御かとのれいの御けしきのわつらはしけなるをいかにとはおほしなからさまかはりたるいかゝみ給ふらんとはつかしきかたにもひまなく思ひきこゑさせ給へはこゝろことにひきつくろいて御心ちれいならてとまきらはせ給ふにけるかはかりにひめきみなんひところまいらせ給にけるとそうするをきかせ給ふもいとあやしくほ(本)いなき心ちせさせ給へといてやいと思はすにあまりかと〳〵しき御ありさまのあはれにゆかしくおほしやらるれはやかてわたらせ給へりひきなをしすゑたるやうにちゐさくうつくしけにてゐ給へるを御らんしつけたるもまつかきくらさるゝ心ちし給ていかゝはせんかくまておほしゆつられけれはいとゝおろかなら

かゞはせんかくまておぼしゆづりければいとどをろかならずこそは思ひ聞えさせめ住人なくてうちわたりいとつれ〳〵げなるべきをこゝろやり所にも人の思ふばかりにももてなしてんなど御めのとたちにもの給はせていと心ぐるしげにぞ思ひ聞えさせ給へるかく宮のとまらせ給ひにける事を一条院もきかせ給ひてげればいと物しうおもはずなる御心と返々聞えさせ給ひければいかにも〳〵おぼしそめつる事をばなをらぬ御くせなれは御心ちいとなやましうおぼされてなどぞきこえさせ給ひけるうちよりも日をへてうらみ聞えさせ給へどかやうにもてなさせ給ひておさ〳〵御かへりもなかりけりこうき殿には日々に渡らせ給ひつゝ琴などをしへ奉らせ給ふにいとさとくうつくしう引とらせたまひつゝなに事もすぐれてみ(見)所あるさまにおひ出給ひぬべきをあはれにうつくしうおぼしめさるゝにつけてもあらましかはこゝろやすきわたくし物にてましらはましき物をなどわすれがたう思ひいでさせ給ふ事いやまさり也（下10ウ～13ウ）

〔三二六〕

かうのみこの御参りのすが〳〵しからずわづらはしかりつるにはゞからせ給ひてかのなぐさのはまにもいままで御らんせぬはいとゝ御こゝろもまぎるゝかたなう物なげかしきを今はさりとてもあらるへき事ならねば宰相中将にもまいらせ奉り給ふべきさまにのみのたまはすれど例ならずなやましげにしたまへばいかにとみ(見)奉り給ひてさやうにそうし給ふをきかせ給ひてもいとゞしづこゝろなふおぼつかなくおぼしめさるゝまゝにとみによるのおとゝにもいらせ給はずはかなき琴笛さるべき文どもなとみ御らんしつゝこよなふふかしても御とのごもるやうなれどこゝろもゆか《とまらイ》ざりし道のほとりどもさへおほし出られてあかしがたし（下13ウ～14ウ）

すこそは思きこゑさせめ人あまたなくてうちわたりいとつれ〳〵けなるへきをこゝろやりところにも人の思ふはかりにもてなしてさふらへなと御めのとたちにの給はせていとこゝろくるしけにそ思ひきこゑさせ給けるかくみやのとまらせ給けることを一条のゐんにもきかせ給ひてけれはいとものしう思はすなる御心のほとゝかへす〳〵きこゑさせ給けれといかにも〳〵おほしそめつることなをらぬ御くせなれは御心ちのいとゝなやましくおほされてなとそきこゑさせ給けるうちよりもひをへてうらみきこゑさせ給へとかやうにもてなさせ給て御かへりもなかりけりこうきてんにはひとにわたらせ給つゝことなとをしへたてまつらせ給ふにいとまことしくうつくしくひきとり給つゝなにこともすくれてみところあるさまにおいて給ふへきをあはれにうれしくおほしめさるゝにつけてもあらましかはこゝろやすきわたくし物にてあらましものをなとわすれかたく思ひてられさせ給ふ事いやまさりなりけり（104ウ～107ウ）

〔三二六〕

かくのみ御まいりのすか〳〵しからすわらはかりつるにははからせ給てかのなくさのはまもいまゝて御らんせねはいと御こゝろもまきるゝかたなうものなけかしきをいまはさりとてもあるへき事ならねはさいしやうのちうしやうにもまいらせたてまつり給ふへきさまにのみの給はすれとれいならすなやましけにし給へはいかにみたてまつり給てさやうにそうし給ふをきかせ給てもいとゝしつこゝろなくおほつかなくおほしめさるゝまゝにとみにもよるのおとゝにもいらせ給はすはかなきことふゑさるへきふみともなとえんしつゝこよなくおはしつゝ御とのこもるやうなれとこゝろもとまらさりしみちのほとさへおほしいてられてあかしかたし（107ウ～108オ）

〔三二七〕

月いとあかき夜はしつかたにおはしますにくまなうさしいてたるを御覧ずるにもかの夜な〳〵袖にとの給ひし御けはひまづ思ひいださせ給ひていみしう戀しく覺えさせ給ふにさやかなる月かげもやがてかきくもる心ち(地)させ給ひていとゝこゝろもそらになりぬ

　戀てなく涙にくもる月かげはやどる袖もやぬるゝがほなる〈190〉

むらくもはれ侍るめるをいかやうにてかたゞ今も御らんすらんとゆかしうなどやうにて殿上のわらはを斎ゐんに奉らせ給へればけに雲のうへはまいていかにとおぼしめしやらせ給ひつる秋の月かけなれはおかしき御せうそくなれば待(見)み給はん御けしきはつかしくおほしやらせ給へど今は人づてに聞えさせ給はんもあるまじき事なれば

　あはれそふ秋の月かげ袖ならでおほかたにのみながめやはする〈191〉

と斗ほのかなり御つかひに菊のふたへおりものゝうちき給はせたるをかづきながら参りたるかしらつきなど月にはへてうつくしきにめづらしき御うつり香さへなべてならぬにほひにうちかほりたるぞいとゝ戀しく覺えさせたまひて人めもしらず引よせて涙もおとしかけつべくおぼしめさる文のけしきなどもたゞ大かたに思はせたるなつかしさをばをろかならぬさまにいひなさせ給へるさまなどもさしむかひ聞えさせたる心ち(地)のみせさせ給ひていとゞ御とのごもるべうもなければゐんしろうの中とひとりごたれ給ひつゝうしよつと申すまでに成にけり心やすかりし御ありさまにてだに身を心ともせぬ世のなけかしさをおぼしあつかひしに今はいとゞさま〳〵につけてたちまふべき心ちぞせさせたまはざりける

（下14ウ～16オ）

〔三二七〕

月いとあかきよはしつかたにおはしますにくまなくさしいりたるを御らんするにもよな〳〵そてにとの給はせし御けはひ思ひいてられ給ていみしくこひしくおほえさせ給ふていとゝ心のそらになりぬ

　こひてゆくなみたにくもる月かけはやとるそてもやぬるゝかほなる〈190〉

むら雲はれて侍めるをいかやうにてかたゝいまもおはすらんとゆかしくなとやうにてちかくさふらふ殿上人わらはをたてまつらせ給へはけにくものうゑはまいていかにとおほしやらせ給へるあき月かけなれはおかしき御せうそくなれとまちみ給はんけしきはつかしく給へとていまは人つてにきこゑさせ給はんもあさましき事なれは

　あはれそふあきの月かけそてならておほかたに《のみ》なかめやはする〈191〉

とはかりほのかなり御つかひにきくのふたへおりものゝこうちき給はせたるをかつきなからまいりたるかしらつきなとをにはへてうつくしきにめつらし御うつりかさへなへてならぬにほひにてうちかほりたるはいとゝこひしくおほえ給ひて人めもしらすひきよせてなみたもおとしかけつへくおほしめさるゝ御ふみのけしきなともたゝおほかたに思ひあほせたるなつかしさをはおろかならぬといひなさせ給へるさまなともさしむかひたる心ちのみせさせ給ていとゝ御とのこもるへくもなけれはゑんしろうのうちとひとりこたれ給てうしみつと申にもなりにけりこゝろやすかりし御ありさまにてたにみを心ともせぬよのなけかしさおほしあつかひしにいまはいとゝさま〳〵につけてたち給へき心ちそせさせ給ける

（108ウ～109ウ）

〔三二八〕

かやうなる御けしきを一品宮の御かたに心よせまいらするうへ人なとはつき〳〵しうみ(見)なし奉りつゝあはれげにかたり聞えさすれどもとより物思はしげなりし人ぐせにいとゞ宮の女御のまいらねばにこそとをこがましくぞきかせ給ひける御つかひもたえずまいりつゝかくあさましくほ(本)いなき事を聞えさせ給へと御物うらみのかぎりにもあらず過にし御ありさま共のやうにいつとなくなやましうおぼさるゝおり〳〵あればさればこそえながくしもあらじものをと心ぼそくて御かへりなど斗は中々なつかしげに聞えさせたまへど参り給はん事はいとおぼしたへてさまかへさせたまはん事をぞおぼしいそきける

（下16オ～ウ）

〔三二九〕

みやの女御の御こゝ地たゝならぬさまに人々み(見)奉りしりて大宮にもけいしてげれば此しのぶ草の御事ばかりをこそさばかりもきかせ給へわか宮の御事などはたしらせ給はぬにかうめにちかくあざやかなる御事をめづらしくうれしくいかでかはおぼしめさゞらん此御事のゝちよりこそあさましくおぼしうかれたりし御氣色もすこしなをりかくありがたき御くらゐにもさたまり給へるにいとゞをろかならざりける御すくせ(世)のほどさへみ(見)つくべき事と院なとのおぼしよろこひたるさまぞいまよりいとこちたかりけるうちにもかくとそうせさせ給ひければいとゆかしき事をさへそへておぼつかなさわりなくおぼしめせど此月はいむべしなとあれば忍ひ過させ給ひて十月にぞ神わさなどしげけれどあながちなるひまに参り給へる御つぼねは藤つぼなりすみぞめにやつれ給へりし御ありさまだにみたらし川のかげにもならひ聞えさせ給ひぬべくありがたかりしを紅葉

〔三二八〕

かやうなる御けしきを一品のみやのかたにこゝろよせたてまつるうゑ人なとはつき〳〵しくみなしたてまつりつゝあはれにかたりきこゑさせ給へはもとよりものおもはしけなりし人くせにいと、みやの女御のまいらねはとおこかましくそきかせ給ひける御つかひもたえすまいりつゝかうあさましくほ(本)いなきことをたえすきこゑさせ給へと御ものうらみのかきりにもあらす、きにし御ありさまとものやうにいつとなくなやましくおほさるゝをり〳〵あれはされはこそえなかくしもあらしものをと物こゝろほそうて御返はかりは中々なつかしけにきこゑさせ給へとまいり給はんことはいと、おほしたえてあまにならせ給はむことをそおほしいそきける

（109ウ～110オ）

〔三二九〕

みやの女御の御こゝちはたゝならぬさまに人々みなしたてまつりておほみやにもけいしてけれはかのしのふくさの御ことはかりをそさはかりもきこゑさせ給へわかみやの御ことなとはしらせ給はぬにかくめちかくあさやかなる御ことをめつらしくうれしくいかてかおほしめさゝらんこのほとのゝちよりこそあさましくおほしうかれたりし御けしきもすこしなをりかくありかたき御くらゐにもさたまらせ給へるにいとおろかならさりける御すくせ(世)のほとをさへみつへきこと、ゐんなとのおほしよろこひたるさまそいまよりいとこちたかりけるうちにもかくとそうせさせ給けれはいとゆかしきことをさへそへておほつかなさもわりなくおほしめせとこの月はいむへしなとあれはしのひてすきさせ給て十月にそかみわさなとしけれとあなかちなるひまにまいり給へる御つほねはふちつほなりすみそめにやつれ給へりし御ありさまたにみたらしかはのかけにもなら

のにしきに立かへて参り給へれば今一しほのみ《(見)》所もまさりたまへるにおぼつかなくて過させ給ひつらん日かずもうらめしくそ覚えさせ給ひけるか、る程はすこし御心もなぐさむやうなるに又いかにぞやたゞそれかとまでおほえ奉り給へる御かたちけはひもふと思ひ出られさせ給ふかたつかたは先御むねふたがりてこの世の内ながらみ《(見)》たてまつらずなるべしとは思ひかけさりしわざかなとおぼしつゞくる程はかばかりみ《(見)》れともあかぬ御ありさまをさしおきてつく〴〵とながめいらせ給ひても

　かくこひん物としりてやかねてよりあふことたゆとみてなげきけん〈192〉

とおぼさる、につけてもくらべくるしき心中は猶いとわりなしさるはさまことにうちなやみ給へるけしきのらうたけさなとにも立ならぶ人々あらましかばいかに心より外にくるしくむつかしからましことをぞいたくふるさす成にけるもきし方さへうれしきまでたちはなれずおきふしかたらひ聞えさせ給へり　（下16ウ～18オ）

〔三三〇〕

年比いかさまにまれたまさかにかよはしみ《(見)》奉るわさがなと思ひねがひ給へるかんたちめみこたちなどかく大やけさまにならせ給ひてはいなひ給はぬやうもありなんわづらはしかりつる一品宮さへかく世をそむき給ひぬべかなるはあこの御すくせ《(世)》のめでたかるべきなりとをの〳〵むすめどもをいとゞもてかしづきて大貳の三位などして御けしき給はる人々おほかりけりその中にも人しれぬさまにてたえたまひにしも又さまではあらねどさやかなりし月かげもしはともし火の光なとやうにてもすこしこ、

ひきこゐさせ給ひぬへくありかたかりしをもみちのにしきかたちかへ給てまいり給へるはいまひとしほみところもまさり給へるにおほつかなくてすくさせ給へらんひかすもうらめしうこそおほえさせ給えりけるか、るほとはすこし御こ、ろとも、なくさむやうなるにまたいかにそやた、それかとまておほえたてまつり給へる御かたちけはひにもふと思ひいてられさせ給ふかたつかたはまつむねふたかり給てこのよのうちなからみたてまつらすなるへしと思ひかけさりしわさかなとおほしつ、くるほとはいかはかりみれともあかぬ御ありさまさしをきてつく〳〵となかめいらせ給て

　かくこひんものとしりてやかねてよりあふことたゆとみてなけきけん〈192〉

とおほさる、につけてもくらへくるしきこ、ろのうちはなをいとわりなしさるはさまことにうちなやみ給ひつるけしきのらうたけさそことにもちならふ人々あらましかはいかにこ、ろよりほかにくるしなつかしからましことをそいたくふるさすなりにけるもきしかたさへうれしきまてたちはなれすおきふしかたらひきこゐさせ給えり　（110オ～112オ）

〔三三〇〕

としころいかさまにしてたまさかにもかよはしみたてまつるわさをもかなと思ひねかひ給へるかんたちめ御こたちなとかうおほやけさまにならせ給ては中々いなみさせ給はぬやうもありなんわつらはしかりつる一品のみやさへかくよをそむき給ひぬへかなるはこの御すくせ《(世)》のめてたかるへきなりとおの〳〵御むすめともをいと、もてかしつきて大に三位なとして御けしき給はる人々おほかりけりその中にも人しれぬさまにてたえ給ひにしもまたいとさまにてはあらねとさやかなりし月かけももしは

ろにくきあたり共はおぼつかなきもなく床しき事なかりし御心のうちなればかくていつしかとかる〳〵しくそれをなどとりわかせ給ふへきならねば只かくてもながくしもえあるまじきありさまなれは何事もつゝましきを今しばしもながらへてさやうにてなどいらへさせ給ふものから人しれぬ心のうちどもはいとうらめしく思ひ出給ふわたりもあらんかしいとかくものなげかしき身ならざらましかばなどかはかゝる大かたなるありさまにてはみ（見）ざらましとさすがにこゝろくるしくおぼしやらるゝ所々あれどいでや此世もあの世も思ひし事はたがひはてぬるかはりにはかうながらもさやうにみだれがはしく心をわくるかただになくて今二三年だに過してはいみじからんほだしどもをふりすてゝ世をそむきなんとおぼしける霜月には五せつなどいふ事共により女御まかて給ひぬべきをくちおしうおぼしわひつゝなとかくやすからぬ身と成けんとのみおなし事をの給はせつゝゆるしがたげなる御氣色なれどげにかぎりある御事なればさのみもえおしみはてさせ給はでまかで給ひぬるなごりもいとわりなきぞあまりまぎるゝかたなきはなぐさむかたなき事にこそとおぼししられける

（下18オ～19ウ）

〔三三一〕

はかなくとしもかへりて賀茂のまつりのほどにもなりぬれば御けいの御ぜんどもつかひなどさだめさせ給ふにも過にしかたの事どもおぼし出られて斎院のわたりつねよりも戀しくおぼしやられたまふに大形の殿上人なとの心得にしつゝあまたまいらせしあふぎをばさるものにてみづからの御れうなとはわが御こゝろとゞめさせたまひつゝ奉らせ給ひしをのみ

ともしひのひかなとやうにてもすこしこゝろにくきあたりともはおほつかなきもすつなうゆかしき事なかりし御こゝろのうちなれはかくていつしかといか〳〵しくそれをなさりわかせ給へきならねはた〻かくてもかなふしもえあるましきありさまなれはなにことにもつゝましきをいましはしもなからんはさやうにてなといらへさせ給ふものから人しれぬ心のうちともはいと〻うらめしう思ひいて〻給ふわたりもあらしいとかうものなけかしきみならましかはなとかはか〻るおほかたなるありさまにてはみさらましとさすかに心くるしくおほしやらる〻ところ〳〵もあれといてやこのよもあのよも思ひし事ともはたかひはてぬるかはりにはかうなからもさやうにみたりかはしくこ〻ろをわくるかた〳〵たになくていま二三年たにすくしてはいみしからんほたしとも思ふなりすて〻よをそむきなんとそおほしめしけるしも月は御せちなといふ事ともにより女御まかて給ひぬへきをくちをしくおほしわひつ〻もなとかうやすからぬみとなりにけんとのみおなしことをの給はせつ〻ゆるしかたけなる御けしきなれとけにかきりある御みなれはさのみえおしみはてさせ給はてまかて給ひぬるなこりもいと〻いねかちにていとわりなき人そあまりまきる〻かたなきはなくさむかたなきことにこそおほし〻られける

（112オ～113ウ）

〔三三一〕

はかなくとしかへりてかものまつりのほとにもなりぬれはこけいのこせんなともつかひなとさためさせ給にもすきにしかたの事ともおほしいてられてさいゐんのわたりつねよりもこひしくおほしやらせ給ふにおほかたの殿上人なとしてあまたまいらせしあふきともはさるものにてみつからの御れうなとはわか御こ〻ろと〻めてせさせ給ひつ〻たてまつらせ給

もたせ給しかば大やけしきゐところなとにてのあら〳〵しきにはあらでさるべき蔵人ともうけ給りて日ごとにかはるべき女房のれうどもなどさま〳〵にせさせ給ふさま心ことにめでたしなどもよのつねならぬさまにしたてさせ給ひて

名をおしみ人だのめなるあふぎかなてかくばかりのちぎりならぬに〈193〉

と御れうなるはべちなるつゝみがみにかきつけさせ給ひてもゐんなどもこそ御覧じつくれとおぼしかへせどしどろもどろにやおぼし成ぬらん引もかへさせ給はずなりぬ御つかひは五位の蔵人にやあらんおぼしやらせ給ひしもしるくゐんのおはします比なれば御つかひかひ〳〵しくもてはやさせ給ふあふぎともの目もをよばぬをあまり大やけしからぬものかなとめでさせ給ふに又べちに心ことなるは御前のとみ《（見）》ゆるにかきつけられたる事ども御らんじつけたればいとかばかりおほくの年月をへておぼしこがれ給ふ御心ともしらせ給はねばたゞ大かたの事をの給はせたるとのみ御らんじて御手をのみめづらしからん人のやうに袖のいとまなくをしのごひつゝめで居させ給へり斎院はなまくるしくおぼしめさるれど御かへりとく〳〵とのみ聞えさせ給へばおぼしもあへずたゝ

あふぎてふ名をさへ今はおしみつゝかはらばかぜのつらくやあらまし〈194〉

とあるを御らんしても例の心をのみそつくさせ給ふまつりの日近衛づかさのつかひのしたてゝまいるをもうらやましくみ《（見）》をくらせたまひて

ひきつれてけふはかざしゝあふひ《あふきイ》さへ思ひもかけぬしめの外かな〈195〉

とおぼしつゞけてながめさせ給へる御まみなどの猶こくわうと聞えさするにあまりてけたかくなまめかしくみ《（見）》えさせたまへり　（下19ウ～22オ）

ひしをのみもたせ給へりしかはおほやけしきゐともなとにてのあら〳〵しきはあしくてさるへきくら人ともうけ給はりつゝひとことにかはるへきねうはうのけはひともなとさま〳〵にこゝろことにせさせ給さまこそことにめてたしなともよのつねならぬさまにしたてさせたまひて

なをゝしみ人たのめなるあふきかなてかくはかりのちきりならぬに〈193〉

と御れうならぬはへちなるつゝみかみにかきつけさせ給ひてもゐんなともこそ御らんしつくれとおほしかへせとけにしとろもとろにやおほしなりぬらんひきもかへさせ給はすなりぬ御つかひはこのゐんのくら人にやあらんとおほしやらせ給へるもしるくゐんのおはしますころなれは御つかひかい〳〵しくもてなさせ給ふあふきとものめもおよはぬをあまりおほやけしらぬものかなとめてさせ給ふにまたへちにてこゝろことなるはおまへのとみゆるにかきつけられたることゝも御らんしつけたれといかはかりのおほくのとし月をへておほしこかれ給ふ御こゝろともしらせ給はねはたゝおほかたのことをのみ給はせたるとのみ御らんして御てをのみめつらしからん人のやうにそてのいとまなくおしのこひつゝめてゐさせ給へりさいゐんはなまくるしくおほしめさるれと御かへりとく〳〵とのみきこゑさせ給へれはおほひもあえすたゝ

あふきてふなをさへいまはおしみつゝかはらはかせのつらくやあらまし〈194〉

とあるを御らんしてもれいの心をのみそつくさせ給ふこのゑつかさのつかひしたてゝまいるうらやましふみおくらせ給ひて

ひきつれてけふはかさしゝあふひさへ思ひもかけぬしめのほかゝな〈195〉

なとおほしつゝけてなかめさせ給ける御まみなとのこくわうときこゑさするにもあまりてけたかうなまめかしうみへ給へり　（113ウ～115ウ）

〔二三一〕

かくて藤つほの女御御けしきありとてゐんの中所なき迄法師もぞくも世にあるかきりはたちこみてゆすりみちたるにうちの御つかひ雨のあしよりはしげけれどゆきかへる程も心もとなくいかに〳〵とおぼしめしやらせ給ふにいとたいらかにおとこみこにてなどきかせ給ふ御心ち《(地)》をろかならんやはまいてめにちかく御覧しあつかひ聞えさせ給ふ堀川のゐんの御けしきことはりも過てかぎりなき女御の御さいはひとみ《(見)》えたり一品宮の姫君の御事だによの人はしらねばたゝ是をはじめたる事と思ふにいみじくともわか宮の御おぼえは今はいかにぞ坊にゐ給はん事もさはいふ共誠の当代今上一の宮をばおとし聞え給はじなとまだしきに聞にくゝさだめ聞えさするをさがのゐんにはげにいかゞときかせ給ふぞをこがましきやこの宮の御うつくしさのなのめならんにてだにうち〳〵の事しらせ給はぬ御心どもにはげにゆく末も思ひおとしきこえさせ給ひかたげなる御けしきもことはりなるたゞ大宮院なとの御ひざのうへにとりかへ〳〵あつかひ聞えさせたまへるさまげに世の人の物いひもかなひぬべきにやとみ《(見)》えたり大貳の三位なとうちに参りつゝかゝる御けしきになどそうするをきかせ給ふにも一の宮のおりよその事にうちきゝて過したり《しにイ》まれ〳〵中納言のすけのほのめかし出たりしよりあさましくかなしくうつしこゝろもなく成そめてかのたづの一聲きゝつけたりし雪のよの事も先おぼし出らるゝにかばかりもわが物とみ《(見)》奉るはあるべかりし事かは我年比心ひとつにあはれにかたしけなく心ぐるしきかたにも又あかすくちおしき人の御ことのとし月ふれどすこしもおもひなをされぬこゝろの中のかはりにも取あつめていま行すゑいみじき人いてくともひとしうだに思ふべくもあらぬものをいまよりかくさへ人のいふらんをもしみゝとゞめてかのわたりにもきゝ給ふやうもこそと心くるしうおぼしつゞくるおりしもひか

〔二三一〕

かくてふちつほの女ゐん御けしきありてゐんのうちところなきまてほうしもそくもよにあるかきり人たちをみてゆつりみちたるにうちの御つかひはあめのあしよりもしけゝれとゆきかへるほともこゝろもとなくいかに〳〵とおほしやらせ給ふにいとたひらかにおとこきみにてなときかせ給ふ御心おろかならんやはましてめにちかく御らんしあつかひきこゑさせ給ふほりかはのゐんの御けしきことはりもすきてかきりなき女御の御さいわいとみへたり一品のみやのひめきみのことをたによの中の人しらねはたゝこれをはしめたる御ことゝけにいみしうともわかみやのおほえはいまはいかにそはう所ゐ給はんことさはいふともまことのたうたいのきん上一のみこをはえおほしきこゑ給はしなとまたしきにきゝにくきさためきこゑさするをさかのゐんにもけにいかゝときかせ給ふそおこかましきやこのみやの御うつくしさのなのめならんにてたにうち〳〵の事しらせ給ふはぬ御心にはけにゆくすゑも思おとしきこゑさせ給かたけなる御けしきともなりたゝおほみやゐんなとの御ひさのうゑにとりかへ〳〵あつかひきこゑさせ給へるさまけによの人のものいひもかなひぬへきにやみえたる大に三位なとうちにまいりつゝかうかたはらなりぬへき御おもひともになとそうするをきかせ給とも一のみやの御をりよそのことにうちきゝてすくしゝにまれ〳〵なか〳〵中納言のすけのほのめかしいてたりしよりあさましうかなしうゝつしこゝろもなうなりそめてかのたつのひとこゑきゝつけたりしゆきのよの事ともまつおほしいてらるゝにかはかりもわかものとみたてまつるはあるへかりしことかはわかとしころ思ひゆつるかたもなくてこゝろひとつにあはれにかたしけなくこゝろくるしきかたにもまたあかすくちをしき人の御ことのとし月ふれとすこしも思ひなをされぬ心のうちのかはりにもとりあつめていまゆくすゑいみ

るばかりなる御かほつきにてさしいで給へるを引よせて奉り給へばゆら〱と女のやうなる御ぐしのきよらなるをかきなで、堀川の院にはこの宮をうつくしがりかしづき給ひて宮をは久しくみ（見）給はぬこそ心うけれなまろより外にかぎりなく思ひ聞ゆる人のなきこそあはれなれとのたまはするを年のほどよりもこよなくおとなひしづまり給へるけにやげにとおぼすにすこし涙くみてまゆのあたりも打あかみてうつぶし給へるかしらつきかみのかゝりひたひつきなどはかの昔のほのかなりしほかげにもいとよくおほえ給へりかしと御らんするに我も涙こほれさせ給ひぬかやうなるありさまにつけてもさりともみ（見）なをし給ふ心の程もありなましものを行すゑはたかゝる人もあれはうき世とのみおぼさるべくもなかりけるものをいかにしなしてしわが心ぞときのふけふのやうにくやしくあはれなる事ぞ猶かぎりなきを御すゞりのあきたる筆をとらせたまひて

　かなしさもあはれも君につきはてゝこはまたおもふものとしらぬを〈196〉

とかゝせ給ひてみ（見）せたてまつり給へばさすかにうちゑみ給ひてこれにはかならずをとり侍りなんかしとてうちそばみてかき給ふ手つきなと女宮にぞせまほしき

　ことはりもしらぬなみたやいかならん我より外の人をおもはゞ〈197〉

とかき給へる御手のうつくしさをことはりぞかしたれにゝ給ひてかなに事もなのめにと御心にもことはられ給ふに此しらぬ涙ぞあはれにおぼしめさるれどさかのゐんのおはせんほどはこの御心にもいひしらせ奉らじとおぼすなるべし　（下22オ～25オ）

しき人いてくともひとしうたに思ふへくもあらぬ物をいまよりかくさへ人のいふらんをもしみゝとゝめてかのわたりにきゝ給ふやうもこそとくるしうおほしつゝくるおりしもおとなひ給まゝにあたりもひかるはかりなる御かほつきにてさしいて給へるをよひよせたてまつり給てゆら〱と女のやうにけふらなる御くしをかきなてつゝほりかはのゐんにこのみやをうつしかりつき給てみやをはひさしうみ給はぬこそこゝろうけれなまろよりほかにかきりなう思きこゆる人のなきこそあはれなれとの給はするをとしのほとよりもこよなうおとなしひしつまり給へるけにやとおほすにすこしなみたくみてまゆのわたりもうちあかみてうつふし給へるかしらつきかみのかゝりひたひつきなとはかのむしのほのかなりしほかけもいとようおほえ侍りかしと御らんするにわれもなみたこほれさせ給ひぬかやうなるありさまにつけてもさりともみなみをほい給ふこゝろのほともありなまし物をゆくすゑはたゝかゝる人もあれはうきよをおほさるへうもなかりけるものをいかにしなしてしわかこゝろそとたゝきのふけふのやうにくやしうあはれなることをなをかきりなき御すすりのあきたるふてをとらせ給ひて

　かなしさもあはれもきみにつきはてゝこはまた思ふものとしらすや〈196〉

とかゝせ給てみせたてまつらせ給へはさすかにうちゑみ給へはこれにはかならすおとり侍なんかしとてうちそはみてかき給ふてつきなと《ひ》めみやにせまほしけにみゑ給ふ

　ことはりやしらぬなみたやいかならんわれよりほかに人をおもはゝ〈197〉

とかき給へる御てのうつくしさをことはりそかしたれにに給ひてかはなにこともなのめには御こゝろにもことはられさせ給ふこの御しらぬなみたそあはれにおほしめさるれとさかのゐんのおはせんほとはこの御こゝろにもいひしらせたてまつらしとおほすなるへし　（115ウ～119オ）

〔二三三〕

さしも御心とまらぬわたりにだに男みこむまれ給へるにぎやうがうある事はつねの事なるにこれはまいて大宮をみ《(見)》奉らせ給給はん事もいとかたければさま〳〵に心もとながらせ給ひて七日過るまゝに行がうあり久しくみ《(見)》奉らぬ事をなげく人たかきもくだれるもあまたありて此ほどにとたちこみたる物見車共かち人共こちたきまでおほかりひさしく御らんぜさりつるしづのいほり共もしは又たまさかに立より給ひしいもがすみかのまきの戸どもあはれに過がたくみ《(見)》入させ給ふにゆへなからぬけしきしるくさばかりにやとみ《(見)》ゆるさじきくるまどものまへはいかにつらきこゝろとみ《(見)》るらんとおぼすもくるしくてしりめばかりたゞならで過させ給ふをげにあるべき物をと中々あかず口おしくおぼさるゝ人々ぞおほかりける待つけ聞えさせ給へるゐんのうちにもかみしもめづらしき御みゆきをみ《(見)》奉りよろこふにまいて大宮はいま〳〵しきまでなみだもろく《にイ》おはしますなにやかやと御物語しばし斗にてそわか宮み《(見)》奉りには渡らせたまひけるいひしらずうつくしき御かほつきなど一の宮にたがひ聞えさせ給はずおなしさまにて打ふさせ給へるは物としらずとかやの給はせしかどげにこれもをろかにはおもふまじかりけりとぞ御らんしける女御へなやましけなる御けしきにてあへかにほそり給へるいとゝ心くるしくあてにらうたけなる事まさり給ひてみ《(見)》をきがたくおぼしめさるれどくれぬればかへらせ給ひぬ院のわかれけいしともなとれいの事なればかゝは《かゝいしイ》しけり

（下25オ〜27ウ）

〔二三三〕

さしも御こゝろにとまらぬをりにたにおとこみこむまれ給へるにきやうかうあることはつねのことなるにましておほみやうみたてまつらせ給ふこともいとかたけれはさま〳〵にこゝろもとなからせ給て七日すくるまゝに行幸ありひさしくみたてまつらんことをなけく人々○*かたきもくたれるもあまたありてこのほとにたにもとたちこみたる物みくるまとともたち人ともこちたきまておほかりひさしく御らんせさりつるしつのいほりとも又たまさかにたちより給ひしいもかすみかのまきのともあはれにすきかたくみいれさせ給ふにゆえなからぬけしきしるくさはかりにやとみゆるさしきくるまとものまへはいかにつらきこゝろとみゐ給らんとおほすもくるしくてしりめはかりたにならてすきさせ給ふをけにあるへきものをと中々にあかすかなしうおほさるゝ人々こそおほかありけるまちつけさせ給へるゐんのうちにもかみしもめつらしき御みゆきをみたてまつりよろこふましきおほみやはいま〳〵しきまてなみたもるにおはしますなにやかやと御ものかたりしはしはかりにてそわかみやみたてまつりにはわたらせ給ひけるいひしらすうつくしき御かほつきなと一のみやにたとひきこゐさせ給はすおなしさまにてうちみさせ給へるものとしらすとかやの給はせしかともけにこれにおろかには思ふましかりけりとそ御らんしける女御はまたいとなやましけなる御けしきにてかれかきほそり給へるいとゝこゝろくるしくあてにけたかけなることまさり給ひてみをきかたくおほしめさるれとくれぬれはかへらせ給ぬゐんのへたうけいしともれいの事なれはかゝゐしけり

（119オ〜120ウ）

＊二字下の「た」右側から「○」へ指示線を引くか。

〔三三四〕
かく思ふさまにめでたき御ことをきかせ給ふにも一品宮は物をのみおぼしなげくけにや御心ち（地）も誠しうくるしがらせ給ひてつゐにあまにならせ給ひぬるを一条のゐんにも内にも返々くちおしくあはれにおぼしめすにいくらばかりの日かずもへでうせさせ給ぬればいとあさましくかなしくおぼしめす中にも内には心とけですぎ給ひぬるをこゝろくるしくかばかりみじかゝりける御命の程をなどてさしもみ（見）え奉りけんなど例のすきにしかたしのぶ御くせなればつねよりはことなる御涙もろさ也されど宮の女御后になし聞えさせ給ひて御覧するにはさのみ心ぶかき御こゝろといひながらもやうの物といかでかしづみいらせ給はんつゆはかりわくるこゝろなくて此世にはすきはててのちの世にも同しはちすにとのみいひちきらせ給ひつゝ明暮さしむかひてたゞ人のやうにて過させ給ふ御ありさまいにしへにたどしへなきもたゞこの御さいはひのなのめならざりけるとぞよその人いひ思ひける　（下27ウ〜28オ）

〔三三五〕
月日もはかなくすぎて宮の御はてなどいふ事どもすぎて又の年の秋冬は大はらの春日平野などの行がうありはじめてめつらしき御みゆきなるにそへてもみかどの御かほかたちありさまこの比さかりにねひとゝのほりはてさせ給ひてすこしもなのめならん事はあかず口おしかりぬべき御時なればにやあながちに物ごのみする人のみおほく成てかんだちめ殿上人などの馬くらのかざりもとねりむまそひのなりかたちなども世にめつらしきさまにもとたれもいとなみ給へればみ（見）所はこよなきをいかなる人かみ（見）ぬはあらん堀川の院にはい渡らせ給ひしほどだに立こみたりしものみ（見）

〔三三四〕
思ふさまにめてたきことゝもをきかせ給ふにも一品のみやには物をのみおほしなけくけにや御心ちまことしうくるしからせ給ひて一日あまにならせ給ひぬるに一条のゐんにもうちにもくちをしくあはれにおほしめすにいくらはかりのひかすもへてうせ給ひぬれはいとあさましくかなしくおほしめすなかにもうちにはこゝろとけてすき給ひぬるをこゝろくるしくかはかりみしかゝりけるいのちのほとをなとてさしもみえたてまつりけんなとれいのすきにしかたしのふ御くせなれはつねよりことなる御なみたもろさなりされとみやの女御きさいになしきこゑさせ給てわかみやのひきくしてまいらせ給て御らんするにはさのみこゝろふかき御こゝろとはいひなからもさやうのものといかてかはしつみいらせ給ふらんつゆはかりくゆることなくてこのよにはすきはてゝのちのよにもおなしはちすにとのみいひちきらせ給つゝあけくれきしむかひてたゝ人のやうにてすくさせ給ふ御ありさまいかにいにしへにたとへなきもたゝこのさいわいのなのめならさりけるとそよの人いひ思ける　（120ウ〜121ウ）

〔三三五〕
月ひもはかなくすきてみやの御はてなといふことゝもゝすきて又のとしのあきふゆはおほはらのかすかかもひらのなとの行幸ありはしめてもめつらしき御みゆきなるにそえても御かほかたちありさまこのころそさかりにねひとゝのをりはてさせ給てすこしもなのめならんことはあかすくちをしかるへき御ときなるにやあなかちにも物ゝこのみする人のみおほくなりてかむたちめ殿上人なとの御馬くらなとのかさりもとねりむまかひのなりかたちなとをもよにめつらしきさまにもとたれも思ひいとなみ給へれはみところもこよなきをいかなる人かはまたみぬはあらんほりかはのゐ

ぐるまのこちたさなればまいてたびことにあかずみ《（見）》奉らまほしきまゝに例にもたがひて心あはたゝしき道おほ路のさまなりかもの行がうは九月晦日なれば野邊の草共もみなかれ〳〵になりて道芝の露ばかりぞみ《（見）》しにかはらぬ心ちしける心はゆかずながらもあまたたひの返りしそのかみはなに事をかは思ひけんと戀しくおほし出るにれいのかきくらさるゝ御こゝろのうちをもしらず川渡らせ給ふほどはかよ丁の聲々も聞にくきに身もなけつへきかはの契りをなどかくいふらんときかせたまふ

思ふことなるともなくにいくかへりうらみわたりぬかもの川波〈198〉

なめげなるこゝろの程はきしかた行末こよなく覚ゆるを露はかりおぼしとがめずかうあるましきさまにさへしなし給へるかみの御こゝろはおもへばかたじけなくありがたく思ひしられ給ふをひとかたしもみ《（見）》かたうのみ成たまひにけるのみぞ猶さらにうらめしくおぼえさせ給ふ上の御やしろに御はらへつかうまつるにも過にしとしたて給へりし御願かなひ給ひてけふまいらせ給たるさま今よりのち百廿年代をたもたせ給ふべきありさまなど聞よくいひつゞくるはげにあまてる神たちもみゝたて給ふらんかしと聞えてたのもしきをさしもながうとはおぼしめさぬを御心の中にはうれしかるべくぞきかせ給はざりける

〈199〉やしまもる神もきゝけんあひもみ《（見）》ぬ戀まされてふみそぎやはせし

そのかみに思ひし事はみなたかひてこそあんめれとぞおぼしめしける

（下28オ～30オ）

んにはわたらせ給ひしほとたにこみたりし物みくるまのこちたさなれはましてたひことにあかすみたてまつらまほしきまゝにれいにもたかひてこゝろあはたゝしきみちおほちのさまなりかもの行幸は九月卅なれはのへのくさとも、みなかれ〳〵になりてみちつゆはかりそみしにかはらぬ心ちしけるこゝろはゆかすなからもあまたゝひゆきかへりしそのかみは何ことをかは思ひけんとこひしくおほしいつるにれいのかきくらさるゝ心のうちをもしらすかはりたゝせ給ふほとはかへ丁のこゑ〳〵もきゝにくきをみもなけられつへきかはのみきはをなとかくいふらんときかせ給ふ

思ふことなるともなしにいくかへりうらみわたりぬかものかはなみ〈198〉

なめけなるこゝろのほとはきしかたゆくすゑこよなうおほゆるをつゆはかりおほしとかめすかうあるましきさまにさへ廿しなし給へるかみの御こゝろとはかたしけなくありかたく思ひしられ給ふを一かたしもみかたうのみなり給ひにけるのみそなをさらにうらめしくおほえさせ給ふかみのみやしろに御はらへつかまつるにもすきにしとしたて給ひしこともかなひ給ひてけふまいらせ給へるさまいまよりのち百廿年よをたもたせ給へきありさまなときゝよくいひつゝくるはけにあまてるかみたちもみゝたて給ふらんかしときこゑてたのもしきにもさしもかなふとはおほしめさめ御こゝろのうちはうれしかるへくそきかせ給はさりけり《る》

やしまもるかみもきゝけんあいもみぬこひまさりてうみそきやはせし〈199〉

そのかみに思ひしことはみなたかひてこそはあめれとそおほしける

（121ウ～123ウ）

〔三三八〕
十月かみの十日はひらの、行がうなりけり此たびは紅葉さかりにては、そはらおかしう分入せ給ふに山はみなくれなゐなるをみ《(見)》わたさせ給ふは北山のあたりほうせん《おんイ》寺そてぬらす宰相のかよひ給ひし所などはおかしかりしもおぼし出らるゝに木すゑの色もこゝろことにみ《(見)》やらるゝを煙も所々にたちふもとをこめたる霧のへだてもたど〳〵しきは中々いとゞこひしき事おほく御覧じわたすに斎ゐんのわたりの紅葉もいみじうさかりにて色々のにしきを引ちらしたるやうにみ《(見)》えわたされたるにみねのあらしあら〳〵しくとき〴〵ふき渡してちりまがひたるなどゑにかゝまほしきをさしも思ふあたりならすとも心ばかりはあくかれぬべきをいと、一かたにのみながめいらせ給へり

　神かきのすぎの木ずゑにあらね共もみちの色もしるくみ《(見)》えけり〈200〉

と御らんするにもかひなしふなをかの明ぐれさしむかひたりしをめづらしき友とおぼしなぐさめてたちかへらせ給ふもあかすわりなくて引よがぬわざもがなたゞ今何事をしていかやうにてかおはしますらんなとみ《(見)》奉らまほしうおぼしめさるゝに玉しゐもはやくあくがれぬらんとまでぞかへりみ《(見)》させ給ふ

　あれとみ《(見)》る身は舟をかにこがれつゝ思ふ心のこはゆけるかは〈201〉

なとやうに野山川のそこを御らんずるにつけつゝもおぼししみにしかたざまの事はさらにわすれさせたまはずかつみ《(見)》る人の御ありさまのめでたくおもふさまに御覧せらるゝにつけても我御すくせ《(世)》のめでたかりけるはかた〴〵につけつゝなのめならずおぼししらるゝものから御心の中はさらにやすかるべくもなかりけり

（下30オ〜31ウ）

〔三三八〕
十月上の十日はひらの、行幸なりけりこのたひはもみちのさかりにては、そはらおかしうわけいらせ給ふにもやまのみなくれないなるをみわたさせ給へるにもしのひつゝも御らんせぬ所々はすくなかりしかはきたのやまのわたりほゝ御そてぬらすさいしやうのかよひ給ひし所はおかしかりしとおほしいてらるゝにこすゑのいろもこゝろことにみやらるゝをけふりもところ〴〵たちふもとをこめたるきりのへたてもたと〳〵しきは中々いと、こひしきおほく御らんしわたりけるにさいゐんのわたりのもみちもいみしうさかりにていろ〳〵にしきをえちらしたるやうにみわたされたるにみねのあらしとき〳〵あらしうふきわたせてちりちかひたるなとゑにかゝましくおほしきをさしも思ふあたりならすとも心はかりはあくかれゆきぬへきいと、ひとかたにのみなかめいらせ給へり

　かみかきはすきのこすゑにあらねともみちのいろもしるくみえけり〈200〉

と御らんするにもかひなしふなをかのあけくれさしむかひたりしをめつらしきともおほしなくさめてたちかへらせ給ふもあかすわりなうやかてひきかへりぬわさともかなたゝいまなにことをしいかやうにてかおはしますらんなとみたてまつらんまほしくおほしめさるゝにたましゐはやかてあくかれぬらんとまてそかへりみさせ給ふ

　あれとみるみはふなをかにこかれつゝこゝろはゆけとみはゆけるかは〈201〉

なとやうにのやまかはのそこを御らんするにつけてもおほしゝみにしかたさまのことはさらにわすれさせ給はすかつみる人の御ありさまのめてたく思ふさまに御らんせらるゝにつけてもわか御すくせ《(世)》のめてたかりけるはかた〳〵につけつゝなのめならすおほしゝらるゝものから御心のう

〔二三七〕

こきでんにひとりすみ給ふ姫君の御事は心くるしうおぼしあつかひつるに宮うせ給ひて後は堀川院にも大宮もつねに渡らせ給ひつゝみ《(見)》奉らせ給にいとはかなうきかせ給ひし道芝の露のかたみとまぎらはすべうもあらずなまめかしうおかしき也御かたちはに《わ》たりけん《給ひイ》はゝきみの御さまさへおぼしやられていとあはれにかたじけなう御らんぜらるれは今までかる〱しき御名ざしをもあるまじき事なるを一の宮の御げんぶくあるべきにやがて御もぎの事おぼしいそかせ給ひけりなに事も大やけざまにあらず堀川のゐんの御いそぎなれば世のためしにもすばかりなる御いそぎのありさま也ときはのあま君のむすめのとたちより外には宮の御もてなしのいとあなづらはしげにおほしめしたりしかはさぶらふ人々もうち〱にはなまいかにそや思ひたりしかど今はかみしもさながらこの御かたに参りあつまりていとやんことなくてまことしき人々あまたさふらふ一条院にも二宮のあはれにおぼしあつかひたりし事御らんししりにしかはかたみ《(見)》にもたれをかはとおぼしめしてかゝる御いそぎをも聞はなたせ給はず心ことなる御さうぞくあふぎたき物なとやうのものをそ御心ざしのしるしことにて奉らせ給ひける其よのありさまかきつゞけずとも思ひやるべし二宮の御はかまぎもこよひなりければよろつさしあひてさま〱のめでたき事のみあまりなれはせう〱にまねびたらんは中々そこなはるゝ事もありなんかしよろづの事きよらなる中にもさま〲おとなひさせ給へる御ありさまとも猶すぐれてみ《(見)》所おほくみ《(見)》えさせ給ひける其中にも一の宮の御あげまさりのゆゝしさは猶いづくいかなりし人ぞとむねうちさはぎてあはれにあさからぬ御心ざしすぐれたりこの道しばの露とかちはいかなりともさらにあしかりぬへくもなかりけり

（123ウ～125オ）

〔二三七〕

こうきてんにひとりすみ給ふひめきみの御ことをこゝろくるしくおほしあつかひつるに故みやうせ給てのちはほりかはのゐんもおほみやもつねにわたらせ給ひつゝみたてまつらせ給ふにいとはかなくきかせ給ひしみちしはのつゆかたみとまきらはすへうもあらすなまめかしうおかしけなる御かたちはにたりけんはゝきみの御さまさへおほしやられていとあはれにかたしけなう御らんししらるれはいまゝてかろ〱しき御なさしもあるましきことなるを一のみやの御けんふくあるへきにやかて御もきの事おほしいそかせ給けりなにことんおほやけさまにはあらすほりかはのゐんのいそかせ給へはよのためしにもすはかりなる御いそきの御ありさまなりときはのあまきみのむすめのとたちよりほかにはみやの御もてなしのいとあなつらはしけにおほしめしたりしかはさふらふ人々もうち〱にいかにそや思ひたりしかといまはかみしもさなからこの御まへにまいりあつまりていとやむことなくまことしき人あまたそさふらふ一条のゐんにもむかしはこみやのあはれにおほしあつかひたりしを御らんしゝりにしかはかたみにもたれをかはとおほしめしてかゝる御いそきをもきゝはなたせ給はすこゝろことなる御さうそくともあふきたきものやうのものともをそ御こゝろさしのしるしことにてたてまつらせ給ひけるそのよのありさまかきつけすとも思ひやるへし故みやの御はかまきこよひなりけれはよろつさしあひてさま〱めてたきことのみあまりなれはせう〱にまねひたらんにはなか〱そこなはるゝところもありなむかしよろつの事けふらなる中にもさま〱おとなひさせ給へる御ありさまともをそなをすくれてみところおほくみえさせ給ける其中にも一のみ

ずならずおぼしあなづりし名残ともみえ(見)ぬ御ありさまをこよひやがて一品になしたてまつらせ給ひつ思ひかけずあさましかりし道ゆきずりに心うかりしのりのしの足もとなどたゞ今の心ちしてめづらかにもあはれにもおほし出らるゝ事おほかるにこよひの御ありさまをみ(見)給はぬくちおしさをそ猶々あかずおほしめさるゝこの世にはとかやありし夢さめてもしいかやうなる事のありけるぞとはじめて心得がたう思ひまどひし暁より打はしめて我物とみ(見)るべきやうもなかりしによりいかゝはせんに思ひよはりてみ(見)奉りし人さへひとりにうちまかせて我はうせ給ひぬるもおもへはさま〲にはかなうあはれなる世なりやなどとりあつめ涙こほれぬべきをいま〲しうおほしかへすべかめれと何事のおりも先心の中物あはれなる事ぞたゆべくもあらぬ御さまどもなり　（下31ウ〜33ウ）

〔三三八〕

一宮をは兵部【阝】卿の宮とそ聞ゆべきなめる又の日ぞさがのゐんへは参り給へる御前にてよろつにつくろひ聞えさせ給へる御さまのうつくしささらにねびゆかん御末をしはかられてあまりゆゝしきまて御らんせらるゝをさりともむげにはみ(見)はなち聞えたまはじとたけうおぼさるゝものからいかばかりの心にてとし月ふれどかはらぬ御こゝろのつらさなるらんとけふは今すこしうらめしさもたぐひなけれは雲のかよひ路跡たえてのちはいとゞやるかたなきこゝろのうちばかりにこまやかになりぬよべのありさまひとりみ(見)侍しもあはれなる事おほくなどやうにて

やの御あけまさりのゆゝしさはなをいつくにいかなりし人そとゆめうちさはきてあはれあさからぬ御こゝろさしすくれたりみちしはのつゆとかすならすおほしあなつりしなこりともみえぬ御ありさまをこよひやかて一品のみやにさへなしたてまつらせ給ふ思ひかけすあさましかりしゆきふりにこゝろうかりしのりぬしのはしりしあしもとなとのたゝいまのこゝちしてめつらかにもあはれにもおほしめしいてらるゝことおほかるにこよひの御ありさまをみ給はぬくちをしさをそなを〲あかすおほしめさるゝこのよにはとかやありしゆめさめてもしいかなることのありけるそなとはしめてこゝろみかたく思ひまとひしあか月よりうちはしめかうまてわか物とみるへきやうもなかりしによりいかゝはせむ思ひあえりてみたてまつりし人さへひとりにうちまかせてわれはうせ給ひぬるも思へはさま〲にあはれにはかなくなるよなりやなとゝりあつめなみたこほれぬへきいま〲しくおほしかへさるへかむめれとなにことのをりもまつこゝろのうち物あはれなることはたゆへうもあらぬ御ありさまともなり　（125オ〜127ウ）

〔三三八〕

一のみやをはひやうふきやうのみやとそきこゆへきなめるまたのひそさかのゐんへはまいり給ける御まへにてよろつにつくろいきこゑさせ給へる御さまよのうつくしささらにねひゆかむゆくすゑおしはかられてあまりゆゝしきまて御らんせらるゝをさりともむけにはみはなちきこゑさせ給はしかしとたけふおほさるゝものからいかはかりにもこゝろにてとし月ふれとかはらぬ御こゝろのつれなさならんとけふはいますこしうらめしさもたくひなけれは雲のかよひちさへあとたえてのちはいとゝやるかたなきこゝろのうちなとはかりにこまやかになりぬれはありさまひとり

年つもるしるしことなるけふよりはあはれをそへてうきはわすれね〈202〉
さりともとみ（見）え侍るあり様をけふは御らんじ入ざらんもあまり人めわか〳〵しうなどか、せ給ひてれいのしのびてをと聞えさせ給へば引かくしてたち給ひぬる名残も涙ほろ〳〵とこぼれてながめさせ給ふさかのゐんにも待うけ奉らせ給ひていかゞはなのめにみ（見）奉らせ給はんかくてはいと、内のうへに《もイ》露ばかりたがひ聞えさせ給へる事なきをあさましく天てる神のほのめかし給ひけん事もあるやうありける事にこそとおぼしやるかたさまにも故宮の御ためぞいとをしかりけるれいのさほうにはいし奉らせ給ひて入道の宮の御かたにはたゞ参りてさふらひ給ふぞあはれなるや忍びてありつる文まいらせ給ふをかゝる事をほの〳〵聞え出てさゝめきあやしがる人々おほくなりにたるにいとゞさま〴〵ものをおぼしなげく事いみじきにけふの御さまはいと、こと人とさへおぼえ給はぬ面かげのはづかしさ、へわりなくて御らんずべきやうもなきにましてけふしもあはれそへさせ給ふべきにもあらずさき〴〵はひたふるにせめ聞えさせ給ひし御かへりも今はかうのみくるしげなる御けしきをみ（見）しり給へば猶ともえ申し給はぬものからけふはかならずとの給はせつるものをいかにほ（本）いなくおぼしめさんと方々にくるしうおぼいたるをいづものめのと斗ぞみ（見）奉りしりたれば人しれぬ涙共もをとしける
（下33ウ～36オ）

〔三三九〕
世中いとうらめしうおほされて内に帰り参り給へれは藤つぼにぞおはしましけるやがてそなたにまいり給へればはしつかたにいでさせたまひて

侍しもあはれなる事おほくなとやうに
としつもるしるしことなるけふよりはあはれをそえてうちはわすれぬ〈202〉
さりとみえ侍ありさまをけふ御らんしいれさらんもあまり人めわか〳〵しうなとか、せ給ひてれいのしのひてをときこゑさせ給へはひきかくしてたちぬるなこりもなみたほろ〳〵とこほれてなかめさせ給さかのゐんにもまちうけさせ給ていかゝはなのめにみたてまつらせ給はんかくてかいと、つゆはかりたかひきこゑさせ給へることもなきをあさましくあまてるかみのほのめかし給ひけんこともあるやうありけるにこそおほしよるかたさまにもこみやの御ためにこそいとをしかりけるれいのさほうにはけいしたてまつり給て入道のみやのみそあはれなるやしのひてありつる御ふみまいらせ給ふをかゝることもほの〳〵きこゑいてつゝうちさゝめきあやしかる人おほくなりにたるにいと、さま〳〵に物をおほしなけくこといみしきにけふの御さまはいと、こと、さへおほえ給はぬおもかけのはつかしさ、へわりなくて御らんすへきやうになきにましてけふしもあはれそえさせ給へきさまにあらすさき〳〵はひたふるにせめきこゑさせ給し御返もいまはかくのみくるしけなる御けしきをみしり給へはなを〳〵もえ申給はぬものからけふかならすとの給はせつるをいかにほ（本）いなくおほしめさむとかた〳〵にくるしくおほしたるをいつものめのとすけはかりそみたてまつりしわたれは人しれぬなみたとも、おとしける
（127ウ～129オ）

〔三三九〕
よのなかのいとうらめしくおほされてうちにかへりまいりつれはうゐはふちつほにそおはしましけるやかてこなたさまにまいり給ひたれははし

さて院はいかゞの給はせつる宮の御前には御らんじいれさせ給ひつやなどの給はせてつきせずうつくしと思ひ聞えさせ給へるさまゐんのおほしめしたるよりはこよなうまさらせ給へるをものゝこゝろしり給へるまゝにわが心もをろかならずおぼししらるべし御いらへ聞えさせ給さまもほどよりはおとなしくいまよりはづかしげなるさまにていたうしづまり給へるけしきなどもいまよりは此わたりにならしきこえんもはづか《わづらはイ》しくおぼしめさるれば例のやうにうちに入たまへとものたまはずありつる物はいかゞなりぬるなど忍びてぞ聞えさせ給ふまいらせ侍りぬとばかりにてかひ〳〵しき御けしきもなかりけるとみ《(見)》ゆるけしきもつねの事なれど大形につけてもいまはいとかうしもひたやこもりになさけなくやはもてなし給ふべきと人わろきまでつらうおぼしめさるゝにいかで今よりだにかばかりも聞えさせおどろかさじと返々おぼしかたむれどたゞ今もさしむかひ給へる御ありさまのなのめならぬあはれのゆかりにはなどかそれしもこひしくいかゞおぼし出きこえさせたまはざらんとばかり物ものたまはでうちながめさせたまひて猶たちかへる心かなと御心にもあらす忍びやかにいはれさせ給ひぬるを中宮はほのきかせ給ひて猶もてはなれ給ひつる御中にはあらざりけりとこゝろ得させたまひて

　立かへりしたはさはげといにしへの野中の水はみくさゐにけり〈203〉

いかにちぎりしなど手ならひにかきすさひさせ給へるにちかくよらせ給へばすみをくろう引つけておましのしたにさし入させ給ふをかばかりなるなからひにさへなをはかなき事につけてもへだてがほなる御心はあまりなるをならはし給ふなめりなとて引出て御らんじてありつるしのびごと共の御みゝとゞまることやまじりたりつらんあまりまぎるゝかたなければこゝろのうちもみ《(見)》しられ奉るぞかしとおぼししらる

　今さらにえぞ繼ざらんくみもみ《(見)》ぬ野中の水のゆくゐしらねば〈204〉

つかたにいてさせ給てさてゐんはいかゝの給はせつるみやの御さへから御らんしいれつやなとの給はせてつきせすうらめしと思ひきこゑさせ給へるさまはこよなう申させ給へるもこゝろしり給ふまゝにわかこゝろもおろかならすおほしゝらるへし御いらへなときこゑさせ給ふさまもほとよりはおとなしくいまよりはつかしけなる御さまにていたうしつまり給へるけしきともいまよりはこのわたりあまりならしきこゑんもわつらはしくおほしめさるれはれいのやうにうちにいり給へとも物もの給はせてありつるものはいかゝなりつるなとしのひてそきこゑさせ給ふまいらせ侍ぬとはかりにてかい〳〵しき御けしきもなかりけるとみゆるけしきもつねのことなれとおほかたにつけてもいまはかうしもひたやこもりになさけなくやはもてなし給ふへきと人わろきみつらふおほしめさるゝにいかていまよりたにかはかりもきこゑさせおとさしかへす〳〵おほしかたむれとたゝいまもむかひ給へる御ありさまのなのめならぬあはれのゆかりにはなにかそれしもこひしくいかゝおほしいてきこゑさせ給はさらんとはかり物もの給はてうちなかめさせ給ひてなをたちかへるこゝろかなと御こゝろにもあらすしのひやかにいはれさせ給ひぬるを中宮はほのかにきかせ給ひてなをもてはなれたる御中にはあらさりけりとこゝろえさせ給ふ

　たちかへりしたさはけともいにしへのゝ中の水はみくさおひけり〈203〉

いかにちきりしとてならひにかきすさひさせ給にちかくよらせ給へはいとゝすみをくろくひきつけて御ましのしたにさしいれさせ給ふをかはかりなる中らひにさへなをはかなきことにつけてへたてかほなる御こゝろはあまりなるもならはし給へるなとてひきいてゝ御らんしてありつるしのひことゝもの御みゝとまりつるやましゝたつらんあまりまきるゝかたなけれはこゝろのうちにもえられたてまつるぬしもおほしゝらる

とかきつけさせ給ひてみ《（見）》とがむべき御筆のすさひにはあらざめれど思ふわが心にはなに事かはと心ときめきしてかきて侍るぞとてみ《（見）》せ奉らせ給ふものからかやうに人にもいはせ奉り我もはかなきくちすさひにあるべかりし人の御事かはなどおぼすにわがあやまちのいとをしさも例のつみさり所なく涙さへおちて人にもとがめられさせ給ひぬべきまぎらはしにさがのゐんあながちにおぼしたりしあまりになべてならず思ひかしづき給へりし宮の御うしろみ《（見）》にとさへおぼしたりしかど今まで世にあるべきものとも思はざりしかばみ《（見）》しらぬさまにてやみにしこそおもへばひが〳〵しけれ昔よりしてけふいまにもこのかたざまにつけてはいきながらほとけに成ぬべかりけるものをみ《（見）》奉りそめしよりこそは此世をすてがたきものと思ひ成にしかあはれにあぢきなき事なりやか丶ればこそ佛もし丶ふしゆせつとの給ひけれとてぞ涙ぐませ給ひぬる　（下36ウ～39オ）

〔三四〇〕

兵部卿宮は月日の過るま丶にうへの御かたちありさまにたがひ聞えさせ給ふ所なくめでたくおはすれば春宮にまいらせんとおぼしつる人々の御むすめ共か丶る御かたちありさまをよそにはいかゞみ《（見）》奉らんとおほしなりつ丶内にもほのめかし申し給ふ中にもかの吉野川あまたたびいさめ給ひしいま姫君の御よすがと成給ひし宰相の中将はこの比一の大納言にて春宮の大夫かけてものし給ひけるにし國のしゆりやうとては丶しろに入もまれ給ひしかどやがて其あたりを取はなちて又たぐひなくあはれなる

いまさらにえそこひさらんくみもみぬのなかのみつのゆくゑしらねは〈204〉

とかきつけさせ給ひてみとむへく御ふてのすさひにはあらさめりと思ふにわかこ丶ろにはなにことにかはとこ丶ろ〳〵ときめきしかいて侍そとてみせたてまつらせ給ふものからかやうに人にもいはせたてまつりわれもはかなきくちすさひあるへかりし人の御ことかは○《と》おほすにわかあやまちのいとをしさもれいのうらみさりところなくなみたさへおちて人にもとかめられさせ給ひぬへきまきらはしさにさかのゐんのあなかちにおほしいりたりしなへてならす思ひかしつききこゑたりしみやの御うしろみにとさへおほしたりしかといま丶てよにあるへき物ともおほさ丶りしかはみしらぬさまにてやみにしこそ思へはひか〳〵しけれむかしよりしてけふいまにもこのかたさまにつけてはいきなからほとけになりぬへかりけるものをみたてまつりそめしよりこそはこのよをすてかたきものに思ひなりにしかあはれにあちきなきことなりか丶れはこそはほとけのし丶《ふ》しゆせちとはの給けるとそなみたくみ給ける　（129オ～132オ）

〔三四〇〕

兵部《【阝】》卿の宮月日すくるま丶にうちの御かたちありさまにたかいきこゑさせ給ふ所なくめでたうおはすればこみやにまいらせんとおほしつる人々の御むすめとも丶まつこのみやにこそたてまつらめたとひはうにゐ給はんことはこのみやにおされたてまつり給ふともか丶る御かたちよそにはいか丶みたてまつらんとおほしなりつ丶うちにもほのめかし申給ふかむたちめあまたものし給中にもかのよしのかはあまた丶ひいさめ給ひしいまひめきみの御よすかとなり給えりしさいしやうの中将はこのころ一の

こゝろざしに思ひかしづき聞え給ひしかばかたくなしかりし御心もをのづからもてかくされてあまた年も過にければいとおかしけなる御子共おほかる中に大君《おほひきみイ》すぐれ給へるを大納言はいかにまれ春宮に奉りてかならず后にすへてんとおぼしの給ふを母君はむかしほ(本)いたがひて御門をもえみ(見)奉らすうと〳〵しくなりにしかはりにこの宮をだにけちかくてこそあらせたてまつらめとからうじて御心づようの給へはまれ〳〵はか〳〵しくおぼしよらん事をたがへ聞えじと大納言も思ひよ《なイ》り給へるにや一品宮の御かたよりつたへそうせさせたまひけるかの木丁のほころびあらそひしけはひどもたゞきのふけふの事にのみ思ひ出るを我も人もかやうの事いひかはすばかりのすゑ〴〵あまた出給ふまでなりにけるよとあはれにもおかしくもおぼしいでらるゝ心のかぎりもてかしづかるらんひめぎみのありさまなどもいかならん大納言は大かたのをきてばかりこそあらめうち〳〵の事はゝ君のをしへのまゝにぞあらんかしそれをみ(見)ぐるしと思はんには大なごんまではありなんや何事もあら〳〵しく心をやりて打はやりたる人がらなればぞかしとおぼしやらるゝだにいとうしろめたくわりなきに琵琶の音引つたへてやあらんと思ひやらせ給ふはひとりゐみせられさせ給ひてかひ〳〵しくぞいらへさせ給はざりけるいとわかきほどはあまりさだまりゐん事はくるしうおほえしを今ことしらいねんすぎなばみづからもえかくてもあるまじければさやうのほどにたれも〳〵まいらせたまへなどぞのたまはせけるきりつぼを女宮*の御しつらひのやうにめてたくきよらにせさせたまひて女房などかたち心すぐれたる限りあまたさぶらはせ給ひてぞおはしまさせ給ひける堀川院にもうへのはやうおはしましゝかたにおなじさまにて出させ給ふおり〳〵はもてかしづき聞えさせ給へるさまなのめならず中宮もかの御心さしありてつくらせ給ひし三条殿に今はいでさせ給へばこのゐんには一品宮のおはしまし所を

大納言にてこみやの大殿かけ給ひてそ物し給ひしにしくにのすりやうそとてはゝしろにいりこもられ給ひしかとそのあたりをもとりはなちてまたなくあはれなるこゝろさしに思ひかしつききこゑ給ひしかはかたくなしかりし御こゝろもおのつからもてかくされてあまたとしすきにけれはいとおかしけなる御ことゝもおほかる中におほいきみすくれ給へるを大納言のいかにまれこみやにたてまつりてかならすきさきにすゑてみむとおほしの給ふをはゝきみもむかしほ(本)いたかいてみかとをもみたてまつらすうと〳〵しくなりまさりにしかはりにこのみやをたに《け》ちかうこそあらせたてまつらめとからふして御こゝろえよふの給へはまれ〳〵はか〳〵しうおほしたらんことをたかへきこゑしと大納言もおほしならせ給ぬるにや一品のみやの御ことよりもつたへそうせさせ給ひけり又き丁のほころひあらそひしけはいともゝたゝきのふけふのことにのみ思ひいつるをわれも人もかやうのことといひかよはすはかりのすゑ〳〵たちいて給ひてなりにけるよをあはれにもゆかしくもおほしいてらるゝこゝろのかきりもてかしつくらんひめきみのありさまなともいかならんとおほかた大納言はおほかたのおきてはかりこそあらめこまやかなるありさまなとはゝきみのおしえのまゝにこそはあらめそれをみくるしと思はんには大納言もさてはありなんや何事もあら〳〵しくこゝろをやりてうちはやりたる人なれはとそおほしやらるゝたにいとうしろめたくわりなきひはのねをきゝつたへてやあらんと思ひやらせ給ふそひとりゐみせさせ給ふはかい〳〵しくそいらへさせ給はさりけるいとわかきほとにあまりさたまりゐんことはくるしくおほえしをいまことしらいねんすきなからみつからはえかくてもあるましけれはさやうのほとにたれ〳〵もまいらせ給へとその給はせけるきりつほのひめみや御しつらひなとのやうにめてたうけふらにせさせ給ひてねうはうなとのすくれてかたちあるあまたさ

ぞ返々みがきたて丶あした夕のいとなみにはこのふた所の御事をおぼしめしたりさるはわたくしの御こ丶ろ共には二宮の御思ひにはならび給ふへきやうもなけれと兵部〔β〕卿宮の御事を内のなをすくれておもひきこえさせたまへればうはべはかりはおとさせ給ふ事はなし　（下39オ～41ウ）

＊「宮」の左に「君イ」と注記あり。

〔三四一〕

一品宮もいまはおとなひさせたまひにたるを春宮は昔よりの御こ丶ろざしかはらず今は御つかひしげく参りつ丶うらみ聞えさせ給へれど故宮の御ありさまなどをおぼしあはするにもいでや猶みやたちはたゞこ丶ろにく丶てやみなんのみこそめやすかるべけれわが御こ丶ろのほどよりは我ながらくらべぐるしく心ぐるしかりし心の中ぞかしまいてかうなが丶らさりける御命の程にてはかやうに思ひ出奉る人なくて過給ひなましい《かはイ》かにめでたからましとおぼしめせばすが〱とおぼし立べきさまにもあらざりけりさるは御母かたなどにつけてもたのもしく思ひうしろみ（見）奉り給ふべき人もなくて行すゑこ丶ろくるしかりぬべきさまなりとあすのふち瀬をしらぬ程はなにかいとたちまちにとしもいそかせ給はん御めのと達さふらふ人々よりはじめこ丶ろばせすぐれうしろやすかりぬべきさまなどなるを御あたりちかくもさふらはせ給ひなどして大方いとけたかくもてかしづき聞えさせたまへるさまなべてならずいとしもなかりし宮の御おもひなりしかどとりむすめの御事をさへかくもてなし聞えさせ給ふ事

ふらはせ給ひておはしまさせ給けり又ほりかはのゐんにもうゐのはやうおはしまし丶かたにおなしさまにていてさせ給ふをり〱ももてかしつききこゑさせ給ふるさまなのめならす中宮もかの御こ丶ろさしのありてつくらせ給ひし三条殿もいまさいてさせ給へはこのゐんにも一品のみやのおはしましところをそかへす〱みかきたて丶あしたゆふへのいとなみにはこのふたところのことをおほしめしてわたくしの御こ丶ろともにはこのみやの御おもひにならせ給ふへきやうもなけれとひやうふきやうの御ことをはうちのなをすくれて思ひきこゑさせ給へれはそはおとらせ給はんなし　（132オ～135オ）

〔三四一〕

一条のみやにもいまをとなひさせ給へるをこみやはむかしより御こ丶ろさしかはらすいまは御つかひしけくまいりつ丶うらみきこゑさせ給へとみやの御ありさまなとをおほしあはするにもいてやみやたちはた丶こ丶ろに（▲く）くてやみ給なんこそめやすかるへけれわか御こ丶ろのをこりのほとよりはわれなから~~おりけれ~~くらへくるしくこ丶ろくるしかりし御こ丶ろのうちそかしましてかうなからへさりける御いのちのほとにてはかやうに思いて給へる人なくてすき給ひなましいかにめてたかりなましとおほしめせはすか〱ともあらさりけりさるはは丶かたなとにつけても物たのもしく思ひうしろみたてまつるへき人もなくてゆくすゑこ丶ろくるしかりぬへき御ありさまなれとあすのふちせをしらぬほとはなにかはいとたちまちにとしもいそかせ給はん御めのとたにも候人々よりはしめてこ丶ろあはせすくれうしろやすかりぬへきさまにて御あたりちかうもさふらはせ給なとしておほかたいとけたかうふかうもてなしかしつききこゑ給へるさまなへてならすいとしもなかりしみやの御おもひなりしかと

と一条院をはじめ奉りて世の人もありかたき事に聞えさせしかと此御もぎの程よりそかくにこそありけれなどことはりにおもひける
（下41ウ～42ウ）

〔三四二〕
かのゆくゑもしらすはてもなくおぼしまどはせし三川のかみも其後人しれぬ御こゝろのうちばかりにはこよなくおぼしへだてしかどはゝ北のかたおほえのすぐれたるゆかりには何しにかは思ふ事のすこしもたかはんとしはいとわかくて大貳にも成にければやんごとなきめどもあまた引ぐして思ふさまにてくだれどむかしの事共思ひ出てものあはれなるにからどまりにてはたこといみもしあへずうちなかれて
　帰りこしかひこそなけれからどまりいづら昔の人の行ゑは〈205〉
もののおりごとにはありがたかりしさまかたちなどを打とけかたらふ事だになくてやみにしくちおしさ又人をいたづらになしてしつみふかさなどもわすれぬに此御もぎのほどにのほりあひてかくみななべての世にもさにこそありけれなどいひさだむるにあさましかりけるあやまちも思ひあはせられて今しも心のうちにかしこまりなげきつゝかけてたに思ひ出で忍ふこと《せイ》をしかたじけなしと思ひなりにけり
（下42ウ～43ウ）

〔三四三〕
ときはのあまぎみはうせにしぞかし心ちかぎりにおほえけるおりいとちいさくおかしげなるこがらひつを取いでゝこれあなかしこをろかにし給

ひとりむすめの御ことをさへかくもてなしきこゑさせ給ふことゝ一条のゐんをはしめたてまつりてよの人もありかたきことにきこゑさせ給ひしかはこの御もきのほとにそかうにこそありけれなとことはりに思ひける
（135オ～136オ）

〔三四二〕
かのゆくゑもしらすはてもなくおほしまとはせしみかはのかみもそのゝちは人しれぬ御こゝろのうちはかりにはこよなうおほしへたてしかとはゝきたのかたおほえさすすくれたるかたちにはなにしにかは思ふことのすこしもたかはんとしはいとわかうて大にゝもなりにけれはやうことなきめのともあまたひきくして思ふさまにてくたれはむかしの事とも思ひいてられて物あはれなるにかちとまりてはたゝこといみもえしあえすうちなりて
　かへりこしかひこそなけれからとまりいつらなかりし人のゆくゑは〈205〉
物ゝをりことにありかたかりしさまかたちなとをうちとけかたらふことたになくてやみにしくちをしさもまた人をいたつらになしてしつみふかさなともわすれぬこの御もきにのほりあいてくにかふみなゝへてのよにもさにこそありけれなといひさたむるにそあさましかりけるやまちも思ひあはせられていましもこゝろのうちにかしこまりなけきつゝかけてたに思ひいてゝこひしのふこともせしかたしけなしと思なりにける
（136オ～137オ）

〔三四三〕
ときはのあまきみはうせにしそかし心ちかきりにおほえけるときいとちゐさくをかしけなるこからひつをとりいてゝこれあなかしこおろかにし

はで忍びて宮に御らんせさせ給へ御うぶぎぬむかしの人のかきすさひ給へりしゐともなどのやりすてんがおしかりしどもをとりをきたりしなりむけに其人の御ありさまとてきかせ給ふ事なからんよりは物の心しらせ給なんに御らんせさせんと思ひしぞとてむすめにあづけたりけるをうせて四十九日などはてゝ参りたるに御前に人がちにもなければあま君のゆかしがり申しつゝなくなりにしありさまなど聞えさするつゐでにしか〳〵の物こそさぶらへと申し出たるをゐをなんいみじくかき給ひしなんどさき〳〵もきかせ給ひてあれをたに御かたみにみ（見）はやなとおぼしねがひつればいみじうゆかしとおほしたるもことはりなればみ木丁ちかく引よせなどしてとりいでたり御うぶぎぬのありけるを先とりて御らんずるに我きたりけん物ともおぼされず物げなくあはれげなるにつけてもかばかりのほどを引はなちてもてさすらはし給ひけんほどのかなしさうらめしさもいひしらずかなしくおぼさるゝに

人しれぬ入江のさはにしる人もなく〳〵きするつるのけごろも〈206〉

とさへかきつけられたるをみ（見）つけ給へるいか斗かはおほされつらんいと心くるしき御気色を中将は何しと御覧ぜさせつらん今すこしおとなひさせ給ひて物のあはれものどむはかりにてこそとりいづへかりけれとさへおもへど我もしのばれずかなしき事おほくみ（見）ところあるゐ共も床しければかたはしつゝひろぐる程におとなくてうへのふと渡らせ給へばなにとなく取入て中将はのきぬるにちかうものせさせ給ひていとつれ〳〵なりつれば御こともひかせ奉らんとてまいりきつる也いかでおなじくは聞所あるはかりをしへなし奉らんなどの給はすれど例ならぬ御けしきにてまぎらはさせ給へばおどろかせ給ひてれいならずおぼさるゝかなと聞えさせたまへど御いらへもなくてたゞ打ふさせ給へるにこぼれかゝりたる御くしのかゝりかほやうなといとゞらうたげさまさらせたまへるもたゞ昔

給はてしのひてみやに御らんせさせ給へ御うふきぬやむかしの人のかきすさみたりしゐともなとのやりすてんかをしくむけにその人の御ありさまとてきかせ給こともなからんよりは物ゝ心しらせ給なんと御らんせさせむと思ひしそとてむすめにあつけたりけるをうせて四十九日なとはてゝまいりたるにつれ〳〵なるひるまかた御まへに人かちにもなけれはあまきみのゆかしかり申てなくなりにしありさまなときこゐさするついてにしか〳〵のものこそさふらへと申いてたるをゐなといみしくかき給ひしなとさき〳〵もきかせ給てあれをたに御かたみにみはやなとおほしねかひつれはいみしうゆかしうおほしたるもことはりなれは卄《み》き丁ちかくひきよせなとしてとりいてたり御うふきぬのありけるをまつとりて御らんするにわかきたりけるものともおほされす物けなくあはれけなるにつけてもかはかりのほとをひきはなちてもてすさらはし給けんほとのかなしさうらめしさもいひしらすかなしくおほさるゝに

人しれぬいりえのさはにしる人もなく〳〵きするつるのけころも〈206〉

とさへかきつけられたるをみとかせ給へる御心ちいかはかりかはおほされけんいと心くるしきを中将はなにしに御（▲な）らんせさせつらんいますこしおとなひさせ給てものゝあはれもおほしのとむはかりにてこそとりいてつへかりけれとさへおもへともわれもしのはれすかなしき事おほくみところあるゐともゝゆかしけれはかたはしつゝひろくるほとにおとなくてうちのふとわたらせ給えれはなにとなくとりいれて中将はのきぬるにちかうものせさせ給ひていとつれ〳〵なりつれは御こともひかせたてまつらんとてまいりきこゐつるなりいかておなしくはきゝところあるはかりをしへなしたてまつらんなとの給はすれとれいならぬ御けしきにてまきらはし給へといたくなき給けるとみえさせ給へはおとなせ給へてれいならすおほさるゝかなときこゐさせ給へと御いらへなくてたゝいとゝうつふさ

の人とおぼえさせ給へりあまりあやしがらせたまふもかたはらいたければ中将ぞかのときはにさふらひしおひ人の昔み(見)え侍けるあやしのほぐともをとりをきてさふらひけるをうせ侍しのち御らんぜさせよといひをき侍りしを思ふ給へ出てつれ〳〵のなぐさめに取いでゝ侍つるあはれげなる事共さふらひけるにやとそうすればげにもおぼしぬべき事にこそはむかしの人のかはりにはさゝのわき葉にてもたのむべきさまにいひちぎりしかひなくかぎりの程をしもしらざりけるこそほ(本)いなき事なれ後にこそみちすゑもいひいでたりしか日つゐでなとえりけるとかいま一どせうそこをたにせでくちおしき事なりやそこのさぶらはぬはつねのさとがちにめなれてとがめざりけるよ此御ありさまもいみじくゆかしげにものせしものをなどのたまはせてありつるこがらひつ引よせさせ給ひてこれやむかしのあとならんみればか《なはかイ》なしとかや光源氏のの給ひけるものをとはの給はすれど御らんずるにみづからかきあつめ給へるゑ共なりけり（下43ウ～46オ）

〔三四四〕

世になべての人のする事ともみ(見)えずありがたかりける筆のたちどはいづれもみ(見)所ありてめでたき中にも我世にありける事とも月日たしかにしるしつゝ日記してさるへき所々はゑにかき給へりわが時々も御らんじそめし程よりの事ともは今すこしめのみとまらせ給ひてあはれにかなしくおぼしめさるゝ事かぎりなしみづからのありさま御かたちなどもたがふ事なくて打忍ひつゝ立より給ひし夜な〳〵の月のひかり風のをとなひよひ暁の空のけしきなとも我心におかしくも哀にもめとまりこゝろをしめ給ひけるおり〳〵をかきあらはし給へるよろづよりもかのこゝろにもあ

せ給へるにこほれかゝりたるかほやうなといとらうたけさまさらせ給へるもたゝむかしの人とおほえさせ給へりあまりあやしからせ給へるもかたはらいたけれは中将かのときはに候ひしおい人のむかし人のあやしのほんくとんとりをきてさふらひけるをうせ侍にけるのち御らんせさせよといひをきて侍しを思ひ給ひいてゝつれ〳〵のなくさめにとりいてゝさふらひつるあはれなることもさふらひけるにやとそうすれはけにさもおほしぬへきことにこそはむかしの人のかはりにさゝのわきはにてもたのむへきやうにいひちきりしかひなくかきりのほとをもしらさりけるとそ(本)ほいなきことなれのちにこそみちすゑもいひいてたりしかひゆいまいちとなとかせうそくをたにせてくちをしきことなりやとこのさふらはぬもつねのさとかちになりてとかめさりけるに御ありさまもいみしくゆかしけにものせしものをなとの給はせてありつるこからひつをひきよせさせ給てこれやむかしのあとならんみれはかなしとかやひかるけんしの、給はせけるものとはの給はすれと御らんするにみつからかきあつめさせ給へりけるゑともなりけり（137オ～140オ）

〔三四四〕

よになへての人のする事ともみゑぬありかたかりけるふてのたちとはいつれともみところありてめてたき中にもわかよにありける事とも月日たしかにしるしかきもてさるへきところ〳〵はゑにかき給へりわかとき〳〵御らんしそめしほとよりのことゝもはいますこしめとまらせ給ひてあはれにかなしくおほしめさるゝ事かきりなしみつからのありさまわか御かたちもたかふことなくてうちしのひつゝたちより○《給》しよな〳〵も月のひかりかせのおとなひよひあか月のそらのけしきともわかこゝろにおかしくもあはれにもこゝろをしめ給ふもをり〳〵をあらはし

らすつくしへくだり給ひけるほどの有さまはめのみきりふたがりてはか〳〵しくだに御らんしやらずうたどもはあふぎにかゝれたりしなどおなし事なればとゞめつときはにかへりて心ち《(地)》すこし落ゐるまゝに思ひつゞくる事おほくちおしかりける身のすくせ《(世)》いとかなしわれとはおどろかし奉るべきやうもなく人はそこのみくづとのみこそは聞なし給はぬいまは世にある物ともおぼさじわすれ給ひぬらんかしなどおもひたまひけるほとにや

わすれずは端山しけ山わけはこで水の下にや思ひ入らん〈207〉

この宮むまれ給ひてのちいとゞ物おもはしさまさりていといみじくこゝち《(地)》もいくべうもおぼえさりければ一品宮にわたし奉りてんと思ひ成給ひけるありさまかなしともよのつねなり御むかへに乳ある人など給はせたれば心ちのくるしさをねんじていだきとり奉るに何心なくうちゑみつゝ物語たかやかにし給ふをかほに涙のとりもあへずほろ〳〵とこぼれかゝれは袖をかほにふたぎてえだにみ《(見)》奉らぬにあま君御心ちいとゞくるしきにいとかくなおぼしいりそたいらかに物し給はゞ忍びつゝはつねにみ《(見)》奉り給ひてんゆく末ながくこそおぼさめあなゆゝしとていだきとり奉るをなをしばしはなどもえのたまはす

行すゑをたのむ共なきいのちにてまだ岩ねなる松にわかるゝ〈208〉

とあるをみ《(見)》給ひつらん宮の御心ちけにいか斗かおぼされつらんとおぼしめすに又あまに成給ひにけるにもいひちぎり給ひし事共先思ひ出られ給ひていみじうなき給へるところに

をくれじとちぎらざりせば今はとてそむくも何かかなしからまし〈209〉

とあるを御らんし出るまゝにさくりもよゝとかやみだれかはしき涙のけしきを中将がちかくて聞らん事もあまり心よはきやうなりとおぼしつゝめどなくよりほかの事なし

給へるよろつよりかの御こゝろにもあらすつくしへくたり給けるほとのありさまめのみきりふたかりてはか〳〵しうたにも御らんしやらすうたともはあふきにかゝれたりおなしことなれはとゝめつときはにかへり給て心ちすこしおちゐるままに思つゝくることおほくちをしかりけるみのすくせいとかなしわれとはおとろかしたてまつるやうもなく人はそこのみくつとこそきゝない給はめよにあるものともおほさすわすれもし給ひぬらんかしと思給ふほとにや

わすれすははやましけやまとひもこてみつのしたにや思ひいつらん〈207〉

このみやむまれ給ひてのちいとゝものをのみおほしいりけるさま○《いと》いみしういのちもいくへうおほえ給はさりけれは一品のみやにわたしたてまつりてんと思ひなり給ひけるありさまかなしなとんよのつねなり御むかへにある人なと給はせたれは心ちのくるしきをねんしていたきとり給へるになにことなくうちゑみつゝものかたりもたかやかにし給ふかほになみたのとりあえすほろ〳〵とこほれかゝれはそてをかほにふたきてえたにみたてまつり給はぬにひくれぬへしとくなんといそけととみにふところよりもえさしいて給はぬにあまきみ御こゝろのいとゝくるしきにいとかくなおほしいりそたいらかにてたにも物し給はゝしのひつゝはつねにみたてまつりてんゆくすゑなかくこそおほさめあなゆゝしとていたきとりたてまつ(り)るをなをしはしともえの給はす

ゆくすゑをたのむともなきいのちにてまたいはねなるまつにわかるゝ〈208〉

とあるをみ給ひつらんみやの御心ちけにいかにおほされつらんとおほしめすにまたあま(り)になり給ひにけるにもいひちきり給ひしことゝも、まつ思ひいてられ給て

おくれしとちきらさりせはいまはとてそむくもなとかかなしからま

かすめよなおもひきえなんけふりにも立をくれてはくゆるならまし〈212〉
おちたきつなみたのみははやけれと過にしかたに帰《はイ》りやはする〈213〉
などかきつけさせ給ひても返々かひなくおぼしめさるゝ事かぎりなければ宮には御らんぜんたびごとに中々なみだのもよほしとも成ぬべく又かの人のほだしにもいとゞかゝりぬへき物にて侍るめるをこの一まきばかりはすゞしき道のしるべにもなし侍らんいまはとてもかくてもかひなき事を過ぬるかたの事なおぼしな物せさせたまひそなど聞えなぐさめさせ給ひて此ゑひとつをとらせ給ひてわたらせ給ひぬるをみやは心のどかにみずなりぬる事とあかずくちおしうおぼえさせたまひて日くらし泣くらさせ給ふさまいとこゝろぐるしげなり　（下46オ〜49ウ）

〔三四五〕

うへはひと所おきふし御らんずるに海山波風のけしきよりはじめて女のしわざともみ《(見)》えずかきすましたる筆のながれ引こめてやみなんはくちおしうおかしさもあはれさもみ《(見)》しらん人にみ《(見)》せまほしきを斎院はかりにはいみじく御らんせさせまほしけれどみづからならざらんかぎりはさすがにめはなちがたきものを心のどかにをきたらんもあすもありとは思ふべ

し〈209〉
うせ給はんとしけるほとかくなりてなるへし
なからへてあらはあふよをまつへきにいのちはつきぬ人はとひこす〈210〉
きえはてゝけふりはそらにかすむとも雲のけしきをわれとしらな〈211〉
とあるを御らんしてさくりもよゝとやゝみたれかはしきなみたのけしき中将かちかくてきくらんこともありこゝろよはきやうなりとおほしつゝめとなくよりほかのことなし
かすめよな思ひきえけんけふりにもたちおくれてはくゆらさらまし〈212〉
おちたきるなみたのみをはゝやけれとすきにしかたにかへりやはする〈213〉
なとかきつけさせ給ひてもかへす〳〵かいなくおほしめさるゝもかきりなけれはみやには御らんせんたひことに中々なみたのもよをしともなりぬへうまたかの人のほたしにもいとゝかゝりぬへきものにこそ侍るをこのひとまきはかりはすゝしきみとのしるへにもなし侍なんとてもかくてもかひなきことをすきにしかたのことなおほしものせそなときこゑさせなくさめてこのゑひとつはとらせ給てわたらせ給ぬるをみやはこゝろのとかにたにみすなりぬることゝあかすくちをしくおほえさせ給てひくらしなきくらさせ給ふさまいとこゝろくるしけなり　（140オ〜143オ）

〔三四五〕

うゑはひとゝころにおきふし給はするにうみやまなみかせのけしきよりはしめ女のしはさとはみえすかきすましたるふてのなかれひきこめてやみなんもくちをしくをかしさも物みしらん人にみせまほしきをさいゐんはかりにはいみしく御らんせさせまほしきをみつからならさらんかきりはさすかにめはなちにくきをこゝろのとかにおきたらんもあすもありと

くもあらぬ世にみる（見）程の心ざしには是をだにもとふらはんあるにまかせてありぬべかりける身のほどをたゞ我ゆへこそはこの世をもいとひすてあのよのさまたげともなるらめとおぼしめせば我御もとにのこしをかせ給ふもいとをしくおぼしめされて

　すきにけるかたをみる（見）たにかなしきにゐにかきとめてわかれぬるかな〈214〉

などおぼしめせどありしあふきばかりをのこさせ給ひてみるこま〳〵となして経のかみにくはへてすかせ給ひてこんでいのねはんぎやう御手づからか、せ給ひけりかのときはをばやがて寺になさせ給ひて此御れうのくどくはそこにてぞ月日にそへてつくりかさねさせ給ひける

（下49ウ～50ウ）

〔三四六〕

さがのゐんの御心ち（地）なやましくおぼしめされてほどへにけれどかくこそなどもの給はずうちはへたる御ときも御さばばかりとらせたまひつ、かをのいもゐばかりにて阿弥陀佛にむかひ聞えさせ給ふてたゞとくむかへさせ給へと念じいらせ給へるに此十余日と成てはおさ〳〵えおきゐさせ給はずならせ給ひにたるにそ誰もみ（見）奉りさはぎける一条院の后兵部【阝】卿宮などもこのごろは一ところにあつまらせ給ひておぼしなげくさま共いと心くるしけなり御門もとよりあるべき程の御心ざし斗はあらぬ御中なればおぼつかながり聞えさせ給ふをゐんよりも今一たひのたいめんはかならずあるべきさまに聞えさせ給へれば八月一日行がうありゐんいみじくおぼしよろこひてあながちにおきゐさせ給ひて御たいめんありみ（見）奉らせ給ひしころよりもいみじき御さかりにてあるべきかぎりねびと、のはせ給へる御さま誠にみ（見）奉らば命ものびぬべきを先うちなかせ給ひて月比も

は思ふへくもあらぬよにみるほとの心さしにはこれをたにとふらはんあるにまかせてもありぬへかりけるみのほとをた、われゆへこそはこのよをもいとひすてあのよのさまたけともなるらんめとおほしめせはわか御もとにのこしおかせ給ふもいとをしくおほしめされて

　すきにけるかたをみるたにかなしきにゐにかきとめてわれをみるかな〈214〉

なとおほしめせとありしあふきはかりをのこさせ給ひてはやうきやうかみにくはへてすかせさせ給てこんていのねはむきやうてつからか、せ給ひけりかのときはをやかててらになさせ給ひてこの御れうのくとくはそこに《て》そ月にそえてつくりかさねさせ給ひける

（143オ～144オ）

〔三四六〕

さかのゐんの御こ、ちれいならすなやましくおほしめされてほとへにけれとかうこそなと人にもの給はすうちはへ御ときにもさはかりとらせ給ひつ、思はかりにてあみたふつこのみむかへきこゐさせ給ひてねんしいらせ給えるをこの十余日となりてはさき〳〵えおきゐさせ給はすならせ給ふをそたれもみたてまつりさはきける一条院のきさきはらのひやうふきやうのみやなともこのころはひと所にあつまらせ給ておほしなけくさまともいとこ、ろくるしけなりみかともともとよりあるへきほとの御こ、ろさしはかりあらぬ御中なれはいみしうおほつかなかりきこゐさせ給ふをゐんよりもいまいちとの御たいめんはかならすあるへきさまにきこゐさせ給へれは八月ついたちころに行幸ありゐんいみしうおほしよろ（▲る）こひてあなかちにおきさせ給ひてたいめんせさせ給へりみたてまつらせ給ひしころよりもいみしき御さかりにてあるへきかきりねひと、のはせ給へ

いと心ほそくてけふやとのみ思ふ給へつるをかゝるみゆきをまち侍りてなんけふまでもなどの給はするさまもげにいとたのもしげなくよはらせ給ひにけるといとかなしくみ(見)奉らせ給ふいとかばかりにならせ給ふまで御いのりなどもさらにせさせ給はずをとなくてすぐさせ給ひつらんこそいとあしき事に侍れすこしも例ならずおはしまさんおりなどはあけくれつかうまつるべきものとおもふ給べしほ(本)いなくいままでみ(見)たてまつらざりける事とてうちなかせ給ふをいとかたじけなくあはれにおぼしめさるなにかとおしむべきよはひにも侍らずなからんのちにこのとまり給はん宮たちをとぶらはせ給はんのみこそうれしき事に思ふ給ふべき兵部(卩)卿宮は今はさりともいたづらにはなさせ給はじと御心ざしの程もたのもしく思ふ給へ侍ればいとこゝろやすくなりて侍り入道宮こそこの世をわかれん事ももろともにとおぼしねがひ又みづからもとゝめんは心くるしき事におもひたまへれどつゐにはそのおもひもたかひぬべきに侍るめるをおぼしおこたらすとふらはせ給へ大やけにならせ給ひては中々かやうにさびしきやどをおぼしやらん事はかたくこそ侍れど御心のほどをみ(見)をきて侍れはたのもしくなんくらゐをさらせ給ひてもこゝをあらさでかならずすみたまへなと申しをかせ給へば何事もおぼしをきてんにたがへさせ給ふまじきよしをきこえさせ給ふにくれぬればかへらせ給ひなんとて入道宮のおはします中へたてのさうじぐちによらせ給ひて御あふぎをすこしならさせ給へれば中納言のすけ聞つけて参りたるもむかしの心ち(地)せさせ給ひていとゞ物あはれなり　（下50ウ～53ウ）

〔三四七〕

こゝのへの宮づかへのむげにをろかなるも此比はいとことはりとみ(見)ゆる

る御さまゝことにみたてまつらはいのちものひぬへきまつうちなかせ給ひて月ころいとものこゝろほそくてけふやとのみ思ひ侍つるをかゝるみゆきをまち侍とてなとの給はする御さまもけにいとたのもしけなくよはらせ給ひにけるをいとかなしくみたてまつらせ給いとかはかりならせ給はんまての御いのりなともさらにせさせ給はすおとなくてすこさせ給ひつらんこそいとあやしきことに侍れすこしもれいならすおはしまさんおりなとはあけくれつかまつるへきものをと思ひ給へしほ(本)いなくいまゝてみたてまつらさりけることゝてうちなかせ給ふをいとかたしけなくあはれにおほしめさるゝなにかはいまはをしみ給へきほとにあらす侍らすなりなんのちにこのとまり給ふみやたちをとふらはせ給はんことをそうれしきことに思給へき兵部(卩)卿はいまさりともいたつらにはなさせ給はしとこゝろさしのほともたのもしく思ひ給へれはいとゝこゝろやすくなりて侍入道のみやこそこのよをわかれんことももろともにとおほしねかひ又みつからもとゝめんは心くるしきことに思給へれとついにその思ひもたかひぬへきに侍めるをおほしおこたらすとふらはせ給へおほやけになり給ては中々かやうにさひしやとうおほしやらんことはかたうこそ侍れとも御心のほとをみをかせたれはたのもしくなんくらゐをさり給てもこゝをあらさてかならすみ給へなと申をかせ給へはなにこともおほしおきてんにはたかへさせ給ましきよしをきこゑさせ給ふにくれぬれはかへらせ給なんとて入道の宮のおはしますなかへたてのしやうしくちによらせ給ひて御あふきをすこしならさせ給へは中納言のきみきゝつけてまいりたるもむかしの心ちせさせ給ひていとゝもあはれなり　（144オ～146ウ）

〔三四七〕

こゝのえのみやつかへのむけにおろかにもこのころはいとゝことはりと

野べのけしきかなとの給はせてかゝるつゐでなどにみづから聞えさせではヌいつかはと例のこゝろづくしなる御けしきもめづらしくて参り聞えさすればつねよりも物おほしみだるゝころにてなに事をかはきこゆべからんとてうごかせ給はぬを院もきかせたまひてみづからなを聞えさせたまへ人づてにはあるましき事なりと御せうそくあればいとうゐ〳〵しくつゝましけれどやがておはします所ちかきほどなればすこしよらせ給へるをさにやと覚ゆる御にほひのうちかほりたるもまだならはせたまはざりつる事なれば心さはぎしてうれしきにむねさへおどろ〳〵しくなるも人わろき御心なり今はいかでかけ〳〵しき気色もみ《見》え奉らでたゞかゝるかたにつけてもみ《見》なをされたてまつるわざもがな思ひいてもかひあるへき御さまにもあらぬをなどしゐておぼしなぐさめつゝこの御心ち《地》の事などをすくよかに聞えなさせ給へばげにかたはらいたく聞ぐるしき事にはあらねどはか〳〵しくいらへ聞えさすべき事もおぼえさせたまはねばたゞうちなげかせ給へるもあやしくなべてならずものあはれげにこゝろぐるしき御けはひなを人よりはことにおぼさるゝをかくしなし奉りけんよとおぼしつゞくるにぞ忍ひ返させ給ひつるなみたもりいでさせ給ひぬるあさましくおぼつかなき御もてなしをおもへばすべて身より外につらき人なければなをいかでとくあらぬ所もがなとねがひ侍るもいさや扨もかくうき物におぼしはてられながらはいつくにもありかたくや後の世もいたつらとかやになし侍らんこそいみじけれしにもせじとかまことに身をこそ思ひ給へわびにたれ

きえはてゝかばねはひになりぬとも戀のけふりは立もはなれじ〈215〉

との給はするまゝにみすの内になからはいらせ給ひ御ぞのつまを引よせてなきなげかせ給ふ涙のしづくのところせさもおそろしくわりなきに院の御かたよりみちたど〳〵しからぬ程にかへらせたまひねみだり心ち《地》も

みゆるのへのけしきかなゝとの給はせてかゝるついてにたにみつからきこゑさせてはまたはいつかはとれいの心つくしなる御けしきめつらしくてまいりてきこゑさすれはつねよりも物おほしみたる心にて何事をかはきこゆへからんとてうこかせ給はぬをゐんもきかせ給てなをみつからをきかせ給へ人つてはあさましきことなりと御せうそくにあはれいとうゐ〳〵しくつゝましけれとやかておはしましところちかきほとなれはすこしよらせ給へるをさはやとおほゆるにほひのうちかほれるもまたならはせ給ひつることなれは心さはきしてうれしきにむねさへおとろ〳〵しくなるも人わろき御こゝろなりいまはいかてかはゝしき御けしきもみえたてまつらてかゝる御かたにつけてもみなをされたてまつるわさもかな思ひいふもかひあるへき御さまにもあらぬものをなとしのひておほしなくさめてこの御心ちことなとをすくよかにきこゑさせ給へはけにかたはらいたうきゝくるしき事にはあらねとはか〳〵しういらへきこゑさすへきこともおほえさせ給はねはたゝうちなかせ給へるもあやしうなへてならす物あはれけに心くるしき御けはひなを人よりはことにおほさるゝをかうなしたてまつりけん事おほしつゝくるにそしのひかねさせ給へるなみたももりいてさせ給ひぬるあさましくおほつかなき御もてなしも思へはことはりにみよりほかにつらき人もなけれはなをいかてとあらぬ所もかなとねかひたるもいてやさてもかくうきものにおほし侍れはなからはいつくにもありかたふやのちのよもいたつらとかやなし侍らんこそいみしけれしにもせしとやまことにみをこそ思ひ給へ

きえはてゝかはねはいかになりぬともこひのけふりはたちもはなれし〈215〉

との給はするまゝにうちになからいらせ給てそてのつまをひきよせてなきかけさせ給ふなみたのしつくところせさもおそろしうわりなきにゐん

いまなんきえ侍るやうにおもひたまへらるゝと聞えさせ給へるをきかせ給ふ御心ちともさま〴〵にみだれて物もおぼえさせ給はぬに右大将参り給て御こしよせたるよしそうし給へばいてさせ給ふ御心ち中々おぼつかなくて過させ給ひし月比よりもあかずあはれにおぼしめされて御こしにも奉りやらず御前の花さかりにさきみだれて夕露をもたげにてひもときわたしたる色々いつれ共なくみ《見》をきがたき中にもをみなへしの人のみ《見》る事やくるしからん霧のたえまわりなげなる氣色にて立かくれたるは猶いと過がたくおぼしめさる

　たちかへりをらで過うきをみなへしなをやすらはん霧のまぎれに〈216〉

となかめいらせ給へる御かたちの夕ばへ猶いとかゝるためしはあらじとみ《見》えさせ給へるに夜とともに物をのみおぼしてすぎ給ひぬるこそいかなりける前の世のちぎりにかとこそみ《見》え給へれ　（下53ウ～56オ）

の御かたよりみちたと〳〵しからぬほとにはやうかへらせ給ひねみたり心ちもいまなんきこゑ侍やうに思給はるゝをきかせ給ふ御心ちともさま〳〵にみたれて物おほえさせ給はぬに左大将まいり給ひて御こしよせたるよしそうし給へはいてさせ給ふ御心ち中々おほつかなくてすくさせ給ひしとし月よりもあかすあはれおほしめされて御こしにもたてまつりやらすこせのゝ花さきみたれてゆふつゆおもけにひほときちらしたるいろ〳〵いつれともなくみをきかたき中におみなへしの人のみることやくるしかるらんきりのたえまもわりなけなるけしきにてたちかくれたるはなをいとすきかたうおほしめされて

　たちかへりおらてすきうきおみなへしなをやすらはんきりのたえまに〈216〉

となかめいらせ給へる御かたちのゆふはへはなをいとかゝるためしはあはれとみ《見》えさせ給へるによとゝもに物をのみおほしてすきぬるこそいかなりけるさきのよのちきりにかとみえ給へれ　（146ウ～149オ）

編者一覧

翠源会（氏名五十音順、所属は刊行時点）

池原陽斉（京都女子大学准教授）
岡田貴憲（九州大学准教授）
川上　一（国文学研究資料館助教）
瓦井裕子（就実大学准教授）
小林理正（北海道大学講師）
須藤　圭（福岡大学准教授）
ノット・ジェフリー（国文学研究資料館助教）
古田正幸（大正大学教授）
松本　大（関西大学教授）

諸本対照狭衣物語 1
―承応板本・慈鎮本・深川本―

二〇二五年二月一〇日　初版第一刷発行

編　者　翠源会
発行者　大貫祥子
発行所　株式会社青簡舎
〒一〇一‐〇〇五一
東京都千代田区神田神保町二‐一四
電　話　〇三‐五二一三‐四八八一
振　替　〇〇一七〇‐九‐四六五四五二

印刷・製本　モリモト印刷株式会社

ISBN978-4-909181-49-7 C3093